乳房と倫理

工藤 麻美

文芸社

乳房と倫理　目次

第一章　愛と性――7
第二章　肉体の神――119
第三章　倫理と背徳と――331
第四章　母性――473

１９７９年（昭和五十四年）

春まだ浅い函館で、小さな事件が起きた。事件といっても、地方紙の片隅にも載《の》らないただの出来事である。

三月下旬の小雪の舞う朝、住宅地の一角にある助産院に、身重の少女が駆け込んできた。中学の卒業式を終えたばかりの、あどけなさの残る少女だった。

少女の分娩はなんとか終わった。

しかし、悲しいことには死産だった。十五歳の誕生日をこの日迎えた少女にとって、ある意味では、その方がよかったのかもしれない。

第一章　愛と性

1990年（平成二年）

朝の空気はすがすがしい。冬の緑の間に、若葉が淡い色彩をつくりはじめていた。

大田区平和島にある平和の森公園の小径に、柔らかな木漏れ日が差し込み、時折かすかに揺れる。そのまばらな光の上を、裕子は額にすこし汗をにじませ、軽快な足どりで走っていた。木立にかこまれた一周一キロの遊歩道のランニングは、彼女の朝の日課であった。

「おはようございます」

犬を連れて散歩している初老の女性に、裕子は走りながら挨拶した。

「いつも元気ですね」

その女性の声を背中で聞く。四年も続けていると、何人かは顔なじみも出来、朝の挨拶を交わすようになった。けれども、名前は知らない。

裕子は、毎朝五時四十五分に起きる。コップ一杯の牛乳を飲み、十分間の柔軟体操のあと六時に家を出る。早足で約一キロ先の公園に行き、ランニングをしてから、また早足で大森北のアパートにもどる。その間二十四分。この時間の差は、毎日ほとんど変わらない。

雨の日は外に出るのをやめる。その代わり、柔軟体操に加え、筋力トレーニングを取り入れた運動を二十分間やる。器具は使わない。

ランニングとウォーキングで汗ばんだ体をお湯のシャワーで洗い流し、そのあと水のシャワーを全身に浴びる。春とはいえ、朝の水は冷たい。しかし、あとのさわやかさが気持いい。体をふき終えた裕子は、等身大の鏡に裸身を映した。

「余分な脂肪はまだ忍び寄ってはいないわね。うん、これでよし」

そうつぶやいた彼女は、おなかの肉をつまみはじめた。白い肌が赤くなってくる。そのあと、メンソレータムラブをその部分にすり込む。ハッカの揮発効果で、無駄な脂肪がつかないようにするためだ。もう一度、体の正面や横側を鏡に映す。スリムではあるが、けして痩せすぎてはいない。つくべきところにはちゃんと肉がついている。形のよい乳房は豊かな範疇に入り、しっかりと正面を向いていた。けれども彼女は、誇らしげな胸があまり目立たないよう、服装に気を配っていた。肉体と知性は、反比例するように思えるからだ。

下着を着け、室内用のトレーナーを着ると、流し台の前に立つ。昨夜、中くらいの煮干しの頭と腹ワタを取ったものを三匹水に入れておいた鍋を、ガス台に載せ、火を点けた。ミソ汁を作るためだ。

裕子はひとり住まいである。古い木造アパートの部屋は広くはない。玄関を入って三帖ほどの台所があり、奥に六帖の和室があった。それだけである。一応、トイレと風呂はついていた。日当たりはあまりよくない。

畳の上に置いた食卓を前にして、新聞に目を通しながら、大きめの湯飲みでお茶を飲み、梅干しを一個食べる。朝のあわただしい中にあって、リラックスできる時間だった。

健康的にバランスのよい朝食をとり、家を出るのがちょうど八時。会社の二十階のオフィスまで、およそ三十五分かかる。

身長もやや高めの裕子の足は、すらりと長く、その肌もきれいだった。それに、歩く姿もスマートである。背すじが伸び、ハイヒールをはいていても、膝はけしてくの字にはならなかった。

平野裕子《ひらのゆうこ》、二十六歳。港区芝にある三田電気に勤める独身ＯＬである。三年前に、庶務課から秘書課に配属されていた。美人でプロポーションもよかった。しかしながら、上司の評価は、彼女の頭の回転のよさと熱心な仕事ぶりに向けられていた。美形タイプにありがちな変な噂もなく、三田電気の秘書課にふさわしい模範的な社員だった。

日増しに春も深まってきたが、オフィスには季節感がない。ただ、役員室ロビーの受付カウンターを飾る盛り花に、少しばかり季節を見ることができた。だけども昔ながらの花が少なくて、どれがどの時期の花なのか分かりづらくなっていた。五時過ぎ、北嶋章二から裕子のデスクに電話があった。

「ちょっと頼みたいことがあるんだが、今日か明日の夕方、時間とれるかな。食事をしながらでも、話がしたいんだ」

という簡単なメッセージだった。

裕子はとりたてて用がなかったので、今日の夕方を約束した。品川駅前にあるPホテルの別館前で、六時半に待ち合わせることにした。退社時刻は五時三十分だが、いつも六時過ぎまでは仕事をしている。三田町にある会社から品川Pホテルまでは、十五分足らずで行ける。裕子は約束の五分前に着いた。

「いやあ、帰り仕度をしていたら、電話が二本もかかってきて、遅れてすまない」

急ぎ足で姿を見せた北嶋が、八分遅れたことを詫びた。

このホテルの別館の十七階は、半分がカクテルラウンジになっており、半分が食事をするグリルだった。席に着いた北嶋が言った。

「ときどききみと食事をしながら話したいと思っているんだが、忙しくてね」

昭和から平成にかわった翌年のことである。好景気に沸いた日本経済にも、かげりが見えはじめていた。それでも、株価は急降下をくりかえしているとはいえ、逆に円の対ドル価は高騰を続け、経済活動はまだ活発だった。

北嶋章二、五十四歳。営業本部の次長になったばかりである。裕子が函館営業所勤務の頃、所長として本社から赴任してきた彼には、なにかと世話になった。

ワインで乾杯したあと、オードブルの生ハムにフォークを刺しながら、彼は言った。

「たしかきみ、この三月で二十六歳になったんだよね。函館時代は少女っぽかったけど、美しさに磨きがかかり、どことなく大人の女性の雰囲気が出てきた」

「それだけ年をとったってことですよね」

「いやいや、若い若い。ギャルっぽい服装をすれば二十二、三ってとこだね」

裕子の今日の服装は、黒の上着に黒のスカートといった典型的なリクルートスタイルだった。

「秘書課って、どうしても保守的なところがあって、服装なんかも、自然と落ちついたものになってしまうんです」

「そうだろうね。あそこの女性連中は、どうもお淑《しと》やかすぎる。もっと自己主張の強い派手な子もいていいんじゃないかな」

「仕方ありません。そういう雰囲気の子は、すぐ他の課に回されてしまいますもの」

北嶋は、裕子にワイングラスの残りを飲み干すようすすめ、それが空になるのを待って、ボトルのワインをそそいだ。

裕子は、お酒に強い方だった。ビールなら大ビンで三本はいけたし、ワインもボトル半分は飲める。緊張の多い役員室での仕事の、ストレス解消法のひとつなのかもしれない。

「どう？　恋人できた？　いや、聞くだけやぼかな。きみのような美形なら、引く手あまただろうからね」

「とんでもありません。個人的におつき合いしている男性は、いないんです」

「それはまた、不思議な現象だね。それともあまりいい女すぎて、男達が二の足を踏むのかな。最近の若いのはマザコンが多いから」

「さあ、よくはわかりませんけど、わたしには、秘書課の女ってイメージがあるのかもしれませんね」

サーロインステーキが運ばれてきた。鉄の皿の上で、まだ熱い音をたてている。北嶋がナイフで肉を切りながら訊《き》いた。

「街で、声なんかかけられるんじゃないの？」

「そういう男性って、わたしどうもだめなんです。人間的にいいひとだと仮定しても、街中で、軽いのりで女性に声をかけて交際を狙う考え自体が、好きになれないんです」

「潔癖症のところは、昔と変わらないみたいだね」

「自分では、大人になって融通性が出来たような気もしてるんですが」

「結婚を考えたことはあるの？」

「はっきりとした認識はありません。それに相手もいませんし」

「ぼくにとっては、恋人なしのきみがいいのかもしれないが。あ、これは冗談冗談」

笑って北嶋はワインを飲み干した。そのグラスに、裕子はワインを注ぐ。

「あ、そうだ。まだお祝いを言ってませんでした。次長にご昇進、おめでとうございます」

裕子は頭を下げた。いやいや、と彼は照れたように手を振る。

北嶋は、函館の営業所長を三年間務め、本社にもどり課長となった。それから六年目の今年、営業本部の次長に昇進している。

「次長、ところで、頼みがあるって電話でうかがいましたが、どんなことでしょう」

「そうだ、その話だったね。美しいレディーを前にして、つい嬉しくなっていたものだから。来週の土曜、日曜、きみ空いてるかな」

北嶋の問いかけに、いぶかりながらも裕子は答えた。

「これと言った用事はありませんが、何か？」

「実はね、きみも知ってると思うが、得意先のヤマダ自動車の新社屋が、来月十四日に落成する。コンピュータ一は当社のものが採用されて、今月中には納入を完了するんだ。で、なにかとバックアップしてくれたヤマダの中沢常務を、お礼を兼ねて、来週の週末、ゴルフ旅行に招待することになった。これは絶対に口外してもらってはこまるんだが……」

と前置きして、北嶋は次のようなことを話した。

その常務が、自分の担当秘書を同伴したいから、きみも本部長の秘書かほかの女性を連れてきて欲しい、口の堅い女性がいい、男同士、女同士で部屋はとってあると言えば、ゴルフ好きの彼女は安心してついてくるだろう、そういう常務の話を、北嶋は引き受けてしまった、とのことだった。

「今回の接待は本部長の了解済みなのだが、本部長秘書の寺島君にはとても同伴を頼めない。そこできみにお願いするんだが……」

「わたしはいわば、刺身のツマか、ダシっていうわけですね」

「ま、早い話がそういうことに……」

北嶋の歯切れが悪いのは、中沢常務と同じ男の下心が彼にもある、と裕子が勘ぐっているとでも思っているためだろうか。

取締役である本部長の部屋は、裕子のいる役員フロアにはない。秘書の寺島とは何度か話をしたことがあるが、気位が高く、結婚もしている彼女が、次長の頼みを承知するはずはなかった。

「そのヤマダ自動車の常務さん、秘書の方と……」

含みのある問い方を裕子はした。

「まだ親密な関係にはない。しかしそうなりたいと願っている、と考えるのが妥当だろうね」

「常務さん、おいくつぐらいの方ですか?」

「ぼくより四つ上だとか」

〈老いらくの恋〉裕子は胸のうちでつぶやく。三田電気の役員からは、似た誘いは今までのところなかった。

「こんなこと、ちょっと言いにくいのだが」

と北嶋はひと呼吸入れて、話を続ける。

「行きがかり上、ホテルの部屋は、たぶんきみと一緒になるだろう。それは形だけであって、男と女になるようなことは絶対ないと約束するから、この話頼まれてはくれないか。きみよりほかに候補がいないんだ」

北嶋とは、函館時代、それに東京に来てからも、何度も食事をつき合っているが、彼が、次のステップに移るような誘い水を向けたことは、一度もなかった。やさしい父親のような存在を保ち続けている。だから、その点は信用してもいいと、裕子は思う。

「練習場には何度か行ったことがありますけど、グリーンはまだないんですよ」

「いい機会だから、ぜひ覚えた方がいい」

「そうですね。じゃあお願いします」

「ありがとう。恩にきるよ。もちろん、費用のことは心配する必要はない。クラブは、ぼくがハーフを二セット持って行くし、靴は向こうで貸してくれる。服装だけ、ちょっとラフな恰好《かっこう》をしてくれればいいんだ」

北嶋は上機嫌だった。グリルからカクテルラウンジに移り、ゴルフ談義をしながらカクテルを飲む。

五年前、母の再婚を機に、裕子は東京に出たい旨の手紙を、本社勤務の北嶋にしたためた。函館営業所から本社の営業本部に、その一年前に移っていた彼は、人事部に掛け合って、裕子の本社への異動を、実現してくれたのだった。彼女が二十一歳の時である。

ゴルフ練習場に初めて行ったのも、北嶋の誘いによるものだった。けれどもこの一年近く、練習場への誘いも、食事の誘いも途絶えていた。

十時を少し過ぎた頃、タクシーで送るという北嶋の好意を断って、裕子は品川駅で彼と別れた。


函館の母から、久しぶりに電話があった。母は、再婚した夫とともに、十字街《じゅうじがい》近くで小料理屋をはじめていた。ちょっと客が落ちついたからと、店の近くの電話ボックスから、かけているとのことだった。

「どう？　旦那さんとうまくやってるの？」

母が再婚したのは、裕子が東京に出て来る三か月前だった。母の夫とは一度だけ顔を合わせたことがある。

「まあ、そちらの方はうまくいっているけど、佳子《けいこ》ちゃんが暴走族とつき合うようになってね、一週間に一度は外泊するの」

佳子とは、母の夫の娘である。

「高校生、よね、彼女」

「高校二年になった。学校もときどきサボってるみたいで、このあいだ、学校から呼び出し喰ったよ」

「お母さんの言うこと聞かないの？」

「はいはいって面倒くさそうに返事だけはするけど、ぜんぜん気に止めないよ。わたしら夜仕事やってるっしょ。それをいいことに、ボーイフレンドをちょくちょく家に呼んでるの。このあいだなんか、ゴミ箱に使用済みのコンドームが入ってたのよ」

「まあ、下手に妊娠するより、その方がいいのかもしれないけど」

裕子は昔を想い出していた。母はその後もくどくどと義理の娘のグチをこぼし、涙声にさえなってきた。もっとほかの話がしたかったのにと、裕子は不満だった。同時に、母との距離が、遠くなりつつあるような気もした。電話代が高くなるからと、裕子の方から電話を切る。


裕子の父は、白系ロシア人の母と、羽振りのよかった釧路の漁師との間に生まれた。混血のせいか背も高く、美男子だったらしい。秋田生まれで函館育ちの母と結婚して裕子をもうけたものの、四年後に、家族を捨てて家を出てしまった。若い女と、札幌へ行ったらしいとのことだった。それでも二か月に一度は、幼い裕子の養育費として四万円を送ってきていたが、二年後に離婚届と十万円を送りつけたまま、行方が分からなくなってしまった。

裕子の骨格や肌の白さが白人的なのは、ロシア人の血が、四分の一流れているせいかもしれない。彼女の顔は小さめだが、しかし目鼻立ちは日本人そのものであった。外見上のそんな長所を持ちながらも、裕子は、自分に外国人の血が混じっていることを、誰にも知られたくはなかった。

父が家を出たあと、母は女手ひとつで裕子を育てた。母子家庭の彼女は、中学生の頃、ちょっと危ない一時期はあったものの、函館で一番レベルの高い高校での成績は、全校で五番以内に入るほど優秀だった。道内の国立大学も大丈夫だろうと言われたのだが、経済的な理由で、就職せざるを得なかった。

その日の朝七時、裕子は、北嶋との待ち合わせ場所である、上野毛駅前の環状八号線の道路を渡ったところに行った。北嶋のトヨタマークⅡは、すでに停まっていた。彼はこの近くの深沢に住んでいる。

「きみは遠慮深いんだな。日曜日だから大森まで迎えに行っても、そんなに時間はかからないのに」

助手席に座った裕子に、北嶋が言った。

「でも、常務さんをお迎えに行くには、ここがいちばんいいんでしょ？」

ヤマダ自動車の常務の家は、杉並の浜田山にあった。そこで常務を乗せ、ふたたび環状八号線をもどり、京王線の八幡山駅前で、秘書の田所穂奈美を拾う。行き先は東名高速を走って、東伊豆の稲取だった。

天気はよかった。十一時過ぎにはゴルフ場に着いた。しばらくクラブハウスのロビーで休憩したあと、早めの昼食をすませてグリーンに出る。稲取温泉に行く前に、ハーフを回るとのことである。裕子は、ベージュのスラックスにアイボリーのポロシャツ姿で、三人のあとに続く。

秘書の田所はちょっときつい顔をした美人だが、性格はそれほどでもなく、むしろ茶目っ気なところもあり、得意先を気取ることはなかった。

「平野さん、地球を削ってもいいから、もっと下を、遠慮なくひっぱたいた方がいいわよ」

低い打球を叩いて飛距離の出ない裕子に、アドバイスする。彼女は裕子より五つぐらい年上に見えた。ゴルフのキャリアはながいらしく、かなり上手である。

裕子は、それまで何打叩いたか分からないほどの数字だったが、六番ホールでダブルボギーとなって、皆の拍手を受けた。つまり、規定打数より二つ多かっただけだ。

「平野さん、なかなかスジがいいわ。何回かグリーンに出れば、わたしと同じくらいにはなれると思う」

「とんでもありません。田所さまのようになれるには、あと十年はかかります」

「その田所さまはよしましょ。今日はゴルフ仲間としてのおつき合いだから、さんにしてちょうだいな」

「そうそう、今日と明日は取引関係のことは忘れて、気楽にいきましょう」

先を歩いていた中沢が、振り向いて言った。

ハーフを終了し、北嶋がトップとなった。二打差で田所、さらに一打差で中沢が続き、裕子は、結局北嶋より十一多く叩いていた。

「うん、初めてにしては上出来だよ」と、北嶋がなぐさめの言葉を言う。


クラブハウスの風呂には入らず、ホテルに直行して温泉に入った。田所と一緒に大浴場に行く。

「平野さん、すばらしいプロポーションしてるのね。足は長くていい形だし、胸も見事だわ」

田所は遠慮もなく、裕子の裸身を舐めるように見まわした。田所の体はほっそりしていたので、その胸も小ぶりだった。

四人はグリルで夕食をすませ、バーでしばらく飲んだ。裕子がトイレからもどると、北嶋が、田所になにやら小声で話していた。

「北嶋さんと平野さんのお邪魔しては悪いから、そうしましょうか」

田所がそう言って、まだ立ったままの裕子に向かってウインクをする。先日の北嶋の話を思い出した裕子は、顔を赤らめた。だけれども、田所は何か誤解しているようだ。いずれにしても、北嶋と田所が部屋を入れ替わることになった。

「田所さんに、なんておっしゃったんですか?」

部屋に入ってきた北嶋にお茶を入れながら、裕子がたずねる。

「いやあ申しわけない。やっぱりきみをダシに使ってしまった。ごめん。実は、ぼくはきみと一緒がいいので、田所さんは常務とご一緒の部屋にお願いできませんか、って」

「次長、それはひどいわ。田所さん、きっと誤解してますよ」

「いや、すまん。これも作戦のうちなので、なにとぞご理解のほどを」

北嶋がテーブルに両手をつき、深々と頭を下げた。

「次長にはいろいろとお世話になっていますから、ま、おおめに見ましょう」

裕子のいたずらっぽい眼に、北嶋は頭を掻きながら苦笑いする。

部屋は、優雅な雰囲気のツインベッドルームだった。北嶋は冷蔵庫からビールを取り出し、グラスを二つテーブルの上に置く。

「きみは遠慮してあまり飲まなかったみたいだから、どう?　一杯」

「はい、ありがとうございます。こういう状況を考えて、酔ってはいけないと思っていましたから」

「こういう状況って?」

「次長とご一緒の部屋になるだろうって」

「お蔭でうまくいったようだ」

「何がですか?」

「いや、あちらさんの方」

ビールを口に運びながら、別の部屋の様子が裕子の頭をかすめた。

「田所さんって、けっこう進んでるんですね」

「ということは、きみはおくれてる？」

「はい、わたくしは保守的な女ですから」

「だから虫がつかないのかな」

「そうかもしれません」

「しかし、恋はした方がいいよ。そうでないとナフタリン臭くなるから」

「そして、そのうちに嫌味な女になる……」

「きみの場合はそうはならないだろう。しかしもったいない気もする。せっかくの美しさを誰も観賞できないなんて」

誰も観賞できないとは、裸の体のことだろうかと裕子は思った。ビールが空になり、彼女がパジャマに着替える間、北嶋はトイレに入った。

北嶋のベッドに背を向けて寝るのは失礼に当たると考えて、裕子は仰向けの姿勢をとる。一抹の不安とともに、彼女は、胸の芯に甘ずっぱいものを感じていた。

トイレから出た北嶋が、部屋の灯りを消す。ベッドサイドのスタンドの照明だけになった。

裕子は、眠れないだろうと思っていた。しかし日頃体操やランニングで鍛えてはいても、初めてのグリーンに疲れたのか、そのうちに、眠りの世界に入ってしまった。

裕子の人生に起伏をもたせる、何事も起こらなかった。北嶋は約束を守ったのだ。

翌朝、食事をとるために、裕子と田所は肩を並べて廊下を歩いた。男性二人は一足先にグリルに行った。裕子は思いきって言った。

「田所さん、わたしと次長とは、なんでもないんです。いろいろお世話になった昔の上司というだけで」

「あらそうなの。でも夕べは一緒の部屋。まんざらでもない男と女が同じ部屋で夜を迎えれば、ドラマが生まれるのが普通よね」

「でも、ドラマは生まれなかったんです」

「なぜかしら。あなたが激しく抵抗したとか」

「いいえ、なにも……」

「もしかして北嶋さん、あちらの方がだめなのかしら？」

あまりに単刀直入な言い方に、裕子は返事ができなかった。しかしながら、田所の言葉の裏を返せば、中沢常務はまだ健在だった、ということになる。


それから三週間がたった夜、アパートの方に北嶋から電話があった。この前協力してくれたお礼に何かプレゼントしたいから、今度の土曜か日曜つき合ってもらえないか、とのことだった。裕子は一度は辞退したものの、ぜひそうしたいと言い張る北嶋に、むしろ嬉しい気持で会うことを承諾した。

土曜日の昼前、渋谷駅前で北嶋と落ち合い、東急本店に出向いた。彼はそこで、十五万円の腕時計をプレゼントしてくれたのだ。

「ゴルフを教えていただいた上に、こんな高価なプレゼント、かえって恐縮しちゃいます」

「いや、いいんだ。あれから中沢さんの紹介で、得意先が一つ増えたんだ。それも近い将来、有望な取引が予想されるところなんだ。だから、これくらいのプレゼントは安いものだよ」

北嶋は上機嫌だった。

タクシーで青山通りに出て、A学院大前のビルに入る。最上階は、会員制倶楽部の高級レストランになっていた。バニーガールがホールサービスをするのだが、変な店ではなく、家族連れの姿もあった。

ワインを飲みながら、エレガントに盛りつけられたフランス料理を食べる。

ほどよく酔った裕子の腕には、さきほどの腕時計が輝いていた。女はプレゼントに弱い。稲取での夜を思い出した裕子は、約束は破られるためにある、と言おうとした言葉を呑み込んだ。あのホテルで、北嶋が紳士的に約束を守ったことに対してである。実際裕子は、彼に心を開いてもいいと思いはじめていた。彼の人柄に、ひそかに心惹《ひ》かれるものが、夏雲のように湧いていたのだ。北嶋はしかし、食事のあと、喫茶店でしばらく話をしても、それ以上のステップを踏む言葉を、口にはしなかった。


庭に椿が二本植わっている。毎年桜の季節が終わると、鈴なりの花を次々と咲かせる。咲いているときはきれいだが、散る姿はまるで風情がない。花びらがはらりと散るのではなく、花ごとぼたっと落ちる。落ちてばらばらになるのもあれば、花の形のまま、草や土の上で枯れるのもある。

椿の咲く季節になり、慎太郎は、母から庭の掃除をよく頼まれた。花が散り終え、五月になると、その椿に毛虫がわく。殺虫剤の散布を忘れると、小枝に行列をなしている姿が見られた。

工藤慎太郎、十一歳。大田区の大森山王に両親と三人で住んでいる。小学校の六年生である。

五月中旬のことだった。学校から帰った慎太郎は、洗面所にいる母に呼ばれた。洗濯機が置かれている洗面所は、比較的広い。壁には、縦長の大きな鏡が取り付けられていた。母は、ジーンズのシャツのボタンを二つほどはずして、首のうしろ側を鏡に映している。

「どうしたの？」

洗面所を覗き込んで、彼はたずねた。

「毛虫にやられちゃった。さっき、庭の草取りを終えて居間でお茶を飲んでいたら、首のうしろから背中にかけて、もぞもぞと痒くてたまらなくなってきたの。ちょっと見てくれない？」

母は慎太郎に背を向けた。首のうしろ側に、ジンマシンのような赤い斑《はん》が出来ていた。衿を広げて中を覗き込む。ブラジャーの紐あたりまで、まだらな斑が続いていた。

「だいぶ赤くなっているよ、背中」

「これ塗って」と、母が液体の虫刺され薬を手渡し、腰を低くした。

慎太郎は、薬ビンの海綿の部分を、赤くなっている肌にこすりつける。

「椿の下で草取りしてたら、首のうしろがもやっとしたので、手で払ったの。毛虫だったのよ。そのときは平気だったんだけど、だんだん痒くなってきてね」

慎太郎は、衿から薬ビンを逆さにして入れたものの、うまく塗れない。

「奥の方、塗れないよ」

母はボタンをはずすと、ジーンズのシャツを脱いだ。そのシャツで前は隠したが、背中を覆っているものは、ブラジャーの紐だけである。色白の母の体は、肌がなめらかで肉感的だった。その肌が、かなりの広さで赤くなっていた。彼は、赤い部分に海綿を塗り広げる。ブラジャーの紐をずらし、そこに塗ろうとしたとき、母の両手がうしろに回った。そして、器用な手つきでホックをはずす。紐が両脇で垂れ下がり、裸の背中が現れた。シャツは足元に落ちていた。

残りの部分に薬を塗り終えた彼は、周囲を見直した。腕に近い肩にも、赤い斑があった。そこに海綿をこすりつけながら、肩越しに母の前側に眼を向ける。慎太郎より母の方が背が高い。で、彼は爪先立つ恰好になった。

母の手が、ブラジャーを両脇から中央に向けて押さえていたので、布地の上部がゆるみ、胸との間に空間が出来ていた。そこに、白くてたっぷりとした乳房の、悩ましい姿があった。その膨らみの一つの先端に、乳首がちらりと見えた。ボリューム感あふれる乳房の割には、乳首は可愛らしい。

「ぜんぶ塗り終えた?」

母が背すじを伸ばしながらたずねる。慎太郎はあわてて姿勢を直し、うん、と返事をする。

「ありがとう」

そう言って母が、ブラジャーの紐を背中に回そうとしたとき、その手が慎太郎の腕をかすった。はずみで、ブラジャーが、彼女の手からすべり落ちた。

「あら、いけない」

母はあわてる素振りも見せず、露になった両の乳房を間近に晒しながら、足元のブラジャーとシャツを拾い上げる。

「見られちゃったか。でも、ま、いいか、減るものでもないものね」

母はおおらかだった。鏡に背中を映し、首を捻って赤い斑を確認する。その間、母は前を隠すことをしなかった。慎太郎はわずかの時間、裸の胸の全景をはっきりと眼にすることができた。艶《つや》やかな肌をした豊かな乳房を、子どもながらにも美しいと思った。がしかし、間違った場所にいる自分に気がついた彼は、あわてて洗面所を立ち去るのだった。

一年前までは、時々母と一緒に風呂に入ったものだが、今の彼は、女性の裸を見る眼が違っていた。父がときたま買って帰る週刊誌のヌード写真に、彼の体は熱くなり、恥ずかしい現象が生じるようになっていたのだ。

母の美代子は、同じ年代の女性としては少し背が高い方だろう。親しみやすい美人といったところだが、ぽっちゃり型の顔は、四十一歳の年齢よりかなり若く見られた。体にも張りと艶があり、そしてその胸は、誇らしげに自己を主張していた。

つい先日、母と仲のよいＰＴＡ友達が、家に来て話をしていた。

「あなたのからだってうらやましい、若くてぴちぴちしてるんですもの。胸はぜんぜん垂れてないし」

隣のダイニングキッチンで、彼は、なにげなくその会話を聞いた。中年の域に足を踏み入れた年齢なのに、母には、若さとともに可愛い無邪気さがあった。物事を楽天的にとらえるところが長所でもあり、短所でもあった。中堅の建築会社に勤める父は、現場監督でこのところ忙しいらしく、夕食はほとんど母と二人だけで食べた。

「三日に一度は酔って帰るから、仕事だけではなさそうね。もしかしたら、浮気、してるかな」

帰りの遅い父への不満を、母は冗談ぽく慎太郎にもらした。「まったくいやになっちゃう」と言いながらも、母はＰＴＡの副会長を引き受けてしまうほどの、世話好きだった。そのうえ、週五日、朝の八時半から十二時まで、近くの建築関連会社のパート事務をやり、夜は社交ダンスのサークルに、週二回出かける。けっこう忙しそうだが、彼女はどれも楽しんでいるように見えた。

そんな母が、慎太郎は好きだった。だから、そろそろ反抗期を迎えようとしている年頃にしては、親子の間はうまくいっていた。

　虫刺され事件の数日後、慎太郎ははじめて夢精をした。夢に出てきたのは母ではなかった。今でも時折挨拶を交わす幼稚園の先生で、二十八か九になっているだろう。彼女と慎太郎は、裸で泳いでいた。途中で立ち上がると、慎太郎の泳ぎを止め、先生が抱きついてきた。温泉場の大浴場のようなプールの中央で、彼女は、母とよく似た乳房を慎太郎の肩近くの胸にこすりつけながら、キスをした。

　キスの密度が濃くなり、彼女の手が慎太郎の手を自分の胸に誘導する。乳房に触れた彼は、激しい昂りをおぼえた。そして彼は、パンツを汚したのだった。慎太郎が十一歳と二か月のときである。


　梅雨の季節になり、一週間に四日は雨だった。その後、北嶋からはなんの連絡も入らなかった。時計のお礼も言わなければならないと気にかけつつ、裕子もコンタクトをとらなかった。

　そんなある日のことである。彼女は、大森駅ビルの食料品売り場で買い物をすませ、マンション玄関横の郵便受けを覗いた。一通の封書が入っていた。裏を返すと、北嶋とだけ書かれていた。葉書のたぐいは函館と東京で何度かあったが、手紙は初めてである。部屋に入り、早速封を切る。


　前略。

　いつぞやは、ゴルフで楽しい想い出を作ることができました。あなたと一つの部屋で夜を共にするなんて考えてもみなかったことです。行きがかり上とはいえ、そして何も起こらなかったとは言え、甘ずっぱいものを感じた夜でした。

あなたの協力のお蔭で、新しい取引先との話は順調な滑り出しを見せています。が、困ったことが起きたのです。仕事のことではありません。恥を忍んで告白します。実は、ぼくはあのゴルフ以来、恋の虜《とりこ》になってしまったのです。あなたが美しすぎるから。

いい年をして、とひとは笑うでしょう。妻子ある身で恋の虜になるなんて、馬鹿げたことです。以前、不倫に走った友人を「馬鹿だよきみは。自分の欲望のために周りが見えなくなり、誰かが傷つくことさえ忘れてる。一度冷静に、三十キロ範囲に点在するひと、物ごとを空から見つめ直してみるんだな」と叱ったことがあります。ところが、ぼくもその馬鹿のひとりになりかかっています。途中を省略します。

ぼくは、あなたへの想いを断ち切るため、今後あなたと会うのをやめるつもりです。ご了解下さい。

六月二十六日　北嶋

「ひきょうだわ」

読み終えた裕子は、つぶやいた。胸のうちを告白しておいて、会うのをやめるなんて手紙、時代錯誤もはなはだしい、と彼女は怒りすらおぼえた。

裕子の心は揺れていた。昼休み、外線から何度か電話をかけようと電話ボックスに入ったものの、ダイヤルボタンを押す指が、途中で止まってしまうのだった。

梅雨も終わりに近づいた頃である。それはまったくの偶然だった。会社の下りのエレベーターで、北嶋と一緒になったのだ。しかも二人だけである。北嶋はバツが悪そうに、裕子の挨拶に会釈した。数秒間の沈黙のあと「生焼けのお魚を食べた感じです」と、裕子が言った。

「自分勝手な真似して申しわけない」

あまり見たことのない硬い表情で、北嶋は言った。

「ご都合よろしければ、今晩食事をごちそうしていただけませんか?」

「いや、それは……」

「お忙しいんですか?」

「時間の都合はつかなくもないが、やはり……」

「お話ししたいこともありますし、例の品川Pホテルの別館で」

エレベーターのドアが開き、人が乗り込んできた。次の階で北嶋は降りる。開きかけるドアのそばで振り向き、事務的な話をするかのように、

「例の件、調べてあとで電話を入れます」と彼は言って、姿を消した。

三十分後、北嶋から電話が入った。会う時刻を告げる内容だった。

「お願いしてた件ですね、はい承知いたしました」裕子は事務的に答えた。


七時の約束だった。早めに着いた裕子は、約束の場所から、やや離れた柱の蔭に身を隠した。

北嶋は七時ちょうどにやって来た。裕子はしばらく彼の様子を見守ることにした。彼はあたりを見まわし、続いて時計を見てから煙草を取り出す。考えごとをしている表情で、ゆっくりと煙を吐き出した。

前回の待ち合わせで、彼は八分遅れた。ちょうど同じ時間が経過したとき、急ぎ足を装った裕子は、北嶋

の前に姿を見せた。

「すみません。タイムカードを押そうとしたとき課長に呼び止められ、明日でもよさそうな用事を頼まれたものですから」

自分でもあきれるほど、すらすらと嘘が口から出た。

「それも会社のため。ご苦労さん」

北嶋の表情に、安堵の色が浮かんだ。

「今日は酔いたい気分です。苦いお酒を飲んで」

エレベーターの中で、裕子は皮肉っぽく甘えてみせた。

「そういう言い方されると、なんて答えていいのかこまるね」

暑い日だったので、二人は生ビールをオーダーした。

「苦いかな、ビールの味」

「苦いようなおいしいような、複雑な味です」

北嶋の心の中を垣間《かいま》見た裕子は、彼に、以前とは違う親近感をおぼえていた。ふだんは偉そうに見える管理職も、気恥ずかしそうな北嶋を眼の前にしていると、弱さを持ったひとりの男に思えるのだ。

「われながらどうかしていると思った。あんな手紙を書いて」

「あれを読んで、わたし、初めは頭にきました。だって、一方的すぎますもの。でも、正直言って嬉しい気持です。最後の一行がなければ」

北嶋は返事に窮していた。裕子の積極的な姿勢にとまどっているのか、あるいは、一度心に決めたことを安々と撤回するのは、男がすたる、とでも考えているのだろうか。裕子の腕には、北嶋のプレゼントの腕時計が輝いていた。その左手を北嶋の眼に触れるよう、わざとらしくかざして言った。

「次長？　時計のお礼言うの忘れてました。ほんとにすてきなプレゼント、ありがとうございます」

「気に入ってくれて、ぼくも嬉しいよ」

裕子のジョッキが、空になっていた。

「もう一杯いただいてもいいですか？」

「あ、ごめんごめん、気がつかなくて。遠慮なくやってよ」

と彼は言ってウエイターを呼び、自分の分も一緒に注文する。

二杯目が空になり、三杯目を半分飲んだ頃、ようやく北嶋の口が軽くなった。

「平野君、ぼくはきみに対して、あくまでも父親的な存在でなければいけないんだ。この年で恋をするなんて、さもしい考えだよ」

「次長は、あの手紙出されて、後悔されているんでしょう。今後会う会わないは別にして、胸のうちを見せてしまったことを」

「図星だ。あの手紙のことは忘れて欲しい」

「わたしの血液型、B型なんです。見かけによらず、性格悪いんですよ。今日は酔って、次長をいじめたい気分です」

「おいおい、かんべんしてくれよ。なんて言ったらいいのかな、そう、穴があったら入りたい気分なんだから」

裕子はものおじしない性格だった。それに、北嶋にとって不幸なことには、彼女が秘書として、幹部社員の扱いに、それなりのノウハウを伝授されていたことだった。

「営業部の人たちって、概して猪突猛進型。性格は大雑把で、あまり、小さいことにこだわらないタイプが多いように思うんですが、次長は意外とこだわり派で、その上ロマンチスト」

「まいったな。ほんとにきみは、見かけによらず性格悪いよ」

「さっき、そう申し上げました。だいたいですね……」

三杯目のジョッキが空になり、裕子はほんのすこし酔っていた。

「あのような手紙の書き方って、なんとなく女っぽいと思うんです。胸のうちをほんの少し見せておいて、するりと身をかわすなんて」

「べつに身をかわしているわけではないんだ。真剣に考えたんだよ、これでも」

「でも、ずるい……」

料理を食べながら、二人はさらにもう一杯ずつビールを飲む。ゴルフ談義になり、稲取温泉での場面に話が進もうとする。裕子は、手紙の一件を深追いしたい気分だったが、周囲の客の眼も気になった。この中に三田電気の社員がいるかもしれないし、次長の個人的な知り合いが食事しているかもしれないと、さりげなく周囲を見まわした。その沈黙の間を埋めるかのように、北嶋が言った。

「そろそろ出ようか、ほかに場所を変えて飲むかな」

ホテルを出ると、品川駅前のタクシー乗り場で、車に乗った。

「大森海岸駅の方」

北嶋が運転手に告げた。裕子を家まで送って、別れるつもりだろうかと、彼女は思った。

タクシーが八ッ山橋を過ぎた頃、北嶋の手が延びて、裕子の手を握った。しばらくじっと握ったままだったが、やがて、指がもぞもぞとした動きを示した。

「二人だけで、落ち着いて話ができるところに行こう」

北嶋が口を寄せて囁きかけた。裕子は、それがどのような状況を意味するのか深く気にとめることなく、ぼんやりと聞く。

第一京浜を京浜急行の大森海岸駅前で右折したところで、北嶋はタクシーを停めた。前方に歩いて行くと大森駅になる。だが彼は、すぐ左に折れてそれほど広くない道に入った。裕子の地元だが、この界隈は知らない。バーかクラブにでも行くのだろうと思ったのだが、建物の玄関の様子が、少し違っていた。北嶋に肩を抱かれる感じで、自動ドアの中に入る。パネルに納まったいくつかの部屋の写真があり、彼はその一つのボタンを押したようだ。続いて、小さな窓のあるフロントで、彼は素早く何かを受け取る。

飲むための場所と思い込んでいる裕子の眼には、不思議な光景に映っていた。そして、そこがどんなところであるのか、ようやく彼女が気づいたのは、エレベーターを降りてからだった。狭い廊下に面し、部屋のドアが並んでいた。

「次長、ここは……」

「なにも言わないで」

北嶋の顔がこわばっていた。カードキーでドアを開けた彼は、躊躇する裕子を部屋に引き入れる。

裕子の気持は揺れていた。彼女の方から食事をご馳走してくれと言い出したものの、今日、事態がここまで進展するとは予期していなかった。だからといって、今さら逃げ出すわけにはいかない。それに、いずれこのような状況が来るかもしれないことを、彼女は心の隅で待っていた、とも言えるのだから。

靴脱ぎ場の小さなホールの先に、もうひとつガラスのドアがあった。北嶋はそのドアを開けたまま、裕子を待っていた。

「さあ、中に入って」

裕子は、このようなホテルに入るのは初めてである。淡いピンク系にコーディネートされた部屋の中央に、大きなダブルベッドがあり、右手に二人掛けのソファー、冷蔵庫、テレビがあった。一般のホテルとくらべるとやや狭いが、ムードはたっぷりとあった。裕子がもの珍しそうに部屋を眺めている姿を見て、

「きみはこういう所、初めてなのかい?」

北嶋が、脱いだ上衣をハンガーに掛けながら訊いた。

「もちろん初めてです。次長は何度も利用されたことあるんですか?」

「ないと言えば嘘になる。でも昔の話だよ。それに、相手はクラブの女の子」

函館営業所時代の頃だろうか、と裕子は思った。当時彼は、単身赴任中だったのである。

ふっと北嶋の体が近寄り、裕子を抱いた。

「次長……」

裕子は抱かれながらも、顔を横にした。彼の手が強引とも思える力で彼女の顔を正面に向け、唇を重ねてきた。わずかに抵抗を示したものの、裕子は拒絶する気はなかった。自分の心臓の高鳴りを聞きながら、ためらいがちな北嶋の舌先を、受け容れた。

ソファーに並んで座り、ふたたび北嶋は口づけをする。裕子が容認の態度を示すと、彼はくすぐるようなタッチで舌先を唇に這わせ、腰に当てがっていた手を胸の上に置いた。

裕子は、北嶋の首に腕を回すことはしなかった。その代わり、胸を愛撫しはじめた彼の手を、阻止することもなかった。

裕子の体は、たしかに昂揚していた。けれども、心の燃えあがりに今ひとつもの足りなさを感じていた。

「平野くんではなく、裕子さんって呼ばせてもらおうかな」

「ええ、かまいませんよ」

「やはりあの手紙の最後の文面、取り消しにするよ。ぼくは、きみに惚れてしまった」

「そんなこと言っていいんですか？　また、そのことは取り消すなんてことに……」

「あまりいじめないでくれよ。ところで、せっかくこういう所に来たんだ、ぼくはちょっと失礼して、お風呂に入るよ。よかったらきみも一緒に、と言いたいところだが、厚かましい頼みだと思うんで……あとでどうぞ。ああ、テレビでも見てたら」


部屋で上半身裸になった北嶋の体は、年の割には、筋肉質で締まっていた。彼が浴室に姿を消し、裕子は部屋を見まわした。ベッドのヘッドボードには、照明や音楽のスイッチ類があり、横の台の上に、小さな袋が二つあった。指を触れた感じから、予防具のようだ。彼女は知識として、その使用目的はもちろん知っていた。けれども実物はまだ見たことがない。今日、北嶋はこれを使用するのだろうか。心の動揺を鎮《しず》めるために、裕子はテレビのスイッチを入れる。


画像が現れ、一瞬おやっと思った。それから、にわかに動悸の高まりをおぼえた。テレビではなくアダルトビデオだったのだ。二十代半ばぐらいと思われる女が、女子高生の制服を脱がせているところだった。

「ユカのこと大好き、誰よりも好きよ」


年上の女は、そう言いながら美少女のスカートとブラジャーを取り去り、ショーツだけの姿にする。少女の乳房は、未熟ながらも可愛い形をしていた。

女もみずからの衣服を脱ぐ。黒のショーツにはガーターベルトが付けられ、そこから黒のストッキングが吊るされていた。ブラジャーをはずすと、豊満な乳房が現れた。

「わたし、先生のこと死ぬほど好き」

少女が女に抱きつく。どうやら教師と教え子のようだ。二人は恍惚の表情で乳房を押しつけ合い、唇を重ねた。

女同士のキスは、たちまち熱をおびる。舌と舌を絡め合い、あるいは交互に啜《すす》り合う。彼女らが本物のレスビアンと思えるほど、真に迫った演技である。この先のなり行きに興味をおぼえたのだが、北嶋が出てきたらまずいと思い、あわてて電源を切る。心臓の音が分かるほど、なぜか裕子は昂奮していた。

しばらくして、北嶋がホテルの部屋着姿で出てきた。

「浴槽のお湯、新しいのと入れ替えておいたから、よかったら入って」

裕子はためらった。風呂に入るということは、これから起こるであろう情事を、暗に認めることになると思ったからだ。だけれども、先ほど見たビデオの昂奮で、赤らんでいる顔を見られたくなかった。で、緊急避難の場所として、浴室を選んだのである。

昂奮で変化をきたしたのは、顔ばかりではなかった。ボディーソープで全身を洗ったあと、下腹部を入念にシャワーで洗い流す。バスタブに裸身を沈めながら、彼女は、たぶんこれから起こるであろうことに、漫然と考えをめぐらせた。

裕子は処女ではなかった。だが、ここ十年余、男性と肌を接したことはない。美人で、多くの男たちの羨望と垂涎《すいぜん》の的になってはいるものの、そのようなめぐり合わせがなかったから、とも言えた。

彼女はたしかに、北嶋に好意以上のものをいだいていた。それは愛に類似した感情だった。とは言っても、進んで抱かれたいほどの性的な欲求を感じたことは、あまりなかった。それが、あの手紙がもとで、結果的には、彼女の方から仕掛けた形になってしまったのだ。

裕子はホテルの部屋衣は着けずに、自分の服で洗面室を出る。ぷんと煙草の臭いが鼻をついた。所在なかったのか、あるいは気を鎮めるためなのか、北嶋が吸った煙草の吸いがらが、三本灰皿にあった。

「きみはお行儀がいいんだね。ホテルの服着ればらくなのに」

「ええ、でも……」

言葉を濁した裕子は、自分の居場所を決めかねていた。すると、きみの居場所はここだよ、と言わんばかりに北嶋は立ち上がり、彼女を抱く。

唇が重ねられた。煙草の臭いが気になったのは、ほんの一瞬で、たちまち裕子は、陶酔の中に引き込まれた。唇を割って進入してきた彼の舌に、彼女は自分の舌先を反応させる。

胸を愛撫され、この部屋に入ったときの接吻より、確実に裕子の体は熱くなった。気がついたとき、彼女は北嶋の首に腕を巻いていた。

裕子の呼吸に乱れが生じた。それに気をよくしたのか、唇を離した北嶋が彼女の服を脱がせにかかる。

「次長、だめ」と裕子はつぶやいたものの、抵抗らしい抵抗はしなかった。ブラウスの二つ目のボタンに彼の指がかかったとき、

「もう少し、明かりを暗くしてください」

裕子の口から出た言葉は、裸にされることを、暗に認めたことになってしまった。

照明を落とした北嶋が、ブラウスをはがしスカートのジッパーを下げた。スカートを下ろしにかかったとき、さすがに彼女は拒んだ。

「きみのからだが見たいんだ。邪魔なもののない裸のからだを」

北嶋の声はソフトだが、なぜか裕子には、抗しきれないひびきがあった。

「これは自分で脱ぎますから」

そう言って裕子は洗面室に行った。かたくなな抵抗は、かえって見苦しい。深呼吸のあと、彼女はスカートを脱ぎ、下着を取り去ると、バスタオルを巻いた。

北嶋の部屋着の一部があきらかな異変を起こしているのを、彼女はちらりと眼にした。それがどのような現象であり、その延長線上に何があるのかぐらい、裕子にも分かる。

ベッドにもぐり込もうとする彼女を制して、北嶋が言った。

「ここで、きみのからだを見せてほしい」

「でも……」

ためらっている裕子のバスタオルを、北嶋が手ぎわよくはがす。彼女は両手で前を隠しはしたものの、身をこごめたりはしなかった。

「おお……」と声を発し、彼は熱っぽい視線を裸身に浴びせた。

「裕子さん、きみがこれほどすばらしいプロポーションの持ち主とは、思いもよらなかった。実にいい。久しぶりにミロのビーナスって言葉を思い出したよ」

北嶋の賞讃の言葉に、裕子はかえっていたたまれなくなった。

「恥ずかしいわ、もういいでしょ」

未練がましい様子を見せたものの、彼はそれ以上引きとめなかった。そしてベッドに入った裕子に、彼は身を重ねてきた。全裸の肉体を抱き合って行う接吻に、彼女はめまいがするほどの昂りをおぼえた。

北嶋が男としての存在を示したことは、二人にとって、とりもなおさず不倫の関係を結んだことになるのだが、裕子は、軽い罪悪感をおぼえはしたものの、あまり深刻にはならなかった。それよりも、彼女の中では今ひとつすっきりしないものが浮遊していた。

彼女は、北嶋からの連絡を心待ちにしていた。しかし、半月を過ぎても彼からの電話はなく、手紙も届かなかった。こちらから電話をするのは、なんとなくはばかられた。一か月がたった夜、ようやく彼女のマンションに電話がかかってきた。裕子は自分を偽らずに言った。

「電話、お待ちしていました」

「すまない。ぼくとしては一所懸命がまんして……けど、どうにもがまんしきれずに……」

「がまんですか」

「そう。きみが迷惑に思うだろうと考えて」

「そんなことありません」

北嶋の誘いに、裕子はなんのためらいもなく応じた。その週の金曜の夜、大森駅東口近くの鮨屋で食事をとった二人は、京急大森海岸駅近くのあの同じホテルに入ったのだった。

交替で風呂に入ったあと、ベッドでの北嶋の前戯は、丹念で緻密だった。裸身を抱きしめたキスに続いて、彼は、裕子の胸に、ちりばめたような唇と舌の愛撫を施す。乳首を吸われ、もう片方の乳房を揉みしだかれると、彼女は昂り、体の芯が濡れた。

やがて乳房を離れた彼の手が、下腹部にすべり下りた。恥毛に触れ、さらに下がって太腿《ふともも》の肌を撫でる。その間も、乳房への口の愛撫は中断されることはなかった。

内腿に移動した手が、中心部に迫ったとき、裕子は官能のぬるま湯にどっぷりと浸かっていた。それでも彼女は、それなりの恥じらいの抵抗を見せた。

「ほら、からだを楽にして。足の力をゆるめて。ぼくは、きみを愛しているんだ」

北嶋の催眠術のような声に、裕子の体の力が抜けた。それは夢の中での出来事のように思えた。彼の手の誘導で、彼女はこわばった生きものを握らされたのだ。すでに裕子の理性も羞恥も甘美な錯乱の渦に呑まれ、彼女は自分を見失っていた。北嶋の指戯に応えるかのように、彼女の指がぎこちない動きをする。

と、指の間からそれが抜け去り、彼の唇が、彼女の腹にキスを落としながら下りていく。体の動きにつれて上掛けがずれ、足を唇が這う頃には、裕子の裸身を覆っているものは、何もなかった。

「やめてください」

足首まで下りた唇が逆もどりし、内腿の肌を這い上がってきたとき、彼女はか細い声で訴えた。にもかかわらず、北嶋は躊躇の気配すら見せずに、指で開く。裕子は混乱した。その情景を瞼の裏に描いただけで、彼女の全身の血が逆流をはじめた。直後、彼女は異様なうずきをおぼえた。知識としては知っていても、彼女の肉体にとっては未知の領域であった。そしてその行為が、淫靡な快感をもたらすことを実感した裕子は、性の深淵を垣間《かいま》見る思いで、身をこわばらせていた。

ようやく北嶋の口が離れた。裕子がほっとしたのもつかの間、予防具を装着した彼が体を重ねてきた。緊張の中で彼女はその時を待つ。

局部的な痛みが襲った。けれども、裂かれようとする痛みはやがて消え、彼女の予感は裏切られた。何度か同じ現象が起きたものの、痛みの度合いは、そのたびに小さくなっていく。前回、彼はそこであきらめた。いや、あきらめざるを得なかったのだ。

北嶋の焦りが伝わってきた。彼は押し当てたままで体を動かす。裕子の肉体はとまどいながらも、昂揚を示した。と、「おお……」と低くうめいた体が硬直し、彼の動きは止まった。

炎が鎮まらないまま、裕子は北嶋の抱擁を受けとめていた。やがて彼の狂気がおさまり、その体が離れた。呼吸を整えた北嶋が、照れくさそうに言った。

「きみはもしかして処女?」

「そんなこと聞かないでください。自分の口からは答えられません」

そう言ったあと、裕子は、もっと恥じらいを含んで別の表現をすべきではなかったかと、軽い気の咎《とが》めをおぼえた。


工藤慎太郎は、スポーツの中では水泳が得意の方だった。幼稚園に通っていた頃から毎年夏休みになると、五、六回は平和島の区営プールに母と行っていたので、自然と覚えたのである。もちろん、小学校のプールでは、毎夏まっ黒に日焼けするほど泳ぎに熱中した。ところが小学生最後の夏休み、慎太郎は、学校のプールで、右手の小指の骨にヒビが入るけがをしてしまった。

泳いでいて骨にヒビが入るとはおかしな話だが、背泳の練習をしていたときのことである。もうふたかきでターンの体勢をとろうと思ったとき、プールサイドのコンクリート壁に、右手の甲を叩きつけたのだ。一瞬、小指に激痛が走った。

練習を切り上げた彼は、保健室に行った。湿布してもらうと痛みはやや治まったものの、夜になってまた痛みはじめた。翌日病院に行くと、レントゲンを撮《と》られた。右手小指の骨にヒビが入っているとのことだった。その日は当て木をして包帯を巻いてもらい、翌日ギプスをはめられた。たかが小指一本なのに、親指を残して四本の指を、手首近くまで固定されてしまった。

着替えはなんとかひとりでできるのだが、風呂場で体を洗うのが、どうしても中途半端になる。右手にビニール袋をかぶせ、手首を輪ゴムで止めるので、浴用タオルがつかみにくく、動きの自由が利かなかった。

浴室を覗いた母が見かねて、背中を洗ってくれる。

「すっかり日に焼けたね。どう？　泳ぎうまくなった？」

浴用タオルで背中をこすりながら、母がたずねた。

「うちのクラスでは、二番目に、速いよ」

「あら、一番じゃないの？」

「だってそいつは、スイミングクラブに、二年のときから行ってるもん」

「ああ仲田君ね」

「そう」

やはり、しっかりと基礎を身につけている者にはかなわない。クロールの二十五メートルで、二メートル近くの差がつく。

「はい、立って」

母にうながされて、慎太郎は立ち上がった。母は腰からお尻を洗いはじめる。

「お母さんね、小学校、中学校、高校、それに短大も、ほらずうっと函館だったでしょう。泳ぐ機会があまりなくて、ほとんど泳げないの。十メーターがやっと。だから上手に泳いでいるひとを見ると、偉いなあって思うよ」

平和島のプールに行ったときも、母は水には入るものの、ほとんど泳ぎらしい泳ぎをしなかった。その代わり、水着姿はちょっとばかり恰好よかった。

足のうしろを洗い終えた母が、体の背後にシャワーをかける。水量が多すぎたため、ワンピースの裾がびしょ濡れになってしまった。


二日後、ふたたび慎太郎は風呂に入った。彼の体を洗うため、母が浴室に入ってきたのだが、その姿を見て、慎太郎は一瞬おやっと思った。次に、彼はたちまち羞恥に襲われた。母は、タオルを腰に巻いただけの、裸の姿だったのだ。彼を、まだ子どもだと思っているようだ。

「この前、服濡れちゃったでしょ。それにここんところ、あんた頭洗ってないみたいだから洗ってあげる。ついでにわたしも、一緒に入ろうと思ってね」

母は、お湯に体を沈めている慎太郎に背を向け、立ったままの姿勢でシャワーを浴びた。たちまち腰に巻いたタオルが濡れて、お尻がはっきりした形を現した。彼の視線が下に移った。

膝から下はけして太くはないのだが、お尻へと向かう太腿の肉づきはよく、きめのこまかな肌が、しっとりとした艶を放っていた。その肌にいくつもの水玉が出来た。

母はしゃがみ、タオルをはずす。股間にシャワーを当てがいていねいに洗う姿を眺め、慎太郎は、子どもながらにもあやしい気分に襲われた。

やがて立ち上がった裸身が、こちら向きになりかけた。彼はあわてて顔を正面にもどし、見まいとした。けれども視界の端に、白い輝きが、乱反射を起こしながらぼやけた映像を作るのだった。

「あたたまった？　お母さんも一緒に入るね」

母が浴槽の縁をまたごうとしたので、慎太郎は前に両手を当て、体をよじるようにして交替する。彼のものはそのとき、見られてはまずい状態になっていたのだ。その現象を母の視界から遠ざけるようにしながら、左手一本で前部分を洗う。

ややあって、母が浴槽を出るお湯の音が聞こえた。慎太郎の背後にしゃがんだ彼女は、彼の頭にシャンプー液をたらす。

「よりによって、水の中で骨折するとはね」

「骨折じゃないよ、ヒビが入っただけだよ」

「似たようなもんよ」

頭皮をマッサージするように、母の指が動いた。痒みがとれて気持いい。しかし慎太郎は、困った状況を母に見られているのではないかと、気が気ではなかった。

それからまた二日が過ぎた。母との二回目の入浴は、思わぬ方向に事態が進んだ。母が先に入り、しばらくして慎太郎を呼ぶ声がした。彼は夕食のあと、甘ずっぱいものを胸に溜めながら、この時間をひそかに心待ちにしていた。前回、恥ずかしさのあまり裸身をあまり見なかったことを、悔やんでいたのだ。

ドアを開けると、むこう向きで浴槽に身を沈めている母が、こちらに顔を捻った。その眼が、眩しそうな笑みを浮かべる。少し慣れたせいか、彼のものは、母の入浴姿を見ても、力強い反応は示さなかった。けれども、それがかえって厄介だった。おなかにつくほどになれば、タオルで隠しやすいが、水平方向に伸びているので、処置に困る。

慎太郎と入れちがいにお湯から出た母が、浴槽と平行して体を洗いはじめた。浴槽に背中をつけている彼からは、母の斜めうしろ姿を見る恰好になる。少し体を起こして横を向けば、間近に乳房が見られるはずだ。

だが、彼は身を軽く起こしたものの、正面のタイルに顔を向けたまま、眼球だけを横に動かした。

半分視界に納めることができた母の横向きの裸身は、彼の想像と合成され、エロティシズムの世界を作り出す。

「さあ、洗ってあげるわよ、出なさい」

と言う母の声に、慎太郎は、あわてて視線をタイルにもどした。

母は何年もそうしているかのように、腰掛けに尻を下ろした彼の首や腕、背中を、慣れた手つきで洗う。続いて、立ち上がらせると、尻と足のうしろ側を洗った。

前回はここで終了だった。ところが今日は、それで終わらなかった。彼はまだ前を洗っていなかったのだ。そこで母が言った。

「前も洗ってあげる。はい、こっちを向いて」

慎太郎は窮した。異常な状態を、母に見せるわけにはいかないのだ。

「前は自分で洗うからいいよ」

「いいから、いいから、恥ずかしがらないで。ほら、こちらを向きなさいよ」

母が彼の腰を抱きぎみにして、体の向きを変えさせようとした。すると、乳房が彼のお尻を圧迫した。その感触にペニスはさらに漲《みなぎ》りを強め、異常現象は最大値を示した。

慎太郎はどうにでもなれと、なかばやけになって向きを変えた。だが、前を隠さずにはいられなかった。

立ち上がった母は、彼の狼狽など気にもとめずに、平然とふるまう。無防備な恰好で裸身を晒しながら、彼の首から肩、さらに胸に浴用タオルをこすりつける。豊満な乳房はその重さのため、わずかに垂れてはいたが、先端を正面に向けてしっかりと突き出し、堂々とその存在を誇示していた。下腹部の黒々と密生した繁みも、素早く彼の眼はとらえた。そのとき母が言った。

「手が邪魔なんだけどな。脇の下が洗えないじゃないの。はい、バンザイして」

男には、女に分からない事情があるんだ、と慎太郎は胸のうちで叫んだ。しかし、恥ずかしいからもういいよとは、今さら言えない。観念した彼は、両手をぎこちなく挙げた。

とうに事情を察知していたかのように、母は驚きもせず脇を洗い、腰を落としながらおなかを洗って、問題の場所にさしかかった。くすりと笑った母が、

「元気なおぼっちゃまだこと」と言って、そこには手を触れずに、両足を洗った。

「さてと……」母は石鹸をてのひらにまぶすと、お尻の穴や玉の袋を洗い、直立状態のこわばりを、手前に引き倒した。

「あんたのこれ、小学生にしてはしっかりと成長してるね。もう大人に近いかな」

と言いながら、キュウリでも塩もみするかのような手つきで洗う。大人に近くても、皮は完全に覆われているし、羽毛すらも生えていなかった。くすぐったさに、彼は腰を引いた。

「ほら、ちゃんと立ってなさい」

母は握っているものを無造作に引き寄せると、こう続けた。

「この皮の下にはね、恥垢《ちこう》って垢《あか》が溜っているの。それをきれいにしないと変な臭いがしたり、病気にかかることもあるんだって」

慎太郎のペニスは、通常の状態では完全に皮をかぶっている。けれども、勃起すると先端部の赤い実が、マッチ棒の頭ほどに顔をのぞかせるのだ。

「ちょっと痛いかもしれないけど、がまんして。たぶんうまくいくと思うから」

母は三本の指で挟んだ硬直を、数回しごいたあと、根元に向けて強く皮を引く。痛さはあったものの、むず痒く快かった。

三分の一ほど皮がむけ、桜色をした実が顔を出す。そこで母はひと呼吸入れ、手に石鹸をまぶした。

「なんとかなりそうだわね」

天を仰いでいるペニスを、ふたたび手にした母は、てのひらについた石鹸を塗りながら、むいてはもどし、むいてはもどしの作業を、真剣な眼差しでくりかえす。すると露出の範囲が広がり、慎太郎は、痛さと快感が入り混じった不思議な感覚を、拳《こぶし》を握りしめてこらえた。

激痛が走った。母が力を込め、一気に最後の仕上げにとりかかったからだ。彼は四肢をこわばらせ、息を詰めた。そして、未知の中身がその全容を露にした。薄い表皮を張りつめ、光沢を放っている様子は、かなりエロティックである。

「おお、くさいくさい」

母はそう言うとさらに皮をめくり、溝の部分を露出させる。酒粕のような白い滓《かす》がこびりついていた。

「ほらごらんなさい。この白いのが恥垢。これをきれいに洗わないと病気になるからね」

母は石鹸をまぶし、入念に指を這わせる。くすぐったさとうずくような強い刺激に、慎太郎はしゃがみかかった。母が、握ったままのものを引きもどし、シャワーをかける。

包むようにして洗う母の手は、やさしかった。先端から根元に向けて往復の動きをしたとき、彼の下腹部に激しい電流が走った。

「何か出ちゃう」

口走った彼は、体を折り曲げた。握りしめて耐えたものの、手の中に連射されるものを、おしとどめることはできなかった。

こうして母の手による割礼《かつれい》（もちろん正式のものではないが）の儀式は終わった。この儀式が果たして病気の予防のために必要だったのか、慎太郎は疑問に思った。おそらく母は、彼の体を、いずれそうなるであろう大人の姿に、近づけたかったのだと彼は思う。

この出来事があって以降、母は一緒に入浴はしなくなった。が、何事も起きなかったかのように、いつもと変わらない態度で、慎太郎と接した。

儀式のあと、一週間でギプスがとれた。そして彼のペニスは、勃起時には完全に亀頭が露出するようになった。しかし、平常時は半分以上皮をかぶっている。せっかく母が施してくれたのだからと、彼はあることを考案した。バンドエイドのガーゼの部分を取り除いて、そのテープを使ってみた。完全に露出させると、溝から皮にかけた場所にテープを巻きつける。すると、ペニスが萎縮しても皮はもどらなかった。露出した亀頭がブリーフでこすられ、歩くたびにくすぐったいうずきを感じたが、それは同時に、大人のペニスを持ったことへの、快感でもあった。

大人のペニスといえば、慎太郎は以前気になったことがあった。小学校二年か三年のときである。家族旅行のドライブインのトイレで、大人と並んで小便をしていた。身長に差がある彼が何気なく横に眼をやると、放出されているオシッコが、ペニスを離れた直後、縦長の帯状になっていた。慎太郎の場合は丸い棒状なのだ。反対側の大人も、やはり帯状だった。

彼はそのとき、大人になると、きっとオシッコの出方が違ってくるのだと思ったのだが、その疑問がようやく解けた。皮が先端部ですぼまっていると、オシッコは棒状になるが、めくれたあとの彼が放出するものは、横から見ると、見事に縦の帯状となっていた。

一か月ぐらいたつと、バンドエイドは使わなくてすむようになった。完全に露出した状態を鏡に映しながら、異常ともとれる行為を平然と完遂させた母に、慎太郎は感謝をしたい気持だった。

1991年（平成三年）

「おはようございます。平野さん、いつも早いんですね」

担当重役の机や、受け持ちの応接室のテーブルをふき終え、秘書課長の机をふいているとき、結城未央《ゆうきみお》が、裕子のそばに来て挨拶した。彼女は、今年の異動で庶務課から配属されてきて、まだ日が浅かった。

タイムカードを押したばかりの彼女の姿に、裕子は時計を見る。八時四十五分、裕子より十分以上遅い。

会社の始業は九時だが、ここ秘書課では、定刻より十五分早めに出社するのが、暗黙の取り決めとなっていた。文書での決定事項となっていないのは、組合の手前があるからだ。

「定刻ぎりぎりね。もう二、三分早く来た方がいいわよ」

注意する裕子の言葉づかいはしかし、やさしかった。

「すいません。お化粧がなかなかうまくいかなくて」

小うるさい係長の阪本真弓からは、まだ注意を受けていないらしい。

「お掃除終わったら、ちょっとトイレに来て」

裕子は四年前に、やはり庶務課からこの秘書課に移された。容姿端麗で頭の回転がよく、言葉づかいの比較的正しい女子社員が、他の部所から引き抜かれてくる。秘書課は、課長が男のほかは、七人がすべて女子社員だった。

「あなたのお化粧、すこし濃いような気がするんだけど。特に口紅、もうすこしおさえた色にしたら？　それと、パールのマニキュアはやめた方がいいわね」

トイレの化粧台に並んで向かいながら、裕子は結城未央に言った。

結城未央は裕子のことを、信頼できるよき先輩と思っているようだ。彼女は裕子の忠告やアドバイスを、いつも素直に聞く。

結城未央が秘書課に来て、ひと月半ほどたったとき、

「平野さん。先輩としていろいろお話をおうかがいしたいんです。近いうちに、ご一緒に食事していただけませんか？」と彼女は言った。

秘書課に来たすぐの頃より、未央の、敬語、丁寧語のつかい方が、スムーズになっていた。

「そうね。じゃあ今度の金曜日あたりはいかが？」

「はい、だいじょうぶです」

「あなたの家、市川だったわね。新橋あたりの気軽に入れる店で」

暖かく、半袖姿も見られる季節になっていた。裕子と未央は、新橋の烏森口《からすもり》から四分ほど歩いた、居酒屋に入った。黒い柱や梁《はり》を使った民芸調の店内は、すでに半分以上客が埋まっていた。

刺身やたたき、焼魚、肉じゃが、おでん、川エビのから揚げ、茶碗蒸しなどメニューは多彩だが、焼鳥が評判よかった。しいたけ、ししとうなどの野菜の入ったコースを頼む。調理済みを電子レンジであたためるのではなく、生を直火《じかび》で焼くから、本物の味である。値段も比較的安いので、人気があるのだろう。

生ビールで乾杯した。未央はいける口らしい。中ジョッキの半分近くが、一気に彼女の喉を通過した。

「これからは、ビールのおいしい季節になりますね」未央が満足げな表情で言った。

「かなり飲めそうね」

「中ジョッキで、そうですね、四杯ってところですかね」

「けっこういけるじゃない？」

「でもそれは、暑い夏ののどがすごく渇いているときです。普通は二杯ぐらい飲んで、あとは焼酎の梅お湯割りですね」

「そう。焼酎は飲むけど、梅お湯割りは飲んだことないわ」

瓶からグラスに注いで飲むビールより、同じ生でも、ジョッキで飲む方がおいしく感じられる。

焼鳥が運ばれてきた。あらかじめ置いてあった皿の上に、じゅぶじゅぶと音がするネギを挟んだ焼鳥と、ネギなしの二本が置かれた。ネギ付きを一本食べたあとで、未央が言った。

「秘書課って、いつも背すじを伸ばしていなければならないようで疲れますね。庶務課の方は、机の上の仕事が次々と舞い込んでくるけど、課長がいないときは適当におしゃべりもできて、気が抜けるんですよね」

「まあ、これも慣れかしらね。自分が重役のスケジュールを握っていて、それに沿ってあのひとたちが動いている。それと、お年の方が多いから、けっこう物忘れもあるのよね。だいじょうぶですか？　ボケるにはまだ早いと思いますけど、ってそんなことをおなかの中で思いながら応対していると、なんとなく肩の力が抜けるのよね」

「そうか、緊張しすぎるのもいけないんですね」

「気負いしすぎず、九〇パーセントぐらいの力で仕事続けるのが、長続きすると思うわ」

とは言え、やや社交性に欠け、几帳面な裕子には、疲れる仕事ではあった。

ししとうと銀杏《ぎんなん》、それにつくね焼が出て、二人はビールのおかわりをする。

「先輩、これからいろいろと教えてください。平野さんみたいな方に、わたし憧れをいだいているんです。美人で頭がよく、そのうえスタイル抜群だし」

「結城さん、それはちょっと買いかぶりすぎよ。わたしは平凡で保守的なＯＬ」

「いいえ、わたし、平野さんを心の底から尊敬しているんです」

「あなた、すこし酔ったんじゃない？」

「まだ、ビール二杯ですよ。酔ってなんかいません」

未央は、裕子の眼を見つめながら言った。彼女の眼には、まるで恋をしているかのような、熱っぽい潤みが見られた。


その後裕子は、結城未央と時々飲むようになった。酒量も二人はほぼ同じで、食べものの嗜好も似ていた。もちろん気も合った。夏も終わりの頃、二人は浜松町駅近くのとある居酒屋で、こんな会話をしていた。

「ね、平野さん。日本は男女平等って言うけど、ビジネスの世界では、圧倒的に男優位ですよね。大きな会社には男の役員が何人もいて、女の秘書が付く。女の役員が半分くらいいて、それに男の秘書が付く会社なんてないでしょ?」

午後七時過ぎの居酒屋の喧噪の中で、未央の声もしぜんと大きくなる。生ビールを、中ジョッキで二杯空にし、焼酎の梅お湯割りで彼女はホロ酔いきげんだった。裕子も適度にいい気持になっていたが、まだ酔うほどでもなかった。彼女は未央に同調し、また反論もした。

「わたし思うんだけど、女は男に甘えていると思うの。永年にわたって築き上げられた男社会に、半ばあきらめの境地で、それも、かなりの居心地のよさを感じながら住んでいるんじゃないかしら。男優位の社会を平等くらいまでに近づけるためには、女の自発的な意識革命が必要だと思うわ」裕子も熱っぽくなる。

「たとえばどんなこと?」

たずねる未央の眼の周りが、ほんのりと染まっていた。

裕子はふだんあまり饒舌ではないが、相手が未央で、アルコールが入るとどうしてもおしゃべりになる。ついつい、自論を展開するはめになった。

「男女雇用機会均等法ってあるでしょ?」

「ええ」

「その法律自体はけっこうなことだと思うわ。しかしそう簡単にはいかないと思うの。男の意識の改革とともに、女も、甘えの構造をすてなければいけないのよ。例えば生理休暇の特権や、深夜残業の保護の廃止を積極的にアプローチして、男社会に入り込んでいかない限りはね。それぞれの能力の特性に応じた役割分担は、あってもいいとは思うんだけど」

「ふうん、なるほどね。甘えの構造か。でも先輩、甘えの構造は、男にもあると思うわ。例えば結婚しているキャリアウーマンの場合、どうしても、家庭と仕事の板ばさみになるんじゃない?　残業続きで帰りが遅いと、晩めし作ってくれない、家の掃除はしない、もしかしたら不倫してるんじゃないかって、甘ったれ亭主はぼやくに決まってるんだから」

「そういう点ではたしかに、韓国とか日本の男は、封建制の殻から抜けきれていないところがあるわね」

裕子は焼酎の梅お湯割りを、未央はサワーをオーダーする。煙草に火を点けて、未央はしゃべり出した。

「男女の平等が本質的に実現しないのは、会社を運営している上層部の石頭に、問題があると思うの。女はたとえ能力があっても、なかなか重要なポストにはつけない。協調性に欠け、歯車がかみ合わなくて周囲のリズムを乱す、なんて誰かが言ってたけど、そのリズムとは、結局男達のリズムですよね」

「うん、それは言えるかもしれないわね」そう言って裕子も煙草に火を点ける。「でも女にも問題があるのよ。グローバルにものを見られないとか、包容力に欠け情緒的になりがちだとか……」

「でも、男ってずるいわ。仕事の上では女の情緒性を馬鹿にするくせに、一対一でつき合いだすと、とたんに情緒を求めるんだから」

「ま、男の悪口はこれくらいにしときましょう。世の中、二種類の人間しかいないんだから。男類と女類と」

こんな話ばかりしていると、男ひでりの女が二人、男をさかなに酒を飲んでいる、と周りは見るだろう。裕子はしかし、未央と飲んでおしゃべりするのが楽しかった。彼女は未央に対して妹のような感情を抱き、未央にとって裕子は、頼り甲斐のある先輩であり、優しい姉のような存在でもあった。

結城未央、二十三歳。都内の短大を卒業して、三年前の四月に三田電気の庶務課に入社し、今年の四月、秘書課に配属されてきた。最近流行のスリムな体をしており、すこし派手めだが、ファッションセンスは、裕子よりいい。

裕子は二十七歳。秘書としてのキャリアは、未央より四年ながい。

未央は、何かにつけて裕子に相談を持ちかけた。裕子はいやな顔ひとつ見せず相手になる。そのうえ、二人で飲みに行ったり、カラオケルームで歌ったりしているうちに、女同士の友情はいっそう深くなった。

裕子と北嶋章二とのつき合いは、男と女の関係が生じてから一年余りがたち、かつての部下と世話になった元上司という間柄にもどりつつあった。

大森海岸のホテルで二度目に肌を交えてから三か月ほど後、渋谷のラブホテルに入った。年齢的なものからくるのか、それともほかに何か要因があるのか、彼のものは昂りを示しつつも、最後のハードルを越えることはできなかった。北嶋は服を着ながらこう言った。

「もう二、三年早くきみとこんな仲になっていたら、たぶんうまくいっただろうに……」

1992年(平成四年)

旅館の前に川が流れている。川幅は広くはないが、雪深い山間の流れは、浅い峡谷となっていた。

雪のトンネルになった橋を渡ると、川向こうに、この旅館、本家満平旅館専用の食事処がある。その食事処の内部は、秘境平家の里をうたい文句にしている土地だけに、いかにも古色蒼然としていた。黒光りする柱や梁、床板には、古さの中にも重厚さを感じさせ、いろりを前にしてとる食事のおもむきに、平安の昔を偲ばせるものがあった。

裕子と未央の二人は、週末を利用して、栃木県の山奥にある湯西川《ゆにしがわ》温泉に来ていた。昨年暮れ、雑誌に紹介されているのを未央に見せられ、裕子の気持が動いたのだった。二月の山里の温泉郷は、一面の雪におおわれていた。

野趣あふれる料理に舌鼓を打ちながら、裕子と未央は、ビールに続いて白ワインを飲む。

「いいわね、この雰囲気。なんだか平安時代か室町時代にタイムスリップしたみたい」

裕子は感心しながら、ワイングラスを唇に当てた。

「でしょ？　どうしても一度、裕子さんと一緒に来てみたいと思ってたのよ」

未央の眼の周りがほんのりと染まり、瞳も潤んでいた。

「料理もすてきだわ。地方と時代を感じさせながら、ちょっとしゃれていて。未央、いいところを見つけたわね」

「以前は、中年夫婦とか旅好きの初老の男性向きだったんでしょうけど、最近は女の子も多いみたい」

「そう言えばそうね。若いグループを何組か見かけたわね」

二人はワインのあと冷酒も飲み、さらに本館ラウンジに足を運んだ。

未央はカラオケで一曲歌い終えるたびに、ビールを飲み干した。

彼女は実に歌がうまい。そのうえ、ニューミュージックから演歌、さらにシャンソンまでレパートリーも広かった。スリムで美人の彼女は夜のムードにマッチして、周囲の客から、アンコールの拍手をもらう。それにひきかえ裕子は、あまり上手ではなかった。未央の助けを借りて、やっと一曲を歌い終えると、あとは聴き役に徹した。他の客の歌が続き、二人はカクテルを注文する。裕子は〈雪国〉を、未央は〈ピンクレディー〉を頼んだ。

歌うことで血液の循環がよくなるとともに、アルコールのまわり方もいいのか、未央はかなり酔っていた。帰りの廊下では、裕子が抱きかかえなければならないほど、未央の足元はふらついていた。

「ほら、ひとが見てるわよ。しっかり歩きなさい」

「ああいい気持。やっぱり温泉旅館はいいな。こうやって、浴衣《ゆかた》に羽織姿でリラックスできるんですもの。そうでしょ？　先輩」

「そうね、いいわね」

「もうっ。もうすこし愉しそうにしゃべってよ」

「ほら、足元あぶないわよ、気をつけて」

廊下に段差があり、次は階段である。

「だいじょうぶ、だいじょうぶ」

そう言いながら未央は、裕子にしなだれかかってくる。

部屋に入って、未央は二組の蒲団を踏みつけながら、窓際の椅子に、どでんと腰を落とした。

「未央、今夜は飲みすぎ」

「今夜もでしょ。ユッコさんが一緒だと安心して飲めるの。男だと、酔いつぶれたあと、何するかわからないんだもん、あいつら」

裕子は後輩の未央を呼び捨てにするが、これは未央の方から、甘えてそう呼んでくれと頼まれたからだ。ただし、社内では、結城さん、とさんづけで姓を呼んでいる。

「苦しくない？　はいお水」

「ありがと。ユッコさんやさしいから、だーい好き」

「酔いつぶれて、男性に何かされたことあるんじゃない？」

裕子はテーブルを挟んで、未央の前に腰掛けた。

「この年で、わたしがまだ処女だと思ってる？　ねえ、思ってるの？」

「さあ、わからないわ」

「もちろん処女なんかじゃない。正直に言っちゃう。初体験は十八歳、高三の時。短大生になって十九で一人、はたちで一人、計三人の男とからだの関係までいった。でも三田電気に入社してから、男やめたの」

「どうして？」

「男なんて、誰かさんの競馬じゃないけど、みんな穴狙い。女の気持なんか本気で理解しようなんてのは、一人もいないんだから」

口は酔っぱらい調だが、頭の中味はまだしっかりしているようだ。それにしても淫らな言葉が、平気で口から出るものだと感心していたら、さらにエスカレートしてきた。

「女は、オッパイふたつに、子宮とオマンコがひとつずつ、合わせて四つの大事な機能を持っているのに、男はチンポコ一本だけじゃないの。それなのに偉そうな顔して、頭にくる。そうでしょ？　先輩」

裕子は返事に困った。苦笑いを浮かべ、未央から眼をそらした。

「ユッコさん、まだ飲み足りないんでしょ。ビール飲もうよ」

「わたしはいいわ。それより、寝る前にもう一度お風呂に入ってくる。あなた先に寝てて」

「わたしも行くぅ」

「だめよ、そんなに酔ってて」

「だいじょうぶ、だいじょうぶ。頭を冷たい水で冷やすから」

「でもねぇ、からだによくないわ」

「わたしひとりじゃ寂しいよぅ」

「しょうがないわね。じゃあ、シャワーぐらいですませなさい」

「はあい」

四時に旅館に着いていたので、食事の前に二人は一度入浴したのだが、夜の露天風呂も風情があるだろうと、裕子は思い立ったのである。廊下を歩く未央の足どりは、さきほどよりしっかりとしていた。

室内の風呂で少し温まり、外に出た。コンクリートの小径に人工芝が敷かれ、露天風呂へと続いている。

二人は、タオルを腰に巻いただけの姿で歩いた。酔い心地の肌に、真冬の山間の冷気が気持ちいい。

川を見おろす場所にある露天風呂の周囲の岩に、雪が積もっていた。ほかに客はいなかった。川のむこう岸に、幻想的な氷の造形が、三色の照明でライトアップされ、その照明の中を、粉雪が舞っている。

「すてきな眺めだわ。東京の雑踏を考えると、夢みたい」

裕子は、ゆったりとお湯に身を沈めながら言った。ついさきほどまで饒舌だった未央は、こくりとうなずいただけだった。

「どうかしたの？　未央。気分でも悪い？」

「ううん、とってもいい気持。こういう風景を眺めながら、裕子さんと二人きりでお風呂に入っているんだもん」

未央の声には、甘えたひびきがあった。

「あなた、あまりながく浸かっていてはだめよ。岩に腰掛けたら？」

うなずいた未央は、素直に高めの岩に腰掛ける。腿から下がお湯に入っている状態だから、上は丸見えだった。彼女はタオルを岩の上に置いたままで、下腹部を隠そうともしない。スリムな体についている乳房は、小ぶりながらも、反りかげんにつんと突き出て、形は悪くない。

　裕子は低めの岩に腰掛けた。腰から下がお湯の中にあった。斜め前の未央が、首を傾け気味にして、裕子の裸身を見つめていた。

「ユッコ先輩のからだ、ほんとにすばらしい。胸は豊かで形もいいし、足はすらりとして長いわ。それでいて、太腿は適度にむっちりとしていて、女のわたしでさえそそられちゃう」

「あなた、やっぱり酔ってるんだわ」

「ううん、だいぶ酔い醒《さ》めた。柔肌に溶ける雪、いと可愛い」

　そう言ったあと、未央はふうっと大きな溜息を漏らした。

「わたし……」未央の言葉がとぎれた。

「どうかしたの?」

「うん、そうなの。どうかなっちゃった」

「だいじょうぶ?」

「だいじょうぶじゃない」

　ふたたび未央は、熱っぽい吐息をついた。

「すこし温まってから出ましょ」そう言って、裕子はお湯に裸身を沈める。

　未央がお湯に入りながら、すうっと体を寄せてきた。泣き出しそうな声で、先輩、と言うと、いきなり裕子に抱きついた。それから彼女は、裕子の肩に置いた顔を、いやいやをするように振った。

「どうしたのよ未央」

裕子は、未央の肩にそっと手を添える。未央がさらに体を寄せてきたため、四つの乳房が触れ合った。

「先輩、わたしのこと好き?」

顔を上げ、ねっとりと潤んだ眼で未央がたずねる。

「好きよ」

そのとき、裕子の体に、ふわっと甘いうずきが広がった。たまらないほど好きなの。

「わたしは、それ以上に裕子さんが好きなの」

そう言うやいなや、未央が裕子の裸身を強く抱き、唇を寄せてきた。裕子は顔を捻って逃げようとしたものの、彼女の動きには、ためらいがあった。唇と唇が合わさった。

初めて体験する女同士の異常な行為なのに、未央の唇の感触は、けして悪くはなかった。そればかりではなく、絡みつくすべらかな女の肌と、合わさった唇から、不思議な快感がかもし出され、抵抗しようとする裕子の力を奪った。

ゆるめた唇の間を、未央の舌がちろちろと動き、身を揉む乳房が、裕子の乳房にこすりつけられる。裕子は不覚にも、燃えたつものを感じた。そのとき、露天風呂への小径で、話し声が聞こえた。あわてて唇をふりほどいた裕子は、

「誰か来たわよ」と小声で言い、まだしがみつこうとする未央の裸身を押しやった。

部屋にもどると、未央はカーテンを閉めた。露天風呂での昂奮を曳きずっているかのように、裕子を見つめる未央の眼は潤み、艶やかな光を投げかける。未央が照明の一つを切ると、部屋はほのかな明かりを漂わせた。

椅子に座ろうとする裕子をおしとどめて、未央が抱きついてきた。爪先立つようにして、彼女は裕子の唇に自分の唇を押しつける。今度は、素直に未央の接吻を受け入れる気分になった。いくぶん背の高い裕子が、顔を下向きにして、未央とのバランスをとる。

未央のキスは、繊細でしかも官能的だった。裕子の上下の唇を柔らかくこすりながら、舌先で舐める。あるいは唇を吸う。ちょっと口を離し、ふたたび同じ行為をくりかえす。

唇を合わせたまま、未央が自分の帯を解いた。その肩から羽織とともに浴衣がすべり落ちると、未央は大胆になった。裕子の唇を撫でていた舌を、彼女の口中にすべり込ませてきた。裕子は嫌悪感をおぼえなかった。のみならず、進入した舌を恍惚として吸う。その間に、彼女は未央によって浴衣を脱がされ、ブラジャーとショーツだけの姿にさせられた。

「先輩、嬉しい」

甘えた声で耳元に囁いた未央が、裕子の耳朶を噛んだ。ぞっくとする快感が彼女の背をうずかせる。

「もう一度、先輩の胸見せて」

「え?　ここで?」

「そう。見せて」

風呂場ではなく、部屋で裸身を晒すことに、裕子は羞恥をおぼえた。でも相手は女。それに、すでにワインレッドのショーツ一枚になっている未央との釣り合いをとるためにも、裕子はブラジャーをはずした。けれども、自然と両手が乳房を覆い隠す。

「隠さないで見せてよ」

「だって……」

そう言う裕子の声は、甘さを含んでいた。観念してはずしたものの、手のやり場に困った。ふたたび這い上がろうとする手を、かろうじて両脇に追いやる。その胸に手をかぶせた未央が、膨らみの全体像を確かめるかのような仕草で撫でながら言った。

「大きさといい形といい、なめらかな白い肌といい、まれに見る美しさだわ。それに、日本の女の乳房って、ややおなかに近い位置にあるけど、裕子さんの胸、高めに位置しているみたい。ほら、黒人や白人がそうでしょう」

顔を寄せて、「すてきな乳房」とつぶやいた未央が、膨らみの中腹に唇を触れた。羽毛でくすぐられるようなかすかなタッチを描いて、唇が乳頭に向かう。やがて乳首を吸われ、片方の乳房に五本の指先が這うと、知らず知らずのうちに裕子の顎が上がり、背中が反った。

「なんだか変……」裕子は悩ましくつぶやく。

未央の口がまだ吸われていない乳首に移った頃には、裕子は、女同士の愛に陶酔し、快感の小波《さざなみ》が束ねられたゆるやかなうねりとなって、彼女の肉体に広がっていった。

ひとしきり裕子を身悶えさせたあと、未央の口が離れた。二人の気持には、すでに相通じるものができあがっていた。未央が立ち上がるのと入れかわりに、裕子がひざまずく。つんと突き出た可愛い乳房に、未央がしたのと同じ手順で唇と舌を這わせ、一方の膨らみに手の愛撫を加えた。小ぶりな感触が快い。

「ああ……裕子先輩、すてき」

未央が、身を揉みながら甘えた声を出す。同性の乳房を吸い、愛撫することに、裕子は不思議な感動をおぼえた。北嶋に抱かれたときよりも、確実に彼女の体は、熱くなっていた。

未央に押し倒される恰好で、蒲団の上に仰向けになった。その上に細身の裸身が覆いかぶさり、あやしく身を揉む。アブノーマルな世界に浸りながら、裕子は、自分の肉体に潜む不可思議な性を、咎めようとは思わなかった。

旅行から帰った翌日、裕子はいつも通り、八時三十分過ぎにタイムカードを押すと、担当役員室と応接室それぞれ二室、そして秘書課長のテーブルや電話機などを手ぎわよくふき、ロビーの盛り花を整える。

結城未央は、八時四十五分になっても姿を現さなかった。遅刻かそれとも欠勤か。欠勤ならば必ず電話が入るはず。今日の裕子は、ことさら未央の動向が気になった。八時五十分になって、エレベーターホール横を通って給湯室に行こうとしたとき、エレベーターの到着を知らせる音がして、未央がとび出して来た。

「遅いわよ」

「あ、平野さん、おはようございます。きのうは」と未央が言いかけたところで、

「さあ早くタイムカード押して、仕事にとりかかりなさい」

裕子は未央をせかせた。始業前の未央の担当の仕事を手伝おうと裕子は一瞬考えたが、親密な関係になったことで、かえって同僚の眼を意識した。

昼休み、裕子はいつもだったら、会社の食堂で未央や他の者と一緒におしゃべりしながら、手作りの弁当かサンドイッチを食べるのだが、今日は留守番役なので、ひとりで部屋で食べ、文庫本を読みはじめた。そこへ未央が、あたふたと帰ってきた。ほかにはまだ、誰ももどっていない。

「あら、早いのね」

「うん、簡単におそばですませちゃったから。おとといときのう、とっても楽しかった」

「そうね。だけど、休みの翌日は遅刻欠勤だめよ。これ、勤め人の鉄則」

「ごめんなさい。夕べはなかなか寝つかれなかったんです。先輩のことばかり考えてたものだから」

未央は裕子にすり寄り、「これ」と言って折りたたんだ紙片を机の上に置くと、自分の席にもどった。

四ッ折りにした可愛いレターペーパーを開く。未央が常用している香水が、ほのかに匂った。

――湯西川旅行、夢のようでした。わたしの一生の想い出になります。裕子お姉さまを、ますます好きになりました。それも、愛という形で。未央――

裕子は甘ずっぱいものを胸に感じながら、二つ斜め前に座っている未央のうしろ姿に、視線を向ける。その気配を察したかのように未央がふり返り、ちょっとはにかんだ表情で裕子の眼を見つめた。裕子も、口元にかすかな笑みを浮かべて見つめかえす。自分の気持を表現するかのように、未央がうっとりと眼を閉じ、大きく肩で息を吸った。そのとき、エレベーターホールの方から、到着を知らせる音が小さく聞こえた。裕子はさり気なく文庫本に眼を移した。


湯西川温泉旅行から五週間後の土曜日、裕子と未央は、上野駅の公園口で落ち合った。二人は東京都美術館に入り、二時間ほど見てまわったあと、上野公園を散策する。陽差しこそやわらいできたが、桜はようやく硬い蕾をつけはじめたばかりで、まだ森は、冬の景色のままだった。それでもあちこちのベンチにはアベックが腰を下ろし、睦まじそうに語り合っている。

「わたしたち、普通の友達にしか見えないわよね」

未央が裕子を見つめて言った。

「そりゃあそうよ。並んで歩いているだけだもの」

「じゃあ、こうやったらどうかしら」

未央が体を寄せると、腕を組んだ。親しい間柄には見えるだろうが、それ以上の関係を想像する者はまずいないだろう。女同士腕を組んでいる二人づれは、街中でもよく見かけるのだから。

京成の上野駅近くのレストランで遅めの昼食をとり、ふたたび腕を組んで歩く。池を右に見てすこし歩いたところで、未央は不忍《しのばず》通りを横断した。

「ねえ未央、どこへ行くの？」裕子がたずねると、未央は指さした。

「ほら、そこ。ちょっと歌っていかない？」

「カラオケ？　歌は苦手なのよね」

結局未央に誘い込まれるかたちで、ビルの階段をのぼった。

未央が二曲歌って、裕子がところどころ音程をはずしながら一曲歌う。

裕子は、歌の面では未央を尊敬していた。同じ人間なのに、どうしてこうも違うのだろうと思う。

未央はその性格とともに服飾も派手だった。会社勤めの都合上、髪こそひかえめな栗色だったが、休みとあって、マスカラをつけた濃いめの化粧に、大きなリング状のイヤリング。コートを脱げば、イエローベージュのラフなジャケットに黒のミニスカート、といった装いだった。

ミニスカートは二年前の春あたりから流行しはじめており、裕子のスカート丈がやっと膝が半分顔を出す程度なのにくらべて、未央のは、膝上十センチはあった。

ソファーで、裕子に身を寄せて座った未央が、テレサ・テンが歌っている『ホテル』という曲を歌う。

「これ、まさに不倫の歌。歌詞の内容がすごく意味深《いみしん》でしょう」

一番を歌ったあとで未央が言う。続いて二番を歌いながら、裕子の肩に回していた手を脇にすべらせ、三番に入ったところで、その手を大きく回し、乳房の膨らみの横側を撫ではじめる。マイクを置いたとき、未央のてのひらは、完全に裕子の胸を占領していた。

「裕子お姉さま、好き。愛してるわ」

囁く未央の吐息が耳をくすぐり、裕子の体の芯が濡れた。レスビアン特有の、お姉さまという言い方にも、彼女は違和感をおぼえなかった。むしろ、心地よいひびきで裕子の官能をくすぐるのだった。

一番奥の部屋だったこともあって、未央は大胆だった。ソファーの背に裕子の体を押しつけると、パールピンクの唇を重ねてきた。

舌を深く進入させた未央が、セーターの上から乳房を揉みしだく。音楽は、歌い手がないまま、演奏を続けていた。ドアの小窓から誰かに覗かれるかもしれない恐れをいだきながら、裕子は未央の舌を吸いつづける。と、未央の手がセーターの裾から押し入り、ブラジャーの下にもぐり込もうとした。

「未央、だめ、ここではだめよ」

裕子は、ここでそんなことをしてはだめ、と言ったつもりだったが、頭が混乱していて、表現に正確さを欠いた。ここではだめだけれどほかでならば、と未央が受けとったと気づいたのは、彼女の次の言葉を聞いたときだった。

「じゃあ、さっき歌ったテレサ・テンの場所に行きましょ」

「テレサ・テンの場所って?」

「ホ・テ・ル」

「ホテル？」

「この近くにあるの。さっき看板が見えてたから」

「もしかして……」

「そう、ラブホテル」

「でも、そこは男と女が行くところでしょ？」

「そんなきまりはないわ」

「でも……」

そのとき、室内の電話が鳴った。

「ほらもう時間よ、出ましょ」

カラオケルームから三分ぐらい歩いたところに、そのホテルはあった。電柱の地番表示は、池之端となっている。尻ごみする裕子の腕を、未央が引き寄せた。

受付横のパネルに部屋の写真がいくつもあり、一つだけ照明がついて明るくなっていた。未央が素早くその部屋のボタンを押す。小さい窓から彼女は鍵を受け取り、エレベーターの前に立った。最上階で停まったばかりのエレベーターを待っている時間が、裕子にはかなりながく感じられた。ドアが開いたとき、人が出て来はしないかと、思わず背を向けるのだった。

「これで、このホテルは全部満室。好き者同士が多いわね」

エレベーターの中で、プラスチックの板がついた鍵を見せながら、未央が言った。

「受付のひと、変な顔しなかった？」

「べつに」

「どきどきしちゃった」

「そのスリルが逆にいいのよ」

淡い紫色のトーンの室内には、大きなダブルベッドの横に、L字型にソファーが置かれ、正面の壁際にテレビがあった。女二人でこういう場所に居ることに、裕子は悪魔的な怪しさを感じ、それだけで艶《なまめ》いた気分になるのだ。

ねばりつくような潤んだ眼を裕子に向けて、未央が上半身の衣服とブラジャーをはずし、スカートを脱ぐ。それから裕子を同じ姿にさせると、裸の胸を合わせた。

「ああ……この日が待ち遠しかった」

と、未央が狂おしい接吻を浴びせながら、裕子の体を押した。足がベッドに当たり、そのまま裕子は、尻を落とした。

パンティーストッキングだけの姿で、未央が裕子の裸身にのしかかり、身を揉みながら言うのだった。

「ユッコお姉さま、好き、大好き。わたしだけのものになって」

未央の背を抱いている裕子の腕にも、力がこもる。裕子には、彼女を慕い一途に求める未央がいとおしかった。二人は激情のおもむくままにキスをくりかえし、乳房をまさぐり合う。ひとしきり陶酔の世界をさまよったあとで、未央は、

「ね、お風呂一緒に入ろ」と言うと、裕子の前で恥じらう風情も見せずに、ショーツをパンストごと脱ぎすてた。黒々と密生した繁茂を隠そうともせず、彼女は裕子の下着に手を掛けた。

裕子がシャワーをかけ終わったところで、先にバスタブに入っていた未央が言った。

「ね、こっち向いて。裕子さんの裸よく見せてよ」

裕子は未央の正面に体を向けると、ちょっとおどけて軽くポーズをとる。

「ナイスバディー。プロのカメラマンが見たら、きっとヌード写真集出したがるわね」

「そんなに若くないよ。もう二十八になっちゃったのよ」

「ううん、その肉体《からだ》、わたしより若い。そうね、二十二、三ってところかな。絶品のまさに今が旬《しゅん》って感じ」

女が女の体を賞讃する。そこには、比較対象の同性を見なれたシビアな眼があり、未央の褒め言葉は、裕子には嬉しかった。

バスタブに裸身を沈めた裕子の乳房を愛撫しながら、

「レスビアンって、けしていやらしい行為ではないと思う。お互いに惹かれ合っていれば、それは美しい愛なのよ。男と女の愛の根源は、性欲だけど、レズには美学があるわ。そうでしょ?」

未央が同意を求める。

「まあ、そうかもしれないけど」

「いまいち納得できない?」

「結果としての同性愛を、否定はしないわ。でも肝心なのは、性への感受性とプロセスだと思うの。好きだからって、いとも簡単に肉体的な関係に進むのは、安易すぎるし、危険でもあるわ」

「危険?」

「相手がもしそういう趣味を持ち合わせていない場合、たちまち変な噂を流されるかもしれないでしょ。それにこれは、男と女の間にも言えることだけど、好きなんだけど軽々しく口に出せず、互いに耐えに耐えていたものが、激情となって肉体的行為につき進む。それが愛の姿だと思うの」

「あ、それ、わたしの裕子さんへの気持だわ。ひと目で先輩が好きになって、あの湯西川に旅行するまで、ずうっと悩んでいたんだから。胸をときめかせて、いつもいつも、裕子さんのことばかり考えて……」

「で？　わたしがそちらの方に興味がありそうだって、どうしてわかったの？」

「雰囲気で、ある程度は。でも恐かった。もし先輩に嫌われたらどうしようかと。だから、あの湯西川温泉でお酒の力を借りて、半分酔ったふりして。ごめんなさい」

「ううん、いいの。あなたの気持嬉しい。あなたに感化されたわけじゃないけど、レズには、愛の美学があるような気がしはじめたの」

裕子は、いつの間にかレスビアンを肯定的にとらえる感覚に陥っていた。男と女の愛以上に、女同士のそれは、悩ましいとも思う。浴槽を出ると、未央が、素手で裕子の体を洗った。胸を撫でていた彼女の手がおなかをすべり下り、さらに下に移動する。

「そんなふうにいじらないでよ。変になっちゃうじゃないの」

「遠慮なく変になって」

裸身をこすりつけて行う未央の、巧みな指の戯れに、裕子は、立っているのが辛くなるほどの昂りをおぼえた。

二人は交替し、裕子が未央の肌にソープを塗る。体のうしろ、前、足を素手で洗い、残る場所に手を忍ばせた。ぬめりの中で指にしたものに、その形状を確かめるかのような愛撫を施す。すると、未央の喉がくうっと鳴った。甘えたうめき声を鼻にかけて、身を揉む未央がいとおしく、裕子は指先を一点に当てたまま、小きざみに震動させる。

「裕子さん、そこ、そこ」

言葉を吐きながら、未央は揺れた。彼女が身をこわばらせたため、裕子は指のいたずらを中止する。

「いや、やめないで」体を震わせ、未央が抱きついてきた。

ベッドに移ってからも、絡み合う裸身はキスを貪り、何度も上下を入れ替える。未央の体が上になったとき、彼女は逆向きの姿勢をとった。二人は同時に乳首を口にとらえ、空いている乳房に手の愛撫を加える。全身をうずかせる悩ましい愉悦に、裕子の恥じらいも理性も、完全に官能の支配するところとなった。

レスビアン。それは樹林の日蔭に咲く、あやしくも美しい徒花《あだばな》だった。


泳ぐことが好きだった慎太郎は、中学生になって水泳部に入った。部活に熱中はしたものの、勉強も少ない時間を有効に使った。だから、ガリ勉タイプではなかったけれど、クラスでは、おおむね二番目の成績を維持していた。

二年生になると身長も伸び、細身ではあっても、水泳の練習で肩や胸に筋肉がつき、しっかりとした体つきになった。下腹部の羽毛は若草に変わり、大人の姿をもつペニスに彩《いろど》りを添えはじめる。その姿かたちは、内心彼の自慢ではあったが、変な噂をさけるために、誰にも見せてはならなかった。

水泳の練習のためには、更衣室で裸にならなければいけない。彼は用心深くシャワーを浴び、素早く水着に着替えるのだった。

世話好きの母は、中学校でもＰＴＡの役員を引き受けており、水泳部の父母の会にもよく顔を出した。部員の誰にでも気さくに声をかけるものだから、なかには、自分の母親以上に、親しみを感じている生徒もいたようだ。

「お前いいよな、あんなに若くて美人の母親がいて。おれ、うらやましいよ」と一人が言えば、

「それにボインだからな」と、もうひとりが言う。

「それとやさしいよな」ほかの者が続ける。

「もう、いいオバサンだよ」

と慎太郎は口では言うものの、まんざら悪い気はしなかった。

不謹慎にも、いつかみたいに、指か手の骨にヒビでも入らないかと内心願ったが、あいにく、どこにも異状は起きなかった。

慎太郎はクラスの女の子にもてた。表《おもて》だったもて方ではなく、ひそかな憧れの対象だったらしい。ある女子生徒の告白によると、彼女を含め、少なくとも四人の女の子が、慎太郎と交際をしたがっているとのことだった。ラブレターめいた、可愛いミニレターペーパーを手渡されたこともあった。しかしなぜか、彼の興味の対象は、成熟した年上の女性に向けられていた。

彼が通う中学校を今年卒業して、私立の女子高に進学した生徒から、電話で、デートの誘いを受けたことがある。コンサートとハイキングに二度つき合った。瞳のきれいなグラマーな娘《こ》だった。だが、慎太郎のオナニーの対象にはならなかった。三度目の誘いも、四度目のあぶなげな告白の電話にも、彼は感情を揺り動かされることはなかった。もし彼女の告白を受け入れていれば、彼はおそらく、十三歳で初体験をしたかもしれなかった。

慎太郎は、けしてマザコンではないと考えている。しかしそれにしても、夏場の母の肉感的な肢体は、眩しかった。体の一部になっているようなぴったりとしたTシャツとショートパンツ姿で、掃除機を掛けている母を見つめ、彼はひたすら邪念と戦わねばならなかった。

おおらかな性格の母は、慎太郎の事情など少しも気にかける様子もなく、平然とふるまう。七月に入ったある日曜日、慎太郎と母は庭の草取りをした。父は早朝に出かけたようだ。おそらくゴルフであろう。

母は、服装によってはスマートに見える。が、実際は肉感的だった。そのうえ汗かきである。その日は朝からむし暑く、草取りをはじめて一時間もしないうちに、母のTシャツは汗をたっぷりと含んだ。肌にへばりつく布地の下に、ブラジャーがくっきりと透けていた。

「朝早くからやればまだ涼しいんだけど、あんた寝坊だからね」

額から汗を落としながら、母が言った。

「水泳部の練習、きついんだよ。だから、日曜日ぐらいゆっくりと寝たい」

上半身裸の慎太郎の肩や胸にも、汗の玉が光っていた。

「一日にどれくらい泳ぐの？」

「五十メートルを四回、百メートルを二回、それに四百メートルを一回だから、八百メートルぐらいかな。でも、そのほかに基礎的な練習やランニングまであるから、もうグロッキーだね」

半分ぐらい終わったところで、お昼の時間になった。母のTシャツは素肌同然になり、ブラジャーもかなりの湿りを含んでいた。

慎太郎に続いて、母がシャワーを浴びる。彼女は新しいTシャツとショートパンツに着替えて、浴室から出てきた。さきほどより厚手の生地だが、ブラジャーをしていないらしく、乳首のぷちんとした形が、それとなく見えていた。

豊かな膨らみはなんとかその重量に耐え、正面を見すえている。ノーブラでTシャツを着るなんて、思春期の息子への配慮が足りないのか、それとも、自分の胸をかなり自慢に思っているのだろうか。

昼食のソーメンを食べ、軽く昼寝してから、ふたたび草取りに挑戦する。

彼にとって今日の作業は、それほど苦痛ではなかった。足腰は鍛えられているし、なにより、母の体を観察できる愉しみがあった。予期した通り三十分もすると、母の新しいTシャツは汗を含み、ところどころ肌が透けはじめた。

「男みたいに裸になれれば、気持いいんだろうけどね」

首に掛けたタオルで、汗をふきふき母が言う。

「汗かいた方がからだにいいんだよ。それにダイエットにもなるじゃないか」

「あら、わたしが太めだっていうの?」

「べつに太めだとは思ってないよ。でもほら、スリムなのが今はやってるじゃん」

「でもねえ、無理してあんなにガリガリに痩せなくても、いいと思うけどね。あれで病気でもしたら、からだもたないよ」

一時間近くがたち、びっしょりと汗で濡れたTシャツは、半分近く、その役目を放棄していた。

立ち上がった母が腰を伸ばす。堂々と迫《せ》り出した胸は、乳首はおろか、乳暈《にゅううん》の広がりや色まで透けていた。

「晩ごはんの買い物、行かなきゃならないだろ? あとは、おれひとりでやるからいいよ」

一人でやっても三十分とはかからないだろう。とにかくこれ以上、母がそばにいるのが彼には辛かった。

アメリカから、バイヤーが来た。東京滞在の間契約している日本人の通訳が、父親の不幸のため、同行できなくなった。急なことで、代わりが見つからない。その通訳から、三田電気の営業担当常務に電話が入った。約束の時刻にバイヤー一人で出向くから、英語の話せる社員を、通訳として同席させてくれないか、とのことだった。

で、裕子に白羽の矢が立った。彼女は函館営業所勤務の頃、二年間、夜の英会話スクールに通い、東京に出て来てからも、二年間英会話の勉強をした。それに、白人女性との交流もあったので、裕子は気後れすることなく引き受けた。

バイヤーを前にして常務、その横に裕子が座った。

未央が応接室にコーヒーを運んできたとき、ちょうど裕子とバイヤーが、会話のやりとりの最中だった。裕子の会話のフレーズがかなり長い。コーヒーカップをテーブルに並べながら、未央は感嘆の表情を見せた。

商談は成立した。秘書課にもどった裕子に、

「平野さんってすごいんですね。英語が出来ることは知っていましたけど、実際の現場を見たのは初めてです。それもあんなに流暢《りゅうちょう》に会話できるなんて、尊敬も尊敬、大尊敬にあたいします。わたし、すっかり感激しました」

昂奮を隠しきれないといった表情で、未央が言った。

昼休み、未央はめずらしく弁当を持参していた。裕子と未央は、秘書課の更衣室兼休憩室で一緒に弁当を食べる。他の課員は食堂や外食に出ていて、誰もいなかった。

「平野さんの英語、よどみなくって感じですね。普通だったらたどたどしくってところですけど。まいった

な、あんなにペラペラとやられては」

「でも、適訳かどうかわからない言葉もあるの。そこはまあ、適当にやって会話をつなげれば、なんとかなるものよ」

「英会話スクールだけで、あれほどしゃべれるようになるんですか？」

「アメリカ人の教師が、友達を紹介してくれたの。高輪に住んでいた同じアメリカ人なんだけど」

「男？　女？」

「女性よ。六年前だったかな。彼女は当時三十二歳で、ご主人の仕事の都合で日本に来て、三か月しかたっていなかったの。日本語も出来なく、東京の事情もわからない。だから休みの日に東京を案内したり、ショッピングをしたりして、わたしは英語を身につけ、彼女には日本語を教えてあげたわけ。二年ほどで本国に帰ったんだけどね」

「そう。で？　特別な関係にならなかった？」

「特別って？」

「つまり、レズ。あちらさんは、ホモやレズが多いそうだから」

「まさか。あなたによって、わたしは初体験させられたんだから」

「信じましょ。でも、やはり生きた会話を経験しないと、通訳なんて無理なんでしょうね。ほんとに尊敬しちゃうな。ますますファンになっちゃった」

　ねっとりと潤んだ眼で、未央が話しかける。

「あなたは歌が上手じゃないの。歌ではあなたを尊敬してるのよ、わたし」

「歌で尊敬されても。ま、いっか、これも特技に該当するかもしれないし。ところで、そろそろカラオケか飲みに行きません？　今週の土曜日あたり」

前回新宿で愛し合ってから、二か月以上たっていた。未央の肌とおしゃべりが恋しくなっていた裕子は、快く承諾した。


梅雨明けの七月にしてはあまり暑くなく、さらりとした気持のよい日だった。裕子と未央は、土曜日渋谷でおちあった。

未央は、ベージュのサマージャケットの下に光沢のあるブラウンのタンクトップ、スカートは黒のタイトなミニスカートといったいでたちだった。その丈はますます短くなって、細めの腿を堂々と見せつけていた。

「足、露出しすぎじゃない？」

「あら、裕子さん遅れてる。若い子は、今これぐらいのミニが標準よ」

最近買った裕子のスカートは、ちょうど膝頭が出る程度であり、それも最初に身に着けたときは、顔が赤らんだものだ。

デパートを二軒ほど見てまわり、レストランでビールを飲みながら昼食をとる。

「もっと短い周期でデートしたいな」

「でも、あまり頻繁に逢っていると、きっと喧嘩をしたり、憎み合ったりすることにもなると思うの。それに、会社の誰かに見られるかもしれない。だから少しはがまんしなくちゃ」

周囲に気を配って、裕子は声をひそめた。

「裕子さんって冷たいんだなあ」

「そんなんじゃないわ。どろどろの関係にならないためにも、節度は必要よ」

「わたしは毎週でも逢いたいのに」

未央はわざと不服そうに口をとがらす。

レストランを出た二人の足は、道玄坂を登り、途中を右に折れた。そこはラブホテル街として有名な地帯である。二人は注意深く周囲を警戒し、建物の中に身をすべり込ませた。部屋に入るまで、やはり裕子の心臓はその鼓動をきざむ。

裕子は、レスビアンの世界に惹かれる自分を、アブノーマルとは思わなくなっていた。人間の性差は様々であり、レズも、愛の一つの形態であることに違いはないのだから。

浴室での戯れのあと、二人は、ベッドで爬虫類のように裸身を絡ませ、狂おしい接吻をくりかえす。ベッドの横の壁には、横長の鏡が貼ってあり、二人の姿態が間近に映っていた。美しいとは思わなかった。だが、赤裸々なその姿に刺激された裕子の肉体は、昂りの炎に取りかこまれた。

未央の裸身を返すと、裕子が上になり、乳房と乳房を悩ましい仕草でこすり合わせる。その積極的な態度が、未央を感激させたようだ。

「ああ、裕子お姉さま、いっぱい愛して」

鼻にかかった甘えた声で、未央が訴える。そして狂ったように口を合わせると、裕子が送り出す唾液を、喉を鳴らして飲み込んだ。

激情をあらわにした未央が、体を入れ替えた。唇を裕子の喉からすべりおろし、ひとしきり、両の乳房に口の愛撫を加える。ついでおなかにキスの雨を降らせたあとで、彼女は、裕子の秘部にキスがしたいと言った。口にした恥ずかしい単語の淫らな効果を試すかのように、裕子の顔色を窺う。彼女が顔を赤らめて返事をためらっていると、未央は、いきなり裕子の尻の下に、枕を当てがった。

「だめだったらあ」と言ったものの、結局裕子の下腹部は弓なりに反り、閉じようとする腿を、未央の手が押し拡げる。

　はしたなく股間を晒しているであろう自分の姿に、裕子はいたたまれない羞恥をおぼえた。にもかかわらず、体は何かを予感して、うずいていた。と、未央の指が触れ、開かれた感覚が伝わってきた。

「あまり見ないでよ、恥ずかしい」

　裕子は頭を起こし、自分のおなかの方に眼をやる。足の間にうつ伏せになり、同性の秘部を真剣な眼差しで観察する未央の姿は、性愛の行為とはいえ、滑稽でもあった。彼女はしかし、見られることに不思議な快感をおぼえ、濡れそぼる自分を、おしとどめることができないでいた。

「情熱的で感受性は充分なようだけど、あまり使い込んでいないようね。まるで十代の女の子みたいにきれいなマコ」

「未央?……ねえ未央。あまり使い込んでいないとか、十代の女の子みたいとか、あなた、比較の対象をいくつも見てるの?」

「え?　あ、そうか。そうよね、こまったな」

　裕子の股間から顔を上げて、未央はわざとらしく困惑の表情をする。

「こまることないでしょ。白状しなさい」

「うん。実は自分のも含めて、これが四つ目」

「そう。とすると、以前に、二人の女とレスビアンの関係になったってことよね」

「バレちゃったか」

「それで、いつごろのことなの？」

「うん。高校二年の時、同級生の子と親密な関係ができ、それからうちの会社の庶務課にいたころ、レズバーで知り合った子とのつき合いが、一年くらい続いたかな。でも、その子たちとはもう切れているの」

「あなたってほんとに多情。男も三人知ってるし、女も、わたしを含めて三人」

「たしかにわたしは多情な女。だけど、いまのわたしは先輩だけよ。ねえ信じて、わたしが好きなのはお姉さまだけ」

言い終わるやいなや、未央の顔が下がり、唇を押しつけてきた。そして、かなりの量になっているであろう裕子の昂揚のしるしを、音をたてて啜った。

愛撫の舌が、やがて鋭敏な種子をいたぶりはじめる。巧みな舌の動きは、裕子の肉体をたちまちにして桃色の陶酔に包んだ。が、上昇する快感が頂上に近づきかけたとき、すうっと未央の口が離れた。

「もうちょっとがまんして。裕子さんにも、わたしのを慰めて欲しいから」

官能の昂りに、裕子の羞恥心は希薄になっていた。未央への愛着と好奇心から、彼女は身を起こす。入れ替わりに、枕に尻を乗せた未央が、自分を晒した。そして、裕子のとまどいなど意に介しないかのような大胆さで、彼女は自らを開く。いかにも肉体の内側を思わせる光景は、けして美的とは言えないものの、いやらしいとは思わなかった。むしろ、未央の女としての息づかいを、裕子はそこに見るような気がした。

同性を愛する行為に酔った裕子は、息苦しい昂奮をおぼえながら口をつけ、舌の効果を試す。愛撫に熱がこもると、たおやかな肉体が身をくねらせて悶えた。

未央が裕子を求めた。ためらうことなく、裕子は細身の裸身の上で逆さの姿勢をとる。二人は同時に互いを慰め、女同士の耽美の世界に身を委ねるのだった。

1994年（平成六年）

三月二十五日は、裕子の三十回目の誕生日である。その日は金曜日だったので、退社後の帰宅途中、大森駅ビルで、食料品とシャンパンを未央が買い、裕子の部屋で祝ってくれた。もちろん未央は、花束も忘れなかった。

結城未央との特殊な交際がはじまってから、二年余りになるが、彼女をこの部屋に招待するのは、二度目だった。もっとも、昨年、近くの木造アパートからこの三階建ての新築マンションに越して、まだ一年しかたっていない。一度目の招待は、引っ越しを手伝ってくれたお礼に、一週間後あらためて招いたのだ。

裕子は、友人知人をあまり招くことをしなかった。プライバシーを覗き見られるようでいやだったし、親密な未央とはいえども、情事の匂いを、部屋に残したくなかった。

「お花と観葉植物が増えたみたいね。感心するわ、いつもきれいにしてるんですもの」

未央が、部屋を見まわしながら言った。

裕子は、黒のセーターに、下は黒のスパッツに着替える。未央の通勤用のタイトスカートは、ますますその裾丈が短くなっており、スマートな足を惜しげもなく露出していた。

「あーあ、とうとう三十になっちゃった」

乾杯のあと、ため息まじりに裕子が言った。

「キャリアをともなった輝ける三十代よ。もっと前向きに考えなくっちゃ」

二十六歳の未央が言う。

最近裕子は、超ミニのスカートから、太い足を堂々と晒している女子高校生の制服姿を、うらやましく見つめることがある。そして、青春の始まりの彼女らが、時として、はるか彼方の世代に思えてくるのだ。

「先輩の気持の中に、焦りがあるんじゃない？　例えば結婚に対して」

「焦りはないけど、このまま、何も変わらずに過ぎていくのかなあって考えると、むなしさを感じることはあるわ。それに、青春からだんだん遠ざかっていくかと思うと、やはり寂しいわね」

「昔は二十代だったけど、今は、三十代の女の結婚率が、高くなっているそうよ。だから裕子さんはこれからよ。それに、わたしも若く見られるけど、先輩はわたしと同じくらいに見られるときがあるじゃない。夢と希望をなくしてはだめ。もっとも、裕子さんにふさわしい男性がいるかどうかが、問題だけど」

「そんなことはないと思うけど。ただ、心の琴線を揺さぶられるかどうかよね、出遇った男性に。なにしろ、あなたに変な趣味を植えつけられてしまったから」

「おや、後悔していますか？」

未央がいたずらっぽい眼で、裕子の顔を覗き込んだ。

「ううん。べつに後悔はしていないわ。貴重な体験ですもの。でも、わたしたちの友情ならぬ愛情は、永遠なものではないでしょ？」

「わたしは、いつまでもかまわないわ。五十のオバサンになっても、裕子さんを慕いつづけるんだから」

「そのうちに、趣味も変化するわよ。あなたの心をとらえる男性が現れたら」

「もし仮にそういう男が現れたとしても、裕子お姉《ねえ》へのわたしの熱は、冷めないと思う。だってこんなすてきな女性、世の中にそうはいないもの」

「こまったわね。あなたの気持はすごく嬉しいんだけど」

「ご迷惑でも、わたしを見すてないで」

「共に白髪の生えるまでか。でも、そんな年喰ったレズっているかしら」

「それはいるでしょう。愛情や性的欲求があれば、六十歳になっても裸で抱き合うカップルはいるはずよ」

「でも、あまり美的とは言えないわね」

「愛情の関係は、美的とか醜悪とかの問題ではないと思うわ。男と女の場合でもそうでしょう?」

「まあそれはそうだけど」

そうは言っても、裕子はやはり若さがいいと思う。彼女は女子高生に惹かれる一方で、少年から青年に移行する年頃の男子高校生にも、なぜか興味をおぼえるのだった。

すでに、シャンパンは残り少なくなっていた。裕子も未央もほんのりと目元を染めている。

食事もすみ、テーブルの上の片づけをすませると、裕子は歯を磨いた。洗面所で、彼女の背後に身を寄せて、鏡に映った裕子を未央が見つめていた。

「ねえ、今晩泊まってもいいでしょ?」

裕子はうーんと口ごもる。

「お願いだから泊めて」未央が甘えた声を出す。

「しょうがないわね。今日だけよ」

「嬉しい」

未央が背後から抱きつき、両脇から回した手で、裕子の胸を揉みはじめた。

「こら、いたずらしないの。うまく磨けないでしょ」

「ゆっくり磨いていいわよ。あとでその歯ブラシ貸して」

未央が、セーターの上から二つの膨らみを愛撫したあと、指に乳首を挟む。久しぶりの愛の前ぶれに、裕子は甘いうずきをおぼえた。未央の愛撫を愉しむかのように、彼女は歯磨きに時間をかける。

交替して、未央が歯を磨きはじめると、裕子も、小ぶりの胸に同じ戯れをした。わざとらしく、未央が甘いうめき声を漏らす。歯を磨きつづけながら、彼女は空いている手で自分のシャツのボタンをはずし、ブラジャーを押し上げた。つんと反った蠱惑《こわく》の乳房が、誘いかけるかのように、鏡に映し出されていた。


六月に入り、水泳部員にとって疲れる季節がやってきた。だけども、慎太郎はけっこう楽しかった。泳ぐことが好きだったし、女子生徒の水着姿も悪くはなかった。

彼は、千代田区永田町にある都立高校の一年になっていた。四十五歳になった今でも、まだ潑剌《はつらつ》とした若さを保っている母の肢体に惹かれつつ、若い異性にも興味を持つようになった。しかし同級生よりも上級生、あるいはもう少し上、例えば二十代の女性に、彼の気持は動いた。

「工藤、なんだお前の泳ぎは。出目金みたいにからだをくねらせて。腕の力だけで泳ごうとするから、ああなるんだ。もっとキックをしっかりしないと、速くならないぞ。当分バタ足の練習」

水からプールサイドに上体を上げた慎太郎に、コーチの五十嵐亜希の野太い声がとんできた。

「はい。わかりました」

むかついたが、素直に従うより仕方がなかった。

「あのコーチ、ルックスはいいんだけど、おっかないんだよな。あれで女かよ」

二年生の先輩が、慎太郎の耳元に小声で言った。

慎太郎は中学一年から水泳部に所属していた。だから泳ぎにはある程度の自信があったものの、同じ高校一年でも、スイミングクラブ出身の連中にはとてもかなわなかった。二年生の中には、東京都大会で、決勝進出までいけそうなタイムを持つ者もいる。屈辱を味わいながら、彼は五十嵐亜希に言われたとおり、新人たちと一緒に毎日二十分間はバタ足の練習に費やした。

コーチは、ＯＢの男と女の二人がおり、交替で顔を出していた。五十嵐亜希は、横浜市のはずれにある公立大学の四年生で、慎太郎が通っている都立永田高校のＯＢだった。長身で水泳選手特有の逞しい体格をしており、美人タイプの顔に似合わず、性格は男性的だった。『ゴッドねえちゃん』と男子部員からひそかに呼ばれ、恐れられていた。


本格的な練習シーズンに入って一か月が過ぎ、雲の姿も夏らしくなってきた。

「工藤、少しはましになってきたな」

そう言いながらも、五十嵐亜希の鬼の特訓は、相変わらず続いた。体も疲れるが同時におなかもすく。

「なんかない？」

夕方家へ帰るやいなや、慎太郎は母にたずねる。あと三十分もすれば夕食になるのだが、彼の胃袋は、がまんしてはくれなかった。

「そうね、カップラーメンだったらあるよ」

「うん、それでいいや」

最近、だいたい同じ会話がくりかえされる。出てくるものはインスタントラーメンだったり、トーストだったり、果物だったりの違いはあった。母が、シーフードのカップめんを食卓に出しながら言った。

「ずいぶんと陽に焼けたね。がんばってるじゃない」

「だけど疲れるよ。中学のときの練習は適当だったけど、高校の練習はきびしいんだ」

「ま、いいじゃないの。甲子園を狙う野球部の練習なんか、相当なものらしいじゃない」

「うん。あれにくらべれば楽かもしれないけど、でも疲れるよなあ」

慎太郎に兄弟はいない。ひとりっ子である。母は相変わらず、歩いて五、六分のところにある建築関連会社のパートをし、午後は仲間の集まりや買い物に出る以外、たいてい家に居る。中学生の頃は、ＰＴＡの役員もやっていたので、家を留守にすることが多かったのだが。


ある日のことだった。プールぎわで、慎太郎は仲間とふざけていた。彼は仲間の脇をくすぐり、そいつは彼の乳首を指で押していた。

いきなり、「こらっ」と言う声とほぼ同時に、どんと背中を押された。

ふいを喰らった慎太郎は、不様《ぶざま》な恰好で水面に顔を打ちつけた。そのうえ恥ずかしいことには、鼻と口から水を飲んでしまったのだ。呼吸を止めたまま、やっとの思いでプールサイドにたどりついた彼は、激しく咳込んだ。

どうにか苦しさから解放され、周囲に眼をやったときには、すでに五十嵐亜希の姿はなかった。「これは一種のいじめじゃないか」と、慎太郎はコーチへの激しい憤りで、唇を噛みしめた。

それから数日がたった。バタ足の練習を終え、水からプールサイドに上体を上げたとき、眼の前に足があった。逞しささえ感じる小麦色の長い足だった。立ち上がった彼の前に、五十嵐亜希の堂々とした水着姿が立ちはだかった。慎太郎よりかなり背が高い。

「工藤、きみは大田三中の出身だってな」

「はい、そうです」

先日のこともあり、彼はぶっきら棒に答えた。

「実はあたしも、三中に一年生の二学期までいたんだ」

あの意地悪な五十嵐亜希にしては、やさしい声だった。慎太郎の憤懣が少しやわらいだ。

「じゃあ、山王《さんのう》か中央に住んでいたんですか？」

「中央三丁目。区役所の近くに家があった。鵜《う》の木《き》に引っ越したから学校も替わったけどね」

鵜の木は同じ大田区内だが、多摩川のそばで、慎太郎が住んでいる山王からはかなり離れている。

「ところでお前、バタフライやれるか？」

「形ぐらいは出来ます」

「じゃあ練習するか。特訓してやる」

彼女は高校二年のとき、バタフライでインターハイに出たことがあった。残念ながら予選落ちだったそうだが、それでもたいしたものである。進学校として有名だった永田高校で、水泳でインターハイに出場したことのある選手は、新制高校になって、四十六年の間に数人しかいないとのことだ。

その日から、五十嵐亜希の好意ある鬼の特訓がはじまった。そして夏休みに入るまでに、どうにか様になる泳ぎができるようになった。

恐いと言われている五十嵐亜希の存在はしかし、慎太郎にとっては練習の励みになるとともに、いつのまにか、ひそかな憧れの対象に変化していた。

身長一七二センチの亜希は、水泳選手特有の肩や腕、脇の下などにしっかりと筋肉がついた、逆三角形の逞しい肉体を持っていた。その水着姿は、可愛らしさに欠けるとは言え、プロポーションとしては悪くなかった。

夏休みになって、亜希が顔を出す回数も増え、慎太郎はほかの部員が眼をみはるほど練習に打ち込み、腕を上げた。そしてよく食べた。入学当時、もやしのようだった彼の肉体は陽に焼け、母がびっくりするほど逞しくなった。もちろん、伸び盛りの身長も高くなった。

夏休みも後半に近づいた暑い日のことである。練習を終えた慎太郎が、校門を出て細い坂道を下っているときだった。

「工藤」と言う声がして、バイクにまたがったヘルメット姿が、彼と並んだ。五十嵐亜希だった。ジーンズのシャツの腕をまくり、ジーパンをはいていた。

「乗って行くか？　家の近くまで送ってやるよ。どうせ第二京浜を走るんだから」

慎太郎は予備のヘルメットを受け取ると、亜希のうしろにまたがった。

「遠慮しないで、あたしに抱きついてもいいんだよ」

坂を下りきり信号待ちをしているとき、亜希が振り向いて言った。

信号が変わり、バイクは右折する。慎太郎は、亜希の腰に腕を巻きつけた。

赤坂見附で左折したバイクは、青山通りに出てスピードを上げた。乗用車や小型トラックを巧みに追い越して行く様子は、男以上の運転テクニックである。

「五十嵐先輩、運転うまいんですね」慎太郎が大声を上げた。

「運転をはじめて、もう五年になるんだ」

青山一丁目で左折し、青山墓地の横を走る。広尾の信号を抜けたところで、バイクは左に寄った。

「のど渇いた。かき氷でも食べていこうか」

亜希が振り向いて言った。

「いいですね」

慎太郎が下りると、亜希はバイクを、駐車中の車と車の間に入れた。

道路の反対側に明治屋のビルがある。一階のパーラーに入った。

「工藤慎太郎っていい名前だな。たしか昔、工藤慎平っていたよね、幕末から明治の初めにかけて活躍した」

「それ、もしかして、江藤新平じゃないですか?」

「そうだっけ。うん、そう言えばそうだね」

「先輩の亜希さんって名前、可愛いですね」

「からだに似合わず、って言いたいんだろう」

「そんなことはないですよ。顔には似合っています」

「よく言うよな、きみは」

二人の前にかき氷が運ばれてきた。亜希は、器の横からスプーンを入れて、蜜のしみた氷をすくい出す。

慎太郎もそれに倣った。

「慎太郎、夏休みの終わりまでに、バタの百メートル、あと十秒ぐらい短縮できるか」

「やってみます」

「よし、じゃあテストするか。夏休み最後の日、あたしと競争して勝ったら、ホテルのレストランで、好きなものごちそうしてやるよ。五秒のハンデつけてやる」

全盛時代の亜希より、今はスピードが落ちているとはいえ、インターハイ出場選手である。慎太郎は頭の中で計算した。今より十秒短縮して、さらに五秒のハンデをもらえば、勝負になるかもしれないと思った。

「ごちそうしてもらうより、バイクでどこか連れてってくださいよ」

「いいよ、箱根あたりまで行くか」

「え？　ほんとにいいんですか？」

「いいよ。ただしあたしに勝ったらだよ」

その日亜希は、慎太郎の家の近くのバス通りまで送ってくれた。

八月末までには三週間あった。慎太郎は毎日学校に通い、バタフライの練習に励む一方、筋力トレーニングにも汗を流した。亜希は学校に顔を出すたびに、帰りは慎太郎をバイクで送ってくれた。そして、途中で必ずパーラーとか甘味屋、ときには喫茶店に立ち寄った。

学校を離れると、慎太郎は、亜希の中に女の部分を垣間《かいま》見ることがあり、彼女に対する軽い憧れは、いつのまにか、恋慕に似た気持に変わっていた。

そして、五十嵐亜希との対決の日が来た。一年生の男子部員がストップウォッチを持ち、先に慎太郎が飛び込む。きっかり五秒遅れで、亜希が続いた。

折り返しで、彼は亜希を見る余裕はなかった。ただひたすら水面を叩き、腰を揺らした。あと二十メートルぐらいで、慎太郎は体力の限界を感じた。亜希とドライブがしたかった。そのことだけのために、彼は懸命にがんばった。そしてやっとの思いで、プールサイドにタッチした。精も魂も使い果たし、荒い息を吐きながら、隣のコースを見た。亜希が笑っていた。

「工藤、やったな。〇秒六早いぞ」

頭の上で、ストップウォッチ係の声がした。

亜希には平凡なタイムだが、慎太郎にとっては、思いがけない好タイムであった。


亜希との約束は、九月四日の日曜日と決まった。いつも帰りに下ろしてもらっている場所に、彼女は迎えに来ると言う。彼女は、勝負に負けたことを悔しがりながらも、どこか喜んでいるようにも見えた。もしかしたら、手かげんをしたのだろうか。

九月になったとはいえ、異常なこの夏の暑さは、まだ続いていた。サファリ調のシャツに、ジーパン姿のさりげない亜希の装いだったが、ラフに開いた胸元からは、薄手のTシャツが乳房の膨らみを強調していた。逞しさの中にも、彼女が女であることを感じさせた。そのうえ、ヘルメットからはみ出している髪が、茶色になっており、指の爪には、淡いピンクのマニキュアが施されていた。

バイクにまたがり、亜希の腰に遠慮がちに腕を回したとき、ほのかに甘い匂いが漂ってきた。

高速道路での二人乗りは禁止されているので、国道一号線を走った。それでも芦ノ湖まで、二時間半とはかからなかった。

まだ十一時である。昼食にはちょっと早かったので、遊覧船に乗ることにした。長い茶色の髪を風になびかせている亜希の姿には、そこはかとない女っぽさがあった。デッキの手摺に身をあずけて、亜希がたずねた。

「ね、慎太郎。永田高に入ってガールフレンド出来た?」

「ガールフレンドって、つまり、一対一でつき合う間柄のことですか？」

「まあそうだね。恋人ってところかな」

「じゃあ、まだいません」

「そう、いないのか」

「五十嵐先輩は、恋人いるんですか？」

「いない。いたんだけど別れた。五か月前にね」

「だからですか？」

「何が？」

「夏休み、永田高の水泳部によく顔を出せたのは」

「そんなところかな、デートする相手がいないんでね」

慎太郎は、ぼくでよかったらいつでもデートの相手になりますよ、と言いたいところをがまんした。いや、その勇気がちょっぴり足りなかったのだ。

「先輩は、大学卒業したらどうするんですか？　就職先、もうきまっているんでしょ？」

「伯父が常務をやっている繊維メーカーに、一応は内定しているけど、どうしようかと迷っている」

なぜ迷っているのか、深い事情は訊かないことにした。湖の風景のあたりさわりのない話をする。

湖畔のレストランで昼食をすませ、外に出ると、西の空に黒い雲が湧き立っていた。それでもまだ、夏の強い日差しが肌を焼いた。

バイクは芦ノ湖畔の道を走り、仙石原へ抜けた。黒い雲の広がりは頭上に迫り、日が陰った。

御殿場を経て、二四六号線で東京にもどる予定だった。乙女トンネルを抜けると、あたりは急に暗くなり、やがてぽつりぽつりと降り出した。

「大降りになったらやばいな。バイクは雨に弱いんだよね」亜希が声を上げる。

涼しい風が吹き抜けた。

「しっかり抱きついてな」

バイクがスピードを上げた。数分もたたないうちに、大粒の雨が落ちはじめた。頬を雨粒が刺す。慎太郎は不安になった。雨に濡れるのはかまわないのだが、かなりのスピードでカーブを切るバイクが、スリップをするのではないかと気がかりだった。

それにしても、亜希のテクニックはすばらしい。いつのまにか、彼は大声を上げたいほどのスリルに酔っていた。

ようやく山道を抜けた。が、稲妻が光り、雷鳴の轟きとともに雨粒の密度が濃くなる。十メートル先がかすむほどのどしゃ降りとなり、バイクのスピードが落ちた。しばらく徐行で走っていたが、

「だめだ、雨宿りするよ」亜希が叫んだ。

二人を乗せたバイクは、横道に入り、しばらく走って建物の中に吸い込まれた。

「夕立みたいだから、ここで少し休憩する。すぐにやむだろう」

駐車場の隅にバイクを停め、亜希が言った。彼女の上着やTシャツ、ジーパンの前半分がびしょ濡れになり、水がしたたり落ちていた。二人は、着たまま水気をしぼり出す。

建物の二階が、レストランかティールームにでもなっているのかと思ったが、そうではなかった。ホテルである。だが、亜希に続き部屋に足を踏み入れた慎太郎は、普通のホテルとは違う雰囲気を感じた。窓がなく、中央を広いベッドが占領し、壁際に、二人掛けのソファーと冷蔵庫が置かれていた。ライトグレーの地

にサーモンピンクの小さな花柄の壁紙が、部屋を取りかこんでいた。そこに照明が反映して、部屋全体にあやしいムードを漂わせている。

「眼についた建物に飛び込んだんだけど、ラブホテルとはまいったな。ま、いいよね、雨宿りなんだから。慎太郎は、こういうところに来たことある?」

「初めてです」

「悪いけど、先にお風呂入らせてもらうよ。こんなにびしょ濡れだから」

亜希が浴室に姿を消したあと、慎太郎は、タオルで濡れた体をふきながら部屋を見まわした。ベッドのヘッドボードに、いろんなつまみが付いていた。彼はまずエアコンのつまみを回し、次に音楽をかけた。ロックのリズムが低い音を響かせる。

さらに、いくつかのつまみが、照明の明るさを調整できるようになっていた。ふと、サイドテーブルに眼を移す。ティッシュの箱の横に、小さな包みが二つ置いてあった。手に取ってみると、袋の中で滑るような感触がした。彼は、その中味がなんであるかは、すぐに推察がついた。そして、ちょっぴりあやしげな気分になった。濡れたTシャツを脱ぎ、彼は上半身裸になる。ヘルメットをかぶっていたので、髪は濡れていなかった。

しばらくして、亜希が髪の先をタオルでふきながら姿を現した。

「これ小さいんだな」

彼女はちょっと照れた表情で言った。亜希が身につけているピンクの部屋衣は、着物風に前を重ねて、脇で紐を結ぶ形のものだが、体格のいい亜希が着ているせいか、お尻がようやく隠れるくらいの裾丈になっていた。

「どこに干そうかな」

「何をですか？」

「ほら、濡れたTシャツとソックス、それに下着もびしょ濡れだったんで、洗ったんだ」

洗面所に姿を消した亜希が、洗った衣類を手にして出てきた。それらを洋服掛けに掛ける。Tシャツやソックスに続いて、彼女が女であることを生々しく証明する、黒のブラジャーとパンティーが干された。

「午前中あんなにいい天気だったのに、まったくついてないよね」

亜希は床に置いたバスタオルに上衣とジーパンを広げると、タオルの半分をかぶせ、足で踏みはじめる。

「ほら、お風呂に入ってらっしゃい。きみの脱いだものも、こうやって水気を取って乾かしておくから。出たら、水色の着物が置いてあるから、それを着て」

亜希にうながされ、慎太郎は浴室に行った。浴室のバスタブには、新しいお湯が満たされていた。

シャワーを浴びているとき、声をかけてから、亜希が浴室の戸を開けた。

「そこにスポンジがあるでしょ。それにボディーソープをつけて洗うんだよ。あ、それから、濡れたTシャツとパンツ、洗っといてあげるね」

亜希が戸を閉めたあと、見られたかもしれないと彼は思った。彼女の短い部屋衣から出ている太腿と、干された下着に刺激された彼のものは、半ば硬直状態になっていたのだ。浴室を出て、部屋衣を着てからもその状態は続いていた。

慎太郎のトランクス型のパンツは、亜希の下着と並んでハンガーに掛けられ、ソファーは、広げられた二人の衣服で占領されていた。そうか、そうすると自分と同じで、亜希の部屋衣の下は裸なのだと初めて気がついたとたん、彼のものは勢いを増した。パンツをはいていないため、そいつは勝手気ままに部屋衣の裾を押し上げる。

まずいと慎太郎が思ったとき、ベッドに腰掛けていた亜希が、立ち上がった。にわかに顔が火照《ほて》り、彼は狼狽した。

慎太郎の肩に手を置いた亜希の眼が、怪しい光を投げかけ、熱でもあるかのように頬に赤みがさしていた。そして、こう言った。

「なんだか変な気分だね。ね、キスしてみようか」

彼女の声はこわばっていた。慎太郎の喉も、納豆を飲み込んだように粘っこく、彼は無言でうなずく。と、ふわっと甘い匂いが押し寄せ、唇が重ねられた。初めての体験に、彼は震えていた。気がついたとき、合わさった唇の隙間から、亜希の舌がちろちろとうごめいていた。その舌に、彼は自分の舌を反応させる。

唇を合わせたまま、亜希が慎太郎の着物の紐を解いた。続いて、自分のも解いているようだ。彼はそのとき、もうすぐ何かが起きそうな予感をおぼえた。

二人の着物の前が開かれ、素肌を密着させて抱き合う。弾力のある乳房が彼の胸に押しつけられ、一方、慎太郎の硬直したものが亜希の腿に触れていた。

亜希が、彼の手を自らの胸に誘う。恐る恐る手を当てがった。初めて触れる乳房に、慎太郎はおののきにも似た昂奮をおぼえた。ぎこちなく愛撫するてのひらを、硬くなった乳首がくすぐる。想像していたより柔らかな膨らみの感触に、彼は陶然となった。唇を離した亜希が、深呼吸したあとで言った。

「オッパイ、吸ってみたい？」

うなずいた彼は、体を落とした。傲慢な姿で隆起している膨らみに、彼の眼は釘づけになった。

肌の白さが二段階に分かれていた。ワンピース型の水着の部分が、陽に焼けた小麦色の肌と、くっきりとした違いを見せ、その内側にビキニの水着の跡がさらに白くなっていた。胸全体が迫《せ》り出したような乳房の先端に、小粒のぶどうを思わせる乳首がついていた。その片方が、彼の口元に押し出された。

唇に触れた乳首に、慎太郎は吸いついた。はじめは遠慮がちに、そして徐々に吸う力を強めながら、もう一方の膨らみに手を這わせた。彼は夢中で乳首を吸い、乳房を揉んだ。すると、亜希の背が反り、かすかな、だが、悩ましいうめきの声が漏れてきた。

「ああ、いい。たまらない。ねえ……」

小さく身を揉んだ亜希が、部屋衣をかなぐり捨てた。続いて慎太郎を裸にすると、脈打つものに、もどかしげな手つきでゴムをかぶせた。

二つの肉体が、もつれるようにしてベッドに転がり込んだ。はじけるような亜希の裸身に身を重ねた慎太郎はしかし、それから先のなす術《すべ》を知らなかった。と、亜希の手が、下腹部のものを握る。慎太郎の昂奮は、急速に高まった。だが、彼女の誘導にもかかわらず、初体験の彼は、的を射ることができなかった。

二度目、屹立《きつりつ》の頭部が、濡れた肉に包まれ、身震いしたくなるほどの感触が伝わってきた。

「おお、慎太郎」

亜希の声に、彼女の体にしがみついた慎太郎は、下腹部を押しつけた。〈これが女の……〉と感激したとたん、全身に強いうずきをおぼえた。

ようやく我に帰った彼は、亜希から離れ、のそのそと起き上がった。女の恥じらいからか、彼女は上掛けをたぐり寄せ裸身を隠す。

「コンドームはずしたら、上の方をくるっと結わいて、ティッシュに包みなさい」

亜希に背を向け、慎太郎ははずしたものを結び、ティッシュに丸める。ゴミ出し場に捨ててあったビデオでは、男と女のセックスシーンが、延々と続いていた。それなのに自分は、亜希の中に入っただけで果ててしまった。初めてだからといっても、あまりにもふがいない。

二人の服は、当分乾きそうになかった。ベッドから離れた亜希は、部屋衣に裸身を包むと、煙草に火を点ける。

「ちょっと訊いてもいいかな」

亜希が、煙草の煙をぽあっと吐き出しながらいたずらっぽい眼をする。

「オチンチンの皮、きれいにむけてるよね。経験あるの？」

「なんのですか？」

「もちろんセックスだよ」

「初めてです」

「そう。で、どうだった？　今日の初体験」

「夢中だったからよくわかりません。でも先輩のからだ、すてきですね」

「そ、ありがと。きみもいいからだしてるよ。ね、ビール飲もうか、まだ時間があるから」

亜希は、冷蔵庫から取り出した缶ビールを、二つのグラスに等分に注いだ。

「これくらいだったら飲めるんじゃない？」

と慎太郎にグラスを渡す。

「先輩、お酒強いんですか？」

「まあそこそこにね。その先輩っていうの、やめようよ。亜希って呼んでくれないかな」

彼女はグラスを空にするようにして、慎太郎に身を寄せるようにして、ベッドに腰を掛ける。

「亜希さんの別れた恋人って、大学生ですか？」

「ううん。大学の二年先輩で、今は大手の商社に勤めてる。二年ちょっとつき合ったけど、彼、同じ会社のＯＬとできちゃったんだ。だから、こっちの方から別れ話をもちかけたってわけ」

話しながら、ごく自然な感じで、亜希の手が彼の腿の上に置かれた。

「今は慎太郎がわたしの恋人、いいでしょ？」

「ぼく、亜希さんの恋人になれるなんて、嬉しいです」

腿を撫でている彼女の手が、徐々に中心部に近づいてくる。それを察知した慎太郎の股間のものが、にわかに勢いづいた。

「慎太郎ってナイーブなようでけっこう勇気があるし、勉強の成績も悪くない。それにからだは大人だしね」

着物の上から、大人の体の部分に、さりげなく亜希の手が触れた。軽く指先でなぞったあと、彼女は着物を開いた。そのとたん、漲りを露にした生きものが、おなかの皮を叩くかと思える勢いで屹立した。

それを押し下げ、亜希が観察するような視線を向けながら、愛撫する。薄皮を張りつめた眺めは、まるで茸《きのこ》の姿だった。

「立派だね、きみのもの。それにすばらしく情熱的」

亜希の褒め言葉が慎太郎を勇気づけ、好奇心を誘った。彼も亜希の着物の前を広げ、下半身を露出させる。手が、内腿の肌を撫で進むに合わせて、閉じられていた腿がゆるんだ。密生した繁茂の下はなま温かく、さらに、指がすべり込んだ内部は、おびただしく濡れていた。

初めて味わう不思議な感触だった。息苦しさをおぼえながら、狭間《はざま》をまさぐり、愛撫をくりかえす。

慎太郎の指戯に潤んだ吐息をついた亜希が、彼の着物をはぎ、自分も裸になった。寄せられた肌が、真夏の陽を浴びたように熱い。

「もう一度、してみる?」

亜希が耳元に囁きかけた。慎太郎がうなずくと、彼女はベッドの中央に彼を寝かせる。手にした予防具をかぶせ、続いて彼の上に裸身を運んだ。亜希の熱っぽい眼が慎太郎を見つめる。何かを語りかけるようなその眼を、彼も見つめ返した。そして、悩ましい感触とともに、漲りは亜希の中に収められた。

おお、と低くうめくように亜希は言い、裸身をかぶせてきた。快感を全身で吸いとるかのように、彼女はゆるやかに動きはじめる。

より強いものを求めて、慎太郎は下腹部を迫《せ》り出した。すると、亜希の呼吸が乱れを生じ、吐息に短いうめき声が入り混じった。

「慎太郎……」

小さく叫び、亜希の動きが速くなった。はっきりと自覚できる強いうずきが、慎太郎を襲った。必死に頑張ったものの、やはり彼は未熟だった。亜希とともに、頂上の虹を見ることはできなかった。

亜希は卒業論文の作成を理由に、水泳部のコーチを辞めた。しかし、慎太郎との関係に終止符が打たれたわけではなかった。亜希の肉体によって、すっかり年上の女の魅力にとりつかれてしまった慎太郎は、彼女と逢える日を、指折り数える少年になっていた。

慎太郎と亜希が二度目のデートをしたのは、彼の前期テストが終わったあとの、秋期休みのときだった。大学四年の亜希は、週に三日学校に出ればよく、その日は彼女も休みだった。

人目を避けるために、慎太郎は第二京浜国道まで歩いた。彼の家から十四、五分の距離である。そこで待っていた亜希のバイクに乗り、横浜方面へと走る。天気はよかった。

「今日は、雨、降りそうもないですね。天気予報でも、雨の確率一〇パーセントとなっていたから」

亜希のおなかに腕を回しながら、慎太郎は言った。

「降った方がいいか？」亜希が大声で言う。

彼は、ただ何気なく言ったつもりだった。もちろん、前回の雨の記憶は鮮明に残っている。内心の図星をつかれたかたちで、彼は返事に困った。が、ちょっと間《ま》があったのち、思いきって言った。

「降った方がいいです」

横浜港のそばの山下公園を散歩し、伊勢佐木町で昼食をとる。

「慎太郎？　バタフライ、あれから上達した？」

「亜希さんにどやされなくなって、気合がいまいちなんです。百メートルを一秒ぐらい短縮できたかな」

「あたし、そんなにどやした？」

「かなり……」

「慎太郎にはちょっときびしかったかな。ほらよくあるじゃん、たとえば、男の子が好きな女の子にわざといじわるしたり、あるいはそっけなくする。あれは好意の裏返しなんだ」

「へえー、そうだったんですか」

「そうだよ。でね、バタフライの特訓してたころは、慎太郎の上達を心から願っていた」

事実であろう。

「どうしてですか」

分かってるくせに、と亜希の眼は語っていた。彼女は、上達した彼と勝負したかったのだ。その結果を予期したかどうかは分からない。しかし、たぶんそれを機に、もっと親しい関係になりたいと望んでいたのは、事実であろう。

「これから、港南台まで行くからね」

店を出て、バイクに向かいながら亜希が言った。

「港南台に何があるんですか?」

「結婚している姉が、旦那の海外出張で、今シンガポールに行ってるんだ、二か月前からね。アルバイトで月に一回、風入れと掃除を頼まれている。一緒に行って手伝ってよ」

たぶんそれだけではないことは、彼にも予測がついた。

港南台は、伊勢佐木町から、バイクで二十分ぐらいのところにあるベッドタウンである。亜希の姉の分譲マンションの部屋は、数ある棟の五階にあり、2LDKの広さだった。

掃除は二人でやったから、一時間とかからなかった。それでも手ぎわよく動いたため、彼らの額には、しっとりと汗がにじんでいた。

交替でシャワーを浴びた。亜希はバスタオルを胸に巻き、慎太郎は普通のタオルを腰に巻いて寝室に入った。六帖ほどの広さの大半を占めるように、ダブルベッドが置かれている。亜希がシーツをはがし、持参したシーツをベッドに敷く。シワやシミを作らないための配慮だろう。

「シングル用のシーツだから狭いけど、ま、これで充分だね」

窓は開け放されていたが、レースのカーテンが閉じられており、外から見られる心配はない。見つめ合う

かなり昂揚したようだ。下から腰を突き上げながら、快感を訴える言葉を数度口にした。

て夢中のうちに、彼の噴出させたものが、虚しくゴムに納まる。が、頂上に達しなかったとはいえ、亜希は

亜希が用意していた予防具をつけ、ベッドで体を繋《つな》げた。だがやはり慎太郎は若かった。亜希の中に入っ

下に向けて、情熱的なキスをする。進入してきた彼女の舌を、彼が吸う。

タオルをはずした二人は、狂おしく裸身を抱き合う。慎太郎より二、三センチ背が高い亜希が、顔をやや

「慎太郎、好きだよ」彼女はそう言うと、熱っぽい表情で身を寄せてきた。

亜希の眼に、欲情の昂りを感じた。

バスタオルを巻くと、亜希は、冷蔵庫から五百ミリリットルの缶ビールとグラスを、二つ持ってきた。苦笑いを浮かべて、彼女は言う。

「あたしはいけない女かな、高一の少年を誘惑したり、お酒を飲ませたりして」

「そんなことはないですよ。ぼくはぼくの意思で、亜希さんを好きになったんだから」

「うん。真面目な恋愛なんだよね、これは」

亜希は風呂を沸かしていた。慎太郎に続いて、亜希の裸身が浴室に入ってきた。彼は浴槽に身を沈めながら、シャワーを浴びている亜希の肉体を観察する。見られているのを承知で、彼女は背を向けていた体を前に回し、シャワーの流れを、ていねいに全身に当てた。

肩や脇の下にしっかりと筋肉がつき、まるでアマゾネスの女を思わせる堂々とした体つきは、女らしさには欠けるものの、異質なエロティシズムを漂わせていた。彼女の胸は、鳩の胸のように迫《せ》り出した胸郭に、乳房が盛り上がっているため、膨らみは少しも垂れることなく、円錐の丘を形作っていた。

「亜希さんの胸、カッコいいですね」

彼女は自分の胸に眼をやる。

「水泳やってると、どうしても胸まわりが厚くなっちゃうんだ。それに筋肉もつきすぎだね。これからは少しやせる努力しようと思ってる」

堂々とした体つきではあるが、けして太ってはいない。しかしやはり彼女も女だった。最近のスリムな流行が気になるのだろう。

体を洗い終えた慎太郎に、亜希がシャワーをかけてくれた。間近に迫った裸身に刺激され、半硬直状態で水平方向に伸びていた彼のものが、またたく間に直立の姿勢をとる。

「ほんとに若いんだね。あっというまに元気になっちゃうんだから」

そそり立つこわばりに、亜希の手が添えられた。シャワーを当てながら洗う仕草が、いつのまにか愛撫に変わった。むず痒いような快感が彼の尻の穴をうずかせ、屹立はさらにその硬度を強めた。亜希が含み笑いを浮かべながら、慎太郎を見つめている。

「いい気持です。ベッドで、もう一度亜希さんとしたくなりました」

まだ完全に満たされていない亜希は、彼の求めに、艶めいた表情でうなずく。

ベッドで仰向けになった亜希の乳房を吸い、同時に彼女の女の部分を指で慰める。粘液がたちまち量を増し、かすれた笛の音のような声が、頭上で漏れはじめた。

「ああ……気持いい」

大きな体の亜希が、可愛らしい仕草で身悶えし、快感を訴えた。それが彼の官能をいっそう刺激し、裸身への愛撫に没頭する。

慎太郎は、性に好奇心旺盛な年頃だった。男の誰しもがいだく本能的な興味を、彼もいだいた。乳房から口を離した彼が、「亜希さんのここ、見たい」と、愛撫している指先で合図を送る。眼が合った亜希が、こくりとうなずいた。

それは、慎太郎にとって初めての体験だった。彼は息苦しい昂奮をおぼえた。膝が折れ、誘うかのように開かれた腿の間に、身を置く。密生した繁茂の下方に、亜希の女である証が、生々しい姿を晒していた。周囲を疎林に囲われた不毛の地帯に、縦長の溝が刻まれ、その途中に、くすんだ色の花びらが、体をねじるようにして顔を出していた。顔の火照りをおぼえながら、彼は、溝を成している帷《とばり》を開く。

そこは、うす桃色の肉が入りくむ淫靡な世界だった。しばらく見入っていた彼は、蜜に誘われる蝶のように、拡がる花園に口をつけた。すると、くぐもった悩ましい声を漏らして、亜希の腿が硬直した。状況を汲みとった彼は、舌を這わせると、秘部のさまざまな場所に奉仕をくりかえし、次々と湧き出る蜜をすくい取る。裸身がうねり、硬直した太腿が、彼の頭を挟みつける。

「もういい、もういいよ」亜希がうめくように言った。

彼女にうながされ、逞しい肉体に身を重ねかけたとき、慎太郎は困った。例のものはさきほど使って、亜希が、ティッシュにくるみ自分のバッグに入れてしまったのだ。残りはないはずだった。ところが、彼女の手にはちゃんと握られていた。

「まだあったんですか?」

慎太郎は受け取りながら、嬉しい気分になった。

「多めに用意してきたの。こんなこともあるだろうと」

装着し終えるのを待って、亜希が両手を差し延べる。慎太郎はふたたび裸身に乗り、亜希を埋めた。そして、亜希さんと一緒に、亜希さんと一緒にと念じながら動いた。

時折漏れる彼女のかすかなうめき声が、とぎれとぎれのあえぎに変わっても、慎太郎は少しばかりの余裕を感じていた。さきほど大量に放出したせいか、あるいは幸運が味方したのか、彼はうまくいきそうな予感をおぼえた。経験したことのない性の快楽に見舞われながらも、力強く裸身を突く。

「慎太郎、それ、いい。感じる」

日頃の亜希に似合わない悲痛な声で、彼女は訴える。それがどういう状況かは、慎太郎にも理解できた。

「ぼくも……いいです」

速い動きの中で彼は言う。押し殺したうめき声とともに、裸身が揺れた。そして亜希は女になり、慎太郎は男になった。


その日、亜希が用意していた三つ目のコンドームで、またもや彼は、アマゾネスの肉体を、硬直と痙攣の世界へと押しやった。年上の亜希の口から、絶頂を意味する言葉を、二回も聞くことができたこの日の出来事は、これからの彼の人生に、なにやら自信を与えてくれそうな気がした。

1995年（平成七年）

元旦のことだった。おせち料理を前にして、ほろ酔いきげんになった父が、妙にしんみりとした口調で言った。

「早いものだね。今年は、結婚して二十五年目になるんだな」

「そうですね。なんだかあっという間に、銀婚式を迎えたって感じ。お父さんのお蔭で山王に家も持つことができたし、慎太郎も立派な高校生になってくれた」

母が、父と慎太郎の顔を見ながら言った。慎太郎はちょっと気が咎めた。勉強の方は、まあいい線いっているし、部活もそれなりにがんばっているのだが、亜希との早熟な関係に、うしろめたい思いがあった。もし父が、二人の関係を知ったら、烈火の如く怒り、母は嘆き悲しむことだろう。

父が、祖父から引き継いだ函館の工務店をたたみ、東京の中堅どころの建築会社に就職したのが、十四年前だった。三十七歳のときである。父はとにかくよく働いた。上京四年後には、もちろん借金をしてだが、中古の一戸建てを購入したのだ。それが今住んでいる家で、築後三十年以上はたっているが、そこは建築屋だから、手入れはされていた。土地は三十三坪の、まあまあの広さがある。

二月十日が両親の銀婚式に当たる結婚記念日で、十一日、十二日は、祝日と日曜日の連休だった。

「お父さん、二月十日から二泊三日ぐらいで、お母さんと二人、どこか旅行に行ったら？　温泉にでも」

「あら、あんたずいぶん殊勝なこと言うじゃないの？　どうですかお父さん、温泉……」

「まあそのあたりはたぶん、三日ぐらいだったら都合はつくだろう」

話は本決まりとなり、母の希望で、大分の湯布院温泉と長崎に行くことになった。慎太郎は意図して旅行をすすめたわけではなかったが、即座に亜希を思い浮かべたやましさに、わずかな気の咎めをおぼえた。

一月は卒業論文の締め切りに加えて、英会話スクールに通いはじめたとのことで、彼女とは逢えなかった。十一月中旬、ふたたび亜希の姉のマンションで愛し合って以来、一か月以上顔も見ていない。あと一か月は待たなければならなかった。

女の肉体を知った若い慎太郎の欲求は、満ち潮のように募った。亜希を心から愛しているのだろうか。それとも、彼女の体が欲しいのだろうか。正直に言って、彼には分からなかった。

慎太郎は公衆電話ボックスから、亜希に電話を入れた。切り替え電話を自室に引いている彼女が、直接出た。卒論のために、机に向かっていたと言う。新年の型通りの挨拶のあと、彼は逢いたい胸のうちを伝える。

「そりゃあ、あたしだって死ぬほど逢いたいよ。慎太郎の顔が見たくて、キスしたくて、泣きたいくらい」

本心だろうか。自分みたいな青二才に、美人で背もすらりと高いいい女が、どうして夢中になるのだろうと、不思議でもあった。

「二月の十一日、十二日、連休じゃない？　予定詰まってる？」

「うん、詰まってる。後輩の高校生とのデートのね」

「ええ？　なに永田高の生徒？」

「そうだよ」

「誰なの？」

「知りたい？」

「うん」

「じゃあ教えてあげる。その子の名前は、工藤慎太郎って言うの。知ってる？」

「知らない、そんなやつ」

「あら知らないの？　とってもすてきな少年よ。あ、青年かしらね。あたしを、恋の虜にしてしまった憎いやつ」

「ふうん、そんなのがいたんだ。ところで、二月十日から、親父さんとお袋、二泊三日の九州旅行に出かけるんだけど、亜希さん、うちに泊まりに来ない？」

「え？　泊まりがけで？」

驚いたような亜希の声が、受話器に響いた。

「十一日から十二日の日曜にかけて。あるいは十日の夕方から二晩泊まってもいいよ」

「それは無理よ」

「亜希さんの両親が、許してくれないの？」

「友達と旅行にでも行くと言えば、許可してはくれるけど、二泊はねえ……」

「じゃあ、十一日の朝からでもいい」

「でもねえ、気が咎めるわ」

「いいじゃない。お願いだから泊まりに来てよ」

「考えとくわ。いずれにしても、連休の二日間は逢うことにしましょう」

「泊まれるよう努力してね」

慎太郎は、亜希の卒論の提出がすめば、すぐにでも逢いたかった。一刻も早く、その裸身に手を触れたいと願った。


そして、慎太郎にとって待ち遠しい一か月が、ようやく過ぎた。亜希が小さな旅行用バッグを肩からさげて、朝の九時過ぎにやってきた。慎太郎はまだパジャマ姿だった。友達と旅行するからには、それなりの時刻に家を出なければならないから、と亜希は言った。

皮のコートを脱いで居間に入った亜希を、慎太郎は繁々と眺めた。あずき色のブレザーに黒のミニスカートという装いだった。彼は亜希のスカート姿を初めて眼にした。それも、かなり裾の短いミニスカートである。今まではバイクに乗っていたから、いつもジーパン姿だったのだ。女っぽく、しかもセクシーだった。

「亜希さんのミニスカート姿って、カッコいい」

「ほら、旅行することになっているでしょ。だから、バイクには乗って来れなかったってわけ」

慎太郎は亜希を見つめながら、その周りを一周する。黒いストッキングに包まれた長い足が、魅力的だった。帽子をかぶれば、どこかの航空会社のスチュワーデス、とも思えた。

「そんな不思議そうな顔しないでよ。あ、わかった。やっぱり女だった、って思っているんでしょ」

「そんなことないよ。ずうっと前から、魅力的な女性だって思ってたもん」

「お世辞言っちゃって」

亜希は、慎太郎のために朝食を作ってくれた。トーストにホット牛乳、それとハムエッグを彼のために、自分用にコーヒーを入れて、居間に運ぶ。その間に、慎太郎は顔を洗いトレーナーに着替えていた。

朝食をすませた頃には、暖房もほどよくきいてきたので、亜希はブレザーを脱いだ。黒のハイネックのセーターに黒のミニスカート、それに黒のストッキングと黒ずくめのためか、彼女の体がほっそりと見えた。

「その服装だと、ずいぶんスマートに見えるね」

「見えるんじゃなくて、スマートになったんだよ。去年の九月からダイエット始めて、五か月ちょっとで六キロ減らしたんだから」

「そういえば、顔も少し小さくなったみたい」

「ところで慎太郎、しばらく見ないうちに背伸びたんじゃない?」

「うん、ぼくは今、十五歳と十か月。いちばん伸びるころじゃないの？」

「背くらべ、してみようか」

亜希に言われ、慎太郎は本を取り出し、柱に背をつけた。亜希が彼の頭に本を当て、鉛筆で印をつける。

二人の体がきわどく接近する。次に、亜希が柱に背をつけた。鉛筆の印は、ほとんど同じ位置だった。

「そうか、じゃあぼくも一七二センチになったんだ。去年四月の身体検査では一六七センチだったから、五センチは伸びたことになる」

本をソファーに放り投げると、慎太郎は、眼の前の亜希を抱いた。彼女の腕が彼の首に巻かれ、唇が重なった。亜希の口中に舌をすべり込ませる。二か月余りのブランクを埋めようとするかのように、彼女は激しく吸った。慎太郎は亜希の背を抱いていた手を、前に回し、セーターの上から乳房を揉む。スリムになった分、膨らみのボリュームがやや少なくなったようだ。

彼は胸を愛撫していた手を腰から尻にすべらせ、そこをしばらく撫でたあと、さらに下に移動した。スカートの裾をたぐり、太腿の肌を撫でる。すると、亜希の体がくねった。だが、パンティーストッキングの肌触りが、心地よさを邪魔していた。

「これ、脱いで欲しいんだけど」彼が言う。

「うん、そうしようか。はかない方が楽だものね」

そう言って、亜希が洗面所の場所をたずねる。

「ついでに、パンストの下のも脱いできて」

慎太郎は亜希の背に向かって言った。

「だめ」彼女は振り返らずに、挙げた手を左右に振った。

ほどなくして姿を現した亜希のスカートの裾から、素肌の腿が生々しく露出していた。肌が白くなったせいか逞しさがうすれ、代わって、女の艶めいた雰囲気を漂わせていた。口元に笑みを含ませながら、亜希が彼の横に身を寄せて座る。

慎太郎は、彼女のセーターをたくし上げた。途中で手を止め、脱ぐよう催促すると、彼女は素直に従う。黒のブラジャーから白い膨らみが顔をのぞかせ、いやでも彼の昂奮を誘う。

慎太郎も上半身のものを脱いだ。それから亜希の前にひざまずき、彼女の両腿の間に体をこじ入れた。おのずとスカートの裾がずり上がり、内腿の肌の生々しさが、いっそう露になった。

亜希がブラジャーをはずす。久しぶりに眼にする乳房は、以前より小ぶりになっていた。けれども膨らみの上側の肉が落ち、反りかげんに乳頭を突き出している形は、それなりにエロティックである。水着の跡が消え、乳房の白さが上半身の全域に広がっていた。

今日から明日にかけて、二人だけの時間はたっぷりとある。慎太郎は先を急がず、両の乳房をかわるがわる吸い、空いている方に手の愛撫を加えた。亜希がくぐもったうめき声を漏らして、小さく身を揉んだ。

乳首を舌先でころがしながら、腿を撫でさする。てのひらに伝わる素肌の感触は、なめらかだった。その手をスカートの下に忍ばせ、ゆっくりと奥に進めた。内腿の終わりに近づいたとき、指が、湿った生温かさに包まれた。亜希はパンティーを脱いでいたのだ。

手の動きに窮屈さをおぼえ、タイトなスカートをたくし上げる。彼女の下半身はむき出しとなり、密生した繁茂が、慎太郎の眼を惹いた。彼の手は、繁茂の下方に消えていた。

「慎太郎、あたしのからだ、めちゃめちゃにして」

今日の亜希は、これまでにない燃え方をした。彼が姿勢を低くすると、誘うかのように彼女は体を開く。

手前に引き寄せた亜希の股間からは、ある種チーズにも似た匂いが立ちのぼっていた。上等な匂いではないのだが、慎太郎は、その淫靡さに不思議な昂奮をおぼえた。

内腿の肌を這い上がった彼の口が、匂いの源《もと》にさしかかる。すると、くくっと亜希の喉が鳴り、腰が迫《せ》り出された。その腿を押し開いた彼は、眼の前の悩ましい光景に誘われるかのように、口を寄せた。濡れそぼる狭間を舌でまさぐり、さらにしこりのようなものをいたぶる。かすれた鼻腔音が、頭上に漏れはじめた。

「ね、ねぇ」と潤んだ声を漏らして、亜希の腰が揺れた。「ストップ、ストップ」彼女の手が慎太郎の頭を押しやる。彼女は身をこわばらせて、何かを耐えていた。

「きみの部屋に行こうよ」

昂奮の鎮まりを待って、ようやく亜希が口を開いた。慎太郎もさきほどからそのことを考えていた。上半身裸のままの亜希を、二階の部屋に案内する。

「あら、意外ときれいにしてるね」と、感心の表情で亜希が言う。今日のために、彼は大掃除をしていたのだ。ベッドメイクもきちんとなされていた。


全裸となった亜希の肉体からは、アマゾネスの逞しさが影をひそめ、女らしさが匂っていた。裸身を抱き合い、狂おしいキスを貪り合ったあと、亜希が彼の前に身をこごめる。先端にキスをし、彼女は言った。

「凛々《りり》しい白馬の王子さまは、もうすぐ偉大な王様になる」

献身的とも思える亜希の奉仕を見おろしながら、鋭い刺激に、慎太郎は両手を握りしめる。やがて、快感は激しいうずきをともなって、全身に広がった。けれども亜希は、男の状況を心得ていた。頃合をはかり口を離した彼女が、

「赤ちゃんの心配、今日はいらないからね」と言って、ベッドの上で裸身を開いた。

身を重ねた肉体は、あの初めての夏のときより、柔らかだった。衣をまとわない白馬の王子が、亜希の中を満たした。

ほぼ三か月ぶりの結合感に陶然となりながらも、慎太郎は気後れすることはなかった。悩ましい表情で身を揉む長身の亜希が、可愛いとさえ思えてくるのだ。

「いい。すてきよ」上ずった声で彼女は言う。

慎太郎の力強い動きに、亜希は声を震わせてあえぎ、うめいた。彼女の肉体が上昇するのが、あきらかに分かった。彼の両足に自分の足を絡ませ、最後に近いことを彼女は口にする。

慎太郎がはじけた。それを追うようにして、到来を告げた裸身がのけ反り、激しく硬直した。


シャワーを浴びると、亜希はビールを飲み、慎太郎は牛乳を飲んだ。二人はほかにすることがなかった。で、ふたたびベッドに入る。横向きの向かい合う姿勢で、硬さを漲らせたものを亜希が迎え容れる。

二人でシャワーを浴びていたとき、彼のものは勢いを失いかけていた。それが、部屋にもどり、亜希の口の愛撫をちょっと受けただけで、たちまち蘇ったのである。

「あなたとのセックス、今回で何度目かな」亜希がたずねる。

「御殿場の分を含めて逢うのは四度だけど、からだを繋げたのは、今こうやっているのも入れると、たぶん十一回になると思うよ」

「そうか、そんなにいっぱいしてるんだ」

「亜希さん、今までに何人ぐらいと恋をした？」

彼の問いに、亜希はとまどいの笑いを浮かべる。

「正直に言うと、きみのほかに四人の男性とからだの関係があった。でもあれは愛だったのかしらね」

「じゃあ、ぼくとは？」

「あの四人とは違うような気がする」

「愛してるってこと？」

「かな……コンドームなしでするの、きみが初めてなんだよ」

亜希の太腿が、彼の腿に乗せられた。慎太郎はゆっくりと腰を動かす。

「慎太郎は年上の女を酔わせるよ、きっと」

「そうかなあ」

「そうだよ。あなたってそういう雰囲気の持ち主だよ」

酔わせるかどうか分からないが、年上の女が好きなのは事実である。

インスタントの鍋焼きうどんで昼食をすませると、彼が前夜借りてきたビデオの『氷の微笑』を観る。大人の女の、官能的で怪しい冷酷さが、美しく映像化されていた。

ビデオを観終わり、二階に上がると、二人はふたたび裸になった。旅行に出かけると家に言ってきた安心感からか、この日の亜希は積極的で、貪欲だった。女の扱い方や性感帯への愛撫のテクニックを伝授しながら、慎太郎の若いエネルギーを貪った。そして歓喜を口にする。

夕食はスタミナをつける意味からも、すき焼きをすることになった。亜希から材料を聞き、彼は買い物に出る。陽が沈み、西の空が茜《あかね》色から紫色に変わりかけていた。

昼食がインスタントのうどんだったせいか、あるいは、エネルギーの消耗の激しい運動のせいなのか、すき焼きはおいしかった。缶ビールも、四個空にした。

「ああ太っちゃうな、せっかくがんばっているのに」と言いながらも、亜希はよく食べた。

「運動するからいいんじゃない？」慎太郎がにやつきながら言う。

「なによ、その意味深《いみしん》な笑いかた。スケベ」


浴室で、またもや二人は戯れた。互いに石鹸を塗り合った体で抱き合う。乳房が彼の胸にこすりつけられ、屹立が亜希の股間を撫でた。肌のぬめりを愉しんでいるうちに、慎太郎の体が彼女の背後に回った。すると亜希が浴槽の縁に両手をつき、お尻を突き出す。その意を解した彼は、すぐに応じた。

初めて経験する形には、サディスティックな昂奮があった。ゆっくりとした動きに、やがて一定のリズムが生じ、亜希が背を反らして快感を訴える。かつて恐い存在だった彼女を、このような恰好で身悶えさせていることに、慎太郎は言いしれぬ快感をおぼえた。

「慎太郎のものが子宮の入り口に当たる。ああ、いい、もっと……」

亜希の声はうわずり、とぎれとぎれのうめき声が、タイルの壁に反響した。

久しぶりの情事に、二人は熱中した。その夜ベッドに入ってからも、彼は二度亜希の中にほとばしらせ、翌日も、朝から四度体を交えた。

慎太郎は、亜希との肉体の結合を指折り数えてみた。二日間で、両手の指の折れ曲がりが一本だけ残ったのを見て、亜希がにが笑いを浮かべる。

「充分おなかがいっぱいになったわ。あなたの愛で」

玄関先でお別れのキスをしたあとで、彼女は言った。だが、遠ざかる亜希のうしろ姿は、心なしか寂しげだった。

それからしばらく、亜希は逢おうとはしなかった。春休みになり、慎太郎の再三にわたる電話での要請に、彼女は折れた。迎えに来た亜希のバイクに乗り、想い出の箱根をドライブする。午後、乙女トンネルを抜け、見覚えのあるホテルに入った。そして亜希は、狂ったように慎太郎を貪った。

二度目の愛が終わったとき、漠とした亜希の眼に、潤むものがあった。服を着終わって、とつぜん、彼女はアメリカに留学すると言い出した。

「冗談だよね。まさか本気でそんなこと考えてるわけじゃないよね」

「あなたはまだ高校一年が終わったばかり。勉強は今がいちばん大事なときなの。それに、部活もがんばらなくちゃいけないわ。女にのぼせていてはだめ」

「ぼくには、亜希さんの気持がわからない。だいじょうぶだよ、ちゃんとやるから。だから行かないでよ」

「あたしの気持は、もう変えることはできないのよ。手続きは終わっているの。四月三日には発つわ」

「そんな……」

慎太郎は絶句した。全身から血の気が引くのが分かった。

コーチ学を身につけ、大学講師の道をめざすとのことだ。アメリカの大学の入学は九月なのだが、それまで向こうで、会話を上達させると言う。父親の知人の紹介で、ニューヨークの老夫婦の家に、ホームステイするとのことだった。

これが最後になるのか。亜希の服をはぎ取り、前戯もなくのしかかった慎太郎は、いきなり体を揺すりはじめた。眼尻に潤みを溜めながら、亜希も激しく応じた。

亜希の肉の感触や匂いの余韻が、慎太郎を悩ました。と同時に、簡単に別れを口にできる女の感覚が、信じられなかった。それは女性全般に言えることなのか、あるいは亜希の性格によるものなのか、未熟な彼に分かるはずもなかった。彼は迷った。何度も電話を入れようとしたのだが、その都度思いとどまる。代わりにタオルを手に巻き、庭木をサンドバッグにして気をまぎらすのだった。

ひとり離れて、慎太郎は成田空港に亜希を見送った。

見送りの家族や友人に気づかれないよう近づいた亜希が、小声で言った。

「お見送りありがとう。あなたを愛したこと、一生の想い出として大事にする。さよなら」

彼女の眼が、ほんの少し赤くなっていた。

第二章　肉体の神

二年の新学期が始まって、間もなくのことである。亜希が日本を去った寂漠感は、少しうすれかけていた。慎太郎は寝坊して、家を出るのが、十分ほど遅かった。タイミングよく電車が来なければ、遅刻する時刻である。大森駅の階段を駆けおりた彼は、発車間ぎわの電車に飛び込んだ。いつもより三、四本遅い電車だろう。かなり混んでいた。

大井町駅を過ぎたあたりで、彼は自分に向けられている視線を感じた。慎太郎がその視線をたどると、こちらに向いていた眼が伏せられた。顔の輪郭が小さめの、美しい女性だった。慎太郎は、あわてて女性の顔から視線をひきはがし、窓外に眼を転じる。

彼はドア横の座席のパイプに腕をつけ、窓の方向に体を向けていた。女性は、入り口から三つ目の吊り皮につかまっている。窓の外を眺めている慎太郎は、横からの視線をふたたび感じた。

誰だろう。自分を知っているひとだろうか。彼は不思議な気がした。

電車が品川駅を出て加速しはじめたとき、左隣の女子中学生の頭が、慎太郎の肩に当たった。その子に向けた眼を、ゆっくりと上げながら女性の方に向けた。一瞬眼と眼が合った。女性の眼が、かすかに笑みを浮かべたように思えた。

田町駅のホームに電車が入ると、女性が慎太郎の方に近づいてきた。この駅で降りるためだったのだ。ホームの人込みの中に見え隠れする女性の姿を、彼の眼は追った。服装からして女子大生ではなさそうだ。田町駅周辺の、オフィスに勤めるOLであろう。美しいプロポーションと、すらりとした足の持ち主だった。

それにしても、妙な気分である。視線が合ったとき、彼女の眼に、慎太郎は、なぜか優しさと親しみを感じた。美少女のような可愛らしさを含んでいるものの、落ち着いた雰囲気からすると、二十五ぐらいに思えた。上品な美しさが、顔や体からにじみ出ていた。

亜希から絵はがきがきた。ニューヨークの夜景の写真がついていた。初めての外国生活のとまどいと発見、そして、大学留学へのあらたな希望が、書きしるされていた。体格に似合わない可愛らしい女文字だった。だがそこには、愛を匂わせる字句はなかった。

「はがきの五十嵐さんて方、どなた?」

向かい合って夕食をとっているとき、母がたずねた。

「ああ、うちの高校の先輩で、水泳部のコーチをやっていたひと。横浜の大学を卒業して、ニューヨークの大学に留学するため、二週間ぐらい前に向こうに行ったんだ」

「あらそうなの。あんたが話してたコーチって、女性だったの。てっきり男だと思ってた」

「いや、男のコーチもいるよ」

「で? 五十嵐さんって方と親しかったの?」

「ほら、バタフライの特訓やってくれたって、言ったろ? 三中に一年近くいたことがあるんだって。家が鵜の木にあるんで、夏、水泳の練習が終わって、時々バイクでうちの近くまで送ってくれたんだ。かき氷とかあんみつを奢ってくれたことはあったけど、とくに親しいとは……」

「そう。手紙でも出してあげなさい、元気づけるつもりで」

二階の自分の部屋に引きあげた慎太郎の体が、唐突に熱くなった。亜希の匂いが、部屋のどこからか漂ってくるような気がした。

彼は、本棚から一冊の本を取り出した。中ほどに、芦ノ湖畔で写したものと、水着姿の亜希の写真が、挟んであった。プールから上がったばかりの競泳用の水着の胸には、膨らみの中央に、うっすらと乳首が形どられている。

写真の、亜希の水着が脱がされた。乳房が揺れ、逞しい太腿が彼の腿に絡みつく。彼女のうめき声が漏れはじめ、慎太郎の体の熱は、快感となってほとばしった。

ほうっとながい吐息をついた。彼の脳裏に描いていた亜希の顔が、いつのまにか、数日前電車で見かけた、あの女性に変わっていたのだった。


例の女性とふたたび同じ車両に乗り合わせたのは、あれから二週間ほどあとだった。今度は、ドアの位置が一つ違っていた。慎太郎は入り口に一番近い吊り皮につかまり、彼女は、進行方向一つうしろのドア近くにいた。座席横のパイプを握り、こちらに体を向けている。吊り皮につかまっている乗客の顔をかすめて、女性はじっと彼の横顔を見つめていた。

窓の外の風景に眼を向けていた慎太郎は、視野の端で、女性の大胆な視線を感じとった。美しい女性に見つめられて、悪い気はしない。しかし奇妙な感じだった。

品川駅でドアが開き、ざわざわと乗客が移動する。押され、体がねじれたのを利用して、女性を見た。一瞬視線が合った。彼女は軽く会釈した。が、そう見えたのは、彼の思いすごしだったようだ。人の流れに押されて、彼女の顔がちょっと動いたのだ。

女性の視線がはずれたので、今度は慎太郎が見つめた。印象に残る美しい顔だが、服装は地味だった。前回は黒のスーツ、そして今日は、濃紺の典型的なリクルートスタイルである。

慎太郎は勝手な想像をした。雰囲気は二十五歳ぐらいだが、きっと彼女は、今年、大学を卒業した新入社員であろう、と。

品川駅で乗り込んだ乗客の中に、友達がいた。その女性のいるドアから入った、黒沢というクラスメイトが先に気づき、工藤と、大声で彼を呼んだ。慎太郎は軽く手を挙げて応える。

やはり女性は、田町駅で降りた。黒沢がホームを走って、慎太郎のいるドアから乗り込んできた。

「お前、どうしてこの電車に乗ってるの?」慎太郎がたずねた。

「うん、叔母さんちが港南にあるんだ。夕べそこに泊まったものだから」

「そうか」

「叔母さんっても、義理の叔母だけど」

「え?　じゃあ、オジさんの奥さんってわけか」

「そういうことになる」

「なら、オジさんち、って言えばいいじゃないか」

「まあな……」

慎太郎は妙な気がした。周囲に人がいなければ、彼は、もっと立ち入って話を訊きたいところだった。

慎太郎は毎朝意識的に、例の女性の姿をさがすようになっていた。しかし、彼の期待はいつも裏切られた。おそらく、彼女の乗る電車は違うのであろう。何かの用事で、たまたま、あの電車に乗り合わせただけかもしれない。

五月の第二土曜日のことである。慎太郎の高校は都立なので、学校は休みである。が、部活があるので、彼は朝から顔を出した。二時過ぎに部活を終え、新橋で地下鉄からＪＲに乗り換えようとしていたとき、すぐ前を、黒沢が歩いているのに気づいた。彼は美術部に入っていたので、やはり部活なのだろう。彼と並んだところで、慎太郎は声をかけた。

「黒沢。お前、都営浅草線に乗るんじゃないのか?」

「いや、JRで品川駅まで行く」

黒沢は、品川区の戸越に住んでいた。だからいつもは、新橋で、地下鉄の営団銀座線から都営浅草線に乗り換えていた。慎太郎は、黒沢が伯母かそれとも叔母の所に行くのだろうと、直感的に思った。

「義理のオバさんのところか」

「うん」

慎太郎は田町駅で、山手線から、快速運転中の京浜東北線に、乗り換えるつもりでいた。

「四時か、ちょっと時間が余るな」黒沢はひとり言のように言った。

「何が四時なんだ」

「うん。彼女、いや叔母は用事があって、四時に帰るそうなんだ」

「ふうん、そうか……品川駅でラーメンでも食べないか、時間つぶしに」

慎太郎は、黒沢が義理のオバのことを、彼女と呼んだことに、強い興味をおぼえた。結局、山手線に乗ったまま品川に行く。駅構内にあるラーメン屋に入ると、慎太郎は話しやすいように、一番奥のテーブルに腰掛けた。

「ところでさ、オジさんはどうしてるんだよ。その義理のオバさんの夫になるひと」

「ああ、半年前に別れた」

「別れた?」

「そう、離婚したってこと」

「オバさんっていくつなんだ?」

「三十二」

「へえー若いんだな」

「お袋の弟の奥さんだから……」

「ひとり暮らしなんだろう?　叔母さんって」

「よくわかるな」

慎太郎はドラマの筋書きが読めた。

「いつからだ?」

「何が?」

「そういう関係になったの」

「今年の春休みから。叔母の家で、彼女に油絵のモデルになってもらったことがあるんだ」

黒沢の話はこうだった。

叔父と叔母は、結婚して六年たった去年の春頃から、不仲になり、夏、叔父が浮気をした。それが露見して、二人の気持は完全に離れてしまった。

離婚のことで、黒沢の母親のところに二人が相談に来たことがあり、そのとき黒沢は、こっそりと義理の叔母に、同情の言葉をかけた。大手町の銀行に勤める彼女は、離婚後、黒沢を呼び出し、何度か食事をした。そして二人の気持は、しだいに通い合うようになった。

三月末の日曜日、彼は叔母をモデルにして、一日中絵筆を動かした。もちろん着衣だった。

翌週の土曜日、ふたたび、彼は叔母のマンションに行った。絵の準備をし終わったところで、叔母がたずねた。

「あなた、裸の女性は描《か》いたことある?」

「え?　いやまだそんなのありませんよ」

「描《か》いてみない?　わたしがモデルになってあげてもいいわよ」

黒沢の心臓が、とたんに早鐘を打ちだした。彼が言葉を出せないまま、うなずくと、叔母は、ためらうことなく全裸になった。

夕方絵が完成し、叔母が黒沢を裸にした。それからは、おおむね毎週一回、彼女の家で過ごしているとのことだった。

「年上の女《ひと》って、いいんだろうな」

慎太郎は小声で言った。けれども彼は、五十嵐亜希のことは喋らなかった。


謎の女性の存在を、あきらめかけた頃である。二度目の出会いから一か月が過ぎようとしていた。五月の末で、暖かいというより汗ばむほどの陽気になっていた。その朝、鶴見駅構内の信号機の故障で、十分遅れの北行きの電車は、かなり混んでいた。

彼は、左右のドアのほぼ中間にいた。大森駅を発車してまもなく、スピードが上がった電車に、ブレーキがかかった。斜め前にいた中年の男の背中が、慎太郎の胸に倒れかかり、さらに横にずれた。そのあとに、男の隣にいたと思われる女性が押されてきた。女性とは向き合う形だが、体が横にずれており、互いの片腕同士が押し合っていた。

女性の方に軽く首を捻ったとき、慎太郎はにわかに顔の火照りをおぼえた。例の女性だったのだ。白のブラウス姿だった。こちらに顔を向けた女性の眼と彼の眼が合った。恥じらいを含んだ表情で、彼女は眼をそらす。

中年の男が横で、体勢を立て直すために、何度かもがいた。それに押された彼女の胸が、慎太郎の腕と重なった。腕に当たる膨らみのふくよかな感触に、彼は甘い衝撃を受けた。だが、それはほんの数秒の出来事だった。女性も慎太郎も体を離す努力をした。どうにか向かい合わせの形が崩れ、接触は、互いの腕のわずかな部分になった。

ところが、またもや出来事は起きた。徐行していた電車が急な加速をはじめ、乗客に背中を押された慎太郎の上体が、女性の方に倒れた。その瞬間、彼の腕が女性の胸を直撃した。

「すみません」慎太郎は小声で謝った。

「運転手のごきげんが悪いみたいですね」

彼女はいやな顔を見せず、微笑すら浮かべて言った。

大井町駅で乗客が降り、二人の体は完全に離れた。が、それもつかのま、乗り込む客の圧力が、じわじわと押し寄せてきた。慎太郎は身を退《しりぞ》けた。そのわずかな空間に吸われるかのように、押された彼女が寄ってきた。向かい合わせとなった体の、半分近くが密着する。慎太郎は、あえて離れる努力をしなかった。身動きがとれないのか、それともなり行きに任せることにしたのか、女性の方も、もがくことをしなかった。

慎太郎より彼女の顔の位置は、四、五センチ低いようだ。だが、周囲の女性より高めである。ハイヒールをはいているだろうから、実際の背丈は分からない。黒に近い栗色の長い髪が、ほのかに香った。

品川駅でだいぶ乗客が降り、二人の接触は解かれた。慎太郎はなぜかほっとした。彼と並んで、女性も吊り皮につかまった。

「いつも、これくらいの電車に乗るんですか?」女性が話しかけてきた。

「ええ、いつもだいたい」

慎太郎は照れ隠しで、ぶっきら棒に答えた。それで会話はとぎれた。彼女はやはり田町駅で降りる。ホームを歩きながら、彼女は、車内の慎太郎の方に顔を向けた。じゃあまた、と言わんばかりの表情をしたあと、人込みの流れとともに姿を消した。


その女性と会話を交わしてから、慎太郎はますます彼女の存在が気にかかった。まさに謎の女性である。学校でも家に帰ってからも、品のある美しい顔立ちが、頭を離れなかった。彼は、航空用の便箋をだいぶ前に買っていたが、亜希への手紙を書かなかった。その後、彼女からの便りもなかった。


電車の中での、あの甘い衝撃から、四日目のことだった。思ってもみなかった進展に、慎太郎の胸はときめいた。朝のホームで電車を待っている彼に、謎の女性が近づいてきたのである。

「おはようございます」

にこやかな笑顔で、彼女は挨拶した。慎太郎は口を動かしたものの、はっきりと声にならないまま頭を下げる。そして、女性が大森駅で乗車していることに、彼は初めて気がついた。にわかに嬉しさがこみ上げてきた。

六月に入って衣替えの季節になったせいか、車内の混み方がゆるやかになっていた。例の女性は、彼のすぐ隣に立っていたが、時折腕が触れる程度で、先日のような、刺激的なシーンは起こらなかった。その代わり、なれなれしすぎではないかと思える態度を、なんのてらいもなく彼女は示した。

「どちらで降りるんですか？」

大井町駅で乗客の入れ替えがあったあと、並んで吊り皮を握り、彼女が口を開いた。

「新橋です」

「新橋の高校ですか？」

「いえ。そこから地下鉄に乗り換えて、赤坂見附まで行きます」

「赤坂見附っていうと、東急ホテルや、ホテルニューオータニのある所でしょ？」

「ええ。赤坂プリンスホテルもあります」

この日の慎太郎は、照れずに会話に応ずることができた。

「私立高校ですか？」

「いえ、都立です。議員会館のすぐ近くにあるんです」

「というと永田町？」

「そうです」

「そういうところに、高校があるんですね」

「日本でもかなり歴史のある高校です」

「そう。わたし地方出なものだから、東京の高校のことは、あまり知らないんです」

そこで会話はとぎれた。品川駅を過ぎても会話はなかった。ところが、田町駅のホームに電車がすべり込み、出口に寄る人の動きが出てきたときだった。

「これ、読んでください」

女性が、折りたたんだ紙片を、彼の手に握らせた。ドアが開くまで、慎太郎は何か話しかけようとしたが、どうしても言葉が出てこなかった。

「じゃあ……」彼女は小さく言って、乗客の波と共にホームに押し出された。

慎太郎は、すぐにでも渡された紙片を開きたかった。けれども、一人だけの場所で読もうと、じっとがまんする。学校に着き、急いでトイレの個室に駆け込むと、四つ折になった小ぶりの便箋を開いた。

——私、平野裕子と申します。三田電気の本社に勤務するＯＬです。このような手紙お渡ししてごめんなさい。実は、あなたのことで少し気にかかることがあり、もしよろしかったら、お話をうかがわせて頂けないでしょうか。お電話頂ければ幸いです——

そのあとに電話番号が記され、特別な用がない限り、夜七時には帰宅しています、と書き加えられていた。

そうだったのか。例の視線には、やはり事情があったのだ。ではどんな事情？　それに彼女は、気にかかることがあると書いている。謎の女性からの謎めいたメッセージに、彼の方が、よりいっそう気にかかった。

早速その夜、電話を入れた。受話器を取り、自分の名前を告げた彼女は、あのう……という、慎太郎の切り出しの声を聞いただけで、

「ああ例の方ですね。工藤さんとおっしゃる……」と、言った。

「え？　まだ、ぼく、名前を言ってませんけど、どうして知っているんですか？」

「ああ、それ？　いつだったか、あなたのお友達が、工藤って呼んだでしょ、電車の中で」

そう言えば、港南の叔母さんところに泊まった黒沢のことか、と慎太郎は思い出した。

「名字はわかっても、お名前の方は知らないわ」

「工藤慎太郎と言います」

「工藤慎太郎さん……二、三おうかがいしていいかしら」

「ええ、かまいません」

「ずうっと東京ですか？　お住まい」

「生まれは函館ですが、ぼくが一歳のとき、東京に出て来てからずうっと……」

「そう、函館なんですか。実は、わたしも函館生まれなんです。二十一歳まで暮らしました。ところで、わたし、函館の工藤慎太郎さんて名前に、少しかかわり合いがあったんです。それも、今ちょうどあなたぐらいの年齢になっているひとと。函館に住んでいらっしゃったときの町の名前、ご存じですか？」

「さあ……母に訊けばわかると思います」

「身元調査みたいでごめんなさい。もしよろしかったら、あなたの生年月日、聞かせていただけます？」

「昭和五十四年三月二十五日です」

受話器の向こうで応答がなかった。切れたかと思った。

「もしもし、あのう」慎太郎は呼びかける。

「ごめんなさい。わたしが昔知っていた工藤慎太郎さんも、同じ生年月日なんです。しかも、生まれてからちょうど一年函館にいました。とにかく一度お目にかかりたいんです。今度の日曜日、お時間とれます？　ご一緒に食事していただければ嬉しいんですけど」

美女からの誘いを、断る法はなかった。それに、やさしいソフトな声なのだが、なにやら深い事情がありそうだ。それにも興味をおぼえ、喜んで同意した。

それにしても狐につままれたような気分である。美女からの謎を散りばめた誘い。ミステリアスなことが、世の中には実際に存在するのだな、と思いながら、彼の胸は弾んだ。

慎太郎は例の女性の話はせず、風呂上がりの母に、さりげなくたずねた。

「ぼくは、一歳まで函館に住んでいたんだよね」

「そうよ、それがどうかしたの？」

「うん、ちょっとね。今日北海道の地図広げてて、一度、函館とか小樽に行ってみたいと思ったものだから。お母さんたち、東京へ出て来てから、まだ一度も北海道へ行ったことないよね」

「そうね。お父さんが忙しいひとだから」

「函館のなんて町に住んでいたの？　東京に来る前」

「ええと、何町だったかしら。急に訊かれると。ええと……ちょっとど忘れしちゃった」

慎太郎は、自分の質問の根拠を母にさとられるのを恐れて、それ以上たずねなかった。

調べる方法はほかにもあった。翌日彼は、水泳部の練習を休み、区の出張所に足を向けた。戸籍謄本を取るためだった。手にした紙片に、函館の住所が記載されていた。


日曜日の正午、慎太郎は待ち合わせ場所に行った。大森駅東口から歩いて四、五分のところにある、いすゞ本社ビルである。ベルポートと称したモダンなビルで、二期工事として、建物の半分が増築中だった。吹き抜けになっている中央広場で、平野裕子は待っていた。アイボリーホワイトの半袖のセーターに、黒のタイトなミニスカート姿だった。それにクリーム色のハイヒール。シンプルな色の組み合わせだが、電車の中で見ていたシックな装いにくらべると、とてもフレッシュである。

それに、やはりすばらしい容姿の持ち主だった。伸びやかな足の美しさとともに、彼の眼を惹いたのは、胸の膨らみである。全体としてはスリムなのに、体にフィットしたサマーセーターのせいか、胸は、見事に整ったラインを描いて、その存在を示していた。けれども、全体のプロポーションに、違和感をもたらすことはなかった。

「お呼び立てしてすみません。どこか入りましょうか。和食と洋食、あるいは中華、どちらがいいかしら」

「ぼくはなんでもかまいません」

平野裕子は、一階にある天ぷらの店に、慎太郎を誘った。

席に案内され、オーダーがすんだところで、慎太郎は戸籍謄本を差し出した。

「あら、こんなもの用意していただいてすみません。わたしの方も、何かお見せしないといけないわね」

そう言って彼女は、ハンドバッグから定期入れを取り出した。見開きになっており、片方が大森、田町間の定期券、片方が社員証になっていた。詳しくは見ない。平野裕子の名前と、三田電気の社名を確認した慎太郎は、彼女の顔に眼をやった。

謄本を見ていた平野裕子の優美な顔が、みるみるうちに紅潮してきた。ほうっと大きく吐息をついた彼女は、慎太郎の顔をじっと見つめる。

「やっぱり、わたしにかかわり合いのあるひとだったんだわ、あなたは」

感慨深そうな声で、彼女は言った。しかし、慎太郎には雲をつかむような話だった。

「どういうことなんですか？　かかわり合いって」

店に入ってきたカップルが隣のテーブルに座り、店員が水とおしぼりを運んできた。

「その話はあとでお話しします。食事がすんでから、どこかほかの場所で」

彼女は、慎太郎の高校の名前を訊いた。そのあと、彼女が函館の高校を卒業して、三田電気の函館営業所に入社したこと、そこの所長の世話で、十年前に、東京の本社に勤務するようになったことなどを話した。

天ぷらを食べながら、慎太郎は彼女の話を点検し直し、質問した。

「函館のころを含めて、三田電気には何年勤めているんですか?」

平野裕子は顔を上に向け、歳月を確認するような表情をしたあと、言った。

「十三年になるわね。もうそんなにたつのかしら」

彼女が三十一歳であることに、慎太郎は驚きをおぼえた。

「ぼく、平野さんのこと、二十四か五ぐらいかと思っていました」

「あら、若く見られて嬉しいわ。それともお世辞かしら」

笑顔が可愛らしかった。やはり、三十過ぎているなんて、とても信じられない。食事がすみ、平野裕子はちょっと考える素振りを見せた。

「あのう、わたしが一人で住んでいるところ、ここから七、八分なの。さきほどの肝心なお話をします。いらっしゃらない?」

慎太郎は内心、いいのかなあと思った。高校生とはいえ、自分も男なのだ。しかも女性経験もある。しかし、好奇心と肝心の話を聞きたさに、彼は躊躇することなく応じた。

「それから、この戸籍謄本いただいていい?」

「どうぞ。そのつもりでしたから」

彼女は、テーブルの端に二つ折になっている紙をバッグに入れ、店の伝票を手にした。

平野裕子の住まいは、環七通りの方角に歩いて、十分たらずのところにあった。慎太郎の住んでいる山王が、ＪＲ京浜東北線や東海道線の西側の高台になるのに対して、彼女のところは線路の東側、つまり海寄りの地域となる。案内された三階建ての建物は、玄関がオートロックになった、真新しいマンションだった。三階の彼女の部屋は明るく、きれいに整頓されて、花や観葉植物が、フローリングの床を飾っていた。それほど広くはないが、いかにも若い女性の部屋といった感じである。

「二年前に越して来たの。それまでは、すぐ近くの古いアパート住まいだったんだけど」

彼女は、二人掛けのソファーに手を延ばした。

「お掛けになって」と慎太郎をうながし、「ここへ訪ねて来るひと少ないの。特に男性はあなたが初めて」

そう言って、彼女はすぐ隣にあるキッチンに姿を消した。

ソファーの前には、低めのダイニングテーブルが配置され、その横にスツールが一つあった。

部屋は六帖ぐらいの広さだった。居間兼食堂として使っているのだろう。正面にテレビがあり、左側に食器棚が置かれている。下が本棚として使われ、上のガラス戸の中には、グラスや食器類がきれいに整えられていた。ブランデーとウイスキーの瓶も並んでいた。どうやら彼女はきれい好きでお酒も好きらしい。

コーヒーとケーキが運ばれてきた。横手のスツールに座った彼女の、斜めに揃えた足の線が美しい。

「このテーブル、変でしょ。リビング用のはもっと狭くて背が低いんだけど、これ、ダイニングテーブルの足をつめてもらったんです。こうすると、四人ぐらいはここで食事ができるでしょ」

ソファーに座って食事するにも、ちょうどいい高さである。合理的なアイデアだと、慎太郎は感心した。

コーヒーの香りはよかった。

「これ、午前中に豆をひいて密封していたものを、今サイホンで淹《い》れたの。お砂糖は？」

「少しでいいです」

平野裕子は、スプーン八分目ほどの氷砂糖をカップに入れ、軽く混ぜた。淡い桜色のマニキュアを施した指は、ほっそりしていたが、筋ばってはおらず、柔らかくしなやかな感じである。

慎太郎はカップを口に運び、一口飲んだ。

「すごくいい香りですね。うちではいつもインスタントだから」

彼女はブラックのまま、淡いローズ色の紅を塗った口元に、カップを運んだ。コーヒーを一口啜り、考える表情でしばらく間《ま》を置いた彼女が、おもむろに口を開いた。

「さて、本題の話をしましょうか」

と、前置きしたあと、彼にケーキをすすめ、話しはじめた。

「わたし、電車の中であなたを初めて見かけたとき、胸が苦しくなりました。昔の恋人に、あなたがそっくりだったんです。なぜ彼がここにいるんだろう、と思ったくらいよ。でもこういうことは、どこにでもありそうな話よね。けれども、あなたの名前が工藤さんって知ったとき、あなたへの関心はいっそう深まり、どうしても、一度お話がしたくなったんです。

わたしの乗る電車、だいたい八時十分だけど、仕事の都合で、十分か十五分早めに出ることもあるわ。あなたと出会った最初の二回は、偶然ね。それからは一週間に一度くらい、意識的に早く家を出るようにしたんだけど、なかなかあなたと会えなかった。一か月ほどして、ようやくあなたと一緒になれたってわけ。それも、車内が混んでいたお蔭で、身近にあなたを感じることができたわ。その次の手紙を渡したときは、しばらく先に行って、ホームの階段横であなたを待っていたの。

なぜこんなにあなたにこだわるのか、自分でも不思議なくらいだった。でも、目に見えない何かがあったのね。それから、昔の恋人、実は十七年前に亡くなっているの。今のあなたと同じ十六歳のときに」

「その恋人は、病気で死んだんですか？」

「病気じゃないわ、バイクでの事故だったの」

思い出すかのように彼女は話を中断して、遠くを見る眼をした。だが慎太郎には、彼女の意図がまるでつかめなかった。

「ちょっと失礼。あなたにお見せしたいものがあるんです」

そう言って彼女は寝室に入ったものの、すぐに出て来た。

「この写真を見ていただきたいの」

手渡された写真には、高校のセーラー服を着た少女が、ソファーに腰掛け、おくるみにくるまれた赤ん坊を抱いている姿が、写っていた。少女のふっくらとした顔には、まだあどけなさがあり、眼の前の平野裕子に面影が残っていた。

「これは十六年前、函館のあなたの家で、あなたのお父様が撮ってくださった写真です。この赤ん坊はあなた、そして、抱いているのはわたしです」

慎太郎は、ますますわけが分からなくなってきた。

「ほら、うしろの壁に半紙が止めてあるでしょう？」

たしかに紙が止めてある。それには、『命名　慎太郎』と毛筆で書かれていた。

「これがぼくで、そしてぼくの家。それでは、あなたはいったい誰なんですか？」

慎太郎は真剣な表情でたずねた。

「わたしの、まだ誰も知らない過去を、話さなければならないでしょうね。それを話さなければ、話が先に進まないんですもの」

そう前置きして、彼女は昔を語りはじめた。

十七年前、当時中学三年の平野裕子は、高校二年の萩尾和也《はぎおかずや》という少年と、恋におちた。彼女が十四歳になって間もなくのことだ。やがて二人は、愛し合うようになった。が、夏休み、萩尾和也は、一人で出かけたバイクの旅で、運転を誤り、山道から谷に転がり落ちた。そして、彼の十六歳の命の幕が閉じられた。

そのとき平野裕子は、身ごもっていた。彼女は、少年の命の輪廻《りんね》を祈って、ひそかに生む決意をした。そして翌年三月二十五日、奇しくもその日は、少女の十五歳の誕生日でもあったが、彼女は、函館のとある助産院で出産した。しかし死産であった。

白い布にくるまれた赤ん坊の顔に、そっと手を触れた。その肌は冷たかった。男の子だったそうである。虚《うつ》ろな悲しみはあったものの、こみ上げる悲しみではなかった。彼女は、出産で高校進学をあきらめていた。しかし死産だったことで、四月から普通の高校生の生活が送れる。新しい生命に出合えなかったのは残念だが、これからのことを考えると、ある種の安堵の気持もあった。

ところで、同じ助産院で、彼女が分娩する少し前に、慎太郎の母が、慎太郎を出産していた。入院者は、平野裕子と慎太郎の母の二人だけだった。

平野裕子の唯一の家族である母親は、市内の水産加工会社に勤めていたが、当時新しく出来た苫小牧《とまこまい》の工場に、三か月間の約束で応援に出かけていた。だから彼女の母は、彼女の妊娠も分娩も知らなかった。

カーテンで仕切られたベッドで、少女は熟睡した。翌朝目ざめたとき、彼女のガウンの胸が濡れていた。仕切りのカーテンを開け、慎太郎の母と、朝の挨拶を交わした。母は大きな乳房を、赤ん坊の口に含ませていた。しばらく乳首を吸っていた赤ん坊は、口を離し泣き出した。

「やっぱりだめだわ」

母はそう言って、哺乳びんを取り上げた。そこへ助産婦がやってきた。

「おはよう。よく眠れたみたいね。あら平野さん、あなたお乳出るみたいよ。ちょっと胸開いてみせて」

少女はガウンの前を広げた。黒い乳首の先から、白い液体がポタリと落ちた。助産婦が、手で張りつめた乳房を揉み、さらに圧力を加えると、白い条《すじ》となって母乳がとび出した。

「どう？　あなたのお乳、工藤さんの赤ちゃんに飲ませてみては」

「わたしのでいいんですか？」

赤ん坊は死んで生まれたが、その子に飲ませると思い、少女は眸を輝かせた。

「それはだいじょうぶよ。ミルクより母乳の方がいいにきまってるし、それに、初乳には栄養がいっぱいあるの。すてるのはもったいないわ。いいでしょ？　工藤さん」

慎太郎の母は、虚ろな表情で同意した。

裕子は、渡された赤ん坊を抱き、乳首をその子の口に当てがった。赤ん坊はやさしい顔で、彼女の母乳を飲みはじめる。胸に甘ずっぱいものを感じながら、彼女は感激で眼を潤ませた。

平野裕子はほうっとため息を漏らしたあと、ふたたび語りはじめた。

「入院中、ずうっと赤ちゃんのお母さん代わりになって、わたしがあなたにオッパイ飲ませてあげたの。おかしいわね、まだ高校一年にもならない少女が、オッパイ飲ませるなんて」

彼女は新しいコーヒーを作りに、キッチンに行った。慎太郎は茫然としていた。表情はぼんやりだが、体の中では、熱い血が震えて騒いでいた。あんなに若くて美しいひとの母乳を、赤ん坊の自分が吸った。とても信じがたい話だった。でも嘘ではなさそうだ。彼女は、他人《ひと》には言えない過去の秘密を、告白してくれたのだから。

サイホンからカップにコーヒーを入れて、彼女は話を続けた。

「で、結局、助産婦さんの助言で、退院してからも、あなたにオッパイあげるために、あなたの家に通ったの。朝、自転車で学校に行く途中であなたの家に寄り、夕方、学校の帰りにまた、授乳のために可愛いあなたに会いに行ったわ。

日曜日や夏休みには、一日四回あなたの家に通ったの。家の母にも友達にも知られずに、わたし、母親をしてたってわけ。あなたにオッパイ飲ませているとき、まだ十五歳の小娘なのに、女の幸せってこういうものかなって、とても愉しかった。でも、八月いっぱいで、あなたのお母さまからストップをかけられた。近所で、変な噂が立ちはじめたらしくてね。

そして、これはわたしからのお礼ですって、わたし名義の銀行の預金通帳と印鑑の入った封筒を、お母さまはくださったわ。辞退したんだけど、アルバイト代と思って受け取ってちょうだいっておっしゃるものだから、ついいただいてしまったの。おそらく十万円ぐらいかなと考えていたんだけど、家に帰って通帳を開き、びっくりしちゃった。何度見ても、予想した数字よりもゼロがひとつ多いの。当時の高校生には、信じられないほどのアルバイト代よ。わたし、翌日通帳をお返しに行ったわ。でもあなたのお母さまは、あなたはもう、このことをいっさい忘れてちょうだい、そうして、誰にも話さないように、そういった口止め料も含んだお金だからと言って、受け取ろうとは、なさらなかった。とうとう根負けして、いただいてしまったの。

わたしの家、貧乏だった。わたしが四歳のとき、父は家を出たきりで行方知れず。だから母は、女手ひとつでわたしを育てたの。母に負担をかけたくなかったから、欲しいものも買わずにずうっとがまんしてた。

でも、若い女の子、靴や着る物のひとつやふたつ欲しいでしょ。それで、アルバイトして得たお金だと母に偽って、実際、アルバイトは何か月かしたんだけど、あなたのお母さまからいただいたお金、十万円だけ高校時代に使ってしまった。残り九十万円は郵便局の定額貯金にして、今でも大事にとってあるわ」

裕子は大きく息を吸い、それをゆっくりと吐き出した。それからこうつけ加えた。

「あなたに話をして、ながい間胸につかえていたものが、なんだかすうっと抜け落ちたみたい」

どうやら、彼女の話は終わったようだ。しかし、さきほどからひとつのことが、彼には気にかかっていた。

「でも、平野さんの恋人に、なぜぼくが似ているんですか?」

「わからないわ。きっと偶然なんでしょう」

「そうですか……」

「じゃあ、ちなみにおうかがいするわ。あなたの血液型は?」

「O型です」

「そう、O型ね……」

しばらく間を置いてふたたび彼女は口を開いた。

「わたしはBで、和也さんはA型だった。やっぱり何かの偶然なんだわ。A型とB型の男女からは、O型の子は生まれないんですものね」

慎太郎は、深い感動に包まれていた。育ちもよく上品そうな彼女に、そんな秘められた過去があるなんて、とても信じられない話だった。それに死んだ子が生きていれば、自分と同じ十六歳。その母親にしては、あまりにも彼女は若すぎる。がしかし、この物語は、けして作り話ではないだろう。

夕方、慎太郎は彼女のマンションから帰る道すがら、夢見る心地だった。謎の美女は、実は自分の乳母《うば》だった。それも十五歳の少女のとき、彼女は乳房を含ませてくれた。悩ましい気分とともに、彼女の存在が急に身近に感じられ、姉のようにも思えてきた。

工藤慎太郎の出現は、裕子の人生に、新たな一ページを加えそうな予感がした。あの日、ベルポートに二十分前に着き、裕子は食事をする店を見てまわった。正午ちょうどに慎太郎の姿を目にしたとき、彼女の胸はときめいた。十七年前、萩尾和也に恋して以来のことである。

彼と話し、彼を見つめ、匂いのない彼の匂いに、裕子は、胸の芯に甘いうずきをおぼえた。勤務時間中は気が張りつめているので、そうでもないのだが、昼休みなど、ついぼんやりと彼のことを考えてしまう。

母が再婚してからは、血の繋がりは消えはしないものの、肉親としての関係は、あきらかに疎遠になっていた。父の存在など、とうに忘れ去っていた。数軒の親類とは、年賀状だけの関係だし、高校時代の友人も、東京にはいない。言うなれば裕子は、天涯孤独の身に近かった。

そこへ、函館時代の想い出の匂いを持つ少年が、出現したのである。

彼との最初の出会いの電車の中で、裕子は、たまたま萩尾和也を想い浮かべていた。そしてそれは偶然だったのだが、ひとつ先のドア近くに、彼を彷彿とさせる少年を眼にしたのである。もしそのとき、和也を想い出していなければ、あるいは見すごしていたかもしれない。

さらに、少年の名前が工藤であることを知った裕子は、心の琴線をはじかれる思いがした。しかしだからと言って、萩尾和也と少年を結びつける根拠は、どこにもなかった。そのことについては、裕子の妄想にすぎなかった。

それなのに工藤少年は、裕子の心を揺らす何かを持ち合わせていた。仮に少年が、自分とは無関係であったとしても、間違いを糸口として、彼に近づいてみたい、と裕子はひそかに願っていた。そして満員電車での体の触れ合いが、彼女の決意をふるいたたせたのだった。

裕子の予感は、ほとんど空想の遊びだったのだが、ある面では、見事に適中してしまった、と言ってもよい。五か月間母乳を与えた事実と、和也を彷彿とさせる顔立ちが相乗効果となって、彼女の気持を揺らしつづける。もちろん、彼はひとりの若者として、彼女の母性愛をくすぐり、女心をうずかせる魅力を、そなえていた。あの日、過去の物語を話したことによって、萩尾和也ははるか彼方の存在になり、代わりに工藤慎太郎が、裕子の心の中に、どっかりと居座ってしまったのだ。

「どうかしたんですか？　平野さん。もの想いに沈んだりして」

結城未央に声をかけられた裕子は、

「え？　そんなことはないわ。ほら、来週から車の教習所に通うことにしたので、そのことを考えていただけ」とごまかした。

「いよいよ、運転免許に挑戦ですか。わたしでよかったら、力になりますよ」

「そうね。あなた、運転上手ですものね」

昼休みの時間帯で、部屋にはほかに誰もいなかった。

「裕子さん、最近ごぶさたでしょ。今度の土曜日あたり、見学会行きたい」

未央が顔を近づけて小声で言った。見学会とは、ラブホテルの、インテリアの見学のことである。

「今度の土、日はだめなの」

「あら、彼氏でも出来たの？」

「そんなんじゃないわよ」

「でも、最近なんとなく様子が変だわ」

「ちがうの。用事が特別あるわけではないの。例の……」

「あ、そっか、お月さまか。そうだったわね、二十八日周期だから。じゃあ、その次の土曜は？」

「うん。まあいいわ」


裕子は自動車の運転免許を取るために、教習所に通いはじめた。さいわい、田町駅のすぐ近くに教習所はあった。週三日の予定で、仕事が終わったあと通うことにした。実際ハンドルを握ってみると、街中を、数限りない車がいとも簡単に走っているのが、とても不思議に思えるのだった。


七月に入ってすぐの、梅雨の合間の蒸し暑い土曜日、裕子と未央は横浜に行った。

未央は、ノースリーブの目の粗いサマーセーターに、かなり大胆なミニスカート姿だった。スカートの裾丈は普通のミニでも、前部にスリットが深く入っているため、歩くたびに、内腿の肌がきわどく露出する。加えて、紫色に近いワインカラーの口紅とマニキュアは、テレビタレントかクラブのホステスを思わせた。

それにひきかえ裕子の装いは、上品であった。だが、アピール力に欠けていた。ベージュ色の半袖のワンピースは裾も長めで、いかにもお嬢さまといった感じである。

地下街で昼食をすませると、婦人服の店を見てまわった。

「これ、裕子さんに似合いそう」

マネキンが着ている服を、未央が指差した。光沢のあるチョコレート色のシャツは、前ボタンが上から二つ目まではずされ、衿元から胸の膨らみがのぞいていた。ほとんど黒に近いダークグレーのスカートは、かなりのミニだった。

「ええ？　これ？　スカート短すぎるよ。生地や色合いはすてきだけど」

「裕子さんの着ているもの、おとなしすぎなの。いいプロポーションしているんだもの、自分のからだ、もっと主張しなきゃ」

さいわい、マネキンの着ている組み合わせの品はあったし、財布の中味とも適ってはいたのだが……。未央に、なかば強制的に連れて行かれた裕子は、着てみるだけよ、と言って試着室のカーテンを引いた。シャツもスカートのウエストも、サイズはぴったりだった。しかしスカート丈は、膝上十センチ以上はありそうで、裕子にとっては、超がつくほどのミニである。

「着終わった？」声をかけて、未央がカーテンを開けた。

「恥ずかしいわ、こんなミニのスカート。腿が丸見えじゃないの」

「そんなの普通じゃないの。胸元はこれじゃだめね」

と言って未央は、シャツの二つ目のボタンをはずし、衿を広げる。三歩あとずさりをして、裕子の全身に眼を配りながら、未央が言う。

「うん、なかなかすてきよ。これにきまりね」

「ええ？　いやだわ」

「そのまま出ていらっしゃい。ほら、靴はいて」

結局裕子は、その姿でレジに行くハメになってしまった。未央がハサミを借りて、値札や表示カードを切り離す。歩くと、胸元や足元から、なんとなく涼しい風が吹き込んでくるような気がした。

「胸や足の形のいいひとって、ほんとにうらやましい。その服、カッコよくきまってるわよ」

裕子の全身を舐めまわすように見つめながら、未央が言った。

「あまり褒めないでよ。だんだんその気になって、ファッション感覚がおかしくなりそう」

「おかしくなるんじゃなくて、センスがよくなるって言って」

地下街を出た二人の足は、自然とホテル街に向かう。あるラブホテルの前を通り過ぎようとしたとき、

「ここにしましょ」

と、未央が小声で言った。彼女の決断は早い。が、そのまま素通りして、未央は前方と後方を確認する。人影はなかった。未央が裕子の腕をつつく。踵《くびす》を返した二人は、すばやく建物の中に入った。

裕子にとって、道路からホテルの入り口の囲いを入り、エレベーターに乗り込むまでが、かなり勇気がいるのだが、同時に、そのスリルが彼女の気分を昂揚させるのだった。

湯西川温泉で初めて肌を交えて以来、二人の関係は、三年余り続いている。同性愛は異常かもしれないけど、異常故に刺激的でもある、と未央は言う。さらに、ホモは最終の行為が生臭い。けれども、レズはファッショナブルだとも言った。

ただ、裕子は、未央との関係にどっぷりと浸かることは、できるだけさけようとした。だから二人が愛し合うのは、二か月に一度ぐらいである。裕子の部屋で抱き合ったのは、二度だけで、あとは、旅行先とかラブホテルだった。

ラブホテルには、ムードを高めるインテリアと、ワイルドなあやしさがあった。同じホテルを二度は利用しなかったため、いつとはなしに〈見学会〉と称するようになっていた。

部屋と浴室の仕切りがガラス張りになっており、濃紺の壁紙を貼った天井には、プラネタリウムを模した星が、輝いていた。未央の好みそうな部屋だったが、裕子はどちらかと言えば、シックなムードの部屋が好みだった。未央がBGMを選曲すると、音をしぼったロックのリズムが流れはじめる。

未央はサマーセーターを、裕子は買ったばかりのシャツを脱ぐ。二人は見つめ合った。そして濃厚なキスに、しばし陶酔した。

「これ、プレゼント」

二人の体が離れ、未央が、リボンでパッケージされた紙包みを差し出した。

「あら、ありがとう。何かしら」

「わたしたちが特別なおつき合いをはじめて、もう三年が過ぎたわ。そんな意味も込めたプレゼント。あ、ちょっと待って。開ける前にわたしを見て」

そう言うと、未央はスカートを脱ぎはじめた。薄手の黒のストッキングが、黒のガーターに吊るされていた。が、ショーツをはいていないため、茂りの多いヘアーが丸見えだった。

「あなたずうっとその恰好で、電車のシートに座ったり、階段を上り下りしてたってわけ？」

「うん。でも奥まで見えなかったでしょ？」

「もしかして、このプレゼント、それと同じもの？」

「そうよ。さあ、今着けている下着取って、これ着けてみて」

「ええ？　恥ずかしいよ」

「誰も見てないもの。ほら脱いで脱いで」

全裸の姿は何度も見せているのに、未央の前とは言え、あられもない下着姿になるのが、裕子にはためらわれた。が、未央の手で裸にされた裕子は、ガードルを着け、ストッキングをはく。黒のブラジャーは、ようやく乳首が納まるぐらいのきわどいカッティングで、未央と全く同じ色柄のものだった。

「うん、セクシー。女神が娼婦に変身ってところね。でも、化粧がちょっと甘いな」

というわけで、未央は、裕子の化粧を直しにかかった。アイシャドーとアイラインをくっきりと入れ、口紅をパールピンクに塗り変える。透明なマニキュアをした爪にも、口紅と同じ色を塗り重ねた。

「さあ出来た。すごい美人よ。洗面所に行ってみて」

鏡に映った姿を見て、裕子は、今までにない自分が、そこに居るような気がした。まるで、妖艶さを売りものにするショーダンサーだった。気がつくと、未央が背後に立っていた。

「どう？　気分は」

「なんだか、すごい悪女になったみたい」

「時にはそれでいいの」

未央は、自分のブラジャーのカップを膨らみの下に押しやり、裕子の胸も同じにした。そして四つの乳房が狂おしく揉み合い、互いの手は、それぞれの股間をまさぐるのだった。


慎太郎は胸をときめかせながら、マンション入り口のインターホンの番号を押した。建物の入り口はオートロックになっており、各部屋から、ドアの解錠をするシステムになっている。約束の十二時半より十分ほど早かった。

「どちらさまですか？」平野裕子のソフトな声が、インターホンから流れてきた。

「工藤です」

二週間前に電話をかけたとき、これから毎月一回遊びにいらっしゃい、お昼ご馳走しますから、と彼女は言ってくれたのだ。今日はその第一回目の訪問日である。七月の第二土曜日で、学校は休みだった。部活の方は、大事な用事があるから休みたいと、前もって連絡していた。

「お待ちしていました。どうぞお上がりになって」

料理の支度中だったのか、裕子はエプロンをしたまま、玄関に出迎えた。小さめの顔がほほ笑み、デニムのエプロン姿が、アットホームなあたたかさをかもし出していた。

「これ、駅ビルの花屋で買ってきたんですけど」

ドアを閉めた慎太郎は、背後に隠していた花束を、照れぎみに差し出した。白い百合を中心に、黄色やオレンジ色の洋物の花が、かなりのボリュームでアレンジしてあり、リボンもかけられていた。

「まあ、ありがとう。こんないっぱいのお花、嬉しいわ。早速花瓶に活けなくっちゃ」

裕子の声は弾んでいた。

慎太郎は春休み、十日ほどアルバイトをしたので、小遣いの余裕はあった。七千円分頼むと、花屋のおばさんがおまけをしてくれたので、見応えのある花束が出来上がった。

慎太郎が靴を脱いでいる間に、裕子は花束をかかえて、リビングに歩き出す。そのうしろ姿に、彼は一瞬どきりとさせられた。濃紺のミニスカートから、すらりとした足が露出していたのだ。

ミニスカートはごく一般的な裾丈だから、それ自体特別驚くほどではない。だが、こちらを向いていたときはエプロンで膝下まで隠されていたのが、体が反転し、急にミニスカートになると、一瞬、腿が衣に覆われていないかのような錯覚に陥ってしまうのだ。しかも素足なので、白い肌が、なおさら肉感的に見えた。

「どうしたの？　遠慮なく上がって」

キッチンの方角から、裕子の軽やかな声が聞こえた。

廊下の突き当たりがリビングになっていた。すぐ手前左手に、出入り口の仕切りのないキッチンがあり、慎太郎はその横を通り過ぎようとして、ふたたびどきりとさせられる。彼女が脚立《きゃたつ》に乗り、流し台の上部にある吊り戸棚を、開けようとしているところだった。魅惑の足を間近に眼にし、彼は思わずつばを飲んだ。

「今、花瓶を探しているところ。口の大きい花瓶、結婚式でいただいたものがあったから。中に入って、ソファーに座ってて」

立ち止まって彼女の足に眼を奪われていた慎太郎は、あわてて歩き出した。

「たくさんの花ですもの、普通の花瓶では入らないわ。これ、会社の友達の結婚式の引き出物。二年前にいただいたんだけど、使わないでしまったままだったの。ちょうどよかったわ」

テレビの横に小物入れがあり、その上に、写真立てと小さな鉢植えの花が載っていた。彼女はそれを退けると、大きめの花瓶を置く。

「うん、ここがいいわ。もっとも、部屋が狭いから、ここよりほかに適当な場所がないんだけどね」

それから彼女は、やかんに入れた水をボウルと花瓶にそそぎ、花の盛りつけにかかる。さすがに女性の住まいだ。剪定《せんてい》用のハサミも、ちゃんと用意されていた。

テーブルの上に新聞紙を広げ、裕子は花を並べる。慎太郎はソファーに座って、テーブルの向こう側の様子を見守った。

裕子は、バランスを考えて、花の長さを調節しながら葉や茎を切り、水揚げをする。次に盛りつけにかかった。テーブルから花瓶に花を運ぶのだが、そのたびに背中を向けたり、こちら向きになったりする。向こうむきになって盛りつけているときは、彼女の視線を気にすることなく、魅惑の足を観察することができた。身長の割合からすると、彼女の足は、かなり長いように思えた。

彼が女性の体の中でいちばん惹かれるのは、なんと言っても胸だった。それが、裕子に出会ってからは、足にも興味をおぼえるようになった。ミニスカート全盛の夏、とも言えるかもしれない。街には露出した足が氾濫《はんらん》し、つい眼を奪われてしまうのだが、裕子ほど形よく伸びた足を、あまり見たことがない。そのうえ、わずかに桜色をおびた白くみずみずしい肌も、魅力的だった。だけれども、彼女の一番の魅力は、聡明な美しさと、さわやかな品のよさであろう。

「どう？　こんな具合でいかが？」

「よくはわからないけど、すごくきれいですね」

裕子は、見る位置を遠くにするために、ソファーに座っている慎太郎の真横に立った。彼女の手が、さりげなく彼の肩に置かれた。ふっと甘い匂いが鼻をくすぐり、彼を夢見る気分にさせる。

「うーん、とてもすてきだわ。この部屋が、いっぺんに華やいだ雰囲気になった。ほんとにありがとう。こういうプレゼント、よくするの？」

「いいえ。ぼく初めてなんです、お花買ったの」

「そう。今日のために、恥ずかしいのをがまんして買ったってわけね」

「そうなんです。すごく勇気がいりました」

「ますます感激だわ。さあ、花のプレゼントのお返しに、腕によりをかけてお料理作らなくっちゃ」

いかにも嬉しそうな表情で、彼女はキッチンに行く。きれいに盛りつけられた花を眺めながら、慎太郎は思いきって買ってきてよかったと思う。いつかテレビで見たドラマのように、やはり女性は、花のプレゼントを喜ぶようだ。

やがて、見た眼にも美しく盛りつけされたオードブルが、それぞれの皿で運ばれてきた。生ハム、ボイルした車海老、チーズクラッカーに乗せたキャビア、アスパラガスが品よく盛られ、クレソンが色どりを添えていた。さらに、周囲には、ハーブとマヨネーズをミキシングしたというもえぎ色のソースが、線を描いていた。別のガラスの器には、殻つきの生がきが二個ずつと、半割のレモン。まるで高級レストランの感じである。

「おいしそうですね。これフランス料理ですか?」

「フランス料理の真似ごと、ってところね」

そう言いながら彼女は、次に、ロゼワインとワイングラスを二個運んできた。

「慎太郎君、ワイン少しぐらいだったら、だいじょうぶでしょ?」

慎太郎は初めて名前を呼ばれて、嬉しくなった。また一歩、彼女との距離が縮まったような気がした。彼がワインの栓を抜く。

裕子がエプロンをはずした。アイボリーの半袖のブラウスは涼しげで、ベージュっぽいブラジャーが、かなり透けて見える。淡いピンクの液体が、グラスにそそがれた。

「乾杯しましょう。そうね、何にしようかしら……そうだ、わたしたちの十六年ぶりの再会を祝して、乾杯」

ワイングラスが、軽やかな音をたてた。慎太郎はグラスの半分を、一気に飲んだ。ほのかな香りと、ソフトな口当たりがおいしい。

「ああ、おいしい。今日のワインは格別おいしいわ。だって慎太郎君から、思いがけないプレゼントいただいたんですもの。女は、こういうプレゼントに弱いの。今日は飲んじゃおうっと」

　慎太郎は駅ビルから胸を弾ませ、猛スピードでここまで自転車を走らせた。だから、彼の喉は渇いていた。冷たく冷やされたワインが、彼の喉を潤す。

「あら、あなたけっこういける口ね」

「そうでもありません。平野さんの方がずうっと強そう」

「わたし、そんなにのんべえに見える？」

　空になった慎太郎のグラスに、ワインを注ぎながら裕子が言った。

「のんべえには見えません。でも、お酒好きでしょ？」

「そうね、嫌いではないわね。さあ、いっぱい召しあがって。かきはレモンをしぼってね」

　生がきも、他の料理もおいしかった。空になった裕子のグラスに、慎太郎が注ぐ。

「そうそう、音楽かけましょうね、ＢＧＭに」

　そう言って裕子は立ち上がった。

「何がいい？　クラシック、ロック、ニューミュージック、それともジャズ？」

「ジャズがいいです」

「あら、あなたジャズが好きなの？」

「それほど聴いてはいないんですけど、なんとなく好きです」

　裕子は、テレビの下にあるデッキに、ＣＤを差し込んだ。テレビの上と、そこから一メートルぐらい離れた壁に取り付けられた小型のスピーカーから、ボリュームをおさえたジャズのリズムが流れてきた。

　オードブルがなくなると、ポタージュのスープと、フランスパンが出された。スープには、みじん切りのパセリがあしらわれている。

「これ、ガレのフランスパン。けっこうおいしいのよ」

「ガレだったら山王にもあります。母も好きで、時々買ってくるんです」

そして次に出されたのは、マッシュルームとナスのバター炒めにクリームソースがかけられ、焼いたしし唐が一つと、細切りの赤ピーマンが三切れ、色どりとして載せられた料理だった。ボリューム感はないものの、器もきれいで、色彩と盛りつけが洗練されている。味もよかった。慎太郎は料理の出来を褒めたあと、

「こう言うのを、慶応大学って言うらしいですよ」と真顔で言った。

「え？　慶応だったら田町。わたしの会社の近くだけど……優等生っていう意味？」

「ブー、はずれ。慶応は三田通りにあるでしょ。つまり、見た通りってことです。見かけも味もいい」

裕子が笑いころげた。笑いの途中で、

「真面目な顔をして、あなたって面白いことを言うひとね」

まだ笑っている。

「さあ、飲みましょ」と言って慎太郎のグラスにワインを注ぎ、空の自分のに注いだ。

「今日は楽しい。これ一本空にしちゃおうかな。あなたも飲んで。酔ったら、わたしのベッドで、少し休んでいってもいいから」

屈託のない顔で彼女は言う。でも、よく考えると、なんとも危険なせりふである。電車の中を別にすれば、まだ二度しか会っていないのだ。それとも、彼を子どもだと考えているのだろうか。たしかに、赤ん坊の自分にオッパイを与えただろうが、それにしても、まるで気心が分かっているような言い方である。

ＢＧＭは、ピアノが軽快なジャズのリズムを奏《かな》でていた。

メインディッシュは、サーロインステーキだった。木型に納まった鉄皿の上で、肉がじゅうじゅうと音をたてていた。トマトケチャップ、オイスターソース、しょうゆ、ワイン、ニンニク、それに肉汁で作ったというソースがかけられ、ボイルした人参と、ブロッコリーが添えられていた。生野菜のサラダも出た。

「この鉄の皿ね、先週、大井町の阪急で買ってきたの。二つだけね。ステーキはこの方がおいしいから」

慎太郎は感激した。たかが高校生の自分のために、彼女は一所懸命料理を作ってくれている。ステーキは、ミディアムよりややレアに近い状態に焼かれていた。実においしい。彼の母も、年に一、二度ステーキを焼くが、焼きすぎで、芯の赤味がほとんどなかった。彼は褒め言葉をさがした。

「こんなに上手に料理を作れるひとと結婚する男って、幸せですよね」

裕子が苦笑まじりにほほ笑む。

「でもね、手の込んだ料理を、いつも作ってるわけではないの。朝は納豆にみそ汁、焼のりにお新香、あるいは前の晩の残りもののおかず。夜はまあ、栄養のバランスを考えて、そこそこに作ってはいるけど」

「和食が多いんですか？」

「そうね、どちらかと言うとね。でも朝は五分五分かな。和食の翌日は、野菜ジュースにハムエッグ、野菜サラダ、それとトーストっていうのが定番ね。牛乳は毎朝飲むわよ。カルシウムをしっかりとらないと、いらいらするってことだから」

「理想的な食生活ですよね」

「うーん、そうかな。でもひとつだけ問題があるの」

「何がですか？」

「自分ひとりだけのために料理作るのって、あまり愉しくないのよね」

どうして結婚しないんですか、と慎太郎は訊きたかったが、失礼にあたると思い、やめにした。

慎太郎はグラス三杯のワインを飲み、かなりいい気持になっていた。裕子は四杯目を空にし、ほんのりと目元を染めている。

食事が終わり、彼女は、食器やグラスを下げはじめる。慎太郎も手伝った。三帖ほどのキッチンには冷蔵庫と食器棚が置かれ、狭かった。二人の体が何度か触れ合った。慎太郎は、あの朝の電車の中での出来事を思い出していた。あれ以来、彼女の姿を、満員電車で見かけることはなかったのだが……。デザートには、コーヒーとメロンが用意されていた。

「煙草吸ってもいいかしら」

「かまいませんよ」

裕子はベランダに通じるガラス戸を少し開け、電話台の横にある箱から、ハッカ入りの細い煙草を抜き取る。それからスツールに座ると、足を組んだ。腿の肌が、眼に触れる範囲を広げる。

「煙草はからだによくないのよね。だから、一日五本までと決めてるの。つまり一箱を、四日もたせるわけ。食事のあととか、お酒の入ったときは、とくにおいしく感じるわ」

気持よさそうに紫煙をくゆらし、彼女は言った。

冷えたメロンを、慎太郎は口にした。その甘さに、今日という日が、夢のはじまりの一日のように思えた。裕子も愉しそうだった。酔いのためか口がなめらかになった彼女は、授乳していた頃の話をはじめた。

「学校でお乳が張ってくるでしょ。最初の頃はトイレですてていたんだけど、そのことをあなたのお母さまに話したら、もったいない、粉ミルクよりやはり母乳がいいからって言われて、昼休みは毎日、トイレでお乳しぼり。哺乳ビンにしぼり出すの。それを、学校帰りに授乳に立ち寄ったとき、お母さまに渡していたってわけ。一度温めて殺菌し、冷蔵庫に入れておいたものを、夜温めなおしてあなたに飲ませたそうよ」

「面白い話ですね」

高校一年の可愛い少女が、学校のトイレで母乳をしぼり出している姿は、奇異というより、むしろ生活臭が感じられた。そしてその光景は、すぐに慎太郎の脳裏に描き出された。

「こんなこともあったわ。オムツが濡れていたのでとり替えようとしたとき、オシッコかけられちゃった。スカートびしょ濡れになっちゃったわよ」

すみませんと謝るべきか慎太郎は一瞬ためらったあと、ふき出してしまった。聡明な顔をしている割には、彼女は気さくだった。

「変な話をよく平気でする女だと思うでしょ、あなた」

「いえ、そうは思いません。だけど、妊娠してたときや、お乳がいっぱいに張ってたとき、誰にも気がつかれなかったんですか？」

「そのころわたし少し太っていたから、気づかれなかったわ。平野さんのオッパイ大きいね、って言われたことはあったけど、変な噂にはならなかった」

「なんとなく、ドラマの中の出来事みたいですけど、そんなことって、実際にあるんですね」

「なに言ってんの、他人《ひと》ごとみたいに。これはあなたの話なのよ」

「すみません」今度は素直に謝る。

「このことを知ってるのは、函館の助産婦さんと、あなたのご両親だけ。あ、それにあなたね。この昔話は、秘密の箱に封印されて、今まで誰にも話せなかったの、わたしの母にもね」

慎太郎には、彼女の気持が分かるような気がした。それにしても、体の至るところにうずきをおぼえるほどの、悩ましい話である。

一か月に一度裕子に会える日が、慎太郎には待ち遠しかった。彼女が作る料理ももちろん魅力があったが、彼女の顔を見ながら会話するのが、なによりも楽しみだった。それに、裕子自ら〈お食事会〉と名づけて、心待ちにしてくれていることも、慎太郎には嬉しかった。

夏休みになり、彼は友達の黒沢に誘われて、ファーストフード店でアルバイトをはじめた。水泳部の練習にも出なければならなかったので、けっこう忙しかった。なんとかやりくりをつけて、裕子に会えたのは、八月も終わりに近づいた土曜日だった。

裕子は、白地に小さな花柄のワンピースを着ていた。全体にゆったりとしているが、ウエストがベルトできゅっとしぼられ、いままでとはちょっとちがう、フレッシュな可愛らしさがあった。短めの半袖から出ている腕は、水泳の練習で日焼けした慎太郎とくらべると、その白さが、いっそうきわだった。

「平野さんって、ほんとうに色が白いんですね。それに、なめらかで透きとおるみたいなきれいな肌してる」

「お褒めいただいてありがとうございます。でも、平野さんって言い方、ちょっと他人行儀ね。名前を呼ばれた方が嬉しいな」

もちろん慎太郎には異存はなかった。裕子さん、と初めて口にしたとき、甘ずっぱさとともに、彼女が、ますます身近な存在に思われた。けれども、他人行儀ではないということは、いったいどんな仲なのだろう。仮の姉弟《きょうだい》？　それとも恋人みたいな仲？

BGMは、映画のサウンド・オブ・ミュージックを奏でていた。

「夏はやっぱりビールよね、あなたが一緒だと、いっそうおいしく感じるの」

暑い盛りだった。冷蔵庫で冷やしたビアグラスにそそがれた生ビールは、見ているだけでも涼しげである。

緑の色も鮮やかな枝豆と、小さく割った氷を周囲にあしらった、刺身の盛り合わせが出てきた。乾杯のあと、裕子は喉を鳴らしてグラスを空にした。

「ああ、おいしい。このときのために、朝のジョギングのあとお茶を飲んだだけで、水分取るのがまんしてたんですもの」

「裕子さんが走っている姿、一度見たいな」

グラスを空にした慎太郎が言った。

「いつでも見られるわよ、朝六時十分前に平和の森公園の入り口に来れば。そうだ、あなた明日から一緒に走らない？」

「え？　その時間は、まだ蒲団の中ですよ」

「何時に起きるの？」

「学校があるときは、だいたい七時十五分ぐらい。今は八時半ですね」

「五時四十五分に起きなさい。そして自転車で行けば、間に合うわよ」

「かんべんしてくださいよ。ぼくは今育ち盛りなもんで、眠いんです」

「慣れよ、慣れ」

「その件に関しては、遠慮させていただきます」

「今の若者は、根性がないんだから」

「あれ？　裕子さんはもう若くないんですか？」

「もうっ……」

一本目の大ビンが空になり、裕子は、キッチンにビールを取りに行く。

「でも、毎日歩いたり走ったりしているから、スマートなんですね。とくに、足なんか、中南米の陸上選手みたい。足首がしまっていて」

「もし朝の運動やめたら、きっとロシアのおばさんみたいになるかもね」

「そうなった裕子さんって、面白いですね」

「面白い？　あなたも言うわね」

慎太郎は含み笑いをして、グラスのビールを飲み干す。

「ところでですね、裕子さんの体重、身長から六十七を引いて、二で割ったぐらいですか？」

「え？……ちょっと待ってね」と、彼女は紙とボールペンを取ってきて「六十七を引くんだったわね」と確認して、計算をはじめた。数字が見えないよう、左手で隠しながら。

若い女性の美的及び健康的な理想の体重は、(身長－64)÷2とのことだが、慎太郎は、裕子の体重を前もって予測していた。

「うーん、もう少し上ね」裕子が言った。

「じゃあ、六十六を引いて二で割ったぐらい」

裕子はふたたび計算する。

「すごく近いけど、ほんのちょっと上」

「じゃあ、六十五を引いて二で割る」

「そう、ちょうどよ」

「裕子さんの身長、一六三センチか一六四センチぐらいでしょ？」

「一六三よ」

慎太郎はにやりとした。頭の中で素早く計算すると、

「裕子さんの体重、四十九キロですよね」

「あ、あなたずるい。たくらんだわね」

裕子は笑いを漏らしながら手酌でビールを注ぐと、グラスを口にした。

笑顔が、なんともチャーミングだった。その顔を見つめ、彼女はやはり若い、と慎太郎は思う。彼の高校の英語教諭が、独身の二十八歳。美人で男子生徒に人気があるのだが、裕子の方があきらかに若く見える。そのうえ、より美人である。

「見た目より体重があるってことは、逆に言えば、体脂肪が少ないってことですよね」

「そう言ってもらえると嬉しいわ。今の体重をオーバーしないよう、努力はしているの」

彼は思った。見た目より体重があるということは、裸になったときの胸は、もっと大きいのではないか。

三本目のビンが残り半分になって、裕子の目元にほんのりと赤味が差す。

「昼間飲むお酒ってけっこうきくんだけど、慎太郎君、きみ、やっぱり強いんだ。これから飲み友達になろうかな」

「喜んでなりますよ」

「あ、でもだめだ。十六歳じゃ、未成年者保護条例とかにひっかかっちゃうもの」

そう言って彼女は立ち上がった。

慎太郎もすこし酔っていた。ほんわかとした、なんとも言えない好《い》い気分だった。それに、いつもそうなのだが、この部屋にいると、不思議と居心地のよさを感じるのだった。

彼はすでに、裕子に対して、好意以上の感情をいだいていた。おそらくそれは、恋か、それにきわめて近い感情であろう。ただし、男と女を意識したとき、普通だったら、妙にかた苦しく不安定な居心地になる。けれども裕子と一緒のとき、慎太郎は性的欲望をおぼえはするものの、同時に、姉弟《きょうだい》にも似た安らぎに、身を置くことができた。

白木の丸い桶に入ったソーメンが、運ばれてきた。水を張った中に氷が浮かび、キュウリ、アメリカンチェリー、缶詰のミカンなどが、彩り鮮やかに点在していた。

桶の置き場所を確保するため、慎太郎はテーブルの上を片づける。ところが、あやまってグラスを倒してしまった。少し残っていたビールが、テーブルに広がった。

「ごめんなさい。酔っぱらってはいないんだけど、手もとが狂っちゃった」

彼が、ふくものを取りに行こうとする。

「いいの、いいの。わたしやるから」

桶を慎太郎に手渡した裕子は、キッチンから台ふきを持ってきて、テーブルをふきはじめた。

慎太郎は、視線を、なにげなく彼女の手元から上に移動した。そして、にわかに胸の高鳴りをおぼえた。桶を手にして立っている彼の眼に、悩ましい光景が映し出されたのだ。

裕子が、前かがみでテーブルをふく。ワンピースの胸元がゆるみ、奥に、ベージュ色のブラジャーが、はっきりと見てとれた。しかも、布地の上部には、膨らみの白い肌がこぼれ出ている。姉弟《きょうだい》にも似た彼の安らぎは、とたんに消し飛んでしまった。

慎太郎は桶を低く持ち、彼女の胸元に視線を近づけた。ふくよかな膨らみは、やはり偽ものではなかった。恰好のいい胸は、もしかしたら、詰めものが入っているのではないかと疑ったこともあったが、顔をのぞかせている素肌の膨らみ方を見る限り、ブラジャーに納まっている部分も、すべてほんもののようだ。

それは、偶然がなした数秒間の陶酔だった。彼の視線に気づいたのか、それとも酔いのせいなのか、裕子はふふっと意味ありげな含み笑いをして、慎太郎の横に座った。

「さあ食べましょ。夏はビール、そしてソーメン」

裕子が、つゆの入ったガラスの器に、刻んだしその葉とワサビを入れてくれる。慎太郎は、用意されていた取り箸で、ソーメンをつゆの器に入れた。それを、割り箸で口に運ぶ。

「どう？　お味は」

「おいしいです。夏はやっぱりソーメンですね」

「直箸《じかばし》でやりましょ。他人行儀は、面倒だわ」

裕子はそう言って、自分の箸を、直接桶に入れる。

「おつゆ、少し濃いめにしているから、こう取って、初めのころは半分くらいつゆにつける、その方がいいわ。で、そのうちにつゆがうすくなったら、全部入れちゃうの」と、彼女は実演してくれた。

慎太郎も直箸でソーメンをすくう。他人行儀ではないということは、こういうことかな、と彼は思った。

「この桶、まだ新しいんですね」

桶からは新鮮な木の香りが漂っていた。

「そう、買ったばかり。わたしね、あなたのために食事作って、一緒に食べるのが、とても楽しみなの、なんだか、あなたが家族みたいな気がして。だからこのところ、新しい食器類が増えちゃうのよね」

「なんだか悪い気がする」

「ううん、そうじゃないの。デパートの食器売り場を見て歩くのが、すごく楽しくなっちゃった。あ、すてきな器《うつわ》。これにはどんな料理が合うかしら、ってね。今まではあまりそんなこと考えなかったんだけど、心境の変化ってことかしらね」

次に起きたことも、彼女の心境の変化なのだろうか。ソーメンを食べ終え、裕子は、函館の街のことか、高校時代の話などをした。それから食器をキッチンに下げたついでに、トイレに行った。慎太郎も、食器を手にキッチンに行きかけた。トイレのドアが閉まる音に、多少酔っていた彼は、男の子にありがちな好奇心にかられた。

廊下と洗面所は、アコーディオンカーテンで仕切られ、洗面所の右手が浴室、左側がトイレになっていた。キッチンの出入り口は、廊下を挟んで洗面所の反対側になる。

慎太郎は食器を手にしたまま、完全に閉じられていないアコーディオンカーテンの、数センチの隙間に耳を寄せた。すると、ほとばしる流出めいた音がかすかに聞こえ、それがしばらく続いた。消音のための水洗音は、していない。やがて、ペーパーをたぐる金属音がしたので、彼は足音を忍ばせ、リビングに通じるドアを閉めた。ソファーに腰を下ろしかけたとき、水洗の音が伝わってきた。

さわやかな裕子の顔がのぞき、慎太郎は、手にしたままだった食器を持って、立ち上がった。

「あらいいわよ。わたしやるから」

「いえ、手伝いますよ」

不謹慎なスリルに、彼の心臓は高鳴っていた。しかし、何事もなかったかのような裕子の表情に、慎太郎は、エロティックな気分が溶け込んだ甘い親近感をおぼえた。

彼がこの部屋を訪問するのは、今日で三度目だが、外でご馳走になって、最初にこの部屋を訪れたとき、彼女はコーヒーを運ぶ前に、トイレに入った。そのときはたしか、二度の水洗音を聞いた記憶がある。母もそうなのだが、彼が隣の洗面所で歯を磨いているときでも、水の無駄使いはしなかった。母の場合、永年の慣れからそうしているのだろうが、裕子はどういうつもりなのだろう。おそらくある意味では、他人行儀は必要ない、との証かもしれなかった。彼女の雰囲気からは、一見して、その生理現象を想像するのは難しかったのが、彼女が生身の人間であると分ると、慎太郎は愉しい気分になるのだった。

十月の第四土曜日だった。慎太郎は憧れの裕子に、とうとうキスをしてしまった。前回、つまり九月の食事会で、彼はそのような機会がおとずれることを、ひそかに願っていた。だが、うちとけた雰囲気は深くなったものの、何事も起こらなかった。

秋が濃くなり、朝晩はかなり冷え込むようになった。第四土曜日で、慎太郎の学校は休みだったが、どうしても出なければならない用事があったから、〈お食事会〉は夕方にしてもらった。家にもどらなかったため、彼は学生服のまま、裕子のマンションに行く。

「あなたの学生服姿、よく似合う。いかにもまじめな高校生って感じ」

「ほんとはまじめじゃないんだけど?」

慎太郎は、疑問符つきで問い直す。

「そんなことないでしょ?　まじめだわ」

裕子は愉しそうに笑って、食事の仕度にとりかかった。

鉄鍋にざあっと料理の材料がはじける音がして、おいしそうな匂いが漂ってきた。

「今日はなんの用だったの?」

キッチンのハッチ部分から、裕子が話しかける。

「十一月三日から五日にかけてやる文化祭の劇の練習。追い込みに入ったもので」

「で、何をやるの?」

「ミュージカルのレ・ミゼラブル」

「ああ、ジャンバルジャンの。去年、帝劇でやっていたわね」

「ええ、やってました」

クラスでやる出しもので、慎太郎はサブリーダーに選ばれていた。

その夜、裕子は中華料理を作ってくれた。前菜からはじまり、すぶた、ピーマンの細切りとひき肉の炒めもの、海老チリソース、春巻など、多彩な料理を、頃合を見て出す。リビングには、BGMの比較的静かなロックのリズムが、ひかえめな音量で流れていた。

「あなたの制服姿、やっぱりいいわね」と見つめたあと、「ところで、わたし運転免許証とれたわよ」と、裕子が、電話台の横から免許証を手にし、慎太郎の前に置いた。

「やったね、おめでとう。いつもらったの?」

「ほら、そこに日付が書いてあるでしょ」

「きのうじゃないの」

「そう。とれたてのほやほや。きのう有給休暇もらって、鮫洲に筆記試験受けに行ったの。一回で受かっちやった」

ビールのあと、裕子と慎太郎は、焼酎の梅お湯割りを飲む。

夜は、昼間の〈お食事会〉とは、ちょっと違った雰囲気があった。ドレープカーテンが閉じられた空間は、柔らかな照明に包まれ、艶いたムードが、ほのかに漂っていた。その大人のムードを、裕子の服装がさらに色濃くする。白の長袖のブラウスこそシンプルでおとなしい感じだが、タイトなスカートは、慎太郎が今まで眼にした彼女の持ち物の中で、いちばんのミニだった。一見落ちついた装いなのだが、黒の布地から出た白い素肌が眩しい。それに、伸びやかな足の細さと比較して、布地近くの太腿は、肉感的だった。足を組んだ姿など、思わずどきりとさせられる。

焼酎の二杯目が残り少なくなった頃には、裕子はほどよく酔い、饒舌になっていた。もう少しで彼と肌が触れそうな近さに座った彼女が、たずねた。それは、ある種の、親しみの情の表現でもあったのだが。

「ねえ、慎太郎君。きみ、女の子にモテるでしょう。ガールフレンドいる？」

香水をつけたのだろうか、ほのかな甘い匂いが、彼の恋心を刺激した。

「親しい状態でつき合っている子は、いませんよ」

「あらそう。じゃあ今まで、恋愛、あるいはそれらしき経験は？」

慎太郎は、五十嵐亜希とのことを言うべきか、隠しとおすべきか一瞬迷った。

「あら、ノーの返事がないのね。とするると、あるんだ、そうでしょ？」

「ええ、一度だけ……」

「そうなんだ。同じ学校の子？」

「ちがいます」

「ふうん。で、今はおつき合いはないってわけ？」

「ええ。留学でアメリカへ行っちゃったから」

「そうなの。ハイスクール留学？」

「いえ、大学です。ニューヨークの」

「え？　とすると、年上の女の子、ってことよね」

慎太郎がどこまで正直に答えればいいのか迷っているうちに、裕子のペースにはまってしまった。

「高校卒業したあと、アメリカの大学に留学した。そういうことでしょ？」

「いえ、大学を卒業してから」

「なによ。じゃあ、ずいぶん年上の女性じゃないの」

裕子の声のひびきが、厳しくなった。慎太郎は少し酔っていたので、隠すどころか、自慢したい気分にすらなってきた。

「高校の水泳部の先輩で、コーチに来ていたんです。彼女、横浜の大学の四年生でした」

「いつのこと？　それ」

「去年の夏の終わり……」

「で、恋愛関係になってしまったのね。つまり、深い間柄に」

「ええ、まあ、そういうことに……」

「からだの関係、よね。で、いつまで続いたの？」

「今年の三月まで。四月初めに、彼女アメリカに行ったものだから」

「去年の夏からといえばあなたが高校一年のとき。まだ十五歳じゃないの」

そんな経験をするには早すぎると言わんばかりの口調に、慎太郎はむっとした。

「でも裕子さんだって、十五歳で赤ちゃん産んだでしょ？」

慎太郎の反論に、裕子は顔をくもらせ、返事をしなかった。彼は、言ってはいけないことを口走った、と後悔したものの、なぐさめの言葉を見いだせないでいた。

沈黙のあと、裕子は立ち上がりかけた。少し酔ったのか、彼女の体がよろけた。慎太郎はあわてて支える。両手で受けとめた部分は、腰よりお尻に近く、彼は頬の紅潮をおぼえた。だが、裕子は何も言わずに立ち上がると、窓のそばに行き、ドレープカーテンをレースごと開け、十センチほどの隙間を作った。窓外に眼を向けたまま、彼女は身じろぎしなかった。慎太郎は彼女のすぐ背後まで歩み寄った。

「ごめんなさい。さっきのこと、口にするべきじゃなかったと思います」

彼は素直な気持であやまった。

カーテンを閉じた裕子が、ゆっくりと振り向く。そして、瞳の下に雫《しずく》となっているものを指で払った。あ、涙。と思ったそのとき、彼女の体がふわりと揺れ、慎太郎の胸に飛び込んできた。その両手が彼の肩に置かれ、髪の毛が頬を撫でた。またもや甘い香りが、彼の鼻腔をくすぐるのだった。

慎太郎はとまどいながらも、彼女の背中に手を添える。その状態で、しばらく沈黙の時が流れた。

「慎太郎君なんか嫌い。もっと純粋な少年だと思っていたのに」

裕子は、冷ややかではなく、ある種潤いを含んだ声でそう言うと、体を離した。遠ざかろうとする彼女の腕をつかみ、慎太郎は必死でその体を引き寄せる。

「ぼく、裕子さんが好きなんだ」

裕子は抵抗した。

「だめ、だめよ」

彼女は厳しく言い、つかまれている腕を引き離そうとする。だが、慎太郎の力が勝っていた。逃れることをあきらめた彼女は、逆に彼の正面に体を向けた。

「わたし、ほんとはあなたのこと好きよ。でも、留学した女《ひと》と同じような関係にはなりたくないの。あなたは、わたしの大好きな弟であって欲しい」

「ぼくも裕子さんが好きだ。けど、姉さんとしてじゃなく、ひとりの女性として」

彼女は首を振りながら何度か、だめ、と小さな声で言った。

慎太郎は、この機をのがしたら、永遠に彼女を抱くことはできないだろうと考えた。息苦しさをおぼえた瞬間、激情が彼の体をつき上げた。力ずくで裕子を抱き寄せる。もちろん彼女は抵抗した。

「だめだったら。離してちょうだい」彼女は、彼の胸を拳で叩きながら言った。

慎太郎は夢中だった。裕子が何度も顔を振って、逃れようとしたのはおぼえている。がしかし、気がついたとき、二人の唇は重なっていた。

唇をかたく閉じた裕子の拒否の姿勢は、ながくは続かなかった。閉ざされた唇がゆるみ、歯と歯が小きざみに当たる音がした。やがてその音が消え、胸をかばっていた彼女の手が、力なく離れた。慎太郎は、裕子の背を強く抱きしめた。彼女の胸の膨らみが、彼の胸にふくよかな弾力を伝える。

力なく彼の肩にとどまっていた彼女の手が、すうっと首のうしろに回り、みずからの意志で、唇を擦《す》り合わせる。慎太郎は感激した。それは、裕子の愛の証だった。少なくとも慎太郎はそう受けとめた。意を決した彼は、ゆるんだ歯の間に、舌を半分ほど忍び込ませる。彼女は拒まなかった。そればかりか、彼の舌に、自分の舌先をちろちろと触れて戯れるのだった。

裕子の能動的なふるまいは、口の中だけではなかった。首に回された腕に力がこもり、胸の圧力が強まった。願望はしていたものの、思いがけない展開に、慎太郎は陶然となった。全身がうずき、彼の下腹部には、あきらかな兆候が生じた。それが裕子にどのような影響を及ぼすのか、彼には考える余裕はなかった。ひたすら彼女を抱きしめ、夢のような接吻に、我を忘れた。

どれくらいの時間が流れたのか、彼にはさだかでなかった。ながい接吻から解放された裕子が、眼を閉じたまま、ほうっと深呼吸する。かすかな苦笑を浮かべ、彼女は慎太郎に背を向けた。その肩のゆるやかな動きで、深い吐息をつくのが分かった。

「いけないこと、しちゃったわね。あなた強引なんだから」

背を向けたまま、彼女は言った。

「ごめんなさい」慎太郎は頭を下げた。

裕子がこちらを向き、顔を振りながら言った。

「ううん、いいの。ほんとはね、いつかこういうときが来るかもしれないって、なんとなく感じていたの」

「じゃあ、怒っていないんですね」

「少し怒っている」

苦笑いが微笑に変わった。そのあと、思い出したように彼女は言った。

「いけない。食後の歯磨きを忘れてた。わたしの歯ブラシでよかったら、あなたも磨く？」

もちろん、彼に異存などあろうはずはなかった。歯ブラシを共用することで、親密度がいっそう増すような気がした。

慎太郎は学生服を脱ぎ、先に歯を磨いた。洗顔をすませると、うしろで待っていた裕子が、すかさず真新しいタオルをさし出す。

彼は裕子の背後で、彼女が歯を磨くのを見つめた。鏡に映った彼女の歯は白く、その歯並びはきれいだった。ソファーに座った裕子に、慎太郎がそのことを言うと、

「歯医者には、歯垢《しこう》を取ってもらいに一度行ったきり。虫歯や悪い歯は、一本もないわよ。あなたは？」

と彼女は、彼の方に顔を向ける。

「ぼくも悪い歯はない」

「そう。あなたの歯もきれいよね。歯茎はうす紅色でしっかりしているようだし」

そう言って、裕子が顔を近づけてきた。慎太郎は唇を開き、歯茎を見せる。そうしながら、彼女のスキを狙い、その体を抱き寄せた。唇が合わさったとき、彼女は、ううんとくぐもった声で拒否の素振りを示したものの、抵抗らしい抵抗はしなかった。

ソファーの背にもたれた慎太郎に、裕子が覆いかぶさる恰好だった。彼が差し入れた舌に、彼女の舌が反応する。遠慮がちな触れ合いが、彼の舌が深く進入すると、裕子はしだいに大胆になった。自らの舌を悩ましく絡ませ、やがては、彼の舌を、陶酔の表情で吸いはじめた。

気持に余裕のできた慎太郎は、裕子に舌をあずけたまま、体を入れ替える。すると、彼の背を抱いた彼女の手に力がこもり、押し合っている胸が、波を打ちはじめる。彼と同様、裕子も昂っているのだろう。唾液とともに、彼女の舌がすべり込んできた。

官能の匂いのするキスに夢中になりながらも、慎太郎は、次の企てを実行に移す。彼は裕子の顔を支えていた右手をすべり下ろし、彼女の脇に添えた。しばらく様子をうかがったのち、その手を徐々に移動し、乳房の膨らみの横側に当てがう。キスに心を奪われているのか、裕子の抵抗の気配はなかった。勇気を得た彼

は、二人の胸の間に、手をこじ入れた。てのひらに、乳房の柔らかさが伝わってきた。魅惑の感触に誘われるかのように、愛撫ともとれる動きをはじめると、無情にも、その手を裕子がひきはがした。

「もう、変なことをしてはだめ」

二人の体が離れ、彼女は肩で大きく息を吸う。視線を下に向けた慎太郎の眼に、露になった腿の、白い肌が飛び込んできた。裕子が、ソファーに頭をもたせかけていたものだから、浅く腰掛ける恰好になっていた。そのためスカートがずり上がり、悩ましい素足のかなり上までを、眼にすることができた。

「こら、どこ見てるの」

あわてて彼女は立ち上がると、スカートの乱れをなおした。

「慎太郎君って、ネクストオブザGね」

「え?」

「アルファベットのGの次って意味」

「H?」

「そう。エッチなんだから、あなたって」

そう言い残して、彼女はキッチンに行く。慎太郎はにやりとした。エッチと言われて、べつに悪い気はしなかった。

裕子が紅茶を運んできた。慎太郎の横ではなく、スツールに腰掛ける。

「Gの次はHだけど、Hは、Iのひとつ手前なんだよね」

慎太郎の言葉に、裕子は、一瞬?という表情をしたが、やがて楽しそうに笑い出した。

「エッチは愛のひとつ手前か。きみって、しゃれたジョークの持ち主だね」

裕子は、ティーカップを唇に当てながら、まだにやにやしていた。

慎太郎の父が亡くなった。秋もかなり深くなった頃である。北陸方面を発達した低気圧が北上しているとのことで、関東地方は、大型台風なみの雨と強風が吹き荒れていた。

港区内に工事中の五階建ての建築現場が気になって、父は、夕食を終えたあと、ふたたび出かけた。九時を過ぎていた。足場を覆っている養生《ようじょう》シートが、風に飛ばされないか心配だったのだ。父は、現場の総責任者だった。下請の鳶《とび》の頭《かしら》も来ていた。頭《かしら》は最上段の足場やシートを点検し、父はその二段下の足場用の鉄板の上を、注意深い足取りで歩いていた。

「どうやら心配なさそうだ」

上の方から、風の音に吹き消されないよう、頭《かしら》が大声を出した。

「おお、だいじょうぶだ」父も大声で答えた。

その直後である。風が悲鳴を上げ、近くでばりばりっと大きな音がした。父は鉄パイプにしがみつき、音の方向を確かめようとした。強風が異様な音を運んできた。その瞬間、父の頭上で、ドーンと音が炸裂した。頭《かしら》がどなった。パイプに固定している足場板の止め金具がはずれ、鉄板が、父の頭と肩を直撃した。そのはずみで、父の体は、足場から放り出された。

鳶の頭《かしら》は難をまぬがれたが、父は、救急車で運ばれた病院で、深夜絶命した。

工事現場に隣接したマンションの敷地に、樹齢数百年の松の古木が植わっていた。その大きな枝が突風で折れて、足場を直撃したのである。衝撃で、父の頭上のパイプが曲がり、足場板の止め金具がはずれた、とのことだった。鳶の頭《かしら》は救急車を手配すると同時に、従業員に非常招集をかけた。応急処置で足場全体は無事だったが、その場に居合わせた父の運が、悪かったとも言える。

葬儀は、大田区営の平和の森会館で、しめやかに行われた。会社の社員、下請関連、母の知り合い、慎太郎の友達など、焼香する人々が列をなした。親類は遠方のせいか、ごく少なめだった。とどこおりなく葬儀が終わったものの、ここ数日のあわただしさに、母は少しやつれた感じがした。だが、喪服姿の母を、慎太郎は美しいと思った。

そんなことがあったため、十一月慎太郎と裕子が会ったのは、大森駅前の喫茶店で、それほどながい時間ではなかった。彼は、鳶の頭《かしら》から聞いた父の死の状況を、裕子に話した。

「あなたのお父さまが亡くなったとの連絡を受けたとき、わたし迷ったわ。お葬式にうかがうべきかどうか。昔、何度もお話したことがあるんですもの。でもあなたは、わたしのことをお母さまに話してはいないでしょうから、遠慮させていただいたの」

それでいい、と慎太郎は思った。いずれ、裕子を母に紹介するときがくるかもしれないが、今はその時期ではない。たとえキスだけにしろ、男と女の関係が生まれたあとでは、なおさらだった。

慎太郎は、確実に恋の虜になっていた。彼にとって、父の死は少なからずショックではあったが、裕子の存在が、深い悲しみから彼を救ってくれた。おそらく母の方が、彼の何倍もの悲しみを味わっているだろう。慎太郎は、母への同情を禁じ得なかった。今まで、裕子とのデートに、嘘をついて出かけていたことを心苦しく思う。けれども、あまりにも年の差のある女性との恋を、母に打ち明けることはできなかった。

裕子の恋心も、どうやらほんもののようである。未央とのデートの回数が、平均三か月に二回はあったものが、慎太郎と知り合ってから半年近くがたっているのだが、その間一度だけである。二度ほどあった未央の誘いを、裕子はやんわりと断っていた。未央は理由を追及したが、十五歳年下の少年の存在を、裕子はけして口にしなかった。

十二月に入って間もなくのことだった。裕子は、夕方の電車の中で偶然にも慎太郎の姿を見かけた。その日彼女は、まだ勤務中だった。というのも、横浜の顧客との契約を交わしに行った常務の書類に、不備があり、それを届けるために、四時半頃会社を出たのである。例のメッセージを渡して以来、朝の電車で彼と乗り合わせることはなく、まして帰りの電車では、これまで一度もなかった。思いがけない偶然に、彼女の胸はときめいた。

二つ離れたドア近くにいた裕子が、慎太郎の方に歩きかけたとき、彼の隣にいた女子高生が話しだした。慎太郎の友達のようである。裕子はあわてて足を止めた。彼に気づかれないよう後もどりして、すこし離れた位置から、それとなく様子を窺う。会話の内容は聞きとれなかった。二人の間には、親しい雰囲気が感じとれた。ことに女子高生の方は、愉しそうな笑顔で話しかけている。知的で可愛らしいその子に、裕子はふっと嫉妬をおぼえた。

やがて大森駅に電車が停まり、慎太郎が手で軽く挨拶をして降りる。ドアが閉じようとしたとき、工藤くん、と慎太郎の名を呼んで、女子高生が飛び降りた。二人は、裕子の目の前のホームを、腕が触れる近さに並んで通り過ぎて行く。女の子は、慎太郎の顔を見上げて、いかにも嬉しそうに笑みを投げかけていた。

それから四、五日、裕子はなぜか苛立ちを隠しきれなかった。彼女の心の底に、愛は、確実に根を下ろしていたのである。慎太郎を想う気持は、自制の糸が切れそうなところまで、高められていたのだ。

「あいつめ、モテることをいいことに、すぐ女の子と親しくなる。あんな可愛い相手がいるなんておくびにも出さずに、よくやるわ。お乳なんか上げて育てるんじゃなかった」

裕子は腹立ちまぎれに、胸のうちでつぶやく。

一度は女子高生への対抗意識が芽生えたものの、その芽は、すぐに土の中に姿をもどした。慎太郎と自分とでは、気の遠くなるような年のへだたりがあり、あまりにも不釣り合いだった。しかも一時的にせよ、彼の母親役まで務めたことがあるのだ。このままずるずるとのめり込んでいったら、とりかえしのつかないときが、きっとやってくる。裕子は自分自身を危惧した。彼はやがて「ぼくにはオバサンは似合わない」と、彼女から離れて行くだろう。それを未練がましくつきまとうストーカー的な自分の姿が、裕子の脳裏をよぎった。愛する女の一途《いちず》な情念、と言えば、小説的だが、やはりみじめである。

裕子は彼のキスを受け入れたときから、あくまでも最後の一線を超えずにつき合い、彼にふさわしい相手が出来れば、いずれ遠い存在になるであろう自分を、覚悟はしていた。その現実が早めにきたようだ。

十二月の約束の日、久しぶりに裕子とキスができると、慎太郎の心は躍っていた。彼女は、なんの変哲もないワンピース姿で出迎えた。だが、その美しさは、少しも失われることはなかった。いや、先月会ったときよりも、いっそう美しくなったように思える。彼の胸に、蜂蜜入りのレモン汁がそそがれた。

リビングに入った彼は、裕子を抱き寄せた。そこまではなんの抵抗も示さず、彼の抱擁を受けとめた彼女だったが、キスを拒んだ。

「ほらほら、食事の仕度をしなければならないわ」

と裕子は、慎太郎の腕からすり抜けた。どうしたのだろう、と彼は思った。十月、あんなに激しいキスに身を投げ出した彼女なのに、今日の裕子は、なんとなくよそよそしかった。

食事を終え歯を磨いた。彼女が歯を磨き終えるのを待って、その体を抱こうとしたとき、

「ねえ、まだあなたのお父さまの四十九日、終わってないわ。少し不謹慎だと思うの。だからね……」

裕子は抱かれることを拒んだ。慎太郎はむっとした。

「そんなこと関係ないよ」

「関係あるわ。わたし昔、あなたのお父さまに何度もお目にかかったことがあるし、お話もしたわ。そのときのことが頭に浮かんで、そんな気分にはなぜかなれないの。年上の女が、少年を誘惑しているような気がして」

「考えすぎだよ」

「とにかく今日はよしましょ」

「冷たくなったんだね」

「そんなんじゃないわよ」

「じゃあ、なんなのさ」

彼女は答えなかった。

「ね、いったいどうしたの?」慎太郎はくいさがる。

「なんでもないわ」

「うそだよ」

「あなたはわかってないのよ」

裕子のヒステリックな態度に、彼は、彼女の心境の変化を読めなかった。気まずい時間を過ごして、慎太郎は帰ることにした。玄関まで見送った裕子が、言った。

「あなたには、同じ年頃の可愛い子が似合うと思うわ」

そのとき慎太郎は、裕子が年齢の差を気にしているのだろうと思ったのだが、不機嫌を装って返事もせず、ドアを閉めた。


冬休みに入る数日前、慎太郎は学校の廊下で、森谷《もりたに》由紀《ゆき》に呼び止められた。同じクラスの子である。

「クリスマスイブ、工藤くん予定入っているの?」

毎年母がデコレーションケーキを用意したが、今年は父が亡くなった直後だし、たぶん何もしないだろう。

「うん、知り合いのひとのところに招待されているんだ。行くって返事しちゃったもんだから」

「そう。工藤くんと、ちょっとしゃれたお店で食事したいと思っていたけど、残念だなあ。仕方がない、親孝行でもするかな」

森谷由紀は今年の夏、京浜急行の杉田に引っ越していた。以前は麻布十番だったから、電車で一緒になることはなかったが、引っ越してから、何度か帰りの電車で乗り合わせているうちに、親しいつき合いをするようになった。親しいつき合いと言っても、喫茶店や甘味の店で、三度話をした程度である。

十日ほど前、森谷由紀は、品川駅で京浜急行に乗り換えずに、そのままJRの車内で慎太郎と会話を続けていた。そして大森駅で、慎太郎のあとを追って降りた彼女と、駅前の喫茶店に入ったのだ。

森谷由紀は頭もよく、美人に属する方で、クラスの男子生徒ばかりの人気投票では、二位にランクされたことがある。文化祭のミュージカル『レ・ミゼラブル』で、彼女はその可憐さからコゼット役を演じ、慎太郎はジャベール刑事役だった。

その夜、慎太郎は裕子に電話をした。母は入浴中だった。三十秒ほどコールしたが、彼女は出なかった。広い家ではないので、受話器を取るのにそれほどの時間はかからないはずだ。まだ帰っていないということは、誰かと飲んででもいるのだろうか。

十分ほどしてもう一度電話を入れてみた。三十秒近くコールしたあとで、受話器を置こうとした。

「もしもし、平野です」

裕子の声に、慎太郎はほっと胸を撫でおろした。

「ぼく……」

「慎太郎君？　さっき電話した？」

「うん、したよ。え？　いたの？」

「お風呂よ。ちょうど泡だらけだったから、出られなかったの。今もからだをふいていたところ。あわててバスローブ着たのよ」

「そう。じゃあその下は裸なんだ」

「残念ね。わたし、友だちと約束があるの。誤解しないでね、女の友だちと二人で、ディナーショーに行くんだから」

「二十四日、クリスマスイブだから、裕子さんのところに行きたいんだけど」

「もうっ、変なこと考えないの。ところでどうしたの？」

「見たいな」

「そうよ」

「そうか、残念だな」

　やはり彼女の心は冷えたままだった。

「あなた、どうしてあの可愛いガールフレンド誘わないの？」

「え？　可愛いガールフレンド？」

「しらばっくれて。いつか楽しそうに話しながら、大森駅で電車降りたでしょ。仲、よさそうじゃない？」

「え？……あ、あれ。どうして知ってるの？」

「悪いことはできないものね。たまたま会社の用事で横浜に行くところだったの、同じ電車で。あなたも隅に置けないわね。年上趣味かと思ったら、可愛い子にも手出して」

「なんだ、そんなことか。ちがうんだよ、あれは」と、慎太郎は事情を説明した。

「ほんとかな」

「ほんとだよ。彼女とはほんの少し親しいだけの、単なるクラスメートにすぎないんだから」

「そう？」

「神かけて誓う。彼女に対して、特別な感情はまったく持っていない」

「ま、信じましょ。でも二十四日はやはりまずいわ。約束断れないし、それにまだ、あなたのお父さまの四十九日、すんでいないでしょ?」

「それは仏教。クリスマスイブはアーメン。関係ないよ」

「それでもねえ、ちょっと不謹慎な気もするの」

そうか、キスはまだできないということか、と慎太郎は考え、納得せざるを得なかった。

「ほんと言うとね、今日学校で森谷、例の女の子からイブの誘いを受けたんだけど」

「ちょうどいいじゃない、行けば」

「行かない。もう断ったから。じゃあね」

慎太郎は電話を切ろうとした。

「あ、待って慎太郎君……」

裕子の声に、彼はふたたび受話器を耳に当て直す。

「もしもし、慎太郎君?」

「聞いてるよ」

「怒らないで、ね。お正月初詣行こ?」

「いいよ」

「わたし、一、二、三、四日、どの日でもいいわ。慎太郎君は?」

「うん、そうだね、じゃ二日」

「何時?」

「お昼の一時にしようか」

「行き先はあなたに任せるわ、一時ね」

待ち合わせ場所を約束して、彼が電話を切ろうとすると、ごめんね、と裕子が明るく言った。

「何が？」

「ううん、なんでもない。じゃあ、逢う日を楽しみにしてる」

そうだったのか。森谷由紀とのことで、彼女は誤解していたのか。慎太郎は急におかしさがこみ上げてきた。そして、裕子との年齢の差が、にわかに縮まったように思えた。

1996年（平成八年）

年が明けて、工藤家では、晴れがましいことはしなかった。それでも、ひととおりの料理を母は作った。

元旦の朝、と言っても遅い時刻だが、母はリビングの隣の和室に、料理を並べていた。けれども、床の間を背にした場所に、父の姿はなかった。これが死なのだとの実感が、ゆるやかな満ち潮のように、慎太郎の心に湧いてきた。

「お父さん、仕事に対して責任感の強いひとだったから、仕方がないのかもしれないね」

母が、想い出したようにぽつりと言った。

四十九日の法要は、父の会社の同僚、役員数人と鳶の頭《かしら》を招いて、年もおしつまった十二月二十九日にすませていた。法要のあと、頭《かしら》は両手をついて涙ながらに言った。

「奥さん、ほんとうに申しわけない。足場のことで部長に心配かけちまったばっかりに、こんなことになっちまって。わたしが、ひとこと電話を入れればよかったんだ。心配ないからと」

「そんなことお考えにならないでください。これはまったくの天災なんです。頭《かしら》には、けし粒ほどの責任もありませんよ」

「そう言ってもらえると、胸の中が少しは軽くなるけど、足場に関しては、こっちに全面的に責任があるんだ。かえすがえすも残念でたまらない。部長はまだ若い。それなのに、あの松の枝は、もうそろそろ一線を引いてもいいわたしを、よけて行きやがって」

頭《かしら》と母のやり取りを聞いていて、慎太郎は胸が熱くなった。六十代半ばには達しているだろう頭《かしら》の男気に、慎太郎はすっかり感動してしまった。


二日、予定の時刻に、慎太郎と裕子は、大森駅のホームでおち合った。彼女の姿を見て、慎太郎は、一瞬ひと違いではないかと思った。裕子は着物姿だったのだ。着物に合わせて、髪もアップに結われている。まるで、和装のモデルが呉服屋のポスターから抜け出してきたかのように、顔も姿もきまっていた。成人式のときに、貯金をはたいて買った中振袖だと、裕子は説明したあとで、

「どこへ行くことにした?」とたずねた。

「川崎大師。近いのに、あそこはまだ行ったことがないから。裕子さんは?」

「わたしもないわ。じゃ、そこにきまりね」

電車の中で、さりげなく、あるいは無遠慮に裕子にそそがれる周囲の男たちの視線が、慎太郎には快かった。だから遠いところでもかまわないのだが、できるだけ多くの時間を裕子の部屋で過ごしたい気持の方が、

より勝っていた。川崎駅で京浜急行の大師線に乗り換えると、車内は、にわかに着物姿の女性が増える。乗客のほとんどが、初詣なのだろう。

川崎大師はやはり混んでいた。駅から人の波に押されるようにして参道を進んだが、この混雑は、慎太郎にとっては楽しかった。裕子と手を握り、肩を触れ合っていられるからだ。

やっと参詣をすませ、いくらか体の自由がきくようになってからも、慎太郎は握った手を離さなかった。

「何かお願いした？」

裕子が、にこやかな表情でたずねた。

「ぼくと裕子さんにとって、ハッピーな年でありますようにって。裕子さんは？」

「ま、あなたとほぼ同じことね」

「それからもうひとつあるんだ。裕子さんともっと親しい間柄になれますようにって。これも同じ？」

「さあ、それはどうかしらね」

「欲ばりかな」

「たぶん欲ばりでしょうね」

「ささやかなお願いなんだけどな」

「でもほら、今日は大師さま忙しいみたいだから、無理かもね」

「思いきって二百円入れたんだよ」

「二百円できいてもらえるお願いって、ほんのちょっぴりかもしれないわ」

「そうか、やっぱり五百円玉を入れればよかったかな」

裕子がふふっと笑う。境内の人込みの少ないところで、彼女の着物姿をカメラに納めた。ひとに頼んで、二人並んだところも写してもらう。

彼女の着物姿にすっかり感激した慎太郎は、スナップ写真を何枚も撮った。裕子の写真を、ぼくの恋人だと言って友達に見せたら、連中なんて言うだろう。彼らの驚きの表情を想像しながら、シャッターを切る。

川崎駅前の商店街で、喫茶店に入ろうとしたが、いっぱいだった。二人はしばらく歩く。眼にとまった甘味の店も、待ち客が並んでいた。仕方なく電車に乗り、裕子のマンションに直行することにした。

西の空が茜色に染まり、冷え込みが厳しくなった。だが、慎太郎の心は弾んでいた。母に、今日はたぶん遅くなるから、と言って出たので、気分的にも楽だったし、なによりも、これからのなり行きに、彼の期待は膨らむのだった。

部屋に入ってすぐ、慎太郎はトイレに行った。入れかわりに裕子が入る。けれども、アコーディオンカーテンのそばで、聞き耳を立てることはしなかった。が、リビングに入ってからも、耳はその方向を気にしていた。やはり水洗音は一度だけだったが、彼女はなかなか姿を見せなかった。

洗面所でうがいする音がやみ、ようやく裕子は、リビングに姿を見せた。

「着物姿はいいんだけど、トイレが面倒なのよね。よほどきれいなところでなければ、外ではしたくないわ」

「ずうっとがまんしてたわけ？」

「そうよ、出かける四時間前から水分取らないで」

慎太郎は、着物がしわにならないよう気を配りながら、裕子を抱いた。彼女は素直に眼を閉じる。

久しぶりのキスの味に、彼は恍惚となった。舌と舌が情熱的な絡み合いを演じる。さらに、裕子が差し出した舌を吸い、その唾液を啜る。

彼女の胸にてのひらを当てがい、膨らみを撫でた。着物の上からでは確かな形状は判断できないが、それでも、乳房の柔らかさは伝わってくる。塞がれた口の奥で、裕子はううんと声を漏らしたものの、両腕は、慎太郎の首に巻かれたままだった。

「いつか大森駅で見かけた可愛い子、森谷さんって言ったかしら」

唇を離し、抱き合ったままの姿で裕子がたずねた。

「そうだけど……」

「わたしね、実は彼女に焼きもち焼いていたの。だって、誰が見たってあなたと似合いのカップルだもの」

「でもぼくは興味ないね」

「あんなにスマートで可愛い子なのに？」

「オッパイ小さいもの」

「もうっ、エッチなんだから。そういうのを、ＳＨって言うの」

裕子は慎太郎の体を押し退けた。

「なに？　そのＳＨって」

「スーパーエッチってこと」

にやにやと笑いながら、裕子は正月料理を並べはじめる。おせちが、見た目にもおいしそうな色合いで、重箱に詰められていた。半分は彼女の手作りだと言う。彼女は雑煮《ぞうに》も用意していた。お酒好きの裕子は、燗《かん》をした日本酒も忘れなかった。

裕子は慎太郎の横ではなく、テーブルを挟んで、向かい合う形でスツールに腰掛ける。

「この料理作るのに、きのう一日かかっちゃった。そして今日は、朝早く美容院に行き、髪のセットと着物の着つけをしてもらったから、お昼ごはん食べていないの」

盃《さかずき》にお酒を注ぎ合って、盃《はい》を上げる。おめでとうは言わなかった。それではと裕子が言って、盃《さかずき》を当てる。

「お燗した日本酒は冷えたからだにいいわね。じーんと温まる感じで」

「まま、もう一杯どうぞ」慎太郎が銚子を差し出す。

「これはこれは、おそれ入ります」

裕子もおどけて、両手で支えた盃を差し出す。着物の袖から出た腕の肌が、みずみずしい。そこはかとなく漂う色気に、慎太郎は甘い気分になった。お酒を飲む裕子の口元を見つめながら、彼は言った。

「そういう裕子さんの姿って、色っぽいね。着物姿の美女と向かい合わせで、お酒をくみ交わす。やはり正月はこうでなくちゃ」

「なまいき言って、まだ十六歳の子どものくせに。あ、でも半分大人かな」

裕子はにやりとする。

「なんで?」

「もう一杯お酌しなさい。そうしたら言うわ」

慎太郎は銚子を傾けながら、ふたたび訊いた。

「どうして、ぼくが半分大人なのさ」

彼女は盃を口につけ、すこし飲んだあとでこう言った。

「どこかの年上の女《ひと》と経験済みだもんね。大人の関係を何度も」

慎太郎の体が熱くなった。過去を持ち出されたからではない。裕子の思わせぶりな流し目と、そのようなことをさらりと口にする彼女のうちとけ方が、彼の下心をくすぐった。

おせち料理も雑煮も、すこぶるおいしかった。ふと、慎太郎の脳裏を、ひとりわびしく食事をしているだろう母の姿が、よぎった。ちょっぴり気がひけたが、恋に夢中になっている彼には、裕子との時間が、大切だった。

「裕子さん、お正月なのに、どうして函館に帰らないの？」

「ああ、そういえばわたしの家族のこと、あなたに何も話してなかったわね」

彼女は、母の再婚のこと、兄弟姉妹はいないこと、そして、ロシア人との混血の父親は彼女が四歳のとき姿を消したまま、二年後に、母親との離婚届を送ってきてそれっきり音信不通であること、そんなうちあけ話をした。

慎太郎は驚いた。まさか彼女に外国人の血が混じっているとは、思いもよらなかった。しかしだからと言って、彼の心が揺らぐことはなかった。身寄りの少ない彼女の境遇に、かえって、慎太郎の気持は確かなものとなった。二合入りのお銚子が空になり、裕子は、小さめの銚子にお燗をして持ってきた。

「このお酒、おいしいうえにきくわね。おなかがすいていたから、よけいにきくのかもしれないけど」

そう言う裕子の頬がほんのりと染まっていた。

あ、そうだ、忘れてた、と彼女は和装用のハンドバッグから、小さな包みを取り出した。

「はい、お年玉」

「え？　ぼくが裕子さんからお年玉もらうの？」

「そうよ。わたしは社会人、あなたはまだ高校生ですもの」

「なんだか変だな、恋人からお年玉もらうなんて」

慎太郎は裕子を勝手に恋人よばわりしたが、彼女は疑問符つきの表情はしなかった。そればかりか、「恋人からお年玉もらうの、照れくさい？」と、自分が慎太郎の恋人であることを、彼女はまるで当たり前のように口にした。

「では、謹んでいただきます」

彼は少し酔っていた。調子に乗った彼は、駄目でもともと、こうつけ加えた。

「ついでに、ひとつだけお願いがあるんだけど……」

「なあに？」

が、やはり、慎太郎は口にするのをためらっていた。

「なによ。早くおっしゃいな」

「あのね……裕子さんの、オッパイが吸いたい」

「え?……だめよ。そんなこと絶対だめ」

しかしながら、彼女の表情には、恥じらいと甘さが見られた。

「だって昔、ぼくは何度も吸ったことがあるじゃないの」

「それは赤ちゃんだったから」

「今日だけ赤ちゃんになりたい」

「無理なこと言わないで」

「ほんのちょっとでいいから」

「だめよ」

「じゃあ見るだけだったら」

「それもだめ」

彼女の頬の桜色が、心なしか、うす紅色に変わったように思えた。

あと片づけを二人でし終わり、慎太郎は歯を磨いた。

「歯、磨かないの？」彼は軽く首をかしげ、裕子を見る。

ふふと笑い、どうしようかなという表情で彼女も首をかしげる。が、ほんの少し間を置いて「やっぱり磨こうね」と、彼女は洗面所に足を向けた。

今日の慎太郎は、たしかに下心をいだいていた。だけれども彼は、裕子との性の交わりそのものより、彼女の乳房を見、吸ってみたいとの願望がより強かった。たとえば、彼女の着物をまくり上げて、下半身だけ裸でセックスするなんて、とても馬鹿げたことに思えるのだ。それならば、互いに上半身裸になり、熱い抱擁をする方が、よほど裕子にふさわしい、と彼は思う。リビングにもどった彼女を抱こうとすると、

「ちょっと待って、着物苦しいの。着替えるから」

裕子は寝室のドアを閉めたものの、すぐに顔を出した。

「覗いたら、もう、今日はキスしないからね」と言ってドアを閉めた。ところが、ややもしないうちにふたたびドアが開いた。

「ちょっと、帯解くの手伝ってくれる？」

裕子の頼みに、慎太郎は勇んで寝室に足を踏み入れる。そして、たちまちおかしな気分になった。すぐ正面に、ベッドが横向きで置かれていたのだ。

「あのね、帯解いたらすぐここから出るのよ」

「わかった。約束する」

何度もこのマンションを訪れている慎太郎だが、寝室に入るのは初めてだった。六帖のリビングよりやや幅が狭く、長四帖との中間ぐらいの広さである。ベッドの手前が通路帯になっており、南側、つまり左手奥

に、台形の出窓がついていた。窓の両側には、小物入れタンスと洋服ダンスがそれぞれ左右の壁に配置され、中央の出窓の手前には、三面鏡があった。観葉植物の鉢も置かれているため、空いているスペースは、畳一枚くらいなものだろう。

しかし、やはり若い女性の部屋である。それらはうまくレイアウトされており、共布のカーテンとベッドカバーのコーディネートや、天井の小さなシャンデリアなど、しゃれていた。出窓には花の小鉢、置時計、それに熊の縫いぐるみが置かれている。

「ほら何してるの。よそ見してないで早く紐ほどいてよ」裕子が催促する。

「かたいから、なかなかほどけないんだよ」

ようやく結び目がゆるんだ。紐は取れたが、まだ帯は解けない。

「もう一本あるでしょ、それも」

「着物って大変だな」そう言いながら、彼は柔らかい布地の紐をほどく。

裕子の指示を受け、帯の端を慎太郎が持つと、彼女は体を回転させた。帯が彼女の足元に落ちた。

「ありがとう。もうこれでいいわ」

「まだあるよ。これもほどいてあげる」

「いいわ、あとは自分でやるから」

「いいじゃない、手伝わせてよ。着物がどんなふうに着られているのか、勉強のためにも」

着物を脱がせる行為と裕子への奉仕の気持とが相まって、慎太郎は不思議な快感をおぼえていた。

「しょうがないわね。それ解いたら、ほんとに出て行ってよ」

「うん、出て行く」

最後の一本がほどかれると、折り上げの部分が解放され、着物の裾がだらりと下がった。

「さあもういいわ、あちらに行きなさい」開きかかる前身ごろをおさえて、彼女は言った。

慎太郎は寝室を出ると、リビングをゆっくりと歩いた。窓辺に行き、外をすこし眺め、もどって食器棚の上段の食器類をのぞき、下段の本の背表紙に眼をやる。同じ動作を三回くりかえしたとき、上下ジーンズに着替えた裕子が、姿を見せた。アップの髪も下ろされ、ウエストをきゅっと締めたジャケットと、お尻をぴっちりと包んだジーパン姿は、長い足の裕子によく似合っていた。ジャケットの、上から二つ目までのボタンをはずしたラフな着方が、ついさきほどまでの淑やかな着物姿とは、おお違いである。

「なにじろじろ見てるのよ」

彼の視線を咎めるように、裕子が言った。

「髪形をショートカットにしたら、男装の麗人ってとこだね」

「そう、男っぽく見える？」

「見えないよ。胸出てるもの」

「もうっ」裕子の手が、慎太郎を打ちにきた。その手をつかみ引き寄せると、香水が甘く匂った。

エッチ、と言っていやいやをする彼女の顔を両手に挟み、唇を合わせた。その顔はすぐに愛する女の表情になり、腕が、彼の首に巻かれた。

上下の唇を交互に口に含み、舌先でソフトに愛撫する。甘い香りが、彼を春の花園に誘う。情感の昂りにつれて、舌と舌が悩ましく絡み合った。そして時を忘れた。

慎太郎の右手が、裕子の脇を支える恰好になっていた。このチャンスをのがすのは、あまりにももったいないと思った彼は、様子をうかがいながら、胸の横側を撫でてみる。キスに心を奪われているのか、彼女の両腕は、彼の首に巻かれたままである。

いよいよ念願の時がきた。ためらいは後悔につながる。そう考えた彼は、押し合っている胸の間に隙間を作り、手をすべり込ませた。てのひらを膨らみの真上にかぶせても、裕子は一向に拒む素振りを見せない。それればかりではなかった。膨らみの全域を揉みはじめると、彼女の鼻腔から、かすかな声が漏れた。あきらかに、陶酔した甘い声だった。

膨らみへの愛撫を続けていた慎太郎は、用心深くジャケットのボタンに指をかける。片手ではてこずるだろうと思ったボタンは、運よく簡単にはずれた。

唇を離した裕子が、甘えた声で拒否を口にした。慎太郎は気後れすることなく、次のボタンを両手ではずす。残るはあと一つだった。彼は余裕をもってひざまずき、裕子の抵抗がないままに、すべてのボタンをはずし終えた。

「だめだったらあ」

ジャケットの前を開きかけたところで、彼女は恥ずかしそうに遮る仕草をした。しかし、あえて逆らうことはしなかった。慎太郎が熱に浮かされているように、おそらく、裕子の思考力もゆるんでいるのだろう。

ジャケットを開いた。肌着は着けられておらず、全面に刺繍が施されたベージュ色のブラジャーが、充実した膨らみを包んでいた。ひざまずいた慎太郎は、布地の上部に顔をのぞかせている膨らみを見た。薄い肌の内側に、柔らかそうな肉がたっぷりと詰まっている情景は、身震いしたくなるほど刺激的だった。

吸い寄せられるかのように、彼は膨らみの一つに口を押し当てた。ほのかな、それでいて馥郁《ふくいく》とした甘さが漂ってくる。注意深く這い上がらせた唇が、やがて乳房の素肌を捕えた。

ああ……と、かすかだが熱っぽい吐息が聞こえ、裕子の両手が、彼の顔を挟んだ。その手は、とまどいを示すかのようにわずかに動いた。けれどもそれは、押しやろうとする所作《しょさ》でもなく、あるいは引き寄せようとする動きでもなかった。そのとき、がくんと強い上下の揺れを感じ、次に、ぐらぐらと横に揺れだした。地震だった。慎太郎は乳房の肌に唇をつけたまま、様子を窺う。小きざみな横揺れはしだいに小さくなり、間もなく鎮まった。

自分の行為に意識をもどした彼は、頭に描いた作業を続行するべく、ブラジャーの布地を押し下げようとした。

「だめ、もうこれ以上はだめなの」

無情にも、裕子の手が彼の頭を押し退ける。

「好きなんだ。ぼく裕子さんを愛してるんだ」

慎太郎の切実な訴えにも、彼女は応えてくれなかった。素早くジャケットを閉じ合わせると、距離を置いて向こう向きになり、肩で大きく息をする。

「お母さま心配なさっているわよ。あなた、もう帰った方がいいわ」

ボタンを掛けながら彼女は言った。彼はうらめしい顔で、そのうしろ姿を睨みつける。

慎太郎は、今月のデートがこれで終わりになることに、不完全燃焼の気分も後押しして未練をいだいた。いや、冷たくあしらう裕子の気配りのなさに、怒りすらおぼえた。

裕子が体をこちらに向けかけた。彼はひざまずいた姿勢を正座に変えると、腕を組んだ。眼を閉じ、ふてくされた表情で、精いっぱいの反抗を試みる。

「ねえ、怒ってるの？」

沈黙の時間の流れに耐えられなくなったのか、彼女が口を開いた。

彼は眼を開けたものの、相変わらず険しい表情で言った。

「怒っているよ。食べようとした餌を取り上げられた犬みたいにね」

「そんなこと言わないでよ」

そしてまた、沈黙の硬い時間が流れた。その間に彼は、熱くなった頭を鎮め、計算した。ここにいられるのは、どうねばってもあと一時間ぐらいだろう。帰ることを条件に日を改めて逢うことにすれば、今日の残り時間の五倍や六倍の時間を愉しむことができるし、期待以上の結果をもたらしてくれるかもしれない、と。

「裕子さん、四日まで予定はないって言ってたよね」

「え？　…ま、そうだけど」

明日か明後日、一緒に食事がしたいと慎太郎が要請すると、裕子は困った顔を見せていた。が、結局折れ、二日後の、四日の昼を約束してくれた。


慎太郎はその夜、九時過ぎに家に帰った。母はテレビを見ていた。

「初詣、どこに行ったの？」画面から眼を離して、母がたずねた。

「川崎大師。すごく混んでた」

「そうでしょうね。わたしもだいぶ前に行ったことがあるわよ。そう、お父さんとあんたと三人でね」

「へえーそうなんだ。いつごろ？」

「あんたがまだ幼稚園のころだったと思う。あのときも混んでた」

「そうか。人込みのすごいところに行った記憶はあるけど、川崎大師かどうかわからなかった」

「去年はお父さんと二人で、浅草寺に行ったのよね。あんた中学生になって以来、わたしたちと初詣行かなくなったもの」

「うん、なんとなく照れくさくてね」

「来年、二人でどこかに行こうか。あ、だめか。来年は大学受験なのよね、あなたは」

「うん。でもまあ、行けないことはないけど」

孤独な母に、彼はちょっぴり同情した。


慎太郎が帰ったあと、未央から新年の挨拶の電話があった。逢いたいけど、親類の年賀の集まりが三日に家であり、遠方の叔父夫婦とその娘が泊まっていくので、四日もだめだし、五日の始業日の夕方、どこか飲みに行かない？と訊かれたから、

「無理かな。五日から始まるのよ」と裕子は答えた。飲むだけだったら支障はないのだが。

「ああ、そうか、例のもの……」

「そうなの」

「残念だな。じゃあ別の日にしよう。レズはすてきだけど、こういうとき不便なのよね、両方ともお月様があるんだから」

「仕方がないでしょ、女の宿命なんですもの」

先月、二人はクリスマスイブのディナーショーに出かけた。終わったのが十時を過ぎていたし、未央が生理中だったこともあって、そのホテルのトイレで狂おしい接吻をしただけだった。もう四か月以上、二人は肌を交えていない。

「わたし、思いきって男になっちゃおかな」未央が言う。

「女が女であるから、レスビアンも成り立つの。男になった未央なんて気持悪いよ」

「気持悪いってなによ。でも、やっぱり女の方がいいかな、男、気持悪いものね」

裕子はそうは思わなかった。慎太郎が女であったなら、とくべつ心惹かれるものはないだろう。彼はやはり男でなければならなかった。そして十五歳年下が、彼女にはたまらなくよかった。わたし、男、好きよ、と出かかった言葉を裕子は呑み込んだ。実は、慎太郎のことを未央に自慢したくて仕方がなかったのだ。

「ところでね、来月か三月に旅行しない？　いい温泉のあるところに」未央が言った。

「温泉ねえ……」

「三月の末、裕子さんの誕生日あたりがいいかな」

「そうね、考えとくわ」

「あら、あまり乗り気じゃないみたい」

「そんなことないわよ。考えとくって言ったのは、場所とか予定日のことよ」

「きっとよ」

「うん」

「場所は裕子さんにおまかせするわ」

ということで、未央は電話を切った。

裕子にとって未央は、今でも愛する女だった。が、慎太郎の方が確実に裕子の心をとらえていた。彼女は、少年との恋にすっかり陥ってしまったのだ。けれども、彼との親密度が逢うたびに深まることに、彼女は危惧をいだいていた。やはり年の差が気になるのだ。それなのに、逢いたい気持は募るばかりだった。

四日、昼食の下ごしらえを整えた裕子は、シャワーを浴びた。昨夜風呂に入っているので、その必要はなかったが、彼女はなんとなく気がかりだった。

新しい下着にとり替え、彼にあまり刺激を与えないようにと、黒のセーターとベージュのスラックスを身に着ける。七年前のスラックスはちょっと野暮ったかった。で、去年の暮れに作った、黒のストレートタイプのパンツ（スラックス）にはき替えた。それでも、お尻や太腿のあたりがぴったりとした、しなやかな生地のため、パンティーラインが出てしまう。彼女はふたたび脱ぎ、ショーツの代わりに、やや厚めのパンティーストッキングをはく。

「正月はやっぱりいいね」

昼食のほうとううどんを、土鍋から茶碗に取りながら慎太郎が言った。

「子どもみたい」

「そうじゃなくて、裕子さんに二度も逢えるんだもん」

「逢いすぎかな」

「そんなことないよ。毎日だって逢いたいんだから」

「でも、心配だな」

「なにが？」

「いいえ、なんでもない」

裕子は、大人の理性を持たなければいけないと思う。相手はまだ分別のわきまえが難しい十六歳。ことに色恋に関しては、夢中になってしまうと、なにをしでかすかわからない年頃である。アルコールも危険だと思ったが、二人の食事にはつきものになっていた。

「ほうとうどんにワインって、けっこういけるね」と、慎太郎が言う。

「なまいき言って。そんな言い方すると、かなりお酒の通みたいじゃないの」

「いや、おいしいものはやっぱりおいしいんだよ」

正月料理には食べあきているだろうからと、裕子はほうとううどんを思いたった。ぶた肉、海老、カボチャ、えのき茸のほかに、五〜六種の野菜を入れ、甘めの白みそ仕立てにしたものだった。他に殻つきのホタテのバター焼を二個ずつと、ナスとキュウリの漬物。

「裕子さんが作るものって、どうしてこんなにおいしいんだろう」

「お褒めいただいてありがとうございます。それにしても、あなたってほんとにおいしそうに食べるのね。見ていて楽しい気分になっちゃう」

裕子は、できるだけ当たりさわりのない会話を心がけた。そんな気づかいをしたにもかかわらず、食事を終え、歯を磨きはじめると、今日のこれからを予感して、彼女は甘いうずきをおぼえた。明日から、おそらく予定通りの生理が始まるだろう。いつもではないが、生理の前日になると、体が火照り、妙に悩ましくなることがある。ことに慎太郎と出会ってからは、その傾向が強まったように思えるのだ。

二人はソファーに並んで座っていた。身を寄せた慎太郎の手が、彼女の肩を抱く。情事の前ぶれに、彼女の体には小さな震えが走った。

キスをしながら、胸を揉まれた。セーターの上からといっても、もうそれだけで、裕子は息苦しいほどの昂奮をおぼえる。彼が耳元で囁いた。
「オッパイ吸いたい」
「だめよ……」
そんなこと許せるはずがない、と思っても、耳をくすぐる彼の吐息が、彼女の体から、抵抗の力を奪った。

慎太郎は、今日のなり行きに強い期待を寄せていた。体をぴったりと包んだセーターは、いやがうえにも胸の膨らみを強調する。この部屋に入ったときから、彼は、裕子の眼を盗んでは、迫《せ》り出した二つの丘に熱い視線を送っていたのだ。キスが深くなると、慎太郎は、様子を窺いながら手をセーターの内側にもぐり込ませる。裕子はわずかに身をよじって、抵抗の姿勢を示したものの、両手は、彼の首から離れる気配を見せなかった。

ブラジャーのカップからこぼれ出ている素肌は、熱があるのではないかと思えるほど、熱かった。彼女は一心に彼の舌を吸っている。この場でのためらいは禁物だと意を決した慎太郎は、一気につぎの行動に移った。そしてついに、布地の内側の裸の乳房を、手中にすることに成功した。

すばらしい感触だった。肌は身震いするほど悩ましくなめらかで、豊かなその膨らみは柔らかく、それでいて、ほどよい弾力が中味の充実を物語っていた。

裕子の手が、セーターの上から彼の手に添えられた。けれども、制止を求める様子でもない。慎太郎は臆することなく、乳房の形状を確かめながら撫ではじめた。てのひらをくすぐる乳首や、すべらかな肌の官能的な感触に、彼は陶然となった。彼女を驚かせないよう、そっと揉んでみる。
「ううん……」裕子が口をふりほどいた。

「だめよ、ね、やめよう」そう言う彼女の声は震え、弱々しかった。陶酔したその表情に、本気で拒否しているのではないと判断した彼は、単刀直入に言ってみた。

「セーター、脱いで欲しいんだけど」

「……恥ずかしいわ」

裕子は消え入るようにつぶやく。その返事は、もはや拒否ではなかった。だが、みずから脱ぐには、やはり抵抗があるのだろう。セーターの裾をおさえたまま、彼女はためらっていた。慎太郎は、立ち上がると前に回り、裕子の手を取る。

「ぼくが脱がせてあげる」

彼に引かれ、裕子は渋々といった仕草で立ち上がった。セーターの裾に彼の手がかかると、

「いいわ、自分で脱ぐから」と、彼女は背を向け、ためらいがちに脱ぎはじめた。

セーターがふわりと足元に落ちた。ブラジャーは残ったものの、裸身のうしろ姿が、繊細で優美なたたずまいを見せる。背を伸ばした姿勢で、彼女はしばらく動かなかった。だが、その光景もそれほどながい時間ではなかった。肩がゆっくりと上がり、やがて同じ速度で静かに下がった。それから彼女の両手が背中に回り、ブラジャーのフックがはずされた。

姿勢を正面にもどした裕子が、照れたような恥じらいの笑みを浮かべる。彼女の両手の下には、レースのダークブラウンのブラジャーが膨らみを隠していた。

「胸、全部見せてよ」慎太郎が催促する。

「でも……」

「だって、そんな恰好いつまでも続けていられないじゃないの」

「そんなこと言ったって。ああ、どうしよう……ね、約束して」緊張ぎみの声で、彼女は続けた。「裸になるのは上半身だけよ。それ以上、無理な要求はしないって」

「うん、約束する」

裕子の頬は紅潮していた。おそらく彼女も官能の狂気にせかされているのだろうか、困惑の表情を示しながらも、片腕で胸をかばい、もう一方の手で、両肩のストラップをずり下げた。慎太郎は素早く彼女の腕をはがし、ブラジャーを抜きとる。

「もうっ、強引なんだから」

裕子が、膨らみに手を当てがおうとした。

「隠さないで」

慎太郎の強い口調に、彼女の手は、どうにかおなかの位置まで下がった。

ブラジャーをテーブルに置くと、彼は裸身を見つめる。にわかに心臓の鼓動が高まり、顔が火照った。すばらしい乳房だった。服を着た姿から想像していたよりもふくよかで、見事に整った形をしている。迫《せ》り出した二つの乳房はみずみずしく、たっぷりと中味を充たしていた。それにもかかわらず、膨らみの下側に丸味の淡い線がすうっと描かれているだけで、すこしも垂れてはいないのだ。張りつめた薄い肌に、静脈の条《すじ》がうっすらと透けて見え、その頂《いただき》には、うす桃色の乳暈が、やや広めの輪郭を形作っていた。

右の乳房の内側に、ゴマ粒大の黒子《ほくろ》が一つ付いていた。が、ほかに、シミ、ソバカスのたぐいは、白い裸身のどこにも見当たらない。鮮やかに縁どられた乳暈の、煽情的な広がりと、一つだけ付いている小さな黒子は、官能をそそりはするものの、けして乳房の魅力をそこなうことはなかった。むしろ、気品とエロスが素直な調和を見せ、せつないほどに美しい。

「寒くない？」

裕子の両肩に手を掛け、慎太郎がたずねる。彼女は可愛らしい仕草で顔を振った。

暖房はほどよくきいているし、ワインの余韻もある。羞恥のためか、それとも情熱のせいなのか、首の下から乳房にかけての肌が、ぼかし絵のように桜色を散らしていた。

テーブルとソファーの間に立っている裕子を、手前の広い場所に引き寄せる。昂る気持をおさえ、慎太郎はひざまずいた。

「きれいだ。すごくきれいな乳房」

まるで崇拝者のように、彼は膨らみの肌に唇をつけた。点々とキスを落としながら、もう一方の乳房にてのひらを当てがう。張りつめているのに柔らかく、すべらかな肌の感触は、あくまでやさしかった。

唇がうす桃色の乳暈をめぐり、中央に溝を作った乳頭に触れた。すると、乳暈の肌に小さなつぶが浮き出し、乳首が盛り上がった。

「吸って」

頭上で震えをおびた声がした。針で刺すようなうずきを胸におぼえながら、彼は乳首を口に含んだ。小梅ほどの大きさに勃起したかたまりを吸いはじめると、身を揉むようにして、胸が突き出された。

赤ん坊の頃、こうしてこの乳房を吸った。その潜在した記憶のせいだろうか、眼頭が熱くなるような懐かしさがこみ上げ、知らず知らずのうちに吸う力を強める。

「ああ……」と、熱をおびた吐息が漏れ出し、彼の頭を支えている裕子の手に、力が入った。

慎太郎は片方の乳房を撫でながら、夢心地で吸った。もちろん、出るはずもないのだが、なぜか甘い汁がにじみ出てくるような、そんな錯覚にとらわれていた。

不公平にならないよう、両の乳房に、口と手を交替させる。裕子のやるせない吐息に、時折、ん、ん、という短い声が入り混じった。子守唄のようにその声を耳にしながら、彼は恍惚として乳房を吸い続けるのだった。


「お帰り。あらこんな時間になったのね、夕飯の支度しなくちゃ」

と言って母は立ち上がった。スラックスこそベージュ色だが、母も黒のセーターを着ていた。体にフィットしたセーターからは、豊かな胸が迫《せ》り出していた。もうすぐ四十七歳になるのだが、胸の形に、それほどのくずれはなかった。

夜、ベッドに入った慎太郎は、三人の女性の乳房を、脳裏のスクリーンに再現してみた。五十嵐亜希のそれは、胸郭が盛り上がった鳩胸で、堂々としていても、房としての完成度に欠けていた。小学校六年のときに見た母の乳房は、豊満でボリューム感は充分だが、ややぼってりとしていたように思う。

それらにくらべ、裕子の乳房は、豊かだが大きすぎるということはなく、ビデオやヌード写真集でも、あまり眼にしたことのないほどの整った形で、スリムな体からしっかりと張り出していた。その憧れの乳房を、今日とうとう手中に納めることに成功したのだ。手に伝わる柔らかな感触や、唇に残る乳首の余韻とともに、魅惑の乳房が、眼前にクローズアップされた。

胸の奥底から湧き出したうずきに、慎太郎は深い吐息をついた。「裕子さん」彼女の名をつぶやく。いつの間にか下腹部にもぐり込んだ手が、熱いたぎりを握りしめていた。が、今日という神聖な日を穢《けが》したくなかった彼は、それ以上の行為を、かろうじて思いとどまった。

一月も半ばになると、寒い日が続いた。裕子は、慎太郎にのめり込んでいく自分が怖かった。夜、本を読んでいて、〈愛〉とか〈恋〉とか〈想い〉とかの言葉が出てくると、ふと眼を上げ、いつとはなしに彼のことを考えているのだ。

あげは蝶のさなぎが羽化するように、徐々に青年の姿を見せはじめた彼には、まだ少年の初々《ういうい》しさも残っていた。赤ん坊のとき含ませた乳房を、あの日少年に与えてからは、彼女の母性愛はいっそう深まる一方、彼の男の匂いに惹かれていく女の部分を、裕子は強く感じはじめていた。慎太郎の顔を想い描くたびに乳房がうずき、体が熱くなるのだった。

――裕子、あなたはほんとに彼を愛しているの？――

――そう、愛してしまったのよ。油を差されたブレーキのように、自分ではどうすることもできなくなってしまった――彼女は自問自答する。

若く見られてはいるが、裕子はあと二か月で三十二歳。十五も離れている慎太郎との関係が、この先どうなるかを考えると、絶望的なむなしさをおぼえもする。なのに、抗《あらが》うことのできない不思議な糸でたぐられるかのように、裕子の心も肉体も、彼に引き寄せられていくのだった。

慎太郎との一か月に一度の逢瀬が、途方もなく遠くに感じられ、逢える日をふやしたいと思った。一週間に一度は彼の顔が見たい。キスをして乳房も与えたい。そうなればしかし、勉学に励まなければならない高校生の彼を、情痴の世界に引きずり込む可能性は充分にある。だから、一か月に一度のローテーションを、崩すわけにはいかなかった。

裕子は、自分を異常な女ではないかと思うときがある。二十八歳も年上の北嶋を好きになり、次には未央との同性愛に耽り、そして今、十六歳の少年に夢中になっている。同世代の男性との、一対一のつき合いには身がまえてしまうのか、疲れるのである。会話に自然の流れが生じなくて、何を喋ろうかと言葉を探しているうちに、気分がそがれてしまうのだ。食事の誘いに応じたものの、二度目は何かと理由をつけて、あるいははっきりと、断ったことが過去に何度かあった。

一月末の日曜日、未央が、小型の乗用車に乗ってやってきた。裕子の運転練習のため、車の少ない大井埠頭周辺を、ドライブすることにしていたのだ。裕子にとって、初めての体験である。未央と運転を交替して、十分ほどは緊張していたが、裕子は運動神経と度胸がよかった。

休日で、車は少ないかわり、ジョギングやスポーツサイクルの姿を、多く見かけた。

「裕子さん、今でも走ってるの？」

ジョギング姿を指さして、未央がたずねた。

「うん。一キロ歩いて一キロ走り、そして一キロ歩いて帰る」

「よくやるわね、感心する。でもそうやってるから、健康とすてきなプロポーションが保てるのね」

「もう日課みたいになってしまって、そうしないと一日が始まらないのよ」

「で、帰ってから水のシャワー浴びるわけ？　この寒いときも」

「そうよ、すごくさっぱりする」

「うおー。聞いただけで風邪ひきそう」

このストレス解消法を怠ったら、きっと未央や慎太郎との情事に埋没してしまうだろう、と裕子は思う。

「ね、ここら辺もう飽きちゃった。横浜あたりに行かない？　お昼、中華街で食べようよ。わたしごちそうする」

「だいじょうぶかな、横浜まで」

「平気よ。三十分くらいで行くんでしょ？　危険なようだったら途中で交替して」

若葉マークをつけた車が第一京浜国道を南下し、ほかの車に後れをとることもなく、鶴見を過ぎる。

「なかなか調子いいじゃないの」

未央が言う。彼女の不安は消えたようだ。

「わたし思うんだけど、車の運転って、注意力と思いきりのよさだと思うの。ちがう？」

調子に乗って裕子が言う。

「ま、ちがってはいないわ。それにプラスして、地理感覚がいいってことね」

中華街のある山下町に、車は無事着いた。

「うん、裕子さんやるわね。初めてのドライブなのに、もう何回も走ってるみたい」

未央に褒められ、「まあ、これくらいは軽いものよ」と冗談めかして言ったものの、裕子の首のうしろの筋肉は、かなりこわばっていた。

中華街のほぼ中間のところを、ちょっと横路に入った店で、二人はランチコースの飲茶《ヤムチャ》料理を食べた。この店は安い割には、味がいいのだ。そのあと、未央の運転で元町に車を回し、しゃれたブティックを見てまわる。

「デザインとか生地はいいんだけど、お値段がねえ。さあてと、ちょっとどこかで休憩しましょうか」

店を出て未央が言った。

「喫茶店？」裕子が未央の顔を見る。

「ううん、二人きりになれるところ」

未央が何を考えているのか、裕子にはすぐに分かった。未央とのセックスはいやではないのだが、今は慎太郎に心惹かれていて、以前ほど、胸ときめく思いにはならなかった。しかし、今日は車を運転させてくれたのである。断るわけにはいかなかった。

元町からそれほど遠くない場所に、目的の建物が何軒か点在していた。桜木町駅の近くになるのだろう。駐車場付きの建物の中に、未央は車をすべり込ませた。

部屋に入ると、待ちきれないとばかりに、未央が裕子の唇に、赤紫色の唇を押しつける。ソフトにあるいは激しく、唇や舌を駆使する未央のキスのテクニックは、未熟な慎太郎とはくらべようもなかった。

浴室でボディーソープを塗った裸身をくねらせながら、濃密なキスをしているうちに、裕子は悪魔の掌中に落ちていった。

ベッドの上での、白蛇の絡み合いにも似た女同士の性愛の饗宴に、裕子の肉体は反応し、昂揚した。にもかかわらず、以前のように、激しく溶解することはなかった。少しばかり余裕のある意識の中で、彼女は、未央の裸身に少年の肉体をオーバーラップさせるのだった。

が、やはり、互いを舐め、舌での愛撫に、裕子は達した。

まどろみの時間が過ぎ、煙草の煙をくゆらしながら未央が言った。

「この前のデートでも感じたんだけど、裕子さん、心がどこかに飛んでいってるようなことが、ときたまあるみたいなのね。恋人、出来たんじゃない？」

「ないわ。あなたのせいで、男、嫌いになっちゃったもの」

「じゃあ、可愛い女の子がほかに出来たとか」

「ないない。そんなこと絶対ないよ」

「わたしのこと愛してる？」

「愛してるわよ」

煙草をもみ消した未央が、裕子の裸身にしなだれかかってきた。

「三月の旅行楽しみだな」

三月二十三、二十四日の土、日に、一日早めだが、裕子の三十二歳の誕生祝いを兼ねて、飛騨の下呂《げろ》温泉から高山に行くことにしていたのだ。

未央のてのひらが、裕子の乳房にかぶさる。乳首がてのひらの中央で、軽いタッチで転がされる。女の性感を知っている女ならではのソフトな愛撫に、知らず知らずのうちに、裕子の肉体は、快感のオブラートに包まれた。裕子は言う。

「二人がお互いを好きになればなるほど、わたしたち、結婚から遠ざかってしまうわね」

「え？　もしかして結婚したいの？」

「してみたいなあって気持はある。未央はどうなの？」

「今は裕子お姉《ねえ》だけ。男には興味ないもん。ところで先輩は、どういう男性がいい？　夫にする場合」

「はっきりしたイメージは湧かないわ。まあ、いい男じゃなくてもいいけど、そうね、キザな言い方すれば、一緒に人生を歩むひと、かな」

「ふうん、なるほどね。人生を共に歩むか。でも、今はそんなの少数民族よ。結婚する前はそのセリフを吐く男は多いけど、結婚して二、三年もすると、勝手な考えを持つようになるんだから」

「だからといって、結婚を否定するのもねえ……」

「あせっているみたいだな」

未央の手が、下腹とヘアーを行きつもどりつしながら、愛撫をくりかえしていた。

「あせってはいないけど、子どもを産むのに、丸高になってしまうもの」

「じゃあ、種だけもらってくれば？」

「畑に野菜の種を蒔《ま》くようには、いかないわ」

「かりに結婚するとして、相手はいくつぐらいをご所望？」

「なり行きしだいってところかしらね」

「白髪のおじいちゃんでもいいの？」

「それはこまるけど、十歳ぐらいなら離れていてもいい」

「下でも？」

ヘアーをいじっていた未央の手が、下に移動した。

「そうね、年下の方が楽しいかもね」

そう言い終わって、裕子の脳裏に、ふたたび慎太郎の姿が浮かんだ。

「息子みたいなううんと若いのと結婚すれば、老後の面倒見てもらえるんじゃない？　先輩は年金生活、相手はまだバリバリで稼いでいる」

「それもいいわね、三十五になったところで、二十歳ぐらいの男の子と結婚する」

「うん、いいわよね。それはそうと、結婚してからも逢ってくれる？」

「かまわないわよ」

「ただ会ってお茶を飲んだり、おしゃべりをするだけじゃなくてよ」

そう言いながら、未央の指が内側に押し入り、濡れた肌を愛撫する。

「それって、不倫になるんじゃない？」

「そうだとしても、女同士だもの、現場を見られない限りバレないわ。ときどきデートしてくれるって約束してくれたら、結婚してもいい」

「こまったわね」

「お願い、約束して」

「結婚を邪魔されるのもこまるしね」

「そうよ。徹底的に邪魔するから」

「仕方がない。約束するわ。その代わり、仮に結婚することになったら、祝福してくれる？」

「する、する」

未央の巧みな指の戯れに、裕子の腰が微妙な揺れを示しはじめた。


二月十一日は祝日と日曜日が重なっていた。翌日は振替えの休日なので、慎太郎も裕子も三連休となる。

で彼は、昼食と夕食を裕子と共にする計画を練った。それならば、時間をたっぷり使えるし、あわよくば、最後の一線を超えた愛を、手に入れることができるかもしれない。しかし、昼と夜、二度裕子に食事を作ってもらうのは悪い。そこで、昼は外食にすることにした。慎太郎が奢ればいいのである。

このアイデアを、電話で裕子に切り出したとき、彼女はほんのちょっととまどいを示したものの、案外素直に応じてくれた。

大森駅から歩いて五、六分のところに、一年前オープンしたホテルがあった。一階のレストランで、ランチのバイキングをやっている。一人千円で食べ放題、ジュース類飲み放題だから安い。これならば高校生の慎太郎の奢りでも、裕子は負担に感じないだろう。

その日、大森駅東口そばの喫茶店前で、十一時半に待ち合わせる。約束の時刻ちょうどに、裕子は、今風のさっそうとした服装でやってきた。黒皮のジャケットに、その下は白のハイネックのセーター。さらに黒皮のミニスカート、黒皮のブーツというういでたちであった。そして、ズワイガニの甲羅のような小さなリュックサックを背負っていた。

慎太郎は自転車を押しながら、裕子と並んで歩く。

「あれ？　髪染めた？」

しばらくして、彼はようやく気がついた。

「わかった？　きのう美容院に行ってカットしてもらったあと、自分で染めたの。ちょっと派手かな」

彼女の髪は染めていなくても、すこしブラウンがかった黒だった。それが、艶やかな栗色になっていた。今どきの茶髪からすると、ずいぶんとひかえめな色である。色白の彼女の顔に、品よく似合っていた。

「いいね、その髪の色。あまり茶っぽくなくて、それくらいの感じがぼくは好きだな」

「そう、気に入ってくれた?」

「ますます、裕子さんが好きになった」

裕子が照れたような笑みを浮かべた。

ホテルの一階の小さなロビーの奥が、レストランになっていた。受付で二人分の料金を払うと、奥の方の席に案内された。

「安い料金の割には、とてもいい雰囲気ね。それも料理の種類も多めだし」

皿に品よく料理を並べながら、裕子が言う。

慎太郎は、料理を盛り合わせた二皿をテーブルに置くと、ビールを取りに行く。三五〇ミリリットルの缶ビールが百円だった。

「へえー、安いのね。そんな値段で採算合うのかしらね」

慎太郎のグラスにビールを注ぎながら、しきりに裕子が感心する。グラスを軽く鳴らして乾杯した。

慎太郎は、裕子がお酒を飲んでいる姿が好きだった。ぐいぐいでもなく、ちびちびでもなく、ほどよいペースでさもおいしそうに飲む。二缶のビールを飲み終え、彼はもう二缶取ってきた。

「あら、また?」

「今日は祝日、いいじゃない。それに安いんだから」

と缶の口を開け、慎太郎は彼女のグラスにそそいだ。

「はい、じゃあ、あなたもどうぞ」

裕子がその缶を受け取り、彼のグラスに注ぐ。それから、

「あ、忘れてた」と言って、彼女は、リュックからリボンのかかった小さな箱と紙包みを取り出した。

「ほら、十四日はバレンタインデーでしょ。ちょっと早いけど、これがチョコレート。こっちが、クリスチャン・ディオールの靴下」

「へえー、ありがとう。これ義理チョコじゃなくて？」

「そうよ。愛をいっぱい詰めたチョコレート」

身を乗り出し、裕子が声をひそめて言う。

それにしても、彼は不思議でならなかった。こんなにも美しくチャーミングな女性が、たかが高校生の自分と恋仲になるなんて、今だに信じられないのだ。結局二人で、ビールを五缶飲んだ。裕子の眼の下にはうっすらと赤みが差し、彼女は饒舌になった。


ほろ酔い機嫌の火照った顔に、冷たい風が快かった。夕食の材料を買うからと裕子に言われ、カドヤというスーパーに自転車を走らせる。うしろに乗った裕子が、慎太郎の腰に抱きついた。カーブを切るたびに、胸の膨らみが彼の背に押しつけられる。

「こうやって、女の子をうしろに乗せたことある？」

裕子が彼の耳元に問いかける。

「うんあるよ。中学のころだけどね」

「その子と親しかったの？」

「ふざけて、彼女が電光石火のキスをしたことはあったけど、親しい関係にはならなかった」

「どうして？」

「それからはなんとなく照れくさくて」

「もったいなかったね」

「べつに。たいして興味もなかったし」

カドヤは、山王の慎太郎の家と、大森北の裕子のマンションの中間ぐらいの商店街にあった。鮮魚コーナーに二人がさしかかると、

「お嬢さん、いいアンコーがあるよ。今日なんか鍋に最高だよ」

売り場のおやじさんが、魚を見つめていた裕子に声をかけた。

彼女が慎太郎の顔を見た。彼はうん、うんとうなずく。即座に夕食の献立が決まった。アンコーのブツ切りにアン肝、剣先イカの刺身を袋に入れてもらい、鍋に入れる野菜類と白滝を裕子は買った。

彼女は、慎太郎と一緒の買い物が、いかにも楽しそうである。他人が見れば、仲のよい姉弟《きょうだい》と思うだろう。

ふたたび慎太郎は自転車を走らせる。商店街の通りは人が多いうえ、友達に見られる心配もあった。で、線路に近い裏道を通った。踏切を渡り、三、四分で裕子のマンションに着く。部屋に入って、材料を取り出していた裕子が言った。

「いけない、ポン酢買うのを忘れたわ。鍋にはあれがないとね」

「ああ、ぼく行ってくる」

「そう、じゃあお願いね。ダイシンの方が近いから、そこでいいわ。二階の売り場よ。ポン酢でもいいし、ポン酢しょうゆでもいいわ」

裕子は千円札を一枚彼に渡した。ダイシンとは、駐車スペースが二百台くらいある、城南地区では名の知れた大型スーパーである。

彼女は昆布でダシをとり、下ごしらえをしながら慎太郎を待つ。自転車だから、十分か十五分で帰ってく

るだろうと思っていたが、三十分過ぎても彼はもどらなかった。

　事故にでも遭ったのではないかと、だんだん不安になってきた。三十五分を過ぎたところで、裕子は皮のジャケットを手にして玄関に立つ。そのとき、インターホンのチャイムが鳴った。

「どうしたのよ、心配したわよ」彼女は受話器に向かって、声を大きくした。

　裕子は三階の階段の上で待った。慎太郎が駆け上がってきた。

「もうっ、事故にでも遭ったんじゃないかと心配してたんだから」

　思わず裕子は、彼に抱きついてしまった。人影のないのを確かめ、唇を求めた。

「ごめん。ダイシンに行ったついでに、婦人服売り場を見てたんだ。それに踏切がなかなか開かなくて。京浜東北線と東海道線が、上り下りそれぞれ通過なんだもん」

　廊下を歩きながら、慎太郎が説明する。

「心配したんだからぁ」ふたたび裕子は言った。

　部屋に入ると、これプレゼントと言って、彼がビニール袋を差し出す。中に薄い紙包みが入っていた。

　安堵感とプレゼントの嬉しさに、裕子は涙ぐみながら、彼のダウンジャケットを脱がせる。冷たい彼の手が、裕子の頬を挟む。彼女は彼の首に腕を巻くと、ふたたび唇を重ねた。狂おしくキスを貪ったあと、

「外、寒かったでしょう。こんなに、手冷たくなって」

　体の底から衝《つ》き上げられる感情のままに、裕子は、セーターの下の肌着の裾をスカートから引き出し、彼の手を引き入れる。

　情熱的にふるまう裕子に、慎太郎は熱くなった。手を肌着の下にもぐり込ませ、ブラジャーを押し上げる。手にした乳房はあくまで柔らかく、情愛の温もりがあった。その感触だけで、彼のものが激しく勃起した。

彼はひざまずくと、セーターと肌着、そしてブラジャーをまとめて押し上げた。裕子がそれを支え持つ。迫《せ》り出した両の乳房の全容に、慎太郎は、初めて眼にしたときの感動を蘇らせた。美しい。見つめられるだけというのは、妙に焦れったくなるものだ。裕子は彼の頭を両手で支えると、その口元に乳頭を押しつけた。

慎太郎の乳房への愛撫が、巧みになったように思えた。胸の奥のうずきが全身に広がり、はっきりと自覚できるほど、裕子の芯が濡れた。

自分の肉体にひそむ淫蕩な性情に、彼女は不安をおぼえていた。逢う回数が重なれば、彼へののめり込みも強くなる。熱中するあまり、諍《いさか》いもおきるだろう。あげくの果てには、修羅場を見るかもしれなかった。

彼はひたすら乳房を吸い、愛撫に専念した。ようやく彼から解放された裕子は、ほっとした。昂奮のため、立っているのが辛くなったのだ。ほうっとながい吐息のあと、状況の変化を望んで彼女は言った。

「プレゼントの包み、開けてもいい？」

「うん、でもたいしたものじゃないよ」

「あなたの真心がこもっているんですもの」

裕子は服の乱れを直すとソファーに座り、包みを開ける。

「まあ、きれいなスカーフ。ありがとう」

彼女は手にしたスカーフを首に巻き、斜め横で結んだ。

「どう？　似合う？」

「うん、いいね。そのセーターにぴったしだ」

裕子は洗面所に行き、自分の姿を鏡に映した。小粋《こいき》な感じである。それにしても、と裕子は思う。あいつめ、まだ少年のくせに、女を悦ばせる術を心得ている。憎いことには、それがさりげなさの中で、ふいとそんなことをするのだ。

ほっと吐息をついた彼女は、眼を閉じた。ややあって眼を開けると、いたずらっぽい笑みを浮かべた。セーターと肌着を片腕ずつ脱ぎ、フックがはずされたままのブラジャーを取り去る。

「慎太郎君、あなたなかなかセンスがいいわ。とってもすてきよ」

裕子はそう言いながら、身を寄せるようにして、彼の隣に座った。

「いつもごちそうになるばかりだからね」

「あら、今日のお昼はあなたがごちそうしてくれたじゃないの」

「あれくらいのこと……」

「でもねえ、ちょっと心配だな」

「なにが？」

「あなた、若いくせに、女の心をつかむのがうまいみたい」

「そうかな」

「そうよ。ほかの女の子にもプレゼントしてるんでしょ」

「しない、しない、そんな相手、裕子さん以外いないもの」

慎太郎が裕子の肩を抱き寄せた。甘い気分になっている裕子は、彼の肩に頭を乗せ、肩に置かれた彼の手に、自分の手を添える。

「ぼくね、裕子さんみたいな姉さんがいたらいいなあって、いつも思うんだ」

セーターの上から、胸の膨らみをソフトに撫でながら、慎太郎が言う。

「そう?」

「うそじゃないよ」

「そんなこと言っていいのかしら」

「だめかなあ」

「だめでしょうね」

「どうして?」

「あなた、お姉さんと、キスしたりオッパイ触ったりする?」

「そうか、だめだね。じゃあ恋人。正真正銘の恋人」

「正真正銘の恋人か」

「だめ?」

「考えとくわ」

「ずるいよ。いま返事してよ」

熟しても実を結ぶことのない恋。裕子は胸のうちでつぶやく。

「いいわ、なってあげる。恋人にも、お姉さんにも」

慎太郎がかぶさってきた。裕子はソファーに背をつけ、眼を閉じた。彼女の口の中で、二人の舌が戯れをはじめる。もそもそとセーターの内側にもぐり込んだ彼の手が、乳房の素肌に触れた。

「ブラジャーがなくなってる」唇を離した慎太郎が、彼女の耳元で囁いた。

「だって、恋人なんだもん」

ふたたび唇が重なった。密度の濃いキスと、乳房への愛撫に、裕子は体を熱くさせた。しかしたとえどんなに情熱がエスカレートしても、最後の理性は失ってはいけないと、裕子は自分に抗う。

それもつかの間、慎太郎に上半身のものを脱いで欲しいと要請されると、彼女は困惑の表情を作りながらも、セーターを脱ぐのだった。さらに、胸元にそそがれる彼の眼を意識しながら、肌着も取り去った。

ここまでは先月と同じだった。だが、その先が違っていた。慎太郎も上半身裸になったのだ。裕子は危険を意識した。彼に対してではなく、危《あや》うく揺れている自分自身に対してである。筋肉質の引きしまった、それでいてまだどこか初々しさの残る少年の肉体に、彼女は息苦しさをおぼえるほど魅了されてしまった。

裕子の理性は、風前のともしびにも似ていた。裸の肉体をいだき合ってする激しいキスに、彼女の官能はいやがうえにも昂り、せわしく彼の背に手を這わせる。

慎太郎の肉体は、震えるほどの昂奮に熱くたぎっていた。二人の胸の間でクッションの役目を果たしている乳房は、豊かな存在感を示しているのに、抱きしめている裸身は細い。アマゾネスを思わせた亜希にくらべて、裕子の肉体は頼りなく、たおやかだった。だが、狂おしいばかりのエロスに満たされていた。

ようやく唇が離れた。昂揚が尾を曳いているのか、あるいは次を求めているのか、裕子は眼を閉じたまま、夢の中に漂っているかのような表情をしていた。

ソファーを離れた慎太郎は、裸身の前にひざまずいた。彼女の膝を割って体をこじ入れると、乳房の肌をキスで濡らし、乳首をとらえる。そして陶酔に身をゆだね、夢中で吸った。

乳房は永遠の愛《エロス》であり、偉大な母であった。けして飽きることはなかった。けれども今日の彼は、もっと進んだ状況を願った。

裕子の下腹部を狙おうとする自らの企みに、慎太郎はやましさをおぼえた。がしかし、彼の好奇心は、すでに強い欲望に変わっていた。乳房を吸いつづけながら、一方の膨らみを愛撫していた手をすべり下ろすと、おなかを撫で、スカートの上を先へと移動する。皮地の裾を過ぎた手が腿に達した。外出したときにはいていたストッキングはなく、素肌のすべらかな感触がてのひらに伝わる。

交互に吸う両の乳房への愛撫に、かすれた吐息を漏らしている裕子は、彼の下心に気づかないのか、拒む素振りを少しも見せない。スカートの下にもぐった手が、かたつむりの速度で這い上がった。そのとき、「うう」とくぐもった声が頭上に聞こえた。

慎太郎は、ひと呼吸入れ、意を決すると、手を腿の内側にすべり込ませる。彼女は腰をわずかによじったものの、そこでも、抵抗らしい抵抗を示さなかった。勢いづいた彼は、内腿のなめらかな肌の感触に酔いながら、さらに奥をめざした。手に伝わる肌のぬくもりが増し、悩ましさが急上昇する。

「だめだってばあ、上だけなんだから」

裕子が彼の手を押さえ、拒絶した。

「ほらほら、これ以上変なことしていると、食事の仕度ができないでしょう」

慎太郎の手を押しやり、彼女は立ち上がった。脱いだものをかかえ、昂奮の鎮まらない足取りで寝室に行く。

慎太郎は肩で大きく息を吸い、ゆっくりと吐き出した。ちょっと残念だが、まだ夕食後の愉しみがある、と彼は望みを継いだ。

ほどなくしてニットのワンピース姿で出てきた裕子は、窓辺に行き、カーテンを少し開けた。

寒そう、白いものがちらついているわ、雪かしら、と言う彼女の足は、黒のストッキングに覆われていた。

外はすでに暗かった。もうそんな時刻かと、慎太郎は時計を見る。彼女と一緒だと、いつも、時間の過ぎるのが早く感じられる。ことに、キスをする間柄になってからは、その傾向がさらに強まった。

カーテンを閉じた裕子が、キッチンに入った。材料を切るリズミカルな音が、心地よく聞こえだした。外の寒さにくらべて、部屋内《うち》にはアットホームな温もりが漂っていた。

彼女に呼ばれ、慎太郎も手伝う。テーブルコンロに土鍋など、一人住まいなのにいろいろと道具がそろっていた。アンコウの切り身と白滝を入れ、ぐつぐつと音が出はじめた頃、野菜とアン肝を入れる。

イカの刺身と燗をしたお酒。それに盃を二つ、裕子がお盆に乗せてきた。〈お食事会〉では、アルコールは欠かせないものになっていた。鍋が煮えるまで、イカの刺身をつまみにお酒を飲む。

「先月、鍋料理したのね。でも、ひとりで食べる鍋って寂しいのよね」

湯気の立ちはじめた土鍋を見つめながら、裕子が言った。その気持は、若い慎太郎にもよく分かる。ことに親しい間柄となった裕子の心の内側は、彼にとって一番の関心ごとなのだ。

「ぼくに電話くれれば、すぐにでも飛んで来たのに」

「食べはじめてから気がついたんですもの。それに、お母さまが電話に出られたら、説明にこまるわ」

盛り上がっているまだ生の野菜を、裕子が菜箸で沈める。

「そのうちに裕子さんのこと、お袋に話そうか。ぜんぜん知らない間柄じゃないんだから」

「それはだめ。当分はだめよ」と言って、彼女は話をそらすかのように、

「もうそろそろよさそうだわ、アンコウは今の季節のものが、いちばんおいしいんですって」

と、自分の箸で取ったアンコウを、慎太郎の小鉢に入れる。

ポン酢と薬味がほどよくきいて、旬の味を引きたてていた。裕子が上機嫌で言った。

「ね、ね、いい味出てるわね。アンコウもアン肝も最高においしい」

「うん、このスープすごくうまい」

慎太郎も直箸で野菜やアン肝を取る。取り箸など使う配慮は、もう必要なかった。でもいつになったら、まったくの他人行儀ではない仲に、なれるのだろうか。

裕子が慎太郎にお酌をしながら言う。

「鍋にはお酒、そしてあなた。どう？　歌の文句みたいでしょ」

「こういうのを、幸せって言うんだろうね」

慎太郎が言うと、裕子はふふっと笑った。

三本目のお銚子が残り少なくなり、彼女の目元にほんのりと紅が差した。慎太郎も顔の火照りをおぼえた。

鍋の材料は少し残っていたが、二人は満腹に近づいていた。裕子がスープを一度濾《こ》し、おじやを作る。水でさっと洗ったご飯を入れ、ほどよく煮えたところで、とき玉子を上からまわし、彩りに三つ葉をあしらう。

彼女の手ぎわのよさに、結婚したらきっといい奥さんになるだろうと慎太郎は思ったが、当分は今のままでいて欲しかった。

「このおじやもいい味だよ。裕子さんの作るものが、なんてったっていちばんだね」

「あら、そんなこと言っていいの？　お母さまだって、料理お上手でしょ？」

「うん、下手じゃないんだけどお……うまいって褒めると、続けて作る癖があるんだ」

「そっか。でも、あなたにおいしいものを食べてもらおうと、お母さま一所懸命なのよ」

「お袋、天ぷらはけっこう上手に揚げるけど、うまいと言ったら、次の日また天ぷらなんだ。今度はかき揚げにしたからって」

「明日の晩、もしかしたらアンコウ鍋かもしれないわよ」

裕子は茶目っけな笑顔を見せて立ち上がり、キッチンへ行く。

デザートのいちごを食べ、コーヒーを飲み終えると、彼も手伝ってあと片づけをした。

さて、と慎太郎は思案した。とりあえず歯を磨くことにする。裕子の歯ブラシを勝手に使った。うしろで待っていた裕子が、洗顔をすませた彼に、タオルを差し出した。その気くばりに胸を熱くさせた慎太郎は、彼女は、ほかの男とは絶対に結婚すべきではない、と断を下す。もちろん、そのことを、彼女は知るよしもなかった。

歯を磨き、軽く化粧を直した裕子が、リビングに入ってきた。抱くチャンスをうかがっていた慎太郎は、彼女の背後からおなかに腕を巻きつけた。裕子はなんのアクションも示さなかった。彼は、手をおなかから這い上がらせると、両の膨らみにてのひらをかぶせた。

「あなたの手、いたずらが好きなのね」

「そうなんだ、この手、ぼくの意思にかかわりなく、条件反射を起こすんだ」

「あなたの躾《しつけ》が悪いからよ」

慎太郎はゆっくりと揉みはじめた。ワンピースだから、内側に手をこじ入れることはできない。その代わり、からだ全体を彼女の背後に密着させた。彼の下腹部の異変を、おそらく裕子は察知しているだろう。

彼女の体が反転し、唇が重なった。こうして再開されたキスは、甘く悩ましかった。けれども彼は、キスだけではもちろん満足できなかった。ワンピースを脱ぐよう彼女をうながす。

「これ脱ぐの?」

「さっきだって裸になったじゃないか」

「でも……」

ワンピースだと上だけ裸というわけにはいかない。いや応なく脱ぐことを了承したものの、おそらく裕子の誤算なのだろう。けれども、慎太郎には幸いした。彼女の背後に回った彼は、肩を抱き、首すじにキスをする。裕子が逃げないよう注意を払いながら、背中のファスナーを下ろした。

服が足元に落ち、アイボリー色のキャミソール姿が現れた。彼女は下着まで取り替えていたのだった。

裕子の体が離れ、こちら向きになった。

「こんな恰好、恥ずかしいわ」

うらめしそうな顔で慎太郎を見つめる。

「それも脱いで欲しいんだけど。裕子さんのカッコいいプロポーションが見たいんだ」

「だめよ」

「だって、オッパイ見えなければ意味ないもの」

「そんなこと言ったたって」

ブラジャーと一体になっているキャミソールを脱ぐことは、パンティーストッキングだけの姿になるということだ。心細さのためか、彼女の声は不安げだった。

慎太郎は裕子を抱くと、唇を合わせた。彼女に舌を吸わせせながら肩紐をはずしにかかる。

「ううん」くぐもった声で拒否の意思表示をしただけで、彼女は口を離さなかった。

慎太郎の手によって、キャミソールがはがされた。彼女の下半身を覆っている黒のパンティーストッキングは、太腿の二重編み部分から上がガードルを兼ねているのか、やや地厚になっていた。おなかの中央に、V字型のさらに地厚な部分がある。体にフィットしたパンティーと、ストッキングを一体化させた感じが、妙にセクシーである。

上半身裸になり、裕子の前にひざまずいた慎太郎は、高価な青磁の壺を扱うかのような仕草で、両の乳房を愛撫する。てのひらの愛撫を続けながら、乳暈を舌先でいたぶる。すると、やはり小さな粒が浮き出てきた。頭上でかすかな声が漏れ、裸身がくねった。

　突き出された膨らみの先端を口に含む。赤ん坊の自分が五か月間吸いつづけたせいか、乳首は、亜希のよりわずかに大きめである。だがこの方が吸いやすい。そのうえ、乳房の大きさともバランスがとれている。

　慎太郎はもう一方の乳房に口を移しながら、ソファーに眼をやった。二人用のソファーは、裕子を寝かせるには少しばかり窮屈だった。で、しばらく乳房への口と手の愛撫に熱中したあと、彼は、

「立ってるより寝た方が楽だと思うよ」と、彼女の気持をためすかのように言った。

「そうかもしれないけど、ソファーでは無理よ。腰掛けましょう」

「ソファーが無理ならベッドがある」

「え?……でもそれは……」

「ね、約束するから、裕子さんがいやがることはしないって」

　ちょっと間があって、彼女は口を開いた。

「ほんとに約束してくれるわね」

「約束する」

「じゃあ、いいわ。でも、寝室には暖房の設備がないの。だから、ドアを開けたままにしておいて」

　ドアに近い位置にいた慎太郎が、その戸を大きく開く。寝室から、裸の背に冷気が流れてきた。リビングのエアコンを最強にセットすると、彼は寝室に入り、ズボンを脱ぎにかかった。

「だめよ、ズボンははいたままで」

　入り口で裕子が咎める口調で言った。

「裕子さんだってスカートを脱いでいる。だからぼくも。パンツは脱がないから」
慎太郎は最小限の衣服で裕子と肌を接したかった。彼女のとまどいを無視して、彼はズボンを脱ぎ去る。黒のスポーツタイプのセミビキニパンツ一枚の姿で、半裸の裕子と対峙《たいじ》した。パンツは今日を予測して、新しく買ったものだ。彼の下腹部のものが、力強い漲りを示して布地を膨らませていた。裕子が、その異常現象を察知したのはあきらかである。彼女の頬の紅潮が、そのことを物語っていた。

彼女を抱き寄せた。裸の背を撫で、さらにその手をお尻と太腿の裏側に這わせる。彼は、やはりそうかと合点した。さきほど眼にしたとき、あるいはと思ったのだが、撫でる手に、パンティーラインの肌ざわりが伝わってこないのだ。どうやら、パンティー兼用のパンストらしい。

体を密着させた狂おしいキスをしながら、二人の体がベッドに倒れ込んだ。慎太郎が裕子を押し倒すかたちで上になっていた。彼女の二本の足は、ベッドの外に出たままである。その恰好が、かえって二人の下腹部の接触を強めた。

裕子の舌を貪《むさぼ》りながら、慎太郎は彼女の足の間に割って入った。身を揉むようにして、パンツの中の昂りを彼女の股間にこすりつける。裕子の昂奮の様子が、喉から鼻に抜ける小さなうめきの声とともに、彼の背を這う狂おしい手の動きからも察せられた。そして、胸の間で押しつぶされている乳房が、あえぐように身悶えした。

とつぜん津波のような快感が慎太郎を襲った。もはや、彼に自制する余裕は残っていなかった。口をふりほどき、必死に耐えているかのような裕子の声にも触発され、彼の下腹部が、鋭いうずきに見舞われた。

つかの間の空白のあと、力を失った慎太郎は、裕子の裸身に覆いかぶさり、荒い呼吸の鎮まりを待つ。我に帰った彼は、いたたまれないほどの羞恥をおぼえた。トイレの紙でパンツの汚れをふいたものの、あまりの量の多さに、ふたたび身につけることができなかった。浴室のシャワーで下腹部を洗い、バスタオルを巻いて寝室にもどる。裕子は着替えをすませ、三面鏡を前にして髪の乱れをなおしていた。

「下着、洗濯しといてあげるから、洗面所に置いておきなさい」

ふり返らずに裕子が言った。彼女は気づいていたのだ。

「でも、はくものが……」気恥ずかしそうに彼は言った。

「今日は寒そうだから、パンツのかわりに、わたしのタイツ貸してあげる」

ベッドの横の床に、裕子が脱ぎすてたばかりの、黒のパンティーストッキングが丸まっていた。慎太郎はすばやくそれを拾いあげて言った。

「このパンストでいいよ」

ふり向いた裕子が、あわてて立ち上がる。

「やだ。それ、わたしが今まではいていたものよ」

「かまわないよ」

「だめ、ほら返しなさい」

手にしているものを裕子が取りもどそうとする。その手を払い退けると、彼は身をひるがえしてリビングに行った。

かなり伸縮性の強いパンストは、小さく縮まっており、なかなかはきづらい。

「今、スッポンポンだからしばらく待って。見るなら見てもかまわないけど」

慎太郎は寝室に向かって、声を大きくした。

ビデオや映画のシーンで見た、女性がストッキングをはくやり方を真似て、ようやく身に着けることができた。足や下腹部がきつく締めつけられ、裕子を直《じか》に感じるような快感が、伝わってくるのだった。

二月十四日の夜、どういう風の吹きまわしか、母が初めて、チョコレートを添えて高級ボールペンをプレゼントしてくれた。

「なんだか照れるな。お母さんからバレンタインデーのプレゼントなんて」

「いいじゃないの、ちょっとお遊びしてみたくなっただけ。クラスの女の子からもらった？」

「うん、四人から。チョコレートだけだけどね」

「そう。みんなガールフレンド？」

「ちがうよ。ただの話し相手だよ」

森谷由紀からはもらわなかった。彼女からの二度目のデートの申し込みも断ったからだ。

三月に入り、慎太郎はホワイトデーのお返しに頭を悩ました。女の子たちには、八百円から千円ぐらいのハンカチセットでいいことにして、問題は裕子と母である。世間の大人の男たちは、どうやらパンティーストッキングや下着を贈るらしい。夜、慎太郎は裕子に電話を入れた。

「あら、どうしたの？」

裕子の明るい声が、受話器から流れてきた。彼女とは、三日前に電話で話したばかりだった。

「いや、たいした用じゃないけど、ちょっと教えて欲しいことがあったものだから」

「どういうこと？　わたしにわかることだったら、なんでも教えてあげるわよ」

「よかった。それではおたずねします。裕子さんのスリーサイズ教えて」

「あ、わかった。ホワイトデーの心配してるんでしょ。無理しないで」

「いいんだよ、どうしてもプレゼントしたいんだから。たとえばブラジャーとか……」

「こまったわね、教えなきゃいけないの？」

「だって今、なんでも教えるって言ったばかりじゃないか。聞かせてよ、特別な間柄なんだから」

「特別な間柄ね。ま、そういうことになるのかな。仕方がない。教えてあげる。上から、つまりバスト、ウエスト、ヒップの順に言うわよ」と、彼女は数字を並べ「でもこれだけじゃだめよ、ブラジャーのカップサイズがあるの」

「うん、知ってる」

「あら、変な本の見すぎじゃないの？」

「そんなに見てないよ。で？」

「C70よ。あーあ、とうとうバレちゃった」

「気にすることないよ。だってほんもの見ちゃってるんだもの。Cの70って、店員に言えばいいんだね」

「表示してあるわよ、札に。でも男のあなたが、婦人下着売り場に行けるかしらね」

「だいじょうぶ。そういうところの度胸は意外とあるんだ」

「エッチ。それとも以前行ったことあるんでしょ。年上の女《ひと》へのプレゼントで」

「いや、彼女からはチョコレートもらっていない。だからお返しもなかった」

「例の可愛い子からは？」

「デートの誘い二度断ったから、何もくれなかった」

「そ。一度ぐらいつき合ってあげればいいのに」

「ぼくは浮気しないもの」

「あらそう、感心ね。でもいつまで続くかしら。男って博愛主義者が多いから」

「ぼくは裕子さん以外、誰も好きにならないから、一生」

「一生？」

「そう、一生」

「きみ、そんなこと言うと後悔するよ。きみの一生は、まだずうっとながいんだから」

「ぼくの心は永遠に不変です。そして裕子さんのスリーサイズも、永遠に変わらないことを祈ってます。体重四十九キロを含めて」

「もうっ、殺しちゃうぞ」

バレンタインデーとホワイトデーは、女と男のしゃれたゲームだと慎太郎は思った。

調子に乗った慎太郎は、翌日、母にも同じ質問をぶつけてみた。

「え？　なによ。なんでそんなこと訊くの？」

母は苦笑いしながら質《ただ》した。

「いや、つまりね、バレンタインデーのお返しに、下着なんぞどうだろうと思って」

「いやだあ、いいわよそんなもの」

母の顔が心なしか赤らんだ。

「いいじゃないか。正月のお年玉、まだ手つかずで残っているし、息子からの初めてのプレゼントだと思って、教えてよ」

「もう、しょうがないひとね」と言いながらも、まんざらでもなさそうな表情で数字を口にする。

「おお、ナイスバディー。それで、ブラジャーのサイズは？」

「D75よ。もう変な子ね」

「ありがと。じゃあ楽しみにしてて。べつに、着たとこ見せてくれなんて言わないから」

　二階への階段をのぼりながら、お袋さんのバスト、八十九センチか、やはりそれくらいはあるだろうな、と彼は胸のうちでつぶやいた。

　裕子との恋が深まるにつれ、母が勘ちがいをしないかと思えるほど、慎太郎は母にやさしくなった。事実、家での会話も増えたし、買い物や庭の手入れ、ガラスふきなど、家事も気持よく引き受けるようになった。

　翌日の夕方、彼は学校から帰るとすぐに着替え、蒲田に出かけた。ユザワヤは蒲田駅南口のそばにあり、十五の分散した建物に店を構えていた。主に婦人向けの品物を扱っており、その一つの建物に、婦人下着専門の店があった。

　迷うと気後れすると考えた彼は、Tシャツでも買うかのような素振りで、平然と店内に入る。女性客に混じって、中年の男性が一人いた。どうやら同じ立場のようだ。緊張は少しやわらいだものの、眼のやり場に困った。

　勇気を出して、さりげなく店内を見まわす。色とりどりの薄い布地が並べられている様子は、妙に男の気持をくすぐるものだ。

　刺繍をふんだんに使ったしゃれたデザインのものを指差し、女子店員にサイズを言った。輸入ブランド品だったので、少しばかり高かったが、迷うことはしなかった。四分の三カップの純白のブラジャーとショーツを裕子に、母には、ベージュの光沢のあるブラジャーとショーツを選んだ。カップサイズを慎太郎に確認する店員の口元に、笑みが漏れた。

包装し、リボンをかけてもらっている時間が、ながく感じられた。けれども、彼の気分は華やいでいた。

駅の階段をのぼりかけて、裕子からもらったパンティーストッキングをはいているのに気がついた。彼は踵を返すと、同じユザワヤの別の建物に足を向ける。

一階の入り口が奥まっている店頭に、ストッキングだけが、ずらりと並べられていた。レジから見えないので、臆することなく物色できる。それにホワイトデーが近いため、女性客の眼も寛容に思われた。

高級そうな絹製の黒と、ナイロン製の肌色のLサイズを裕子に、ダークブラウンと肌色のMサイズを、母のために選んだ。

三月の第二土曜日の夕方、慎太郎は裕子のマンションに行く。彼はその日の午後、ちょっと学校の用事があった。別の日でもよかったのだが、それを口実に、〈夕食会〉にしてもらったのだ。愛し合うには、やはり夜の方がムードがいい。裕子へプレゼントの品を渡すと、

「あら、二つも」彼女の表情がほころんだ。

「これはブラジャーとパンティー。こちらはパンティーストッキング。この前パンストもらったから、そのお返しのやつ」

「いろいろお気をお配りいただいて、ありがとうございます」

裕子は茶目っけたっぷりの笑顔で、その包みを両手で捧げ、深々と頭を下げた。

「着てみて」

「あとでね」

「パンストの方は、裕子さんがはき古したら、またぼくがいただくことになると思うけど」

ばか、ほんとにエッチな子、と言わんばかりの表情をすると、彼女は二つの包みを寝室に持っていった。

食事がすみ、慎太郎と裕子は歯を磨いた。もうその頃になると、二人の間には、艶いた空気が色濃く漂っていた。

ソファーで抱き合い、キスをする。暖房のせいばかりではなかった。自らの情熱で、二人の体は熱をおびていた。慎太郎は上半身裸になると、裕子のカーディガンとブラウスをはがし、肌着を脱がせ、さらにブラジャーまで取り去った。肌を透かせた乳房が、煽情的な姿で彼を誘う。その感触を、口と手でひとしきり堪能したあと、彼は裸身を抱きしめた。

裸の抱擁に酔いながら、慎太郎には今日こそはとの思いがあった。そうだとしても、それはあくまでも裕子の気持しだいなのだ。力ずくで奪うことは、けしてしたくなかった。

シャワーを浴びた裕子が、バスローブの前を恥じらう風情で開き、プレゼントの下着姿を披露してくれた。純白のブラジャーが、乳房を優雅に包んでいた。残念ながら、パンティーは黒のパンストの下だった。けれども絹のパンストの地は薄く、白のパンティーのその微細な刺繍の模様までもが、はっきりと見てとれた。

「すてきな下着、ありがとう。ジャストサイズだわ。高かったでしょう」

「ユザワヤだからそれほどでも」

「慎太郎君のことだから、黒か赤だろうと思ったけど、刺繍のいっぱいある白ってすてきなのよね。あなたいいセンスしている」

エレガントで、しかも悩ましい下着姿を眼の前にして、慎太郎は強いうずきをおぼえた。

ズボンを脱いだ彼の下半身は、裕子からもらった黒のパンストに包まれていた。もちろん、その下に黒のスポーツパンツをはいていたが、中心部が、硬直のあきらかな形を示して、布地を盛り上げていた。

「ふうん、あなたのパンスト姿、悪くないわね。ちょっと透けてるけど、バレリーナのタイツ姿みたい。とてもセクシー。だけど洗濯はどうしてるの？」

何も感じてないかのような表情で、裕子がたずねる。

「もらってから二週間ぐらいは洗わなかったけど、今は、三日に一度洗っている。お袋さんに知られないよう、風呂に入ったついでにね」

「え？　いつもはいてるの？」

「一週間に五回は」

「それで？　干すのは？」

「部屋で、一晩ハンガーに吊しておけば乾いちゃうもの」

寝室に入ると、慎太郎が求める前に裕子はバスローブを脱ぎ、さらにブラジャーもはずして、ベッドにもぐり込んだ。

慎太郎もパンストを脱いだ。セミビキニのパンツ一枚になった彼は、屹立しているものを下向きにし、上半身裸の裕子と抱き合った。乳房が、二人の胸の間で身悶えする。

裕子は、少年の裸の肉体に抱きしめられただけで、めまいをおぼえるほどの昂奮に見舞われた。しかも、硬直した彼のものが彼女の芯にこすりつけられ、それを意識すればするほど、官能の赤い炎が彼女を熱くさせるのだった。

「慎太郎君待って」

彼女はうわずった声で、彼の動きを制した。昂奮を中断させられた彼が、不満げな顔で彼女を見る。

「プレゼントの絹のパンスト、伝線したら大変。脱ぐわ」

彼の不満げな顔が、脱ぐわのひと言で、とたんにゆるんだ。蒲団の中で彼女がパンストを取り去り、二人はふたたび抱き合う。素肌の接触の範囲が広まり、裕子はいっそう燃え立つ自分を感じた。

乳房を吸いつづけながら、彼がその手をおなかに這わせ、さらに、内腿にすべり下ろした。危険を意識したものの、裕子はあまりにも官能の世界に浸りすぎていた。予想どおり、ショーツの中心に彼の指が触れる。

「だめ、そこはだめ」

そう言うのがやっとだった。閉じようとしても足に力が入らず、彼女は身をよじってのがれようとした。が逆に、指との接触は強まり、下腹部に鋭い快感が充満する。もうどうなってもいいと思ったとき、愛撫の動きがやみ、慎太郎が覆いかぶさってきた。

「裕子さんが欲しい。裕子さんのぜんぶが欲しい」彼が哀願する。

「だめよ、それだけはだめ。ね、お願いだからこのままで」

裕子の意に反して、彼女の肉体は慎太郎を求めていた。がしかし、自らショーツを脱ぐわけにはいかなかった。昂り、激情に衝き動かされるままに、彼女は彼の足に両足首を絡ませ、股間を迫《せ》り上げる。

キスを続けながら、慎太郎の腰がもどかしげに揺れた。鋭いうずきに見舞われた裕子は、薄い布地の隔たりを忘れ、まるで本物のセックスをしているような錯覚に陥っていた。

前回よりも慎太郎は持続した。激情の証を裕子の中心部にこすりつけながら、彼女の舌を貪るように啜る。

彼の喉が、時折低く鳴った。

そしてとつぜん、裕子の頭の中が空白になった。めくるめく陶酔の中で慎太郎がはじけ、その脈動を感じとった彼女の肉体も、エクスタシーの頂上に駆け上がった。

翌朝裕子は、甘い気怠《けだる》さの残る、それでいてさわやかな目ざめを迎えた。昨夜、ガウン姿で慎太郎を見送ったあと、彼女は裸のまま彼の匂いに包まれて眠った。

「裕子、あなたはすっかり恋をしてしまったのね。まだ十六歳の少年に、大の大人が、自制のきかないほどめろめろになっちゃって」

甘ずっぱい感傷に浸りながら、彼女は自分に語りかける。

「ま、いいか。これもわたしの人生」そうつぶやくとベッドを離れた。

牛乳を飲み、洗顔をすませると、トレーニングウエアに着替える。十分間の柔軟体操のあと、ジョギングシューズをはき、マンションを出た。早朝の肌を刺す冷気も、なぜか心地よかった。

ホワイトデーの夜、プレゼントの包みを二つ渡したとき、母は眩しそうな眼をした。照れ笑いを浮かべながらも、嬉しさがにじみ出ていた。もちろん着て見せることはしなかったが、翌日の夕方、外出から帰った彼女の足は、ダークブラウンのストッキングに包まれていた。短めのスカートから出た足は、気のせいか、いつもより美しく見えた。

「プレゼントのパンスト、とってもはき心地がいいよ」

その足を彼に見せながら母が言う。

慎太郎の足にも、ダークブラウンのパンストが、裕子の感触を伝えていた。

あの夜、汚したばかりのパンツをベランダにある洗濯機に入れようとしたとき、パンティーストッキングだろうか。一足だけ中にあるのが眼に止まった。使用済みのものを、裕子があらかじめ用意していたのだろうか。

ともあれ、慎太郎は二本目のコレクションにするため、それをポケットにねじ込んだのだった。


朝の七時過ぎに電話のベルが鳴った。こんなに早い時刻に誰だろう、もしかしたら、函館の母が急病か事故で、入院したのではないかと不安をいだきながら、裕子は受話器を取り上げる。函館からではなく、未央《みお》の母親からだった。昨夜十時頃、未央が救急車で病院に運ばれたとのことだ。当直医の言うには、盲腸炎と思われる、今日検査をして、盲腸炎だったらすぐ手術することになるので、しばらく会社を休む旨、伝えてほしいとのことだった。

未央が夜中、救急車で運ばれたと聞いたとき、裕子は息苦しさをおぼえた。とっさに、自動車事故を思い浮かべた。それが盲腸炎とのことで、内心ほっとしたのだった。そう言えば昨日の午後あたり、彼女の顔色がさえなかった。少しおなかが痛いとも言っていたが、たぶん風邪のひきはじめだろうぐらいにしか考えていなかった。

お昼ちょっと前、未央の母親から会社に電話が入った。やはり盲腸炎で午後手術することになったので、とりあえず、一週間ほど有給休暇を取りたいとのことだった。

裕子はその夜、未央が入院している市川の病院に見舞った。六人部屋の一番奥のベッドで、未央は眠っていた。そこへ、用でもあって座をはずしていたのか、母親がもどってきた。電話では何度もその声を聞いていたが、会うのは初めてである。挨拶のあと、経過を聞いているとき、未央が目をさました。

「ごめんね、こんなことになってしまって。高山の旅行行けなくなってしまった。キャンセルするか、誰か行くひとがいたら、一緒に行って」

弱々しい声で未央は喋った。

「ううん、いいのよ。いずれあらためて行きましょ。それよりもがんばってね。今日は手術したばかりだから、あまり話さない方がいいわ」

「盲腸切ったくらいで……」

「盲腸炎だからって馬鹿にしてはいけないわよ。手術が遅れると命取りになることもあるし、経過しだいでは入院が長びくこともあるそうよ。それから、課長、今日は専務のお供で出かけなければならないので、よろしくって」

そう言って裕子は、課長と自分の見舞いの祝儀袋を母親に手渡した。

五分ほど母親と話したあと、裕子は帰ることにした。母親が病室の玄関まで送ってくれた。途中、エレベーターの中で、裕子を見つめながら母親が言った。

「ほんとに平野さんっておきれいな方。未央がいつも自慢そうに話していますよ。美人で仕事ができて、人あたりがよくてって、耳にタコができるくらいに」

手術後の経過もいいのでほっとしたのだろう、母親は陽気に笑った。

裕子は迷いに迷った。電話のボタンに指を掛けてはやめ、思いなおしたようにふたたび電話のそばに行く。そのたびに、甘い情感は揺れながらも強さを増した。

そこへ電話のベルが鳴った。偶然にも、それは慎太郎からだった。

「八時半ころに電話したんだけど、留守だったもので。残業？」

「ううん。あなたにも話したことあるでしょ、友達の結城未央さんのこと。彼女が今日盲腸の手術したので、市川の病院までお見舞いに行ってたのよ」

「そうだったの」

「で、なにか急用でも？」

「お袋さん出かけていて、ちょっと裕子さんの声が聞きたくなったものだから」

「おととい、電話で話したじゃないの」

「おとといっていったら、ずいぶん昔だよ」

「わたしも実は、あなたに電話しようと思っていたところなの」

「なにか急用でも？」

裕子の言葉を真似て慎太郎がたずねる。

「うん」と答えたものの、裕子は本題を口にするのをためらっていた。

「どうしたのさ」

慎太郎のうながしに、彼女は意を決した。

「あなた、今週の土曜、日曜空いてる？」

「こんどの土、日ね。学校は春休みだし、とくに用はないけど」

「高山、飛騨の高山行ける？」

話しながら裕子は、息苦しいほどの動悸の高まりをおぼえた。

「結城未央さんと旅行するって言ってたところだよね」

「そう。でも彼女、手術して六日ぐらいは入院しなければならないの」

その日は火曜日だった。未央の退院は、来週になるだろう。

「鉄道やホテル、キャンセルするのも惜しい気がして」

「そうだよ、惜しい。ぜったい惜しいよ」

慎太郎が声を弾ませて断定する。

受話器を置いたあと、頬を火照らせながら裕子は、これでいいのだろうか、と心に質した。不安と期待、良識と非常識な愛の葛藤に、彼女の気持は揺れうごいた。


高山行ける?と裕子がたずねたとき、慎太郎は一瞬耳を疑った。けれどもすぐにそれが、聞きちがいではないことが分かると、彼の気持は躍動した。裕子と二人だけの旅行ができる。まるで夢のようである。もちろん、彼に異存などあろうはずがない。決定の約束をした。

だが、それが果たして現実になるかどうかは、当日、列車に乗るまでは分からない。裕子の気持が変わって、明日にでも電話がかかってくるかもしれなかった。

案《あん》の定《じょう》、翌日の夜、裕子から電話があった。さいわい、母は中学時代の水泳部の母の会仲間との食事会で、出かけていた。それはいいのだが、受話器の向こうに裕子の声を聞いたとき、慎太郎は不吉な予感をおぼえた。

「慎太郎君、あなたほんとに高山行けるの?　お母さまに話した?　旅行のこと」

「お袋さんにはまだ話してないけど、帰ってきたら言うよ」

「なんて?」

「友達に、高山祭見に行かないかって誘われたからって」

「そんなのだめ。高山祭は来月なの」

「そう。じゃあ『祭』を省けばいい。そこのところはうまくやるから心配しないで」

「あなたが、お母さまに嘘をつかなければならないこと考えると、気が重くて」

「じゃあ、裕子さんと旅行すると言えばいいの？」

「それはだめよ」

「もうぼくは今までに、何度もお袋さんに嘘をついてる。裕子さんの家に行くときは、ほんとのこと言えないもの。だから、今回が特別じゃないんだ」

「例の留学した女《ひと》とのデートのときも、嘘ついてた？」

「そうだよ。でもそんなことどうでもいいじゃないか。行くんでしょ？　高山」

「ああ、こまったな。ね、やはりとりやめた方が……」

慎太郎の語気が荒くなった。

「ぼくが嫌いになったの？」

「そんなんじゃないの、このことは」

「じゃあなぜ、ぼくが有頂天になるようなことを、夕べ言ったんだよ。今さらそれはないよ」

短い沈黙のあと、彼女は言った。

「わかったわ、行きましょ。一度約束したんですものね。それにわたしたちの誕生日、来週の月曜日だけど、その前祝いも兼ねて」

二人の誕生日は同じ三月二十五日で、慎太郎は十七歳、裕子は三十二歳になる。

慎太郎はほっと胸を撫でおろした。大森駅の改札口での待ち合わせ時刻を決めると、早々と電話を切った。長話をしている間に、裕子の気持が、また変わるかもしれないと思ったからだ。

彼はクラスメイトの黒沢に電話を入れた。

「頼みがあるんだ。今度の土、日、お前と飛騨の高山に旅行することにしてくれないか」

「おや、とうとうお前もか」

「うん。まあ、そういうこと」

「で、相手はどういう子だ？　永田高の生徒？」

「ちがう。お前と同じようにかなり年上の女性」

「三十過ぎか」

「うん。お前の義理の叔母さん、三十二だったよな」

「いや、先月で三十三になった」

「じゃあ、一つ若い」

「まさか、義理の叔母さんじゃないだろうな」

「いや、親類関係はないけど、おれの小さいころを知ってる女性で、去年の六月、たまたま出会ったというか、再会したというか」

「へえーそうか。でもって、もう深い関係の間柄になっているのか」

「ある程度までは……」

「ということは、最終段階には至っていない」

「そんなところだ。それで、急な話だから、もしお袋に訊かれるようなことがあったら、お前と一緒に行く予定の友達が盲腸炎になったため、代わりにおれが行くことになった、とでも言ってくれないか」

「わかった。おれは高山に旅行する。ただし、ほんとの行き先は品川区港南だけどな」

黒沢には貸しがあった。彼は今までに、慎太郎の家に二度泊まったことになっているのだ。

胸のうずきをおぼえながらも、裕子はやはり後悔していた。鉄道やホテルはキャンセルするべきだったと思う。慎太郎との間係は、肉体的にきわどいところまで来ている。一つの部屋で夜を過ごせば、ぎりぎりのところで踏みとどまっている状況が、一気に崩れ去るであろうことは、当然予測がつく。しかもこちらから誘いの糸口を作ったのである。いくら愛しているとは言え、相手はまだ十六歳の少年。分別ある大人が、子どもを誘惑したと世間は受けとるであろう。

愛に年の差はないとは言っても、十五も開きのある二人の将来は、無いにも等しい。それを考えると、断じて一線を超えてはならないのだ。自分と慎太郎は……そう、例えば姉弟《きょうだい》のように。裕子は心に誓った。

起きたときぱらついていた小雨も、家を出る頃にはやみ、陽すら差しはじめた。比較的暖かな朝である。大森駅に向かう慎太郎の心は、弾んでいた。八時ちょっと前に、待ち合わせ場所である南口の改札口前に行くと、裕子はもう来ていた。とうとう旅行は現実のものとなった。彼は眩しそうな笑顔を作って彼女を見つめる。

「何か付いてる？」

裕子が微笑を浮かべ、小首をかしげた。

「ほんものの裕子さんかなあって思っているんだ」

「違ってたら？」

「違ってもいい。そっくりだから」

「実は、平野裕子さん、けさ急にからだの具合が悪くなって、旅行に行かれなくなったんです。代わりにわたくしがうかがいました」

笑いながら彼女は、乗車券と新幹線の指定席券をくれた。乗車券の行き先は高山となっている。

「ほんものか代理人かは、あとで調べればわかる」

「何を調べるの？」

「ちょっと耳貸して」

寄せた彼女の耳元に、慎太郎は囁いた。

「乳房の内側にホクロがあるかどうか」

「もうっ。朝から変なこと言わないの」

改札口を入った。いよいよ旅行のはじまりである。慎太郎はスキップでもしたい気分だった。

東京駅八時五十分発の『のぞみ』に乗り込むと、旅行気分はますます膨れ上がる。裕子がライトグレーのコートを脱ぎ、小型の旅行バッグとともに棚に載せる。

彼女の着こなしのよさに、慎太郎はいつも感心させられる。光沢のあるダークグレーのスーツには、シルバーグレーの細いたて縞が入り、対《つい》のミニスカートからはすらりとした足が伸び、まるではいていないかのような透明感のあるストッキングに包まれて、優雅な魅力をふりまいていた。ライトグレーのバックスキンのハイヒールも実にすてきだ。

ハイネックの黒のセーターの胸には、細い金のネックレスが光り、耳には小粒の真珠のピアス。黒や黒に近い色が流行とはいえ、裕子の装いは、まさに、すてきなレディーとの言葉がぴったりだった。その彼女を、車内の男たちが気にするのも、慎太郎にはうなずけた。

「なにじろじろ見てるの、まわりのひとが変に思うわよ」裕子が声をひそめて言う。

「旅行のパートナーの美しさに、つい見とれてしまったんだ」

「お褒めいただいてありがとうございます。だけどホテルに着いたら、わたしのからだ、狸に変身するかもしれないわよ」

「そうなったら、今夜は狸汁」

「まあっ、わたしを食べちゃうの？　残酷ね」

慎太郎は、裕子を窓ぎわに座らせた。魅力あふれる彼女の顔や胸、そして足への乗客の視線を遠ざけ、自分ひとりで独占したかったからだ。それに、窓外の景色を眺めるふりをして、彼女を盗み見ることができる。

香水のかすかに漂う甘い空気が、慎太郎の陶酔をさらに深めた。『夢旅行』彼は胸のうちでつぶやいた。

この思いがけない旅行で、三月の二人のデートは、二度になった。入院している裕子の友達には悪いが、彼女の急性盲腸炎に、感謝しなければならないと彼は思う。

「ね、ホテルのフロントで、わたしたちの関係、姉弟《きょうだい》ってことにするからそのつもりでね」

裕子が彼の耳元に囁きかけた。

「いいよ、姉弟《きょうだい》でも夫婦でも」

「変なこと言わないの。今日と明日、わたしとあなたは姉弟《きょうだい》。だから裕子さんではなく、姉さんって呼びなさい」

「ホテルの部屋で二人きりになっても?」

「そうよ、だってわたしたち姉弟《きょうだい》なんだから」

「うーん、それはこまったな」

「なんでよ」

「だって、それじゃあキスできないってこと?」

慎太郎は裕子の耳に口を寄せて言った。

「そう、姉弟《きょうだい》ですもの」

「そんな……」

裕子はくすっと笑った。茶目っけのある笑顔が、少女のように可愛い。

名古屋駅で特急『ひだ』に乗り換え、高山本線の下呂駅に着いたのは、ちょうどお昼だった。霧雨に周囲の山々がけぶっていた。

「とうとう来てしまったわね、飛騨へ」

この旅行に深い意味でもあるかのように、感慨を込めて裕子が言った。

「きっと、いい想い出ができると思うよ」

「そう?」

慎太郎の言い方に気にかかるものがあったのか、裕子はちょっと首を傾けて彼を見る。ホテルの夕食を楽しむため、昼食は、駅前のそば屋で簡単にすませた。

駅からすぐのところに、今夜の宿、山翠館があった。チェックインには早すぎるので、フロントに荷物を預けることにした。

豪華なジュータンが敷きつめられたロビーは広々として、正面に池と滝のある築山が見られた。岐阜県下でも一、二を競うと言われるだけあって、さすがに立派である。いやがうえにも、彼の弾む気分を盛り上げてくれる。

タクシーを呼んでもらい、下呂合掌村へ行った。料金は慎太郎が払う。彼は預金をおろし、七万円持ってきていたので、すべての経費は割勘にしようと言ったのだが、裕子は承知しなかった。結局、宿泊費と旅費は彼女が持ち、現地でかかる昼食代とか交通費、その他諸々《もろもろ》の費用は、慎太郎が払うことで話がついた。高校生とはいえ、裕子の恋人としての体面を、すこしでも作りたかったのだ。

霧雨が小雨に変わった。裕子が持参した女用の折りたたみ傘に、二人は身を寄せるようにして歩く。慎太郎が傘を持ち、その腕に、裕子の手が遠慮がちに組まれた。

合掌村には、十軒の合掌造りの家が、移築保存されていた。古くて雄壮な建造物である。民芸の里を見、文楽館で文楽の上演を観る。外へ出ると雨は上がり、青空がのぞいていた。時間も早いことだから、帰りは歩くことにした。

下呂は古くからの温泉場で、山に囲まれた町の中央を、飛騨川が流れている。川幅はけっこう広い。橋の下の清流には、大きな真鯉や錦鯉が群れをなしていた。橋のそばの川に面して、山翠館の三棟の建物があった。裕子がそれを指差して言った。

「わたしたちが今夜泊まる部屋は、あの建物のどこかしらね」

今夜泊まる部屋。その言葉が慎太郎の心をくすぐり、体が熱くなる。

フロントでチェックインをし、従業員に案内されて部屋に入った。手前に四帖ほどの広さの洋室があり、奥の右手が七帖半の和室になっている。慎太郎の夢旅行に現実味が加わった。

六階からの眺望はよかった。すぐ眼下に飛騨川がゆったりと流れ、川向こうの温泉街の家並みの背には、薄暮の空を背景に、山々が連なっていた。

お茶を飲みひと休みしたあと、裕子にうながされて建物の内部を見物する。三つの棟で構成されているホテルは、複雑な通路でつながっていた。けれども、広い通路のインテリアや、壁にかかった絵画など、実にすばらしい。何度か迷いながら廊下を進むと、広々とした芝生に面した一角があり、そこが、能を鑑賞する見所《けんしょ》（ホール）になっていた。

「へえー、すごいわね。温泉場のホテルに能舞台があるとはね」裕子がしきりに感心する。

「岐阜や名古屋あたりから観に来るのかな」

慎太郎はテレビでしか、能を観たことがない。

「観に来るんでしょうね、手入れもきちんとされているし」

彼女は見所を見まわしながら言った。

本館のロビーにもどり、安楽椅子に腰を下ろすと、裕子は煙草を取り出した。今日彼女が初めて吸う煙草だった。

長い足を優雅に組み、紫煙をくゆらす。その姿は絵になりそうだった。慎太郎は周囲を眺めるふりをして立ち上がり、気づかれないよう、カメラのシャッターを切る。

「あらやだ。こんなところ写真に撮ったの？」

フラッシュで彼女は気がついたのだ。慎太郎は、テーブルを挟んで裕子の前に座った。

「ところで裕子さん」

と彼が話しかけたとき、裕子がひとさし指を口に立てた。

「姉さんよ……」

「そうだった。で、姉さんね、合掌造りの民家がいっぱいある白川郷って、何県にあるか知ってる？」

「ええと、富山県よね。あれ？　岐阜県だったかな、それとも福井県？」

「富山県と石川県の県境に近いけど、岐阜県だよ。高山本線の美濃太田で長良川《ながらがわ》鉄道に乗り換え、盆踊りで有名な郡上《ぐじょう》八幡《はちまん》を過ぎ、終点の北濃駅からバスでかなり行った山奥」

「ふうん、あんたくわしいんだ。行ったことあるの？」

「ないよ。実はきのう、地図で下調べしたんだ、飛驒、美濃地方のね」

「先手打ったわね」

「まあな」

慎太郎は意識的に姉弟《きょうだい》らしい言葉づかいに変えていた。ちょっぴりいい気分である。

「ね、部屋に行こうか。浴衣に着替えて、温泉に入りに行こうよ」

彼はそろそろ、裕子と二人きりになりたくなっていた。

鍵を持っている裕子が、先に部屋に入る。彼女が、洋間に続いて和室のカーテンを閉め終わったところで、しんぼうしきれなくなった慎太郎は、背後から抱きついた。

「キスしたいよう」

甘えた仕草で、彼は懇願する。

「だめよ。わたしたち姉弟《きょうだい》だったわよね」

「姉弟《きょうだい》の関係は、一時中止にしようよ」

「そんなのずるい」

「ずるくないよ。ちょっとの間だけ、恋人同士ってことに」

しばらく間《ま》があった。

「ちょっとの間だけね、ほんとよ。それにキスだけよ」

「うん……」

「じゃあ、ドアに鍵掛けてきて。すぐ出かけると思ったから、掛けてないの」

慎太郎は喜び勇んで鍵を掛けに行く。その間に裕子はスーツを脱いでいた。セーターを高く盛り上げた胸に、思わず彼はつばを飲んだ。

「姉さんじゃなく、ひとりの女性としての裕子さんを、猛烈に好きになっちゃった」

裕子の両方の肩に手を置いて彼は言った。

「ずるいんだから……」そう言いながらも、彼女は眼を閉じる。

キスの味は、これまでとひと味違っていた。それは、やがて訪れるであろう魅惑の世界に、慎太郎をいざなう第一歩だったからだ。

裕子の口中に舌をすべり込ませた。彼女は陶酔した表情で吸い、熱をおびるにつれて、自らの舌を絡ませる。キスはだめよと言った割には、積極的だった。慎太郎の舌と入れかわりに、彼女の舌が進入してきた。

彼の首に回されている腕に力がこもり、二人の胸の間で、乳房が押しつぶされた。

ちょっとだけの接吻はながく、裕子の体が不安定に揺れはじめた。ぐらりとしたチャンスを逃がさず、慎太郎は彼女を畳の上に倒すと、その体に覆いかぶさった。

「だめだったらあ……」

のしかかった彼を、裕子は押し退けようとする。戯れの小ぜりあいになった。けれども、ふたたび唇が重なると、結局、彼女は慎太郎の背に腕を回すのだった。

セーターの上から乳房を揉んだ。官能をあおる感触に、慎太郎の股間のものは、痛いくらいに張りつめた。その硬直を彼女の中心部に押しつけて身を揉むと、彼女はいやいやの仕草で顔を揺らす。

「これ以上はもうだめ。さ、お風呂に行きましょ」

今日という日はまだながい。無理して彼女ともめ事を起こしたら、せっかくの旅行が台なしになると、慎太郎は自制し体を離した。

和室の隅で着替えをする。半分閉ざされている襖《ふすま》に遮られて、洋室に居る裕子の視界には入らない。彼は今日のために買った、濃紺のスポーツタイプのセミビキニパンツをはいていた。パンツ一枚のその姿を、裕子に見せたい衝動に駆られた。少し体を移動すれば、彼女の視野に入るはずである。だがその位置で浴衣を着ると、羽織を身に着け、替えのパンツを手にして和室を出た。

「はい、これあなたのタオル。部屋の鍵どうする？」

浴衣やタオル、下着などを包んだ風呂敷を手に、裕子がたずねた。

「ぼくが早いと思うから、ロビーで待ち合わせしようか」

慎太郎が鍵を持つことにした。

広々とした大浴場は檜風呂になっていた。大きなその浴槽の湯に肩まで浸かりながら、彼は、隣の大浴場にいる裕子の裸身を想像する。そして、今夜のなり行きに想いを馳《は》せた。

上気した体をロビーの安楽椅子に沈め、慎太郎は裕子を待つ。十五分ほどして、彼女が浴衣に羽織姿でやってきた。自分と同じ恰好の彼女に、くつろいだ親しみをおぼえるとともに、彼の胸に、東京を遠く離れた旅の実感が湧いてきた。

「待った？　とてもいいお湯だったから、のんびり入ってきちゃった」

にこやかな笑顔で、裕子が隣の椅子に座った。娘っぽい顔立ちにしては、風呂敷包みが、なんとなく世帯じみていた。

「ほんとにいいホテルだね。建物はいいし、お湯は最高だし、こんなところで裕子姉《ねえ》と泊まれるなんて、考えてもみなかった。姉さんの友達に、感謝感激雨あられってとこだね」

「彼女は病院か、かわいそうだね」

「ぼくと一緒に旅行するって話した？」

「そんなこと、とても言えないわよ。ましてや、相手は病人ですもの」

エレベーターの中は二人きりだった。

「姉さんの肌、ぴかぴか光ってる」

「そうよ、肌つるつるですもの」

「顔だけじゃなく、ほかのところも？」

「もうっ、変なこと想像しないの」

そう言われるとますます想像したくなる。

部屋に入り、ほどなくして食事が運ばれてきた。いわゆる部屋出しというシステムである。裕子と二人だけのくつろいだ雰囲気で、食事をとれるのが、慎太郎には嬉しかった。

「ご姉弟《きょうだい》でいらっしゃいますか？」

ホテルの従業員が、食卓に料理を並べながらたずねた。

「ええ、そうです。弟が春休みなもので……。二人だけでは初めての旅行なんです」

「いいですね、ご姉弟《きょうだい》で旅行なんて。そういえば似てらっしゃいますね」

「似てますか？　姉貴《あねき》と似てるって言われたこと、あまりないんですけど」と、慎太郎が口をはさんだ。

中年の女性は、食卓を挟んで座っている二人の顔を見くらべる。

「いいえ、似てらっしゃいますよ。それにしてもお姉さん、おきれいな方ですね。女優さんみたい」

笑顔で言ったあと、

「お飲みもの、いかがいたしましょう。生ビールもございますし、瓶でしたら冷蔵庫のものをお使いください」

「慎太郎、あなたどうする？」

裕子が呼び捨てで彼の顔を見た。

「ぼくは生にしようかな、姉貴は？」

「じゃあ、生二つお願いします」と裕子が注文する。

女性が出て行ったあとで、彼女はくすくすと押し殺した笑いを続けた。

それほど待つこともなく、さきほどの女性がジョッキを二つ運んできた。料理の紹介や、小さな鍋の載った台の火の点け方などを説明して、女性は立ち去る。

「じゃあ、乾杯しましょ」裕子がジョッキをかかげる。

「裕子姉《ねえ》、乾杯の前に何かひとこと」

慎太郎がマイクを差し出す真似をした。

「いいわよ、そんなこと。はい」

「二人の誕生日の前祝い。それと、夢のような旅行を祝してカンパイ」

慎太郎が言ってジョッキを当てた。

裕子の飲みっぷりはよかった。中ジョッキの半分ほどを、喉を鳴らして飲むのを横眼で見ながら、慎太郎も負けじと流し込む。

「ああおいしい。風呂上がりのビールって、お酒の中でいちばんおいしいわね」

裕子が眼を細めて言う。

「お昼食べてからお茶もジュースも飲んでないし、温泉に入り、こうやって畳の上で浴衣着て、ビール飲むなんて最高だね」

「うん。最高、最高」

裕子が慎太郎に同調する。

料理の品数も多く、器もよかった。盛りつけ方や味も申しぶんない。ジョッキを空にすると、裕子は冷蔵庫から瓶ビールを取り出し、グラスを二つ持ってきた。そのグラスにビールをそそぐ。

「あなた、お酒強くなったんじゃない？」

グラスを空にした慎太郎に、裕子が言った。

「姉貴のお蔭かな」

「こまったわね。まるでわたしが、未成年者をそそのかしているみたいじゃないの」

「ご心配なく、酔っぱらうほどは飲みませんから」

「強くなったから、飲んでも酔わないんでしょ？」

「そんなことないよ。飲むのは、裕子さんと食事するときだけで、ほかでは飲まないよ」

「そうしときなさい」

一本目が空になり、二本目を慎太郎が取りにゆく。裕子は咎めなかった。その瓶の中身が半分になった頃、彼女の白い肌がほんのりと桜色に染まった。

「今夜は酔って眠くなったら、すぐにやすめるからいいわね」

楽しそうに言う裕子に、そうはいかない、と慎太郎は胸のうちでつぶやく。

「家事やってる者にとって、あげ膳すえ膳ってすごくのんびりした気分になれるのよね。片づけものしなくてすむでしょ？」

そう言いながら彼女は、二つの鍋の固形燃料に火を点ける。見かけは若くても、やはり年相応の主婦的感覚を持っているのだなと、年上の女のほのぼのとした生活臭が、慎太郎には甘く快い。

温泉場の夜が、ゆっくりと深くなる。あらかた料理も食べ終わり、二本目のビールが空になると、二人はほろ酔い気分になった。ほどなくして、さきほどの女性が器を下げにきた。食卓が片づいた頃、初老の男性が現れて、女性従業員と二人で蒲団を敷く。

「それではごゆっくりお過ごしください」と言って二人は立ち去った。

七帖半の和室の中央に、二組の蒲団が隙間なく寄せて敷かれている。その光景を意識して、裕子も慎太郎も無口になった。彼は、心臓の鼓動をこめかみに聞いていた。

なんとなく間がもてなくなったのか、裕子は黙って洗面所に行った。歯を磨きはじめたようだ。うがいの音がやみ、続いてトイレの戸が閉じる音がした。慎太郎は耳をそばだてた。急に川のせせらぎの音が耳についた。その流れの音にかき消され、トイレからは何も聞こえてこない。

裕子と入れかわりに彼も歯を磨き、トイレに入る。小便をするのに、彼は洋式便器に尻を乗せた。彼女の温もりが、裸の尻に微妙な快感を伝える。

その裕子は、ソファーに座って、テレビを見ていた。息苦しさをおぼえながら、彼女に身を寄せて座ると、慎太郎はその手からリモコンを取り上げ、電源を切った。ふたたび、川のせせらぎが聞こえはじめた。裕子の表情には、緊張の気配が感じられた。

慎太郎は彼女の肩を抱き、正面を見つめたままの顔に手を添える。表情を殺した顔をこちらに向けようとしたが、身を硬くした彼女は、あまり協力的ではなかった。

「どうかしたの?」囁くような声で彼はたずねた。

「わからないわ」つぶやく声は、冷ややかだった。

慎太郎は裕子の体を、そっとソファーの背に倒した。今度は抵抗がなかった。緊張の面もちで、彼女は静かに眼を閉じる。

川のせせらぎも耳に入らない。しだいに強さを増した接吻に、ようやく彼女の反応が現れた。舌同士が戯れ、彼女の呼吸が、かすかな震えをおびてくる。

胸に手を当てがった。だめ、との意思を伝えるくぐもった声が、裕子の鼻を鳴らした。けれども、唇を離そうとする力は伝わってこない。それだけではなく、彼女は、彼の舌を陶酔の表情で吸いはじめたのだ。勇気を得た慎太郎は、浴衣の胸元から手をすべり込ませる。ブラジャーと、その上部の素肌に手が触れた。

体を寄せキスを続けているので、上方から裸の乳房を手中にするには、無理があった。で、彼の手は布地の下側にまわり、ブラジャーを押し上げる。裕子が胸を引いて、身をかばおうとした。だが、膨らみはたちまち慎太郎の手に収められる。熱い。そう表現したくなるほど、その肌からは温もりが感じられた。柔らかさと弾力が適度に調和した乳房の感触が、たまらなく気持いい。今まで何度も手にしているのに、彼はまるで、初めてのような昂奮をおぼえた。これからはじまるであろう二人の間の、未知なる関係への期待に、彼は熱くなった。膨らみの形をなぞり、次に揉みしだくと、裕子の体が逃げようとする。

「ねぇ、だめだったら……」

唇をふりほどいた彼女は、哀願するように言った。

慎太郎は顔を下げた。彼女の喉にキスの跡を曳きながら、浴衣の胸元を押し開く。二つの白い隆起が、彼の眼に飛び込んできた。

「ね、ここでやめましょう」

そう言ったものの、裕子の声は弱々しく、説得力を欠いた。

とうとう、彼の口が乳房をとらえた。彼女の体がぴくりと反応する。唇が膨らみの肌を這い、立ち込める匂いと感触に酔いながら徐々に頂《いただき》をめざす。すると裕子に協力の兆しが現れ、引き気味の胸がただされた。乳暈には小さな粒がふき出し、乳首は、彼を誘うかのように硬くなっていた。舌先で戯れたあと、強く吸いつづける。裕子の、喉から鼻に抜ける吐息まじりの声はかすかだが、官能の甘さがあった。

慎太郎の上体は傾いていた。向こう側の乳房を吸うには、顔を上向きにした方が楽である。裕子を仰ぎ見る姿勢をとると、彼女は、子どもを抱く恰好で彼の頭を支えた。さらに、吸いやすいよう胸をひねり、乳房を押し出す。彼は乳暈にまんべんなく舌を這わせ、乳首に吸いついた。同時に、もうひとつの乳首を指に挟んでいたずらをする。

「もう、赤ちゃんみたいなんだから」そう言って彼女は眼を閉じた。

舌に乳首の感触を味わいながら、慎太郎は片方の乳首にリズミカルな指の愛撫を加えた。裕子が身を揉み、時折短いうめき声を漏らした。

ようやく乳房への愛撫をやめた慎太郎は、次のステップを目差した。立ち上がり、裕子の手を取る。どうするの？と問いたげな不安を含んだ表情で、彼女も立ち上がる。

慎太郎の頭には、すでに筋書きが描かれていた。その筋書きに沿って、裕子の浴衣の帯を解こうと手を掛ける。すると、彼の手を押さえて彼女は訴えた。

「これ以上、わたしをいじめないで」

「裕子さんの全部が見たいんだ。ね、いいだろ？」

「だめよ。わたしたち、姉弟《きょうだい》のようにしなきゃならないんだから」

「だって、もうキスしちゃったじゃないか」

「でもこれ以上はだめ」

「お願いだから見せてよ」

慎太郎の懇願に裕子の顔が火照った。ほうっとながい吐息をつきながら、彼女は力なく首を振る。すでに、彼女の思考力を官能の波が侵蝕をはじめていた。

「見るだけだから」

慎太郎が喰いさがる。裕子の気持にゆるみが生じた。

「ほんとに見るだけね」

「……」

「ね、ほんとなの？」

「……うん」

慎太郎に質したものの、裕子は決心がつきかねていた。姉弟のような関係を心に誓ったはずなのに、キスだけだったら、乳房までは前にも与えたからと、ずるずると決意が後退していく自分があさましかった。

裕子のためらいの理由は、ほかにもあった。昔、北嶋章二も未央も、裕子の肉体を絶讃した。けれども、北嶋の前に裸身を晒したのは、二十六のときであり、未央に初めて見せたのは二十七歳だった。二日後には三十二歳になる今、自分ではそれほどのおとろえはないと思うものの、果たして、あの当時の状態が保たれているのか、自信がなかった。それに、例の水泳部のコーチをしていた女《こ》の、若い肉体を見なれている慎太郎の眼には、中年女の裸と映るかもしれない。が、しかし、一方ではその女《こ》への対抗意識もあった。

「ねえ、どうしたの？」

慎太郎の催促に、やっとの思いで覚悟を決めた裕子は、彼に背を向けて羽織を脱ぐ。彼女の胸は高鳴り、帯を解くのもうわの空だった。

やがて、彼女の肩から浴衣がすべり落ち、均整のとれたうしろ姿が現れた。ゆがみのないすらりと伸びた足が美しい。そして、胸に手を当てた体が、静かに慎太郎の方に向きを変えた。恥じらいを浮かべた表情は、こういう経験が初めてのようにも思えた。

「手、退《ど》かして」慎太郎は凛として言った。だが、けして命令調ではなかった。

どうにか彼女の手が膨らみを離れたものの、まだ乳房の素顔を見ることはできない。刺繍をふんだんにあしらった純白のブラジャーとショーツは、慎太郎がプレゼントしたものだった。せっかくのエレガントな下着だが、今は邪魔な存在でしかなかった。

「ブラジャーはずしてよ」

「でも……」

「オッパイが見られなきゃ、意味ないよ」

「じゃあ、電気暗くして」と裕子がか細い声で言う。

「このままでいいよ」

「もう、わがままなんだから」

あきらめ顔で、彼女はブラジャーをはずした。

胸を隠そうとする手を、慎太郎はむしり取るようにしてはがした。それに続く彼の動きに、ためらいはなかった。腰をかがめた彼は、パンティーの縁に手を掛ける。

「それだめ」裕子があわてて布地を押さえる。

「全部見せてよ」

「いけないわ」

了解を得るのはとても無理だと考えた彼は、手を離し、無防備な乳房にキスをする。吸っているうちに、相手に油断が生じた。その一瞬のスキをつき、一気に布地を押し下げた。

だめ、と裕子が布地の端を追いかける。だが、腰を抱いた慎太郎に邪魔をされ、彼女の動きは途中で止まった。抵抗をあきらめたのを機に、彼は、薄い布を足元まで引き下ろす。抱いている腹部を肩で押すと、裸身が一歩後退した。すかさず片足からはずし、もう一方を強引に引き抜いた。

「こんなかっこうさせて、あなたってもうっ」

身を縮こめ、裕子が両手で前を隠した。

慎太郎は裸身の全体像を視界に入れるため、数歩あとずさりした。

「その手、じゃまなんだけど。せっかくのきれいなからだがよく見えないよ」

裕子の顔は紅潮し、その眼は虚ろだった。数秒間のためらいのあと、彼女はおずおずとした仕草で手を退けた。それから、縮こまらせていた体をもどし、ぎこちなくたたずむ。

初めて眼にする裕子の一糸まとわぬ肉体に、慎太郎はめまいをおぼえるほどの感動を禁じ得なかった。すばらしい、彼は胸のうちで絶句する。

眼の前の裸身を、すぐにでも抱きしめたい衝動に駆られたものの、見事な造形の美に、彼は茫然と見つめる。逆に、裕子に見られる気持の余裕ができたのか、自然体に姿勢を正した。

「裕子さんのからだ、めちゃめちゃきれいだ」

ようやく、賞讃の言葉が彼の口から出た。それにしても美しい裸身である。たおやかなやさしさを持つ肉体なのに、乳房は、正面に向けて誇らしげに迫《せ》り出していた。膨らみの上側は、ゴムマリの丸さでもなく、また、三日月形に窪んでもいなくて、ほぼ直線を描いて乳頭に達していた。そしてその肌は、透きとおるような薄さにもかかわらず、たっぷりとした重量をけなげに持ちこたえていた。

眼を下に移すと、絹のような肌が、溢れんばかりの色香を漂わせている。今まではミニスカートや黒のパンストに隠されていて、はっきりと眼にすることができなかったが、すらりとした足の割には、素肌で見る太腿の肉づきはよかった。ダイエットのチラシで眼にする栄養失調のような腿にくらべて、膝上から徐々に太さを増す裕子の腿は、肉感的で、太腿としての存在感を示していた。それなのに、中心部の繁みは、あまりにひっそりとしていた。芽吹きはじめた若草を思わせる淡い縦長の広がりは、きわめて範囲が狭いため、秘めやかな谷の起点を、隠す役目を果たしていなかった。

完成度の限りなく高い魅惑的な肉体と、いじらしいほどの繁茂とのアンバランスに、すっかり欲情した慎太郎は、帯を解き、浴衣を羽織ごと脱ぎにかかった。

「だめ。脱いじゃだめ」

裕子は前を隠し、数歩あとずさりした。

雲行きがあやしくなった。けれども慎太郎には、流れの勢いを止めることができなかった。裸になった彼の、黒のパンツの前面では、激情があきらかな形となって膨らんでいた。鼻をふくらませ、彼は裕子の裸身を抱きしめようと、その肩に手を掛ける。

「見るだけの約束だったでしょ。これ以上はもうだめ。ほんとにだめなんだから」

裕子は厳しい表情で強く言うと、するりと身をかわした。そして、脱いだものをかかえて和室に逃げて行き、裸の体を蒲団にすべり込ませた。

え?と彼は思った。どうやら誤算が生じたようだ。裕子はわずかに髪をのぞかせているだけで、顔までも蒲団で隠していた。はぐらかされたことに気づいた彼は、茫然とたたずむ。

慎太郎の夢想は見事にうちくだかれ、すうっと血の気の引くのが分かった。力なく浴衣を羽織り、虚ろな眼を部屋にめぐらす。テーブルの上に、煙草が置いてあった。一本抜き取り、立ったまま火を点ける。以前に何度か吸ったことがあるが、大人の気分になれるだけで、うまいとは感じなかった。立ちのぼる煙には、彼の気持を反映するかのような感傷があった。半分ほど吸ってもみ消し、ほうっとため息をつく。

主役のいなくなった部屋の電気を消した。かたく唇を閉ざした慎太郎は、和室に入ったところで立ちどまり、ちょっと思案した。向こうむきで寝ているだろう裕子の蒲団の膨らみは、微動だにしなかった。結局彼は、手前の冷たい方の蒲団に身を入れた。

川のせせらぎが聞こえてきた。

夢の旅行もこれで終わりかと、慎太郎は失望感に襲われた。腕ずくで彼女を奪ったとしても、互いの心が通い合うことはないだろう。犯すことは、相手の人格を踏みにじる行為なのだから、と彼は思う。しかしそれにしても、みじめな気分だった。今日のために、夕べ彼は溜っているものを放出した。そして、ひとりよがりに勝手な筋書きを組み立てた。とはいえ、いいところまで来すぎたため、かえってそのショックは大きい。耳ざわりな川のせせらぎに、今夜は眠れないだろうと慎太郎は思った。すぐそばに寝ている裕子が遠い存在に感じられ、川の流れに洗われるかのように、彼の血の気は冷たくなっていった。

隣の蒲団で動く気配を感じた。裕子が寝返りでも打ったのだろう。背中に神経を集中させ、しばらく様子をうかがう。けれども、その後はなんの気配も伝わってこない。川のせせらぎだけが耳に入ってくる。悶々としている彼がすぐ隣にいることも忘れて、裕子は眠ってしまったのだろうか。彼女の気持が理解できなかった。何事もないまま朝を迎え、「おはよう」と姉弟《きょうだい》の挨拶を交わす。白々しいむなしさを内に感じながら。

それとも、「夕べはごめんね」とでも謝るのだろうか。でもたとえ謝ってくれたとしても、夜は一日だけのせっかくの旅行の楽しみが、もはや無いにも等しい。そしてこのまま、交わりのない平行線が続くのだろうか。最高のチャンスを生かせなかったのだから、平行線はしだいにその間隔を広げ、やがて二人の関係は消滅するだろう。姉弟《きょうだい》のような間柄なんて、所詮偽善にすぎないのだ。

同じ姿勢に疲れをおぼえ、慎太郎は寝返りを打とうとした。と、その時だった。

「慎太郎君？」

つぶやくような裕子の声に、彼はとまどった。返事しようにも咄嗟に声が出なかった。

「眠ったの？」ふたたび声がした。

「眠ってないよ」

彼は低く言った。沈黙のあとだったので、その声はかすれていた。

「ねえ……」彼女の声には甘さが感じられた。

「うん？」

言葉を返しながら、慎太郎は体を反転させた。艶かしく潤んだ裕子の眼と、眼が合った。その眼は何かを訴えていた。

「こっちに来て」

優しい声だった。それは、天使の囁きにも似ていた。だが彼は、一瞬自分の耳を疑った。

「行ってもいいの？　そっちへ」

慎太郎は彼女の意を問い直す。

「来て……」

裸の腕が彼の方に差し延べられた。

思いがけない展開に、彼の胸には、にわかに嬉しさがこみ上げた。ふたたび熱い血のたぎりをおぼえた慎太郎は、パンツを脱ぎ去り、隣の蒲団に裸身をすべり込ませた。待ち受けるかのように、裕子の両手が彼を迎え入れる。自然の流れで、慎太郎は彼女の上になり、震えながら、全裸の肉体を抱きしめた。裕子も、彼の背に両腕を巻きつける。

「好き。慎太郎君好き」

彼女の声も体も熱かった。全身に伝わる甘美な肉の感触が、またたく間に、慎太郎を昂奮の渦に巻き込む。

「ぼく、裕子さんを死ぬほど好きなんだ。愛してるんだよ」

「ああ、慎太郎君……」

唇が合わさった。今までにない激しさで口を押しつけた裕子は、悩ましげに顔をゆらす。

彼女の舌が、慎太郎の口の中で踊った。狂おしい接吻と官能的な肉の感触に、彼の下腹部の緊張は、極限にまで張りつめた。その躍動が裕子の腿を圧迫する。偶然なのか、あるいは状況を確かめようとするのか、その部分めがけて、太腿の肌がこすりつけられた。

口を離した裕子が、彼の耳元に熱っぽい息を吐いて、言った。

「乳房を……」

彼女の求めに、慎太郎の口は首の肌をすべり下り、胸の膨らみを這い上がった。彼の動きとともに、蒲団の上掛けもはがれていく。部屋の照明は、床の間の天井に拡散する薄明かりだけだったが、柔らかくほどよい明るさだった。その明かりの中に、白い裸身が浮かび上がった。

はやる気持を抑え、彼は、蒲団の上の悩ましい姿を見つめた。寝ていても、乳房は膨らみの形をあまりくずさず、やや広めの乳暈と、すでに、充分硬くなっている乳首が、蠱惑の装いで彼を誘っていた。が、すぐには吸いつかなかった。膨らみの周囲に唇を這わせ、その匂いを吸い込むかのようにキスを散りばめる。さらに、隣の乳房を揉みながら、乳暈を犬のように舐め、乳首を舌で転がした。裕子の吐息が、甘さを含んで震えた。

ようやく乳首を口に収め、ソフトに吸う。一方の膨らみの感触を堪能した彼の手は、やがておなかの肌をすべり下り、羽毛のような茂みをひと撫でして、太腿へと下りた。遠慮がちにその肌を愛撫する手が、しだいに大胆さを増す。彼女の抵抗がないまま、腿の間に押し入った。しっとりとした肌触りと温もりが、彼の官能をいっそう刺激した。

裕子が焦《じ》れったそうに身を揉み、胸を迫《せ》り上げる。その意を察した慎太郎は、乳首を吸う力を強めた。同時に、彼の手ははっきりとした目的を持って、内腿の肌を這い上がった。すると、湿りを含んだ熱気が伝わってきた。

腿の終りの部分に彼の手が達したとき、裕子の口から「だめ」と、消え入るような声が漏れた。けれども、彼女の足の力はゆるみ、体の抵抗の気配は微塵も感じられない。

慎太郎の手が触れたその場所は、濡れた粘土の表面のように、すべらかな粘液にまみれていた。束ねた指で、合わせめを形作っている部分を、愛撫する。と、裸身が小さく悶えた。はずみで滑った指が、濡れそぼる狭間に吸い込まれた。初めてとらえた裕子の未知なる世界。そこは、妖精の棲《す》む幻想の湖だった。裕子の愛と情熱の証を、満々とたたえた女の湖。慎太郎は乳房を吸いつづけながら、指に神経を集中する。粘液の蜜は、ますますその量を増して周囲の肌を濡らした。

指が、湖の畔《ほとり》にたたずむ妖精に出遇う。亜希がそうだったように、裕子もきっと感じるだろうと、愛撫の輪を、しこりのようなかたまりに集める。彼女が息を詰めるのが、体から伝わってきた。

指の動きが緻密になった。すると裸身が小きざみに揺れ、泣くようなか細い声が漏れはじめた。あてどもなく彼の首から背をさまよっていた裕子の手が、彼の頭を押しやり、乳房から口を離すようながす。

「ねえ、来て。あなたが欲しい」

慎太郎を歓喜させる、裕子のいざないの声だった。待ち焦《こ》がれた時がとうとうきたのだ。彼にとって、十年もの永さを感じさせた時だった。感激に震えながら、まぶしく輝く裸身の上に身を置く。開かれた腿の間に下腹部を構えた彼は、甘美な予測に有頂天になっていた。

「だいじょうぶ？」

「え?」

「赤ちゃん」

「心配しないで」

余裕を見せる問いかけをしたものの、彼はその実、緊張でこわばっていた。大きく息を吸い、屹立の先端を押しつける。だが、位置をたがえた彼のものは、行く手をはばまれ、待望の時を迎えることができない。と、悍馬の苛立ちを呈しているペニスが、しなやかさに包まれた。まるで形状を確かめるかのように何度か握り直し、裕子が、自らの場所に誘導する。慎太郎はためらわず体を押し出した。けれども、予測した感触はなかった。おびただしい蜜にすべったペニスは、むなしく脈を打つ。

三度目、彼は自分で握り、内への入り口と思われる場所に押しつけた。手応えを感じたのはわずかの時間で、またもや失敗だった。なぜなんだろう、彼は不安をおぼえた。

「焦らないで」

励ましの言葉を囁き、裕子が再度導く。そこに当てがったまま、彼女は手を離さなかった。そして「来て」と言った。

慎太郎は触れている状況に神経を集め、慎重に力を加えた。すると、捕えられた確かな感覚が伝わってきた。きつい。締めつけられるような力に、思わず彼はうめき、動きを止めた。というより、押しもどそうとする圧力に、一瞬ひるんだのだ。

落ちつけ、焦るんじゃないと自分に言い聞かせると、裸身の脇に添えていた手を延ばし、その両肩をつかんだ。さらなる進入を試みる。塞がれた小径に押し入ったとき、小さな悲鳴が漏れた。狭間に固定されたまま、慎太郎は裕子を見る。顔をゆがめ口を半ば開いた表情には、あきらかに苦痛の色がうかがえた。がしかし、中断する気持のゆとりはなかった。耐え忍ぶ痛々しい声を耳にしながら、彼は夢中で進んだ。きびしい抵抗にうち克《か》った彼の肉体は、深々と裸身を埋めていた。それは、まるで体の一部を吸い取られてしまうかと思えるほどの、緊密な結合だった。

「ああ……」と、消え入りそうな声を漏らした裕子が、すがりつくようにして彼の背を抱きしめる。

慎太郎は彼女の中に埋もれたまま、身動きできなかった。『裕子との肉体の合一』それだけでも充分満足だった。いやもはや彼は、次の行動に不安をいだいたのだ。狭小な秘部のきつい把握によって、彼のものは極限の状態にまで張りつめ、頂上の一歩手前にあった。それでも彼は、男の義務感にとらわれ、必死に耐えて体を動かす。刺激が強すぎた。

「慎太郎君、愛してる」

裕子のせつなげな声を耳にしながら、慎太郎ははじけた。

無我夢中の状況から自分を取りもどした彼は、荒い息づかいが鎮まるのを待って、繋がりを解こうとした。

「少しの間、このままで」

裕子が、抱擁している腕に力を込めて言った。彼女は可能なかぎり裸身を密着させようとするかのように、頬を寄せ、足を絡める。

乳房を押しつぶしている自分に気づいた慎太郎は、両肘で体を支え直した。そして、内なる肉の息づかいを感じながら、裕子の中に射精した実感を噛みしめる。同時に、たった一度の摩擦の行為で、たちまち果ててしまった自分を、恥じた。それは若さのせいかもしれないが、彼女の肉体が、あまりにも狭隘《きょうあい》で、刺激的すぎたからでもあった。

「覗いちゃだめよ」

「ぼくも一緒に入りたい」

慎太郎は大きくドアを開けて身を乗り出す。

「だめだったらあ」

「いいじゃない」

「だめ」

裕子の了解を得ることなく、彼は勝手に裸身を入れた。

「もうっ、だめって言ってるのに」

シャワーを浴びていた裕子は、厚かましい闖入者《ちんにゅうしゃ》に、くるりと背を向けた。

お湯の飛沫《しぶき》を浴びながら、慎太郎は彼女の肩を洗うそぶりで、愛撫する。ほっそりとしているが、けして骨張ってはいなかった。身を寄せ下腹部を突き出すと、すでに水平状態にまで回復した分身が、ぷるんと盛り上がった小山の裾にもぐり込もうとする。

「こら、いたずらしないの」

体を反転させた裕子が、いきなり彼の顔にシャワーを浴びせた。

おおっ、と声を上げたものの、慎太郎には余裕があった。シャワーの把手を彼女から奪い取り、逆に裸身に浴びせる。乳房に噴流が当たると、膨らみが変形し、乳首がつんと突き出た。

裕子はされるにまかせていた。シャワーの強い流れは、乳房を離れ、ウエストから下腹部のマッサージをする。薄いヘアーが肌にへばりつき、まるで十四、五歳の少女のように頼りない。白い肌にわずかな彩りを添えているにすぎないため、悩ましい部分の形状が、露になっていた。慎太郎の頭が下がった。

「こら、どこ見てるの」

裕子の手がその部分を遮る。彼はシャワーの流れを腿へ移動した。

「もういいわ、あなた自分にかけて」

頭を天井に向けている長い屹立は、いやでも裕子の眼に入っているはずだ。

浴槽からお湯が溢れ出ていた。蛇口を閉めると、彼女はたっぷりとしたお湯に裸身を沈める。慎太郎もそのあとに続いた。

透明なお湯の中で、裕子の肉体がゆらめく。眩しそうな表情は、恥じらいだろうか。なにかしら安堵の様子もうかがえた。

「あーあ、とうとう」

ため息まじりに裕子が口を開いた。彼女が言おうとする内容は分かったが、慎太郎は、その言葉に続けた。

「……ぼくの夢がかなった」

「あら、どんな夢が?」

「裕子さんの魅力的なからだと、一つになる夢」

「そう。わたしのからだが目当てだったのね」

「うん、そのからだが。そしてからだの内側にある心が」

「あなたって、いけないひと」

「今日は、ぼくの人生でいちばん記念すべき日になった」

「そう？　そんなこと言っていいの？　これからも記念すべき日はいっぱい来るかもしれないのに」

「裕子さんとの今日の愛にくらべれば、ほかのことはたいした問題じゃない」

「そうかしらね。将来、名前を替えたそのせりふを、何回口にすることでしょうね」

「言わない。裕子って名前以外は絶対口にしない」

裕子は眩しそうな笑みを浮かべると、肩までお湯に浸かっていた体を浮かせた。半分お湯から出た乳房の、濡れた姿が悩ましい。


裕子は洗面室で体をふき終え、バスタオルを巻こうとしていた。それを慎太郎がはぎ取る。

「またいたずらする」

「ほら、ちゃんと立ってぼくと並んでみてよ」

洗面台の上には広い鏡が張ってあった。そこに二人の裸身が映し出されていた。

「やっぱり裕子さんの足、長いんだ。ほら足のつけ根」

と彼は裕子のその場所に指で触れながら、

「見てよ、ぼくとほとんど同じだね。すごいんだな。だってぼくの身長一七四センチで、裕子さん一六三だろう。十センチ以上も差があるのに、足の長さ、一センチぐらいしか違わない」

「一般に男より女の方が、身長に比較して足は長いって言うわね」

「ぼくだって、ズボンの股下サイズ七十九センチで短い方じゃないけど、それにしても、裕子さんの足長いよ。たぶん、ロシア人の血が流れているせいじゃないの？　肌も透きとおるような白さだし」

「そのことはあまり言わないで」と、顔をくもらせた裕子だったが、

「ほら、早くからだをふきなさい。カッコいいわよ、あなたの足も、それに……」

言い淀んだ彼女は、逃げるようにして出て行った。

ややおとなしくなっていた彼のものは、そそり立ってはいなかった。その代わり、水平方向にまっすぐ伸びており、上から見下ろすと、長い形状がよく分かるのだ。

慎太郎は巻いたタオルを結ばずに、腰の横で端を軽く押し込み、部屋に行く。裕子がバスタオルを巻いた姿で、コンパクトの鏡を手にして化粧をしていた。映画のひとコマを見るようなその姿に、彼は新鮮なエロティシズムをおぼえた。しばらく見つめたあと、彼女を立ち上がらせる。

「変なことするんでしょ」と言いつつも、彼女は彼と向き合った。慎太郎の腰のタオルが落ち、続いて裕子のバスタオルがはがされた。

抱きしめた肉体の感触と、香水のほのかな甘い匂いが、たちまちあらたな活力を湧き立たせる。キスに陶酔しながらも、慎太郎は手の愛撫を忘れなかった。お尻や腿を撫で、悩ましい場所へと移動する。裕子は拒む素振りを見せないばかりか、まるで待ち望んでいたかのように腿の力をゆるめた。

指が、ふたたびあの湿った熱気に包まれた。彼が予期したとおり、つい今しがた風呂で洗い流したはずの狭間は、すでにたっぷりと蜜を含んでいた。キスを中断し、彼は言う。

「濡れてる」

「言わないで」裕子が少女のように頭《かぶり》を振り、彼にしがみつく。

慎太郎の指は、濡れそぼる谷間を何度か往復《いきき》したあと、真珠の粒をとらえた。そこを柔らかく愛撫しながら、彼の口は耳朶を噛み、首すじを這ってさらに下がっていった。その先を予測したのだろう。裕子の背が反り、乳房が突き出された。

「いい……そこ感じるの。オッパイも吸って」

熱っぽくつぶやく声が、頭上でした。

口にした乳首を、赤ん坊のように吸いはじめると、鼻腔を抜ける甘い声が、かすかに流れだした。裕子が漏らす悩ましい声は、慎太郎の快感でもあった。その効果を高めるため、愛撫の指を小きざみに揺らす。すると、か細いうめきの声が、熱をおびてくるのだった。

慎太郎は愛撫を中断した。身悶えした彼女の体がのけ反り、いまにも倒れそうになったからだ。裸身を抱きとめた彼は、すかさず彼女の股間に咆哮している生きものを差し入れた。狭間に滑り込んだ彼のものが、秘部の唇に挟まれる。潤んだ吐息が耳元で漏れ、抱きしめた肉体の昂奮が伝わってきた。

慎太郎が立ったままでの結合を求めると、彼女はうなずく。

当てがい、下腹部を押し出した。やはり失敗だった。けれども焦りはなかった。慎太郎が低く構えると裕子は両腿を開き、彼の模索に協力する。

「だいじょうぶみたい」

彼女の囁く声に勇気づけられ、慎太郎は注意深く体を押し上げる。包み込まれた感触に続いて、行く手を阻む圧力を感じた。動きを中断した彼は、深く息を吸った。自分の心臓の鼓動を聞きながら、ふたたび進入をはかる。

裕子が、震える吐息のもとで、小さく、だが痛々しい声でうめいた。そして彼のものは、肉体の繋がりを強く意識させる把握の中に、そのすべてを没した。

二人は互いの肉体を抱きしめ、狂おしく唇を合わせた。肉の欲望を昇華できずにいた裕子が、鳩のように喉を鳴らしながら彼の舌を貪り吸う。そこには、彼をはぐらかし、蒲団に身を隠したときの姿はなかった。

彼女は、ひたすら愛を求める女に豹変していたのだ。

やがて唇を離した裕子が、彼の肩に顔を埋め、熱い息を吐き出した。下腹部は依然として緊密な結合を保ち、ペニスは、きびしい把握の中に閉ざされていた。だが、亜希との経験が彼の肉体に蘇ったのか、慎太郎は自信めいたものを感じた。裸身の腰に両手を当てがうと、彼は静かな動きをはじめる。鋭い刺激が尻を抜け、甘美なうずきの条《すじ》が背を走った。

「だめ、立っているのがつらいの。ね、お蒲団の上で」

あえぎまじりに裕子が言う。裸身が離れ、くずれるようにして蒲団に倒れ込んだ。

燃え立つ二人に、上掛けはいらなかった。いや、そのわずかな時間も惜しまれた。待ち受ける裸身に身を重ねた慎太郎は、自らの力で進入を試みる。失敗はなかった。粘液の潤滑に助けられたペニスは、湿潤な狭間を押し広げながら、見事に裕子の中に嵌入した。

「あああ……」熱っぽい吐息を漏らし、彼女の両腕が彼の背を抱きしめる。

体格のちがいでそうなっているのか、裕子の肉体はあきらかに亜希とはちがっていた。狭隘な肉の把握は、捕えたものをけして離すまいとするかのように深く呑み込み、締めつける。押しつけられた乳房の感触と相まって、裕子との一体感をいっそう強めた。

その感動にしばらく陶酔したあと、慎太郎は裸身の脇をくぐらせた手で、彼女の両肩を固定する。それから、繋がりの状況に意識を集め、ゆっくりと余裕のある動きをはじめた。

彼のひと動きごとに裕子が顔をゆがめ、悩ましい表情で口を開ける。その口に慎太郎は口を合わせた。すかさず彼女の舌が彼の舌に絡みつく。彼女は激しく啜った。だが、狂おしい接吻はながくは続かなかった。彼の動きはゆるやかなテンポを刻んでいても、二人の熱情と緻密な結合が、強い刺激を生んだ。昂奮の息苦しさからだろう、裕子が口をふりほどく。

「あなたを、感じる。しっかりと、感じる」

吐息まじりの彼女の声はせつなく悩ましげで、昂揚を証明するかのように、湧く蜜がとどまるところを知らなかった。

潤沢な粘液が、きつい把握との摩擦をなめらかにする。鋭い刺激をともなった快感は、やがて陶酔の海と変わり、彼が深く入るたびに、裕子の鼻腔が甘さを含んで共鳴した。

慎太郎は夢の中だった。動きをくりかえしながら、うわごとのように裕子の名を呼ぶ。けれども、彼女の言葉は返らなかった。小さく身を揉み、熱いあえぎを漏らしつづける。その昂りに誘われるかのように、慎太郎は動きを速めた。漲りを露にした硬直と狭小な秘部との摩擦の行為は肉体をたぎらせ、官能の炎を熾烈《しれつ》にする。

「だめになりそう……」

裕子が揺れながら、か細い声をしぼり出した。

慎太郎も上昇し、たちまち限界をおぼえた。絶え絶えの動きの中で低くうめく。と、その腰にしがみついた裕子の顔が、左右に振られた。そして時がうねりとなってやってきた。「いいっ」と声をのんだ裸身が硬直し、慎太郎の生命《いのち》が堰を切って溢れ出た。

互いを強く抱きしめ、二人はめくるめく陶酔に身をゆだねる。こわばった裕子の内腿の痙攣が、歓喜の証を、彼の腿に伝えていた。それは、肉体を通じての、慎太郎と裕子の心の融合であった。

荒い呼吸を反復する裕子に、負担がかからないよう、彼は上体を離す。やがて二人のあえぎが小さくなり、絡んでいた足が解かれた。激しい昂奮の波にもまれたせいか、体を繋げたまま力なく横たわる裕子の胸は、桜色を散らしていた。

ふうっとながい吐息のあと、彼女は眼を開けた。そそがれる慎太郎の視線を意識してか、彼女ははにかみの笑みを浮かべる。

「恥ずかしいわ、そんなに見つめないで」

つぶやくように言う彼女の声にはしかし、充ち足りた甘さがあった。

「裕子さんとこうしてるなんて、夢みたいだ」

裕子を占領している彼のものが、時折、名残の息吹を彼女に伝える。それに応えるかのように、彼女も信号を送りかえした。

「まだ、このままでいい?」離れがたい慎太郎がたずねる。

「いいわ」

「ぼくとこうなったこと、後悔してる?」

彼女の眼を見つめながら問いかける彼に、裕子は少女の仕草で顔を振る。

「あなたを愛してるんですもの」

「ぼくも、心から裕子さんを愛してる」

「十五も年の離れた女でいいの?」

「そんなに離れている感じはしない。それにぼくは、年上の裕子さんだから愛することができるんだ」

「あーあ、姉弟《きょうだい》の契《ちぎ》りが、変な契りになっちゃった」

「ぼくたちは、きっとこうなる運命にあった、そんな気がするんだ。十七年前から」

「あなたにオッパイをあげたときから？」

「そう。ぼくのからだは裕子さんのお乳で作られた。たぶん、それが運命のはじまりなんだ」

「ふしぎな出遇いよね」

助産院での奇遇が、二人を赤い糸で繋げた。十六年後の再会、そして十七年目の愛。慎太郎は甘い感慨に浸る。ふと、川のせせらぎが聞こえてきた。耳に快いひびきを伝える。

「疲れない？」裕子が彼の頑張りを気づかう。

「うーうん、だいじょうぶ」

水泳をやっている彼の腕や肩は、きたえられていた。だから、両手をつき、上半身を離した姿勢のままでも、まだ充分に余裕があった。

慎太郎は繋がりを保ったまま体を稔ると、横に押しやられている上掛けを引き寄せる。それを肩まで掛け、ふたたび裕子を抱く。

「慎太郎君？」

「うん？」

裕子の問いかけに、彼は寄せている頬を離して、彼女を見る。

「あなたって、とってもす・て・き」

そう小声で言うと、彼女はうっとりと眼を閉じた。

慎太郎は下腹部を強く押しつけ、そこに重心を置いた。裕子が力を込めたため、やや勢いを失いかけていた彼のものが、きつく把握される。それに反応して、ペニスはたちまち蘇り、彼女の内部《なか》を充実させた。

眼を閉じたまま、裕子が唇をすぼめキスを求めた。舌先の戯れを演じながら、なんてすてきなひとなんだろう、と慎太郎は思う。一年前、電車の中で見かけた美しく聡明なあの女性が、なぜか今、一糸まとわぬ姿で彼を受け容れている。そう考えただけで、彼の情熱は、溢れ出る泉のように湧き出してくるのだった。

昨夜の激しい愛の交歓で、きっと寝坊するだろうと思っていたが、心身ともに満足し熟睡したせいか、裕子はいつもどおり六時少し前に眼がさめた。さわやかな目ざめである。隣の蒲団では、慎太郎が軽い寝息をたてながらよく眠っている。

彼女は何も着けずに寝ていた。昨夜、結合を解かずに行った三度目の愛のあと、シャワーを浴びなかった。疲れもあったが、慎太郎の匂いにまみれたままの肌で、眠りたかったのだ。二回にわたって大量に放出された若者の証を、ティッシュでふき取ると、裸のまま、自分の蒲団にもぐり込んだのだった。

感傷的な甘いうずきが、まだ体の芯に残っていた。タオルと化粧品、それに下着を風呂敷に包み、最上階の展望風呂に行く。窓がパノラマふうの広いガラス張りになっており、川と家並み、そしてその向こうの山々が一望できた。

広い浴槽に、初老の婦人がひとり入っていた。裕子は軽く挨拶をして、洗い場でシャワーを浴びる。下腹部にシャワーの流れを当てがったとき、胸の中に甘ずっぱさが広がった。

窓辺でお湯に浸かりながら、外の景色に眼をやる。透明感のある朝の陽光が、すがすがしい輝きを川面《かわも》に反映させていた。

下呂温泉の泉質は評判どおりだった。ただでさえきめ細やかな裕子の肌が、いっそうなめらかになってくる。乳房を水面すれすれに沈め、彼女は昨夜の出来事を想い起こしていた。

それは、あまりにも悩ましく情熱的な性の営みだった。けれども、その最初の交わりで、予想だにしなかった事態が起きたのだ。自分でも信じられないことなのだが、出血したのである。挿入なかばで、裕子は、裂かれるような痛みに思わず顔をゆがめた。

慎太郎のものは、かなり長いようには思えたものの、度を過ぎた大きさではなさそうだ。それに、ようやく結合がなされたものの、彼はたった一度、小さく動いただけで果ててしまったから、傷ついたとは考えられない。

出血したのは初回だけである。彼の体が離れたあと、裕子は局部にティッシュで栓をすると、トイレに行った。ティッシュとこぼれ出た精液が、ピンクの色をにじませていた。

生理の血とはあきらかに色が違うし、予定では五日後だった。周期は今まで、狂っても一日。健康上にも異状は感じなかった。

彼女は、浴室でていねいに洗い出したあと、想いをめぐらす。十七年前出産してからは、男のものはおろか、タンポンすら入れたことがなかった。もちろん、未央の指の進入もなかった。十五歳になったばかりといえば、育ち盛り。死産のあとも、彼女の身長は五センチ近く伸びた。体の発育とともに、処女膜が再生されたのだろうか。

裕子は、恋人の死と、彼の生命の継承を託した子どもの死の悲しみを忘れようと、母乳が止まった九月なかばからバレー部に入った。夢中で球を追いかけ、拾った。彼女の体は逞しく成長した。そして、心とともに肉体も蘇った。その蘇った肉体の花びらを、慎太郎の情熱が散らした。彼女はそう信じたのだった。

それにしても、と裕子は思う。自分の肉体は、なぜあれほどまでに燃え上がったのだろうか。羞恥を超えて積極的に対応する自分が、不思議でならなかった。昔、彼に母乳を与え育てたという意識が、強い絆となっているとはいえ、恥ずかしいくらい自制がきかないのだ。彼には自分を狂わせる何かがある、そう思えてならなかった。

たしかに、慎太郎の猛々しいほどの熱い勃起は、北嶋のものとはまるで違っていた。二度目の交わりで、その漲る若さを受け容れた裕子の肉体は、稲妻にでも触れたかのように激しく感応した。全身を貫くかつてないうずきと、蕩《とろ》けるような快感に、彼女は我を忘れた。やがて、めくるめくばかりの悦楽の園に身を投じた裕子は、体を繋げたまま、しばらくその余韻に酔いしれていた。が、離れがたく、昂揚するままにふたたびエクスタシーの高みをめざしたのだった。

浴槽を出ると、汗ばみ桜色に染まった肌に、水のシャワーをかける。身をひきしめる冷たさが、火照った体に心地いい。

部屋では、慎太郎が相変わらず軽い寝息をたてていた。その寝顔をのぞき込んだ裕子は、唇をすぼめてキスの仕草をした。

きりりと締まった、しかしどこか甘さを含んだ顔立ちに、裕子は、甘ずっぱさをおぼえながら見入る。体を交える前とは違った、身近な慎太郎を感じ、旅行までの悩みぬいた数日間が、まるで嘘のようにすっきりとした気分である。体の中に溜っていたオリのようなものが、絶頂とともに排出された、そんな気もしないではなかった。

洋室のカーテンを開け、風呂上がりの渇きをいやすため、冷蔵庫から缶ビールを取り出す。琥珀色の液体が喉を通りすぎていく味は、格別だった。朝風呂に朝のビール。やはり旅行はいい。とくに今回の旅行は、記憶のノートに慎太郎との愛の姿が焼きつけられ、一生消えることはないだろう。

時計に眼をやる。まだ六時半をわずかにまわった時刻である。煙草を取り出し、火を点けた。間のびしたように紫煙が立ちのぼる。二杯目のグラスが空になると、乳房の底から、むず痒いようなうずきが湧きたち、体が熱をおびてきた。

ソファーに座っている裕子の視界には、慎太郎の寝顔があった。夢でも見ているのだろうか、口元がにやついている。裕子は茶目っけないたずら心を起こした。和室に入り襖を閉じる。腰高窓のカーテンを開けると、障子をへだてた明るさが、柔らかく部屋に拡散した。しばらく慎太郎の寝顔に見入っていたが、踵をかえし、空調をセットする。

彼が寝返りを打った。だが眼を覚ました様子はない。蒲団のそばに立ちどまった彼女は、昨夜の情事を再現するかのように、羽織を脱ぎ、帯を解いた。

浴衣が足元にすべり落ち、裸身が朝の冷気に触れる。ショーツも取り去った。

慎太郎の蒲団に体をすべり込ませたとき、ふっと若者の匂いが漂ってきた。昨夜も感じたのだが、裕子は彼のこの匂いがいやではなかった。むしろ、なぜか彼女を淫らにさせる匂いである。

温泉とビール、そして自らの情熱のために、彼女の体は火照っていた。彼の顔近くに乳房を寄せると、その髪をそっと撫でる。

「慎太郎君、起きなさい。もう朝よ」

裕子は小声で話しかけた。彼はうーんと低く唸ったが、眼は閉じられたままである。

「学校に遅れるわよ」

彼女はちょっと声を大きくした。ようやく彼が眼を開いた。

顔の前の露な光景に、慎太郎は一瞬驚きの表情を見せたものの、すぐに口元に笑みを浮かべた。

「夕べからずうっとぼくの蒲団にいた？」

「ちがうわよ。朝風呂に入って、つい今しがたこの蒲団に入ったの」

「今、何時ごろ？」

「六時四十分ぐらいかしらね」

「なんだ、まだそんな時間か。でも、まあいいや。ミルクの時間にしよう」

慎太郎の手が乳房に延びた。裕子は背をそらし、乳頭を彼の口元に当てがう。スティックキャンデーでも舐めるかのように、乳暈とその周囲の肌に舌を這わせたあと、彼はようやく乳首をくわえた。

彼の頭を抱き寄せた裕子は、赤ん坊に添い寝をして乳房を含ませる姿勢をとる。情熱の目ざめにはまだ早いのか、彼の吸い方は曖昧だった。半分眠っているような口の動きのものたりなさが、かえって裕子の官能をあおった。

「ねえ、もっと強く吸って」

吸い方がいくぶん強くなった。裕子は、こわばった足を慎太郎の足の間にこじ入れる。彼は昨夜のままの姿だった。頭の中は半睡眠状態でも、そこだけはしっかりと目ざめているものが、彼女の内腿に鼓動を伝える。

さりげなく腿の肌でそれを摩擦しながら、裕子は言った。

「もう一方の乳首を指で……」

彼女の求めに、彼はすぐに応じた。親指と中指で乳首を挟み、その頭を人さし指でリズミカルに叩く。しびれるような快感が伝わってきた。でもこんなテクニック、どこで覚えたのだろう。おそらく、水泳コーチのあの女。たび重なる愛の交歓で、彼はそれを身につけた。嫉妬の青い炎と、官能の赤い炎が合わさり、裕子の肉体は焦《こ》がされた。

　彼女の表情を時折うかがいながら行う、慎太郎の口と手の愛撫は、緻密で、しかもずるがしこかった。強さを望もうとする裕子の気持をわざとはぐらかし、唇をかすかに触れただけで乳首をいたぶるのだ。

「だめ、もっとまじめにやりなさい」

　裕子は焦《じ》れて身を揉む。するとひと呼吸おいたあと、彼は急に強く吸いはじめた。さらに、一方の乳房を手でこねるようにして揉む。彼女の背を快感の電流が何度も往復し、思わず、彼女はうめき声を漏らした。

　蒲団の上掛けは乱れ、腰の部分をわずかに覆っているにすぎなかった。露な自分の姿に恥じらいをおぼえたものの、裕子の理性は熱におかされていた。

「感じる？」

　慎太郎が乳房から口を離してたずねる。

「うん、感じちゃう」

「裕子さんのオッパイおいしい」

「なにも出ないのに？」

「愛がにじみ出てくる」

「いっぱい詰まってるんだから、愛がこの胸に」

「胸だけじゃなく、ほかのところにも？」

「え？」と、裕子はけげんな表情を作った。

「もうひとつのところにも愛が詰まってる。見たい。裕子さんのオマンコ見たい」

裕子の頭に血がのぼった。慎太郎の口から出た卑猥な言葉のひびきは、見られるという気持とともに、強い羞恥を彼女にあたえた。けれども同時に、激しい催淫作用ももたらした。とはいえ、了承の言葉を口にするわけにはいかなかった。

「だめよう」弱々しい声で裕子は言う。鼻を抜けるその声は、逆に求めの声でもあった。

蒲団の上掛けがはがされ、裕子の裸身が露になった。さきほど入れた空調で室内は暖かく、寒さは感じなかった。

乳房を離れた慎太郎の唇が、おなかの肌を這いながら徐々に下りていく。そこまでは耐えたものの、彼の体が両腿を割って入ってきたとき、裕子は思わず身をこわばらせた。

「足、ちゃんと開いてよう」

「恥ずかしい」

ひどく濡れている自分が恥ずかしいのだ。彼女には、彼の力にさからう理性はすでになかった。されるままにはしたなく体を開き、さきほど彼が口にした部分を、露に晒す。

そこを見ているだろう彼の顔を、閉じたまぶたの裏に描き、裕子はいたたまれない気持になった。それなのに、彼女の意に反して、肉体はいっそう淫らになるのだった。

さきほど、慎太郎は顔を火照らせながら、女性器の俗称を口にしてしまった。あくまでも聡明な裕子に、その言葉を使うのはふさわしくないと思ったものの、この場の雰囲気に合う適当な単語が、思い浮かばなかったのだ。

口が、その俗称の場に近づくにつれ、チーズにも似た匂いが強くなった。刺激的な匂いは、彼にとって官能を昂揚させる香水だった。そして彼は、裕子の女の源を間近に見た。

割れめを形作っている肉の中央に、小さな花びらが、わずかに顔をのぞかせていた。亜希のものは、開きかかった花菖蒲《はなしょうぶ》を思わせたのだが、裕子のそれは、桜の花だった。それも、これから咲こうとする蕾の姿である。

指を掛け、秘密の扉を押し開く。慎太郎は一瞬どきりとした。赤い血がしたたっているのではないかと思った。だが、血は流れていなかった。彼女の情熱を集めた肌が艶かしく濡れそぼり、ルビーのきらめきを放っていたのだ。透明感のある真紅に彩られたその場所を、彼は美しいと思った。そこは、裕子の愛の中枢であり、ロマン漂う湖なのだ。

「ねえ……」消え入るような声で、彼女が何かを要請する。裸身の膝が折れ、遠慮がちに腿が開かれると、幻想的な湖の視界がひらけた。入り組んだ湖の畔《ほとり》に、松の実にも似た種子が、可憐な姿をのぞかせていた。見つめられ、恥ずかしそうに身を硬くする様子は、まるで森の湖の妖精だった。

淫らな感情は微塵もなかった。崇高な、とも言える気持で口をつけた慎太郎は、犬の舌の動きで狭間の肌を舐め、溢れ出る蜜を啜った。

裕子の全身にうずきが走った。激しく反応を示す自分が恥ずかしい、と思いながらも自然と腰が迫《せ》り上がる。直線的な鋭い快感がやがて面の広がりとなり、彼女は甘美な陶酔の海をたゆたう。が、それもつかの間、くりかえされる舌の愛撫に、肉体の昂揚は急カーブを描いて上昇した。

「慎太郎君やめて。感じちゃうの」

彼とひとつになって、最後を迎えたかった。

慎太郎が体を起こし、ふうっと息を吐く。裕子は、自分の思いつきを口にするのをためらった。だが、それはほんのわずかの時間だった。

「今度はわたしにさせて」

彼女はそう言うと、慎太郎を寝かせた。

彼の胸に口をつけ、小さな乳首を唇にとらえた。吸いながらもう片方の乳首を挟んだ指に、強弱をつける。彼が短くうめいた。

そして、いよいよ目的の場所に向かわなければならなかった。だが、裕子にとっては初めての経験である。その行為を頭に描いただけで、彼女は顔の火照りをおぼえた。

彼のものは、若さを漲らせていた。まるで、いななく駻馬《かんば》のように力強さを誇示して、そびえ立っている。近くで見る迫力に圧倒され、緊張の面もちで彼女は手を触れた。

「あら、ティッシュが……」

昨夜の名残の紙が、頭部に貼りついていた。え？とけげんな表情で顔を上げた慎太郎が、見つめ、くすりと笑う。

「シャワー浴びてくる」と、彼が身を起こしかけた。

「いいわ、あなた寝てて」

そう言って、裕子はいったん浴衣に手を掛けたものの、結局裸のままで洗面室に行く。含み笑いを浮かべ、熱いお湯にタオルをひたしてしぼった。

見上げる慎太郎の視線が、歩み寄る裸身にそそがれていた。すべてを見せたとはいえ、やはり羞恥をおぼえる。それなのに裕子は、あえて前を隠すことをしなかった。少年を挑発する快感に酔った彼女は、足を閉じることなく、蒲団のそばで彼を見下ろした。

繁みのふもとから、血管の筋を浮かせた硬直が、そそり立っていた。それに誘われるかのように、彼女は彼の腰の横に正座する。

　タオルで若者の上半身をふいた。次いで、折りたたんだ布地を広げ、屹立に当てがう。ふっと青い匂いが漂い、裕子をますます淫らな気分にさせた。が、しかし、彼女の胸の中では、嫉妬の炎がゆらめいていた。明日で十七歳になると言ってもまだ少年。それなのに、茸を思わせる桃色の頭部は、見事なまでに露出し、威厳すら示しているのだ。

「どうしてなの？」彼女はわざとていねいにふきながら問う。

「何が？」と、けげんそうな顔で慎太郎が問い直す。

「なぜこんなにきれいに、露出しているの？　例の彼女によって？」

　萩尾和也のものは、この姿ではなかった。年上の女との激しいセックスのくりかえしで、慎太郎のものがそうなった、と裕子は信じていた。

「ちがうよ。これはもっと以前からこうなっているんだ」

「じゃあ、彼女より前に経験しているってわけ？」

「そうじゃないよ。自分の手で……」

　自分の手で、痛さをこらえて皮をむいたというのだろうか。信じるより仕方がなかった。

　ふき終えた彼女は、そっと撫でさすりながら、その姿かたちの見事さに、あらたな感動を禁じ得なかった。高々とそびえ立つペニスは、若武者のように凛々しく、研ぎすまされた感性に満ちあふれていた。膨れあがった頭部は、赤く充血して艶やかな光沢を放ち、その表皮は、針でひと突きすれば、ぱちんとはじけてしまいそうなくらいに張りつめていた。

　崇高な気持で見つめる裕子は、今に残る地方の奇妙な風習——男性の性器を形どった大木を担ぐ性器信仰の祭り——の意味が理解できるようにも思えた。

彼女の心臓の鼓動がにわかに高まった。顔を寄せ、おそるおそる唇を当てがう。官能を刺激する匂いにめまいをおぼえながら、赤い実をくわえた。力強さが口の中を占領する。

陶酔の中で、裕子はその形状を確かめるかのように舌をまわした。すると彼の足がこわばり、腿の筋肉が小さく痙攣するのが分かった。

顔をゆっくりと動かしながら、裕子は慎太郎の表情を盗み見る。悩ましそうに口を開け、眉間にしわを寄せた彼にいとおしさがつのった。前戯のつもりが、少年を陶酔させる行為と漲りの感触に酔った裕子は、つい夢中になってしまった。くせになりそう、と胸のうちでつぶやき、深く呑み込む。

正座をくずした裕子の腿を、彼の手がさまよっていた。股間に延び、狭間に指がすべり込んだものの、愛撫に力がなかった。

「もうやめて。出そうになっちゃう」

慎太郎があわれな声をふりしぼって、身をよじる。逃げ腰になる彼を引き寄せ、裕子はかまわず顔を動かした。と、彼の四肢が硬直し、屹立の容積がひときわ増大した。

汚いとは思わなかった。むしろ、彼女は感動すらおぼえながら、最後のひとしずくまで口に受け止め、飲み干した。


昂奮さめやらぬ彼の裸身に、裕子はいとおしそうに身を寄せる。

「飲んでしまったの？」気怠そうに慎太郎がたずねる。

「ぜんぶ飲んじゃった」

喉のあたりに、粘りが残っていた。

「変な味しなかった?」

「おいしいとは言えないけど、ねばっこく刺激的な味」

「ふうん、刺激的な味か……」

「ね、気持よかった?」

「すごおく」

「そ。わたし、初めてよ。男のひとにこんなことしたの」

「死んだ恋人にもしなかった?」

「まだ幼かったから、知らなかったの」

「口の中、ねばっこくない?　ぼくのどが渇いた」

慎太郎が冷蔵庫から出してきた缶ジュースを半分飲み、残りを裕子に渡した。

「朝食、八時だったよね」

ジュースを飲み干した彼女に、慎太郎がたずねる。

「そうね」

「高山行きの特急は九時四十分。駅のホームまで五、六分で行けるから、まだかなり時間はあるね」

裕子には、慎太郎が何を考えているのか、すぐに見当がついた。その証拠に、蒲団の中で手にした彼のものが、半ば元気を取りもどしていた。

「食事の時間、すこし遅らせる?」裕子の軽い問いかけに、

「ぼくも今、それを考えていたところなんだ」

慎太郎の手が、裕子の手と交叉した。彼女のそこは、自分でも恥ずかしいくらいに、粘液の洪水に見舞われていた。彼への口の愛撫で、彼女自身も昂揚しつづけていたのだ。

彼は若かった。ほんのちょっとの愛撫で、彼女の手の中のものはたちまち漲りを露にし、迎えうつ態勢を整える。

「あなたこのまま寝てて。わたしが上で……」

裕子は上掛けを肩まで引き上げ、彼に覆いかぶさった。狂おしいキスに身悶えしたあと、手さぐりで彼をつかみ、自らに当てがう。

苦痛のためなのかあるいは快感によるものか、彼女が顔をゆがめて息を詰める。それにもかまわず、彼のものはきつい把握の中に呑み込まれていった。緊密な一体感が、裕子との確かな性の交わりを実感させ、繋がった部分を通じて、互いの意識の交流を慎太郎は感じた。

「ああ……」と彼女は震えた吐息をつく。乳房が彼の胸の上でつぶれた。裸身の揺れが速くなるにつれて、快感は波紋のように広がる。そして時が消えた。


四月中旬に催される高山祭の前だからなのか、高山の街は、思ったほど観光客は多くはなかった。

街中を歩く二人は、ふたたび姉弟《きょうだい》を演じなければならなかった。しかしその肉体には、昨夜から今朝にかけての余韻が色濃く残り、ちょっとした動作や言葉のはしばしに、甘さがにじみ出てくる。

駅からそれほど遠くないところにある朝市を見て、『陣屋』で写真を撮った。春のやわらかな陽光を受けながら、古い家並みに整備された商家の通りを歩く。

「ね、ね、あれ見て」

ややななめうしろを歩いていた裕子が、慎太郎の腕に胸を寄せて指さす。

見ると、産婦人科だった。が、建物は古い商家そのものである。壁板と柱はこげ茶色で構成され、窓や出入り口は格子《こうし》作りになっていた。出入り口の横に、大きな木の根元を輪切りにした板に、○○産婦人科と、味のある筆文字で書かれた看板が吊るされている。

「ね、面白いわね。あの看板がなければ、とても病院とは思えないわね。ましてや産婦人科なんて」

「うん。まちがえて、おばあさんがお願いします、って入って行ったりしてね」

「あはは、ジョークうまいね」

「ところで、だいじょうぶ？　姉さん」

「なにが？」

「赤ちゃんの心配」

「ブラックジョーク」

民芸調の食事処兼喫茶店で、コーヒーを飲むことにした。自在鉤《じざいかぎ》が吊るされたいろりを前にして、円形のかすり地の座蒲団に座る。

「この建物、ずうっと昔からのものかしら」

店内の造作を見まわして裕子が言った。

「そうじゃないの。あの黒光りしている大きな梁なんて、そうとう古そうだよ」

「こんな古い日本的な造りの家で、コーヒー飲ませるなんて、しゃれてるわね」

「うん、しゃれてるね。あ、いい香りがただよってきた」

近くの調理場で、コーヒーを淹れていた。やがて若い女性が、そのコーヒーを運んできた。かすりの着物姿がよく似合う。

「いい香り……」満足そうに香りを嗅いだあと、裕子はブラックのまま口に運んだ。

砂糖とミルクを入れながら、慎太郎は裕子の本音をさぐろうとする。

「来てよかったと思う？　この旅行」

「いい旅、よね」

「それだけ？　ほかに感想は？」

慎太郎の問いに、裕子は含み笑いを漏らす。

「きっといい想い出になるでしょうね。三十年後も、まだはっきりと記憶に残っているような。で、あなたにとっては？」

「夢の旅行。世界一の美女と一緒だもん。でももしかして、ここらへんで眼がさめるかな」

「つねってみる？」

慎太郎は手の甲をつねった。

「痛いよ。だけど夢の中で夢を見るってこともあるしね」

「信じられない？」

「うん。信じられないようなことだけど、やっぱり信じるよ。夕べのことや今朝のことを、夢で終わらせるなんてもったいないもの」

「変なこと言わないの」

声をひそめる裕子の顔が、ほんのりと赤くなる。

観光客が立ち寄りそうもない、普通の街中の日本そば屋で昼食をとる。古風な造りのその店は、全部が座敷になっており、かなり広い。

高山はそばの名所としても知られていた。評判どおり、その店のそばはうまかった。

やや汗ばむほどの陽ざしを浴びて、屋台村や神社仏閣、そして古い家並みを見て歩く。このあたりは観光客も比較的少なく、静かである。取りのぞかれた雪が、寺の軒下や境内の隅に、うず高く積まれていた。

「また来たくなっちゃうわね」

旅も終わりに近づいた頃、裕子が言った。

「ぼくと一緒に?」

「そうね。ほかに相手もいないし」

「五年後も、姉さんと二人で旅行するのが、ぼくの夢なんだ」

慎太郎は、姉という言葉の代わりに別の言葉を当ててみる。それこそ夢であろう。

三時の特急『ひだ』に乗り込んだ。大森駅に着いたのは、八時少し前だった。

「楽しかったわね、旅行」

慎太郎の顔を見つめて裕子が言った。

「姉さんいつも何時ごろ寝る?」

「十時半過ぎ、かな」

「じゃあ、少なくともあと二時間半は時間が余るよね」

裕子がふふっと笑みを漏らす。慎太郎は家に電話を入れた。

「今、名古屋駅。夕食、ここですませてから新幹線に乗るから」

慎太郎と裕子は、名古屋駅で買った駅弁を車中で食べていたので、夕食の必要はなかった。姉弟《きょうだい》の間柄を解消した二人の足は、自然と裕子のマンションに向かう。商店街を離れると、彼女の腕が慎太郎の腕に絡まる。時折、胸の膨らみが彼の腕に押しつけられ、慎太郎をうずかせた。裕子を見つめながら彼は言った。

「この旅行で、やっと正真正銘の恋人同士になれたってわけだね」

「ずうっと前から、わたしあなたの恋人だもの」

「いつから?」

「電車の中でからだが触れ合ったときから」

それにしては昨夜までの一年近く、彼女はずいぶんと出し惜しみをしたような気がする。

慎太郎は、裕子のマンションでシャワーを浴びると、ふたたび裸身を抱いた。彼女を埋め、ふたたび甘美な肉の陶酔を味わう。その陶酔の中で、彼は裕子との生活を真剣に考えた。


慎太郎が家に帰り着いたのは、十一時を過ぎていた。心配そうな顔で母が待っていた。

「遅かったわね。名古屋でゆっくりしてたの?」

「うん、まあね。せっかく旅行に来たんだから、のんびり楽しもうって、黒沢が言うもんだから」

「楽しかった? 高山」

「天気もよかったし、最高だった。こんどお母さんと二人で行こうか」

「あら、ほんと? いいわね」

嬉しそうな顔で、母は浴室に湯かげんを見に行く。嘘をついて旅行に出かけたうしろめたさから、つい彼の口から社交辞令が出てしまったのだ。

四十七歳の母は、年を経るにつれて美しくなるような気がする。裕子と知り合う前だったら、彼はさっそく母との旅行プランを練ったことだろう。

「お風呂ちょうどいいわよ。お入りなさい」

「ああ、ぼくはいいや。今朝温泉に入ってきたから」

「下呂温泉で？」

「うん。あそこのお湯はいいね。肌がつるつるする。女性に最近人気があるんだって」

「そう。じゃあぜひ行かなくてはね」

慎太郎は、下呂の土産物屋で買った干し山ぶどうと、高山で裕子が見たててくれた、民芸調のスカーフの包みを、バッグから出した。

「あら、お土産？」

「そう。干しぶどうは下呂で、そしてこれは高山の民芸品店で買ったやつ」

「あんたがお土産なんて買って帰るの、めずらしいんじゃない？」

「そう言えばそうかな」

「よほどいいところだったみたいだね」

「そういうことかな」

母が包みを解いた。

「スカーフ？　ありがとう。渋くてすてきな色合いね、きっとわたしに似合うわ」

母は満面に笑みを浮かべて、肩にかけて見せた。

「うん、いいね。すてきだよ」

旅行のことを根掘り葉掘り聞かれて嘘がばれはしないかと心配したが、母は、楽しそうに合づちをうつだけだった。

母が出してくれたこぶ茶で、干しぶどうを食べた。山ぶどうを房ごと干したもので、自然の甘味があった。

「あらおいしいわ、この干しぶどう。もっと買ってくればよかったのに」

母の笑顔に、慎太郎も嬉しくなる。彼はすこし眠かった。しかし楽しそうに話しかけてくる母につられて、それから三十分近く語り合った。


朝の電車の中で、慎太郎の姿をさがしている自分に、裕子は気がついた。彼女が乗るいつもの電車である。それに今は春休みだった。慎太郎の姿があるはずはなかった。彼の姿を視覚に求めることをやめた裕子は、朝の出社前にもかかわらず、一昨日から昨晩にかけての想い出にふける。電車の中での時間はどうせむだな時間《ひととき》。どのようについやそうと自由である。

それにしても、彼女の脳裏に描き出された光景は、あまりにも赤裸々だった。乳房がうずき、下腹部に彼の力強い感触が蘇る。

相手はまださなぎか、あるいは羽化したばかりの蝶にも似た少年。なのに、彼女の心と肉体のすべてを、虜にしてしまった。朝の電車で見かけてから、一年もたっていないというのに。

愛があれほどまでにすばらしいことを、裕子は、慎太郎の肉体をとおしてはじめて知った。未央や北嶋、ましてや未熟な萩尾和也とはくらべようもないほど、彼女を燃えあがらせ、かつて経験したことのないエクスタシーの夢を、見せてくれたのだ。

深みに突き進むかもしれない自分が、恐ろしかった。だがおそらく、彼との別離はむずかしいだろう、裕子にはそんな気がしていた。電車は、いつの間にか田町駅に停車していた。人をかき分け、彼女はあわてて飛び降りる。

始業時刻になって、未央が盲腸炎で休んでいることにようやく気がついた。今日はどうかしてる、と裕子は我ながらおかしな気分になった。


退社し、市川の病院に未央を見舞ったときは、もう七時をまわっていた。彼女は明日退院だと言う。

「よかったね、早く回復して」

「でも、ここに傷が残った」

未央が、おなかの右下を指さして言う。

「ほんのちょっとでしょ、盲腸手術の傷なんて」

「でも気になるものよ、からだに傷跡が残るなんて。とうぶん、先輩に裸見せられないかもね」

「ばかね。そんなこと気にしないの。傷が治れば、いつだって見せてもらうわよ」

「ところで、高山どうでした？」

「あの旅行ね、キャンセルしたわ」

「もったいない。一緒に行くひと誰もいなかった？」

「誰もいないわ。それより未央、金曜日にあなたに電話がかかってきたそうね、男のひとから。わたし席にいなかったけど、Mさんがそう言ってたわ。入院しているって彼女が答えたら、病院教えてくれって。誰？

その方」

「え？　うん。第一業務部二課の石塚さん。先輩知らないかな、顔はまあまあだけど、背が高くて、けっこう積極的なひと」

「さあ、たぶん知らないと思う。で？　そのひととおつき合いあるの？」

「二度ほど一緒に飲んだことあるけど。彼の家が総武線の小岩だから、ときたま電車で顔が合っていたの。そしたら一か月前に誘われて、銀座で食事し、入院する三日前には、新橋で飲んだってわけ」

「黙っていたところを見ると、ちょっとあやしいな。プラトニック？」

「今のところは……」

「今のところは、か。プラトニックでなくなる可能性を、秘めているってことね」

「そんなことないと思うわ。わからないけど」

「プラトニックでなくなることを、気持のどこかで望んでいる？」

裕子が小声で問いかける。未央は小首をかしげていたが、その首を元にもどすと、うなずいた。

「ほう、あなた、男嫌いじゃなかったの？」

「うん、そうなんだけど。先輩怒らないでね。彼けっこう好感がもてるの」

「で、年はいくつ？」

「わたしと同じ」

「二十八歳か。共に適齢期ってわけだ」

「まだそんなこと……」

「わたしのことだったら、気にしなくてもいいわよ」

そこで言葉を切った裕子は、未央の耳元に口を寄せた。

「まともなセックスに、目ざめるチャンスかもしれないわ」

「え？　……まさか先輩も誰かと？」

「そんなことないわよ」

裕子は未央の手を握りしめた。

裕子は帰りの道すがら、慎太郎のことを考えた。胸の中に、甘ずっぱいものがこみ上げる。北嶋や未央に対しては、のめり込めないどこかクールな自分があった。しかし、慎太郎への想いは違っていた。彼との愛欲に耽溺するかもしれない自分を、裕子は否定はしなかった。


三月も末になると、めっきり春めいてくる。毎年のことだが、隣の古い家の庭の桜が開花し、鶯の未熟だった鳴き声が、艶っぽい声になってひびきわたる。下呂、高山への旅行で、裕子との愛に新しい局面を迎えた慎太郎にも、爛漫《らんまん》の春がおとずれた。これから先、どのような進路がひかえているのかわからないが、とにかく親密な関係になったことは、裕子も否定しないだろう。

春休みの間、部活のため一週間に三日学校に行くが、あとは特別やることがない。やることがないから、裕子と遊んだ。と言っても、月に一度のデートの約束は守らなければならない。それでも彼女は、慎太郎が想いをめぐらせれば、いつでも部屋にやってきた。

あの旅行が終わった夜、慎太郎は裕子の部屋で、乳房や脇の下、内腿をふいたハンカチに、彼女がいつも用いている香水を含ませた。

「匂いのするものは気をつけないと、お母さまにあやしまれるわよ。これに入れて密閉しておくの」

と言って、裕子が封付きのビニール袋を差し出したのだ。

まるでシンナーでも吸うように、すこし開けたビニール袋を鼻に当てる。すると裕子は、小首をかしげ、ちょっと焦《じ》らしてから、ブラジャーをはずし、スカートを脱ぐのだった。

彼女のあえぎ声とともに、肉体の生々しい感触が蘇る。肉のきつい把握の記憶が、手の中の硬直をいっそう漲らせ、彼は上昇する。やがて、裕子の細いうめき声を耳鳴りのように聞きながら、慎太郎ははじけた。

家に閉じこもっていては不健康だし、母が心配するだろうからと、朝食兼昼食をすませると、外に出る。裕子を見ならうわけではないが、早足で大井埠頭や京浜島、あるいは多摩川に出かけ、しばらくぼんやりと過ごし、夕方ふたたび早足で家に帰る。無心で歩こうと思うのだが、いつの間にか裕子が入り込んでくる。

母がダンスのサークルに出かけた夜、慎太郎は裕子に電話をした。彼女はすぐに出た。

「今日は土曜日で休みでしょ。どこにも出かけなかったの？」

「そうよ。わたしまじめだもん。一日中ちゃんと家にいましたよ。もっとも、朝のジョギングと、買い物にはダイシンに出かけたけどね。あとは体操したり、掃除したり、洗濯したり、本を読んだり、けっこうやること多いんだから。あなたは？」

「そうだね、とくに何をしたってことはないね。十時に起きて裕子さんのことを考える。そのあと新聞読んで、朝食兼昼食を食べて……。あ、そうだ、歩いたんだ。部活で学校に行かないときは、毎日歩いている。今日、多摩川まで行ってきた。それから風呂に入りながら裕子さんのことを考えて、夕飯食べて、テレビを見て、ベッドに入ってからまた裕子さんを想い浮かべる。魅力的な顔やからだを」

「そう、多摩川まで歩いて往復したの。いいことだね。でも十時に起きるのはよくないわ。朝はちゃんと起きなさい。わたしなんか、休日でも六時には起きるのよ」

「ぼくはまだ育ち盛りなの。裕子さんみたいに年とってないもの」

「なによあなた、ひとが気にしていることをはっきり言うわね。どうせわたしは年をくってますよ」

「べつにそんなつもりで言ったんじゃないよ。早起きだからさ。裕子さんとぼく、七つしか違わないもんね」

「うるさい。もう逢ってやんないから」

「あ、それはだめ。そういう言葉は、最後の切り札としてとっておかないと」

「そうか。じゃあいつだろうね、切り札が使えるのは」

「かなり先。ずうっと先。気が遠くなるような先」

「そんな先だったら、わたしおばあちゃんになっちゃうじゃないの。それとも死んでるかもしれない」

「そう、それでいいんだよ。死んだら逢えなくなるから」

「死ぬまで、毎月一度、ずうっと逢いつづけるわけ？」

「それはわからない。そのうちに一か月に三十回顔を見るようになるかもしれない。これは、ぼくの希望的観測だけどね」

一か月に三十回顔を合わせるということは、生活を共にすることだった。裕子が話題を変え、他愛のない会話が十五分ぐらい続いた。おやすみの言葉のあと、彼はつけ加えた。

「追伸。今夜は夢の中で、きっと裕子さんのオッパイ吸うと思うよ。そのあとはご想像におまかせします」

「エッチ……」

甘ずっぱい余韻を残して、電話は切れた。

慎太郎はパジャマ姿で階段をのぼった。自分の部屋の戸が半開きになっており、全裸の裕子がベッドに横たわっていた。モナ・リザのほほ笑みを浮かべて、彼女が手まねきをする。パジャマの上着を脱ぎ、彼は上半身裸になった。そのまま裕子にのしかかりキスをした。

パジャマのズボンを脱ごうとすると、彼女は、彼の手を押さえて言った。

「お母さんが来るかもしれないからだめよ」

裕子は身悶えしながら、乳房を彼の口に当てがう。それをひとしきり吸ったあと、慎太郎は階段を下りた。リビングに入ると、テレビを見ていた母が、彼にきびしい視線を向けた。立ち上がり、彼女は言うのだった。

「裕子さんは魔性の女よ。あんな危険なひとには近づかない方がいい」

「じゃあ、お母さんが代わりになってくれよ」

慎太郎は母を抱いた。胸の豊満な感触に、彼は息苦しさをおぼえた。背を丸め、母の唇に自分の唇を押しつけようとしたとき、眼がさめた。じっとりと汗ばんでいた。

たしかに母は、裕子を魔性の女と言った。母は、十七年前の函館以来、裕子と顔を合わせたこともなければ、彼女が東京に出て来ていることすらも知らないのだ。それなのになぜ母は、裕子の名前をいともたやすく口にしたのだろう。いや、それよりもなぜ自分は、母をセックスの対象にしたのだろうか。ま、夢だから自由自在ってことか、と慎太郎はふたたび眠りについた。

春休みも終わりの日曜日、母が父の遺品の整理をしていた。

スーツなどの衣類は、体に合う親類の男性にひきとってもらっていた。慎太郎は、大島紬《つむぎ》の着物を形見としてもらった。今日は、小物類やいらない書類を処分しているようだ。処分品を入れたダンボール箱が、廊下に出されていた。彼はなにげなく一つの箱を開け、中をのぞいた。建築現場の図面、建築雑誌、室内関係のカタログ、現場ノート、手帳といったたぐいのものが入れられていた。

手帳を手に取り、開いてみた。ほとんど仕事のスケジュールで埋まり、たまに、ゴルフのコンペの日付と場所が書き込まれていた。その手帳にへばりついていたのだろう、薄くて小さな手帳が足元に落ちた。拾い上げて見ると、献血手帳だった。

慎太郎は、父が事故死する半月ほど前のことを思い出した。その日早めに帰宅した父が、晩酌のビールを飲みながら言った。

「今日は半日の有給休暇をとって、運転免許の更新に行ってきた。なんとなく気分がよかったので、帰りに献血してきたぞ。ほら、これが献血手帳だ。血の気の余っているお前なんか、たまに献血するといいんだがなあ」

そのときの赤い手帳である。名前と生年月日、血液型、採血月日、採血量などが記された簡単なものだった。

たしかに自分の血の気は余っている、そのうちに献血に行ってみるかな、と彼は、手にしているものをポケットに入れた。

新学期がはじまった。高校三年生にとってこれからの一年はあまり楽しくはない。だけれども慎太郎は、昼休みのざわめきの中で、意外な自分を見つめていた。

裕子のことでとうぶん頭がいっぱいになるだろうと心配していたのだが、なぜか、勉強に意欲が湧いてくるのだった。美人で頭がよく、そのうえすばらしいプロポーションをもつ年上の女性を、恋人にしたという自信が、女の子を熱くさせることはまず無理だと思える周囲の男子生徒を見まわしているうちに、勉強への意欲が高まった、とも言えた。

慎太郎は仲間には内緒で、早速進学塾の手続きをとった。まだまだ深まるだろう裕子との愛にウエイトを置くべきか、受験勉強に主力をそそぐべきかの迷いは、どうやらふっ切れた。彼女とのデートに、相当の時間は割《さ》かなければならないだろう。その時間を作るためにも、調子の出ているときに飛ばしておこうと、彼は考えたのだ。放課後の無駄話も適当に切り上げて姿を消し、塾に直行するようになった。水泳部へは、週二回顔を出すようにきめていた。

新学期がはじまって一週間が過ぎた。朝、慎太郎はいつもの時刻に、いつものように混んだ電車に乗り込んだ。発車した電車がスピードを上げ、他の乗客とともに彼の体がうしろに傾いた。そのとき、斜めうしろから、彼の腕に、かすかな匂いを運んで女性の胸が押しつけられた。本物であろうその膨らみには、ふくよかなボリュームが感じられた。

慎太郎は中吊《なかづ》り広告に視線を送りながら、腕に神経を集中する。女性は一向に胸をかばおうとしないばかりか、いっそう強く体を密着させてきた。電車の揺れで、腕と膨らみが気持よくこすれ合う。本人は気づいているはずなのに、かなり大胆な行為である。

と、肩を指先で二度つつかれた。電車の揺れを利用して、彼はさりげなく首をよじった。女性がやや斜め前まで割り込んできた。

「おはよう」

裕子が、眼の前で笑みを浮かべていた。

「あれ？　少し早いんじゃない？　仕事で？」

「まあね。電車に乗るときからずうっとうしろについていたのに、ぜんぜん気がつかないんですもの」

「あ、そうだったの。知らなかった」

「わたしのこと、忘れてしまったんじゃないかと思ったわ」

小声で彼女は言う。慎太郎はにやりとした。

電車が揺れて、裕子の体が押されてきた。正面を向き合う形になったが、体半分ずれていた。裕子の右の乳房が彼の右の胸に圧しつぶされ、栗色の髪が彼の頬をくすぐった。

顔は意識的に距離を作ったものの、互いの足は、タンゴのダンスのように交叉した状態になった。慎太郎は周囲に眼を配りながら、片手を注意ぶかく裕子の大腿部に添える。時折、彼女が大きく息を吸うのが、胸の膨らみ方で分かった。

品川駅で乗客が減ったため、二人の短い戯れは終わった。慎太郎はなぜかほっとした。次の田町駅に電車がすべり込み、人波の揺れが、開いたドアからはき出される。だが、裕子は降りようとしなかった。

「どこまで行くの？」慎太郎がたずねる。

「新橋まで」

「用事で？」

「そ、あなたのつき添いで」

「時間、間に合う?」

「ね、十五分早めだから、ちょうどいいの」

「ね、こんど裕子さんのところで逢うとき、いつもより三十分くらい早く行ってもいい？」

「欲ばりね、いいわよ」

何に対して欲ばりと、彼女は言ったのだろうか。一か月に一度しか逢えないのだ。せめて時間はたっぷりと使いたかった。


その二日後のことである。放課後、ちょっと調べたいことがあったので、慎太郎は学校の図書館に立ち寄った。目的の本を探しているうちに、ある小さな冊子が眼にとまった。それは求めていたものとは関係のない本だったが、なにげなく手に取り、開いた。立ち読みしているうちに、おやっと思った。

彼は本を手にして、閲覧室の机に座る。半分ほど拾い読みをし、眼を天井の空間に向けた。頁数が少なかったので、終わりまで眼を通すのに三十分とかからなかった。それから、ほうっと深いため息をついた。

必要な箇所を書き写しているうちに、慎太郎は、濃霧の中に閉ざされていくような自分を感じた。塾には行かず家に直行すると、先日手にした父の献血手帳を取り出した。図書室でメモしたノートと照合し、図式を書いてみる。

やはりそうか。彼の背すじを悪寒が走った。いったいこれは、何を物語っているのだろうか。不可解な事実は、疑惑となって膨らんでいった。そして彼は、まさか、とつぶやいた。

夜、ベッドに入ってからも、慎太郎はあれこれと考えた。そしてある推理を構築した。

五月下旬を思わせる暖かい日だった。裕子に逢える日がやっときた。旅行からの四週間は、慎太郎にとってとくにながく感じられた。その間に二度電話をかけており、そのつど逢う日を早めたいと言おうとして、がまんした。彼は、裕子にある物語を話すべきかどうか、決断しかねていたのだ。重大な問題ではあるがまだ確証までには至っていないし、仮にそれを切り出した場合、彼女との愛の方向性が、大きく転換するおそれがあった。

大森北のマンションに着いたのは、三十分早めた約束の時刻より、さらに十分早かった。可愛らしいデニムのエプロン姿で、裕子が出むかえた。料理中なのだろう。エプロンの下からは、ジーパン姿の足がのぞいている。

「もう下ごしらえ終わったから、あとはすぐ出来るわ。ちょっと待っててね。テレビでも見てて」

そう言って彼女は、彼の頬に素早いキスを投げかけ、寝室に消えた。

裕子の雰囲気に、これまでとはあきらかな違いが見られた。弾むような明るさと、もうあなたとわたしは他人ではないわ、と語りかける親しみの情感があった。

慎太郎はテレビの電源を入れた。あまり面白そうなものがなかったのでスイッチを切り、オーディオのFM放送のダイヤルを回す。喜多郎の曲が流れてきた。BGMのつもりで音量をしぼる。甘ずっぱく、しかもやるせない想いが、離散しようとする白い雲となって、胸の中を浮遊していた。

裕子はなかなか出てこなかった。気分でも悪くなったのだろうかと不安をおぼえながら、冷蔵庫からビールを取り出し、グラスを二つ持ってリビングにもどった。グラスのビールが空になっても、彼女は姿を見せなかった。胸の中の白い雲が集合し、だんだんと灰色をおびてくる。

慎太郎が寝室のドアをノックしてみようかと思ったとき、

「お待ちどうさま」と言って彼女が姿を現した。それを見た彼は、思わずつばを飲んだ。

彼女は衣装替えをしていたのだ。光沢のあるチョコレート色のシャツは、上から二つ目までボタンがはずされ、胸元には、膨らみのみずみずしい肌がのぞいていた。なおも彼をあやしい気分にさせたのは、ダークグレーのミニスカートである。膝上十センチ以上はあるであろう裾からは、伸びやかな足がむき出しになっていた。爪先まで素足だった。彼女は、真冬を除いて、部屋でストッキングやソックスをはくことはなかった。スリッパもあまりはかない。膝上から徐々に太さを増す腿が生々しく露出し、歩行のたびに、内腿の白い肌がきわどくのぞく。それをソファーに座った状態で眺めるのだから、なおさら刺激的だった。おそらく裕子は、彼への挑発を愉しんでいるだろう、慎太郎にはそう思えた。

化粧もいつもとは違っていた。眼元にはくっきりとアイラインが入り、そのうえ、アイシャドーまで施されていた。パールピンクの口紅とマニキュアが輪をかけ、知的で品のよい容姿を一変させたのだった。

「さっきはぜんぜんお化粧していなかったの。どう？　少しは変わった？」

裕子が軽くポーズを作る。

「お化粧しなくてもきれいだけど、今度は、とびっきり上等の美人って感じ」

「あなた、口がうまくなったね」

「ほんとにそう思っているんだ。でもねえ……」

「でも、なによ」

「その服装とお化粧、ファッションショーに出てくるのみたいにカッコいいんだけど、純情な高校生には、ちょっと眼の毒だね」

「あら、純情な高校生って誰のこと？　ここにはそんな子いないわね」

「眼の前にいるじゃないか、ひとり」

「え？　もしかしてそれ、あなたのこと？」

「そうだよ」

「なによ、少なくとも二人は女を知ってるくせに、どこが純情なのよ」

「ああ、おなかすいちゃった。ごはんまだ？」

「ふうんだ」いや味な顔をしたつもりでも、裕子の表情には可愛い茶目っけがあった。

キッチンに向かう彼女のうしろ姿に、慎太郎はふたたびつばを飲む。タイトでしなやかなスカートの生地は、ぷりんとしたお尻にフィットし、パンティーラインがそれとなく分かった。しかもスリッパをはかない素足が、なんとも悩ましい。彼は見事に豹変した裕子を眼にし、例の物語をするのは、次回にまわすことにした。

その日の昼食のメニューは、あさりの酒蒸しに太刀魚《たちうお》の塩焼、ほうれん草とベーコンの蒸し煮、竹の子の煮物、それに竹の子ごはんと赤だしのみそ汁だった。

テーブルを挟んで向かい合わせになると、腿の露出度はいっそう高まり、おまけに、慎太郎に注いだビールの泡がこぼれ、それをふくために身を乗り出したとき、胸元がゆるんだ。ブラジャーからは、乳房の膨らみが半分近く顔をのぞかせていた。

「変なとこのぞかないで、料理に眼を向けなさい」

「料理もおいしそうだけど、そっちの方もおいしそうなんだもん」

「もう、エッチなんだから。なにが純情な高校生よ」

「心はまだ純粋なの」

「よく言うわね。二人も女を狂わせといて、心は純粋だなんて」

「あれ？　裕子さん、ぼくに狂ってるの？」

「しーらない」


食事のあと片づけを手伝い、慎太郎は歯を磨いた。歯を磨くという行為は、そのあとに続くキスの合図にもなっていた。裕子も当然のように歯を磨くと、リビングの電気を消した。ソファーに座っている彼の眼と彼女の眼が合った。レースのカーテンを透《とお》して、春の陽がやわらかく差し込んでいた。

香水でもつけてきたのであろう。隣に座った彼女の体から、いつもよりやや強めの匂いが、甘く漂ってきた。ふふっといたずらっぽい笑みを漏らして、彼女が慎太郎の肩に頭をかたむける。待ち受ける唇に彼が唇を重ねると、すかさず彼女の舌が進入してきた。

情感をむきだしにした舌の戯れに酔いながらも、慎太郎の欲望はさらに先をめざした。相手のシャツのボタンをはずしにかかる。だが、左手が彼女の後頭部を支えているため、片手でははずしにくい。裕子の前に体を移動すると、両腿の間に割って入った。シャツの裾をスカートからたぐり出し、ボタンをはずした。

開かれた胸は、うす紫色のレースのブラジャーに覆われていた。けれどもカップ部分の裏地がなく、乳房の肌や乳首が透けて見え、悩ましい彼の気分をいっそう煽りたてた。

今日の裕子は、その装いや化粧だけでなく、態度も積極的だった。艶いた表情で、慎太郎の服と下着をはぎ、自らのシャツとブラジャーを取り去る。白い肌が匂い、正面に向けてしっかりと隆起した二つの乳房が、彼の愛撫を催促していた。

てのひらで包んだ。しかし、膨らみの裾までは覆うことができない。愛撫の摩擦によって、淑やかだった乳首がたちまち硬くなり、妖精の姿で彼を誘惑する。

「ねえ、吸って」頭上で甘えた声がして、胸が突き出された。

桃色の乳暈に、はくようにしてまんべんなく舌を這わせた。すると、ところどころに小さな粒が芽ぶいてきた。唇の間に軽く乳首を含み、舌先で戯れる。焦れったそうに裕子が身をくねらせる。

口は、膨らみの肌をなぞりながらすべり下り、隣の丘を這い上がる。そこでも、触れるか触れないかの軽いタッチで乳首をもてあそぶのだった。亜希によって覚えたテクニックである。

「ずるいんだから、ねぇ、もっとちゃんと」

裕子が乳房を押しつけた。ようやく慎太郎はその気になり、吸う力を強める。身悶えするにつれて、彼女の尻が手前に押し出されてきた。おのずとスカートがずり上がり、太腿の白い肌が露になる。

左手で乳房を揉んでいるため、彼の片方の手は空いていた。その手を素肌の腿に置き、撫でながら奥へと忍ばせた。すると手が湿った温かさに包まれ、指に触れた帯状の布にかすかなねばりがにじみ出た。窪みに添って指の動きをくりかえす。ねばりの量が増し、布地があきらかにそれと分かる濡れ方をした。

「だめ、お風呂に入ってから。ね、お願い」

身をよじるようにして彼女は腿を閉ざす。

「一緒に入る?」

乳房から口を離した慎太郎が、裕子を見上げて言う。太腿に挟まれていても、指先の戯れは続いていた。

「うん、入る。一緒に入る」

「沸いてるの？　お風呂」

「熱めにしておいたから、今ちょうどいいと思う」腰を小さくくねらせ、彼女は言った。

慎太郎は手を抜き、太腿の肌にキスをしてから立ち上がった。

「まあいやだわ、恥ずかしい」

あられもない自分の恰好を眼にした裕子は、あわててスカートの乱れを直した。

ユニットバスの浴槽は、一人が膝を軽く曲げて入れる広さだった。彼の体が温まった頃、白い裸身が恥じらいの風情で入ってきた。下腹部はタオルで、髪はビニールキャップで覆われていたものの、乳房や太腿はその姿を露にして、慎太郎の眼を愉しませてくれる。

裕子は背を向けると、タオルをはずし、シャワーを浴びた。ゆがみなく伸びた足の上に、ぷりんとした尻が、二つの丘を盛り上がらせている。その形と言い、なめらかな肌と言い、噛みつきたくなるほど悩ましい。まんべんなく全身にシャワーを浴びせたあと、彼女はしゃがんだ。開いた股間にシャワーを当て、ていねいにその部分を洗う。なんとなくエロティックな光景に、彼の股間のものが、たちまちお湯の中で躍りはじめた。

立ち上がった裸身がこちら向きになる。中心部への視界を、彼女の手が遮っていた。

「手どかして。裸のからだよく見せてよ」

慎太郎の注文に、裕子はちょっとためらいを示したものの、数秒後には、いたずらっぽい微笑を浮かべ、軽くポーズさえ作った。

ほんとに三十二歳なのだろうか、と疑いたくなるような裸身である。少しのたるみもなくひき締まった下腹のみずみずしさは、出産を経験した女性の肉体とは、とても思えなかった。あのとき二十二歳だった五十嵐亜希と、同程度の若さはあるように思えるし、美しさにおいては、彼女をはるかにしのいでいた。見とれている慎太郎に、裕子が言った。

「純情な高校生には、眼の毒じゃない？」

「ううん、元気の源《みなもと》。幸せを運ぶ裸の女神」

「さ、もういいでしょ、交替よ」

慎太郎が浴槽を出るのと入れかわりに、裕子が入る。すれ違いざま、彼は偶然を装って、乳房に腕をこすりつけた。

「こら、チカン」

椅子に腰を下ろした慎太郎は、顔と両足の膝から下だけを洗った。

「あら、もう洗わないの？」

「うん、あとは裕子さんに洗ってもらおうと思って」

「ええ？　そんな……」

「ぼくも洗ってあげるから、いや、そうじゃなく、洗わせてください」

「変なことするんでしょ」

「しない、しない。洗うだけ」

「信用できないもん」

裕子は、語尾の「もん」のアクセントを上げて言った。

やがて、温まった彼女が浴槽を出た。しかし洗い場は狭く、二人が腰を下ろした状態では、窮屈だった。で、慎太郎が立ち上がる。

背中からお尻、腿の裏側を裕子が洗い終えると、慎太郎は裸身と向き合う形になった。彼女はまず首を洗い、肩、腕、胸と下がっておなかにソープの泡を立てたものの、次の場所は素通りして、腿に移る。両足の爪先まで洗い終えた彼女が、彼を見上げてにやりとした。

「やっぱり洗ってあげるね」

屹立はさきほどから天井をにらんだまま、あきれるほどその存在を誇示していた。裕子が、浴用タオルをこすりつける。

「痛いよ。タオルじゃなくて、手でやって」

「素手で？　そうね、デリケートなところですものね」

裕子は洗顔石鹸を両手にまぶすと、照れた表情で洗いはじめる。が、すぐに真顔になり、こう言った。

「わたしね、こんなに長くて大きいものが、よく、ちゃんと入ってしまうんだなあって、感心するの」

あからさまにセックスの状況を表現する言葉と、そのようなものを握るには、ふさわしくないと思われる美しい手による刺激のため、慎太郎はますます昂奮状態に陥った。

裕子が跳ね上がろうとするものを押さえつけ、水平に倒したものだから、紅い頭部の薄皮は、最大値を示して張りつめるのだ。

「骨でも入ってるんじゃない？」

言いながら彼女は皮を引き、むき出しになった窪みを指でこする。

洗うという行為を借りて、彼女は男のものを観察しているようだ。裏を洗いながら見つめ、石鹸を袋に塗り、襞《ひだ》を伸ばしては眺める。ひととおり洗い終えたものの、彼女は握っているものから手を離さなかった。指で挟み、愛撫の動きを示す。が、なれていないとみえ、なんとなくぎこちない。

「これでいいの？」慎太郎を見上げ、その仕方をたずねる。

慎太郎のアドバイスに、彼女は屹立の根を握り、もう一方の手を筒状にして愛撫を施す。石鹸がついているので、滑りはなめらかだった。やがて動きに一定のリズムが生じ、硬度を強めた赤い実が張りつめる。動きが速まった。

「もういいよ、やめて。感じちゃうよ」

五日間の禁欲で溜ったマグマが膨張し、上昇の気配を示す。それなのに裕子は、やめるどころか、いっそう真剣になるのだった。

慎太郎は四肢をこわばらせた。だが耐えることはできなかった。極限状態に膨らんだ頭部から、熱情の印が勢いよくほとばしる。裕子はしかし、その連射から身をかわそうとはしなかった。そればかりか、脈打つものを手で固定し、白濁した粘液を両の乳房に受け止める。そして、最後の雫を乳首でふきとった。

体のひきつけが鎮まったあと、慎太郎はほうっとながい吐息を震わせた。彼女の手から離れたペニスが、硬さを維持したまま、名残の脈を打つ。裕子は顔を紅潮させ、それを眺めていた。それからふいと自分の胸に眼を向けると、垂れ落ちようとする粘液をやおら乳房に塗り広げた。まるで乳液でも塗るかのように。

その様子を、慎太郎は唖然として見つめた。昂奮の余韻を曳いて立ち上がった彼女が、彼の体にシャワーをかけてくれる。乳房の肌が、粘液で輝いていた。

「さあ、お湯に入りなさい。わたしは自分で洗うからいいわ」

裕子の気迫に圧倒された慎太郎は、お湯には入らず、敗残の兵の姿で浴室を出た。裸のままで寝室に行く。ベッドに腰掛けた彼は虚ろな眼を宙にさまよわせた。ふと、母の姿が頭をよぎった。そして小学校六年の夏の出来事が、ズームアップされて蘇った。

あれは単なる儀式だったのだろうか。彼女の気持に、別の感情が隠されていたようにも思えた。男として自信のもてる体にしてくれたのは、母であった。その点では、彼女に感謝しなければならないのだが……。

「ああ、ちょっとのぼせたみたい」

裕子がバスタオルを巻いた姿で寝室に入ってきた。裸の彼を無視してベッドに腰掛けると、彼女は手にしたうちわで、顔に風を送る。

「裸になればいいじゃない」

「ううん、いいの。バスタオルで汗を取るんだから。あなた、からだ冷えない？　わたしのバスローブ貸してあげようか？」

「まだ余熱が残ってる。それに、着てもすぐ脱ぐことになるだろうから」

「あら、そうなの？」裕子はくすっと笑い、続いて首をかしげた。

え？とけげんな表情で、慎太郎は裕子の視線をたどった。考えごとをしている間に、おとなしくなったようだ。

「そういうことか」彼はつぶやいた。

「驚いたわ。男のひとから出るものが、あんなに勢いがあるなんて、ぜんぜん知らなかった」

「でも裕子さん、ちっともいやがらなかったね、からだにかかっても」

裕子はふうっと笑った。立ち上がり、巻いていたバスタオルを二つ折りにして、ベッドの中央に敷く。

「あなたの量多すぎるんじゃない？　こうしないと、溢れ出てくるんですもの」

そう言いながら日常的な作業をする裸体には、違和感があった。だからこそ刺激的でもあった。たちまちこわばりとしての形を整えた彼は、裕子の背後から抱きついた。硬さが、彼女のお尻の底でもがいた。

今日の裕子には、自身の淫らな昂りを恥じらう様子はなかった。淫蕩を演出することによって、性愛の濃度をさらに高めようとするかのようだ。首を捻った彼女は、口が合わさるやいなや、舌を進入させる。それを啜りながら、慎太郎は乳房を揉み、一方の手をおなかに沿ってすべり下ろした。誘うかのように彼女の腿が開かれた。風呂から上がったばかりなのに、彼女はすでに、粘液の洪水に見舞われていた。しかも、すべりにまかせて動く彼の指の戯れに、艶かしい嬌態を見せた。身悶えする仕草で、みずからの乳房を揉みしだく。次いで、体の向きを変えると、彼にむしゃぶりついた。

「好きなの。愛してるの」と、狂おしく彼の胸に乳房をこすりつける。

慎太郎の腕の中で、低く喉を鳴らしながら、裕子は裸身を落としていった。男の乳首を含み、おなかにキスを降らせ、さらに身を低くする。

彼女の顔と対峙して、漲りを露にしたものがそびえ立っていた。その根元を握った彼女は、匂いに酔い痴《し》れたかのように、唇を触れたまま動かなかった。焦《じ》れったさが、彼の神経を昂らせる。

息苦しさを解くため、裕子が深呼吸した。それからふたたび口を寄せると、血の色に染まった薄皮に舌を這わせた。陶酔した彼女を見下ろしながら、この姿をふたたび見ることができるのだろうか、と慎太郎は思った。彼の脳裏に一抹の不安がよぎる。

彼女の口の中に先端部が消え、口をOの字にした顔が、ゆっくりと前後の動きをはじめる。その動きがリズムを作り、温かさがしだいに容量を増すと、しびれるような快感が深くなった。そのとき、唐突に彼の眼が潤んだ。潤みは一粒のかたまりを作り、頰を流れ落ちた。

裕子の口からこわばりがはじけ、紅潮した顔を見せて彼女は気怠く立ち上がる。だが表情には、艶くものがあった。

「わたしにも、キスして」裕子が囁きかける。

「ん？　どこに？」慎太郎は分かっていたが、わざと訊きかえした。

「いじわる……オ」

その言葉を使うのがよほど恥ずかしかったのだろう。言い淀んだ俗称をいじらしい声で口にした裕子は、逃げるようにしてベッドにもぐり込んだ。けれども、そのあとの彼女は大胆だった。彼が上掛けをはがすと、誘うかのように膝を折り、体を開く。

見つめる慎太郎のこめかみに、心臓の鼓動が伝わってきた。押し開いた肉体の内側は、裕子の昂りを示して濡れそぼり、生々しい艶を放っていた。両の太腿を肩に乗せると、彼は、きらめくルビーの園に口をつける。谷底の肌に舌を這わせ、妖精の姿で頭をのぞかせている種子をいたぶる。やがて潤んだあえぎ声が漏れ、彼の頭を挟んだ腿が硬直した。

「だめになっちゃう。ね、もういいの。抱いて」頭を押しやって、裕子が訴える。

両腕を差し出した裸身に、慎太郎は身を重ねた。すかさず裕子が握った。せっかちな愛撫を加えたあと、もどかしそうに導き入れる。官能を昂揚させる繋がりの感触に、慎太郎の迷いは、またたく間に欲望の炎の中に消えた。

彼を深く捕えようと、裸身が突き上げる動きを示した。裕子の存在を知らしめるきつい把握が、慎太郎の脳裏に、下呂温泉でのめくるめく抱擁の記憶を蘇らせる。同時に、それとは異質のあらたな想いが、彼の心を震わせるのだった。

「あなたが詰まってる。わたしたちは今、しっかりと繋がっているの。からだも心もひとつになっているの」

彼の顎の下で、裕子が熱っぽく言う。

うん、とつぶやいた慎太郎は、赤い糸の先にあるものをたぐり寄せるかのように、ゆっくりと動いた。深く進入し、そこで少しの間とどまる。肉体の緊密な一体感が裕子との絆をいっそう強め、泣きたいほどの悩ましさに、彼は悶えた。

「愛してる。どんなことがあっても、ぼくの裕子さんへの愛は変わらない」

しぼり出すように愛を口にする彼に、裕子の情感は揺さぶられた。動きはゆるやかなリズムを刻んでいるにもかかわらず、長さを利した距離のある摩擦が、彼女の肉体にうずきの糸を張りめぐらせる。

「慎太郎君、いい……」

裕子は乱れた。羞恥を抛《ほう》りやり、若者の大腿部に両足を絡める。さらにそれを彼が引き上げる。膝を折った彼女の両腿が、慎太郎の腰を挟む淫らな形になった。交わりの刺激はいっそう強まり、彼のひと動きごとに、硬さが肉体の底を突いた。その力強さに応えるべく、裕子は呑み込み、把握し、貪る。頂上を間近にした彼女に、快感のうねりが押し寄せる。けれども彼女は、絶え絶えの中で、さらなる激しさと時のながさを願った。

だが、時は待たなかった。上体を起こした慎太郎の動きが速くなると、たちまち裕子は上昇し、身の置きどころもない狂おしさに顔を揺らすのだった。


二人は、疲れた体をベッドに横たえる。上掛けは、寄せ合う裸身の胸から下を覆っているだけなので、乳房が露な姿を見せていた。昂揚の鎮まりにつれて、裕子は、淫蕩な乱れ方をした自分に恥じらいをおぼえた。だが気持とは裏腹に、彼女の肉体は、若者の射精の脈動の名残を受けてうずいていた。

「下呂でのときもすごかったけど、さっきは最高だった。あんなに気持よかったの初めてだよ」

慎太郎が眩しそうな眼をして言う。

「そう？　うそでしょ？　以前にも経験してると思うわ」

「え？　以前って？」

「高校一年のころ」

「亜希さんとのこと？」

「あら、亜希さんって言うの？　そのひと」

「うん、五十嵐亜希。でも、あのころはよくわからなかった。ああこれがセックスかと思ったくらいだから」

「そ？　ま、そういうことにしておきましょ」

「裕子さんは、何度も気持よかったことあるんじゃない？　昔の恋人との間で」

「しーらない。わたし、あなたより経験した回数ずっと少ないもの」

萩尾和也とは、四回しか肌を交えなかったし、二人はまだ子どもだった。それでも裕子の性感は、かなり磨かれていると言ってもいい。父親ゆずりの好色な血を持つ肉体が、結城未央によって開拓されたのだ。

別れづらい二人は、結局、夕食も共にすることになった。いや、裕子はそうあることを願って、実は、うなぎの蒲焼のパックを二人前、冷蔵庫に入れておいたのだ。

うな丼と吸い物を作った。慎太郎が含み笑いをしながらそれを食べる。

「いやあね、なににやにやしてるの？」

「こういう食べものに、ぼくのからだは、敏感に影響を受けるんだ」

どこら辺が？　と裕子は訊こうとした言葉を呑み込む。

歯を磨き終える頃には、はっきりと自覚できるほど、彼女は濡れていた。慎太郎のそばにいると、女を淫らにさせる何かが漂ってくるような気がする。今日はとくにその傾向が強いようだ。欲情し、理性を片すみに追いやった彼女は、意図的に少年を挑発する、淫らな女を演じようとたくらむ。

慎太郎はソファーに座り、裕子はテーブル横のスツールに腰掛けていた。彼女が足を組むと、ネグリジェの裾が割れ、膝をのぞかせる。下着は着けていなかった。案の定、慎太郎の視線がそこにそそがれた。裕子は気づかないふりで話しかける。

「遅くなると、お母さま心配なさらないかしら」

「まだ七時半じゃないの。小学生じゃあるまいし」

「何時頃までならいいの？」

「とくに何時って決まりはないけど、まあ十一時前だったら、あまり文句は言わない」

「わたしが高校生のころは、とくに何かあるときでも、九時が門限だった」

彼女は足を組み直した。はずみで裾の開き方が大きくなった。彼の頭が斜めにかしいだ。

「どこを見てるの？　あなたってほんとにエッチなんだから」

「Hの次にI（愛）がある」

裕子の言葉尻をとらえた彼が、体を倒してネグリジェの裾をひろげる。あやうく露出しようとする股間を押さえて、彼女は言った。

「ね、純情でスケベなあなたに、いいもの見せてあげようか」

「エッチなものだったらなんでも見るよ」

「ちょっと待っててね。覗いちゃだめよ」

そう言い残して彼女は寝室に姿を消した。アダルトビデオか裸の写真集でも見せるつもりだろうかと、慎太郎は待った。が、裕子はなかなか姿を見せなかった。上映開始時刻を過ぎても、フィルムが回りはじめない映画を待つ心境だった。

二十分近く待たせて、ようやくノブを回す音がし、すこし開いたドアから、彼女は顔だけのぞかせた。

「何してたの?」

慎太郎の問いには答えず、彼女は首をちょっとかしげて微笑《ほほえ》む。まるでゲームでも愉しんでいる風情で。

やがて裕子は、香水の匂いとともに完全に姿を現した。だが、手には何も持っていなかった。その代わり、彼女の装いはセクシーで、慎太郎は一瞬息を詰めた。いいものとは、どうやら彼女自身のようである。

ラフに着たジャケットの胸元からは黒のブラジャーがのぞき、その上に、谷間のラインを描いて、乳房の白い肌がこぼれていた。さらに、彼をあやしい気分にさせたのは、ジャケットの裾から、直接露出している足である。黒の網目のストッキングをまとい、伸びやかさを自慢げに見せつける。しかも足元には、ヒモ状の皮で足首を巻いた、サンダル風のハイヒールが粋に納まっていた。アイラインやアイシャドーも濃く、その姿は、あたかもショーダンサーといった装いであった。

フローリングの床をことことと鳴らし、リビングの中央に歩を進めた彼女は、軽くしなを作って言った。

「ほんとはわたしって、こんな姿が似合う淫らな女。見物料、高いわよ」

ソファーに座っている慎太郎の眼を見つめながら、彼女はジャケットを脱ぐ。焦《じ》らすような仕草は、ストリッパーの演技を思わせた。

上着が取り除かれ、またもや慎太郎はつばを飲んだ。パンストだと思っていたのは、実はガーターベルトで吊るされたストッキングだったのである。しかもパンティーは、その生地をかなり節約していた。正面は

V字型で、腰まわりはフリルがついてはいるものの、単なる帯状だった。そこから黒い紐が延びて、ストッキングの二重編み部分を吊るしていた。

「どう？　セクシー？」

裕子が腰を揺らし、体を一回転させた。慎太郎はおおと声を上げた。パンティーのうしろ側はレースに縁どられた一本の帯となって、キュートな小山をふたつに分けていた。その姿に、彼は美しい娼婦を連想した。通勤時の上品なたたずまいとはあまりに落差があり、彼女の中には、女神と悪女が同居しているように思えた。だからと言って、裕子の人間性に汚点をつけるものではけしてなかった。むしろ、淫らな姿で、精いっぱい慎太郎を悦ばせようと努める彼女の心情に、ますます惹かれる自分を、彼は感じていた。しかし一方では、これでいいのか、との複雑な思いもあった。

「たまに、思ってもみない自分がわたしに誘いかけて、こんな恰好をしたくなるときがあるの。変だわね。わたしのこと、いやらしい女だと思う？」

「すごくセクシーで美しい。それに、いやらしい裕子さんもぼくは大好きだよ」

「夕べ、この姿を鏡に映していて、すぐにでもあなたに抱かれたくなっちゃった」

「電話くれれば、いつでもぼくは飛んでくるよ」

そう言って彼女の胸に手をやった彼は、

「こうするともっとエロティックだね」

と、ブラジャーの上部をすこし押し下げ、乳首と乳暈が顔をのぞかせるようにした。

「あなたっていやらしい」

「裕子さんだって、ぼくと同じだよ」

「あなたのいやらしさに、感化されたんだわ」

「そうかな。裕子さんってすごく上品なんだけど、本質はスケべじゃない？　ぼくにとってはその方がありがたいけどね」

「考えてみると、愛し合う二人って、所詮スケべーでいやらしいものかもしれないわね」

裕子は、慎太郎の足の間に太腿をこじ入れると、自分の股間を彼の腿に押しつけ、こんなふうにと、パンツの膨らみを手にした。慎太郎も、とび出している乳首を、ちょんちょんと叩く。

「乳首はつんととがっているし、広めの乳暈の形や色、そしてこの小さなつぶつぶ。すごくいやらしい」

「そんなにいやらしい？　わたしのオッパイ」

「うん、いやらしくて世界一美しい」

「あらあなた、世界一だなんて、ずいぶん数多くのオッパイ見ているようね。それに、にゅううんなんて難しい言葉も知ってる」

「ほとんど、本やビデオの世界さ」

「ほとんど？　そうか、亜希さんって女《ひと》の生のオッパイが含まれているわけね」

「でも、裕子さんのがずうっといい。オッパイだけじゃなく、顔も足も肌も、それに……」

「それになによ」裕子が催促する。

「ほら、言いなさいよ」

彼のてのひらが、乳房をソフトに撫でる。

裕子は、手にした硬さを握りしめた。

「うん、それに……つまり心もいい」

「ん？　なんかごまかしたみたい」

「べつに。まだあるよ、頭もいい」

「それだけ？　ほかには？」

「うん、ほかには……おがつくもの」

「なあに？　オがつくものって」

「お尻もきれいだ」

　裕子は、あの言葉が聞きたかった。五十嵐亜希よりすぐれているところとして、口に出して欲しかったのだ。だが彼は、にやにやとしているだけだった。それでも、この言葉のゲームは、さきほどからパンツ越しに撫でている硬い感触とともに、裕子を悩ましい気分にさせた。ブラジャーを乳房の膨らみの下に押しやり、彼女は言う。

「いやらしくて、世界一美しい胸に、敬意を表しなさい」

　慎太郎が乳首を軽く噛みながら吸い、もう一方の乳首を指でリズミカルに挟む。裕子は、全身に電気でも当てられたようなうずきをおぼえた。激情につき動かされるままに、彼女は彼を寝室に誘う。

「二人で同時に……」裕子が囁く。

　ベッドに仰向けに寝た慎太郎の股間では、張りの斜塔が時を刻んでいた。ブラジャーとショーツを取り去った裕子は、ガーターに吊るされたストッキング姿で彼の顔をまたぐ。

　慎太郎の腹の上で乳房がひしゃげ、彼の眼の前には、女の源が露な姿を晒していた。顔の火照りをおぼえながら、帷を開く。そこは、ルビーのきらめきで濡れそぼり、芳香を欲しいままにしていた。食虫花に誘われる虫のように彼が口をつけると、ゆらゆらと裸身が揺れた。

欲情にとりつかれた裕子には、もはや羞恥のかけらもなかった。くぐもったうめき声を漏らした彼女は、くわえているものを離し、体の向きを変えた。彼女は熱におかされていた。若者に騎乗し中腰に構えると、手にしたものを自分に当てがう。裕子は、結合の瞬間がたまらなく好きだった。全身に粟だつものをおぼえながら、きわめてゆっくりと体を沈める。

聡明な裕子の、あまりにも大胆で卑猥な姿を、慎太郎はかたずを飲んで見守った。スローモーションのビデオを見るかのように、裸身が少しずつ落ちていき、屹立したものが女体の入り口に呑み込まれていく。その光景は、まさしくポルノの世界だった。

すべらかな、それでいて狭い把握の中に、硬直の全身が呑み込まれた。それまで慎太郎を見つづけていた裕子の眼が閉じられ、かわりに口元がゆるんだ。ああ……と、陶酔のため息をつき、

「わたしのからだに杭が打ち込まれた」と、いかにもやるせない表情で彼女は声を震わせる。それから彼の胸に手を置き、ゆるやかに腰を回しはじめた。悩ましげに身をくねらせる肉体からは、娼婦のエロスが、陽《かげ》炎《ろう》のように立ちのぼっていた。

やがて、白い肌に桜色をぼかした裸身が背を伸ばし、上下にその動きを変える。裕子の確かな感触を伝える摩擦が、あられもない眺めと相まって、慎太郎を昂らせた。彼はしぼり出すようにうめいた。苦悶の声は、肉の悦びの声でもあり、心の懊悩のうめきでもあった。

肉体の交わり。それは愛の確認の手段であり、その融合は、愛の窮極であった。裕子は貪欲なまでに少年のエネルギーを求め、何度となく歓喜した。そして彼のためならば、自分のすべてを、その一生すらも捧げていいと思う。好きという言葉を百回口にしても足りないほど、裕子は心と肉体で確実に慎太郎を愛する女

になっていた。もはや彼女にとって、彼のいない人生は考えられなかった。

第三章　倫理と背徳と

裕子の、知的で聡明な顔立ちと神の造形を思わせる美しい肢体、それに内なる肉の悩ましい感触を思い出しながらも、勉強は真面目にやった。がしかし、解決しなければならない重大な課題に、慎太郎は頭を悩ませた。

食事をしながらも、つい母の顔を見つめるときがある。なぜなら、その問題には、母が深くかかわっているからだ。

「どうしたのよ、わたしの顔に何かついてる?」

「え? いや、何もついてないよ。お母さん、最近若くなったような気がするんだ」

「あらいやだ、そんなこと言って」

母の表情が崩れた。

「だって伊藤のお袋さんの方が、三つか四つ若いよね。それなのに、お母さんの方がずうっと若く見えるんだよ」

伊藤は中学の同じ水泳部に所属していたので、その母親の会の仲間が、今でも時々集まっていた。慎太郎もつい最近、街中で伊藤の母親と出会った。

ちょっとグラマーな母の体からは、健康的な色香が漂い、その肌は艶っぽく輝いているのに対して、伊藤の母親はダイエットに熱中しすぎのせいか、骨張った顔や足には、張りがなかった。

そんな母に憧れを抱きつつも、慎太郎の彼女への疑念は、日増しに膨らんでいった。

四月の裕子とのデートの数日後、慎太郎は父の献血手帳を取り出し、赤十字の血液センターに電話を入れた。献血を申し出るためである。

翌日、学校帰りに広尾の日赤血液センターに立ち寄る。採血室で、慎太郎が書き込んだ用紙を見ながら、看護婦が言った。

「高校生なのに感心ね」

「血液が不足しているって新聞で読んだものですから」

「そうなの。あなたみたいな方がいっぱいいればいいんですけどね」

「亡くなった父が、献血してきたあとで、血の気の多いお前も、たまに献血したらどうだと言ったことがあるんです」

「いつお亡くなりになったの?」

「半年ぐらい前です」

「ご病気で?」

「いえ、建築現場の監督だったんですけど、現場での事故で」

「そう、大変だったのね」

若い看護婦の眼が潤んでいた。

その日の夕食のとき、慎太郎は母に言った。

「今日、献血してきた」

「あらそう。いいことしたわね。どこで献血したの?」

「広尾の日赤血液センター」

「あれって、どれくらい採られるの?」

「四百ＣＣ」

「へえー、四百ＣＣっていうと、コップ二杯だわね。なんともない？　そんなに採られて」

「べつにどうってことないよ。かえってすっきりするみたい」

「なんだか貧血起こしそう」

母は眉間にしわを寄せ、顔をくもらせる。

「新しい血がすぐ出来るから、ぜんぜん心配ないんだよね。お母さんも一度行ってみたら？」

「おお、いやだやだ。あの注射針ってのが、そもそも大嫌いなの」

母は手を振り、おまけにしかめた顔まで震わせてみせた。

「子どもみたいだなあ」

「わたしの神経、こう見えてもけっこうデリケートなんだから」

「そうかな」慎太郎は含み笑いをする。

「あら、今笑ったわね。わたしをアバウトな人間だと思っているんでしょ」

「いや、べつに」

「あんた、いつか言ったわよね。わたしの性格、楽天的でアバウトだって」

「あれは、楽天的でアバウトに見えるけど、周囲への気配りは忘れない、って言ったんだよ。悪い意味で言ったんじゃないよ」

「同じことよ」

「ところで、お母さんの血液型、ぼくと同じＯ型だったよね」

「そうよ。Ｏ型ってアバウトなのが多いのかな」

「そうとも限らないと思うよ。世話好きで、まとめ役的な存在が多いらしい」

これは慎太郎の推測だった。献血に行ったのも、母の血液型を確認するために考え出した手段だった。母の血液型がOであることは、以前聞いたように思ったが、彼の質問に、母が疑念を抱かないよう、さりげなく確認を仕掛けなければならなかった。

結果はうまく事が運んだ。しかし確認された事実に、慎太郎の胸には甘ずっぱくすえた暗い雲がたち込め、苦悩はますます深まった。もしそうだとしたら、自分のしてきた行為は、あきらかに神罰を受けることになる。そして、手中にある最高の宝物を失うかもしれなかった。

五月の連休の間、彼の頭の中はそのことでいっぱいだった。遊びに出かける気分にはなれなかったけれど、母と一緒にいるのが辛かったし、様子がおかしいと思われるだろうと考え、昼食をとると、歩いて多摩川へ行ったり、大井の運動公園で、夕方までぼんやりと過ごす。電話ボックスから何度か裕子に電話をかけようとしたが、最後の数字を押さずに、受話器をもどすのだった。


裕子は連休中、埼玉県の東松山近くにある武蔵丘陵《むさしきゅうりょう》森林公園を一日散策したが、ほかは半日、大井町の阪急百貨店でショッピングしただけで、家で過ごした。ベランダの半分近くのスペースに、花のミニガーデンを作りながら、慎太郎からの電話を心待ちにしていた。

一か月に一度の食事会を、もし彼がそうしたいと望むのなら、困った表情を装いつつ、一週間に一度でも承知するつもりでいた。それなのに、電話すらかけてこないのだ。よく我慢できるものだと、憎らしい気持にさえなる。遠出しているのか、それともスペアの恋人がいるのではないかと、疑いたくもなった。

未央は旅行中である。短大時代の友達数人と一緒だと言っていたが、おそらく相手は、石塚とかいう新しい恋人であろう。


侵してはならない領域に、慎太郎は足を踏み入れる覚悟でいた。事の重大性よりも、彼は自分の発見に酔っていた。連休が明けて二日後、彼は決断した。夜、外の電話ボックスから裕子に電話を入れる。

「連休中に電話があると思っていたのに。ずうっと待っていたんだから」

いつもと変わらない裕子の声が、受話器から流れてきた。彼女の声は澄んでいても高音ではなく、ソフトですぐ彼女と分かる特性を持っていた。容姿は二十五、六と若く見えるが、声の質と話し方は、秘書課勤務のせいか、三十歳くらいには感じられる。

こちらから電話をしたのに、慎太郎はすぐには言葉が出なかった。

「どうかしたの？　からだの具合でも悪いんじゃない？」

「いや、どこも悪くない……ただ、どうしても話さなければならないことがあって」

「そう。どんなこと？」

「ちょっとややこしい話だから、電話では無理だよ。マンションに行ってから話したい。今度の土曜日、都合つく？」

五月のデートは、その次の週の日曜日になっていた。

「今度の土曜ね、仕事の上で特別なことがない限りだいじょうぶよ。ほかに予定はないし」

「うん、じゃあ、今度の土曜日のお昼に」

「お昼は？　うちで食べるんでしょ？」

「うん、食べる」

「何があったかしらないけど、元気出しなさい」

ゴールデンウイーク中、裕子は彼を、そして彼の抱擁を待っていた。慎太郎は、逢って彼女を抱けばよかったと悔やんだものの、一方では、それは卑怯なやり方だと自分をいさめた。


その週の土曜日、慎太郎は学校の部活と塾に行くと母に言って、十時過ぎに家を出た。歩いて平和の森公園に行き、ベンチに腰を下ろす。鳩が二羽、足元近くまで寄ってきた。ベンチの横にポップコーンの空き袋があり、底に小さめの粒が残っていた。袋を逆さにしてこぼした。鳩が首をひょこひょこ動かしながらそれをついばむ。

「お前たち恋人同士かな、それとも親子？」

慎太郎は鳩に話しかけた。


玄関に出迎えた裕子の姿を見た瞬間、慎太郎は息苦しさをおぼえた。レモンイエローの半袖のワンピースは、柔らかいニットの生地でできており、体のラインをぴったりと包んでいた。そのうえ裾が極端に短く、太腿の素肌がきわどく露出している様は、女性歌手グループのステージ衣裳を思わせた。香水の匂いも強めである。

慎太郎の視線に気づいたのか、裕子が、自分の足に眼を向けて言った。

「短すぎる？　この間の休みの日に、大井町の阪急で買ったの。さわやかな色が気に入ったんだけど、丈が短いのよね。店員に、若い方は今それくらいが普通ですよ、って言われて買っちゃった。ほんとは下にスパッツかタイツをはけばいいんでしょうけど、暑苦しいから。部屋の中ですもの、ま、いいわね」

リビングに入ってからも、裕子の弾んだ弁明は続いた。

ベランダに通じる戸が開け放たれていた。鉢植えや寄せ植えの可愛い花々が、半割りのブロックやレンガで高低をつけて、うまく配置されていた。

「連休中に造ったの。どう？　わが家のフラワーガーデン。超ミニだけどね」

「裕子さんのワンピースみたいに？」

「もうっ。まじめに感想を言いなさい」

「うん、きれいだよ。すごくいい。でも土やブロック運ぶの、大変だったろう。言ってくれれば手伝いに来たのに」

「そうか、その手もあったわね。材料や花を買って運ぶのに、ショッピングカーを引いて、ダイシンや花屋を何度も往復したわ。お蔭でいい運動になった」

ガーデニングや裕子の露出した足に気をとられて、彼は肝心な話を出しそびれていた。

ガラス戸とレースのカーテンを閉めた裕子が、彼の方に体を向けた。眼を閉じた彼女に吸い寄せられるかのように、慎太郎はその体を抱く。彼女の両腕が首に巻かれた。

慎太郎に震えが走った。一瞬のためらいはあったものの、しいて流れを止めようとはしなかった。口が合わさり、裕子の差し入れた舌が彼の舌と絡み合う。彼女は小さく身を揉み、胸の膨らみを彼の胸にこすりつけた。

ながく狂おしい接吻だった。いつの間にか彼は、胸の隆起を揉みしだいていた。ブラジャーの感触はなく、布地をとおして、乳首のしこりがてのひらをくすぐった。もう片方の手で彼女の尻を引きつける。すると、股間の昂りが彼女の中心を圧迫した。彼女は爪先立ち、意図的に下腹部を揺らすのだった。

ようやく熱い抱擁から身を離した裕子が、笑みを浮かべながら大きく息を吐いた。

「慎太郎君、アイシテル」

その言葉を投げかけキッチンに行った彼女は、やがて香り立つコーヒーを運んできた。

「さてと、食事の前に、あなたが言ったややこしい話を聞かせてちょうだい。わたしたち二人の姿を、近所のひとに見られたとか……」

慎太郎のカップに砂糖を入れながら、裕子が口を開いた。

さきほどの情熱的な抱擁といい、今また正面のスツールに座った裕子の、露出した腿に眼を奪われた彼の気持に、迷いが生じた。斜めにそろえていた足を、砂糖を入れるために直角に立てたのだが、入れ終わってもその状態は保たれていた。長い足のため、膝の位置が高めだった。左腿の肌に反射した横からの光が、スカートの中を明るくしていた。スカートと、閉じ合わされた太腿の中間に、逆三角の小さな隙間が出来、奥のつき当たりらしき所に、真紅の色が垣間《かいま》見られた。慎太郎は、一瞬、愛し合った後で話してもいい、とも考えた。

「ほら、どうしたの？　話してちょうだい」

裕子の催促に、うんと返事をした彼は、コーヒーの香りを嗅ぎ、一口飲んだ。それから、ポケットから小さな手帳を取り出した。

「これ、父のものです。先月の初め、母が整理していた遺品の中にあったんだけど」

その薄い手帳を、裕子はけげんな表情で手に取り、開いた。

「これが何か……」

裕子には、慎太郎の意図がまったくつかめなかった。

「そこに血液型が書いてあるでしょ、AB型って」

「そうね。で、それが？」

「この手帳を見つけたときは、特別気にはしていなかった。ところが先月の中頃、学校の図書室で血液型に関する本がたまたま眼に止まり、なんの気なしに読んでみたんだ」

「ええ、それで？」

いったい彼は何を考えているのだろう。裕子は漠とした不安を鎮めるために、コーヒーを口に運ぶ。ブラックのままである。

慎太郎が、電話台にあるメモ用紙とボールペンを取ってきた。そして、書きながら説明をはじめた。

「血液型に、A型、B型、AB型、それにO型の四種類があることは知ってるよね」

「もちろん知ってるわ」

「でもその中で、A型にはAA型とAO型の二種類のタイプがあり、B型にも同じタイプがある。ところがAB型はこれひとつで、O型はOOになるんだ」

裕子はしだいに真剣な表情になり、慎太郎の説明に引き込まれた。

「裕子さんの血液型はB型」

「そうよ」

「ぼくはO型で、ぼくの母もO型です」

「そうなの」

裕子は、昔教科書で血液型のことは習った。多少のことは分かる。しかしこの際、どんな問題があるというのだろうか。そして彼は、何を説明しようとしているのだろうか。

「で、例えば、A型とB型の男女が結婚して生まれてくる子どもの血液型の可能性は、何通りあると思う？」

彼は単なるエッチ少年ではなかった。頭脳の程度はかなり高そうだ。そして何かをたくらんでいる。裕子は感心し、用心深く考えをめぐらせて言った。

「A型とB型だったら、生まれてくる子どもは、A型、B型、そしてAB型の三通りだわね」

「いや、もう一種類ある」

「あら、そうなの？」

「O型の子どもも、じゅうぶん可能性としてはあるんだ」

「え？　ほんと？　知らなかった」

この子は何かを知っている。何を？　そのとき裕子は、背筋に悪寒めいたものを感じた。萩尾和也はA型なのだ。

「つまりこういうことなんです」

彼はあくまで冷静だった。図式を書きながら話す。

「AA型とBB型、あるいはAA型とBO型、AO型とBB型の男女からは、O型の子は生まれない。だけど同じA型とB型でも、AOとBOのタイプでは、AとO、BとOのそれぞれの因子がA×B、A×O、O×B、O×Oという具合に掛け合わされる可能性がある。そして、AB、AO、BO、OOのいずれかの血液型となって子に引き継がれる」

裕子はその図式に納得せざるを得なかった。ふたたび慎太郎は言う。

「A型とB型との間に生まれてくる子の血液型の確率は、本には書いてなかったけど、単純計算では、AB型が16分の9の五六・二五％で多く、O型はいちばん少なくて16分の1、つまり六・二五％となるんだ」

「慎太郎君、A型とB型の親の間に、O型の子どもが生まれてくる可能性はわかったわ。でも、O型の子の両親が、A型とB型であるとの証明にはならないわね」

「そうだね。この場合はその証明にはならない。しかし別の場合、証明できるケースがひとつだけあるんだ」

「どんな場合?」

「AB型とO型の両親からは、たとえ母親がO型であっても、O型の子どもは生まれてこないということ。AB×OOの図式でいくと、AOかBO、つまりA型かB型のみということになる」

「まさか……。あなたさっき、あなたのお母さまはO型で、あなたもO型って言ったわよね。そしてここに書かれているお父さまの血液型はAB。いったいどういうことなの?」

　裕子の顔から血の気が引いた。

「つまりぼくの両親は、実の親ではないんだよ」

「うそ。なんでそんなことが言えるの?」

「母親はわからない。だけど、少なくともこのABの血液型を持った父は、実の親ではないと、はっきり言える」

「とすると……」

「父親は違うけど、母はぼくを産んだ」

「ということは、あなたのお母さまが不倫をしたということ?」

「わからない。もしかして父に子種がなく、ほかの男性の精子を人工授精で」

「うーん、どうかしらね。それはまずないでしょうね。人工授精をやるのは、たしか慶応病院でしょ？　函館からは遠すぎるし、仮にそれをしたとしても、病院側だって、あなたの両親の血液型を計算には入れるはずよ」

裕子の話し方は穏やかだが、顔はひきつっていた。二人は沈黙し、それぞれの考えの中に入っていった。

裕子は、自分の産んだ子が、生きている夢を見たことがある。その顔は父親である萩尾和也によく似ていた。けれどもそれは、単なる夢でしかなかった。だが、今、慎太郎の話を聞いているうちに、その夢が急に現実味をおびてきたことに対して、彼女は鳥肌が立つ思いだった。

裕子はなぜか苛立っていた。真実があきらかになるのを恐れ、話を中止にしたかった。それなのに彼女は、この問題はなおざりにできることではないとも思った。そして息苦しさをおぼえた。

「ね、慎太郎君。あなたは何を考えているの？　そして、あなたが言おうとしている真実は、いったいなんなの？」

裕子はなかば自虐的になっていた。

「言ってもいい？」

「いいわ」

慎太郎はすでに、ある結論を構築していた。けれどもそれを口にするのは、とても勇気のいることだった。

「ぼくは」そこで彼は呼吸を整えると、一気に喋りはじめた。

「工藤慎太郎は、裕子さんの実の子どもだと思う。裕子さんは、電車の中でぼくを初めて見たとき、昔の恋人に似ていると思った、そう言ったよね。それから、下呂温泉でホテルの女性従業員が、ぼくたち二人が似ているとも言った。これはただの偶然だろうか。両方の血がぼくのからだに流れている、そう考えてもいいんじゃないかな」

「世の中には、偶然はいくらでもあるわ」

裕子の反論に、むっとした顔を向けた慎太郎は、彼女の言葉を無視して話を続ける。

「十七年前、函館の助産院で、ぼくの母は出産した。たぶん難産だったと思う。しかし、やっと生まれ出た赤ん坊は、そのとき呼吸を停止していた。助産婦は必死になって蘇生を試みたけど、その子の生命《いのち》は目ざめなかった。そんな最中《さなか》に、あるいはそれよりちょっと前に、裕子さんがひとりで駆け込んできた。今にも生まれそうなおなかをかかえて。

助産婦は裕子さんを待合室に待たせると、分娩台に乗ったままのぼくの母親の処置をすませ、入院部屋に行かせた。そして、急いで次の分娩の準備を整えると裕子さんを呼んだ。まもなく裕子さんの分娩がはじまった。十五歳になったばかりで、しかも初めてのお産だったから、かなり難産だったと思う。裕子さん自分で言ったでしょ。苦しくて、産み終えたとき気を失ったって。そのとき、少しでも赤ん坊の泣き声、聞こえなかった?」

「聞いたわ、夢の中でのように」

「その泣き声の主がぼくだった」

「もちろんそうでしょう。わたしの子は死産だったんですもの」

「違うと思う。考えてみると、母はぼくが生まれたときの状況を話してくれたことがないんだ。死産した少女、つまり裕子さんのことも。もちろんそのあと、裕子さんがぼくにオッパイくれたことも。母親は一度や二度、昔を懐かしんで、生まれたときの様子を自分の子に話すものだけど、ぼくの母はそれをしなかった。

それに母は、不倫をする女とはとても思えない。もし仮に、不倫して妊娠を知ったら、内緒で堕《おろ》すんじゃないのかな。裕子さんが母の立場だったら、どうする？」

裕子は顔をくもらせた。

「不倫して妊娠した場合にねえ……受胎した日を逆算すれば、誰の子かはたぶん見当はつくし、やはり中絶するでしょうね。離婚しないかぎり」

「父と母は離婚しなかった。あ、それから、ぼくが生まれたとき、父は病院にいなかった。建築中の家の引き渡しが遅れ、朝早くから現場に行ってたらしいので。裕子さんのお母さんもそこにいなかったんだよね。母の死産で責任を感じた助産婦は」

ひと呼吸ついだ慎太郎の話を、裕子が引き継ぐ。

「他の入院者や立ち会いがいないのを幸いに、わたしが産んだ赤ちゃんを、あなたのお母さまのそばに寝かせた」

「そう。十五歳になったばかりの少女に、果たして育児ができるのか。それよりもぼくの母が育てた方が、赤ん坊は幸せになる。それに、母にはもう子どもが出来ないかもしれない。結婚して七年間妊娠しなかったんだから」

「そう考えて助産婦さんは、わたしの産んだ赤ちゃんをあなたのお母さんの子にした」

「そうだと思う」

裕子の表情がきびしくなる。

「でもね、それはあくまであなたの想像の世界よね」

「そうだろうか。母は、裕子さんがぼくにオッパイをくれた代償として百万円渡した。まあ口止め料が入っていたとしても、当時の地方の高校生のアルバイト代としては、高すぎると思う。日曜や夏休みは一日四回、普通の日は二回で五か月間だろう？」

「そのことは、もちろん気になっていたわ」

「それから、助産院での費用はどうしたの？」

「保険証を見せて、何か書類に書き込んだわ。費用は、死産だからもらえないって助産婦さんが言ったの」

そうかもしれないと裕子は思う。それに助産婦は、裕子が退院する日、あなたが妊娠していたことをお母さんが知らないのなら、死産のことは話さない方がいい、とも言った。

裕子は不安になってきた。慎太郎が真実自分の子であって欲しいとの願いと、身も心もひとつになった愛との狭間で、彼女の苦悩の葛藤がはじまった。

「産んだときの様子、おぼえていない？　手がかりになりそうな」

推理小説まがいの慎太郎の問い方に、裕子はもうやめようと思いながらも、十七年前の状況を、必死に頭に描く。

霧に包まれたような中に、おぼろげな情景が浮かびあがってきた。待合室で三十分近く待たされたことも事実である。助産婦のなにやら励ましの声が聞こえてきた。そのあと、ながく感じられた静寂があり、やっと分娩室に呼ばれた。陣痛の間隔がせばまり、苦しみの果てに気がついたとき、そばに赤ん坊はいなかった。離れたところで泣き声がしていた。入院用ベッドのある部屋からではなく、反対側の、助産婦やお手伝いのひとが、雑用と休憩をする部屋の方角からだった。しばらくして、泣き声は、慎太郎の母が寝ている入院室に移っていた。そのすぐあとで、裕子は死産だったことを知らされたのだ。彼女は、そのことを今まで、疑ったことはなかった。

しかしそう言えば、入院中、慎太郎の母は、何度か虚ろな表情で赤ん坊を抱いていた。

「そうだ、このことは参考になるかな」

平然と話を切り出す慎太郎の態度に、裕子は苛立ち、彼を無視するかのように返事をしなかった。一度引いた血が逆流してきた。

「裕子さんが以前、ぼくが生まれた町の名前を訊いたことがあったよね。母にたずねると、なんていう地名だったかしら、ど忘れしちゃったって言うから、謄本を取ったわけだけど、結婚して十年間も住んでいた町の名、忘れるかな。函館のこと、あまりふれられたくないんじゃないかって気がする。あ、それから、昨日アルバムめくっていてわかったんだけど、ぼくの最初の写真、お宮参りのときのだけど、その下に『昭和五十四年三月二十五日、午前八時二十二分、桜井助産院にて誕生』って書いてあったんだ。もちろん、裕子さんがぼくを抱いている写真は、もともとなかったけどね」

慎太郎が自分の子であるはずがない、と裕子は思う。いや、そうあってはならないのだ。そうだとすれば、三月と先月のあの愛は、人の道にはずれた行為となる。

だがもしかしたら、いや可能性としては、単なる慎太郎の想像の世界ではない確率が、かなり高いようにも思える。真実は、彼の母と函館の助産婦が知っているのだが……。

そのとき裕子は、え？と思った。うつむきかげんの顔を上げて、慎太郎を見つめた。

「今、あなた、誕生の時刻を言ったわね。もう一度言ってみて」

「ああ……午前八時二十二分」

裕子は眼を閉じ、記憶をその時刻にもどす。彼女は覚えていたのだ。出産の正確な時刻はさだかではない。

けれども、待合室でひとり待たされ、おなかを撫でさすりながら、何度か壁の丸い時計に眼をやった。やっと呼ばれて、準備が整った分娩室に行こうと立ち上がったのが、午前八時ちょうどだった。なぜかその時刻だけは、鮮明な記憶として残っていた。裕子は混乱する頭を鎮めた。

慎太郎の母の分娩は、自分の前に終わっていたはず。小さな助産院での分娩室は一つしかなく、彼の母の処置がすんで裕子が呼ばれた。それがちょうど八時。だとすると、眼の前の工藤慎太郎は、八時前には生まれていなければならないことになる。それならば、八時二十二分に生まれた赤ん坊は、いったい誰？　入院は六日間、とするとあの日を含め、前後十日の間に分娩した母親は、二人しかいないのだ。そして一人は死産だった。

裕子は、震えをおびた深呼吸をした。続いて、彼女をわけの分からない悲しみが襲った。握りしめた拳の上に顔を伏せた彼女は、肩を震わせて泣き出した。それから、テーブルを叩きながら激しく言った。

「なんで？　なんでなの。なぜそれを早く教えてくれなかったの？」

「生まれた時間のこと？」

「そうよ。それはわたしが赤ちゃんを産んだ時刻。あなたのお母さんのお産は、少なくともその三十分前、いやもっと前にすでに終わっていたのよ」

「そう。血液型の説明などに夢中になっていたものだから」

「ちがうわよ。もっと早く、せめて高山の旅行に出かける前によ」

「そのときは何もわからなかった。血液型のことも」

「じゃいつなの？　血液型の不審に気がついたのは」

「さっきも言ったように、四月の中頃」

「先月、わたしたちが愛し合ったのは四月二十日。じゃああのとき、あなたは知っていたのね、わたしとあなたが実の母子《おやこ》であることを」

「うん、だいたいは……」

「だいたい？」

「お袋の血液型は、Oと聞いたことはあったような気がしたけど、それをはっきり確認できたのは、四月の末だったものだから」

「でも気づいていた」

「うん」

「ひどいわよ。あなたは、わたしが実の母親だと気づいていながら、わたしと何度もセックスした。あなたにはモラルの意識はないの？」

「言うべきかどうか迷った。でも、どうしても愛し合いたかったんだ。母親だとしても、それ以前の裕子さんとからだも心も変わりはないんだから」

「だからといって、いけないことはいけないのよ。それに今日は、完全にわたしを騙したのよ。知らないことをいいことに、あんな激しいキスまでさせて。そんなことって……」

声を荒らげていた裕子が絶句した。みるみるうちに顔がゆがみ、唇が震えだした。

「あんたなんか嫌いよ」

彼女は言葉を投げかけて、ふたたびテーブルに顔を伏せた。

「嫌い、嫌い、嫌い、嫌い……」顔を振りながらくりかえし言う彼女の震えた声が、しだいに小さくなる。

慎太郎は、自分を、裕子がはっきりと我が子だと認めたことを知った。同時に、血を分けた実の子と体の関係を持ってしまったことで懊悩し、泣いている彼女を認識しなければならなかった。

こうなってしまった責任の半分は、自分にあると彼は思う。だが、母裕子を、その肉体までも愛したことを、後悔してはいなかった。親子といっても、生まれたときから他人の間柄、なぜそれがモラルに反するのか、とさえ思う。

立ち上がった慎太郎はテーブルを回り、裕子の肩にそっと手を置いた。このひとを一生離してはいけない、と悲しみに沈む彼女の背中を見つめながら、彼は決意した。

どれくらいの時間、そうしていただろう。裕子は両手で顔をおさえ、洗面所に行った。泣きくずれた顔を、彼に見せたくなかったのだろう。

慎太郎の脳裏に、裕子との様々なシーンが蘇る。電車の中での出遇い。彼女の部屋への訪問。食事会。初めての接吻。半裸での狂おしい抱擁。下呂温泉でのめくるめく肉体の愛。そして先月の、悩ましいばかりの彼女の姿。

しばらくしてもどって来た裕子には、憂いの中にも、なにかしら安堵の表情がうかがわれた。泣いたことで少し気が晴れたのか、照れたような笑みさえ漏らした。化粧は落とされ、まったくの素顔である。それでも、美しさは少しも失われていなかった。

「こんな時間になってしまったわね。おなかすいたでしょう」

「ちょっぴりね」

二時近くになっていた。

その日彼女が用意していた献立は、タンシチュー、マカロニグラタン、海草サラダ、バターロールパン。それに車海老の鬼がら焼き。車海老は午前中にスーパーのカドヤから、生きたものを買ってきたというだけあって、皮ごと食べられた。皮のパリッとした歯ざわりに、香ばしさがあった。アルコールは出なかった。

「ほんとの親子だとなったら、これからどうしたらいいんでしょうね、わたしたち」

　裕子が神妙な表情でたずねた。

「裕子さんはぼくの母親といっても、若すぎるよね」

「そうね、わたしの産んだ子が高校三年生なんて、とても信じられない」

「誰も信じないよ。ぼくより七、八歳しか年上に見えない裕子さんが実の母親なんて」

「なんだか変な気持」

「おかしな感じだよね」

「うん、おかしいわね」

「だからぼくは、今まで通りでいいと思う」

「どういうこと？」

「つまり、恋人同士のままで」

「なにばかなこと言ってるの。そんなこと、出来るわけないでしょ」

「だって、急に気持を切りかえろったって、無理だよ」

「でも、恋人の関係は終わりなのよ」

「そんな。三月と四月、ぼくとのからだの関係は、単なる遊びだった？」

「ちがうわ、愛してたのよ。真剣に愛してた」

「それならば、その愛を失う悲しみと、自分の子が生きていた喜びと、どちらが大きい？」

「どちらと訊かれてもこまるわ」

「ぼくは、息子になれる嬉しさより、愛せなくなる方がつらい。両方が叶えられるのが、いちばん幸せなんだけど」

「とても無理な話ね」

「どうしても?」

「そう、どうしてもだめ」

どうやら、裕子の気持はかたいようだ。ある程度の予想はしていたものの、決着がついてみると、慎太郎は落胆した。謎のまま真実を明かさなければよかった、とさえ思う。

それにしても、テーブルの向こう側に座っている裕子の、露出した腿がまぶしい。恋人の関係が終わりならば、服を着替えてくれと慎太郎は言いたくなる。先月のセクシーで淫らな彼女の姿を脳裏に再現した彼は、ふつふつとたぎる欲望をおぼえた。彼女が母親であってもいい。とにかく、眼の前の魅惑に満ちた体を抱きしめたかった。

デザートのいちごを食べ終えると、彼はトイレに立ち、洗面所で歯を磨く。

裕子を二度と愛せなくなるのだろうか。彼の胸に、やるせない悲しみがこみ上げてきた。

その裕子は、窓辺に立ち、じっと外を見つめていた。静かに歩み寄った慎太郎は、彼女の両肩を抱いた。

彼女の手が彼の手に添えられる。彼は一縷《いちる》の望みを託して、

「キスしたい」と小声でささやきかけた。

裕子は首を横に振った。

「わたしたち、これからは親子。男と女の関係は忘れなければならないの」

「いやだよ、そんなの」

「わかってちょうだい」

慎太郎はうしろから裕子を抱きしめた。彼女は拒まなかった。頭を上げ、震えをおびたながい吐息をついた。きっと彼女は迷っているんだ。このまま押しきればなんとかなる。そう考えた彼は、彼女の体を自分の方に向けようとした。だが、彼女はしっかりとした口調で拒絶した。

抱擁からすり抜けた裕子は、寝室に行き、小さな箱を持ってきた。中味を見せた彼女は、

「これ、なんだかわかるでしょ」

一ダース入りのコンドームの箱の中の一つが、すでに封を切られていた。しかしながら慎太郎には、彼女の意図がつかめなかった。

「今日は危険日だから買っておいたの。でももう必要ないわ。月曜日の朝、ゴミとして処分しましょう」

「いつかまた使えるかもしれない。棄てるのはもったいないよ」未練がましく彼は言う。

「なにばかなこと考えてるの。これは絶対に必要のないもの。棄てます」

彼女は冷たく言い放った。


自分の産んだ子が生きていた。死産でこの世から姿かたちを消してしまったはずの子が、実は別人として生きていた。そのうえ、その子に母乳まで飲ませていた。喜ぶべきことだった。が、立派に成長した姿を自分の前に現したその子は、工藤慎太郎だった。彼を愛し、しかも肉体の関係にまで進んでしまったという事実は、裕子に、血の気が引くような衝撃を与えた。愛してはならない人間を愛してしまった。運命のいたず

らとして片づけるには、あまりにも過酷な現実であった。裕子は身を震わせて懊悩し、泣いた。

禁断の愛に終止符を打たなければならなかった。だが、その痕跡を消し去るのに、果たして、時が手を貸してくれるのだろうか。

愛し合った事実——真実を知らなかったために、それはやむを得ないとしても、あまりにも赤裸々な自分を、実の息子にさらけ出してしまった。愛する男性に、愛するがゆえに、性をさらけ出すことはあるだろう。しかし、近親者だけには、けして見せてはならない姿なのだ。

愛という言葉を取り除き、これから純粋な親子の関係を築き上げたとしても、下呂温泉での悩ましい姿や、先月の娼婦のような淫らな恰好を、慎太郎の脳裏から消し去ることは、とうていできないだろう。それを思うにつけても、彼女は、恥ずかしさと後悔の念でいたたまれなくなるのだった。

「もういやっ。慎太郎のばか」裕子は何度も首を振りながら、拳でテーブルを叩いた。

彼女はアルコールに逃げ場を求めた。新橋の焼鳥屋で焼酎を飲み、あるいは家でブランデーに喉を焼き、心を癒すために酔った。

「なんということをしてしまったのだろう」彼女は頭をかかえ込む。「できることなら、この世から消えてしまいたい」ほうっと吐息をつく。

それにしても、あいつは憎い奴、ともうひとりの裕子がつぶやく。まだ十七歳になったばかりの少年のくせに、大人の自分を、完全に恋の虜にしてしまった。すねたような微笑や、自信ありげな甘えた仕草は、裕子の母性愛をくすぐり、若さ漲る肉体の感触や匂いは、彼女の隅々にまで、たしかな記憶を刻み込んでいた。眼を閉じれば、彼が笑い、彼が乳房を求め、彼が裸になり、彼が抱きしめ、そして彼女を占領する。

裕子は今でも未央を愛している。しかし、慎太郎への想いにくらべれば、太陽と月ぐらいの差はあるだろう。彼とはすべての点で波長が合うのだ。会話をしているときも、あるいは食事の間も、愛に燃えているときはもちろんのこと、沈黙のときですら退屈することなく、いっときいっときが輝き、充実していた。彼を離したくない。めくるめくばかりの愛を、封じ込めたくない。

いけない、と裕子は頭《かぶり》を振る。思い出してはいけないのだ。オンザロックで飲むウイスキーの苦味が、両耳の下を刺激する。

二日酔いで、朝のジョギングはもう一週間も休んでいた。会社は休むわけにはいかない。彼女は入社以来十四年間、一度も欠勤したことがなかったからだ。

他の者は気がつかないようだが、裕子の異変を、未央だけは見抜いていた。昼休みに彼女がたずねた。

「平野さん、からだの具合でも悪いんですか？」

「ちょっとね。風邪かもしれない、頭が重いの」

「珍しいですね。平野先輩、すこしぐらいの風邪だったら、いつもは表情に出さないのに」

「そう？　様子がおかしく見える？」

「見えるわ。最近、休憩時間のときなんか、なんだかもの思いに耽るような感じで。もしかして、心の方の病気ではないですか？」

「心の病気ね」

「お医者様でも草津の湯でも治せないような」

「なんでもないわ、心配しないで。一度そんな病気にかかってみたいものね」

裕子はつとめて明るい表情で言った。

その日、未央より遅く退社した裕子は、田町駅で、大森方面ではなく北行きの電車に乗った。特別目的があるわけではなかった。なんとなく有楽町で降りる。

居酒屋の喧騒の中で、ひとりで飲むビールは、むなしかった。

「慎太郎のばか……」裕子はつぶやき、梅割りのホット焼酎を一気に飲み干す。

その店を出ると、東京駅まで歩いた。丸の内側のSホテルの中にある古めかしいバーに入った。L型の角が丸くなっているカウンターと、テーブル席が四つの、小ぢんまりとしたクラシックなバーである。

裕子はカウンター席に腰を掛けた。バーテンひとりの静かな雰囲気は、落ち込んでいる裕子の気分に似合っていた。彼女は、辛口の強いカクテルを注文した。手ぎわよくお酒と氷を入れたシェーカーを、バーテンの両手が振る。カシャカシャカシャカシャと、氷の音が小気味いい。

「ジ、エンド、マイラブ」

出されたカクテルグラスにつぶやきかけて、裕子は、透明感のある琥珀色の酒を口に含んだ。ドライマティーニのジンの匂いが口中に広がり、アルコールの強さが喉を刺激する。

ふと、未央が歌ったシャンソン『恋心』が脳裏に蘇り、閉じた唇の裏で歌になる。

〈恋なんてなんになるの〉の部分のフランス語の歌詞は〈恋は売ることも買うこともできない〉となっているそうだ。かなりの意訳だが、日本語の歌詞の方が今の裕子にはぴったりだった。だがそうは言っても、慎太郎とは親子という切れない絆で繋がれてしまったのだ。赤の他人との恋のように、別れることで解決するわけにはいかなかった。彼との訣別は、裕子自身の過去を葬り去ることでもあったからだ。彼女の気持を代弁するかのように、もの憂げに煙草の煙が立ちのぼる。

彼女は、BGMの音楽もないこの古めかしいバーが、気に入った。傷ついた心に、なにやら語りかけてくれそうだった。で、三日後、ふたたび訪れた。もちろんひとりである。

「いらっしゃい」と、裕子を覚えていたバーテンが、親しみを込めて言った。

テーブル席で、ロマンスグレーの中年夫婦と若いカップルの二組が、静かにカクテルを飲んでいた。カウンター席は裕子だけである。

ブルームーンを飲み干し、やはりドライマティーニにする。ジンには、ほろ苦い退廃の匂いがあった。

酔うためにお酒はある。嬉しく酔おうが、悲しく酔おうが、飲む人間の勝手なのだ。彼女は胸のうちでつぶやく。

「お客さん、お強いんですね」

ドライマティーニの二回目のおかわりをした裕子に、無口なバーテンが話しかけた。彼女は虚ろな眼をしていたが、それほど酔ってはいなかった。

「飲みすぎは、からだにも心にもよくありませんよね」

「お嬢さんみたいにきれいな方は、注意しないと。肌が荒れます」

「肌の荒れは、心の荒れからくるんですよね」

冗談めかして裕子が言った。

「誰でも、心に悩みを持っています」

そう言ってから、バーテンは小気味よい手つきでシェーカーを振る。五十前後であろうか。彼も心に傷を持っているのだろう。しかし、自分の傷にくらべれば、いかばかりのものか、と彼女は思う。

「もう、このお仕事ながいんですか？」

カクテルグラスを差し出したバーテンに、裕子がたずねた。

「この店はまだ七年ですけど、その前に、ほかの店で九年やっていました」

「いろんな人間が飲みに来るんでしょうね。心に悩みをもったひとが、酔うために」

バーテンはもの静かに裕子を見つめた。そして、ぽつりと言った。

「逃げてはいけません」

裕子はグラスを唇に当てて、ほんの少し飲んだ。ふたたびバーテンが言った。

「プライバシーにふれるような、野暮な質問はしません」

「ええ……」

裕子は、グラスの中の澄んだ琥珀色を見つめていた。

「わたし、この道に入るまで、サラリーマンでした。十六年前まで」

「脱サラですね」

「会社で仕事が手につかなくなったんです」

「心の病いで?」

「いえ。実は、三歳の娘を殺してしまったんです」

裕子はぎくりとした。酔いが醒める思いで、バーテンを見つめる。彼の眼はしかし、穏やかだった。

「自分の車で娘を轢《ひ》いてしまったんです。バックで車庫に入れようとして、出迎えていた娘に気がつかずに」

「そうだったんですか、つらかったでしょうね」

「一時は腑抜け人間でした。事故のことを忘れようとしました。しかし、それでは一生逃げなければならない。ですから、娘と一緒に生活することにしました。ただ娘は成長しません。いつまでも三歳のままです」

裕子は眼に涙を浮かべた。若いカップルが席を立ち、レジに向かったので、その話は終わりとなった。

翌朝、平和の森公園の遊歩道に、トレーニングウエアを着た裕子の走る姿があった。

朝の体操とジョギングを再開してから、裕子の心の重荷は、少しずつ軽くなっていった。慎太郎との肉体関係があったことは、過去の出来事として忘れようと努めた。だが、親子としての絆までは、断ち切るわけにはいかない。そのことは厳然たる事実として認識したうえで、新しい関係を築かなければならなかった。

心の回復とともに、肉体も健全さを取りもどした。どうやら、アルコール依存症にはならずにすみそうである。だが、肉体が健全であるということは、性的欲望も、それなりに健全であった。慎太郎との体の関係を過去に葬り去る決意をしてから、時折、言いようのない欲求に、裕子の体は熱くなった。顔を横に振りつづけながらも、慎太郎が憎いとの思いが、さらに彼女を昂らせる。

「慎太郎のばか。あなたが出現したせいで、わたしは狂ってしまった。絶対あなたがいけないの。あなたの存在そのものがいけないのよ」

彼と母子《おやこ》であることが、裕子にはいとわしく辛かった。せめて甥と叔母ぐらいの間柄だったら、と彼女はベッドに身を投げ出し、裸の乳房を抱きしめた。

彼と逢ったとき、彼の求めに動揺しないためにも、そうするより仕方がないと彼女は思った。彼女にとってそれは、自分への苦しい言い訳でもあったのだが、むなしさの残る恥ずかしい行為に、裕子はわずかの時間、我を忘れるのだった。

「ね、慎太郎？　明日のお昼、ちょっとおいしいもの食べに行かない？」

夕食を終え、テレビを見ていた慎太郎に母が言った。

明日は日曜日である。彼はとりたてて用はなかったので、同意した。父が生きていた頃、家族三人で外食するのは、一年に一度あるかないかだったのだが、今年になり、母と二人で出かけるのは、明日でもう三回目になる。

六月の終わり、梅雨の季節だったが、その日は晴れていた。だがやはりむし暑い。正午近くになり、身仕度をすませた母が、慎太郎を呼んだ。

半袖のポロシャツにジーパン姿で居間に下りた慎太郎は、若作りの母の姿に、おおと声を上げそうになった。黒のサマーセーターの網目からは、黒のブラジャーが透けて見え、豊満な胸が、誇らしげに布地を盛り上げていた。そのうえ、タイトな黒のスカートは、かなりのミニだった。が、それなりに似合っており、中年の無理な若作りの感じはしなかった。手に、車のキーが握られていた。

「どこに行くの？」

慎太郎は、母の足から眼を上げてたずねた。

「真鶴半島」

「まなづる？　熱海の近くの」

「そう。おいしい活魚《いきうお》料理を食べさせてくれるところがあるそうなの。知り合いから教えてもらい、地図まで書いていただいたから」

「だって、そこまで二時間以上はかかるだろう？　おなかすきすぎるよ」

「人気のあるお店で、夕べ予約を入れたら、二時まで満杯ですって。おなかすいてる方がおいしく食べられるよ」

「ま、仕方がない。乗りかかった舟、つき合うとするか。でもさあ、ずいぶん短いスカートはいてるじゃん」

「似合うでしょ。それにこのパンスト、あんたの、ホワイトデーのプレゼントのものよ」

膝上十センチ近くのところから露出している足は、ダークブラウンの色のせいか、スマートに見えた。


日曜日といっても、正午過ぎの東名高速道路の下りは、それほど混んではいなかった。

母の運転するホンダのアコードは、まん中の車線を快調に走っていた。

とは言うものの、中央にスリットの入ったミニスカートで運転している彼女の足は、助手席の慎太郎を挑発するかのように、しだいにその露出度を高める。しかも、この母と血の繋がりのないことを知ってしまった彼にとって、彼女は女でもあった。張り出した胸の膨らみとともに、薄手のパンストを透かせた内腿の肉感的な光景は、実に眼の毒である。

それに彼は、このところ欲求不満だった。親子の関係が明らかになって一か月余りたった先週の土曜日、裕子と逢ったのだが、彼女はなんとなく気恥ずかしげな様子で、会話も途切れがちだった。実の子が生きていた喜びと、その彼と体の関係を結んでしまった悔恨との狭間で、彼女の気持は、複雑に揺れているようだった。

結局、愛をにおわす言葉のひとかけらもないまま、時間が過ぎてしまった。時折、四月のあやしい媚態を思い浮かべる慎太郎にとって、甘ずっぱさと欲求不満の入り混じった、なんとも不思議な半日だった。

東名高速から小田原厚木道路を経て、車は国道一号線を走る。波の穏やかな海には、ボートセーリングの帆が点在していた。

「わたしね、半月前からヨガ教室に通っているの。区民サークルなんだけどね」

高速道路が終わり、運転に余裕のできた母が口を開いた。

「ダンスは?」

「行ってるわよ。あれは夜で、ヨガの方は午後から週二回」

「ヨガってからだが痛くなるだろう」

「慣れるまではね。でも無理しないで徐々に技を高めていくから、からだがばらばらになるようなことはないわ。それに、以前から家で柔軟体操をやってるから」

「あ、そう。知らなかったな」

「レオタード着てね」

「うひゃあ、やるなお母さん。あんなもの買ったんだ」

「いいじゃないの。あれ着ると、からだの線がモロに出るから、かえっていいの。無駄なぜい肉を取るよう気にかけるでしょ?」

母はすこぶる上機嫌だった。一度、母のレオタード姿を見てみたいと思ったものの、彼はふたたび考えをもどした。

いずれ、出生の真実を知ったことをこの母に明かさなければならないだろう。それとも、家庭の平和を願うのなら、パンドラの箱は、永遠にそのふたを開けない方がいいのではないか、とも思う。しかしそれならば、裕子との関係はどうなるのだろうか。このままおざなりにできることではなさそうだ。

「そろそろ近づいてきたのとちがう? 左の方に曲るのよね」

母がたずねた。慎太郎は手書きの地図と道路地図を見くらべる。ほどなく道路標識が現れ、左、真鶴半島となっていた。

「向こうの信号を左折して、ちょっと行くと二叉に分かれるから、それを左手の方に」

真鶴駅前を左に折れ、やがて真鶴港が見えてくる。半島の東側の海岸線をしばらく走ると、目的の店に着いた。

『うに幸』と書かれた活魚料理専門の店は、道路ぎわから海に突き出すようにして建てられており、いかにも磯の匂いがしそうな古い造りである。店の前で待ち客が並んでいた。

予約の時刻にはまだ三十分以上あった。で、建物の横にある階段で、海岸に下りる。風向きのせいか、いきなり、ぷんと潮の香りが漂ってきた。大小の石が入り混じった磯を、ハイヒールの母が、歩きづらそうにして足を運ぶ。

「受験する大学、ある程度しぼり込んだ？」

海を眺めながら母がたずねた。

「そんなの、まだ先の話だよ。一流半の私立大学に入れれば、上等だと思っている」

「ま、焦らずにやることね。ところで、お盆までには、お父さんのお墓、間に合いそうよ」

「お盆って、七月の？」

「そう。お父さんの新盆《にいぼん》になるんだから」

「鎌倉霊園だよね、お墓」

「うん、正門からずうっと奥になるんだけどね」

建築にたずさわっていた父は、「早めに死後の住処《すみか》を確保しておかないと、墓場も住宅難になる」と言って、バブル景気の数年前に購入していたのだ。

しかしそれにしても、死後の住処に行くのが早過ぎたように思えた。父は、慎太郎が血を分けた子でないことを知らないまま、逝ったのであろう。そのことは、父のためにも、母のためにもよかった、と彼は思う。

小波《さざなみ》が、初夏の日差しを受けて、きらきらと輝いていた。

「あ、おなかが鳴ってる」慎太郎が腹に手をやる。

「やっぱりこの時間までお昼食べないと、おなかすくね」

「そりゃそうだよ」

そのときだった。どこからともなくやってきたカモメが、上空で乱舞しはじめたかと思う間もなく、次々と舞い下りてきた。

店の従業員が、魚の腸《はらわた》を、近くの石畳の上にまいていたのだ。百羽近い群れの中に、十数羽のとんびやカラスの姿も混じっていた。

「まあ、すばらしい眺め。餌づけしているみたいね」母がしきりと感激する。

数羽のカモメが急降下して、二人の眼の前をかすめた。それに驚いた母が、後ずさりをしようとして、足を滑らせた。バランスをくずした彼女が、あっと小さく叫んで倒れかかる。慎太郎はとっさに腕を差し伸べた。母がその腕にしがみつく。

どうにか難をまぬがれた彼女は、胸に、彼の腕をかかえ込んでいた。

「ああ、びっくりした。スッテンコロリンするところだった」

「そういう高いヒールの靴、磯はあぶないんだよ」

「ちがうよ。カモメがいけないの」

体勢を立て直してからも、慎太郎の右腕には、母の胸の膨らみの一つが強く押しつけられており、たっぷりとした柔らかさが、彼を甘い気分にさせた。

母はそのことに気づいているのかいないのか、平気な顔で話しかける。

「多勢にはやはり勝てないのね。強そうなカラスもほら、カモメの様子を見ながら餌を狙っている感じよ」

「あ、あのカラス、餌くわえて一目散に逃げていく」

慎太郎が空いている方の手で指差した。滑稽な姿で走るカラスを見て、母が愉快そうに笑う。すると乳房が揺れて、彼のあやしい気分は、ますます高まった。

生きた黒ダイの舟盛りは、迫力があった。周りにアワビやうに、甘エビなど、かなりの種類の刺身があしらわれ、中央に、頭と骨と尾だけにさばかれた胴の部分に、身が盛りつけられた黒ダイが、どんと載せられていた。まだ生きているそいつは、時折口を開けて、周囲を睨みつける。

「どう？　すごいでしょ」母が自慢そうに言う。

「うん、はるばる来たかいがあったね」

刺身は新鮮な歯ごたえと、甘味があった。

「こういうところ、お父さんと三人で来ればよかったのにね」

アワビをつまんで慎太郎が言う。

「そうね。でもこの店のこと知ったのは、つい最近だから。それに、以前わたしが誘っても、あなたたちあまり乗り気にならなかったじゃないの」

「そう言われればそうかな」

「亡くなってから殊勝な気起こししても、遅いの」

「孝行のしたい時分に親はなし、ってことかな」

「その心は、親が生きているときには、そんな気分にはなれないんだけど、亡くなったあとになって、ああもしとけばよかった、こうもしとけばよかったと、しみじみ思うってことなの。あんた、わたしが生きている間に、せいぜい親孝行しなさい」

母に言われて、果たしてどういう形が親孝行なのだろうか、と慎太郎は考えた。血縁関係がないことを母はとうに知っているし、慎太郎も知ってしまった。母親への愛というかたちは、彼女の女としての魅力に惹かれてもいる慎太郎にとっては、危険な要素を孕《はら》んでいた。

ともあれ、この小さな旅は、裕子との間のすっきりとしない気分を、一時的にせよなごませてくれた。


慎太郎と裕子の奇妙なつき合いは、破局という峡谷に架けられた、きわめて不安定な吊り橋に似ていた。月に一度の食事会は、初めてのキスのあとからは〈デート〉と称するようになった。それがふたたび、〈食事会〉にもどされたのだ。母子《おやこ》としてだけのつき合いを裕子が宣言していたため、肉体の触れ合いはもちろんのこと、愛とか好きという言葉を、口にすることすらできなかった。もうそれが当然となっていたアルコールも、出なくなった。

それでも慎太郎にとって、裕子と過ごす半日は、複雑な気持ながらも、楽しい時間だった。美人で頭もよく、そのうえ抜群のプロポーションの持ち主である裕子に対して、尊敬にも似た憧れをいだいている彼には、彼女との血の絆が嬉しかったし、顔を見ているだけでも心地よかった。けれども、帰るとき、愛の雰囲気のひとかけらもなかったことに、慎太郎は不満の残るむなしさをおぼえるのだった。

八月、慎太郎は夏休みでもあり、二度の食事会を提案した。彼には、あわよくばとの下心があった。裕子は、「親子ですものね、ま、いいでしょう」と承諾してくれた。

はじめて慎太郎が『母さん』と呼んだとき、「なんだか変な感じ」と裕子は言ったものの、実の子としての彼を、再認識しようとする姿勢は感じられた。が、こうも彼女は言う。

「あなたを産んだことはたしかなんだけれど、青年に近い子になっているなんて、まだ実感が湧かないの」

その気持は彼にも分かる。二十代半ば過ぎにしか見えない裕子が実の母親とは、彼にとっても、なんとも面はゆい感じなのだ。

「親友に、母さんを、このひとぼくを産んだ実の母親なんだ、って紹介しようか」

「やめてよ、そんなこと絶対にいやよ。二人だけの秘密なんだから」

「いつまでも二人だけの秘密にしておくつもり？」

「そうよ、いつまでもよ。そしていつまでも、わたしたちは秘密の親子であり続けるの」

愛に背を向けるかたくなな裕子の態度が、慎太郎にはいまいましい。

彼の心境には矛盾があった。『母さん』という呼び方に、肉親としての絆をたしかなものにしたいとの思いと、同時に、『裕子さん』でもあって欲しいとの願いを、断ち切ることができなかった。

八月の後半の食事会で、がまんしきれなくなった慎太郎が、裕子に唇を求めた。だが、彼女の信念は堅固だった。腹立ちまぎれに、彼は不満をぶつけた。

「ぼくたちが親子であることは事実にちがいないけど、愛し合ったことも事実なんだ。ぼくには、恋人としての裕子さんが必要なんだ」

「あなたはわたしのからだが目当てなの？　あなたが愛したのはそれだけ？」

「ちがう。ぼくは裕子さんの全部を、純粋に愛した。そしてその愛は、いまでも変わらない。裕子さんを忘れることができないんだよ」

「だめよ。忘れなさい」

「そんな簡単に忘れることはできないよ。せめてキスぐらいはしたい」

「キスだけで、あなた満足できる？」

「オッパイも吸いたい」

「ほらごらんなさい。そんな考えをいだいているかぎり、あなたとのおつき合いやめにするわよ。それでもあなたが言うことを聞いてくれないんだったら、わたし東京を離れる」

「いやだよ。そんなの絶対いやだよ」

「だったらがまんしなさい。わたしだってつらいのよ、わかってちょうだい」

慎太郎はわけの分からない苛立ちをおぼえた。彼女の衣服をぼろぼろにひきはがしたい衝動を、なんとか抑えたのは、ほかに、易しい解決の方法がありはしないかと考えたからだ。けれども、苛立ちはすぐにはおさまらなかった。

「頑固者《がんこもの》……」

そう言いすてると、彼は勝手に冷蔵庫から缶ビールを取り出し、一気に飲み干した。

慎太郎はこの諍いを機に、『裕子さん』という呼び方をいっさいやめにし、『母さん』だけにすることにした。従来の母親に対しては『お母さん』と『お』をつけているし、裕子の前では、『お袋』あるいは『お袋さん』という言い方で区別する。

裕子のことをママと呼ぼうかとも考えたが、言い慣れない言葉で、しかも、なんとなく甘えを含んでいるように感じられた。『母さん』の方が現実味があり、さや当て的な嫌味も強調できるのだ。

裕子と二人で買い物に出たときなど、母さんではさすがに違和感があるため、姉さんと呼ぶが、『裕子さん』とは、けして口にしなかった。裕子がこんなことを言った。

「姉さんだったらまだしも、十七歳のあなたから、母さん、母さんって呼ばれると、なんとなく年をとった感じになるのよね。わたしまだ三十二歳よ。裕子さんにしてよ」

「そう、裕子さんでいいの？」

「いいわよ」

「じゃあ、元の間柄になってもいいんだね」

「え？　あ、それはだめ」

「そんなの勝手すぎるよ。恋人の間柄にもどれなければ、ぼくは母さんって呼ぶからね」

「あなたって、けっこう意地が悪いのね」

「意地悪なのはそっちの方じゃないか」

「わたしは意地悪でこうしてるんじゃないわ。こうしなければならないから、こうしてるの」

「モラルって校則みたいなもんだね」

「どういうこと？　それ」

「ちっとも面白くない」

「仕方がないでしょ。社会的生活を営む以上、モラルや校則は必要だわ」

「保守的おばさん連中は、皆そう考える」

「保守的でおばさんで悪かったわね。あなたって、ほんとにへりくつ言うひとね」

「へりくつじゃないよ。モラルや校則を作れば、それで安心だと考えている大人が多いんだよね。もし作らないで問題が起きたとき、責任を追及される。その責任逃れのために作ってるんだよ」

「そんな変な理屈言うあなたって、嫌い」

「嫌いでけっこう」

慎太郎は裕子をにらみつけた。そしてこんな捨てぜりふを吐いた。

「月に一度母親を演じて、あとは子どもの面倒を見なくてすむんだもん、あんたは楽なもんだね」


九月に会ったときも、小さな言い争いが生じた。欲求不満の彼は、そうでもしなければ気が治まらなかった。どうせなら、もっと華々しい喧嘩をしたいとも思った。そしてそれが現実となったのである。ささいな会話のすれ違いがエスカレートして、彼は言ってはならないことを口にしてしまった。

「あーあ、あなたと言い争っていると、ストレスたまっちゃう」

裕子の言葉に、慎太郎はむっとした。

「こっちだって、いっぱいストレスたまってるよ」

「それって、わたしを抱けないから？」

「そうだよ」

「あなたの頭の中は、セックスしかないの？」

「ちがう。母さん、じゃなく、裕子さんと愛し合ったことが忘れられないだけだ」

「忘れなさい」

「無理だよ。裕子さんは、ぼくにとって永遠の女《ひと》なんだ。忘れることは絶対にできない」

「それでも忘れなさい」

平行線はその差を狭めることなく、慎太郎の苛立ちは限界に達していた。しばらく唇を噛みしめていた彼は、激しい口調で言った。

「もとをただせば、あんたが十五歳で子どもを生むような原因を作ったのがいけないんだ。小さな恋の物語かなんか知らないけど、一時の快楽に溺れた結果、ぼくの今の境遇ができてしまった。助産婦やお袋ももちろん悪いけど、その源《もと》はあんたにあるんだからね」

みるみるうちに裕子の顔が紅潮し、唇が小さく震えだした。

「なによ、よくもそんなこと言えるわね」

「言えるよ。だいたい中学生でセックスするなんて、早すぎるよ」

「うるさいっ。あんただって十五でセックスしたじゃないの。一歳しかちがわないわ」

「一歳しかちがわないって言うんだったら、ぼくが十三で経験したらどうなんだよ」

「早すぎるわ、十三歳なんて」

「変なの。十四歳だったら早すぎないんだ」

「もうっ、慎太郎のばか。あんたなんか嫌いよ。大嫌い」

裕子は激しく言ってスツールを立った。かなり苛立っている様子である。彼女は、慎太郎との口論で詰まると、嫌いを連発する癖があった。二人の間に、緊張の糸が張りめぐらされた沈黙が生じた。

彼女は横向きで顔をひねり、窓の外を見つめていた。悲しげな表情の横顔を、慎太郎は美しいと思った。ややあって、彼の方に顔を向けた裕子は、平静を装って言った。

「あなたは、今生きていることをどう思っているの？　生まれてこなかった方がいいと思ってる？」

「それは……」

慎太郎は言葉に詰まった。裕子が子を産む原因を作らなかったら、今の慎太郎は、この世に存在しないことになる。肉体も思考も存在しないのだ。考えられないことだった。

「はっきり答えてちょうだい」

裕子の逆襲だった。

「生まれた方がよかったと思ってるよ。だけどそれならば、ぼくの母親はいったい誰なんだ。あんたが実の母親なら、うちのお袋は他人？」

今度は裕子が返事に詰まった。

「どちらを母親に選べばいいんだ」ふたたび慎太郎が問う。

「生みの母《おや》と育ての母《おや》。どちらも母親には変わりないでしょ」

裕子の答えは明瞭だった。さらに彼女はつけ加えた。

「平野となるべきあなたが、工藤慎太郎になった。ある意味ではそれでよかったのよ。両親のいる家庭でなに不自由なく育ち、今のまじめなあなたが在るわけだから。それを考えると、たとえ非合法な方法で子供を獲得したとしても、育ての親であるお母さんに、あなたは感謝こそすれ、憎んではいけないわ。同時に、わたしへの恨み言も、筋ちがいっていうものよ」

まじめなあなたなんて言われて、慎太郎は片腹痛かった。それにしても、保守的おばさんの論理を突き崩すのは、とても困難に思えた。彼は捨て身の作戦に出た。それは卑劣な行為であったが、裕子の動揺をひき出さなければ気が治まらなかった。

「お袋に感謝ね。感謝しなければならないことは、ほかにもある。ぼくのオチンチンを大人の姿にしてくれたのは、ほんとはお袋さんなんだ」

「なによそれ」

裕子は眉をしかめ、不快感をあらわにした。

「ぼくが小学校六年のとき、プールで背泳ぎの練習をしていて、左手をプールサイドにぶつけたんだ。小指にヒビが入ってギプスをはめたもんだから、風呂で背中が洗えなかった。それで、お袋さんが一緒に入ってくれた」

「一緒に入るって、裸で？」

「そう。お袋さんもからだを洗うんでね。何回目かのとき、ぼくのオチンチンも洗ってくれた。そのとき、恥垢が溜っててからだに悪いからって、無理やり皮をめくったんだ。それ以来、皮が完全にむけた状態になっている」

「それだけ？　ほかに何が起こったの？」

真剣な表情で裕子がたずねた。

「そのあと、きれいに洗ってくれたんだけど、ぼくはがまんできなくって、射精してしまった」

「ただ洗っただけで？」

「こすりながらていねいに洗ってくれたから。でもそれはそのときだけで、そのあとずうっと、お袋とは何も起こっていない」

この生々しい告白は、少なからず、裕子に衝撃を与えたようだ。

彼女は黙って食卓の上を片づけはじめた。キッチンで洗いものをしながらも考えごとを続けているらしく、かたい表情で沈黙を守った。

居間に来て、スツールに腰を下ろした彼女は、しばらくして、ようやく重い口を開いた。

「さっきの話、わたしには関係のないこと。二度と話題にするのはよしましょう」

裕子の保守性を崩す決定的な糸口を見いだせないまま、慎太郎は苛立っていた。

「ぼく、今日はもう帰る。ごちそうさま」

彼は次の訪問日を決めないまま外に出た。


性の甘美さを知ってしまった若者が、そのエネルギーを封じられると、どうしても欲求不満になる。裕子の肌に触れることができない慎太郎の性の欲望は、自ら慰めるだけでは、とうてい満足できなかった。四十七歳の母のチャーミングな顔と肉感的な肢体が、三十代半ばの若さに見えるのは、自分の欲求不満の眼が、そういう見方をしているのではないかとさえ思うのだった。

まだ暑い最中《さなか》だったので、母は、家の中でブラジャーをしないことが多かった。前かがみになると、ワンピースの衿口から、たっぷりとした膨らみが乳首すれすれまでその姿を見せるし、ショートパンツ姿になれば、脂の乗ったきわめてなめらかな肌をした太腿が、むき出しになる。

最近慎太郎は、母に、成熟した女の色香を感じることが多くなった。おおらかな性格の母は、男の子の揺れる性的感情に無頓着なのか、時として、無防備にふるまうことがある。

「あら、あなたまだここにいたの？」

食堂で新聞を読んでいた慎太郎に、母は少しのとまどいも見せず、風呂上がりの素肌にバスタオルを巻いただけの姿を晒す。

「世界情勢や、政治経済の動向も入試には必要なんでね」

彼の眼は、新聞と母の姿を往復する。

母が、冷蔵庫から麦茶を取り出そうと前かがみになった。あきらかに下着を着けていないとわかるお尻と太腿の分岐する周辺が露になり、慎太郎は思わず危険な状態に陥る。

裕子への腹いせに、母を抱きしめる場面を想い描いた。十数秒の悩ましい格闘の末、かろうじて彼は妄想を振り払う。


早めに退社できた夕方、未央の誘いをさりげなく断り、裕子は大森駅の改札口を出た。駅ビルの地下で、数品の食料品を買った彼女は、ふと、コーヒー一杯のぼんやりとすごす時間が欲しくなった。

駅の東口から二、三分のところにある小さな喫茶店に入り、二人用の席に座った。コーヒーなら、家に帰って挽きたての豆を淹れれば、おいしいものが飲めるし、ひとりだけの静かな時間も、いくらでも過ごせる。しかし裕子は、ほどほどの味でもかまわなかったし、あまり騒がしくもなく、かといって静かすぎもしない、適当に人の温もりのある雰囲気に、少しの時間、身を置きたかったのだ。

コーヒーをひと口啜ると、メンソール入りの煙草を取り出し、火を点ける。このところ、吸う本数がやや増えた。それでも一箱を三日もたせているから、一日にすれば六、七本である。吸わない方がいいにきまってるけど、この程度なら、健康を害するほどではない、と彼女はあえて思う。ぼんやりと慎太郎のことを考えるつもりが、やはり深くなる。

行きつくところは、愛の倫理だった。禁断の関係に二度と踏み込まないとの決意を固めたものの、迷いが完全にふっきれたわけではなかった。裕子の奥深くで、愛はくすぶりつづけていたのだ。彼女の肉体に残された慎太郎の痕跡は根深く、時として、ぽっと赤い炎が立ちのぼることがあった。

彼へめぐらす思考が深くなるにつれて、裕子の意に反し、体が熱をおびてくる。乳房の底がうずき、彼女を埋めた漲りのたしかな感触が、生々しく蘇える。

愛の行きつくところは、互いの心の融合であり、肉体の結合は、そのための必然的な手段なのである。だけれども、血を分けた息子との愛には、けして通用しない論理だった。

そうは言っても、このまま、慎太郎の若いエネルギーを封じ込めることが、果たして出来るのだろうか。おそらく難しいだろう。〈毒を喰らわば皿まで〉と言う諺《ことわざ》もある。いっそのこと、悪魔の炎に身を投げ出す覚悟で、彼にすべてを捧げようか。裕子は深い吐息をつき、小さく首を振った。

黙って東京を去り、函館か札幌で生活しようかとも考えてみたが、それは、あのバーテンが言った『逃げ』なのである。最善の策とは思えなかった。それに彼女の人生は、もはや慎太郎なしでは考えられないところまできていた。せめて月に一度は、顔だけでも見たかった。

煙草の灰が、落ちる寸前まで長く伸びていた。灰を落とし、一口ふかしてもみ消す。

未央とはこの半年、体の交流はなかった。下呂温泉で慎太郎と結ばれてから、裕子の性意識に、変化が生じたのだろうか。

彼女の肉体は欲求不満を訴えてはいるものの、未央と愛し合いたいとの欲望は、希薄になっていた。彼女とお茶やお酒を一緒に飲むことは何度かあった。けれども、ラブホテルに足を向けることはなかった。未央に強く誘われたら、渋々ながらも、おそらく同意することだろう。だが、未央の性的欲求は、入院中に見舞いにやってきた、業務部の石塚に向きはじめたようだ。裕子が冷たくなったからと弁明しながら、未央は、石塚との体の関係を告白した。しかしながら裕子は、慎太郎との関係を、その肝心な部分を伏せたとしても、どうしても口にすることはできなかった。

誰にも相談できない苦しさが、裕子の想いをいっそう募らせる。何度か朝、十五分早めに家を出ることもあった。だけれども、駅のホームで、慎太郎の学生服姿を見送るだけにとどめた。

彼女の気持の中に、自分でも気づかない間に、じわじわと焦りが膨らんできていた。慎太郎の母が、彼のペニスを大人の姿にしたとの話は、少なからず裕子の動揺を誘った。そのことがしばしば脳裏をよぎり、禁断の愛に訣別をつけた堅い決意が、浜辺の波に洗われる足元の砂のように、崩れかける。

彼の母は、なぜそんな行動をとったのだろう。アフリカの原住民の中には、今でも、儀式として割礼を行う部族がいるようだ。彼の母も、息子を大人にさせるための、単なる儀式と考えたのだろうか。慎太郎が実の子でないことは、充分承知のはず。彼女の行為の裏側に、血の繋がりのない少年に対して、性愛の感情が隠されていなかったとは言い難い。そのとき以来何も起きてはいないというものの、これから先も起こらないとの保証はどこにもないのだ。いや、もっと危険かもしれない。なぜなら、彼女は制約を持たない未亡人の身。そのうえ、慎太郎と二人きりの生活である。しかも、夫の一周忌は間もなくやってくる。喪が明ければ、二人は、共に危険な状態に置かれるだろう。

裕子にとって、慎太郎の母親としての実感は、いたって曖昧だった。母と子としてのままごとのような時間は、まだはじまったばかりであり、それもぎくしゃくとしていて、いかにも頼りない。しかしそれでも、彼女の中には、実の母として、育ての親へのライバル意識が、はっきりと芽を出していた。

裕子の心に放り込まれた嫉妬の火種は、くすぶりながら、徐々にその赤味を増していった。

諍いの日から十日ほどたった夜、しんぼうしきれなくなった慎太郎は、裕子に電話を入れた。彼女は、何事もなかったかのような明るい声で応じた。

「おとといの夜、電話したのよ。でもお母さまが出られたから、すぐ切っちゃった。この前、次の約束の日決めなかったじゃない？　かなり怒ってたみたいで」

「うん、まあね。でも、やっぱり顔見たくなった？　じゃあ、あのとき、もう顔を見たくなくなっていた、ってわけ？」

「やっぱり顔見たくなったんだ」

「とうぶん会うのをよそうかと……」

「そ。わたしは慎太郎君の顔見たいわ」

「ぼくもそりゃあ同じ気持だよ。でも……」

「でも、なあに？」

「裕子さん、いや母さん冷たいんだもの」

「冷たくしてるんじゃないの。あ、また喧嘩になっちゃうわね、よしましょ。今月、とにかく会いたいわ」

「いいよ」

「いつにする？」

今日は十月四日、金曜日だった。六日の日曜日は進学塾のテストがあるので、結局十日の祝日を約束した。

「何が食べたい？」裕子の声は甘さを含んでいた。

「フランス料理」

「ふうね……」

逢えば苛立ちをおぼえるくせに、慎太郎はやはり逢わずにはいられなかった。それに、裕子の特徴のある声は、包み込むような母性を感じさせ、その声を聞いただけで、彼の胸には、甘ずっぱいうずきが充満するのだった。

街路樹の葉が色づきはじめていた。中にはその役目を終え、歩道をさまよっているものもある。数日前まで、あたり一面に匂いをふりまいていたきんもくせいも、すでに存在感をなくしていた。

慎太郎は一昨日塾で、M大、H大、N大はたぶんだいじょうぶと言われ、気をよくしていた。その報告も兼ねていたが、目的はもちろんほかにあった。

「いらっしゃい、お待ちしていました」

裕子はにこやかに出迎えた。

彼女は以前のようにセクシーな服装はしなくなっていた。あるときはパンツルックだったり、あるときはロングスカートだったり、あるいは清楚なワンピースだったりした。

今日もワンピース姿だが、裾がやや短めで膝頭が出ていた。久しぶりに眼にする姿だった。禁欲状態にある慎太郎にとっては、それだけでも充分刺激の対象となった。しかし裕子に警戒されることを懸念して、そこにはできるだけ視線を向けないようにした。慎太郎は黙ってビニール袋を差し出した。

「あら、なあに?」

袋を手にした裕子が、けげんな顔でたずねる。

「フランス産のワイン。今日はフランスふうの料理でしょ？　だからほんのちょっと奮発したってわけ。でも、気にするほど高いもんじゃないから」

「ありがとう。でもねえ、アルコールはねえ」

「うん、今日はちょっといいニュースがあるんだ。で、ま、ほんの少しアルコールをと思って」

慎太郎は進学塾でのことを話した。

「そう、よかったわね。あなただったらきっとだいじょうぶよ。じゃあ、前祝いといきますか、ワインで」

屈託のない笑顔で、裕子はキッチンに足を運ぶ。

「ところで、お母さま元気？」

キッチンのハッチから顔をのぞかせて、彼女がたずねた。

「元気、元気。パートと社交ダンスのサークル、それにヨガまでやって、けっこう忙しがっている」

「そう、ヨガもなさってるの。で、仲よくやってる？」

「まあ、波風のたたない程度に」

「そう。家庭の中が暗いと、人生も暗くなるから」

慎太郎はおやっと思ったものの、とりたてて気にはしなかった。

裕子はそのとき、彼と母親の間に何事も起きていない様子にほっとしたのだったが、慎太郎は彼女の胸のうちを知るよしもなかった。

「こっちの母さんは？」

「わたし？」

「そう。母さんの人生明るい？」

「さあ、どうかしらね」

「いつまで結婚しないでいるつもり？」

「神さまのおぼし召しがなければ、一生独身ってとこね」

やがてオードブルの皿が運ばれてきた。

「息子としてはその方がいいかもしれない」

「え？　何がいいかもしれないって？」

慎太郎がつぶやくように言ったので、裕子にはよく聞きとれなかったようだ。

「母さんはまだ若いから、結婚、あわてない方がいいかもしれないって言ったんだ」

慎太郎は声を大きくした。

「若くないわよ。わたしもう三十二歳半よ」

「焦ってる？」

「焦ってなんかいないけど」

彼女はそう言い残して背を向け、食器棚からワイングラスと栓抜きを取り出す。

慎太郎がワインの栓を抜いた。裕子の手で、透明感のある赤ワインがグラスにそそがれる。

裕子は慎太郎と並んでソファーに座った。

「じゃあ、慎太郎君の大学合格を祈って、乾杯」

グラスが快い音をたてた。

彼女が腕をふるった料理が、次々と運ばれてくる。メインディッシュは、牛ロース肉のステーキだった。

ポアレ・クリームソースハーブ添え、と裕子はしゃれた名前を口にしたあと、「ふうね」とつけ加えた。

慎太郎はワインに酔ったせいばかりではなかった。裕子の親しみのある明るさが、久しぶりに彼の心をなごませた。

食事がすむと、いつものように彼女は歯を磨いた。続いて慎太郎が磨く。キスをするわけではないのだが、食後の習慣になっていた。

「ああ、ちょっと酔ったみたい。いい気持になっちゃった」

ソファーに慎太郎と並んで腰を下ろした彼女は、彼に断って煙草を取り出した。火を点けると、おいしそうに紫煙をくゆらす。久しぶりに眼にする光景である。

彼女は斜めに揃えていた足を組んだ。夏の間あまり陽に焼けなかった腿の白い肌が露出度を高める。

三口ほど裕子が吸ったところで、

「ぼくにも吸わせて」

と、慎太郎は彼女の指の間から、煙草を掠め取った。フィルターに口紅が付いていた。

「だめよ。高校生のくせに煙草吸ったりして」

慎太郎はにやっと笑って唇に挟む。

「唇に当たる感じが、細くて可愛いね」

「慎太郎君、あなたいつから煙草吸ってるの？」

「一か月ぐらい前から。でも一週間前にひと箱買ったのが、まだ残ってる」

「まだ吸わない方がいいわ」

「最近いらいらすることが多いんでね。いっそのこと、不良グループの仲間入りしようかと思ったりして」

「わたしのせいだと言いたいんでしょ。ほら、よこしなさいよ」

裕子は、慎太郎から取り上げた煙草を、一口ふかしてもみ消した。

チャンスを窺っていた慎太郎は、すうっと体を寄せると、裕子の肩を抱いた。不意をつかれた彼女は、一瞬、何が起きたのだろうという表情をした。が、すぐさま事態をのみ込んだ彼女は、近くに迫った彼の口を、手で遮ろうとする。しかし、彼の動きは素早かった。

裕子の手をかわした慎太郎の唇が、ワインレッドの紅を引いた唇を塞いだ。彼女はもがきながら、拒否の姿勢を示す。彼の顔の横側を両手で押さえ、唇を離そうとした。だが、ヒステリックにはならなかった。

唇を押しつけたまま、慎太郎はしばらく様子を窺っていた。すると、抵抗をあきらめたのか、かたく閉ざされていた唇の力がゆるんだ。それを察知した彼の舌先が、遠慮がちに忍び入る。おそらく裕子には、必死で抵抗する気持はなかったのだろう。その証拠に、彼女の舌が、小さな動きで慎太郎の舌先に反応しはじめた。彼は顔を挟んでいた手を離し、すべり下ろした。左手で背中を抱き、右手で腕を撫でる。

顔が、彼の圧力から解放されても、裕子は、しいて唇を離そうとはしなかった。そればかりではなかった。さらに進入を深めた彼の舌を、陶酔の表情で吸いはじめたのだ。勇気を得た慎太郎は、腕を撫でていた手を、胸の膨らみに忍び寄らせる。裕子がそれを阻止しようとした。が、彼の手の上に添えられた彼女の手には、ためらいが感じられた。

抵抗はごくわずかだった。難なく膨らみの頂に手を進めた彼は、悩ましい感触を確かめるかのように、だが、獲物が逃げないよう気を配りながらゆっくりと揉んだ。

「ううん」だめ、という意思表示で、彼女の喉が鳴ったものの、抗うことはなかった。

久しぶりの乳房の感触に、慎太郎は酔った。けれども、これから先の無理じいは禁物だった。いつ、裕子の冷たい反抗に遭うかもしれない。今日はとにかく、諍いはしたくなかった。接吻と胸への愛撫で、これまでの苛立ちから解放された彼は、充分とはいえないまでも、気が治まった。

彼が体を離すと、裕子は、嘆きの溜息ともとれる深呼吸をした。だがその表情には、悲愴感はなかった。むしろ、何かから解き放たれたような安堵すら感じられた。そして一度閉じた眼を、数秒後に開けた彼女は、こう言った。

「とうとう、してしまったわね、禁断の口づけを」

裕子の口元には、にがみを含んだ笑みが漏れていた。慎太郎の緊張の糸がゆるんだ。

「これはお願いなんだけど、聞いてもらえるかな」

彼に厚かましさがもどっていた。おそらく彼女は拒むだろうと思ったのだが、彼の視線を見破ったかのような言葉が、返ってきた。

「あなたのお願いって、次のステップ？」

平穏な言い方だが、頬には紅みが差していた。

「うん」と答えたあと、慎太郎はたちまち昂りをおぼえた。

「胸……なんでしょ？」

彼が、うん吸いたいんだ、と返事すると、裕子は深く息を吸い込んだ。それから、ちょっと思案する素振りを見せた。

慎太郎の当座の狙いは、裸の乳房に触れ、吸うことにある。だが、ファスナーが背中にあるワンピースは、頭からかぶる様式になっているから、胸を出すには、全部を脱がなければならない。素足なので、つまりはショーツ一枚になることだった。彼は見守った。

「上だけよ、裸になるのは。それ以上の要求はだめだからね」

言い終わった彼女の頬の紅みが、濃くなった。

「うん、言わない」

裕子は「ちょっと待っててね」と言い残して、寝室に姿を消す。

慎太郎はけげんに思った。もしかしたら、驚かせるために全裸で出て来るのだろうか。淡い期待をこめて彼は待った。

ほどなくして、彼女は姿を見せた。裸どころか、ワンピースの下に、黒のスパッツをはいていた。気が変わったのかと、夢をそがれた慎太郎は、舌打ちしたい気分だった。

彼の前で背を向けた裕子が言った。

「ファスナー下ろして」

彼はようやく納得がいった。上半身裸になるために、彼女は、下半身をスパッツでガードしてきたのである。思惑ははずれたものの、それでも彼の期待はふくらむ。

ワンピースを脱いだ裕子が深呼吸をした。実際はそれほどでもないのだが、ながく感じられた間があって、彼女はようやくブラジャーのフックに手を回した。慎太郎は胸をときめかせて、その指先を見つめる。

両の膨らみに手を当てて振り向いた彼女の表情は、心なしかこわばっていた。

見つめ合っていた眼が伏せられ、彼女の手が隠しているものから離れた。禁断の名のもとに姿を見せなかった乳房が、五か月ぶりに全容を顕《あき》らかにしたのだ。見事なそのかたちと、透明感のあるなめらかな肌の悩ましさに、慎太郎は思わずつばを飲んだ。

呼び寄せられるかのように裕子の前にひざまずいた彼は、眼を潤ませて魅惑の乳房を見つめる。しっかりと張り出していながら、あくまで柔らかそうな膨らみである。初めて眼にしたときとは異なる別の感動で、慎太郎は震えていた。裕子の、そしてそれは、まぎれもない実の母の乳房だった。

裕子の瞼が閉じられ、両手が彼の頭を支える。慎太郎は、近づけた顔を、膨らみの谷に埋めた。慈愛に満ちた母性の温もりと、ほのかな甘さに、彼は陶然となった。

頬ずりする両の頬に、柔らかさと弾力が伝わり、彼は夢の中にいざなわれるのだった。


すでに一度ははっきりと断を下したはずなのに、裕子の決意は砂上の楼閣だったのだろうか。乳房を吸われ一方を揉まれているうちに、激しいうずきに見舞われた彼女の肉体は、あの歓喜の記憶を蘇らせた。やっともどった愛に背を向けたくなかった。禁断の愛も、愛の本質に変わりはないと思う。世間から公認されないだけのことで、言うなれば、同性愛とそれほどの違いはないのではないか。ただセックスがしたいがために、いともたやすく寝る男女の関係より、自分たちにはもっと真摯なものがある、と裕子は思う。

彼女の昂りに反し、彼は約束を守った。憑《つ》かれたように、ひたすら乳房を吸いつづけた。裕子は昂揚し、乳白色の陶酔の中で、肉の交わりを願った。けれども、慎太郎を求める声を言葉にできなかったのは、タブーに挑戦する勇気が、ほんの少し足りなかったからだ。


日を重ねるごとに、慎太郎への想いは膨らむばかりだった。それなのに裕子には、神に背くことができなかった。彼女の気持は揺れつづけ、ふたたび迷路をめざす。愛と倫理、このいずれかを選択しなければならない岐路に、彼女は立たされていた。

母子の恋情を肉体で示す背徳の愛。それを否定し、倫理の道を選んだ場合、やっと見いだせた迷路の出口には、我が身の消滅が待ちかまえているようにも思えた。

霧のような雨が降っていた。慎太郎は傘もささずに自転車を走らせる。底冷えのする日だったが、彼の心は燃えていた。十二月は受験勉強の追い込みで逢えないかもしれないので、その分十一月に、二度逢うとの了解を裕子にとりつけていたのだ。

文化の日と日曜日が重なっていた。だから彼は、今日と明日の月曜日が連休だし、裕子は、土曜日を含めて三連休となる。

気分的に余裕のあるその日、彼はある決意を秘めて裕子の部屋の番号を押した。しばらく待ったが応答がなかった。ふたたび、番号を確認しながら、しっかりとボタンを押す。数秒間の不安な時間が流れた。

「はい、どなたでしょう」と、ようやく、いつもと変わらない裕子の声が応答した。

「ぼく」

「ごめんね、すぐ出られなくて。ちょうど着替えをしてたところだったの」

マンションの入り口のドアロックが解除された。部屋に入ると、暖房が入っているとみえ、ほっとするような暖かさに包まれた。

「あら、傘ささないで来たの？　髪濡れてるじゃないの」

頭を裕子がふいてくれる。ほのかに漂う甘さが、彼の胸をうずかせた。久しぶりの香水の匂いだが、量はひかえめのようだ。服はしみるほど濡れてはいなかった。それでも彼女は、全身にタオルを当ててくれた。

裕子の心境に、慎太郎は変化を感じた。服装もそうである。彼女はベージュのざっくりとしたカーディガンを羽織っていた。だがその下のニットのワンピースは、かなりのミニで、露出した腿がいかにも涼しそうだ。さわやかなレモンイエローのこの服を、半年ほど前、彼は眼にしたことがあった。カーディガンの裾が長く、ほとんどワンピースの丈と同じぐらいだから、うしろから見ると、まるでスカートをはいていないかのような錯覚にとらわれた。太腿の素肌の肉感が、なんとも悩ましい。

リビングに入った慎太郎は、裕子の背に両手を回した。胸の膨らみが彼の胸に押しつけられ、彼女はごく自然に、慎太郎の唇を受け止めた。それればかりではなかった。舌と舌の戯れがしだいに深くなるにつれて、彼女の表情には、官能の色が濃くなった。

キスは最高の食前酒に似ていた。慈愛とエロスの味に酔いながら、彼は裕子の舌を吸う。さらに、押し合っている胸を半分ずらし、膨らみを愛撫した。彼女が小さく身悶えした。

「ほら、食事のしたくしなきゃ」

と体を離した彼女は、デニムのエプロンを身に着ける。再開された愛と、家庭的な彼女の装いに、慎太郎の胸に熱いものがこみ上げてきた。

「今日はちょっと寒かったから、おでんにしたわ。それに国産の松茸買ってきたので、松茸ごはんと松茸のお吸いもの。ほかに、すごく新鮮なヒラメのお刺身」

裕子の声は弾んでいた。諍いの数か月間とくらべると、うそのような変わりようである。

笑顔が可愛らしい。時として少女のような表情を見せるこの女性《ひと》が、自分を産んだ母親だなんて、どう見ても似つかわしくない。感覚的には、四、五歳年上の、きわめて親密な間柄の女性としかとらえることができなかった。それなのに、彼女が実の母であるとの意識は、不思議なほど慎太郎の脳裏に根を張り、復活した恋人との相乗効果で、裕子は、もはや唯一無二の存在となっていた。

テーブルに料理が運ばれる。土鍋のふたを取ると、湯気とともに、食欲をそそる匂いが立ち込めた。

「きのうの夜、大根とこんにゃくは下ゆでしたうえでほかの具と合わせ、一時間ぐらい煮たの。それを一晩寝かせて、さっき弱火で一時間ほどまた煮込んだから、味がしみてるわよ」

十数種類の種がびっしりと詰まっている。彼女は燗をした日本酒も出した。小鉢には小松菜の白あえ。

「おでんには、なんといっても日本酒が似合うわね。これ、秋田の地酒。以前居酒屋で飲んだのがとてもおいしかったから、買ってみたの」

裕子のお酌で飲む酒は、いっそううまかった。ヒラメの刺身もおいしいが、おでんはしっかりと味がしみていて、思わず彼は、「うん、これはうまい」と口にしたほどだ。

「裕子さんって、料理の天才だね」

「褒めすぎ。でも真心はこもっているのよ。あなたと一緒に食事して、あなたがおいしいって言ってくれるのが、何よりも嬉しい」

「もっとひんぱんに、裕子さんの料理が食べられたらいいな」

「そうしてあげたいのはやまやまだけど……」

京大根と小ナスの漬物、それに吸いものが出る。松茸ごはんの香りも味も、申しぶんなかった。

食事もあらかたすみ、ほんのりと眼元を染めた裕子が言った。

「ね、さっきから気にかかっているんだけど、その袋なあに？」

中味の膨らんだ小ぶりの紙袋が、スツールの上に載ったままだった。慎太郎はいよいよ決行するときがきたと、緊張ぎみに居ずまいをただす。

「あらどうしたの？　真剣な顔しちゃって」

「これは、裕子さんへのプレゼント」

彼は、リボンでラッピングされた小箱を紙袋から取り出し、裕子の前に置いた。

「ありがとう。何かしらね、開けてもいい?」

「もちろん」

慎太郎は胸をときめかせながら、包装を解く彼女の手元を見つめる。

ビロード地で表装された小箱を手に、裕子は慎太郎の顔を見た。

「え? もしかしてこれ、指輪?」

「ふたを開けてみて」

こわばった表情で彼女はふたを開ける。

「まあ、ダイヤモンドじゃないの。それに粒が大きいわ」裕子は絶句した。

〇・八カラットの大粒のダイヤが、透明な輝きを放っていた。立て爪式の台はプラチナである。保証書も付いている。

父の遺産の一部が慎太郎名義の定額貯金になっていた。それを半分近く引き出し、五日前に御徒町の貴金属店で買ったものだ。割引値で八十八万円した。

「いったいこれはどういうこと? こんな高価なもの、とてもいただけないわ。ね、説明してちょうだい」

「裕子さん、ぼくは裕子さんを心から愛してます。裕子さんと毎晩ベッドを共にしたい。毎朝のごはんも一緒に食べたい。だからぼくと結婚してください。十八歳の誕生日を迎えたらすぐにでも」

早口だが、はっきりとした口調で慎太郎は言った。

「なんですって? あなた気でも狂ったんじゃないの?」

「ぼくは狂ってなんかいない。真面目な気持で結婚を考えている。ぼくにとって、裕子さんは永遠の憧れであり、理想の女性なんだ。ぼくが一生を共にできるのは、裕子さんしかいない」

芝居がかっているようだが、慎太郎は必死だった。テーブルに両手をついて、深々と頭を下げつづけた。

「わかったわ。あなたの気持はとりあえずわかったから、顔を上げてちょうだい。そうでないと、お話ができないでしょ」

ソファーで、二人は体を捻り、向かい合う姿勢になった。ふたたび裕子が言った。

「どうしてなの？　わたしたち結婚なんか出来るはずないのに、なぜそんなこと言い出すの？」

「母子《おやこ》だから結婚できない？」

「もちろんだわ」

「じゃあ、親子として水入らずの生活ができる？」

「それは……」

「真実の親と子なのに、一緒に住めない」

「わたしも、そうできればと願ったわ。ほんとよ。でも世間が許さないでしょうね。親子であっても、わたしたち、あまりにも年が近すぎるし、あなたはもう立派な青年」

「親子だと説明してまわっても、誰も信じない」

「そうね」

「だから一緒の生活はできない」

「そう、無理だわ」

「いや、無理じゃない。ぼくたちは、法律上ではまったく赤の他人になっている。だから結婚することによって、一緒に住むことはできる」

「倫理の問題だわ」

「愛情の問題だと思う。そりゃあ、生まれたときから共に生活している近親者の愛は、悲劇的な要素を持っている。だけど、ぼくたちは他人としてそれぞれの過去を歩んできた。そして他人として出遇い、愛し合った。二人の考え方や気持が一致すれば結婚は可能だし、神様だって、たまには見て見ないふりをする。だってぼくが生まれたとき、神様は罪を犯した。見て見ないふりをした罪を」

「そんなこと言ったって、簡単に割りきれるものではないわ。親子の結婚なんて、世界に例がないでしょ？」

「もしぼくらが親子だという真相を知らなかったら、裕子さんはぼくとの結婚に踏みきる？」

「そう望んだでしょうね、踏みきるか踏みきらないかは別にして」

「ぼくたちの結婚は、倫理に反してるかもしれない。でもその罪は、収集日以外の日に平気でゴミを出したり、電車の中やほかの場所で、ところかまわず携帯電話を使う行為よりも軽いと思う。誰にも迷惑をかけないんだから」

「考え方の次元がぜんぜんちがうわよ」

「そうかな。ぼくは道義的な見方でそう考えている。それに、ぼくには、赤の他人が一時的な恋愛感情で結婚して、よく何十年も共同生活が続けられるなあって、不思議でならないんだ。慣れっこになるんだろうか。でもぼくは、そんなのいやだな、惰性で生活を共にするなんて。ところがぼくたちは、実の親子でありながら赤の他人になっている。だから結婚も出来るし、惰性に流されないで、死ぬまで愛のある生活が送れると思っている」

　慎太郎は熱に浮かされたように喋った。裕子は口を閉ざし、何度か首を横に振った。それから大きく息を吸い、眼を閉じた。一心に考えを整理しているようだ。

「ぼくと結婚して欲しい。お願いします」

ふたたび口にした彼のその言葉に、とつぜん裕子の肩が震えだした。閉じた瞼から溢れ出た涙が、頬を伝わる。

しばらく見守っていた慎太郎は、そっと彼女の手を取った。その中指に嵌《は》めた指輪は、直しの必要がないほどぴたりと収まった。四月、寝室の三面鏡の前に置いてあった彼女の指輪を、彼は自分の小指に嵌めてみた。第一と第二関節の中間に収まったのを思い出し、サイズを調整してもらったのだ。

あまりにも見事に収まったのを見て、裕子は「まあ」と驚きの声を上げ、涙を指先で払った。

「あなたって魔法使いみたい」

「きっと、ぼくの真心が通じたんだよ」

気持の昂りが鎮まったとみえ、彼女は手をかざして指輪を見つめる。

「あなたの気持はすごく嬉しい。でも……」

「でも?」

「わたしには、とても神にそむく勇気がない」

「勇気なら、ぼくの分を半分あげる」

「無理よ」

「力を合わせればきっとできる。困難もあるだろうけど、手を取り合って一緒に生きようよ」

大きく深呼吸をした彼女は、ふたたび眼を閉じた。慎太郎は可能性が近づいてきたような気がした。

「ぼくはもう、裕子さんなしでは生きてはいけない。ぼくには裕子さんが必要なんだ」

彼女は両手を握りしめた。その唇が、何か言おうともがいていた。

「好きなの、死ぬほどあなたが好きなの」

泣きそうな声で彼女は言った。

「だったら結婚して、一緒に暮らそうよ」

「ああ、どうしたらいいの。頭の中が熱くなって、わけがわからなくなってしまった」

「ぼくは裕子さん以外の女性《ひと》とは、一生絶対結婚しないからね」

「そんなこと言わないで」

「ぼくの願いを叶えて欲しい」

「ああ、わからない。どうしていいかわからない。お願い、考える時間をちょうだい」

「いつまで?」

「わからないわ」

「今日中に返事が欲しい。この指輪受け取るって。そうでないと、大学へ進学しようとしてるぼくの気持は、完全に崩れてしまう」

「そんな……」

慎太郎は、裕子を説得し、答えを引き出さなければならないと考えた。時はけして解決してくれないだろうとも思った。ややあって、「ぼくは」と、彼は慎重に言葉を選びながら話をはじめた。

「裕子さんと初めてキスをして以来、いつも裕子さんのことばかり考える少年になってしまった。そして、いつかは一緒の生活ができる日を夢みてた」

裕子は微動だにしなかった。鼻からの吐息が聞こえるだけだった。慎太郎は話を続けた。

「ぼくたちが親子だとわかったとき、ぼくはすごく嬉しかった。だって、裕子さんの血がぼくのからだに流れているんだもん。そして家族として一緒に暮らせるかもしれない」

裕子は小さく顔を振った。テーブルに置いた手の指先が、かすかに震えていた。慎太郎は、道々考えてきた以上に言葉が口から出た。

「でもよく考えると、親子の証明の手続きをとるのは大変だろうし、母親としては、裕子さんはあまりに若く見えすぎる。それに……」

慎太郎はちょっと言葉の間を置いた。

「仮に母子《おやこ》として一緒の生活を始めたとしても、ぼくはたぶん、それだけでは満足できないと思う」

裕子はなおも黙していた。

「なら、結婚すればすべてが解決する。母親であり、妻である裕子さんと共に暮らせる」

裕子がふたたび顔を振った。

「ぼくは、愛ってなんだろうと真剣に考えた。でもそれは、ふくれすぎた綿アメのようでもあり、白い雲のようでもあり、あるいは春の陽炎《かげろう》のようでもあり、はっきりと形がつかめないんだ。たぶん、おたがいのせつない求愛の気持が一致するところに、愛があるような気がする。ただこれだけははっきりと言えるのだけど、裕子さんのからだはすばらしい。そしてぼくは、裕子さんの肉体の虜になってしまった。オナニーをするとき、いつも思い描くのは裕子さんの悩ましい裸の姿。でも、それだけじゃないんだ。裕子さんの心をその十倍も愛してる。それに、これが一番たいせつなことなんだけど、ぼくにとって裕子さんは、この世に二人とはいない女性《ひと》なんだ」

慎太郎は裕子の顔に眼を向けた。彼女の眼は赤くなっていた。そこから、ふたたびひと粒の液体がこぼれ落ちた。

「わたしも、あなたを愛してるわ」

つぶやくような声だったが、慎太郎にははっきりと聞こえた。

裕子が彼の方に体をよじった。その体がぐらりと揺れたかと思う間もなく、顔が彼の胸にとび込んできた。

彼女は、すがりつくようにして慎太郎の背を抱きしめ、その頭を小さく振りつづける。

「好きなの、好きなの。わたしへのあなたの愛と同じくらいに、わたしもあなたを愛してる」

彼の胸に向けて裕子は言った。

慎太郎は彼女の艶やかな髪を、いたわりを込めて愛撫する。彼女は、胸につけた顔を横にすると、指輪の嵌まった手をじっと見つめた。

「その指輪、裕子さんの指にずっと嵌めつづけてほしい」

慎太郎の言葉に、身を起こした彼女は涙をふき、

「勇気が持てるよう、がんばってみる。正式の返事は、今度逢うときまで待って」

慎太郎はそれでも安堵した。自分の描いた夢が、現実に向かって歩きだしたと思った。そしてその第一歩を試してみたくなった。裕子の肩に手を回した彼は、顔を近づけた。彼女は待ち受ける姿勢で、眼を閉じた。

慎太郎は壊れものを扱うかのように、裕子の背をソファーにつけると、静かに唇を重ねた。緊張しているのだろうか、彼女の肩にはこわばりが感じられた。が、合わさった唇の隙間では、ちろちろと舌先が触れ合う。慎太郎は、彼女の心の微妙なあやを感じていた。

と、自らの舌を裕子が差し入れてきた。同時に、腕が彼の首に絡みつく。胸のふくよかな圧力を感じながら、彼は湧きたつものをおぼえた。彼女の情熱的なキスは、結婚の了解の証だろうか。裕子の舌を吸いなが

ら、慎太郎は露な肌を見せる腿に手を置いてみる。彼女は拒まなかった。

今度は彼が舌を挿入する。それを貪欲に吸うことに彼女の神経がついやされている間に、彼は、腿に置いた手を太腿の位置まで移動し、注意深く撫ではじめた。心なしか、両腿の隙間にゆとりが感じられた。

てのひらを内側にすべらせた。内腿の肌はなめらかでやさしく、しっとりとした温もりがあった。

裕子の鼻腔から漏れる呼吸音が震えをおび、しだいに明瞭になってきた。それを耳にしながら、ショーツの布地に指が触れるところまで忍び入ったものの、彼はそれ以上の行動を思いとどまった。

「約束してくれる？」

唇を離した裕子が大きく息を吸い、ゆっくりと吐き出した。眼が潤んでいた。そして彼女はこう続けた。

「お互いパンツを脱がないこと。それを約束してくれれば裸で……」

思いもかけない裕子の積極的な対応に、慎太郎は驚いた。彼の気持はたちまち昂揚し、心臓の高鳴りを彼女に悟られはしないかと思った。が、どうせならと、彼はもう一歩進んだ状況を頭に描いた。

「最後の一線を超えなければいいんだろう？」

「ええ。結婚を約束できるまでは、わたしたち、あくまでも母子《おやこ》」

「じゃあ、パンツはどちらかがはいたままで」

「え？　でも……」

「できるだけ裕子さんに近づきたいんだ」

「……いいわ」

「どっちがいい？　裕子さんが決めて」

彼女の迷いはほんの数秒間だった。

「わたしが着けたままで……」

そう小声で言うと、裕子はソファーを離れた。恥じらいの表情を見せながらカーディガンを脱ぎ、ワンピースに手をかける。

慎太郎が眼にしたのは、可愛らしく、そしてセクシーなランジェリー姿だった。裾丈の短いベージュ色のキャミソールは薄くて光沢があり、その下に、総刺繍のブラウンのブラジャーとショーツが透けて見えた。

立ち上がった彼は、白のセミビキニのパンツ姿になった。黒のベルト部分が広めになっており、そこに横文字が入ったスポーツタイプである。

「そのパンツすてきね。だからまだ脱がないで」と言ったあとで、裕子がキャミソールの紐を肩からはずす。薄い布地がふわりと足元に落ちた。そこで彼女はためらいを示した。けれども、あともどりすることはなかった。背徳を乗り越えた愛の予感に、その頬は、ほんのりと染まっていた。

慎太郎の期待を裏切らず、裕子はブラジャーを取り去った。正面を向いたほとんど全裸に近い彼女の肉体は、気品とエロスに満ち、まるで女神の裸体を思わせた。

誇らしげに迫《せ》り出した乳房の肌に、彼の手が触れかける。女神はほほ笑み、するりと身をかわして寝室に逃げる。だが、彼はすぐにあとを追うことはしなかった。

ほんの少し間を置いて部屋に入った彼が、おもむろにベッドの上掛けをめくる。白い裸身が、紗をかけた映像を思わせて、眩しく輝いていた。

パンツを脱ぎ、慎太郎はベッドの横に立つ。勇壮な漲りの塔が、裕子の眼にふれているのであろう。彼女の顔には、とまどいと畏敬の表情が見られた。が、しかし、その肉体は彼を誘っていた。

慎太郎は、やがて妻になるであろう裕子の、魅惑の肉体に身を重ねると、唇を合わせた。彼女の腕が彼の背を抱きしめる。胸の間でクッションの代わりとなった乳房、こすりつけられる素肌の太腿、そして絡み合う舌の、官能をそそる感触に、慎太郎の全身が小さく震えだした。

　彼の舌を貪るように啜り、裕子が身悶えする。狂おしい接吻と、悩ましい裸の抱擁に、彼は陶然となってはいたものの、やはり飽きたらなかった。漲る硬さを押し下げると、裕子の中心部に突き当てる。もちろん、薄い布に阻まれ進入は不可能だった。それでも彼女に、強い刺激を与えたようだ。だめ、だめ、だめ、とうわごとのように言いながら、裸身を迫《せ》り上げるのだった。


　それは、裕子にとって、あまりにも衝撃的な出来事だった。たしかに彼女は、迷いながらも愛への道を選ぼうと思った。いや、なるようになれとの気持が強かった。しかしまさか、実の子からプロポーズを受けるなどとは、考えてもみなかった。まさに、事実は小説よりも奇なり、という言葉そのものであった。しかもそれが、男の一時の熱病ではない証拠に、高価なダイヤの指輪まで添えていたのである。裕子の母性愛と女心が激しく揺さぶられた。彼女を想う慎太郎のひたむきさに胸を打たれた裕子は、感激のあまり、つい涙してしまった。そしてそのあとの狂おしい裸の抱擁に、彼女の全身には激しいうずきの糸が張りめぐらされた。女の部分に受けた肉体の歓喜は、愛の叫びとなり、不覚にも、彼女はエクスタシーの頂上に登りつめてしまったのだ。

　裕子には、慎太郎がもはやかけがえのない存在になっていた。けれども、あらためて現実を直視すると、彼のプロポーズは、とうてい受け入れられるものではなかった。あきらかなる神への冒瀆であり、社会の通念としても、人倫の道にはずれたおぞましい行為なのである。うずく乳房をかきいだき、彼女は、二人の行《ゆ》く方《かた》を数限りなく打ち消した。慎太郎を説得しなければならないと思った。それなのに、通勤の電車内でも、家に帰ってからも、深々と頭を下げつづけた彼の姿が、裕子の脳裏を離れなかった。

倫理と法律、いずれの道を取るべきか。自分たちの愛は、果たして神と共存できるのか。裕子は自問自答した。二本の糸はますます絡み合った。誰かに救いを求めたかった。いや、話を聞いてもらうだけでもよかった。未央の顔が浮かび、裕子に呼びかける。

「さあ、思いきって、その悩める話とやらを聞かせてちょうだい」

彼女の性格なら、はっきりと断を下してくれるだろう。しかしたとえ未央でも、真相を明かすことは絶対にできなかった。

そのとき、どこからともなく、可愛い小悪魔が囁きかけた。

「裕子、もっと素直になったら？　自分を偽らずに愛するひとの愛を受け入れ、愛するひとを愛しなさい。たとえそれが禁断の愛であっても、真実があるならば、進むべき道はひとつ。神はあなたの心の中にあり、あなたの決断が神のお告げなの。さあ、勇気を持って」

裕子へのプロポーズという、彼の今までの人生において最大の決断を下し、実行した慎太郎は、気持に余裕が生まれた。あとの結果は運を天にまかせ、間近に迫った受験のために、勉強に拍車をかける。ある水準以上の大学に、現役で合格しなければならなかった。浪人生の結婚なんて、様にならないのだ。

「がんばってるわね」

軽い夜食を差し入れに来た母が、勉強にはげむ姿に、満足げな顔をする。けれども、目的を異にした息子の邪心に、彼女はまったく気づいてはいなかった。

「浪人なんか、やだからね」

「そう。でもあまり無理するとからだに悪いわよ」

「世の中、競争で成りたっている。甘いことなんか言っていられないよ」

「その気合があれば、だいじょうぶだわね。寒くない？　今夜は冷え込むそうよ」

「いや、ぜんぜん平気だよ」

母はもう少し息子と会話をしたい様子だったが、参考書のページを忙しそうにめくる慎太郎を見て、そっとドアを閉めた。

彼は寒くはなかった。彼の下半身は、裕子の温もりに包まれていた。先日、彼女の部屋から帰るとき、

「雨はやんだようだけど、外、かなり寒いみたい。パンストはいていく？　いま大事なときですもの、風邪ひいたら大変よ」

と裕子が言った。うんと慎太郎が答えると、彼女は新しいパンストを出してきた。

「これじゃなくて、古いの。それも洗濯していないのがいい」

「あら、いやらしい。今日は雨だったから、洗濯していないのは二足あるけど」

裕子が、二足をきちんと折りたたんで持ってきた。慎太郎はダークグレーの方をはき、薄手の黒はポケットに入れた。

机に向かっている彼のズボンの下で、薄地の黒のパンストが、彼の足を温めていた。裕子の伸びやかな足

あったと報じていた。

が頭に浮かび、続いて、魅惑の乳房が、とつぜんクローズアップされた。

「裕子さん、あまり勉強の邪魔をしないでくれよな」慎太郎は妄想をふり払う。

北風が吹き、街路樹のアメリカ花みずきは、半分近くその葉を落としていた。テレビで、札幌に初冠雪があったと報じていた。

十一月二十三日は祝日だった。晩秋の陽差しは暖かで、上着なしの姿も見られた。

慎太郎は、ちょっと息抜きにコンサートに行ってくる、チケットが余分に手に入ったからと友達に誘われたもので、と母に言った。

学校と進学塾の往復だけの生活を送っていたので、母は何も言わずに彼を送り出した。だから、彼はジーンズ姿ではなく、外出用の服で出かけたのだ。裕子から大事な返事を聞く日だったので、それなりの服装はしなければならない。

「今日は外で食事しましょうか。ベルポートにしゃれたレストランがあるの。チラシで見たわ」

ベルポートとは、初めて二人が食事をした、大森駅東口近くのいすゞ本社ビルのことである。玄関に出迎えた裕子は、すでにお出かけ用の服装をしていた。

慎太郎は内心不満だった。彼は誰にも邪魔されずに、裕子の部屋で、二人だけの食事をしたかった。それに外で食事すれば、ふたたびここへもどって来るとの保証はどこにもないのだ。だが、今日は彼女の大事な返事を聞く日である。不満を顔に出さずに、彼は賛成しなければならなかった。

キスのタイミングを逸し、マンションを出る。裕子の服装は、一見黒かと思えるほどの深みのある茶色のジャケットに、同じ生地のパンツルックだった。ミニスカートではないのが残念だが、薄手の素材の、お尻や太腿あたりがぴったりとしたパンツは、長い足の彼女によく似合っていた。ジャケットの下には、薄手の黒のセーター。その胸元には真珠のネックレスが輝いていた。

裕子が案内した二階のレストランは、落ちついた雰囲気のしゃれた店だった。和食の店だが、全部が椅子席の個室になっており、一見、フランス料理の店かと思える内装が施されていた。

裕子は、伊勢海老を主にした会席料理とビールを注文した。

「うん、この店、なかなかいいね。隣に話し声が漏れなくて、二人だけの会話が楽しめる」

部屋を見回しながら慎太郎が言う。

「ね、たまには外で食事するのも、いいもんでしょ」

「裕子さん、食事の仕度をしなくてもいいからね」

「あら、そういうつもりは少しもないのよ。雰囲気もいいし、なんてったってプロの味ですもの」

「ぼくは裕子さんの料理、大好きだな。だから、ほかの男の奥さんには絶対なってはいけない、って思ってたんだ。ずうっと前からね」

「いつもいつも、きちんとした料理作ってるわけじゃないもの」

「裕子さんの手料理だったら、ぼくはなんでもかまわない。先はながいんだから」

「そのことなんだけど」

裕子が何か口にしようとしたとき、ドアの外で、「失礼します」と店員の声がした。

ビールとつき出しが運ばれてきた。お互いに注ぎ合ってグラスを上げる。

「なんのために乾杯しましょうか」裕子の言葉に、

「もちろん、決まってるじゃないか、ぼくたちの将来のためさ。乾杯！」

慎太郎は、とまどっている彼女のグラスに、自分のグラスを当てる。

口元に、嬉笑とも苦笑ともつかない笑みを浮かべた裕子の顔が、ことさら美しく見えた。今日は特別の日である。やがて妻となることを確信している彼の眼に、裕子が、世界一の美女と映るのは当然とも言えた。

「何か話すことがあったんじゃない？」

グラスを干して、慎太郎がたずねた。

「そう。実はね、わたしあれからいろいろと考えたの、あなたの将来やあなたのお母さまのこと」

「それで？」

「わたしたち、結婚するには年が違いすぎるわ。十五もわたし年上なのよ。それにもし、結婚を約束したとしても、お母さまは絶対に承知なさらないと思う。だって昔のことを隠すわけにはいかないでしょう。わたしたちの間に母子《おやこ》という事実がある以上、そんな背徳的な結婚、当然許してはくださらないわ」

最初の料理が運ばれてきた。それほど大きくはないが、一匹丸ごとの伊勢海老の活き造りである。店員が姿を消すのを待って、慎太郎が口を開いた。

「年の差、そんなの問題ないよ。裕子さんは実際よりずうっと若いし、あと十年か十五年もすれば、ぼくと同じ年齢に見られるさ」

「そんなことないわ」

「一般に男より女の方が長生きしてるし、五十過ぎると、女性の方がずうっと元気がいいんじゃないの。それに若いぼくと結婚すれば必ず若さは保てるさ」

「仮にそうだとしても、お母さまが承知なさるはずはないわ」

「ぼくはお袋を説得する自信があるんだ。なぜって、お袋は、ぼくたちが犯そうとしている罪よりももっと大きな罪を、犯しつづけてきた。ぼくが生まれたその日からずうっと」

「お母さまを罪人《つみびと》にするつもり？」

「するつもりはないけど、状況の流れで、自然とそうなる」

「恐ろしいわ」

「勇気が持てるようがんばってみるって、この前言ったじゃないか」

慎太郎は毅然として言った。ここでひるんだら、結婚の話は、単なる夢物語に終わってしまうのだ。

「ぼくたちの心がまえひとつだよ。そして愛する気持が、何よりも優先されるべきだとぼくは思う。裕子さんのほんとうの気持が知りたい」

「わたし……」と裕子は言った。そしておそらく、五、六秒の空白の時間があったろうか。

「心からあなたを愛してるわ。わたしにはあなたが必要なの。そのことはどうしようもない現実なの」

心のうめきを吐き出すように彼女は言うと、プレゼントの指輪の箱をテーブルの上に差し出した。慎太郎を見つめ、彼女は言葉を続けた。

「もう迷わない。この指輪、一生たいせつにします」

「ありがとう。ありがとう裕子さん……」

慎太郎は言葉に詰まった。「手を出して」と言うのがやっとだった。

裕子が差し延べた左手の中指に指輪を嵌めながら、もうこれで、彼女の心変わりはないと、彼はこみ上げる喜びに、目頭を熱くさせた。眼を上げると、裕子の頬にも、涙がひとしずくこぼれ落ちた。それは、苦悩の果てのさわやかな涙のようにも思えた。

「わたしって芯は強いって言われるけど、涙線は弱いのね。あ、慎太郎君の眼にも」

裕子は泣き笑いしながら涙をふいた。続いてそのハンカチで、慎太郎の目元をふいてくれる。

料理はおいしかった。それぞれの器《うつわ》に盛られた量は少なめだったが、品数が多く、二人は充分に満腹した。よい味の日本茶を啜りながら、慎太郎は悲しいほどの幸福感に浸っていた。

午後の日差しが、ロールカーテンを透《とお》して、柔らかな光を投げかけている。その光を受けて、裕子の左手の指輪がきらりと輝いた。

「出ましょうか」ぽつりと裕子が言った。

個室を出た慎太郎は、出口に向かいながら、さてこれからどうしようかと考えた。裕子がレジで支払いをすませるのを待ち受けて、

「まだ時間も早いし、どうしようかな」彼は、暗に誘いかけるように言った。

彼女は、慎太郎にちらりと流し目をやると、いたずらっぽい笑顔を見せた。彼の腕に軽く手を組み、

「うちに来たいんでしょ？　あなたの顔にそう書いてあるよ」

二人は口数少なく歩いた。会話の必要はそれほどなかった。慎太郎は、裕子も同じことを頭に描いているのだろうかと考えた。そう、部屋に入ってからのなり行きを。

裕子は、あまりにも事が早く進みすぎたことに、ちょっぴりとまどいをおぼえていた。それに、なんとなく慎太郎にしてやられたような気が、しないでもなかった。彼の母の割礼の話に揺さぶられた彼女を、見抜くようにして翌月には抱き、さらにその翌月には、ダイヤモンドの指輪を添えての強引なプロポーズ。若いくせに、女心をとらえる術《すべ》を心得ているようだ。裕子にしてみれば、なんとも心憎い少年である。

――ま、いっか。いずれにせよ、彼との生活を自分も熱望していたのだから――と、彼女は胸のうちでつぶやいた。

裕子が、慎太郎の年齢では早すぎる結婚を決意したのは、彼のひたむきな求愛に心を打たれたからでもあるが、ほかにもう一つの理由があった。それは、彼が実の子であるからなのだ。矛盾しているようだが、彼女の真意である。もし彼が、昔母乳を与えただけの間柄だったら、たとえ愛してはいても、結婚を急ぐことはなかったろう。もちろん、今年の四月以降も肉体の関係は続いていただろうが、婚約まではとうてい考えられなかった。

三月の下呂温泉やそれに続く四月のデートで、裕子は、あまりにも恥ずかしい赤裸々な自分を、実の子の脳裏に焼きつけてしまった。その実像を消し去ることは、永遠に不可能である。ならばいっそのこと、男と女の姿にもどれば、それも法律上の婚姻という手順を踏めば、〈恥〉を恥としなくてもいいのだ。そしてそれは、一刻も早い方がよかった。

「なにか考えごとしてるの？」マンション近くで慎太郎がたずねた。

「うん、月の砂漠の物語……」

部屋に入って、いきなりキスはしなかった。今日は記念すべき日なのだから、がつがつと事を急ぐのはやめよう。それに時間は充分あるのだし、あわてる必要はない、と慎太郎は考えた。浴室でガスを点火する音が聞こえたあと、裕子は寝室に入った。

彼女はジャケットを脱ぎ、手に何やらかかえて出てきた。

「わたしの自己紹介をします」と言いながら、アルバムをテーブルに置く。

そこには、生まれたときから、小学生、中学生、高校生、そしてその後現在に至るまでの、彼女の写真が整理されていた。小さい頃のは、それなりに可愛い顔をしているが、どこか勝気で、いたずらっぽい表情をしていた。

「これ見ないで」

裕子が一枚の写真を、素早く手で隠した。その手を無理やり退かせると、それは彼女の高校時代の水着の写真だった。今とは比べようもないほど、太めだった。腿ははちきれそうに張りつめ、ビキニの胸元からは、膨らみの白い肌がこぼれていた。まさに健康優良児の肉体である。

「高二の夏、友達と海水浴に行ったときの写真。このころ、体重五十八キロあったの。足も太いでしょう」

女子高生特有の足だった。足首も太めだし、腿は逞しささえ感じられた。

「それでいつごろ？　今みたいにスマートになったのは」

「高三の秋から。わたしバレー部に入っていたんだけど、部活はもう出なくてよかったから、柔軟体操とジョギングをはじめたの。もちろん食べる量にも気をつかったわ。翌年の四月、就職したときは五十三キロだった」

「そして今は四十九キロか。でもそれ以上痩せない方がいいね」

「あなた、太めの女性が好きなんでしょ」

「痩せすぎより、まだ太めの方がいいかな」

慎太郎の眼はある写真を捜していた。彼はページを元にもどした。彼女が中学三年の頃の写真である。

そこに、慎太郎と裕子のドラマを生む源となった、少年の写真が二枚並んでいた。一枚は部屋の中で、もう一枚はバイクに跨った姿で。少年と自分との顔の比較は、本人にとって案外難しい。しかしどことなく似ているようにも思えた。

バイクの写真の下に〈萩尾和也十六歳。昭和五十三年八月八日、立待岬にて〉とあり、後日書き加えたのであろう、筆記用具の異なる字で、〈同年八月三十日没。その生命再び蘇る〉とあった。おそらく、彼女が妊娠を知ったときに書いたと思われる。

裕子の眼が潤んでいた。

慎太郎は何も言わずにページをめくった。自分よりも年下の少年の顔からは、父親の実感は湧いてこなかった。萩尾和也はかつての裕子の恋人であり、自分は工藤慎太郎であった。

川崎大師での裕子の着物姿や、下呂・高山の旅行写真が合わせて十数枚貼ってあった。慎太郎が恰好よく写っている写真が一枚引き伸ばされており、その下に〈わたしの素敵なボーイフレンド〉と書かれていた。

「素敵な恋人って書こうと思ったんだけど、やめちゃった」

「なんで?」

「あなたエッチだから……」

「Hの次!」

慎太郎が裕子の肩を引き寄せる。

「ほら、やっぱりエッチなことしようとする」

「これはエッチではなく、正式に結婚を誓った二人の、まじめな愛」

くすっと笑った彼女はしなだれかかり、顔を上に向けた。自然と唇が重なる。今日のキスは、ひとしお甘く感じられた。

裕子に舌を吸わせながら、セーターの下に手をもぐらせる。膨らみを揉むと、ブラジャーの上からでも、硬くなってくる乳首のしこりが感じとれた。エッチなのはお互いさま、慎太郎は胸のうちでつぶやく。

セーターを脱がせようとすると、裕子が彼の手を遮った。

「お風呂入ってから、ね」

きっと、艶っぽい最後のことが彼女の頭にあるのだろう。特別な日の儀式なのだから、その前に体を清める、そう考えているようだ。

ほんとうは彼女と一緒に入りたかったが、浴室での戯れはやめておこうと、慎太郎は裕子に誘いの言葉をかけず、浴室に行く。

シャワーを浴び終わったとき、

「パジャマと新しい歯ブラシ、それと下着、ここに用意しておきましたからね」

ドアの外で裕子の声がした。アットホームなその呼びかけに、とつぜん慎太郎の肩が震え、涙が溢れ出た。気を鎮めようとしても、涙はなかなか止まらなかった。

洗面台の横には、きちんと折りたたまれたパジャマの上に、彼専用の新しい歯ブラシがあった。さらに、パジャマの上着とズボンの間には、真紅のビキニパンツと、白の丸首シャツが納まっていた。パンツは、下呂温泉で見た裕子の下着の色と同じである。

いつ買ったのだろう。こういうものを用意するというのは、すでに彼女の結婚の意思は決まっていたのではないか、そう考えながらパンツをはき、シャツは着けずに、真新しいパジャマの袖を通す。それから新しい歯ブラシで歯を磨いた。

リビングで、下着類を手にして裕子が待っていた。

「公認してくれたわけだね。ぼくがここで寝泊まりすることを」

「そういうことかしらね。でもお泊まりの方は、お母さまの手前、まだ無理でしょうね」

「それでも嬉しいよ。ありがとう、裕子さん」

彼女の背に慎太郎は言った。裕子は一瞬止まりかけたが、何も言わずにリビングから姿を消した。

ようやく新しい世界がひらけた。去年の六月、あの謎の美女と、はじめて会話らしい会話を交わしたとき、まさか一年半足らずでこの日が訪れようとは、夢想だにしなかった。ほど遠い憧れの存在だった裕子に対して、無茶とも思える勇気で、つき進んできてよかった、と慎太郎は思う。

ベッドに横になって、裕子を待った。ドレープカーテンは閉じられていたが、まだ外は午後の陽差しがあり、カーテン地を透したかすかな光で、室内は暗闇ではなかった。彼はカーテンの合わせめを十センチほど開け、ふたたび横になる。照明を点けなくても、ベッドの上はほどよい明るさになった。

部屋の隅に、セラミックの電気ヒーターが置かれていた。おそらく、二人のこれからを想定して買い求めたのだろう。湯上がりだからそれほど寒さは感じなかったが、なり行きを考え、彼はヒーターの電源を入れる。やがて、ナイトガウン姿の裕子が入って来た。照れた微笑を浮かべたその顔には、薄化粧が施されていた。風呂上がりのせいか、それとも今日のこれからを思ってか、彼女の頬にはうっすらと紅みがさし、昂奮の気配が漂っていた。

慎太郎は身を起こすと、ベッドの縁に腰掛け、裕子を見つめる。彼女は穏やかな笑みをたやさないものの、なんとなく、ためらいと緊張が感じられた。

「わたし、あなたの奥さんになるのね」

彼女はそう言うと、深く息を吸った。

「婚姻届、十八歳の誕生日には必ず出すよ」

「なんだか不思議な気持」

「嬉しくない？」

「ううん。あなたと結婚するなんて、まるで夢の中の出来事みたい。でも、現実なのよね。嬉しくて恐いような気もする」

慎太郎ははやる気持を抑えていた。が、そのがまんも限界に近づいた。すると、彼の気持を汲みとったかのように、裕子はナイトガウンの帯を解き、静かに肩からはずした。裸ではなかった。新しい門出にふさわしく、エレガントでセクシーな装いだった。

膝まで裾のある淡い藤色のスリップは、胸と裾半分にレースをあしらった優美なデザインだった。しかしブラジャーを着けておらず、乳房の肌や、すでに硬くなっている乳首が透けていた。さらに、無地の薄地の下に、同色のショーツが透けて見える様は、彼の器官をふるい立たせるのに充分な眺めだった。

「すてきだね、その下着」

婚約者となった裕子の悩ましい姿に、慎太郎は胸をときめかせながらベッドを離れ、パジャマを脱いだ。そして、やや距離を置いて、二人は見つめ合う。裕子の表情には、硬さの中にも、処女の初々しさが感じられた。新婚の初夜を迎える花嫁も、こうなのだろうかと慎太郎は思う。

彼の真紅のパンツに視線を投げた彼女の眼が、急に熱っぽい潤みを見せた。小さめのビキニパンツのゴムを押し拡げ、屹立の紅い先端が顔をのぞかせていたのだ。

裕子ははにかみの微笑を浮かべると、眼を閉じた。吸う息が心なしか震えていた。ほんの数秒の間があったのち、彼女は腰を折り、おもむろにショーツを脱ぎはじめる。薄い布地が、彼女の手の中で丸まった。

〈わたしは今日からあなたの婚約者。だから、あなたとの肉体の愛に、迷いはないわ〉姿勢をもどした裕子の表情がそう語りかけていた。

歩み寄った慎太郎は、彼女を抱いた。ほのかな甘い匂いが彼の官能をくすぐる。胸に熱いものをおぼえながら、待ち受ける唇に唇を重ねた。舌の小さな戯れがやがて熱をおび、執拗に絡み合う。裕子が差し出した舌を彼が吸い、交替した舌を彼女が啜る。

ひとしきり接吻に陶酔した慎太郎は、唇を婚約者の喉から胸に這わせながらひざまずいた。膨らみの谷に顔を埋めると、そこからも甘さが漂ってきた。深く吸う息で、彼女の胸が迫《せ》り出された。

布地の上から両の乳首にキスをし、さらに姿勢を低くする。裕子の両手がレースの裾をつかみ、たくし上げたものだから、おなかから下が丸裸となった。楚々とした繁みが、白い肌にささやかな彩りを添えていた。息苦しさをおぼえながら、内腿の肌にそっと唇を触れる。何度か嗅いだあの懐かしい匂いが立ちのぼってきた。けして甘いと表現できる匂いではないのだが、彼女が、慎太郎のためだけに愛用している香水の匂いとは、また別の刺激で、彼を昂らせた。

軽く開かれた両の内腿に、吸引の淡い跡を残した。続いて春草の彩りにキスをし、おなかに舌を這わせながら上に向かう。束ねられた布の下から乳房が顔を出すと、その流れのまま、スリップが取りのぞかれた。

慎太郎は、一糸まとわぬ裕子の姿を、そして、見事な隆起を見せる二つの乳房を見つめた。半透明のみずみずしい肌に覆われた膨らみは、けして驕ることはなく、あくまでもやさしい。が、鮮やかに縁取られた桃色の乳暈と硬くなった乳首が、蠱惑の装いで秋波を送っていた。

唇を近づけたとき、慎太郎はおやっと思った。ゴマ粒ほどの斑点が、乳房の肌から消えていたのだ。今月の初めはその存在を気にしていなかったが、十月、久しぶりに目にしたときには、ケシ粒ぐらいのものが付いていた。

「小さな斑点が消えてる」

指でたしかめながら彼は言った。

「そうなの。先月初めごろからしだいに小さくなって、半月前には完全に消えてしまった」

微細なシミひとつない美しい肌に、女の肉体の不思議さに感動しながら、彼は敬虔な面もちで乳首に唇を触れた。だが、乳房に漂う母性の匂いを嗅ぐかのように唇を触れたまま、次の行為に移らなかった。裕子が焦《じ》れったそうに彼の髪に指を差し入れる。慎太郎は彼女をいじめてみたい誘惑にかられた。

「この乳房、ぼくの実の母さんの乳房」

「だめ、そんなことを言ってはだめ」

左右に乳房が振られた。逃げる乳房を追って、何度めかに口に捕える。

「わたしは、今はあなたの母親ではないわ。工藤慎太郎の婚約者なんだから」

背徳の罪の意識がすてきれていないのか、それとも禁断の愛への挑戦に勇み震えているのか、感情の昂りで彼女の声はうわずっていた。

膨らみの全体像をてのひらで味わないながら、慎太郎は一方の乳首を吸いはじめた。穏やかな吸い方に強さが加わると、悩ましげな音を吸い込んで、裕子の鼻腔が小さく鳴った。

彼女を見上げ、背徳を愉しむ小悪魔のように、慎太郎はふたたびいじわるを言う。

「昔、赤ん坊のぼくがこの乳房を吸ったんだよね、このおなかから生まれてきたぼくが」

「だめだったらあ、言わないで」

裕子の声は悲しげだった。が、しぼり出すように言う言葉とは裏腹に、彼女は彼の頭を抱き、胸を押し出す。豊穣な膨らみに埋もれ、慎太郎の意識ははるか昔にもどる。むせるような乳の匂いが蘇り、無心に吸いつづけると、裕子が、嘆きとも歓びともつかない吐息まじりの声を漏らした。

吸いながら乳首に歯を当てた。息を詰めて裸身が悶えた。甘噛みし、一方の乳首を強く指に挟む。

「だめ、そんなことするとだめになっちゃう」

上気した顔で、彼女は崩れるようにベッドに裸身をすべり込ませた。しかしすぐに慎太郎に上掛けをはぎ取られ、あわてて前を隠す。だが、彼の眼の前には、伸びやかな足がその全景を晒していた。

ひざまずき、足の指を順番にしゃぶった。次いで、唇と舌の愛撫を曳きながら這い上がると、官能を刺激する匂いが馥郁と漂ってきた。もう片方にも同じように愛撫を施す。内腿を這う唇が股間に近づくにつれて、恥じらう風情で裸身がくねった。けれども、彼女の気持と肉体は乖離《かいり》していた。手が隠しているものから離れ、さらに、両膝が軽く曲げられた。

その腿を彼が押し拡げる。そこはしみ出した粘液で湿り、艶っぽく息づいていた。昂奮と緊張で息苦しさをおぼえながら、慎太郎は禁断の扉を開く。

みずみずしい赤い果肉を連想させる肉体の内側は、ロマンとエロスの湖だった。官能の蜜を満たし、日を浴びる小波《さざなみ》のようにきらめいている。胸に熱いものを感じながら、慎太郎はそこへ敬愛の口づけをし、蜜を啜った。眺め、谷間の肌を舌で愛撫する。すると、たちまち蜜は量を増し、湖の縁から溢れ出ようとする。清冽な流れとなった粘液をすくい取り、何度も飲み込む。

「感じる……感じる」身を揉む裕子の吐息が潤み、震えていた。さらなる刺激を求めて腰が迫《せ》り上がった。か細いうめきまじりのあえぎ声を頭上にしながら、慎太郎は妖精をいたぶり、内なる肉体を探索する。神秘な深奥をたしかめるかのように指を動かしていると、

「もういいの、慎太郎。わたしの中に来て」

身悶えしながら裕子が訴えた。彼女の両手が空を泳ぎ、さくら色を散らした裸身が、匂い立つような姿で彼を求める。

パンツを脱ぎ、開かれた肉体に身を重ねた慎太郎は、彼女と初めて性を交えたときとはまた違った、激しい昂りをおぼえた。その甘美さを知っているがゆえに、しかも彼女が、実の母親であるのが分かっているがゆえに、彼は狂おしいほどの悩ましさに身を震わせた。

裕子の眼が閉じられた。慎太郎は、猛々しい様相を呈している屹立を、彼女に当てがう。逡巡も失敗もなかった。力を加える。すると、漲る生命《いのち》が、確かな感触を伝えるぬめりの狭間を、呑み込まれるかのように進んだ。そして裕子を満たした。

「あなた……これがあなたなのね」彼の首に腕を巻き、感激の声で彼女は言う。

「一生、ぼくは愛しつづける」

解禁された肉体の愛に、慎太郎は、体の底から衝き上がるあらたな感動をおぼえた。

「すてき……ね、まだからだは動かさないで、キスして」耳元で、裕子が熱く囁く。

唇が合わさると、彼女の腕が彼の首から背に移り、ひしと抱きしめた。

いだき合う肉体は、その動きを止めていた。けれども、慎太郎の口中では、舌と舌が淫蕩な絡み合いを演じ、一方、寸分の隙間もなく結合している場所では、彼の心臓から送り出される熱い血の脈動に応え、裕子の内なる肉が、把握の合図を返していた。あたかも、赤い糸で結ばれた二人の、情愛のメッセージであるかのように。

やがて、昂奮の息苦しさに口を離した裕子が、震えをおびたながい吐息をついた。

「好きなの。死ぬほど好きなの……心の底からあなたを愛してるの」

夢遊病者のように彼女は言う。

慎太郎は、夢の中だった。彼は今、羊水に浮遊する胎児のように、母の肉体の温もりに包まれていた。時間を止め、一体となったこの感動に、いつまでも浸っていたいと願う。あと数分で果ててしまうには、あまりにも惜しい至福の時だった。が、やはり、彼女とともにさらなる高みをめざし、エクスタシーの夢を共有しなければならなかった。

下腹部を強く押し当てたまま、慎太郎は乳房に口をつけた。膨らみの肌にくりかえしキスを送り、乳暈を舐め、乳首に吸いつく。強く吸いながら顔で乳房を揉んだ。

「からだが蕩《とろ》ける」彼の背に手をさまよわせ、裕子がもどかしそうに腰を揺らす。「ねえ、して欲しい」甘さを含んだ消え入るような声で、彼女は求めた。

それに応え、慎太郎は裸身の肩に手を回すと、静かに動きはじめた。それは、裕子の心のひだを、皮膚感覚でたしかめるかのような、きわめてゆっくりとした動きだった。

彼を呑む肉の把握はきつく、しかもやさしさにあふれていた。彼の動きに合わせ、彼女の情感の昂りが、快感の束となって絡みつく。

裕子が、恍惚の表情でゆらゆらと顔を揺らした。彼が深く入るたびに、陶酔の甘いうめきが、彼女の鼻腔で共鳴する。

「わたし変になりそう。何かが来そうなの」うわごとのように彼女は言う。遠慮がちだった裸身の揺れが、明瞭になった。呼応する二人のリズムが合い、快感は増幅する。

と、陶酔の女神の顔が、狂おしげな表情へと変わった。彼女のあえぎは熱く、せつなげな声は、夢にうなされる小犬の鳴き声を思わせた。

慎太郎は、歓喜の渦に呑まれそうになりながらも耐え、動いた。摩擦の愛の行為は炎となり、二人は融合の世界へと駆けのぼる。

「あなた、もうっ、だめ……」

表情をゆがめた裕子が、悲痛な声でエクスタシーの到来を告げる。迫《せ》り上がる裸身に呼び込まれるかのように、彼は深く突き差した。そして、母の胎内に向け、激しい射精をくりかえすのだった。


めくるめく歓喜の痙攣から解き放された裕子は、嵐のあとの空白の世界を浮遊していた。が、裕子の意識の外で、エクスタシーの波は、間欠のゆるやかなうねりとなって、彼女の肉体を呑んだ。はるか遠くに聞く、潮騒のような慎太郎の呼吸が、耳に快い。

やがて、満ち足りた陶酔から目ざめた裕子は、そっと眼を開けた。頬を寄せていた彼の顔が離れ、二人の眼が合う。彼女はなぜか恥じらいをおぼえた。

「どうだった?」慎太郎がいたわるようなやさしさでたずねる。

「いっちゃった……わたしね、ちょっとの間失神したみたい」

「気持よくて?」

「いままでいちばん……」

「ぼくもそうだよ。からだがふわっと宙に吸い上げられた感じになった」

「ああ、からだごと愛し合えるって、なんてすてきなんでしょう」

悩み、苦しみの果ての愛だった。なんのためらいもなく、ひとりの女として若者の肉体に歓喜できることに、裕子は深い感動すらおぼえた。上に乗ったままの彼の重みを感じはしたものの、その圧迫はむしろ慎太郎との一体感を強め、彼女を埋めた彼の、いまだに続く生命《いのち》の鼓動とともに快い情感となって、裕子に、至福の時を与えていた。

「疲れない？」彼女は甘く囁きかける。

「だいじょうぶ。裕子さんとこうしてるんだもの、疲れても、疲れはぜんぜん感じない。それより、母さんこそ重くない？」

「ううん、平気。それにしても元気なのね、あなたのもの。ほら、まだしっかりとがんばってるよ」

かなりの量を放出したはずなのに、相変わらず漲りを持続している彼の若さが、裕子には嬉しい。脈打ちの息吹きに、裕子も把握の信号で応える。

「裕子さんのも、元気いい。ほら」

慎太郎が、母さんと言ったり裕子さんと呼んだりするのが、裕子の気持に微妙なひだを作った。今、こうして体を繋げている姿は、たしかに、結婚を約束した者同士の、真摯な愛にちがいないのだが、一方では、あきらかな母子相姦なのだ。けれどもいずれ夫婦となる以上、それは逃れられない宿命だった。ならばいっそのこと、母子《おやこ》であることを、前向きに認識したうえで愛し合えば、ずうっと楽になる。いやむしろ、その方が、何倍も愛《エロス》を高めることができるだろう。女として彼の肉体の虜になり、母としてその心を包む。それはまさしく、心の琴線を揺さぶる究極の愛なのだ。

慎太郎が体を離しかけた。裕子は彼の尻を引き寄せて言う。

「離れないで。わたしの中にいるあなたを、できるだけながく感じていたいの」

裕子は、いつまでも連理の状態でいたかった。十七年間の絆の空白を、肉体の緊密な結合がもたらす意識の交流によって、少しでも取りもどしたいと願う。

「このままだとあなた疲れるから、わたしが上になる」

「うん、いいね」そう言って、彼がふたたび結合を解こうとした。

「抱き合ったままで」裕子は制した。

「離れないで?」

「そう。からだを繋げたままで」

漲りを維持した状態の彼のものと、力を込めた裕子の把握が、緊密さを保っているので、抱き合ったまま上下を入れ替えるのは、それほど難しいことではなかった。ただし、反転した二人の体がベッドの中央になるよう、協力して、あらかじめ端に移動しなければならなかった。

慎太郎の上に乗った裕子は、自分の体重を支えることをせず、全身の重みを彼にあずける。さらに、呑み込んでいるものを挟みつけるようにして両腿を閉じ、揃えた足を彼の足の上に乗せる。話がしやすいように、彼の胸の上で交叉させた手に顎を置いた。くつろぎの中にも、おだやかな陶酔感が広がるのだった。

「いい気持だわ。とてもすてきな気分。激しく昇りつめていくときも、もちろんすばらしいけど、こうしている時間もいいわ。いつまでもこうやって一緒にいられればいいのにね」

「何時間でもかまわないよ。疲れたら体を繋げたまま横になり、しばらくして、また母さんを上に乗せる。明日、陽がのぼり、その太陽が沈んでも、二人は一つになったまま」

「でも、明日は学校があるじゃない?」

「休んでもいいんだ」

「あら、それはいけないわ、不良よ。母さん、許しませんからね」

「教育ママ……」

「そ。あなたのお尻をぶって」

「体罰はいけないよ」

「学校での体罰は、まあいけないけど、母親の愛の鞭だったらいいでしょ?」

「愛の鞭か。いいね」

「あら、何か勘ちがいしていない?」

裕子は顔を上げて慎太郎を見つめた。彼がふふっと含み笑いをし、彼女のお尻を撫でる。

「わたしは教育ママになっても、女王様にはならないからね」

「教育、ママか。でも不思議な気がするなあ」

「何が?」

「ぼくが生まれてきた場所に、今、ぼくのものがきっちりと納まっているよね。こんな狭い通路を通って、よくぼくが出て来たものだね」

「女のからだの不思議さかもしれない。あなたを産んでからきっかり十六年間、誰も訪れたことがなかったから、きっと狭くなったのよ」

「……え? うそ」

「あら、わたしを信じないの? あなたは、あなたのお父さんの次の男性なの、わたしの大事なところを訪問した」

「じゃあ、十五歳でぼくを産んでから、ずうっと恋愛したこと、なかったってわけ?」

「なかったわけじゃないけど、こういう関係にはならなかった」

それはある意味で真実だった。北嶋章二とは三度ホテルに行ったものの、結局、結合には至らなかったし、未央との関係でも、淫らな道具はおろか、指の挿入もなかった。

「そうなのか。それじゃあ今年の三月、ぼくとこうなるまで、処女みたいなものだったんだ」

「あなたを産んでからも、わたしのからだは成長した。だから、ほんとの処女にもどったのよ」

「そうか、あの下呂温泉で、ぼくは裕子さんの処女をいただいた、ってことになるのかもね」

「そうよ、たしかにそうなの。あの最初のとき、とても痛かった。それに、実は出血したの」

「ほんと？　処女膜が出来ていた？」

「そうとしか考えられないわ。生理の血ではないし、傷もついていなかった。二度目のとき、最初少し痛かったけど、あとはなんともなかったから」

「そうなんだ、あのとき処女だったんだ。だからぼくは、何度も失敗した」

「そうだと思う」

北嶋章二は、その壁を突破できなかったのだ。

「世の中には信じられないことがあるんだね」

彼の驚きの表情が、途中から笑顔に変わった。

「嬉しい？」

「最高だよ。実の母親の処女をいただいて、しかもその当人と結婚するなんて、世界中で誰も経験したことはないだろうね。ぼくは絶対信じるよ、母さんがあのとき、まちがいなく処女だったってことを」

「そうよ。わたしは処女の姿で、ずうっとあなたを待っていた」

「そして運命が、二人を引き合わせてくれた。母親が、その処女を我が子に捧げるために」

彼の信じ込みが、裕子には嬉しかった。春の海をたゆたうようなおだやかな悦楽に身を置きながら、彼女は思う。こうやって体を繋げているだけで、深い一体感に覆われるのは、単に愛情によるものだけではなさそうだ。おそらく、血の絆がそうさせているのではないだろうか。

「でも……」と、彼女は言いよどんだ。「わたしたち、ほんとに結婚できるのかしら」

「出来るよ。きっと出来る。ぼくたちさえしっかりしていれば、誰にも邪魔はされない」

「神様にも？」

「そう。神様にも遠慮してもらう」

慎太郎のはっきりとした信念が、裕子には心強く感じられた。短いキスを送ったあと、腕組みを解き、彼の肩口に頬をつける。

「なんだか、恐ろしすぎるような嬉しい気持」

「ぼくたちは、どうしても結婚しなければならないんだ。なぜだかわかる？」

彼の問いかけの意図が、彼女には分からない。

「しなければならない？」

「そう。しなければならない」

「どういうことなの？」

「愛のためさ。正式の夫婦になれば、神様を含め、誰にもうしろ指さされずに、堂々と愛し合うことができる。毎晩でも」

「そんなに？」

「日曜や祝日は、朝と昼と夜」

「まあ大変」

裕子の内側に、続けざまの躍動の信号が送られた。彼女は含み笑いを浮かべると、腰を小さく揺らした。

「あなたのジュニア、疲れを知らないスーパーマンみたい」

「こうなれて、親子共々感激してるんだよ。それに裕子さんのあれ、ロマンの湖、あるいは露満《つゆみ》つる湖、ろまんこがすごくいいから」

「ロマン湖か。すてきなネーミングね」

ロマン湖。露満湖《ろまんこ》。なかなかしゃれていると感心しながら、裕子は腰の揺れを徐々に大きくしていく。

「ね、わたしのロマン湖そんなにいい？」把握の合図を送りながら裕子がたずねる。

「きっと、世界中で一番だろうね」

「それって、あなたの想像だけ？」

「うん、想像で……」

「うそ。実際にも知ってるくせに」

彼女は胸を離すと肘を伸ばし、両手で上体を支えた。慎太郎の顔を見下ろしながら、

「どうなの？　誰かさんのものと比較できるわよね」と言葉を続ける。

「ぜんぜん問題にならないよ」

「わたしの方がいいってこと？」

「きまってるじゃないか」

「どんなふうに？　教えて。こういうことは自分ではわからないから」

「彼女、身長が一七二センチあった。体格がいい分、湖も広かった。それにくらべると、母さんのろまんこ、すごく狭いんだ。そのうえ、彼女とは比較にならないほど締まりがいい」

「そうなの」

「だからすごく感じる、今も。ああ、いい」

彼がわざとらしく悩ましそうな顔をする。そんな戯れにも、裕子は甘い気分になるのだった。

「うんと感じなさい。今日はわたしたちの記念の日。飽きるほどつき合ってあげる」

「このままで？」

「いいわよ」

「こぼれないかな、ぼくの出したもの」

「だいじょうぶみたい。ワインの瓶のコルクみたいにしっかりと栓をされてるから」

慎太郎の両手が、裕子の背や尻をさまよう。淫らな会話にも刺激を受けて、彼女はふたたび昂揚をはじめた。蕩けるような芯のうずきが、全身に広がる。

尻を愛撫していた彼の手が、膨らみの谷に押し入り、指先が、掃くような仕草で、菊の蕾をソフトに撫でる。不思議な快感が背すじを走った。裕子は呑み込んでいる硬直に意識を集めて、ゆるやかに腰を回す。身震いするような快感が背から後頭部に流れ、彼女は思わず顔をゆがめた。

「いい気持だよ母さん。おお、いい。母さんのからだ、内も外も世界一魅力的だ」

母さんを連発する背徳めかした慎太郎の声に、裕子の官能は煽られた。もはや彼女は、自分を覆うベールの必要性を感じなくなっていた。倫理に反しようが淫らであろうが、ありのままの自分をさらけ出していいと、彼女は思う。

「わたし幸せ。あなたの母親を、そしてもうすぐ妻となるわたしの姿を見て」

悩ましげな声を曳きながら体を起こし、彼女は慎太郎に騎乗する姿勢をとった。結合はより深くなったものの、あられもない交わりの姿を実の子に見つめられ、裕子の全身には、羞恥のうずきが散りばめられた。

それはまさしく、禁断の愛の露な姿だった。だけれども裕子は、肉の欲望に身をゆだねる自分たちの行為を、忌まわしいとは思わなかった。これは純粋な愛、言うなれば、肉体を借りた魂の交合なのだと。

慎太郎の両手がそれぞれの乳房に延び、乳首を転がしながら膨らみのかたちをなぞる。裕子は、絡み合う視線をはずさず、上下の動きをはじめた。

ゆるやかな動きが、やがてリズミカルになると、乳房が波を打った。乳首が彼のてのひらで摩擦を受け、快感は激しさを増す。腰を落とすたびに硬さが芯を突き、衝撃が彼女の官能を刺激した。そして彼女は昂揚した。がしかし、めくるめくこの時を、すぐには終わらせたくなかった。四肢をこわばらせ、ごく緩慢な円の動きで彼女は耐える。耐えながら、結婚の二文字を染め抜いた心の安楽と、全身をうずかせる肉の快楽に、彼女は陶酔する。

動きを止め、裕子は熱い吐息を震わせた。昂揚がやや鎮まると、ふたたび動き、頂上に至ろうとするぎりぎりのところでまた耐える。何度かそれをくりかえしているうちに、彼女の神経は限界を訴えた。

「ああ、どうしよう。ね、いってもいい？」

「まだだめ。何かお話しようよ」余裕ありげに慎太郎が言う。

「いじわるう。お願い、わたしを抱きしめて」

「もう少ししたら」

もうっ、慎太郎のばか、若いくせに、と裕子はうずく体で焦《じ》れた。

「ねえ、あなた、ねえってば……」わざと甘えた声で彼を誘う。

「ほんとはぼくも……」と、ようやく上体を起こした慎太郎が、彼女の腰をかきいだいた。彼の口が乳房を捕え、乳首に吸いついた。快感の激しいうずきが幾すじもの電流となって、彼女の肉体を駆けめぐる。さらに、乳房を顔でこねられ乳首を噛まれると、裕子は身を震わせてうめいた。

「あああ……いいっ」

慎太郎の頭をかかえ込んだ裕子は、狂おしく裸身を揺すった。その動きを彼が助ける。摩擦は、甘美な刺激を次々とくり出し、歓喜の渦潮となって彼女を翻弄する。

「おお……」彼が低くうめく。

裕子も上昇した。絶え絶えの緩慢な動きの中で、最後を告げる慎太郎の声を聞いた。そのとたん、彼女は硬直し、オーガズムの痙攣に襲われた。射精の脈動を内に感じながら、ふたたび空白の宙に舞うのだった。

夢から目ざめた彼は、裕子を抱いている手を下にすべらせ、尻を愛撫する。そこは背中よりいくぶん冷たい。上掛けが、ベッドの端で落ちかかっていた。それをたぐり寄せ、彼女の背中の中ほどから下を覆ってやった。

「やさしいね、慎太郎君」

囁いた裕子が、彼の耳朶を軽く噛む。

慎太郎は我ながらあきれていた。裕子に捕えられている部分は、二度の射精にもかかわらず、時折信号を送りながら、いまだに萎える気配を見せない。しっかりとした把握のせいもあるだろうが、彼の深い感動が、そうさせてもいるのだった。

「愛し合うって、世の中でいちばん幸せなことよね。わたし、今日のこの日を一生忘れない」

彼女はそう言うと体をずり上げ、耳の穴への舌の戯れをはじめた。

なんてすてきな女性《ひと》だろう。そして、なんて愛に酔い痴れる女性《ひと》だろう。慎太郎は裕子の肉体の優しさを上にしながら、禁断の芳醇な味をかみしめていた。


裕子を不安が襲った。ふたたび相まみえためくるめくあの日から、一週間が過ぎていた。用意のものを当てがい、彼女は日がな一日待ち続ける。

一時間の残業を終え、帰宅してからも生理はやって来なかった。裕子の生理は、ほとんど狂いなく二十八日目にはやって来ていた。そして今日は、十一月三十日。生理は昨日おとずれるはずだった。

そんなはずはない。結合を解かずに、彼の三度の射精を、たっぷりと体内に受け容れたのは、二十三日の祝日。昨日の生理予定日から逆算すると六日前のこと。とすると、充分安全圏のはず。今月初めの愛で、彼女はオーガズムに達しはしたが、肉体の結合はなかった。

体調のせいだろうかと考えながら、裕子は前回の生理日を再確認した。あらっと思った。違っていたのだ。慎太郎のプロポーズに思い悩んでいたため、生理の予定日を勘ちがいしていた。ちょうど一週間、カレンダーを見間違えていたのである。予定日は来月の六日だった。それならばまだないのが当たり前。わたしとしたことが、結婚のことで頭がいっぱいになってしまって……。裕子はほっと胸を撫でおろした。

彼女はおかしそうに笑った。予防のため、あれは買っておかなければならないだろう。五月に、一度も使わず一ダース処分したのだが、ふたたび必要となった。そしてこれからは、何十年も使い続けることだろう。慎太郎が自分で用意してくれればいいのだが、彼はこちらにまかせきりの様子。恥ずかしいけど、と裕子は明日にでも薬局に行くことにした。

十二月のデートを十一月に繰り入れたものの、結局来月も逢うことになった。次に彼と逢う日は安全日だったはずと、カレンダーを見つめる。そのとき、裕子は背すじに冷たいものを感じた。もう一度、カレンダーの数字を指先で触れながら数え直した。

「いけない」彼女は胸の奥で叫んだ。たしかに次の生理が始まる予定日は、十二月六日で間違いはない。しかしそれならば……。

そうなのだ。彼と愛し合ったあの日は、生理予定日から逆算すると十三日前。いちばん危険な日だった。それも、一回目の射精から、おそらく一時間半以上体を繋げていただろう。なにしろ、結合のはじまりから終わりまで、たっぷり二時間は繋がったままだったのだから。


裕子は祈るような一縷《いちる》の望みをいだきながら、不安の日を送る。慎太郎との子どもは、作ってはいけないのだ。結婚を承諾したとき、彼女は、彼と二人だけの人生を送る決意をしたのである。

そして、十二月六日がやってきた。仕事をしていてもそのことが頭を離れず、何度かトイレに立つ。

「おなかでもこわしたんですか?」未央が心配そうにたずねた。

「ううん、べつに……」

「元気もなさそうだし」

「だいじょうぶよ。とくに異状はないわ」

裕子は平静を装って答えた。

だがその日の夜になっても、待望の異状は起きなかったし、次の日もむなしく過ぎ去った。そしてさらに五日が過ぎた。高校を卒業して以来、生理のない月は一度もなかったのである。九九％以上の確率で妊娠してしまった、と考えざるを得なかった。

彼女は、暮れで残業つづきだからと、十二月のデートの中止を慎太郎に伝えた。たまたま彼から電話があったときである。受験勉強の追い込みにかかっていた彼は、しぶしぶ承知した。

裕子はハムレットの心境だった。子どもは欲しい。だが生まれてくる子に異常があれば、すべての責任を負わなければならない。背徳の十字架を一生背負い続けながら。

生理予定日から二週間が過ぎ、裕子はしんぼうしきれずに、慎太郎に電話を入れた。母親が出た。今まではほとんど慎太郎の方から電話をかけてきていた。以前二度ほど彼女の方からかけたことがあるが、一度は直接彼が出、もう一度は、母親が出たので切ってしまった。だから今回初めて、いや十八年ぶりに、彼の母親と話すことになった。穏やかだが、四十七歳にしては若々しい声である。

「平野と申します。夜分おそれ入りますが、慎太郎さんいらっしゃいますか？」

胸が締めつけられる思いで、母親の応対を待った。しかし彼女は、裕子についての詮索はしないで、電話を取りついだ。

「裕子です。こんな時間に電話をかけてごめんね。お母さまに悟られるといけないから、手短に話すわね。あさっての日曜日、会いたいの。都合つく？」

「かまいませんよ」慎太郎が抑揚の少ない口調で答える。

「ちょっと大事な問題を相談したいし、あなたの顔も見たいの。あさって、いつもの時間に来て」

「わかりました。そうします」

「じゃあ、おやすみなさい」

慎太郎の声を聞き、裕子はほっとした気分になった。

「平野さんってどなた？　やさしい声の方ね」

二階に行きかけた慎太郎に、案の定、母がたずねた。彼はとっさに嘘をついた。

「友達のお姉さん。友達ってのが、十一月末から学校休んでいるんだ、中退すると言って。一週間前、家を出たきりでまだもどらないんだよ。その相談で、あさってちょっと会いたいって」

「で、あなたそのお友達の居場所知っているの？」

「よくは知らない。ただ、そいつの彼女がたぶん知ってると思うから、訊いてみる」

慎太郎のクラスメイトで、たしかにそういう生徒はいた。そのことについては嘘ではなかった。しかし彼は、重大な嘘をついたことで気が重かった。いずれ裕子のことは、母に話さなければならないのだから。

階段をのぼりかけたとき、食堂のドアを開けて、母がふたたび声をかけた。

「夜食、何がいい？」

「シーフードのカップラーメンでいい」

「平野君のお姉さんって、大学生？」

「いや、ＯＬやってる」

「そうでしょうね、落ちついた話し方だもの」

その日、慎太郎は約束の時刻よりちょっと早めに家を出た。出かけるとき、

「そんなに遅くならないんでしょ?」と母がたずねる。

「うん、まあね。あいつの居場所がわかったら、お姉さんと一緒に行って、話しようかと思っているけど」

ふたたび嘘をつく。気がひけたが、このさい仕方がない。いずれ母には、これまでの嘘をまとめて白状して、頭を下げることになるだろう。

裕子が相談したいことって、いったいなんだろう。一抹の不安と、今日のときめく愛の期待が入り混じった複雑な気持で、マンションの階段をのぼる。

裕子は、アイボリーホワイトのざっくりとしたセーターに、ジーンズのロングスカートといった地味な服装をしていた。化粧は、薄く口紅を引いただけである。二人はソファーに並んで座り、コーヒーを啜った。

「食事の前に話しておきましょうね。電話で、相談したいことがあるって言ったこと」

「かなり深刻な問題?」

「そう、わたしたちにとっては」

「まさか……」

慎太郎は胸騒ぎをおぼえた。

「そうなの、そのまさかよ」

裕子はしかし、その割にはきびしい表情をしていない。慎太郎は、彼女の心変わりをいまいましく思った。

「出来てしまったわ」嘆息ぎみに彼女は言う。

「できた? 何が」

「あら、あなた何を考えてたの?」

「つまり……結婚はやはりだめだってこと」

「いやあね、そんなんじゃないわよ。もっと別のこと」

慎太郎は彼女の心変わりでなければ、どんな事件が起きようとかまわないと思った。

「で、何ができたって？」

「もうっ。赤ちゃんが出来たのよ」

「ぼくたちの？」

「きまってるでしょ、あなたの赤ちゃんよ。この二週間余り、いろいろ考えて苦しかった」

「もっと早く電話をくれればいいのに」

「受験前だし、あまり心配かけたくなかった」

裕子の浮かない表情を前にして、慎太郎は意外と平気だった。いや、むしろ愉しい気すらした。

「ところで妊娠、いやなんて言ったっけ。えーと、そう、受胎、したのは先月の二十三日。ちょうど一か月になるんだよね」

「ごめんなさい。あの日、次の生理予定日を一週間まちがえていたの。てっきり安全日だと勘違いしてた。それが一番の危険日。うかつだったわ」

「しかも、入ったままで三回も射精しちゃったんだもの、妊娠する可能性は大《だい》だね」

「それに、あなたの量、多いんじゃないの」

「その多い量の中の一匹が、生存競争に勝ったってわけだ。普通、一回の射精で二～三億の精子がいるらしいから、三回分で六～九億。ぼくの場合十億匹だったかもしれない。とすると、競争率十億分の一。すごいんだね」

「すごいんだねって、感心している場合じゃないでしょ。あなたよく平気でいられるわね」

「だって、出来たものは仕方ないじゃないか」

「え？　産むの？」

「そうだよ、大事な生命《いのち》だもの」

「でも、近親の結婚って、弱い子どもが生まれるんでしょ？　ましてやわたしたちの場合、いちばん近いんだし」

「そうともかぎらないだろう。近親の結婚が何代か続けば、その確率は高くなるだろうけど、一代ではまず心配ないと思う。それに、すごい競争率を勝ち抜いてゴールした精子なんだもの、元気な子が生まれるさ」

ちょっと間があって、ほっとため息をついた裕子が言った。

「そうだといいんだけど……」

「ぼくは嬉しいよ。ぼくたちの記念すべき婚約の日、そのときに出来た愛の結晶なんだから、たとえどんな子であろうと、二人で、力を合わせて育てればいいじゃないか」

彼女はしばらく眼を閉じていた。おそらく複雑な考えを整理しているのだろう。

「産んでもいいのね」ぽつりと彼女は言った。

「もちろんさ」

裕子が目頭を指でぬぐった。

「わたし、ほんとの意味で、母親になるのね」

「それに既成事実があれば、お袋を説得しやすい」

「そのために赤ちゃん利用するの？」

「利用するわけじゃないけど、説得するのに有力な手段になる。それに、家庭には子どもが必要だよ」

「相談してよかった。甘えん坊だとばかり思っていたけど、あなた意外としっかりしてるわね、頼りになるわ。人生のパートナーとして、たぶん最高かもしれない」

「見直した？」

「うん、見直した」

「そうとなると、急がなくっちゃね」

「何を？」

「お袋に裕子さんを紹介すること」

「そうね。でもちょっと待っていただきたいの。年が明けてから病院に行って、確認するわ。それに、あなたは受験直前でしょ」

「かまわないさ。善は急げって言うから、病院の結果が出たらすぐにでも」

カレンダーを二人で見つめ、結局、母と裕子の初顔合わせの日を、一月十二日の日曜日と決めた。


決断を下したあとの気分は快かった。やがて生まれてくる子の親となることは、二人の結婚に現実味を与え、まるでもう夫婦になったような甘い雰囲気の中で、食事をはじめた。

裕子は中華料理を用意していた。ビールも出た。だが彼女は、おなかの赤ちゃんに悪いだろうからと、グラス一杯しか飲まなかった。その代わり彼女は、今日はお祝いだからと、慎太郎のためにもう一本冷蔵庫から取ってきた。そしてこう続けた。

「妊娠はまず間違いないと思うけれど、確定したわけじゃないの。だから今日は、あれ、コンドーム使って。

恥ずかしいのをがまんして、きのうの夕方一ダース買ってきたんだから」

「一ダースも？　もし妊娠が確実になったら、いらなくなるんじゃないの。今日だけでそんなには使わないと思うよ」

「ばかね、いくらなんでも」と彼女は笑い「余ってもいいの、子どもが生まれてからも必要なんだし」

さりげなさを装っていても、艶っぽい内容の会話に、彼のものは、漲りを示しはじめた。

「ところで、出産の予定日いつごろになるの？」

慎太郎の問いかけに、裕子は本棚から真新しい本を取り出してきた。

「これによると、来年の八月十五日あたりになるわ」

「気が早いんだな、もうこんな本買い込んじゃって」

表題は『はじめての出産と育児』となっていた。

「ちがうの。ほら、妊娠しているかどうか心配だったから。その確認の意味でも」

「マイホームか、いいね。美人の奥さんがいて、こういうおいしい料理も食べられて、そして赤ん坊がオッパイ飲んでいる。ぼくはそれをもの欲しそうに見ている」

「見てるだけ？」

「少し分けてもらおうかな」

「赤ちゃんが二人になっちゃうじゃないの」

「だって、二人とも裕子さんの子どもだもの」

食器を一緒に下げると、慎太郎は歯を磨いた。裕子はキッチンで洗いものをしている。彼女を抱こうとす

ると、

「ちょっと待って、歯を磨いてくる」と、裕子は口を近づけた彼を遮った。

やがてリビングにもどった彼女が、

「お風呂入ったら？　パンツとパジャマ出しておいたから」口元に笑みを浮かべて言う。

「うん、もう少しあとで。ここに座って」

と慎太郎がソファーの自分の横を叩く。

「変なことするんでしょう」

彼女の微笑はいたずらっぽい笑顔になり、小首がかしいだ。

彼は眼を閉じ、数度顔を左右に振った。裕子が彼の隣に身を寄せるようにして座る。

「変なことしない」と言いながら、慎太郎は彼女を抱き寄せた。

顔だけ逃げようとするその頬を両手に挟み、唇を奪う。しばらく舌先で戯れたあと、彼は裕子のセーターをずり上げた。肌着の裾をスカートから引き出すとき、彼女は「だめ」と口では言いながらも、少しも拒まなかった。

二つの膨らみが顔を出した。わずかにココア色をおびた桃色の乳暈にかこまれ、乳首が中央部で溝を作っていた。先舌でころがすと、乳首はたちまち隆起して、硬いかたまりとなった。

「乳首と乳暈の色、すこし茶色っぽくなったじゃない？　やっぱり妊娠してるんだよ」と慎太郎が言うと、

「そうかな、気のせいでしょ？」裕子が覗き込みながら答える。

慎太郎はソファーを離れ、彼女の前に膝をついた。ジーンズのスカートは前ボタン式になっていた。彼は乳房を吸いながら、ボタンをはずしはじめた。彼女が身をよじる。それにもかまわず、彼は二つ三つとはず

し、やがて全部のボタンをはずし終えた。スカートが二つに分かれた。

「もうっ、やっぱり変なことする。これ、セクハラって言わないかな」

「こういうのは言わないの」

逃げようとする裕子の両腿の間に、彼は体をこじ入れ、ふたたび乳房に吸いつく。乳首を舌でころがしながら内腿の肌を愛撫し、その手を徐々に股間に近づけた。指に触れた布地はなま温かく、湿りを含んで肌にへばりついていた。

「ね、ね、やめようよ」

そう言いながらも、彼女の両手は、首の下で束ねられたセーターと肌着を持ち上げたままである。

乳房への口づけと、布の縁から差し入れた指の秘部への愛撫で、声を漏らすまいと耐えている裕子に、慎太郎はさらにエスカレートした状況を頭に描いた。テーブルを背中で押しやると、彼は、彼女の尻を引き寄せる。そして抱きかかえるようにして下着をはがしにかかった。

「だめだったらあ。ね、だめ」と言った裕子だったが、薄い布が反転しながら脱げ落ちるのに、時間はかからなかった。肩を割り込ませた彼は、低い姿勢を元にもどすついでに、両腿を担ぎ上げた。

「いやよ、恥ずかしい恰好させないで」

本気で彼女は逃げようとする。それを強引に引き寄せ、露にその姿を晒している場所に口を近づけた。彼女がいやがる事情がのみ込めた。そこは、まるで粘液の洪水を思わせた。

「汚いわ。ね、お風呂に入ってからにしよ」

「ちっとも汚くなんかないさ。裕子さんのだったらオシッコだって飲める」

彼女がここで失禁しても、慎太郎は、最後の一滴まで飲み尽くす勇気を、けして放棄することはないだろう。風呂に入ろうが入るまいが、裕子の情熱の証には変わりないと、彼はあふれ出る蜜を啜り、嚥下する。

「だめよ、ねえ、だめってばあ……ああ、変になる」

いたぶるような舌の戯れに、慎太郎の頭を挟んでいる太腿に力が入った。うんと変になって、いくがいい、と彼はなおも奉仕を続ける。裕子はあえぎ、そのおなかが波を打ちはじめた。熱っぽいあえぎに、絶え絶えの短いうめき声が入り混じる。と、下腹部が迫《せ》り上がり、内腿に痙攣が走った。それに続いて、彼女の口から、せっぱつまった最後の言葉が漏れた。


みずみずしい肌を、お湯がはじけて流れ落ちる。子どもを中絶するか産むかの迷いから解放された裕子の表情は、とても晴れやかだった。それに、ここ一か月近くの深刻な悩みによるストレスも、先ほどのオーガズムとともに、雲散霧消した。そのせいか体も軽い。シャワーを浴びている彼女は、鼻歌でも歌い出したくなるような、ルンルン気分だった。

「赤ちゃん生まれたら、このお風呂では狭いわね」裕子が浴槽の慎太郎に話しかける。

「そうだね。結婚したらきみが、あれ？　きみだって。まだこういう言い方早いね」

「きみでいいわよ。その方が、母さんなんて呼ばれるよりずっといい。それで？　きみがどうしたの？」

裕子は床に正座し、浴槽の縁に手を置いた。

「うん、きみがね、ここを引っ越して、三人でも入れる風呂のあるマンションに住もうか」

「そうしたいわね」

「山王がいいんじゃない？　お袋の家からなるべく近い場所に。そうすれば、子どもを産んできみが会社の仕事に復帰したとき、赤ん坊の面倒、お袋に見てもらえるじゃない」

「でも、お母さま承知してくださるかしら」

「すこしは文句言うかもしれないけど、孫は可愛いと思うよ」

「そうかしらね」

裕子と慎太郎が交替する。浴槽を出た彼は、裕子から見て斜め前に、洗い椅子に腰を下した。

「こうやって、なんのこだわりもなく一緒に風呂に入れるって、いいね」

慎太郎がくつろいだ表情で言う。だが、くつろいでいない部分もあった。

「でも、レディーには眼の毒だな」

彼はこちらに体を向けているから、いやでも彼女の眼にふれるものがあった。

「何が？」

「すばらしく元気な硬くて長いもの」

「こうなる原因は、きみのセクシーなからだにあるんだから」

ちらりと股間に眼をやった彼が言った。今日はまだ満足にいたっていない彼のものは、直立の姿勢を維持しているようだ。つくづく若さだと思う。これから先、多情なペットと何十年となくつき合うのだろうが、そうなるとやはり年の差が気になってくる。

「あなたのそれ、将来、いつまでわたしのからだに反応してくれるんでしょうね。年上のわたしは、それだけ先に年をとるんだから」

「だいじょうぶだよ、三十年、いや四十年先だって、ぼくは裕子さんとセックスする」

「無理よ。四十年先と言えば、わたし七十二歳。あなたは出来ても、七十過ぎたわたしでは」

「いや、その気になれば出来るはずだよ、女は受け身だもの。それに、日本人の生命力はどんどん進化しているよね。四十年後には、七十歳の女性が女の現役で、まだ生理があるかもしれない。裕子さんだったら、その可能性は充分あると思うよ」

「夢みたいなお話ね」

「いや、ぼくの予感は当たるんだ。初めてこの部屋を訪れたとき、将来、このひとと結婚することになるかもしれない、そう思った。それがその通りになった」

「そう。じゃあ肉親の予感は？」

「乳房を初めて吸ったとき、他人の感じがしなかった。家に帰ってから、漠然とだけど、もしかしたらと空想してみたんだ」

「実の母親かもしれないって？」

「そう。あるいはそうあって欲しい、と」

裕子は急に昂りをおぼえた。が、平静を装い会話を続ける。

「でも、七十歳で生理があるとすれば、うかつにまちがえると、今回みたいに赤ちゃん出来ちゃうじゃないの」

「面白いね、実際の孫よりずうっと年下の子を産むってのも」

「いやよ、恥ずかしいわ」

「よっぽど好きな夫婦と思われる？」

「そうよ。夫婦の営みは、世間や家族に内緒でするものなんだから」

「もうそんな年じゃないと思わせといて、実は夜毎してる。いいね、そういうのって」

「あなたって、やっぱりスケベ」

「いいじゃないか。スケベ夫婦って、いつまでも円満だと思うよ」

裕子はにやにやしながら浴槽を出た。

「からだ洗ってあげる。はい立って」

彼女は慎太郎のうしろを浴用タオルで洗い、前を向かせると、素手でボディーソープを塗りつける。屹立には、愛撫を愉しむかのように手を動かした。

「あなたのこれ、赤い頭を光らせてそびえ立つ姿、美しいわ。でも、お母さんがこんなふうにしたのよね。ちょっとシャクだな、わたしがしてあげたかったのに」

両手で、赤い実を撫でながら裕子が言う。

「六年前に？」

「そう。そのころ、わたしもう大森に住んでいたもの」

「もし裕子さんに皮をむいてもらったら、そのあと何か起こらなかったかな」

「さあ、どうでしょうね。でもたぶん、亜希さんとかいう女《ひと》に、あなたの童貞奪われずにすんだ、と思うわ」

「と言うことは、ぼくの童貞、裕子さんが奪った。小学生のころか、中学生のときに」

「わたしの処女、あなたにあげたのよ」

「せめて二年早く知り合っていたら、処女と童貞の未熟な愛情物語、ってところだね」

「そうね。けどこれからは、これ、わたし一人が独占できるんですもの、がまんするとしようか」

話題のものにシャワーをかけると、裕子は口を寄せ、上眼づかいに慎太郎を見る。茶目っけな視線を投げかけたものの、その表情は、あきらかに陶酔の色に染まっていた。

1997年（平成九年）

慎太郎との婚約の報告を兼ねて、裕子が函館行きを思い立ったのは、子どもを産むと決意した翌日だった。母の再婚という事情もあって、東京に出て以来初めての帰省である。さいわい、函館のホテルの二泊の予約と、三十一日の夜行寝台特急の切符がとれた。

上京するときは青函連絡船に乗ったのが、今回は海底トンネルを列車で通り過ぎた。粉雪の舞う早朝の函館は、やはり寒い。そして、以前よりさびれた感じがした。けれども、駅前から乗る市電の温もりに、裕子は過ぎし日の若い頃を、懐かしく思い出していた。

慎太郎は母と二人で正月を過ごした。彼女と近所の鹿嶋神社に初詣に出かけたほかは、寸暇を惜しんで受験勉強に精を出す。が、受験直前にもかかわらず、彼は難問に挑まなければならなかった。裕子のおなかには、すでに自分の子が宿されていることだし、三月二十五日、十八歳の誕生日が来たら、すぐにでも結婚にゴールインしたかった。

なにかとあわただしい。しかし忙しければ忙しいほど、彼の意欲は湧いてくるのだ。意を決した彼が、裕子の話を母に切り出したのは、明日から学校が始まるという日の夜だった。帰京した裕子から、病院の診察の結果、確実に妊娠しているとの報告を受けていた。

「十二日の日曜、お母さん何か用事ある？」

「十二日ね、ちょっと待って」

　母は食堂の壁にあるカレンダーを見ていた。日付の部分が大半を占めるそのカレンダーには、彼女の予定や、慎太郎の主な行動予定が書き込まれていた。

「特別ないわね。何か用事でも？」

「うん。ちょっとお母さんに会わせたいひとがいるんだ」

「あら、誰なの？」

「平野さんって女のひと」

「平野さん？　……いつか電話がかかってきた、お友達のお姉さんとかいうひと？」

「そうだけど、ほんとはそのひと、友達の姉さんじゃないんだ。ドロップアウトしたのは石川っていうやつで、たしかにお姉さんはいるけど、それじゃない。あのときうそを言ったんだ」

「そう。で、その平野さんって方、どういう女性《ひと》なの？」

「三田電気に勤めているＯＬで、年齢は三十二歳。今はそれだけしか言えないけど、十二日にはくわしく話をするよ」

「でもあなたもうすぐ大学受験でしょ？　そんなことしてるひまがあるの？」

「これは大学受験と同じくらいに、重要な問題なんだ。勉強はしっかりやっているからだいじょうぶだよ。ね、ぜひ会って欲しいんだ」

　母は予備知識として、もうすこし裕子のことを聞きたがったが、慎太郎に押しきられて、しぶしぶ同日の午後二時を約束した。

そしてその日が来た。裕子は、黒に近い濃紺のスーツに、白のブラウスというシンプルな服装で、慎太郎の家を訪問した。緊張していた。彼の母は、初対面の型通りの挨拶をしたあと、

「お年は三十二とうかがっていますけど、ずいぶんとお若く見えますね」と、棘《とげ》をオブラートに包んだような言い方をした。

裕子は、慎太郎の母、工藤美代子の顔を見て、すぐに昔の記憶を蘇らせることができた。体つきは少しふっくらとなっているようだが、昔とそれほど変わったようには見えない。もうすぐ四十八になるとはいえ、若々しく、充分に女を感じさせた。

居間の三人掛けのソファーに、慎太郎と裕子が並んで座ると、お茶と和菓子が出された。テーブルを挟んで肘掛け椅子に座った母と裕子は、当たりさわりのない会話をした。それを見守っていた慎太郎が、今日の話題の糸口をつくる。

「実は、この平野裕子さんを、お母さん知ってるんだけど、覚えていないかな」

「平野ゆう子さん？　どこかで聞いたようなお名前だけど、会った記憶は……どういう字書かれるの？　ゆう子さんって」

「ころも偏に谷間の谷、ひろっていう字です」裕子が答える。

「そうですか……」母が真剣な表情をする。

慎太郎が切り出した。

「ぼくから説明するよ。この平野裕子さんとは二年近く前、朝の電車で何度か一緒になり、ちょっとしたき

っかけで話をするようになった。そして偶然にも、函館でぼくが生まれたとき、オッパイくれたひとだとわかったんだ」

「え?」とその意味を反芻した母の顔が、ぎこちなくこわばり、「高校一年だったあのときの娘さん? 平野さんって。わたし、二、三年前のことばかり思い出そうとしてたものだから」

やっと言葉を出すかのように言った母の顔が、蒼白になっていく。

「あのときは大変なお金をいただき、ありがとうございました。一年ほどしてお宅にお伺いしたことがあるんですが、もうそのときは引っ越しされていて……」

「そうでしたか、平野裕子さんでしたか。こちらの方こそずいぶんとお世話になりました。それにしても、おきれいになられたからわかりませんでした」

彼女が無理に平静を装おうとしているのが、声の緊張で分かった。

「一昨年の五月にベルポート、いすゞビルでご一緒に昼食をして以来、慎太郎さんとおつき合いさせていただいています」

「はあ……」

母の美代子は、まだ事情がのみ込めていない様子である。裕子は続けた。

「赤い糸。そのようなものの存在を感じたんです」

「と申されますと?」

「ただ食事をするだけのおつき合いではなく、もっと親密な」

「ちょっとお待ちになって。頭が混乱して、わけがわからなくなってきたわ」

間を取りたかったのだろう。が、お茶を啜る彼女の手が、かすかに震えていた。彼女は湯飲み茶碗を置いたあと、眼を閉じた。その瞼が小さく痙攣する。

やがて、息苦しい沈黙を破り、恐る恐るという感じで母が口を開いた。

「あのう、親密なつき合いとはどのような」

そこで慎太郎が口を出した。

「実は、ぼくたち結婚の約束をしたんだ」

それは、彼の母が予想だにしなかったショッキングな内容だったのだろう。唖然とした表情が、にわかに険《けわ》しさに変わった。裕子には彼女の心中が痛いほど分かった。母は眉間にしわを寄せて眼を閉じると、顔を左右に振り続けた。動揺の中にも、強い拒絶の意思がうかがわれた。

すうっと立ち上がると、母は何も言わずに食堂に姿を消した。

「事前に、少しお話ししておいた方がよかったんじゃない？」

裕子は、戸が閉められた食堂に眼をやったあと、声をひそめて言った。

「あまり予備知識を入れると、お袋はきっときみに会わなかったと思うよ」

「今日はどうします？　これから」

「話は最後まで煮つめた方がいい」

「でも、あまり事を急がない方が、いいかもしれないわ。お母さま動転していらっしゃるようだから」

「だけど、あまり時間がないんだよね。ちょっとお袋の様子見てくる」

彼は立ち上がると、食堂に通じる戸を開けた。

二人の結婚を、あの母は承認しないだろうと裕子は思った。しかしそれならば、自分と慎太郎が実の親子である事実を、彼女の口から訊き出す必要があると彼女は思う。

慎太郎が母を説得しているらしい声が食堂から漏れてきた。しかし、戸が閉まっているので、会話の内容はさだかではない。

二人はなかなか出て来なかった。手持ちぶさたの裕子は、庭に眼をやった。その葉を落としている木もあり、ひっそりとしたたたずまいは、やはり冬の景色だった。けれども、植え込みはよく手入れされていた。数羽の小鳥がさえずり、枝から枝へと飛びまわっている。三月末頃には、鶯も鳴くと慎太郎から聞かされていた。もし彼の母が折れた場合、自分はこの家の嫁になるのだろうか。その母と、挨拶を交わしたときの裕子の緊張はうすれ、オフィスでのような自然体の自分が、今ここに在るのが、不思議なくらいである。

慎太郎と共謀して、彼の母を追いつめようとしている自分が、したたかな女に思えた。しかし裕子は、一度手にした彼との愛を、どんなことをしても離したくはなかった。母がいくら反対しても、結果は同じであろう。

慎太郎と母が姿を現した。泣いたのだろうか、彼女の眼が赤くなっていた。もとの位置に腰を下ろした母の美代子が、まず口を開いた。

「裕子さん、あなたは外見はお若くていらっしゃるけど、三十二歳、分別をわきまえた大人です。慎太郎はまだ十七歳、子どもです。結婚できる年齢ではありません。仮に十八歳になれば結婚できるとしても、二人の十五の年齢差は変わりないのです。慎太郎が四十五歳の男盛りのとき、あなたは、六十歳の還暦を迎えることになるのです。そこのところを、どうお考えになる？」

多少余裕を取りもどしたのか、母の態度には、裕子への厳しい批難が込められていた。

「わたくし、慎太郎さんを心から愛しています。だからといって、年に関係ないとは申しません。たしかに大きな問題だとは思いますが、乗りきれない障害ではないと考えています」

「慎太郎、あなたの考えは？」

手ごわい相手との対決にはひとまず一拍置いて、母は慎太郎に矛先を向けた。裕子にはそう見てとれた。

「ぼくも裕子さんと同じ考えだよ。このひとは、今でもかなり若いし、努力すれば若さは保てる。それに、結婚はぼくの方から頭を下げてお願いしたんだ」

「前後の見さかいもなく？」

「そんなことはない。ぼくはぼくなりに、将来も見据えたうえで真剣に考えた。もし裕子さんと結婚しなかったら、ぼくは一生後悔し続けるだろうと思う」

「若気の至りということもあるわ」

「そういうものも少しはないと、結婚なんかできないよ。最近、独身の男と女が増えてるじゃないか」

「そうだとしても」母美代子は、ひと息入れた。そして言った。

「あなた方の結婚を、認めるわけにはいきません」

「どうして？」

慎太郎の問いに、母は答えなかった。裕子には、彼の暴走が気がかりだった。

「お母さん、ひとつ質問してもいいかな」

慎太郎はテーブルに両肘をつき、左手の拳を右のてのひらで包んで、身を乗り出した。美代子は首をたてに振った。

「お母さんがぼくたちの結婚に反対するのは、なにか別のところに理由があるような気がする」

裕子は、母親の表情に一瞬の影がさすのを見逃さなかった。

「慎太郎さん、今日はわたし、お母さまにお目にかかりにお伺いしただけだし、あまり急いで結論を出さない方が、いいんじゃないかしら。お母さまにも、お考えになる時間が必要でしょうし」

「裕子さんのおっしゃる通りだわ。もっと冷静になって、話をする必要があるでしょうね」

慎太郎は、鼻の下を指でこすっていた。

「来週の日曜日でもいいんだけど、ぼくはセンター試験があるし、十五日の成人の日に二人の都合がつけば、もう一度話し合いたい。どう？」

慎太郎が母と裕子のそれぞれに顔を向けた。

「わたしはかまわないけど、お母さまの方が……」

その日裕子は、身辺の報告かたがた、未央と会う約束をしていた。が、キャンセルするのは簡単だった。

「いく日考えたとしても、わたしの考えは変わらないと思う。いいわ、三日後だったらもう少し冷静でいられると思うから」

結局三人の意見が一致して、成人の日の午後二時、再度話し合いをもつことになった。


裕子が帰ったあと、慎太郎と母との間には会話はなかった。母は夕食の材料の買い物に出かけ、彼は自室に引き上げる。

彼は今日中に血液型の話を持ち出し、出生の秘密を問いただすべきかどうか迷っていた。夜の食事が終わりになりかけたとき、母が重い口を開けて言った。

「こんな大事な話、なぜ今まで黙っていたの？」

「なかなか言い出せなかったんだ」

「わたしは絶対承知できませんからね、あなたたちの結婚」

慎太郎はふうっと溜息を漏らす。彼は出かかった言葉をのみ込んだ。その話は、十五日に裕子のいる前で持ち出し、一気にドラマの決着をつける効果として、使おうと彼は考えた。彼はヒーローとしての恰好を、裕子に見せたかったのだ。

「ぼくの気持は変わらないよ。十五日までに、もう一度考えを整理し直してくれないかな。お母さんの立場は、充分に理解するよう努力するから」

慎太郎は謎めいた言葉を残して、二階に上がった。


そして三日後、慎太郎が九時近くに起き出して階下に下りて行ったとき、母の姿はなかった。食堂のテーブルの上に、朝食の用意とメモがあった。

——お昼はあるもので適当にすませなさい。一時までには帰ります——

朝食のほかに即席の鍋焼きうどんが置いてあるのは、昼食用なのだろう。どこに出かけたのだろうと気になったが、二時までにもどってくれればいいと、慎太郎はミソ汁を温め直しながら、今日の作戦を練った。テレビで、自動車事故のニュースをやっていた。タクシーとトラックの衝突で、二人が死亡したとのことだった。

母は一時には帰って来なかった。朝のニュースが頭に残っていた慎太郎は、なんとなく不安になった。しばらくして、ふたたび時計に眼をやる。一時二十分になったところで、手に小さな紙袋をさげた母が、無表情な顔を見せて、もどってきた。

「どこに行ってたの？」

「お墓参り。お父さんのね」

それだけ言って、母は自室に向かった。父の墓は去年の七月、鎌倉霊園に建てたばかりだった。

母の機嫌は相変わらずよくなかった。彼女の気持になれば、それもよく分かる。まだ高校生の分際である息子から、いきなり結婚を宣告されては、どんな親でも平常心ではいられない。しかも、相手が十五歳も年上で、実の母親とくれば、言語道断という気持だろう。二時少し前に裕子が姿を見せ、気まずい雰囲気は、ますます膨らんだ。

居間のテーブルに、紅茶と、さきほど母が買ってきたと思われる、ショートケーキが出された。前回と同じ位置に三人は座る。

「あれからよく考えました。今日鎌倉霊園に行き、主人とも相談しました」

母は裕子に向って言った。そしてさらに、

「どうあっても、お二人の結婚には反対します」

毅然とした母の態度だった。

慎太郎は、一度深呼吸してから言った。

「どうしても?」

「どうしても、だめです」

彼は身がまえた。いよいよ切り札を出すときが来た、ともう一度深い呼吸をする。

「ところでお母さん、今日墓参りをしてきたというお父さんのことだけど、ぼくはほんとにお父さんの子どもかな」

たちまち母の顔が険しくなった。

「きまってるでしょ。それに、そんなことは結婚とは関係のない話」

「大ありだよ」

「なぜ？　なぜそんなこと言うの？」

ヒステリックに言う母の顔は、今にも泣き出しそうだった。

慎太郎は自分を鎮め、用意した父の献血手帳とメモ用紙を、ポケットから取り出した。紙にはすでに、男女の性交によって生まれる子どもの血液型が、図式で書かれていた。

「これはお父さんが献血したときの手帳。血液型が書いてある」そう前置きしてから、慎太郎は、去年の五月、裕子に説明したのと同じように、血液型についての説明をした。「だから、ぼくはお父さんの子どもではないんだ」

慎太郎ははっきりと言った。

母は険しい顔のまましばらく無言だった。やがて、反論できないと観念したのか、あるいは沈黙が重すぎたのか、ようやく口を開いた。

「だからと言って、あんたがわたしの子でないとは言えないでしょ」

「じゃあ、ぼくの実の父親は誰なんだ？　お母さんは、お父さん以外の男と関係してぼくを産んだのか？」

うつ向きかげんの母の唇が震えていた。崩れ落ちようとする自分と、必死で戦っているように思えた。

代わって裕子が、穏やかな口調で話しはじめた。

「わたくしが、慎太郎さんを朝の電車で初めて見かけたとき、なぜか胸が震える思いでした。バイクの事故で十八年前、十六歳で亡くなった恋人に、とてもよく似ていたからです。赤い糸の予感に、わたしは引きずり込まれました。何度目かにわたくしの方から声をかけ、電話をいただきたいとのメモを渡しました。そしてわたしたちの交際ははじまったのです。でもわたしは勘違いしていました。血液型のことです。もしかしたら、わたしの生んだ子が生きているのではないかと思ったのですが、慎太郎さんがO型でわたしはB型、死んだ彼はA型だったので、親子ではないと判断したのです。でも赤ん坊のころ、お乳をあげたのはたしかです。わたしの中の母性愛が、気がついたときには、愛情に変わっていました。一年ぐらい前からしだいに親密な間柄になって……」

裕子がひと息ついて、紅茶を口に運んだ。慎太郎がそのあとを継いで話しだした。

「ぼくたちが愛し合うようになってから、お父さんの献血手帳が見つかった。ほら、去年の三月、お母さんがお父さんの遺品を整理していたときだよ。そこで初めて、お父さんの血液型を知った。何日かあとに、たまたま学校の図書室で血液型の本を読んで、疑問が湧いてきたんだ」

母が、うつ向いていた顔を上げて、裕子に言った。

「函館の助産院をお調べになったの？」

「いいえ。函館にいる母に、電話でそれとなく訊いたことはあります。あの先生は亡くなっていて、助産院も廃業になっているとのことでした。でも、いろいろ総合して、慎太郎さんが、実はわたしの子だったとわかったんです」

慎太郎がアルバムに書いてある出生年月日、時刻のことを口にした。裕子がふたたび言った。

「わたしは、分娩室に呼ばれた時刻を、不思議なくらいはっきりと記憶していました。ちょうど午前八時でした。その日の八時以降、退院するまでに出産したのは、わたし一人なのです」

耐えていた母の顔が、テーブルの上に崩れた。そして肩の震えが増した。慎太郎には、ながい時間に思えた。彼も裕子も黙って母を見守った。

「許してぇ……」伏せた顔の下から、母の悲痛な声が漏れた。そしてふたたび、

「許してぇ、裕子さん」か細く、ふりしぼるような声で言った。

「申しわけありません。お母さまにこんな悲しい思いをさせて。でもこれは、わたしにとって、どうしても避けて通ることのできない問題だったのです」

裕子が母の背に語りかけた。母の肩の震えは、小さくなりながらも続いていた。

ふたたび沈黙がおとずれた。ややあって、

「お母さん、ぼくはお母さんを恨んではいないよ」慎太郎が母に語りかけた。

やっと母が、涙で崩れた顔を上げた。

「ごめんなさい、裕子さん。この通りお詫びいたします」

両手をついて、母が深々と頭を下げた。その姿勢のまま、彼女は弱々しく言った。

「二十二歳で結婚して、七年目にしてようやく妊娠。そして三十歳での初めての出産が死産。もう次は、おそらく産めないと考えていました。そのあとに出来事は起こったのです。助産婦さんの咄嗟《とっさ》の行動を驚きながらも、わたしは黙って受け入れてしまいました。どうしても、主人に赤ちゃんの顔を見せたかったから」

「そのお気持はよくわかります」

裕子がやさしい声で、なぐさめるように言った。慎太郎の緊張がとたんにゆるんだ。彼女は続けた。

「それに、慎太郎さんにとっては、平野を名乗るよりも、工藤慎太郎でよかったのではないか、そう思っているんです。中学卒業したばかりのわたしが、ここまで育てられる自信は、正直言ってありません」

「仮にそうだとしても、わたしのした行為は許されないこと」

「問題は結果ですから、そのことはもういいんです。それよりも、わたくしたちの結婚を、許していただく

わけにはいかないでしょうか」

「しかしそれは……親子とわかっていながらなぜに？」

母が許されざる関係に言及した。代わって慎太郎が答える。

「どうしても裕子さんと、一緒の生活がしたいんだ。親子としては、とても無理な話だろう。けど、ぼくたちは法律上ではまったくの他人なのだから、結婚すれば一緒に暮らせる。愛し合うことがたとえ倫理に反しても、ぼくにはあともどりはできない。だから、強引にプロポーズしたんだ」

「破天荒この上もないことだわね」

母があきれ気味に言う。

慎太郎は、このことについては、彼が裕子を押し切ったかたちなので、けして彼女を悪者にしてはいけない、と思う。

「じつは……」と裕子が気恥ずかしそうに口を挟んだ。「今、わたしのおなかには、慎太郎さんの子どもが宿されているんです」

「ええっ？」と母の顔がくもり、それが深い嘆きの表情に変わった。

「そういうことなんだよ」慎太郎が言った。

「何か月目に？」母が裕子に問う。

「もうすぐ三か月目に入ります」

「産むおつもり？」

「そういたします」

「このひとから相談があったとき、ぼくははっきりと言ったんだ。どんな子どもが生まれようとも、力を合わせて一緒に育てようって」

　慎太郎は母を切り崩す最後のひと押しに、熱を入れた。

　母は、何も言わずに食堂に入った。やがて、三人分の日本茶を用意して席につく。その茶碗を差し出しながら、母が言った。

「世の中には、信じられないことも起きるものなのね」

　彼女は、二人の結婚を認めるとは言えないのだろう。が、その言葉の裏には、暗に、こうなった以上もうどうすることもできない、そう言っているようだった。

　だいぶ時間もたち、庭には夕暮《せきぼ》の景色が描き出されていた。裕子が腕時計に眼をやったとき、母が言った。

「裕子さん、よろしかったら夕食一緒にしていらっしゃいな。ぜんぜん知らない仲でもなし」

「でも、あまりながくお邪魔しても……」

「そんなこと気になさらないで。どうせ、帰ってから、一人で食事なさるんでしょ?」

「はい、そうですけど」

「だったら遠慮なさらないで。一緒に食べましょ」

　裕子は慎太郎を見た。彼がうなずく。

「それではお言葉に甘えて」

「じゃあ、さてと、何がいいかしらね。慎太郎、あなた何が食べたい?」

「ぼくはなんでもいいよ」

「そう。それではあまり時間のかかるのはやめにして、すき焼きにでもしましょうかね」

「うん、それでいいよ」

返事をした慎太郎に、母が言う。

「あなた、カドヤで材料買ってきて。必要なものメモするから」

母が食堂のテーブルで、何やら書き出しはじめた。

「わたしも一緒に行きます」裕子が母に声をかける。

「裕子さんはここにいらして。女同士で、少しお話ししましょう」

裕子は、なんとなく母の気持が読めた。慎太郎を買い物に出し、一対一で対決するつもりなのだろう。一時の気持の昂りは鎮まったとはいえ、彼女のおなかの中では、まだ、熱い湯が煮えたぎっているにちがいない。慎太郎が出かけたあと、母は調理台に向かった。

「何かお手伝いいたしましょうか」裕子は母の背中にたずねる。

「有る材料を切って、割り下を作るだけだから、あなたそこにお掛けになって」

母が、食堂椅子に手を向けた。ダイニングキッチンになっているので、調理台で仕事をしながらでも話はできる。

「このたびはいろいろご迷惑をおかけして、申しわけありません」

裕子は母の背に頭を下げた。

「ほんとに驚いたわ。子どもだとばかり思っていた慎太郎が、会わせたいひとがいるって連れてきた女性が、なんと裕子さん。それも結婚まで約束して」

「すみません、とつぜんで」

「あなたはもう、過去のひととばかり思っていたのに」

「上京して十二年、一度引っ越しはしましたが、ずうっと大森住まいです」

「同じ函館から、広い東京の同じ地域に引っ越して来る。奇遇と言うより、なにやら因縁めいているわね」

「赤い糸が引き寄せたのでしょうか」

「そうかもしれないわね。でも途中で、その糸がこんがらがって、結婚するハメになってしまった」

「運命が、余分ないたずらをしてしまったんです」

「それにしても十八で結婚とはねえ。あの子、たまに学校友達の女の子から、電話がかかって来てたようだけど、それほど深いつき合いでもなさそうで、本格的な恋愛は、まだ先の話とばかり思っていたのに」

裕子はためらった、例の年上の女のことを口にすべきかどうか。告げ口はいやだったが、初《うぶ》な慎太郎の童貞を自分が奪って狂わせた、と思われるのも心外だった。

「彼、わたしに言いましたよ。以前つき合っていた女性がいたことを」

「ほんと？　いつごろかしら」

母は調理の手を休めてこちらを向いた。

「高校一年のころだそうです」

「あらいやだ。わたしぜんぜん気がつかなかった。ね、裕子さんもっと教えて」

彼女はテーブルを挟んで、裕子の正面に腰を掛ける。

「でも、喋っちゃっていいのかしら……」

「いいの、いいの。さんざんうそをついてきたあいつ、とっちめてやるから」

「それはいけません、お母さま」

裕子は、お母さまと呼びかけることにくすぐったさをおぼえた。まだ正式に結婚の許しが出たわけでもないのに、と思ったが、ほかに言葉が見つからなかった。

「すみません、お母さまなんて気安く口にして」

「かまわないわよ。それで、その相手はどんな女の子？」

「直接見たわけではありませんので、くわしいことは知りませんが、水泳部のコーチとして来ていた高校OBの大学生とのことです」

「あ、なんとか亜希っていう子ね、きっと」

「ええ、五十嵐亜希さんとか。大学卒業してすぐにアメリカに留学したそうです」

「絵ハガキが来てた。そう。で？　かなり進んだ関係になっていたのかしら」

「ええ、かなり」

「もうっ、あいつ涼しい顔して、よくやるわ。その次が裕子さんってわけね」

「と、思いますが」

母は立ち上がって、やり残しの仕事をはじめた。

「親の知らないところで、子どもはどんどん成長していくってことね」

まな板の上で人参を切りながら、母が言う。

「あの年頃は、からだも心も成長が早いんじゃないでしょうか」

裕子もつい彼の母につられて、母親の立場になっていた。

「そうね、気がついたらもう大人。おまけに孫のお土産つきで」

「すみません、わたしがうかつだったばかりに」

「ま、出来たものは仕方がないでしょ。命は大切にしないとね」

母には、昔この世に生を成さなかった子のことが、頭にあるのだろう。

「ところで裕子さん」

人参を切り終え、ふたたび裕子の前に腰を下ろした母が、言った。

「あなた方の結婚を祝福するというわけにはいきませんが、流れを止めることはできないでしょう」

「ありがとうございます」裕子は頭を下げた。

「結婚を黙認すること、慎太郎にはしばらく内緒にしておいてね。あれにはまだいろいろ話があるから。それとひとつだけ条件があるんです」

「はい、なんでもうけたまわります」

母が結婚と出産さえ容認してくれれば、裕子はどんな条件でも受け入れるつもりだった。

「条件というより、わたしから裕子さんへのお願いなの」

「はい、どんなことでしょう」

「慎太郎があなたと世帯をもつようになると、あの子はもう他人になってしまうんじゃないかと、ちょっと不安なの。だって実の親子ではないから、あなたのもとに行ってしまったら、それで縁が切れるんじゃないかと……」

「そんなことはありませんよ。あくまで慎太郎さんはお母さまの子ども。そしてわたしは彼の妻」

「そう、ありがとう。で、お願いなんですけど、同居してくれとは言いません。でも、せめて一か月か二か月に一度は、泊まりがけで、慎太郎をこの家によこしていただきたいんです」

裕子には、母美代子の気持が、痛いほど分かった。結婚すれば、実の母であり、妻である裕子と慎太郎の絆は、いっそう深いものになる。その分、美代子と彼の関係は希薄になるのだ。裕子は言った。

「一か月に一晩でも二晩でもかまいません。残りの日数は、わたしが彼を独占することになるんですから」

裕子はそのとき思った。この母は、親としてそして女として、慎太郎を愛しているにちがいないと。


母の美代子とは、成人の日以来、ほとんど会話らしい会話を交わしていなかった。母に対する慎太郎の一時の怨念めいた気持は、結婚を黙認してくれたらしいことで払拭されたが、母のわだかまりは、依然としてくすぶっているようだ。彼は、二人の間に、冷たい風を感じていた。

慎太郎は裕子との新生活を考え、都区内のあまり遠くない私立大学三校五学部に、入学願書を出していた。センター試験が終わり、彼はある程度の手応えを感じた。おそらく、浪人はしなくてすむだろう。が、ほっとしたのもつかの間、その夜、鬱積していた母の不満が、怒りとなって爆発した。

慎太郎は、センター試験の出来を母に報告した。母は「そう」と無愛想に言っただけで、食卓を立つ。そのまま背を向けて洗いものをはじめた。

「もう少し喜んでくれてもいいじゃないか」

慎太郎は、母の背に向けてなげやりに言った。

しばらく無言で、皿や茶碗を荒々しく音を立てて洗っていた母が、振りむいた。

「なによ、勝手なことばかりして。喜んでくれですって？　わたしはちっとも嬉しくはないわよ」

「そんな言い方はないだろう？」

母は乱暴に手をふくと、つかつかと歩み寄り、彼の正面の椅子に座った。

「思ってることを、はっきりと言わせてもらうわよ」

「いいよ」

そう答える慎太郎の声は、あきらかに腰が引けていた。母の語気の強さに、圧倒されただけではなかった。その眼に、光るものが溜っていたからでもあった。

「あなたも勝手なら、あの女《ひと》も勝手よ。自分は産んだだけで、何ひとつしなかった。五か月間オッパイはやりに来たけど、それはアルバイト。ここまで苦労して育てたのは、誰だかわかってるのかしらね。肉体《からだ》の魅力であんたをたぶらかし、あんたが十八歳になったら、あとはわたしが引き受けます。あの女《ひと》の考え、虫がよすぎるわよ」

「裕子さんはそんな女じゃないよ。母子《おやこ》だとわかってから、あのひとはぼくと距離を置こうとした。結婚の申し出も断った」

「そんなのおかしいじゃないの。距離を置いてて、どうして赤ちゃんが出来たのよ」

「ぼくの熱意に根負けしたんだよ。実の親子なのに、どうして一緒の生活ができないんだって、何度もぼくが迫ったから」

「だからといって、肉体《からだ》の関係を復活させるなんて、まともな人間のすることじゃないわよ。親と子、男と女の関係を混同してるじゃないの」

「ぼくは自分でもどうしようもないほど、あのひとを愛してるんだ。一緒の生活がしたいんだよ。それには結婚という手段をとるより、ほかに方法がないじゃないか。それとも、駆け落ちでもしろって言うのか？」

「その方がまだ可愛気があるわよ。堂々と結婚するなんて、あまりにもしたたか。あんたもあんただけど、裕子さんはもっとその上を行ってる」

「裕子さんは、お母さんが考えているほど、したたかなひとじゃない。優しい心の持ち主だよ。ぼくらの結婚は道徳に反するし、お母さんにも悪い、って何度も口にしたんだ」

「口先ではなんとでも言えるの。だいたい母子の結婚なんて、非常識にもほどがあるわよ」

同じことのむし返しである。許されざる結婚に言及されると、慎太郎には、論理的な反論ができなかった。で、彼は情に訴える作戦に切り替えた。

「裕子さんもぼくも、お母さんが好きなんだよ。いろいろ心配かけてすまないと思ってる。それに、ここまで育ててくれたお母さんには、感謝してるんだよ」

「だからなんなの」

「これからは、お母さんを大事にするよ」

「なに調子のいいこと言ってんのよ、でれでれと裕子さんに鼻の下をながくして。男はね、結婚すると、親のことなんかけろっと忘れてしまう動物なの」

「そりゃないよ」

「それにあのひと、見かけは上品ぶってるけど、本性は、交尾し終わって油断していると、オスを食べてしまうカマキリよ」

「絶対そんな女じゃない、彼女は」

「絶対なんてことは、あり得ないの。のぼせ上がるのもいいかげんにしなさい」

裕子をかばえばかばうほど、母の敵意はむき出しになってくる。結婚しても先が思いやられると、彼の心は重くなった。

それにしても、あの二度目の話し合いのあと、すき焼きを食べながら、彼女は一見なごやかに裕子と話をしていた。あれは夜叉の心境をおし隠し、うわべだけを装っていたのか。

母の悪口と攻撃はまだ続いた。彼女を説得しなければならない立場を忘れて、慎太郎はだんだん熱くなってくる。母に一方的に押しまくられ、彼はこみ上げてくるものを抑えられなかった。

「お母さんだって、ひとのことを言える立場じゃないだろ？」

「それ、どういうこと？」

「ずうっとぼくを、騙《だま》しつづけてきたじゃないか」

「なにを騙したっていうの」

「ほんとうの親子でないことを」

「それは騙したんじゃない。普通の親子だと信じてた方が、あんたにとって幸せだからよ」

「お母さんの独断と偏見だよ」

「よけいなお世話だとあんた言いたいの？　なによ、あんただってうそのつき通し。ほかの女とも関係あったんでしょ？　年上の女にばかり手を出して」

慎太郎はどきりとした。五十嵐亜希とのこと、知っていたのか。

「そんなこと、今の問題と関係ないじゃないか」

「あんたずるいの。そうやって逃げるんだから。あーあ、あのとき、あんたを引き取って、馬鹿みたいに育てるんじゃなかった」

「ぼくが頼んだわけでも、裕子さんが頼んだわけでもないだろ。お母さんが勝手にしたことじゃないか。法を犯したことになるんだよ」

売り言葉に買い言葉だった。慎太郎は言ってはいけない言葉を口にしたと後悔したが、あとの祭りだった。

母が怒りを爆発させた。

「バカヤロー。お前なんか、勝手にどこへでも行っちゃえ」

ヒステリックに叫んだ母は、卓上のしょうゆ差しや調味料の瓶などを払い落すと、泣きながら崩れ落ちた。膝や手が、床にこぼれた調味料にまみれた。

慎太郎は母の肩に手を掛け、感情を抑えた声で言った。

「お母さん、ちょっと落ちついてくれよ」

母の怒りはまだ治まらなかった。

「赤の他人を、お母さんなんて呼ばないで」

母は溢れ出る眼の下のものを払いながら、トイレに駆け込んだ。

慎太郎は背中に冷や水を浴びせられた思いで、しばらくたたずんでいた。やや血の気が鎮まり、冷静さを取りもどした彼は、母への思いやりよりも先に、このままでは、結婚がだめになるかもしれないと案じた。和解の必要に迫られた彼は、トイレのドアをノックした。

「お母さん、ぼくがちょっと言いすぎた。あやまるよ」

返事がなかった。も一度ドアを小さく叩く。

「ごめん」

そう言い残して、慎太郎は食堂にもどり、欠けた容器や、散乱した調味料の片づけをはじめた。

わだかまりを胸に溜めたまま、母との冷戦状態は続いた。母は陽気な反面、依怙地《いこじ》なところがあった。その頑固な母の気持がほぐれるには、しばらく時間がかかるだろう。これ以上事を荒立てないためにも、冷却期間を置いて様子を見よう、と慎太郎は考えた。

あくまで母が反対したならば、そのときはそのときである。この家を出て、裕子と二十歳まで同棲し、成人となった暁には、正式に結婚する。姓は平野とすれば、元の鞘《さや》に納まったことになる。子として平野を名乗るのか、夫として名乗るのか、あるいはその両方を兼ねるのもいい。工藤なんて、どうせ血の繋がりのない父の姓、今さらどうでもいいのだ。


母との言い争いがあってから四日後のことである。夕食を終え、夕刊を広げていた慎太郎の前に、母が座った。お茶を一口飲んだあとで、彼女はぽつりと言った。

「あんたたち、結婚式はどうするつもり？」

慎太郎はおやっと思った。次に嬉しさがこみ上げてきた。母は、裕子との結婚を、反対はしないということなのだろうか。

「まだ具体的には話し合っていない。たぶん式は挙げないと思う」

「いけないわね、それは」母がまたぽつりと言った。

「結婚式挙げるかどうか、近いうちに相談してみる。ぼくが十八歳になる三月二十五日には、婚姻届を出そうと考えているんだけど」

「あんたたちのんきね。人生の門出《かどで》のけじめ、式はささやかでも、きちんと挙げるべきよ。それに結婚すれば、一緒に生活するんでしょ、どこに住むかも決めなければいけないの。それともあんた、裕子さんのところに転がり込むつもり？」

「あ、それもまだ決めていない」

「しっかりしなきゃだめじゃないの。結婚するには、その前に結納《ゆいのう》もすませなければならないし」

「どんなことするの？　結納って」

母の説明を受けた慎太郎は、早速裕子に電話を入れる。母と喧嘩をしたことも話したが、裕子はたいした驚きは示さなかった。ただ結納に関しては、三日後の日曜日に母とそちらに行きたいと言うと、

「ええ？　ずいぶん急な話ね。こまったな、美容院にも行かなければならないし、部屋の掃除もしなくてはならないわ」と、彼女はとまどっていた。

「そんなことどうでもいいじゃないか。せっかくお袋がその気になったんだから、日曜日、用事がないんだったらそうしようよ」

気が重そうだった裕子も、内容を説明しているうちに乗ってきて、最後は「よろしくお願いします」とかしこまって言った。


一月二十六日の日曜日は大安だった。簡略化したものではあるが、結納の儀式が終わり、三人は、裕子の手料理で昼食をとった。母が、フランス料理ふうの味のよさをさかんに褒めた。

慎太郎は、打ち合わせしなければならないことがいっぱいあるからと、裕子の部屋に残り、母は先に帰る。

「明日から結婚式場さがしか。なんとなく照れちゃうなあ、十五も年下のあなたと式に臨むなんて」

キスのあとで裕子が言った。

「いいじゃないか。今そういうのが流行《はやり》なんだから」

「姉《あね》さん女房じゃなく、母親女房か」

「その通りだもん。でも、ぼくにはその方がありがたいね」

紆余曲折はあったものの、母の了解のもとで、裕子との結婚が現実のものとなった。慎太郎は、重い肩の荷を下ろした気分である。

「お風呂沸いてる？　一緒に入ろうよ」と彼が言うと、

「あなたもうすぐ受験でしょ？　のんびりしてちゃだめよ」

裕子が母親みたいな口のきき方をする。

「たまに発散しないと、脳によくないんだよ」

「そう。男の子って不思議なのね。仕方がない、湯かげん見てくるか」

にやにやしながら、彼女は浴室に向かった。


四週間ぶりである。裕子がドアの外で服を脱ぐ気配を示しただけで、浴槽の慎太郎は、たちまち漲りを露にした。

互いに体を洗い合っているうちに、彼はがまんしきれなくなった。裸身を抱き合い、狂おしくキスを貪る。そして、浴槽の縁に両手を着いた裕子の背後から、体を繋げた。彼女の肉体も、久しぶりの愛に濡れそぼっていた。摩擦の行為をくりかえしながら、両の乳房を揉むと、彼女は身をくねらせながら悶えた。

二人は同じ血を分けているからなのか、心身ともに波長が合った。こちらが求めたいと望んでいると、相手も同じ気持になっている。そして、今までかなりの回数体を交えているが、二人は必ずほぼ同時に、クライマックスを迎えていた。

シャワーを浴びると、慎太郎は先に浴室を出る。大学受験を直前にひかえているとはいえ、彼はとてもさわやかな気分だった。とうとう、難関のハードルをクリアしたのだ。腰のタオルを取り去ると、ベッドで裸身を伸ばす。そして母に深く感謝した。そこへ裕子が、バスローブ姿で入ってきた。

「あら、まっ裸で寝てる。寒くないの?」

「暖房がきいているし、それにからだが燃えているもの」

そうは言ったものの、彼の繁みの中心部のものは、休憩中だった。それを裕子が笑顔で見ていた。

「何がおかしいの?」慎太郎がたずねる。

「だって慎太郎さんのそれ、立ったり横になったり、いろいろ変化するんですもの」

「それはそうだよ。立ってばかりだと疲れるもの」

裕子が、彼の名をさんづけにした。慎太郎ははじめて聞いたような気がする。慎太郎君が主流だが、セックスの最中には、君を省略することもあった。

裕子はタンスからバスタオルを取り出すと、それを慎太郎に掛けた。それから窓ぎわの三面鏡を前にして、スキンローションを顔や首に塗る。それが終わると、小さな瓶を手にした。その口につけた指を耳朶につける。さらにバスローブの胸元から手を入れ、脇や乳房にもすりつけた。以前、その香水の匂いを彼が褒め、これから、愛し合うときはいつもつけて欲しい、と言ったことがある。背中を向けているのではっきりとは見えないが、彼女の手は、下腹部の方向に移っていた。

椅子に腰掛けたまま、裕子は慎太郎に体を向けて言った。

「ほっとした気分だわ。あなたの家に初めて伺ったとき、お母さま、かなり手ごわい感じだと思ったけど、意外とさばけていらっしゃるのね。それに決断と実行が早いわ。まさか、こんなに早く結納をすませるなんて、考えてもみなかった」

「これでぼくらはれっきとした婚約者。そして三月の末には、正式の夫婦になれる」

「なんだか不思議な気持。だって十七年前はあなたの乳母《うば》役。そして再会して恋人同士になり、次は実の母親と息子の間柄。あげくの果てには婚約者」

「ぼくの望みが叶えられたってわけだ。母親としての裕子さんと、恋人、いやそれ以上の婚約者としての裕子さんを、同時に手に入れることに成功したんだから」

「なんとなく、あなたにしてやられたって感じだな」

「処女も奪われたし？」

「そのうえ、心もそっくり奪われてしまった」

「ぼくは大盗人《おおどろぼう》？」

「そ、怪盗ルパン慎太郎。それとも、快さを盗む快盗かな」

裕子は立ち上がると、バスローブを脱いだ。ショーツは着けているもののブラジャーはしていなかった。

さきほどから回復のきざしを見せていた彼の股間のものが、たちまちにして、いななく駻馬の様相を呈した。バスタオルを張り出させている姿は、まるで遊牧民のテントである。

「ちょっと、ドロボーさん起きて、このバスタオル、ベッドに敷くんだから」

そう言うと、彼女はバスタオルをはぎ取った。だが、慎太郎は前を隠すことをせず起き上がると、直立したペニスを裕子の眼に晒しながら、ベッドの横にたたずむ。

「まるで生きものみたい。それに、とても感受性が強いのね」

テントの変化を見ていたのだろう。ベッドの上掛けをめくりながら彼女は言う。

「美しくセクシーなものに対して、ぼくのは素直に反応するんだ」

「じゃあ、ほかのセクシーな女にも反応するのね」

彼女はベッドの中央にバスタオルを敷く。

「さあ、その場になってみないとわからないけど、ぼくも男だから」

「浮気したら承知しないからね」

「ちょん切っちゃう?」

「うーん、どうしようかな。切るのはもったいないから、刺青《いれずみ》しようか。先端の薄皮の部分に『裕子命』なんてね」

「そこは痛いよ」

「それくらいがまんしなさい」

裕子がさあどうぞという仕草で、ベッドに手を向ける。正常なかたちを考えていた慎太郎は、一瞬、?と思ったが、素直にベッドの上で仰向けになった。頭の位置が中央に近かった。で、彼は体をずり上げようとした。

「そのままでいいわ」と彼を制し、裕子が覆いかぶさってきた。だが、婚約者は好色な女神だった。裸身は逆方向となり、おのずと彼の顔の上で、女神の湖が、かぐわしい匂いをふりまくのだった。

第四章　母性

慎太郎の母の強いすすめもあり、裕子は、三月中には結婚式を挙げようと考えていた。正式の夫婦としての生活を、なるべく早くスタートさせたかったし、おなかが目立つようになる前に、ウエディングドレスを着たい気持もあった。

工藤家は片親で、裕子の母は再婚している。それに特殊な事情を秘めた結婚なので、彼女は、親だけの立ち会いで、簡単に挙式するつもりでいた。どこかの教会で式だけ挙げて、ホテルかレストランで食事会でもと考えていたが、慎太郎の母が反対した。

しかし、彼の十八歳の誕生日以降で三月中の土曜日か日曜日となると、二十九日の土曜日の仏滅か、三十日の日曜日の大安しかない。

彼の母は仏滅を嫌った。残るは、三月三十日の日曜日だけだった。結婚式シーズンの大安でもあり、しかもあと二か月しかない。これから式場をさがすのは、とうてい無理だと思われた。

裕子は、浜松町、田町、白金、品川、五反田あたりのホテルや結婚式場を、二十か所近く電話で当たってみた。しかし、どこも予約で埋まっていた。ところが、慎太郎から電話があった。彼の母も電話をかけまくったらしい。なんと、地元の大森駅ビルのTホテルにたまたまキャンセルがあって、三十日の四時から式場が確保できた、とのことである。

裕子は胸を熱くさせながら、甘い感慨に浸った。結納以前は深く考えてもみなかったのだが、それがこのところ、結婚式というけじめをつけなければ、ささいな要因で、夢がこわれてしまいそうな不安をいだきはじめていた。そんな折、式場がきまったとの報に、彼女は天にものぼる気持だった。

「もしもし裕子さん、どうかしたの？」

胸を詰まらせていた裕子に、慎太郎が会話の催促をする。

「ううん、なんでもない。嬉しくてつい……」

「これでなにもかもうまく行った」

「あとは、あなたの大学合格を祈るばかりね」

「うん、がんばるよ。きみだって浪人生を夫に持つのはカッコ悪いだろうし、だいいち新婚生活が暗いものになっちゃう」

「そうよ。蜂蜜みたいに甘い家庭を作るんだから」

「ああ、逢いたくなった。これからそっちへ行きたいな」

受話器の向こうで、慎太郎が溜息まじりに甘えた。若い彼の肉の欲求を、裕子は理解できた。自分もそうなのだからと。だが、今は大事なときである。

「だめよ、もう九時でしょ。それに最後の追い込みなのに、女にのぼせていてはだめ」

「女じゃなくて、婚約者にのぼせているの」

「わたしだって、逢ってあなたに抱かれたい。でも、あなたが大学に合格するまでは、じっとがまんしてる。だから、あなたもがまんして、ラストスパートをかけなさい。もし浪人するようなことになったら、結婚はしても、エッチはお預けだからね」

「そんな……」

「いやでしょ？」

「あたりまえじゃないか」

「だったらがんばって。あと三週間たらずのしんぼうじゃないの」

受話器を置いたあと、裕子は眼を閉じ、せつない吐息をついた。

裕子のつわりは割合に軽く、期間も短かったので、妊娠を会社の同僚にさとられることはなかった。出産となると当然知れわたるだろうが、今は隠しておきたかった。

ただし、結城未央だけには秘密厳守を条件に、十五歳年下の青年との結婚、そしてすでに妊娠していることをうち明けた。

浜松町駅前にある貿易センタービルのレストランで、食事をとりながら、その話を切り出した。未央は大げさな身振りを混じえて、驚きの表情を作る。

「裏切り者」

「ごめん、今まで内緒にしといて」

「内緒じゃないでしょ。うそばっかりついて。いつだったか、あなたのせいで、男、嫌いになった、なんて言っといて」

「そんなこと言った?」

「あら、おとぼけがお上手。あれたしか、わたしが盲腸炎で入院する前だったと思うわ。そうそう、あれは車の運転練習で、裕子さんが横浜までハンドル握ったとき。わたしたちの関係、それからずうっとごぶさただもの」

「あのころね。まあ、彼とおつき合いしてたけど、そのときはまだ……」

「まだ、なによ」

「確実には結ばれていなかった。そうなったのは、それから間もなくだけど」

「ん？　ちょっと待って……さては先輩、下呂温泉と高山の旅行、彼と行ったな」

「ごめん、うそついて」

「まったくぅ。お淑やかなお嬢さまは、見かけによらぬ悪女《わる》なのね。わたしには平気でうそをつくし、十五も年下の男の子を色目を使って手なずける。猥褻《わいせつ》な行為にいたったのは、その子が高校二年のときでしょ？　それって、未成年者保護条例とかで処罰されるわよ」

「ちがうわよ、そんなんじゃないわ。お互いに愛し合っていたの。それに何度もあなたにうち明けようと思ったんだけど、年の差のこともあって、どうしても言えなかった。それが、彼のプロポーズという思いもかけない事態に発展したものだから」

「驚いた、驚いた。用意のいいことには、おなかに赤ちゃんまで宿したりして。こういうのを、まさに晴天のへきえきって言うのよね」

「青天の霹靂《へきれき》――」

「うん、それ。でも、ま、うそをついてたこと、赤ちゃんに免じて許してやるか。だけど、先輩とわたしの仲は不変よ。今は大事なからだだから、当分見守ってあげるけど、赤ちゃん生まれたら、またそのうちにね」

「え？　うん、そうね。ところで、あなたたちは？　結婚」

「まだ当分先の話ね。それに、わたしたちはちゃんと予防してますからね、誰かさんとちがって。それとも出来ることを計算に入れてたのかしら。ほら、そろそろ丸高になっちゃうでしょ。同時に結婚も手に入れるチャンスだと」

「もうっ、冗談言わないでよ。間違えちゃったの。完全な計算ミス」

「会社ではまずミスのない先輩なのに。そうとう熱くなってて冷静な判断力がなくなってた、ってわけかな」

「ま、そういうことかしらね」

裕子は頬に熱さを感じた。未央がデザートのシャーベットを食べ終え、ふたたび追及する。

「で？　そのお坊っちゃまと、どういうきっかけで知り合ったの？」

未央には、ある程度の具体性のある話をしなければならない、と考えていた。

一昨年の四月、朝の電車で見かけた慎太郎が、同年齢の初恋の少年にそっくりだった。何回目かの電車での出会いのあと、話をするきっかけができたのだが、偶然にも同じ函館出身だった。そんなことから交際がはじまった。そのあたりまでは話したが、もちろん彼の出生の秘密については語らなかったし、母乳を与えたことも、話せるはずはなかった。

苦慮の末、裕子はある創作話を用意していた。

「実はね、ただの函館出身じゃなかったの。わたしが高一のとき、彼の家に遊びに行ったことがあったのよ。友達の家が彼の家の隣だったものだから、赤ん坊の泣き声につられて、友達と二人で覗きに行ったってわけ。可愛い赤ちゃんでね、オムツを取り替えてやったこともあったわ。それが彼だったの」

「へえ、そう。これはまた驚き。オムツを替えてやった赤ん坊と結婚するとはねえ」

未央は両のてのひらを上に向けて、西洋人ふうの驚きの身振りをする。

そのことは事実だった。裕子は、慎太郎のオムツを替えてやったことは、何度もあったのだ。

「それに誕生日が同じ三月二十五日なの。そんなことがわかってくると、お互いの距離がすごく近くなった感じで、それで……」

「距離が近づきすぎて、赤ちゃん出来ちゃった」

「もうすこしロマンチックな表現してよ。例えば、因縁めいた赤い糸が、二人を結びつけた、とか」

「ごちそうさま。で？　会社辞めるの？　赤ちゃん生まれたら」

「ううん。彼の家の近くに部屋借りて、子どもが保育園に入れるようになるまで、彼の母親に面倒見てもらうことになると思うの。だから産前産後半年ぐらい休んだら、また会社に復帰するわ」

「裕子さんは、秘書課にとってなくてはならないひとですものね。来年あたり、係長って話もあるくらいだから」

「え？　そんな話、わたし聞いてないよ」

「さる筋からのたしかな情報。それはともかくとして、彼、今年大学入るわけでしょ？　生活大変じゃないの」

「一昨年亡くなった父親の遺産があるから、だいじょうぶ、って彼言うんだけど」

「そう。一応、生活設計は立ててるんだ。がんばってね、陰ながらわたしも応援するから」

未央は裕子の手に、自分の手を重ねた。


慎太郎は受験の追い込みで忙しく、結婚式の媒酌人への挨拶、出席者への案内状の送付、料理や引出物の選定など、裕子は彼の母と話し合って手ぎわよく進めていく。もちろん新婚旅行先や日程も彼はおまかせで、裕子がすべて段取りをつけた。

受験前とはいえ、こういうことには、年下の婚約者はまったく頼りにならないものだと、彼女はつくづく思う。が、それも仕方がないだろう。彼はまだ〈十八歳未満お断り〉の部類なのだから。打ち合わせや衣裳合わせなどで、何度もホテルに足を運ぶあわただしさも、裕子にとっては、けして苦ではなかった。

二月も半ばを過ぎ、二大学四学部の入学試験が終わると、慎太郎はすべてから解放された気分になった。ある程度の手応えは感じていたので、最悪でも浪人はしなくてすみそうだ。残る有名私大の試験は終わってはいないが、こちらは当てにしていないので、どうでもよかった。

ひまになった彼は、住居捜しをはじめる。さいわいなことに、自宅近くにほどよい広さの空室が見つかった。早足で歩けば三分、ゆっくり歩いても四分ちょっとのところだ。鉄筋三階建ての三階にあり、日当たりは上々で、眺めも悪くなかった。

建物自体は古いとのことだが、外壁と廊下は塗装をやり直したばかりだし、六帖二間の和室と、十帖ほどのダイニングキッチン兼リビングのあるその空室は、明日から大々的にリフォームの工事が始まり、和室の一つは洋室に変えると、不動産屋が新しい間取り図をくれた。

さっそく裕子に電話を入れ、その日のうちに内金を納める。

土曜日、あらためて裕子とその部屋を見る。工事はすでに始まっていた。裕子は日当たりのよさと、浴室が気に入ったようだ。ユニットバスではないから、彼女が今住んでいるところより、かなり広い。居合わせたリフォーム業者の説明によると、浴槽はステンレスの大きいものに取り替えるから、大人二人と小さな子ども一人なら、一緒に入れるとのことだ。

「いよいよ、ぼくたち二人の生活が、始まるんだね」

部屋を出た慎太郎は、小躍りしたい嬉しさを抑えて言った。

「お母さまに、心から感謝しなくてはね」

「喧嘩もしたけど、いいお袋だよ」

「でもなんだか悪いわ、甘えていいのかしら」

「いいんだよ、あのひとお金持っているんだから」

結婚のお祝いに、部屋の契約時の費用は、すべて母が出してくれるという。裕子は固辞したが、ついに母は折れなかった。

カーテンやブラインドを、近くの内装店に注文すると、ベッドをダイシンに見に行く。カタログで、二人の意見が一致したダブルベッドが見つかった。かなり高級品だが、裕子は相当額のお金を用意していた。これから毎晩、そのベッドに彼女と寝られるかと思うと、慎太郎の体には、熱いものが湧いてくるのだった。

夕食を外ですませた二人の足は、当然のように、裕子のマンションに向かう。今日、彼女の部屋に泊まることは、母の了解をとりつけていた。もう結納もすませ、しかも妊娠までしている間柄なので、母が反対する理由はなかった。内心は、おそらく面白くないだろうと察しはついたものの、四週間の禁欲生活を余儀なくされていた慎太郎は、できるだけ多くの時間を、裕子と一緒に過ごしたかったのだ。

それに、結婚式の出席者はきまって案内状も出してはいたが、披露宴の席順やスピーチを誰に頼むかなど、ほかに打ち合わせることが山ほどあった。

洗面所で、裕子が歯を磨き終えるのを待って、慎太郎は彼女を抱いた。キスの密度がしだいに深くなり、セーターの下に手をもぐり込ませようとすると、彼女は制した。

「ね、先に打ち合わせをすませてしまいましょう。でないときまりがつかないわ」

しぶしぶ彼は承諾した。途中で買ってきたアイスクリームを食べながら、式や新婚旅行、引っ越しのことなどを話し合う。披露宴の司会は、結城未央に頼むことになった。彼女は喋りが上手なうえ、何度か司会の経験があるそうだ。裕子の引っ越しは、部屋のリフォームの完了を待って、三月半ばの土曜日ときめる。打ち合わせが一段落して、裕子がしみじみと言った。

「あなたと知り合ってから、二年近くがあっという間に過ぎたって感じね」

親子で〈知り合ってから〉は変な気もするが、二人にとっては、新しい出遇いだったのである。慎太郎が感慨深そうに言う。

「不思議な運命だね、ぼくらの仲は。裕子さんが東京に出て来ていたとしても、大森や蒲田、あるいは大井町あたりに住んでいなければ、電車でのめぐり合わせはなかったろうね」

「そうかもしれない。それに最初のとき、わたしが十五分早く家を出ていなければ……」

「十五分早く家を出ていても、同じ車両に乗り合わせなかったなら」

「人生にはそういうことがいっぱいあると思うの。もしあのときああしなかったら、あるいはああしたら、というY字の分岐点は数限りなくあるのよ。その分岐点の一つ一つを右か左に進んで来て、今のわたしたちの人生が成り立っているんだわ」

「その数限りなくある分岐点の一つで、ぼくらは出会った」

「それは偶然ではなく、おそらく運命として」

「赤い糸に導かれて?」

「そう」

もう打ち合わせはすんだ。雑談を切り上げると、慎太郎は裕子に身をすり寄せ、その肩を抱いた。彼女が茶目っけな笑みを浮かべる。空いている右手でしばらく胸を撫で、その手をすべり下ろした。スカートの中にもぐり込んだ手が、太腿に挟みつけられる。

「あなたの手、ほんとにいたずら好きなんだから」

笑みを浮かべたまま、彼女はにらむ。

「じゃあ、いたずらはやめて、そろそろベッドに行こうか」

「あら、寝るにはまだ早いと思うんだけど」

まだ八時を少し過ぎたばかりである。

「眠るには早すぎるよ。でもほら、その前にすることがあるじゃない？」

「え？　なにを？」

「アルファベットのＧの次」

「なんのことかしら」裕子はなおもとぼける。

慎太郎は彼女の耳元に口を寄せ、仮名四文字の隠語を囁いた。

「あーら、あなたいやらしい。そんなことするの？」

「え？　そう。世間の夫婦って、いやらしいことしないのかな」

「そうかもね」

「だったら、子どもはどうやって出来るんだろう」

「コウノトリが運んでくるって話よ」

「そうかな……そうだね、きっとそうだよ。コウノトリの頭が、途中でペニスに変身するんだ」

「まあ、エッチなコウノトリ」

腿の力がゆるんだすきをついて、彼の指がパンティーに触れた。溝を作っているあたりが、かなりの湿りを含んでいる。

「行く、ベッドに行く。あ、その前にお風呂入らなきゃ」裕子が身をよじって言った。

「一緒に入る?」

慎太郎の問いかけに、彼女は小首をかしげた。ややあって、ふふっと笑みを浮かべる。

「うん。じゃあ洗いっこしようか。エッチなコウノトリさん」


お湯に体を沈め、彼は裕子を待った。ほどなくして背後のドアが開き、彼女が入ってくる気配がした。

「温まった?」そう言って彼女はしゃがみ、シャワーを浴びる。

交替するため、彼が立ち上がるのに続いて、裕子も立った。艶っぽい裸身と向き合い、それまで水平状態で正面に突き出ていた彼のものが、パワーシャベルのように角度を上げた。それに視線を投げかけた裕子が、くすりと笑いを漏らす。

彼女の体が温まるまで、慎太郎は、浴槽の縁に斜め前向きで腰掛け、話しかける。彼女の眼に、そびえ立つ漲りが、間近にふれていた。

「ぼくたち結婚したら、二人の姓はどうする? ぼくは、工藤でも平野でもかまわないけど」

「もちろん工藤にするわ。そうでないと、お母さんの好意を無にすることになるのよ」

「でも、結婚はあくまで二人の問題。ぼくは平野の方が愉しい気もするんだ」

「なんで?」

「もともと名乗るべき姓だったからさ」

「あ、そういうこと。でもそれはだめよ。親子ではなく、わたしたち、れっきとした夫婦として名乗るんですもの。それに平野なんて姓、どうでもいいの。もともとは行方不明の父の姓なんだし、母は再婚して三田村を名乗っている。だから工藤でいいの。だってわたし、工藤家のお嫁さんになりたいんだもん」

裕子は、語尾の「もん」のアクセントを上げて言った。

やがてお湯から上がった裕子が、まず慎太郎の体の隅々まで洗う。次に彼が、彼女の背中を、そして前を向いた裸身の首から胸を、素手で洗う。てのひらの摩擦を受けた乳首が、しこりのように硬くなった。

「ここにぼくの子が入っているんだね」

おなかを撫で洗いしながら彼が言った。腰のあたりがわずかにふっくらとした程度で、まだ目立った膨み方はしていない。だがあと五か月足らずで、その子はこの世に姿を見せるのだ。十八歳で父親か、と彼はちょっと面はゆい気分になった。

「十八年前には、あなたがここに入ってた。今頃はもう丸九か月になっていたから、かなりしっかりした姿になっていたはずよ」

今は婚約者であるとはいえ、裕子のこの言葉は、考えてみると生々しい。強い欲情感が、彼を熱くさせるのだった。


翌朝、慎太郎はほのかな匂いに誘われ、八時頃目ざめた。窓ぎわに置いてあるアザレアの花の匂いだろうか。それとも、裕子の残り香か。匂いといい、部屋の景色といい、殺風景な自分の部屋とくらべて、いかにも裕子の部屋らしい。几帳面さとともに、女性らしさが随所に見られた。

慎太郎は裸のままで寝ていた。たしか彼女も、同じ姿だった。

妊娠中を危惧したものの、安定期に入っていた昨夜の裕子は、これまでと変わらない燃え上がり方を見せた。洗い合っているうちに、欲情を抑えきれなくなった二人は、立ったままで交わり、狂おしく果てた。浴室を出ると、ホットミルクを飲んだ。短い休憩の後《のち》ベッドに入り、ふたたび彼女は、小さくうめきながら慎太郎を受け入れた。二人は陶酔し、昂揚し、いく度となくめくるめく歓喜に溺れた。やがて満ち足りた二人は、裸身を抱き合って眠りについたのだ。そう、体を繋げたまま。

寝室のドアを開けると、朝食の用意をしているのか、とことことと包丁の音が聞こえた。

〈これ着て下さい〉とメモが添えられ、ベッド脇に移動した鏡台用のスツールの上に、部屋着のトレーナーが、下着とともに置かれていた。下着とトレーナーの間には、薄手のパンストが挟まれていた。

キッチンのハッチから顔をのぞかせて、裕子が声をかけた。

「おはよう。よく眠れた？」

「うん眠れた。朝ごはんの用意？」

「そう。塩ジャケに目玉焼き、ほうれん草のおひたし、納豆、シジミのみそ汁、お新香。それでいい？」

「けっこうですね」

「じゃあ顔を洗ってきて。もうすぐ出来るから」

みその香りが漂ってきた。昨夜の淫蕩とも思える情事の世界にくらべると、家庭的で、すがすがしい朝の空気を感じさせる。

テーブルに料理を並べ終え、裕子がエプロンをはずした。オフホワイトのセーターに、ベージュのパンツ姿がさわやかである。だけれども、体のラインを包んだセーターから、これみよがしに隆起している胸が、すがすがしいその場の雰囲気を、少しばかり乱していた。

「今日も五時四十五分に起きて、体操してから走ってきたの？」

「ううん、妊娠がわかってから、走ってはいないの。そのかわり三キロ早足で歩いているんだけど、今日は、体操もウォーキングもさぼっちゃった」

「こんなにいい天気なのに？」

「寝坊しちゃったのよ。起きたの七時過ぎだったもの」

「そうか。夕べは激しかったからね、お疲れだったんだ」

「もうっ、朝から変なこと言わないの」

「いいんだよ、あれってけっこういい運動になるからね」

「ばか……」

裕子が朝の運動を休んだかわりは、その日の夕方までに、たっぷりと補いがついた。


慎太郎が帰ってしまうと、体の中にぽっかりと穴があいた気分だった。それに、一人でとる夕食は、ことのほかわびしさを感じさせる。

裕子は片づけの手を休め、ここでの生活も残り少なくなった室内を見回しながら、彼と語り、愛し合い、言い争いをした日々を思い起こしていた。彼女の回想は、はるか昔にさかのぼる。萩尾和也との出会い、彼の死、助産院での出産、そして、慎太郎に母乳を与えていた高校一年の頃の自分。

裕子は思う。あのとき、自分が産んだ赤ん坊が、慎太郎の母の手に渡らず、自分の手で育てたとして、果たして、今の慎太郎が存在し得ただろうか。彼女は数度顔を横に振った。今の彼と、同等の青年になる可能性は、ゼロに等しい。生活能力もない未熟な母親に、まともな育て方ができるはずはなかった。食べさせるのが精いっぱいで、世間並みの教育を受けさせることは、まず無理だろう。

裕子自身の〈今〉もなかった。生活のために中年男の援助を受けるか、さもなくば、水商売に走っていただろう。男に媚態を晒す母親にさからい、彼は暗い青年となって、裕子のもとから去って行ったにちがいない。それを考えると、現在の慎太郎がたどった道を、正解としなければならなかった。そしてそれが結果として、世間の常識を超えた、最高の状況を作りだしてくれたのである。立派な若者となって裕子の前に姿を現した彼と、その肉体を含めたすべてで愛し合うことができるのだ。それも公認の夫婦として。

未成年の彼を保護する立場の優しい母親は、母性愛にかられて乳房を含ませ、家事好きの聡明な妻は、夜になると淫らな娼婦を演じ、会社に出れば有能な秘書課の社員。そして子どもが生まれれば、その子の賢い母親ともなる。

裕子は、甘ずっぱいうずきをおぼえた。が、その心境はあきらかに神への冒瀆であった。だけれども裕子は、神に対して素直に頭《こうべ》を垂れ、精いっぱいの感謝をしたかった。

新居のめどもついた慎太郎は、受験勉強でなまった体を鍛え直すため、柔軟体操と筋力トレーニング、それに加えてジョギングをはじめた。それは、裕子との愛の体力作りでもあった。初日は一キロしか走れなかったのが、十日後には、三キロまで距離を伸ばすことに成功した。

筋力トレーニングで使用する器具は、二キロの鉄アレイ二個だけで、ほかは腕立て伏せや腹筋運動、股割《またわ》りなど、道具を必要としなかった。その中で変わった運動を一つ取り入れた。床に、膝と、肘から先の手をついた状態で、お尻を上下させるのだ。他人には、絶対見せられない淫らな運動だった。彼はひそかに、愛の運動と名づけていた。もともと、水泳でバタフライをマスターしていたので、十日目には、休まずに六百回まで出来るようになった。

彼は、そんなことばかりに夢中になっていたわけではなかった。祈るような気持で合格発表を見に、白金に行った。受験した二学部とも合格だった。浪人生活は絶対に避けたかった彼は、ほっと胸をなでおろす。ようやく気持に余裕ができた慎太郎は、ほとんど学校に出る必要がなかったので、自分の部屋の整理をかねて、大掃除にとりかかった。処分を必要とするものが次々と出てくる。

「おや、感心だね。結婚後のトレーニングってわけ？」

と、母がひやかし半分に言う。

「立つ鳥あとを濁さず、って言うからな」

慎太郎は手を休めずに言った。

「こちらとしては汚すひとがいなくなるから、掃除洗濯、楽になるわ」

「その分、太るかもしれないぞ」

「よけいなお世話」

母が笑いながらにらみつけた。


自分の部屋の整理だけでは、時間は充分に余った。裕子のマンションのスペアキーを預かると、ハウスクリーニングにとりかかる。

きれい好きな裕子だから、あまり汚れてはいなかったが、出るときの敷金の清算に、違いが出るだろうと、二日間通った。ついでに、彼女の洋服や下着の点検も怠らなかった。以前彼女が言ったことがある。「あなたと初めてキスしたころから、下着に凝るようになっちゃった」その言葉が、頭の隅に残っていた。

あまりあちこち覗かないでね、と言われると、かえって興味が増すものだ。慎太郎は、タンスの上段の抽出しを開けてみた。薄くて悩ましい布地が納められていた。形も色合いも多彩なパンティーは、三、四十枚はありそうだ。その上に、一枚のメモが置かれていた。

——見ちゃったわね。あなたってやっぱりエッチ。でもいいわ、愛する慎太郎君ですもの——

次の抽出しには、これも多彩なブラジャーの数々。その下の抽出しには、ガードル、パンスト、ソックス。さらに次は肌着、スリップ、フィットインナー。その下には、パジャマ、ネグリジェ、バスローブ。まさにランジェリーのオンパレードである。それらが裕子らしく、きちんと整理されていた。

悩ましい気分にうずきをおぼえながら、やはり女性は〈美〉だと、彼は思う。もう一度最上段の抽出しを開ける。メモ紙を取り上げ、彼は、余白にこう書き加えた。—美しい女神《つま》の悩ましい装いは、男《おっと》の活力の源《もと》。今後ともよろしく—

二月の下旬、世田谷に一、二年のキャンパスがある大学の、二つの学部のうち、商学部に合格した。白金の方の大学より、通学にやや遠くなるが、レベルも知名度も高いこの大学の学生になることを、彼はきめた。いよいよ新しい人生のスタートである。これで、裕子の夫としての体面は保てる。夜まで待ちきれなかった彼が、大学構内から電話で報《しら》せた。母も裕子も心から喜んでくれた。その夜裕子を招待して、母が、合格祝いの料理を作ってくれた。

おなかにまだ目立った変化が現れていない裕子は、今風のコーヒーブラウンのジャケットに、ぴったりとした黒のパンツルックで訪問した。ジャケットの下は、アイボリーホワイトのハイネックのセーター。その胸には細い金のネックレス。耳には小粒の真珠のピアス。そして左手の中指には、ダイヤの婚約指輪が輝いていた。

「まあ、すてき。まるで宝塚の女優みたい」上下に眼を移しながらの母の褒め言葉に、

「お母さん、いくらなんでも、それは褒めすぎですよ」照れながら、裕子は言う。

「いいえ、ほんとにそう思うわ。きれいよ」

「褒め殺しかもしれないぞ」慎太郎が茶々を入れる。

食卓に料理が並び、ビールで乾杯したあと裕子が言った。

「お母さま、結婚式のことや新しい住居《すまい》、それに今日もいろいろお気をつかっていただいて、ありがとうございます。なんてお礼を言っていいのか……」

裕子は、眼に潤むものをおぼえた。

「いいのよ、わたしが好きでやっていることだから」

「それに、慎太郎さんには、わたしの部屋のハウスクリーニングまでしていただいて」

「あらそうなの。うちでは何もしない子が、よくやるわね」

「何もしないって？　こないだ、部屋の大掃除やったじゃないか」

慎太郎は声を大きくした。

「それは自分の部屋だもん、当然でしょ。これからはあんた、がんばんなきゃだめよ。裕子さんは、赤ちゃんをおなかにかかえて働いているんだから、家のことはなんでもしなさい」

「子ども、早く作りすぎたかな」

「今さらそんなこと言ったって、もう手遅れ。夢中になるのもほどほどにしないから」

裕子は耳が痛かった。

「すみません。わたしのうっかりで、こんなことになってしまって」

「とにかく、生まれてくる子を丈夫に育てること。それと、これからあぶないときは、ちゃんと予防なさい」

「わかったよ。気をつけるよ」

うんざりした表情をわざとらしく作って、慎太郎が言った。なんと言われても、裕子には弁解の余地はなかった。ただ、生まれてくる子のために、彼女はそれなりに気をつかっていた。煙草はやめていたし、アルコールも、ビールをコップ一杯にとどめていた。その代わり、カルシウムを補うために、牛乳は毎日五百ミリリットル飲んでいた。

母は上機嫌だった。複雑な心境を内に秘めて、明るく装っているのかもしれないが、ビールの勢いも手伝って、口はなめらかだった。この家を初めて訪問したときは、厳しい母親と思ったのだが、この分だと、うまくやっていけそうな気がした。

「裕子さんは、昔の面影残ってはいるけど、こんなに美人になるなんて、思いもよらなかった。そうね、絶世の美貌の持ち主と言うより、美しいひと、って言い方があてはまるわね。とにかく美人だわ」

「とんでもありません。わたしなんか、どこにでもいる普通の女です」

「いや、ぜったいに美人だよ」

彼はそう言ったあと、母の方に顔を向け、

「それに頭もいいんだ。本はよく読むし、英語はぺらぺらだし」

「そんな。慎太郎さんかいかぶりよ」

裕子は嬉しさを隠し、手振りを混じえて慎太郎をとがめる。

「そう、英語が達者なの。どこで覚えたの？」

「高校を卒業して、今の会社の函館営業所に入社したんですが、所長にすすめられて、英会話スクールに通ったんです。東京に来てからも二年間行きましたし、外国人の奥さんと友達になったりもしたものですから」

「会社の役員室に外人が来ると、彼女が通訳するんだって」慎太郎が言う。

「ほう、それはたいしたものね。あなた、裕子さんに家庭教師やってもらいなさい。ちゃんと月謝払って」

「それもいいね」

「美人で頭がよくて、そのうえプロポーションは抜群。しかも料理が上手ときては、言うことないわね。しがない学生の奥さんには、どう考えてももったいない」

母が慎太郎を見やり、にやにやとする。だが彼には、この母には分からないすばらしい魅力があることを、裕子は、もちろん口にしなかった。


卒業式がすみ、慎太郎はようやく高校生の身分から解放された。これからは、青年として裕子や母に対処できる。そう思うと、一人前とはいかないまでも、やはり、大人になった気分だった。

三月十日、予定どおり新居のリフォーム工事が終わり、不動産屋から、玄関の鍵が二つ渡された。ハウスクリーニングは一応されていたが、慎太郎は母と二人で、仕上げの掃除をする。キッチンのタイル目地に黄ばみや黒ずみがあったので、彼は筆で白ペンキを塗り込み、母はパートを終えた午後、ドアの把手や水道の蛇口、洗面台のパイプなど、金属部分をクレンザーで磨き、ガラスクリーナーで光らせた。そのほか目につく汚れを落とし、まる二日がかりで、新築のような部屋に仕上げた。

「これが、あんたたち新婚さんの部屋か」

手を洗い終えた母が、部屋を見回しながら言った。

「自分が結婚するなんて、ぜんぜん実感が湧かないな」

「そりゃあそうよ。あんたまだ十七歳だもんね」

その夜、久しぶりに母と外食した。彼女は笑顔で話してはいたが、ふとした折に、寂しげな表情を垣間見《かいま》せる。そんな母に視線を投げながら、慎太郎は自分の身勝手さを、素直に反省する気持になった。同時に、その気持の中には、甘ずっぱさを含んだ性愛の情も、少なからずあった。


風呂上がりの母が、ダイニングチェアに腰掛け、首や肩をひくひくとさせていた。

「どうしたの？　肩凝った？」

「ちょっとね、肩とか腕が……」

「今日はありがとう。お礼に肩揉んでやるよ」

ちょっと照れくさかったが、彼は母の背後に立ち、頭のマッサージからはじめた。理髪店でやってくれるのを思い出し、後頭部を、両のてのひらの横でことことと叩き、こめかみに親指を当てて、強く押す。そのあとで、首のうしろや肩、両腕を叩き、さらに揉みほぐすようなマッサージを施す。

「あんた変わったね。近頃やさしくなった」

気持よさそうな表情で母が言う。

「結婚するとなると、大人にならなきゃならないからな」

椅子に、横向きに母を腰掛けさせると、しゃがんで、背中から腰を同じように叩く。

「いい気持だわ、もっと早く、こんなマッサージしてくれればよかったのにね」

最後にもう一度、肩や腕を揉みほぐしてやった。母はいかにも気持よさそうだった。


三日後のことである。慎太郎は、裕子が作ったベランダのミニガーデンを、母の運転で二度に分けて運ぶ。夕方、裕子が帰宅してから、引っ越しのための荷造りを手伝った。夕食は鮨の出前ですませた。家に帰ると、彼は感謝の気持に素直に従い、風呂上がりの母を、照れることなくマッサージしてやる。肩を叩き終えたところで母が言った。

「お願いしてもいいかな」

「何を？」

「腰を揉んでもらいたいの。三階まで植木鉢やブロック運び上げると、腰にくるわね」

「いいよ。じゃあソファーに横になって」

ガウン姿の母を居間のソファーにうつ伏せにさせ、足をまたぐ。その上に軽く尻を乗せた恰好で、指圧をはじめた。背中から腰へと順にツボをさぐりながら、指で押す。母が小さくうめいた。体重をかけ、さらに強く指圧する。

「痛いけどきくわ。そこ、もっとやって」

母の要請に、慎太郎は応えた。ツボの部分を強く押し続ける。

「おお、きくきく。そこきく……」母が低くうめきながら言った。

三月半ばの土曜日、裕子の引っ越しが終わり、ようやく新居の生活空間が出来上がった。慎太郎と母、そして結城未央が帰ったあと、裕子は部屋を見回す。いくばくかの不安は残るものの、新生活へのスタートに、まずはほっとした気分だった。その翌朝のことである。家財の整理で昨夜遅かった彼女は、三十分ほど寝坊して、鶯の鳴き声に目覚めた。

三月の末頃と慎太郎から聞いていたが、暖冬のせいか、少し早いようだ。まだ本調子ではなく、ホーがわずかしか出なくて、ケキョ、ケキョと聞こえる。そっと窓を開けて、鳴き声に耳を傾ける。姿を見ることはできないが、晴れわたった、ひんやりとした空気に響く鶯の声は、すがすがしい。

六時半にはまだなっていなかった。気分をよくした裕子は、久しぶりに、トレーニングウエアを身に着けた。引っ越しの準備などで、朝の体操はやるものの、一週間ほど、ウォーキングをなまけていた。十分間のストレッチ運動のあと、ジョギングシューズをはく。

山王を歩くのは初めてなので、まだコースは定まっていない。鶯の声を時折耳にしながら、住宅地の比較的広い道を、二十分ほど歩く。つい先日まで住んでいた大森北とちがい、山王の高台の一帯は、閑静な住宅地だった。

新居への帰り道で、彼はまだベッドの中だろうと考えながら、家の前に差しかかった。ちょうど母が、道路の塀ぎわを掃除しているところだった。

「おはようございます」裕子は明るく声をかけた。

「あら裕子さん、日曜だというのにお早いのね。ウォーキング?」

「はい。ここのところ忙しくて、一週間ほどなまけていたんですけど。山王はいいですね、静かで。朝歩くにはもってこいです」

「そうね。でもあなたのご亭主、まだおねんね。あと二時間は起きないわね」

「若者には睡眠が大事だとかなんとか、変な理屈をつけてるんじゃないですか？」

「そうよ。早起きしていると年寄り扱いするんだから、あいつ」

「わたしにもそんなこと言いました」

「ちょっと甘やかしすぎたかしらね。これからは裕子さん、躾の方よろしくね」

「はい、きびしくやります」

おかしな会話である。だが裕子には、義母《はは》の、権利譲渡ともとれる言い方が、愉しかった。


裕子と慎太郎の誕生日は、同じ三月二十五日である。平日だったので、裕子の帰りを待ち、義母《はは》が手作りの料理で祝ってくれた。

その日の朝、慎太郎が、区役所の出張所に婚姻届を出していた。戸籍の住所は、義母のすすめにより、マンションではなく、工藤の家にした。裕子の勤務先への住所変更は、新居の方で出している。

バースデーケーキの大一本と小八本のローソクの火を、まず慎太郎が消し、続いて大三本、小三本の火を裕子が消す。シャンパンで乾杯したあと、母が、誕生祝いの包みを、二人の前に差し出した。

それは、この家の新しい表札だった。横書きになっており、工藤美代子に続いて裕子の名が、その下に慎太郎となっていた。

「そのうちに、この家建て直そうと考えているの。そしたら、皆で一緒に住みましょう」

結婚した自分たちが、新居で戸籍を作るとなると、母はますます寂しい心境になるだろう。それを考え、形の上では工藤家への入籍としたのだが、母の言葉に裕子はとまどった。

「ご一緒に生活できるのは嬉しいんですが、この表札はこまります。わたしの名前は一番下でないと」

「いいの、いいの。裕子さんはこの家の嫁という立場ではなく、同等の家族として工藤姓を名乗るんだから。そうなると、年の順ってことになるわね」

「でも、それでは……」

新居の方は郵便受けに、横書きで、工藤慎太郎・裕子とした紙を、今朝入れた。

「ぼくも賛成だね、年の順。考えてみると、お母さんと裕子さんそしてぼく、ちょうど十五歳ずつ離れているんだよね」

「あら、そうだったわね。わたしが四十八で裕子さんが三十三、慎太郎が十八か」

母は裕子と慎太郎の顔を見くらべ、言葉を続けた。

「それにしても裕子さん、やっぱり若いわ。ミニスカートが似合うお嬢さんって感じで、慎太郎とそんなに年の差はないみたいだもの」

裕子は嬉しい反面、面はゆい気分だった。

「お母さんだってお若いですよ。どう見ても、四十前って感じですもの」

「あらどうしましょ、裕子さんお口がうまい」

「そんなことありません。ね、慎太郎さん、お母さん若いわよね」

「うん若いよ。とくにからだは元気だもん。でも四十前に見えるとなると、裕子さんの義理の母親としては、若すぎるんじゃない？」

「いいじゃないの、裕子さんだって十五であなたを産んだんですもの」

禁断の内容を、ごく普通の事柄として平然と口にする母に、裕子は、顔の火照りをおぼえた。

「ところでこれ」と言って、慎太郎が、今日届け出たばかりの婚姻届の謄本を、茶封筒から取り出し、母の前に差し出した。住所は実家になっていた。

東京都大田区山王○丁目○○番○号　氏名工藤慎太郎

婚姻の届出により平成九年三月二十五日　夫婦につき本戸籍編製

斜め下に、「夫　慎太郎」とあり、次頁に、「妻　裕子」と記されている。

それを、帰宅してすぐに彼から見せられた裕子は、少しばかり複雑な心境になったものの、晴れて慎太郎と生活を共にできる喜びと、法律上も工藤姓となり、妻としての確定がなされたことに、胸を熱くさせたのだった。

「おめでとう」そう言う義母の眼に、潤みがあった。

「これまで、いろいろとお心づかいいただいて、ありがとうございます。これからも、どうかよろしくお願いいたします」

裕子は義母に向って、丁重に頭を下げた。

「慎太郎、今日からあなたは、裕子さんの正真正銘の夫。しっかりしなくちゃね」

「はい、じゅうぶん心得てます」わざとらしく殊勝を装って、彼が答える。

「裕子さんのオッパイを、子どもみたいに欲しがってばかりいては、だめよ」

的を射た恥ずかしい母の言葉に、顔を熱くさせながらも、裕子はふき出しそうになった。この母は、どうもはっきりとものを言いすぎる、と思ったものの、どこか憎めないところがあった。十時を少しまわったところで、慎太郎が切り出した。

「今晩から、向こうで生活させてもらいます。いろいろお世話になりました。ながい間、ぼくの面倒見てくれてありがとう」

と、今度は真面目な態度で彼が頭を下げると、母は、口元に微笑とも苦笑ともつかない笑みを浮かべて、

「もう正式な夫婦だもんね、好きにしなさい」と言い、目尻を指先でぬぐった。


いよいよ新生活のはじまりである。玄関先で見送ってくれた母の気持を思う慎太郎の複雑な心境は、新居で、裕子が淹れたコーヒーの香りを嗅いでいるうちに、なごんできた。

「とうとう、結婚にこぎつけたね」

「そうね。最初あなたが言い出したとき、まさかそんなこと、一〇〇パーセント不可能だと思った。でも、目的に向かって努力すれば、できるものなのね」

「これからは、裕子って、呼びすてにしてもいいかな」

「もちろんいいわよ。だってわたし、あなたの妻ですもの」

「ぼくのことも、慎太郎って呼びすてにしてもいいよ、お袋の前でも」

「慎太郎君。慎太郎さん。慎太郎。うーんどれがいいかな、慎太郎君はないわね」

慎太郎はコーヒーを飲み終えると、歯を磨いた。鏡に映った自分に「よくここまでがんばったな」とつぶやく。あのとき、十八歳の誕生日には、婚姻届を出すと裕子に断言したものの、不安はあった。こんなにうまく事が運んだのも、母の妥協と理解があったからなのだ。彼女には、かなりの借りを作ったことになる。

リビング兼ダイニングにもどり、含み笑いを浮かべて彼は言った。

「裕子、きみも歯磨いたら？」

「あら、女房に歯磨かせて、どうするつもり？」

「二人が好きなこと」

「へえー、何かしらね」

「魚も喜ぶこと」

「……あ、わかった。魚偏に喜ぶ？」

「きみ好きだろ？」

「好きよ。天ぷらにはもってこいですもの」

裕子はふふっと笑い、歯を磨きに行く。

舌を吸い合う濃密なキスのあと、夫になりたての彼が、妻の服を脱がせにかかる。つい二日前の日曜日に肌を交えたばかりなのに、裕子は、脱がされるという行為だけでも、たちまちにして昂揚してくるのだ。

彼女はミニスカート一枚にさせられた。慎太郎も上半身裸になり、黒のパンティーストッキング姿で、彼女の前にひざまずく。

パンティーストッキングをはいた若者のひきしまった肉体。視覚的にも刺激され、彼の唇が乳房の肌に触れたとたん、裕子の全身に快感の電流が伝播した。乳首を強く吸われ、もう一方を指でもてあそばれる。

「裕子さんのオッパイを、子どもみたいに欲しがってばかりいては、だめよ」

裕子は昂りを鎮め、母の声色《こわいろ》を真似た。

「じゃあ、甘えん坊の息子はこれくらいにして、夫としての役目を果たそうか」

「その前に、お風呂入る」

「いいよ、このままで」

「だめよ、せっかく沸かしたんですもの。それに今夜は、夫婦としての初めての夜なの」

慎太郎はすぐにでも裕子とひとつになりたかったが、清潔好きの彼女の気持を汲んで浴室に行く。彼が裸になったところで、二人の下着を用意して裕子が入ってきた。

「下着はいらないと思うけど」

「でも、今日は特別な日」

神聖な夜だからと、彼女は考えているのだろう。二人の下着は、共に純白だった。

ステンレスの真新しい浴槽は、二人が向かい合わせで足を伸ばしても、充分余裕があった。これからは毎晩、裕子の裸を眺めながら一緒に入れることが、慎太郎には嬉しい。互いの体を余すところなく洗い合う。しかし、必要以上の戯れはしなかった。

薄化粧を施し、寝室に姿を現した新妻は、美しかった。ブラジャーと一体型の、裾にレースをあしらった純白のキャミソール、その下も純白のショーツといった装いで、

「あなた、そこに立ってて」

と言うと、ダブルベッドの上に正座した。ベッドのシーツも、白に近いアイボリーだった。ベルベットのように起毛し、いかにも肌にやさしく、暖かそうである。

「今日からわたしは、正式にあなたの妻、工藤裕子になりました。末ながく、よろしくお願いします」

両手をつき、ベッドのそばに立っている慎太郎に向かって、彼女は頭を下げた。

「こちらこそよろしく。なんだか照れちゃうな、そんなにかしこまって挨拶されると」

バスタオルは敷かなかった。汚れたら、洗濯すればいいと彼女は言う。

上掛けをめくり、裕子が静かに体を倒す。慎太郎は着ているものを脱ぎ去った。こうして、慎太郎と裕子の、まぎれもない夫婦としての、そして、神への気兼ねもいらない第一夜が、始まった。

まるで宝物を扱う手つきで、彼は妻の身に着けているものをはがす。妊娠五か月目に入ったとはいえ、相変わらず、その裸身は美しい。桃色だった乳暈と乳首が、いくぶんチョコレート色をおびていた。

乳房への口と手の愛撫のあと、慎太郎は神聖な場所に口を移した。愛らしい装いをした合わせめにキスをし、帷を開く。そこは、今日のなり行きに思いをはせてか、濡れそぼり、すでに充血していた。

鋭利な感覚をもつしこりを、舌でいたぶられ、裕子は、甘美な愉悦に身悶えする。昂揚の曲線が、急上昇をしかけたところで交替し、慎太郎をくわえた。力強さが口の中を占領する感触が、裕子はたまらなく好きだった。彼を昂らせることに悦びをおぼえ、少しでも彼が、四肢をこわばらせようものなら、彼女自身も、たちまち桃色の陶酔に包まれるのだ。淫らな行為とは思わなかった。世の中の愛し合うカップルや夫婦の大多数が、セックスの前にはそうするものと、裕子は信じていた。ひとしきりその感触を堪能したあと、彼女は仰向けになる。膝を折り、軽く腿を開いて夫を迎える。

木彫りの細工物かと思えるほどに硬直したものが、肉体を押し拡げて進入してきた。いつものことながら、その瞬間、彼女は、快感の高圧電流に触れたかのような、エクスタシーに陥る。

彼は妊婦の体を思いやり、あまり激しい動きはしなかった。ゆっくりと距離のある摩擦をくりかえす。それなのに裕子は、彼が果てるまでに、我を忘れるほどの恍惚の世界を、何度となくさまようのだった。

ダブルベッドに、二人は裸身を並べて寝ていた。隣の慎太郎は、眠っている様子ではない。裕子は思った。これからは毎晩、彼の体がこのベッドに在る、そして手を延ばせば、いつでも、その肉体に触れることができる。たぶん、これが結婚なのだろう、と。

ふと裕子の脳裏に、義母のことがよぎった。自分たちが今、こうやって快楽の余韻に浸っているとき、義母はどんな思いで、夜を過ごしているのだろうか。同情とともに、彼女は気の咎めをおぼえた。

「ねえあなた、お母さん、あなたに恋をしてるんじゃないかしら」

気にかかっていたことが、裕子の口をついて出た。けげんな顔をして、彼が彼女の方に向きを変える。

「そうかな、そんなことはないだろう?」

裕子も慎太郎と向き合う。

「ううん、わかるわ。愛する女の直感よ」

母性の匂いと、女の色香を兼ねそろえた養母に対して、慎太郎の気持が揺れないはずはないと、裕子は、嫉妬をおぼえたことが何度かあった。

「お母さんに、恋人か、それに近い男性いる?」

「知らない。たぶんいないだろう」

「じゃあやはり、あなたに恋してるわね。お母さん、あなたを見つめる表情に、ときたま潤んだ甘さを見せることがあるし、わたしに対しては、かなりライバル意識があるみたい」

「そりゃあ育ての親として、生みの親への感情的なものはあると思うよ」

「ちがうわ。ひとりの青年をめぐる女対女としての意識よ」

慎太郎は眼を閉じた。しばらく間があったのち、ふたたび眼を開けて彼は言った。

「ある程度は、そういう気持もあるかもしれないけど」

「わたしね、お母さんに負い目を感じてるの。だって、生みの親を名乗り出ると同時に、結婚という途方もない手段で、あなたを奪ってしまったんですもの。その結果、お母さんはひとりぼっちになっちゃったのよ。それに……」

　裕子は言いよどんだ。

「それに、何？」彼が質す。

「つまり、わたしたちが選んだ道は、あきらかに倫理に反するわ。そしてそれを知ってるのは、お母さんだけ。心の底では、わたしを軽蔑していらっしゃるでしょうね」

「そんなことはないと思うよ」

　慎太郎が下腹部をすり寄せ、彼女の腿をそっと撫でる。裕子は出かかろうとする言葉を、なかなか口に出せないでいた。が、ようやく糸口をつかんだ。

「あなたとお母さんに、血の繋がりはない。永年生活を共にしてきた情に加えて、性愛の気持が少しでもあれば、女と男になってもおかしくはないわ。それなのにお母さん、あなたにマッサージしてもらいながら、じっと耐えてる。わたしみたいな背徳の女にならないように」

「マッサージのこと、お袋話したんだ」

「そうよ。最近慎太郎やさしくしてくれるのよ、ってお母さん嬉しそうだった」

　その話を母から聞かされたとき、裕子の心は穏やかではなかった。だが平静を装い「それはいいことですね」と答えたのだった。

　ばつの悪い話がもれたことを、はぐらかすかのように、慎太郎は裕子をまさぐり、次いで体を繋げた。楽な姿勢で向き合う二人の上半身には、距離があった。けれども、漲りを露にした彼のものは、無理に下腹部を密着させなくとも、裕子を充分に占領していた。照れを含んだ顔つきで、彼が言う。

「ぼくらの結婚を認めてくれたそのうえに、式場まで探してくれ、さらに、マンションの入居時の費用まで出してくれたんだから、少しは親孝行しなきゃね」

「お母さんって、芯の強いひとね」

「強がってるだけかもしれない」

「だったら、もっと自分に素直になればいいんじゃない？　お母さんが、自分の気持をさらけ出してくださった方が、わたしの心は救われる」

「ね、裕子、あなたはいったい、何を言おうとしてるの？」

右手で彼女の尻を引き寄せ、左手で乳房を愛撫しながら、慎太郎がゆっくりとしたテンポで体を動かす。内なる肉を押し拡げて、進入と後退をくりかえす硬さの感触に、裕子の肉体には、快感が満ち潮のように寄せてくるのだった。それを表情には出さずに、裕子は、胸のうちに溜っているものを口に出した。

「うしろ指差される思いでいるより、いっそのこと、背徳の愛の共犯者に、お母さんを」

裕子も彼の動きにリズムを合わせる。たちまち、昂りが彼女の全身に広がる。

「まさかきみは、ぼくにお袋を抱けって、言おうとしてるんじゃないだろうね」

「わたしにとっては、そりゃあいやよ。でも、その方が気持の整理はつくと思うの」

「本気でそんなこと考えてるの？」

「セックスの最中《さなか》の、戯言《ざれごと》ではないわ」

「ずいぶんと思いきった発想だね」

慎太郎が体の距離を作り、驚きまじりの複雑な顔で裕子を見つめる。そのため結合が浅くなり、彼はかろうじて裕子の中にあった。

「出産前後、わたしとのセックスができないあなたは、きっと欲求不満に陥ると思う。あなたって、若さに加えて情が深いんですもの。お母さんとの間に、何かが起こるかもしれないと心配して過ごすより、その前に、気持の整理がついた方が楽だわ」

義母を、背徳の共犯者に引きずり込むとの大義名分があれば、裕子には、慎太郎と母の不倫も、容認できるような気がした。

「いいのかな、そんなことになって。いや、まずいよそれは」

「ほんとは嬉しいんでしょ？　あなた」

慎太郎は浅い位置で、おざなりな動きをくりかえしていた。その軽い感覚が、かえって裕子の官能を刺激し、焦《じ》れったさをおぼえた。同時に、彼女の脳裏には、彼と母親の今後のなり行きが思い描かれ、たぎるような欲情感をおぼえた。若い彼に劣らず、自分も性欲の強い女だと内心あきれもしたが、正式な夫婦になったことでもあるし、お互いに好きなことなら、一向に差しつかえはないと、鼻にかかった声で甘える。

「ううん。遊んでないで、もっと真剣にやりなさい。セックスは、愛の修羅場なんだから」

「おなかの赤ちゃん、びっくりするよ。またもや母親ののっぴきならない様子に」

「なによ、のっぴきならない様子って」

「苦しそうなうめき声を出して、いったいどうしたんだろうかって」

「もうっ、しらない。ばか、ばか」

裕子は甘えた仕草で慎太郎の胸を叩いた。慎太郎の動きはまだ遊んでいる。彼が言う。

「Hの次がIで、その次はJ」

「J？　何、それ」

「ジョイフルのJ」

「あら、英語にお強いこと。そう、じゃ、あわたしをもっとジョイフルにさせて」

裕子の求めに、彼は体を繋げたまま、横向きの姿勢から彼女の上に乗る。そしてようやくその気になって、腰を揺らしはじめた。学習効果なのだろうか、慎太郎のテクニックは、しだいに巧妙になってくるようだ。乳首に軽く歯を当て、膨らみに押しつけた顔を、餅をこねる杵のように回す。彼の腰の動きに裕子の腰が同調する。

やがて、彼女をエクスタシーのうねりが襲った。「いきそう」という言葉を口にしようとしたとき、彼は深く入ったまま動きを止めた。上体を浮かし、彼女の表情を観察するかのように見下ろしている。

「ねえ、続けてよう」

義母には負けない性愛の魅力で酔わせてみせると、裕子は悩ましそうな表情を作って、身を揉むのだった。


朝のウォーキングを終えた裕子は、朝食の仕度にとりかかる。頃合を見はからい、新米の夫を起こしに寝室に行く。

「あなた起きて。ほら、鶯が鳴いてるわよ」

うん、と返事をしたものの、寝返りを打った彼は向こう向きになり、一向に起き出す気配を見せない。少年からようやく青年の部に足を踏み入れたばかりの彼は、春休みをいいことに、起き方が悪い。先日、彼の母に躾の方よろしくと言われた手前もあり、新生活を始めてからは、朝食を共にとるようにしていた。

横向きの彼の耳に息を吹きかけ、口をつけた。くすぐったいのか、ぴくっと耳をすくめる。

「慎太郎、起きなさい。蒲団はぐわよ」今度は母親の威厳を示す。

ようやく彼が体を起こした。

「おはよう、奥様」あくびを一つして、寝ぼけ声で慎太郎が言った。

「お寝坊さんなんだから。鶯はとっくに起きて鳴いてるのに」

「昔から春になると、鶯は鳴くの」

「もうっ。もうちょっと風流な気分になりなさい」

新居に越してから毎朝耳にする鶯の鳴き方が、この十日間でめっきり上手になっていた。澄んだ声で、ホーホケキョをくりかえしている。その声がちょっとの間やむと、遠くの方で、未熟な鳴き声がした。どうやら二羽の鶯が、この地域をテリトリーにしているらしい。

それにしても、東京という都会の、それも都心からほど遠くないところで、春は鶯、夏は蝉しぐれ、秋はすだく虫の音とは、思いもよらなかった。どうやら、慎太郎の自慢は嘘ではないらしい。裕子は、これでいいのかと思えるほどの幸福感を噛みしめながら、みそ汁を作る。


「ごめんなさい、あなた。あたしね、ご主人がイギリスへ転勤で、一緒に行くことになった同僚の送別会なの。悪いけど、夕食外で食べてもらえる？」

新生活を始めて三日目の夜のことである。新婚の妻が、申し訳なさそうに言った。

「なにも外で食べなくても。お袋のところに行くよ」

「なんだか悪いわ」

「かまわないさ。お袋はかえって喜ぶと思うよ」

慎太郎は感謝の念とともに、孤独な生活を送らねばならなくなった母に、同情もしていた。翌朝そのことを電話すると、母は、「あら、もう里帰り?」と皮肉を言うものの、その声は弾んでいた。

その夜、早めの食事が終わり、慎太郎は食堂の椅子に腰掛けている母の首や肩、腕のマッサージをしてやる。

「あんたがいなくなると、やっぱり寂しいね。夕食をひとり分用意しているとき、とくにそう感じる」

母の偽らざる本音だろう。

「近くだもん、ちょくちょく顔出すよ。お母さんだって、マンションに晩めし食べにくればいいじゃないか」

「新婚さんの邪魔をするほど、野暮じゃないわ」

「気にすることはないさ。それに、子どもが生まれれば、毎日来てもらわなきゃいけなくなるんだから」

「ま、それはそうだけどね。裕子さんの帰り、今日遅いの?」

「できるだけ早く帰るとは言ってたけど、十時ぐらいにはなるんじゃないかな」

「そう。それならまだ、時間はじゅうぶんあるわね。今晩は本格的にやってもらおうかな」

「マッサージ?」

「そうよ」

まだ七時をちょっと過ぎた時刻である。母は入浴をすませると、リビングの隣の和室に蒲団を敷きはじめた。もちろん、敷蒲団だけである。

「今夜は、蒲団の上でやってもらうわ。こないだのマッサージ、すごくきいたの」

「そんなにきく?」

「きくわよ。マッサージのあと、すっきりとして、からだが軽くなった感じなの」

そう言って、母はガウンを脱いだ。下にはクリーム色のネグリジェを着ていた。ネグリジェと言っても、ワンピース型のネルの夜着である。

慎太郎は、蒲団にうつ伏せになった母をまたぐと、先日のように首から順に叩き、背中の指圧をはじめた。指に体重を掛け強く押すたびに、母が低くうめく。

「そこきく。だんだん、わたしのツボがわかってきたみたいね」

腰までの指圧を終えると、次に、てのひらで揉みほぐすようなマッサージを施す。柔らかな夜着をとおして伝わる温もりの感触が、夜の蒲団の上という雰囲気と相まって、慎太郎をあやしい気分にさせた。

「いい気持……」

半分眠っているような間延びした母の口調にも、なんとなく甘いひびきがあった。

念入りにその作業をくりかえしながら、彼はマッサージの領域を広げていった。体の側面を、脇の下から腰にかけて撫でさする。

彼女自身の重みでひしゃげた胸の膨らみが、両脇からはみ出していた。偶然を装って、彼の手が乳房の横顔に触れると、母は背中をわずかに反らせた。

予定では、ここから足に移動するのだが、「今晩は本格的にやって」との母のリクエストに、危険を承知であえて応えることにした。なり行き次第、そんな気持を持ちながら、尻をてのひらの横でことことと叩いたあと、上から下、下から上へと肉づきのよい膨らみを揉みほぐす。下着の感触はなかった。そのため、肉の柔らかさと、ぷるんとした弾力が、あからさまにてのひらに伝わってくる。

「わたし、寝るとき、下着は着けていないの」

彼の勘ぐりを見抜くかのように、母が言う。

「いつも?」

「そう。こういうものかパジャマの上だけで、下はまったくの裸。その方が気持いいから」

母は弁解のつもりだろうが、慎太郎は挑発された気分だった。

腿のマッサージに移った頃には、彼の悩ましい気分はさらに高まり、男の部分が、あきらかな兆候を示していた。裕子の言った言葉が、耳鳴りのように聞こえてきた。

——お母さんはあなたに恋をしている。背徳の愛の共犯者にお母さんを——

太腿を、両手で挟みつけるようにしてマッサージする。布地にへだてられていても、ふくよかなボリューム感が、快い感触をともなって、伝わってくるのだった。

それは意図したことではなかった。内腿の最上部を揉みほぐしていた手の一部が、母の秘められた部分に触れてしまった。彼女の背に、かすかに悩ましげな反応が現れ、鼻での深呼吸が、かすれた音を漏らす。

足首までのマッサージを終え、もう一方の足に移る。腿のつけ根から膝の裏側までを、時間をかけて揉みほぐす。が、あまり同じところにとどまっているわけにはいかなかった。ふくらはぎに移り、最後は両足の裏のツボを指圧した。母が痛そうに声をのむ。

手を離しかけた慎太郎は、顔の火照りをおぼえた。彼は、この親孝行を、このまま終わらせたくはなかった。で、ふたたび手をもどすと、両足を同時に撫でさすりながら、腿から尻、さらに背中へとてのひらをすべらせた。手の移動とともに、彼の体が母の背後に接近し、その流れのまま、彼は背中に身を重ねた。母は微動だにしなかった。

しばらくそうやって母を感じていたが、あやしい緊迫感に、慎太郎は何度もつばを飲んだ。とうとう辛抱しかねた彼は、次なる行動に出た。母の腕を抱いていた手をすべらせ、両脇から胸をめがけて割り込ませる。抵抗に遇うことなく、彼は好機をものにすることができた。手にした二つの膨らみから、ふくよかな量感が伝わってくる。しこりのような乳首の感触も悩ましい。そして陶酔は欲望を誘い、自分でもわけのわからないまま、手が、微妙な動きをはじめた。と、そのとき、

「もういいわ、慎太郎」そう言って母が、身を起こしかけた。

一瞬のためらいの後、我にかえった彼は、あわてて母の体から離れた。

「ありがとう。ああ、さっぱりした」

何事もなかったかのように母は、背を向けて立ち上がり、軽く体操の真似事をした。


工藤家の親類づき合いは少なかった。函館から東京に移ったせいもあるだろうが、我が子の出生の秘密を、勘づかれたくなかったからなのかもしれない。

裕子の方はもっと少ない。母が離婚したため、父方の親類づき合いはまったくなかったし、母方の伯父は亡くなっていたので、叔母夫婦だけだった。従姉妹《いとこ》に当たる者たちとは、疎遠だった。そのようなわけで、慎太郎と裕子の結婚式は、列席者二十四名の、ささやかなものだった。その中に、北嶋章二の姿もあった。

北嶋に結婚式の招待状を手渡したとき、彼は途方に暮れた表情をした。頭を下げて頼む裕子に負けて、「清水の舞台から飛び下りる覚悟で、出席させてもらうかな」と承諾してくれたのである。

北嶋はいちばん世話になった上司であった。上京のきっかけを作ってくれ、それが結果的には、慎太郎と

のめぐり合わせとなったいわば恩人なのだから、裕子としては、どうしても出席してもらいたかった。それに、たまに一緒の食事はするものの、裕子と北嶋の体の関係は、六年前に消滅していたのである。

媒酌人は、慎太郎の母が、鳶《とび》の頭《かしら》夫妻に頼んだ。頭《かしら》は恐縮し、ひどく感激したそうである。

司会は結城未央が執り行った。以前経験があるという彼女は、けっこう場慣れしていた。声もいいし、間の取り方も実にうまい。

妻の、北嶋や未央との特別な関係を、もちろん慎太郎は知らない。その二人を式に招いた自分を、したたかな女だと裕子は思う。

純真無垢なウエディングドレスに身を包んで、媒酌人の褒め言葉を聞いた。褒め言葉は、表面的にはまちがってはいなかった。けれども裕子が、清廉で淑やかな裏側に、参列者への欺きを秘めていることを、誰も知らなかった。隣の新郎が、実はおなかを痛めた実の子であることを知っているのは、背徳の共犯者である慎太郎と、いずれ、共犯者になるであろう彼の母だけである。しかし裕子は、夫、慎太郎を、誰よりも深く愛していた。そしてその愛を、彼女は一生守り続ける覚悟でいた。

ともあれ、ウエディングケーキに入刀しながら、裕子は、万感の思いで眼を潤ませた。難関を乗り越えてこの日を迎えることができたのも、無茶とも思える慎太郎の勇気と、彼の母の理解、そして、二人のひたむきな愛があったからだと彼女は思う。

何人かのスピーチがすんでも、式は、なんとなく堅苦しい雰囲気で進行していた。慎太郎の友人の代表が少し堅さをほぐし、最後に、司会者の未央が、親友としてスピーチした。

「世の中、やはりスピード時代なんでしょうね。コンピューターの世界など、めざましい勢いで発展しております。昔は、めでたく夫婦《めおと》となって十月十日がたち、可愛い赤ちゃん誕生というシナリオだったのですが、コンピューターに強い会社に勤務しているせいか、新婦に宿される新しい生命は、どうやらその半分の時間で、この世に生を受けようとしているのです。八月の半ばには、二世が誕生するでしょう。ところで、この二人には信じられないようなエピソードがあるのです。ちょうどいい機会ですので、それを暴露致します。実は新郎慎太郎さんと新婦裕子さんは、ほぼ十八年前にすでに親しい間柄だったのです」

こんなことを紹介する打ち合わせはしていなかった。裕子は一瞬どきりとした。

「この話、おかしいと思われるでしょう。新郎はつい五日前、十八歳の誕生日を迎えて、かろうじて結婚の権利を得たばかりなのですから。でもこれは事実なのです。十八年近く前、新郎慎太郎さんは、生まれたばかりでした。そのころ高校一年生の裕子さんは、友達の家にときどき遊びに行ってました。その隣に新郎の家があったのです。赤ん坊の泣き声につられて何度か顔を出しているうちに、裕子さんはその赤ちゃん、つまり慎太郎さんを好きになってしまいました。オムツを取り替えてやったこともあるそうです。新郎の恥ずかしいヌードに対面したそのときすでに、二人は赤い糸で結ばれたのでしょうね」

会場の皆が笑った。

「離れ離れとなって十六年がたった二年前、二人は、京浜東北線の電車の中で、奇跡的な再会を果したのです。もちろん、昔の面影を覚えているはずはありませんから、知らない者同士として出遇ったのです。途中の経過は割愛させていただいて、やがて新郎の赤ちゃんが、裕子さんのおなかに宿されたのですが、ミーハー的に逆算しますと、新郎からのプロポーズがあった、昨年の十一月二十三日あたりが、どうやら怪しいようです」

未央め、よけいなことを喋りすぎると、裕子は赤面しながら聞いていた。

お色直しで、慎太郎は闘牛士を思わせる白い衣裳で、裕子はフラメンコふうの肌も露な赤いドレスで登場した。慎太郎の凛々しくスマートな姿、裕子のフランス人形のような顔立ちと、肉感的な胸の膨らみの素肌に、会場にはどよめきが起き、続いて拍手の嵐が降りそそいだ。

化粧のせいもあるだろうが、裕子は二十四、五歳に見られ、慎太郎は逆に大人っぽく、二十一か二の青年に見られたそうだ。後日、披露宴の写真が出来、そこに写っている二人の姿は、やはり三、四歳の差しかなかった。

思いのほか、宴は盛り上がった。終わりに近づくと、二人は、参列者の何組ものグループと、記念撮影に応じなければならなかった。

事件が起きた。

それは突然襲う地震のように、まったく予期しない出来事だった。慎太郎と裕子は、六泊七日のハワイでの新婚旅行を終え、土産をもって母の家に行った。小雨の残る夕暮れどきである。母は留守だった。慎太郎は自分の鍵を使って、中に入る。電気はすべて消され、家の中は寒々としていた。母は外出するとき、食堂の豆電球は、必ず点けて出かける習慣があった。だが、その電気も消されている。

二階の母の寝室や、二週間前まで慎太郎が使っていた部屋も、開けてみた。母の姿はどこにも見当たらず、これと言った室内の異常もない。中間の、父の製図台があった部屋ものぞいたが、特に変わった様子はなかった。そのとき、階下で裕子の呼ぶ声がした。慎太郎はあわてて駆け下りる。

食堂のテーブルの足元に、メモが落ちていたと言う。上にあったものが、玄関を開けたとき、吹き込んだ風で落ちたのだろう。

――わたしは旅に出かけます。母――という簡単なものだった。

「お母さん、どこら辺に行かれたのかしら。場所と帰りの予定日ぐらい、書いていらっしゃればいいのに」

裕子が食堂の壁のカレンダーを見る。所々にメモが書き込まれていたが、結婚式以降の日付の下には、何も書かれてはいない。予定が空白なのが、ちょっと気になった。

慎太郎は手掛かりを求めて、ゆっくりと周囲を見回す。掃除も行きとどいて、家の中が必要以上に片づいているのが、なんとなく不気味でもある。それに、メモの内容も簡単すぎる。旅とは単なる旅行か。それとも、旅行のその先へと続くもうひとつの旅か。不吉な予感に、彼は背筋に寒いものをおぼえた。

彼は母の言葉を思い出していた。新婚旅行に出かける二人を大森駅に見送った母が、裕子にこう言った。

「元気な赤ちゃんが生まれるよう、からだに気をつけてね」

あれは、旅行中体に気をつけてね、と言ったのだと単純に考えていたが、ちょっと言葉が違う。それに、慎太郎にはこうも言った。

「裕子さんを大事にするのよ。あなたにとっては、かけえがえのないひとなんだから」

当分会えないか、あるいは一生会えないかの別れの言葉だったら、ニュアンスとして通じる。彼女が言ったことは、漠とした不安を漂わせていた。が、しかし、メモ以外に、手掛かりになりそうな類《たぐい》のものは、見つけることができなかった。

「とにかく、明日一日様子を見ようか」溜息のあと、慎太郎は言った。

「様子見るって？　で、明日帰っていらっしゃらなかったら？」

「そのときはそのときで、考えようよ」

「そんなのんきに構えてていいのかしら」

「警察？　……でもまだ早いんじゃないのかな、捜索願を出すのは。ほんとうの旅行かもしれないし」

「そうあって欲しいわね」

「それに、行き先は北か南か、西か東か、まるで見当がつかないじゃないか」

「それはそうなんだけど……」

土産物を、食堂のテーブルに置いて、帰ることにした。玄関の鍵を掛け、数歩歩きかけたとき、

「電話が鳴ってるみたい」と裕子が言った。

慎太郎はポケットの鍵をさがし、ドアを開けてあわてて受話器に飛びつく。電話は切れていた。ところが、新居のマンションの玄関を開け、靴を脱ぎかけたところで、ふたたび電話が鳴った。今度は間に合った。

「こちらは金沢の国立病院ですが、工藤さんでいらっしゃいますか？」

女性の声だった。病院から女性といえば、看護婦であろう。慎太郎が、はいそうです、と答えると、

「工藤美代子さんの、ご家族の方ですね」

悲しみを含んだ看護婦の声に、慎太郎の心臓は凍りついた。不安そうに見つめる裕子に、顔で合図する。

「工藤慎太郎と言います。美代子はぼくの母ですが、どうかしたんですか？」

「実は、工藤美代子さんが今朝、救急車でこちらに運ばれてきました」

看護婦はそこで言葉を区切った。

「事故ですか？」

慎太郎は、全身に鳥肌がたつような寒気をおぼえた。悪い事態が頭をよぎる。

「いえ、事故ではありません。睡眠薬、まあ精神安定剤ですけど、それを大量に飲んで、自殺しようとなさ

ったんです」

「自殺ですって？　で、母はどうなんです」

緊迫した声で慎太郎がたずねる。彼の心臓は、いまにも破裂しそうだった。

「だいじょうぶです。命には別状ありません。明日退院できるでしょう。でもちょっと心配ですので、迎えに見えた方がいいかと思います。いえ、発見が早かったため、からだの方には異常ありませんが……」

精神的に不安定だからというのだろう。ともあれ、慎太郎はほっと胸を撫でおろした。病院の住所と金沢駅からの道順を訊き、明朝できるだけ早い時刻に迎えに行くことを告げて、受話器を置いた。

「お袋が、自殺未遂で病院に運ばれたんだって、金沢で。命には別状ないらしい」

「とんでもないことをなさったものね」

「ぼくたちの結婚が、こたえたのかな」

「たぶんそうだと思うわ。で、あなたどうします？」

「明日は退院できるというから、一番の飛行機で金沢へ行こうと思う。きみは心配しないで会社に出て」

「いいのかしら」

「だいじょうぶだよ。精神安定剤を少しばかり多めに飲んだだけだから」

「お母さんにやさしくしてあげてね」

「うん、あまり刺激を与えないようにして、話し合ってみる」

慎太郎は、翌朝一番の、小松空港行きの飛行機に乗った。穏やかな飛行音を耳にしながら、母のことを考える。

一見楽天的なあの母が、自殺を思い立つなんて、よほど精神的に参っていたのか、あるいは自分と裕子への憎悪で、発作的に薬を飲んだのか。いずれにせよ、裕子ばかりに夢中になっていて、もう少し母への配慮が必要だったと、彼は後悔の念にさいなまれた。

空港から高速バスで金沢駅前に着いたのは、十時半前だった。大森の自宅を六時五十分に出たから、三時間半ちょっとで、もう金沢に来ていた。北国は寒々としていた。

駅前から、タクシーで国立病院に向かう。正面玄関を入り、受付に向かっていたとき、「慎太郎」という聞きなれた声に、彼は首を回した。十メートルほど先の母に気づくまでに、それほどの時間はかからなかった。そして、なにやら、映画かテレビのドラマの一シーンを見ているような、錯覚にとらわれた。

にこやかな笑顔で母は手を挙げ、その存在を知らせながら近づいて来る。彼女が身に着けているものは、入院用の服ではなかった。春先にふさわしいレモンイエローのロングジャケットは、ボタンがはずされ、下には、光沢のある濃い茶色のY衿のシャツが、胸の膨らみを張り出させていた。首には、スカーフが粋に結ばれている。

足は、ジャケットと同色のストレートパンツに覆われており、靴は、クリーム色のしゃれたデザインのハイヒール。そして手には、プラダの小型旅行バッグ。しかも髪を茶色に染めていた。派手な色ではないが、それでも裕子のより茶色がかっている。近くで見ると、指の爪にはシルバーメタリックのマニキュアが塗られ、口紅は紫色がかったワイン色。そして耳には、リング状のイヤリングが、その個性を強調するかのように華やいでいた。

婦人雑誌から抜け出してきたかのようなヤングミセスふうの姿は、どう見ても、四十八歳の入院患者とは思えなかった。それに肌の色艶もよく、表情も生き生きとしている。

「どうしたんだい、もうだいじょうぶなの？　心配かけちゃって」

慎太郎はほっとすると同時に、肩の力が抜ける思いだった。母がくすりと笑った。

「病院の精算すんだ？」慎太郎の問いかけに、

「え？　ああ、もういいの。出ようか、事情はあとでゆっくり話すわ」

母はけろりとした表情で答える。

「ほかに荷物は？」

「金沢駅のコインロッカー」

病院を出て、やや登り勾配になった広い道を歩く。右手に、堀を隔てて高い石垣があり、その奥が、兼六園になっていた。

「あら、いい天気になりそうね。金沢、おとといときのう、ずうっと雨でいやになっちゃってたのよ。あなたが来てくれたお蔭ね」

「ぼくには、天気を変える力はないよ」

「じゃあ、わたしの力になって。あなたの大学、まだ始まらないわよね」

「うん、十三日からだけど、十日に、カリキュラムのことで顔出さなきゃならないんだ」

「そ。今日は七日でしょ？　ちょうどいいわ、九日までわたしにつき合いなさい。お父さんと三人で旅行して以来ですもの、六年ぶりじゃないの」

「なに、旅行するの？」

「そうよ、メモにもそう書いてたでしょう？」

「だけど、ぼくはいろいろやることがあるし、下着の用意だってしてないよ」

「新婚の奥さんが気になるんでしょ。つき合ってくれないんだったら、いいわよ。わたし、東尋坊の断崖から、身を投げようかとも考えたんだから」

「そんな、よしてくれよ」

「下着だったら、デパートで買えばいいじゃないの。すてきなパンツとパンスト、買ってあげるわよ」

「パンスト？　なんで知ってるの」

「ちゃんと知ってるわよ。裕子さんに、そんな恰好、得意になって見せてたんでしょう」

「まいったな」

「つき合う？」

「しょうがない、つき合うよ」

溜息まじりにそう言ったあとで、不審なことに気がついた。母は、ホテルから救急車で病院に運ばれたはず。それなのに、荷物が、なぜ駅のロッカーに入っているのだ。誰か連れがいたのだろうか。

十分ほど歩くと、見晴らしのよい場所に、厚生年金会館があった。建物の半分以上がホテルになっている。そのホテルのロビーで、コーヒーを飲むことにした。公共の施設にしては、わりと豪華な雰囲気である。

「さあ、自殺のいきさつを話してくれよ。なんでそんなことしたんだよ」

「その前に、もう一度確認しとくね。あさってまでわたしとつき合うわね。和倉温泉と下呂温泉に、ホテル予約してるから。二人分のね」

「下呂？」

「そうよ。あなた言ったでしょ、一年前。今度一緒に行こうって」

「うん、たしかに言ったことはあるけど……」

「じゃあ、いいわね。宿は、わたしをだまして、あんたと裕子さんが泊まった山翠館」

「山翠館？　どうして二人で行ったたって、知ってるんだよ」

「裕子さんから聞いたんだもん、いいところだって」

「ま、いいよ。どこでもつき合うよ」

慎太郎はあきれ、投げやりに言った。

「ああ、やっとすっきりした気分になれた」

彼の心配をよそに、母はいかにも楽しそうな表情で言う。

「で、肝心の話は？」

「その前に、あなたに謝っておく。ごめんなさい」

「それはもういいよ」

「そ。あれね、実はうそ」

「うそ？　うそってなんだい」

「つまり」と母は「り」の発音を強調したうえで、「自殺未遂はお芝居だったの」

「なんだって？　お芝居だって？　薬も何も飲んでいないって言うのかい？」

「そうなの。病院にも運ばれていないの」

「そりゃあないよ」

「だからさ、さっき、ごめんなさいって謝ったじゃないの。そんな恐い顔しないでぇ」

ちょっと甘えた口調で母が言う。やられた、と慎太郎は思った。

「あーあ、あまり心配かけるなよなあ、もう……」

「お芝居だってこと、裕子さんには内緒にしといて」

母は両手を合わせて、片眼をつぶった。

「わかったよ、内緒にしとくよ。だいいち、そんなこと彼女に言えないじゃないか」

「ありがと。やっぱりあんたやさしいね」

慎太郎はふうっと吐息をついた。そして、あれっ、と思った。

「ところでさ、じゃあぼくのところに電話かけてきたひと、看護婦さんじゃなかったってわけ？」

「そう、ちがうの。全日空ホテルに泊まったんだけどね、旅の途中で知り合って、ホテルも同じだった女の子に頼んだの。ちょっとリッチな夕食をご馳走する約束で」

「うまくやられたな。それにしてもあの女のひと、演技うまいよ。すっかり看護婦だと思っちゃった」

「OLやってたけど、リストラで馘《くび》になっちゃって、今、演劇の学校に通っているんですって」

「どうりでね。でもさ、ぼくらが新婚旅行から帰ってくる時間に、よくタイミングが合ったね」

「一時間くらい前から、かけてたわよ。十分おきぐらいに、両方の家に」

コインロッカーの荷物の謎も解け、慎太郎は裕子の会社に電話を入れた。

「お袋は元気。だけど気持をやわらげるために、温泉に行くことにしたんだ。このまま東京に帰ると、あのひと、また何をしでかすかわからないし、せめてもの親孝行のつもりで」

とうとう慎太郎は、母のお芝居の片棒を担ぐはめになってしまった。

裕子は昨夕、「お母さんにやさしくしてあげてね」と言ったが、ここまでは考えていなかったろう。だけれども、新婚旅行でたっぷりと愛し合ったあとだったからかもしれない。彼女は快く承知してくれた。

「もう十二時近くね。ここの二階にレストランがあるみたいだから、お昼、食べましょうか。朝早かったたから、食べてないんでしょ？」

「いや、ちゃんと彼女、みそ汁に納豆、焼き魚、それに野菜サラダ作ってくれた」

「あらそう。さぞかしおいしかったでしょうね、新婚さん」


食事を終え、裏手になるのだが、厚生年金会館近くの入り口から兼六園に入る。青空が広がり、朝方の寒さが、うそのように暖かくなった。

よく手入れされた庭園の緑が、三日続きの雨に洗われ、しっとりと美しい。八分咲きの桜は風情があり、見事な枝ぶりの松とのコントラストが、絵に描いたようだ。

母は一昨日金沢に来て、武家屋敷や西茶屋、寺町、近江町市場、そして東茶屋を、雨の中見て回ったが、兼六園は、慎太郎と見るためにとっておいたのだと言う。自殺未遂のお芝居は、慎太郎を呼ぶための計画的犯行だった。

楽しそうに歩きながら、母が、ときどき体をすり寄せてくる。

「旅はやっぱり気の合った者とするのがいちばんだね。ああいい天気になった、気分爽快」

そう言いながら母は、空に向けて両手を挙げた。

兼六園の正面口を出て、タクシーに乗った。デパートで慎太郎の下着を買うため、金沢の中心街、香林坊で降りる。

金沢駅で特急『能登』に乗り、和倉温泉駅に降り立ったときには、西の空が茜色に染まっていた。

潮の香りが漂う海のそばにあるその旅館は、駅から、タクシーで五分ちょっとのところにあった。案内された部屋は、しっとりと落ちついた純和風の造りで、十二帖の和室の床の間には、枝ぶりのよい椿が活けてあった。六帖の次の間付きで、外の景色が一望できる檜の内風呂は、明るく広々としていた。

「高いんだろう？　この部屋」

部屋を見回しながら、慎太郎がたずねた。

「たまにはいいじゃないの。あなたと二人だけの旅行は、これが最初で最後かもしれないんだから。それに、死んだと考えれば、こんなもの安いものよ」

慎太郎はまた溜息をついた。このひとは、いったい何を考えているのだろう。ひとの迷惑も考えないで、と思ったものの、どこか憎めない可愛らしさがあった。


母が次の間の襖を半分閉めて、着替えをしていた。トイレからメインの和室にもどった慎太郎は、なにげなく次の間に視線を投げ、足を止めた。ちょうど彼女が、パンツを脱ぎ、下着姿になったところだった。ベージュのフィットインナーは光沢があり、水着のようにぴったりと体を包んでいる。

前かがみになった胸元からは、はちきれんばかりの膨らみの肌がこぼれていたし、透けた肌色のストッキングに包まれた腿は、肉感を露にしていた。悩ましい姿に見とれていると、体を起こした母と眼が合った。

「ナイスバディーだね」

心の動揺を見すかされないよう、彼は、わざと冗談めかして言った。

「覗きは高いわよ。ほら、あっちに行って」

動悸の余韻を残しながら、慎太郎は床の間側の座椅子にあぐらを組み、座卓を前にした。次の間の光景は、一枚と半分の襖に遮られ、完全に見えなくなった。

部屋から眺める暮色の海は、穏やかでひっそりとしていた。ふと、裕子の顔が浮かんだ。勤務を終えた彼女は、今頃、満員電車に揺られているのだろうか。ぼんやりと考えているところに、母が、浴衣に羽織姿で、部屋に入ってきた。火照りの残った顔を見られないよう、入れ替わりで、慎太郎は次の間に入る。今夜のなり行きが、着替えはじめた彼の頭をかすめる。不謹慎な展開が脳裏に描きだされると、まさかそんなこと、と彼はあわててうち消した。

ほどなくして、料理が運ばれてきた。さすがに、日本海に面した漁港に近い、高級温泉旅館だった。新鮮な海の幸に満足し、ビールと日本酒に、慎太郎も母もほろ酔い機嫌になる。母は、おそらく素肌に直接着ているだろう浴衣姿で、ほんのりと目元を染めている。慎太郎は大人の女の艶っぽい色気を感じた。

「ハワイ楽しかった?」

食後のお茶を一口飲み、母がたずねた。

「うん、天気もよかったしね」

「そのうえ、奥さんはすてきだしね。あ、そうだ、八月十五日だったよね、予定日」

出産予定日のことである。

「うん。でもなんだか変な気持だな、十八で子持ちになるなんて」

「あんたたちが予防のことも忘れて、がつがつしすぎたからよ」

「なんとでも言ってくれ」

「わたし、この年でおばあちゃんにさせられちゃうのよ。おお、いやだやだ」

「四十八歳のおばあちゃんっていない?」

「おつき合いしている仲間や、近所にはいないわね。そういえば、昔北海道で知り合いだったひとのお姉さんに、三十八で孫が出来た話は聞いたけど」

「ずいぶん若かったんだね」

「あらやだ。若いっていえば、裕子さん三十三でしょ。生まれてくる子はあなたの子、そしてあんたは裕子さんの子。だとすると、裕子さんにとっては孫にもなるじゃないの。驚いた。どう見てもあのひと、二十五、六、行っても二十七ってところなのに」

「そうなんだよ。なんだか妙だね」

「そんな若さで孫がいるなんて、事情を知ったひとは腰を抜かすわね。でもこのことは、世間にも、生まれてくる子にも、絶対秘密にしておかなければいけないわよ」

「もちろんだよ。そこのところ、お母さんもよろしく頼むよ」

この事実は、母に対して、一生負い目となるだろう、と一抹の危惧がないわけではなかった。しかしその源《もと》をたどれば、今、優越の含み笑いをしている母にも、重大な責任があるのだ。そのことは、母も充分承知のはず。

やがて従業員が来て、食卓の上を片づけはじめた。座卓とお茶のセットを次の間に運ぶと、十二帖の部屋の中央に、蒲団を敷く。次の間との襖を閉め、それではごゆっくりと言って、出て行った。

絵柄も華やかなふかふかの蒲団が、寄せて敷かれているのを、広縁の椅子から眺め、慎太郎はなにやらあやしい気分になった。母にも、気持の動揺が起きたのだろう。

「さてと、大浴場に行こうかな、それとも内風呂にしようかな」

ひとり言のように言って、母が部屋を出て行く。ややあって、浴槽にお湯をそそぐ音が聞こえてきた。

「大浴場は明日の朝にして、今夜は内風呂に入りましょう。せっかくいい檜のお風呂がついているんだし、夜景の眺めもいいから」

母が、コールドクリームで化粧を落としはじめた。素顔は化粧で隠せるが、手の甲と首、それに歯ぐきに年齢を見ることができると、新聞の家庭欄で読んだことがある。その点この母は、歯ぐきは健康的な色と肉づきをしているし、手の甲や指は、筋ばってはいない。首の肌にもみずみずしい張りがあり、化粧を落とした素顔も、それほどの違和感はなかった。

「お風呂見てきて。よさそうだったら、あなた先にお入りなさい。心配かけたおわびに、あとで背中流しに行ってあげる」

「そうするか」と、慎太郎はタオルと歯ブラシ、それに母が買ってくれた下着を持って、浴室に行く。

お湯はまだいっぱいになってはいないが、湯かげんはちょうどいい。シャワーを浴び、ゆったりと三人は入れる湯船に、身を沈めた。やはり風呂は、日本式の浴槽がいい。とくに、木の香漂う温泉の風呂は、最高だった。

ほの暗い海の夜景を見ながら、のんびりと手足を伸ばしていると、昨夜から今朝にかけての気苦労が、まるでうそのように思えてきた。昨日はハワイにいて、今日は金沢から能登半島。しかも、相手が裕子から母に変わっている。なんとも不思議な気分である。

檜の浴槽の縁から、お湯がこぼれ出したので、蛇口の流れを細くする。

ドアの外で母の声がした。続いて、タオルで前を隠しただけの裸身が、現れた。予想していなかった事態に、慎太郎は驚き、内心あわてた。彼女は浴衣のまま、背中を流しに来るものとばかり思っていたのだ。

「どう？　湯かげんは」

「うん、いいお湯だよ」

ちらりと恥じらいの表情を見せた母は、立ったまま背を向け、裸身にシャワーを浴びせる。ダンスをしているせいか、すっきりと背すじが伸びたうしろ姿は、中年を感じさせなかった。ウエストはほどよく締まり、足は、すらりとした裕子のとはくらべようもないが、脂の乗った太腿はきわめてなめらかで艶っぽい肌をしていた。

前に手を当てた母の裸身が迫り、低めの浴槽の縁をまたぐ。窓の木製ブラインドを下ろすと、彼女は慎太郎と向き合う恰好で身を沈めた。いっぱいに満たされたお湯が、勢いよく溢れ出た。その流れに眼をやりながら、慎太郎は、狼狽を隠すかのように笑みを浮かべる。

「あ、笑ったわね。当ててみようか。裕子さんとくらべて、だいぶちがうなあって思ったんでしょ、お湯のこぼれる量」

「少しはちがうよね」平静を装って彼は言う。

「太めだと思う？　わたしのからだ」

「ちっとも太めじゃないよ。お母さんの年齢《とし》だったら、ちょうどいいんじゃないの」

肉感的ではあるが、けして肥満してはいなかった。不必要な肉は削れて、出るべきところはしっかりと出ている。

それにしても、と慎太郎は思う。親子といっても、血の繋がらない男と女が、愛の言葉のひとかけらもない前から、全裸の姿を晒し合っている。温泉旅館の浴室だからこそ許されることで、これがほかの場所だったら、こうはいかないだろう。

しばらく肩まで浸かっていた母が、臆することなく、乳頭をお湯の面すれすれまで出し、豊満な膨らみを晒す。お湯の中では、黒い繁みが、海草のように揺れていた。慎太郎は眼のやり場に困った。

「ああ、いいお湯だわ、お風呂は、やっぱり和風旅館の温泉がいいね」

母ほどいい気分に浸っているわけにはいかなかった。眼の前の悩ましい光景に刺激された彼の体に、異変が生じていたのだ。相手が母親だとの意識のせいか、いきり立つほどの勢いではない。それでも、見られると、やはり恥ずかしい状態ではあった。額から汗が流れ落ちているのに、隠すべきタオルは近くになく、出るに出られないでいた。

とうとう限界を感じた彼は、なるようになれと、自然体を決意した。手で不恰好に隠すことをせず、それでもやや体をねじるようにして立ち上がると、浴槽を出る。

洗い場のカランは、浴槽の母の頭と同じ壁面に位置していた。こちらに顔を向けているかもしれない母を意識して、髪を洗う。洗っているうちに母への意識がうすれ、股間のものはなかば頭《こうべ》を垂れた状態になった。けれども、それもつかの間の休息だった。シャワーで頭の泡をすすぎ終えたとき、母が背後にしゃがんだ。

「筋肉質で、しゃきっと締まったからだだね」

背中を洗いながら母が言った。そこまではよかったのだが、次の段階に進んだあたりから、彼の股間は、雲行きがあやしくなってきた。

「はい立って、お尻と足洗うから」

母の声に、慎太郎は素直に応じた。七年前の小学校六年のとき、母は同じように体を洗ってくれた。そして例の割礼の儀式を行ったのだ。足の裏まで洗い終えた母が、あのときと同じことを、なんのてらいもなく口にした。

「前も洗ってあげる。ほら、こっち向いて」

「前はいいよ」

「おわびのしるし。遠慮しなくてもいいのよ。それとも恥ずかしい？」

そこまで言われたら、引きさがるわけにはいかない。腹を決めた慎太郎は、高々とそびえ立つものを、母の眼前に晒した。

「おお、ご立派」

ひとこと言って彼女は立ち上がり、首から洗いはじめる。彼は母から眼をそらし、壁のタイルを見つめていた。肩や胸、ひざまずいておなかと両足を洗い、最後に残った場所に母の視線が向けられた。ためらいのわずかな間《ま》を置いて、彼女はこう言った。

「ここは、自分で洗いなさい。それにしても元気いっぱいね、裕子さんが夢中になるのも、無理ないわ」

よけいなこと言うな、と慎太郎は胸のうちで叫んだ。が、緊張の気配すら見せずに、平然と口にする母の気持が、つかめなかった。彼女は立ち上がると、彼の全身にシャワーをかける。

「わたしのからだ、洗ってくれる?」

そう言う母の眼には、気のせいか、色っぽい潤みが見られた。

慎太郎は、仕方がないという表情を作ったものの、その実、昂奮の息苦しさを、ひそかに愉しんでいた。椅子に腰を落とした母の背後にしゃがむと、首や腕、背中を洗い、立ち上がった裸身の、太腿の裏側から足首まで洗い終えた。そして、次の言葉を口にするまでには、かなりの勇気が必要だった。

「はい、うしろは終わり。前も洗う?」

動悸の高まるのをおぼえながら、向きを変えた裸身の前を、間近に見る。さいわい、母は眼を閉じていた。タイルに膝をついたまま、彼の眼が、ゆるやかな動きで観察する。彼の視線を浴びていることを、母は充分承知しているようだ。洗いはじめない彼に、催促はしなかった。

太めの範疇には入らないものの、豊穣な秋の実りを思わせるふくよかな肉体は、そのきめ細かい肌とともに、馥郁とした色香をふりまいていた。そして、わずかに桜色をおびた白い肌の中央に、漆黒の色が、鮮やかなコントラストを見せて繁茂している。多すぎるほどではないが、それでも、裕子にくらべると、かなりのボリューム感がある。

　立ち上がった慎太郎は、首や肩に続いて両脇を洗った。それから胸の隆起にタオルを当てた。が、思い直したかのようにそれを捨てると、ボディーソープをてのひらに垂らす。

　顔の火照りをおぼえた。豊かに中味を満たした量感のある乳房は、柔らかく、そのうえ、見た目よりさらになめらかな肌が、官能の感触を手に伝える。

「あなたおぼえてる？　たしか三歳のときだったと思う。一緒にお風呂に入っていて、オッパイいじっていたから、吸ってみる？って訊いたら、うんって大きくうなずいたの」

「おぼえていないな。で、吸ったの？」

「吸ったわよ。中味の出ないお乳をおいしそうにね。それから何度か、あなたはおねだりした」

　無言だと、続けにくい行為である。が、会話に気をとられている振りをして、洗うというより、実質的な乳房への愛撫を、愉しみながらくりかえすことができた。母もそれを心得ているようだ。あるいは、吸われることを、暗に誘っているのだろうか。

「昔見たときより、オッパイ、なんとなく大きくなったような気がする。それに、かたちもよくなったみたい」

　慎太郎は、両の乳房にマッサージを施すかのように揉みほぐしながら、言った。

「そうなの。七、八年前より多少太ったせいもあるけど、最近、赤ん坊を産んだときのような、張りが出てきた感じよ」

「そう……」

膨らみの豊かさとは似つかない可愛い乳首が、さきほどからの刺激で、硬い蕾となっていた。

「ウエストやヒップは、昔とそれほど変わらないのに、胸だけが大きくなった感じ。女性ホルモンのせいかしらね、女って恋をすると、からだが変化するらしいわ」

「ふうん、恋をしてるの、お母さん」

「してるわよ」

こともなげに母は言う。自分に対する求愛のシグナルなのだろうか、と慎太郎は思った。

彼の手は、おなかから太腿へと移っていた。そこを洗っているうちに、彼に邪念が生じた。露な光景を眼の前にして、平然と洗い続ける忍耐に、限界をおぼえたのだ。一瞬のためらいのあと、息苦しいほどの自分の狂気から逃げ出すかのように、彼は、母の体から離れた。

母より先に浴室を出た慎太郎は、冷蔵庫からビールを取り出し、広縁の安楽椅子に腰掛けた。窓外の海に、目をやる。点在するホテルの灯りに、鈍く光る小波《さざなみ》の上を、小船が一艘、ゆっくりと移動していく。彼の脳裏には、さきほどから、裕子の言葉がもやついていた。『お母さんはあなたに恋をしている。背徳の愛の共犯者に、お母さんも』
本心なのだろうか。いきさつを考えれば、納得できなくもないのだが……。永年、親子として生活を共にしてきた母と自分が、女と男になる。血の繋がりがないとはいえ、奇妙な気がする。それは、濃い血の関係にある裕子との結婚以上に、奇妙なのだ。
そのとき彼は、まずいな、と思った。予防具の用意がなかったのだ。もちろん、旅館の売店では、そんなものを売っているはずはなかった。上気した表情の母が、髪の裾の濡れをふきながら、彼のそばに来た。

「いいお湯だったわ」

そう言う彼女の唇には、口紅がうすく塗られ、オーデコロンの匂いか、軽い甘さがふわっと漂ってきた。

「あら、おいしそう。わたしにもちょうだい」

母は、卓上のビールをグラスに注ぎ足し、うまそうに飲み干す。風呂場でのあやしい状況に、喉が渇いたのだろう。瓶の残りをグラスにそそぐと、ふたたび口に運んだ。それから、ほっと艶めいた吐息をついた。

母の手で、カーテンが閉じられる。数秒の間があったのち、彼女は、慎太郎の背後に回った。そして、肩に手を添えた。身をこごめ、遠慮がちに寄せた頬が、熱でもあるかのように火照っていた。

母は頬をつけたまま、しばらく身動きしなかった。慎太郎は、その体を抱きしめたい衝動と戦いながら、彼女の出方を見守る。すると、

「ねえ……」と母が耳元で囁いた。

「なに？」

「あなたと、キスがしたい」

恥じらいを含んだ母の声は、心なしか緊張していた。

「いいよ」と、わざとさりげなく言って、慎太郎は椅子を立ち、和室に移る母に続いた。うしろ手に障子を閉めると、密室感とあでやかな蒲団が、悩ましい雰囲気をいっそう高めた。

向き合った母の眼が、口づけを催促するかのように閉じられた。彼女の腰に手を添えた彼は、静かに顔を寄せ、唇を重ねる。母との初めての接吻に、浴室での戯れ以上に、彼は昂っていた。だがあくまでも冷静を装い、彼女の唇をソフトに慰撫する。

「慎太郎、好き。愛してるの」

とつぜん熱っぽい声で母は言うと、彼の首に腕を巻いた。胸の膨らみが押しつけられ、彼の舌が母の口中に呑み込まれる。舌先の戯れが、やがて絡み合いを演じ、首に巻かれた腕に、力がこもった。彼の舌を押し返しながら、母の舌が進入してくる。爬虫類のようなその舌を啜ると、彼女は悶えるようにして身を揉み、胸をこすりつけた。陶酔の波が、慎太郎の全身を侵蝕しはじめる。

「ほら、こんなにどきどきしてる」

ようやく唇を離した母が、慎太郎の手を取り、心臓のある方に誘った。彼はその手を、浴衣の衿元から差し入れた。素肌の膨らみが、温もりと量感を伝える。

吸いつくような柔らかさをまさぐりながら、慎太郎は空いている手で、母の帯を解きにかかる。すると、母自ら、帯を解くのだった。

彼は少し離れて、裸身を見つめた。下腹部に残る桃色のショーツの中央部に、墨絵のような黒が透けて見え、それが、全裸の姿より、いっそうエロスを感じさせた。

脂の乗った艶やかな太腿、くびれているのにふっくらとした腰まわり、そして、しっとりとした肌を持つ両の乳房は、豊満ともいえる容量のため、わずかに垂れていた。とはいえ、華麗な魅力を、そこなうことはなかった。太め、というほどではないが、全体としてむっちりとした四十八歳の、まさに爛熟を迎えた肉体が、眩しい光を散乱させていた。

「わたしのからだばかり見てないで、あなたも脱ぎなさい」

母に言われ、慎太郎は浴衣を脱ぐ。黒のスポーツタイプのセミビキニパンツは、金沢で、母が買ってくれたものだった。

「おお、カッコいい」

見つめながら彼女は横に回り、ふたたび前に移動して、裸身を寄せてきた。その所作に吸い寄せられるかのように、彼はひざまずいた。眼の前で、ボリューム感あふれる乳房が、官能をほしいままにしていた。それは、幼い頃からの、彼の憧れの乳房だった。膨らみのなめらかな肌に唇を這わせ、乳首を口に含む。小ぶりのかたまりが、可愛らしい感触を伝えた。

「慎太郎、ああ、わたしを愛して」

頭を抱いた母が、身を揉み、胸を押しつけてきた。

慎太郎は、孤独に追いやった母に対して、愛をもって償わなければならないと思った。今、自分にできるのはこれしかないと、乳房を愛撫している手を、腰にすべらせ、ショーツの軽やかな布を取り去る。解放された母の肉体からは、裕子の放つあの同じ匂いが、漂ってきた。ただ、匂いの強さは、かすかである。

ふたたび乳首を口にし、手を繁みの下に忍ばせた。そこは、間もなく訪れるであろう出遇いへの渇望に潤み、熱をおびていた。裸身の揺れに応えた彼の指が、狭間に分け入る。母が一瞬息をのみ、四肢をこわばらせた。

潤沢な蜜にも、温もりがあった。まさぐる動きがやがて愛撫に変わり、母の息づかいに、乱れが生じた。甘さを含んだ陶酔の表情が、ますます慎太郎を昂らせる。全裸となり、母を抱いた。すかさず彼女の手が、張りを露にした生きものを握る。もどかしそうに愛撫する手の動きには、情感のたぎりが感じられた。

ああ、とやるせない吐息を漏らした裸身が、爪先立った。手にしているものを、自らの秘部に誘う。それに応え、彼は姿勢を低くした。

未完成の交わりだった。けれども、肉づきのよい腿がきつく閉ざされたため、屹立は、湿潤な強い把握感に包まれた。

「慎太郎……」

震えをおびたか細い声に、彼女の尻を引きつけた慎太郎は、静かに動いた。悩ましいすべりの感触が、彼の背に、鋭いうずきを運ぶ。

「ねぇ……」と乳房をこすりつけ、母が何かを訴える。首にすがりついた裸身が浮き、下腹部の圧迫がゆるんだ。が、屹立の一部が捕捉された感覚に、彼は動きを止めた。

「ねぇ、慎太郎」ふたたび、母が囁きかける。

「ん?」

「中に、来て」

消え入るような声で、母が求めた。慎太郎は低く構え、目標の感覚を確かめながら、体を押し上げた。母が息をつめる。秘部のぬめりの中に、漲るペニスがたちまち嵌入《かんにゅう》した。

裸身を強く抱きしめたまま、慎太郎は動かなかった。すべらかな肌のふくよかな肉体と、情念を集約したかのような内なる肉の悩ましさが、彼を、恍惚の園にいざなう。

「ああ、あなたと結ばれた。わたし、この日をずうっと待ってた」

感激の声で母は言う。自分の心情を吐露する母に、いとおしさが募った。限りない愛をそそがなければならないと、あくまで真摯な気持で、彼は摩擦の動きをはじめる。

「慎太郎?　だいじょうぶ?　出しちゃ、だめよ」

「うん、まだだいじょうぶ」

「あれ着けないと、だめ、なんだから」

そう言う母の声は、うわずっていた。

「持ってきてないよ」

「心配しないで」

会話の間も、彼のゆるやかな動きは、一定のリズムを休まなかった。

それにしても、母は用意周到だった。狂言自殺、ホテルの予約、そしてコンドーム。まさしく計画的犯行。けれども、今の彼には、彼女を咎める気持は、少しもなかった。いやむしろ、そんな母が、たまらなく好きになった。

「ねえ、お蒲団に入ろう。最後はやっぱり、寝たかっこうで」熱っぽく母が言う。

ふくふくと真綿の入った蒲団に、裸身をすべらせ、母を抱き寄せる。その腕をすり抜けた彼女が、準備のものを、枕元から取り出した。

「ほんとうはあさってから、危険日なの。でも用心しないと。だってわたし、未亡人なんだもの」

母の声は潤んでいた。慎太郎はしかし、手渡されたものを装着しなかった。

「そのときになったら着けるから」

そう言って彼は、ふたたび母を埋めた。さきほどより緊密度が増し、彼を呑んだ官能的な肉の感触が、慎太郎を陶酔させた。部屋の景色は消え、桃色の帷の内側に、母と二人だけの世界が出現する。そこにはもはや、裕子の存在はなかった。

震える吐息を喉に受けながら、慎太郎はゆっくりと、距離をもつ動きをはじめた。うごめく把握との摩擦を、豊潤な蜜がなめらかにし、母の肉体の、確かな感覚を伝えた。

ひと動きごとに、やるせない表情で母が反応する。そして彼女は、熱に浮かされたように言うのだった。

「愛してるの。裕子さんに負けないくらい、わたし、あなたを愛してるの」

言葉の合間に、熱いあえぎが入り混じる。

「ぼくも、愛してるよ。お母さん好きだよ」

動きながら慎太郎は言う。彼は昂揚した。が、それ以上に母は昂っているようだ。

「ねえ」と彼女は身を揉みながら、彼の肩を押し、言葉を続けた。

「お願い、あれ着けて」

まだ少しばかり余裕があったが、母の気が散るのを危惧した彼は、手にしたものをかぶせる。そのわずかの時間ももどかしそうに、母が背後から抱きつき、彼の内腿を撫でる。

ふたたび体を繋げた。二人に、もう言葉はなかった。裸身の両肩を固定した慎太郎は、めくるめく時を母と共有するべく、愛の行為に埋没する。結合の状況に神経を集め、ゆっくりと動いた。すると母が、やるせなさそうに身を揉む。

交わりのくりかえされる摩擦に、抱き合う肉体が汗を含んだ。母が狂おしくあえぐ。押し殺したか細い声が、時折入り混じり、彼を勇み立たせた。腰の動きが速まるにつれ、硬直は母の芯を穿《うが》ち、乳房を揺らした。そして二人は上昇し、たちまち歓喜の渦に呑まれた。息をつめた母が、低くうめく。四肢を硬直させる裸身に呼応するかのように、慎太郎のたぎりが、収斂《しゅうれん》する肉の中ではじけた。


朝の入浴のため、二人は連れ立って大浴場に行く。六時過ぎに起こされた慎太郎の体は、まだ完全に目ざめていなかった。それなのに母は、晴れやかな足取りで廊下を歩く。

「海が見わたせる露天風呂も、あるんですって。そちらの方も入るから、一時間近くはかかるわね。はい、部屋の鍵」

屈託のない笑顔で振り向き、母が鍵を渡す。

「ま、ゆっくり入ってきてくれ」

「裕子さん、心配してるかな」

母の身をか、それとも、二人が一つの部屋で夜を過ごすことをか。

「心配してると思うよ」

「そうよね。でも裕子さんのこと、旅行の間は忘れることにしましょ」

軽やかなひびきで母は言う。女ってこういうとき、意外と肝が座っているんだな、と慎太郎は感心した。

朝食を終え、従業員が食器を下げに来た。彼女が立ち去るのを待って、慎太郎は着替えをはじめる。次の間で、母が買ってくれた黒のパンティーストッキングをはく。かなり薄い地だ。そこへ、トイレにでも行っていたのか、母がもどってきた。

「はき方、なれたものね」母が茶化す。

「これ薄いよ。ぜんぜん透けてるじゃないか」

「あら、まちがえたかしら。ほんとに薄いわね。でもズボンはくからいいじゃないの。透けたパンストをはいたあなたって、なかなかセクシーよ」

もう四月に入っているからはかなくてもいいのだが、金沢は東京よりかなり寒いし、足を締めつけるパンストの感覚も、彼は気に入っていたのだ。

服を収納する物入れは、この部屋にある。母は臆することなく、慎太郎の横で着替えをはじめた。浴衣を脱ぎ、堂々とパンティー一枚の裸身を晒す。恥じらいがないというのではなく、逆に彼の眼を意識してのことだろう。とたんに、慎太郎のものが敏感な反応を示した。セーターを着ると、彼はズボンをはかないまま、母の着替えを見守る。

乳房に当てがわれたブラジャーは、パンティーと対になっており、おしゃれでしかも悩ましかった。黒のレースの隙間から、カップ部分のブルーの下地がのぞき、二色柄のように見える。肩紐もレース編みになっており、いかにも高級そうである。彼女はその上に、お尻の下までの丈しかない、フィットインナーを着た。赤紫の生地は、まるでストッキングの薄さだった。体を回しながら、母が説明する。

「この肌着、ナイロンと高級綿混紡で、防寒型になっているから、見た眼よりずっと暖かいの」

ブラジャーとパンティーが透けて見えるのが、生々しく、悩ましい。慎太郎はたまらず母を抱いた。口を合わせ、彼女の腹部に股間をこすりつける。すると、身悶えしながら、母が片足を絡めてきた。

ハイヤーで富山湾に面した九殿浜に向かった。そこからバスで高岡に出るためである。和倉発の高岡への直行バス便が、あることはあるのだが、日曜日のみの運行だそうだ。高岡からは鉄道で富山に出て、さらに高山本線で、下呂へ向かう行程だった。

九殿浜からの路線バスは、空《す》いていた。二人は、最後尾の一つ手前の海寄りの席に、腰を下ろす。車内の前半分に九人の乗客がいたが、二人の近くには、誰も席を占めなかった。

窓ぎわの席に、母が座った。彼女の黒に近い濃茶のスカートは、膝下ほどの裾丈で、ミニではなかった。

けれども、前部にかなりの深さでスリットが入っており、足を組むと、薄いストッキングに包まれた腿の肌が、きわどくのぞく。バスは富山湾に面した国道を走っていた。

「日本海もこの季節になると、おだやかなんだね」

窓外に広がる海を眺めながら、母が話しかける。

「うん。かもめものんびりと飛んでるね」

浜には人影は見当たらない。ロシアタンカーの沈没事故による重油被害は、ここには及んでいないようだ。旅行の間、慎太郎は、裕子を忘れようと努めていた。それなのに母は、自分の行為のうしろめたさを気にもかけないかのように、裕子を話題に乗せる。

「新婚旅行以外、裕子さんと旅行したの一度だけ？」顔だけ彼の方に向けて言った。

「そうだよ。下呂、高山の旅行だけ」

「いつも、どんなところでデートしていたの？」

彼の左側に座っている母が体を正面にもどし、左足を上に組み替えた。顔は彼の方に向け、座席の背に頭をつける。

「ほとんど彼女のマンションで逢っていた。けっこうしゃれた料理作って、ご馳走してくれたんだ」

「そうなの、裕子さんの部屋でね。なら、あぶない関係になるのもうなずけるわね。で、いつごろなの？」

「何が？」

「はじめて裕子さんのオッパイ吸ったのは」

かなり露骨な質問である。さいわい二人の会話は、ほかの乗客の耳には届いていない。慎太郎はためらいながらも、月日を遡っていた。

「ねえ、いつなのよ」

「去年の正月」

「そう。ママのオッパイの味よかった？」

「うん、よかった」

「いいかたちしていそうだものね。そうでしょ？」

「うん、すごくいいかたちしてる」

「そのとき、最後の一線も超えたんだ」

「ちがうよ」

「あらそう。じゃあいつなの？……あ、わかった。下呂温泉の山翠館に泊まった夜でしょ」

「そうだよ」

「ふうん、あのときにね。どうりであなたが、お土産なんか買ってきたはずだ。なっとく」

慎太郎は話題を変えたかった。これ以上続けていると、裕子の衣服が一枚一枚はぎ取られ、全裸にされそうだった。さいわい会話が途切れた。母が海に眼をやったので、慎太郎は、彼女の足に視線を投げかけた。

「ところでさ、ホテルの予約はいつしたの？」

「ああ、あれ。あなたにうその電話を入れたすぐあとよ。春休みも終わりで、わりと空室があったみたい」

「お母さんも思いきったことするよなあ」

「だって、あなたのこと思うと、たまんなくなっちゃったんだもん。裕子さんよりずうっと前から、好きだったんだから」

母が、最後の「だから」という語句を口にしながら、肩をぶつけてきた。

「ぼくだって、お母さんのこと、小さいころから好きだった。特殊な感情をもってね」

「ほら、結婚式の三日前のこと覚えている?」

え?と言ったあと、慎太郎はすぐに思い出した。「マッサージして、ぼくが変な気起こしたとき?」

「そう。あのときね、ほんとだったら、夕べみたいになっちゃったかもしれないの」

「どうしてならなかった?」

「実はね、アレの最中だったのよ。ああ、ついてないなって思ったわよ」

生々しい母の証言は、朝、旅館を出る前の満たされない抱擁の余韻と相まって、慎太郎を欲情させた。窓外の景色を見るふりをして、母の方に体を傾けると、さりげなく彼女の腿に手を置く。

「ぼくは、お母さんが道徳的な気持から、やめたのかと思った」

「そう思わせただけ。結婚式の当日、顔ではにこにこしてたけど、胸のうちは嫉妬に狂っていたんだから」

バスは観光用の払い下げらしく、シートの背が高かった。だから、前方からの視界をうまく遮ってくれていた。彼は母の反応をうかがいながら、スカートの裾をずり上げる。

「女って恐いんだな」

母の手が、慎太郎を制止した。

「そうよ、あなたと無理心中しようかと、考えたこともあったわ」

「やめてくれよ、まだ死にたくはない」

制止をふりきり、彼は組まれている腿の間に手をこじ入れる。

「すてきな裕子さんが、いるんだものね」

母は抵抗した。だが、上に乗っている足をはがすことに成功した彼は、ためらわず奥をめざした。広がったスカートのスリットから、内腿の肌が、きわどくのぞくのに眼をやり、母がスカートの乱れを直す。

「裕子がね、お母さんのこと、大好きだって言ってたよ」

「あら、裕子だって。いつから呼びすてにしてるの?」

「婚姻届を出した日からかな」

「へえー、旦那になったつもりなんだ」

「つもりじゃないよ。実際に夫になったんだから」

慎太郎の手が深く入り込み、行き止まりとなった場所を指で揉んだ。すると母の腰がもぞもぞと揺れ、布地に粘りがにじみ出てきた。その表情に微妙な変化が現れたものの、母はあくまで平静を装っていた。

「十八歳の学生が女房持ちとはね。それに、もうすぐ子持ちにもなる。でさあ、実の母親を、奥さんにした気分ってどう?」

内容が内容である。母は、彼の耳元に小声で言った。彼女の吐息が熱い。

「結婚の経験はほかにないから、比較できないけど、他人との結婚よりは、ずうっといいって気がする」

「それって、どういうところかな」

会話は平穏だが、母の下腹部は、あきらかに困惑していた。

「親近感があって、しかも深いものを感じる。夫婦としては、最高じゃないかと思う」

「ふうん、そして、ときどき親子ごっこもしている」

指先のいたずらに母の姿勢がくずれ、腿の抵抗がなくなった。自由を得た彼の手は、インナーの裾を分け入り、さらに、パンティーストッキングの内側にもぐり込む。

周囲に眼を配りながら、素肌に沿って手を進めた。近くに乗客がいないとはいえ、かなり危険な行為だった。その緊張感が、かえって、二人の気持を昂らせた。が、母は、相変わらず平然を装って話しかける。

「ところでね、裕子さんが実の母親だとわかったとき、どんな気持だった？」

「そりゃあ複雑だよ。すごく嬉しかった反面、悲しさもあった。恋人としての関係が終わりになるかもしれないことが悲しかった」

窮屈ではあったが、最後の布の内側にすべり込んだ手は、やがて、さわさわとした感触にたどりつく。

「で？　母親だとわかるまでに、裕子さんと、かなりからだの関係が、あったの？」

「旅行のときと、その翌月の四月に一度。でもからだを交えたのはかなり……」

慎太郎が手を先に進めようとすると、母がスカーフをはずし、露になった太腿を覆った。もちろん、彼の手もスカーフに隠された。

「そしてあなたは、裕子さんの肉体《からだ》が、忘れられなくなった」

「そうなんだ。で、どうしても一緒に暮らしたくて、セックスが毎日したくて、プロポーズしたんだ」

指が押し入った場所は、予想にたがわず、かなりの量で潤っていた。まさぐり、愛撫をくりかえす。表情は平静を保っていても、母の耳朶やその周囲が、赤く染まってくるのだった。

「あなたたち、ほんとに思いきった決断をしたものよね。実の母子《おやこ》とわかっていながら、結婚するなんて、破廉恥というか立派というか」

「迷ったすえの決断だった。どうしてもぼくには、そうするよりほかに道がなかったんだよ」

「そこまで裕子さんに、惚れちゃったんだ」

「そういうことかな。考えてみると、ぼくと裕子が結婚できたのは、二人を他人にしてくれた、お母さんのお蔭ってことになる」

「そうよ。あんたも裕子さんも、わたしに深い恩があるんだから」

それならこれも恩返しの一つ、と慎太郎はゆるやかだった指の動きを、ぬめりの中のしこりに集め、小さく揺らす。会話が途切れた。眼を閉じ、唇を開いた母の鼻腔から、ん、ん、とかすかな声が漏れ出す。

慎太郎は愛撫を中断し、車内に眼を配った。乗客の一人として、こちらの異状に、不審をいだく気配はなかった。ふたたび意識を指にもどす。母の呼吸が震えをおび、腿がすぼまった。ふくよかな肉づきに手が挟まれたものの、指の動きに、支障はきたさなかった。愛撫をくりかえしながら、彼はさりげなく話を切り出した。

「去年の五月、ぼくの出生の疑問について、裕子と話したんだ。ぼくにお父さんの血が流れていないとすると、当然お母さんが、不倫をしたことになる。あるいは人工授精もあるけど、まずそれは考えられない」

母が、虚ろに眼を開けて言った。

「正直に言うと、わたし、お父さんと結婚したとき、処女ではなかった。でも結婚してからは、お父さん以外の男性を好きになったことは、一度もないの。あなたを除いて」

生理現象をがまんするときのように、母が下腹部をこわばらせ、もじもじと身を揉んだ。

「お母さんは不倫をするような女じゃないと、ぼくは信じてたよ」

慎太郎は、前方に注意深い視線をめぐらせる。一か所に指先を当てたまま、手を、小きざみに震わせた。

「だめ……」

かすれた声でつぶやく母は、あきらかに頂上を間近にしていた。動きを中断した彼は、わずかに指先を触れたまま、母をうかがう。

「気持いい?」

慎太郎は、母の耳元に囁きかけた。彼女はこくりとうなずき、震えた吐息をつく。

母は、周囲に気を配る素振りも見せずに彼の股間に手を延ばし、あきらかにそれとわかる形状を撫ではじめた。慎太郎の指は、相変わらず動きを止めたままだった。と、母が、もどかしそうにズボンのファスナーを引いた。次いで中に押し入り、パンティーストッキング越しに、硬直のかたちを激しくさすった。

「磯釣りしてる。何が釣れるんだろう」

慎太郎が空いている右手で、窓外の海を指差す。母はそれどころではないらしく、まったく関心を示さなかった。

「ああ、たまらない。ねえ、して」

熱い息を、彼の耳に吹きかけた。彼女の求めに、慎太郎は愛撫を再開する。小きざみな動きのリズムを作ると、母の鼻腔が、せわしくあえいだ。

「感じる……」

愛撫している母の手が止まり、硬直を強く握りしめた。彼女の終局を予感したとき、停留所を知らせるアナウンスがあり、バスがスピードを落とした。乗客の一人が席を立ちかけたので、慎太郎はあわてて手を引き抜く。

富山駅で、名物の駅弁『ますのすし』を買い、特急『ひだ』に乗り込む。下呂には早めに着くが、途中下車をして、高山の街を、見て回るほどの時間はなかった。

三時過ぎに、下呂温泉の山翠館に着いた。フロントに荷物を預け、温泉街を散策する。

「どう？　一年前を思い出す？」

母が、肩を彼の腕にすり寄せてきた。

「うん、そりゃあ思い出すよ」

「腕組んで歩いた？」

「うん、歩いた」

「こうやって？」

彼女は、彼の腕に自分の腕を絡ませ、顔を見上げる。

「うん、もっと体をくっつけ合って」

人が近くにいないのを見て、母が、胸を押しつけるようにして、体を寄せてきた。

「きのう、今日、明日の三日間、慎太郎はわたしだけのものだからね」

「はい、わかりました、美代子さん」

「わ、嬉しい。名前を呼んでくれた」

母が、彼の腕を胸に引き寄せる。膨らみのふくよかな感触と、ほのかな甘い香りに、慎太郎は淫らな気分になった。

一時間近く散歩して、ホテルにもどると、館内を案内する。豪華な雰囲気に、母はさかんに感心した。母が予約していた部屋は、貴賓室と名づけられた特別室だった。このホテルで、二室しかない最高の部屋だそうだ。裕子と泊まった部屋より、数段グレードが高い。思いきっちゃった、と、母は愉しそうに言う。ふだんは、あまり贅沢をする母ではないが、気持のどこかで、裕子への対抗意識があったのだろう。彼女の思いきりのよさは、時として、ひとを驚かせることがある。

ふかふかのジュータンが敷きつめられた洋室には、L字型に、三人掛けのソファーと、一人掛けの安楽椅子が置かれ、壁ぎわのガラスの戸棚には、グラス類と、封を切らないウイスキーや、ブランデーのボトルが並んでいた。

洋間に続いて、落ちついた雰囲気の十帖の和室があり、ほかに、書院造りふうの、控えの間がついていた。

さらに驚いたことには、まだ部屋があった。豪華なベッドルームである。二人で泊まるには、もったいないほどの広さだ。

「ううん、さすがね。すてきだわ」

部屋を見まわし、母はうっとりとしていた。高いんだろう?と訊こうとして、お金の話はこのさいやめにしようと、慎太郎も母につられて、夢見る気分になった。部屋のムードに誘われるかのように、彼が母の両脇に手を添えると、彼女は眼を閉じ、顎を上げた。

バスの中での戯れが尾を曳き、欲情を露にした接吻は、ながかった。母に導かれた彼の手が、乳房のなめらかな肌の感触と、ふくよかな量感を愉しむ。

「ここの高野槙《こうやまき》のお風呂もすてきだけど、食事前に、まず大浴場に行きましょうか」

やっと唇が離れ、母が言った。

慎太郎は、すぐにでも母と体を交えたかったが、さかりのついた犬と思われたくなかったので、精いっぱいの努力で自分を鎮める。母も同じなのだろう。眼があやしく潤んでいた。

書院ふうの部屋で、母が着替えをはじめた。そのうしろ姿を眺めながら、慎太郎も着替える。一枚一枚脱いでいく母の姿には、エロスがあった。ブラジャーをはずし、レースのショーツ一枚になると、光線の具合であろうか、かたちよく盛り上がった尻が、谷間のラインを描いて透けていた。裸身が、浴衣に隠される。

「若いね、うしろ姿」

こちらを向いた母に、慎太郎が言った。

「あら、うしろ姿だけ?」

「いや、前から見ても若いよ」

「いくつぐらいに見える?」

「うしろ姿は三十前。前は三十代後半」

「ずいぶんサバ読んだわね」

「ほんとにそう見えるんだよ、好きになったからかな。ほら、アバタもエクボって言うじゃないか」

「もうっ、ひとことよけいなの。さ、お風呂に行きましょ」

母の口元は怒っていたが、眼には、笑みがこぼれていた。


食事を終え、モーツァルトをBGMにしてブランデーを飲む。慎太郎は、ソファーに座っている母の横に、身を寄せて座り、その肩に軽く手を回した。

「ね、ニューヨークに留学した女の子、どうした?」

「一か月ぐらい前に電話があった。向こうの男性と結婚するんだって。大学は続けるらしい」

「白人と?」

「白人と黒人の混血。黒人の父は元プロのバスケットボールの選手で、母親は女優だって」

「あなた、そのなんとか亜希さんとかいう子とが、初体験だったたって?」

「そうだけど。彼女のこと裕子が話したの?」

「そうよ」

「もう、あいつ、よけいなこと喋って」

「いいじゃないの。きっと裕子さん、若いあなたの童貞を、自分が奪ったのではない、と言いたかったのよ」

実は逆に、自分が裕子の処女を奪ったんだ、と言おうとした言葉を、慎太郎はのみ込んだ。

「でも、向こうで結婚すれば安心ね」母が続ける。

「何が安心なんだよ」

「ひとり身だったら、東京に彼女が帰って、よりがもどるかもしれないじゃないの」

「べつに、そんなこと心配する必要ないよ。もう終わったんだから」

「で？　あなたも結婚するって彼女に話した？」

「そんなこと言わないよ」

「言えばいいのに」

「彼女のことなんとも思ってないし、自分のことを、べらべら喋る必要もないもの」

「そういうものかね。ところでどうだった？　高一のときの初体験の味は？」

母が彼の腿を撫でながらたずねる。

「女って同じことを訊きたがるんだなあ」

「あら、裕子さんも訊いたの？」

「うん、まったく同じようにね」

「そう。で？　どうだったの？」

「夢中だったからね。もちろん悪くはなかったさ。彼女、一七二センチの長身なんだ」

「へえー、すごいのね。いい女だった？」

「まあね。性格は男みたいだけど、女っぽい部分もかなりあった」

慎太郎は、右側にいる母の肩を抱いた。

「正直に言いなさい。裕子さんとくらべたらどうなの？　亜希とかいうその女《こ》」

「そりゃあ裕子の方が、いいにきまってるよ」

「そうでしょうね、わたしもそう思うわ。だって裕子さん、女のわたしから見てもほれぼれするほどいい女だもの。それにしっかり者だし。あんた最高の女性と結婚したわよ」

不倫の負い目があるとはいえ、母は、裕子の悪口を言わなくなった。それればかりではなく、褒め言葉が多くなった。

気をよくした慎太郎は、母の肩を抱いていた右手を、脇の下にくぐらせ、浴衣の衿を広げた。艶やかな肌をした乳房の一つが、むき出しになった。彼は眼で愉しみながら、左手で膨らみを愛撫する。乳房の肌は熱をおび、むっちりとした感触が、たちまち彼を漲らせた。

「ところでさ、お母さん、二十九でやっと妊娠したんだよね。それって、どっちに問題があったの？」

「お父さんの方。精液中の精子の数が、かなり少ないってことだったわ」

「じゃあ、お母さんには異常がないんだ」

「そうよ、だから今回、ちゃんとアレ用意してたじゃないの」

予防具をあらかじめ準備することは、相手に下心を開示するようで、普通だったら気後れするものだが、母の場合、こうと決めたらものおじしないタイプだった。

「東京から持ってきたの？」

「ううん、あなたが金沢に来るとわかってから買ったの。でも薬局でその名前を言うとき、年甲斐もなくどぎまぎしちゃった。しかも、あなたとのことで使う目的なんですものね」

そして母の筋書き通りに事は運んだ。慎太郎は乳房を揉みながらたずねる。

「いくつ買った?」

「一ダース。夕べ二つ使ったから残りは十個。足りるわね」

「そりゃあ足りるよ」

「残ったら、東京に帰ってからも使えるしね、そうでしょ?　慎太郎。いくら裕子さんがいい女でも、わたしを見すてないで」

甘えた声で母が言う。朝からの蓄積した肉の欲望で昂奮の色濃い母は、慎太郎の浴衣をはがし、続いて自分の浴衣も脱ぎ去った。そして、ソファーに座っている慎太郎の前に立つ。黒の下着が、ふっくらとした下腹部を飾っていた。白い肌との対比が、鮮烈なエロスを感じさせる。

彼の片膝を両腿ではさむ恰好で、母が裸身をすり寄せてきた。乳房が愛撫を求めて、顔の前に迫る。その肌に唇と舌を這わせ、乳首を口に含んだ。吸いながら、内腿の肌を撫でる。裸身がくねるように揺れたかと思うと、母がショーツを押し下げた。それを彼がひきつぎ、足首から抜き取る。布地の代わりに、繁茂の黒が、白い肌との対比を浮きたたせた。

片足をソファーに乗せ、彼女は大胆なポーズをとった。その誘いに応え、慎太郎は茂みの下に手を差し伸べる。まさぐる指がたちまち粘液にまみれ、ゆらゆらと母が身悶えする。

慎太郎は崩れ落ちようとする裸身を抱き、テーブルに手をつくようううながした。「恥ずかしいよう」と言いながらも、母は応じるのだった。

母の尻は、しっとりとしたきわめて上質の肌をしていた。心地よく盛り上がった丘のふもとに、いきり立つものを当てがった慎太郎は、体を押し出す。母が声をのみ、硬さを漲らせた彼のものが、深々と抗を打ち込む。あらゆるけものたちがとる交接の形に、母は昨夜に劣らず悩ましさを露にして、歓喜を口にした。

電車の警笛が、夜の山間に響いた。高野槙の内風呂に入った二人は、喉の渇きをいやすため、ビールを飲んでいた。温泉の効果なのか、母の肌がしっとりとした艶を見せている。

「あなたとこんなふうにして旅行できるなんて、ついこの間まで、そう、ちょっと危険なあのマッサージをされるまで、考えてもみなかった。なんだか恐いくらいにすてきな気分」

母が言う。裕子への気の咎めを除けば、慎太郎も同じ気分だった。

「ぼくだってそうだよ。小学生の頃からお母さんはぼくの憧れだった。やましい気持がふっと湧くときはあったけど、実の母親って考えがあるから、どうなるものでもなかった」

「考えてみると、わたしたちが愛し合えるようになったのは、裕子さんの出現のお蔭かもしれないわね。結果として、二人に血の繋がりがないとわかったんだもの」

母がほうっとながい吐息をつき、言葉を続ける。

「慎太郎？　わたしが自殺のお芝居したこと、そして二人がこういう関係になったこと、裕子さんに話してもいいよ。わたし、手をついて謝るから」

そう言う母の声に、悲壮感はなかった。黙っていたとしても、いずれは、いやかなり早い段階で、裕子に悟られるだろう。とても隠しとおせるものではない、と慎太郎は思う。

「ま、なり行きしだいだね」

「裕子さんにとってあなたが必要なように、わたしもあなたが必要なの。あなたを愛せなくなったら、わたし、ほんとに死んじゃうかもしれない」

「ぼくとしては、三人で仲よくやりたい」

そう言ったあとで、これは男のずるさかもしれない、と慎太郎は思った。

「なんだかわたし、変な感じなの。この旅行の間、うずくような感覚がずうっと続いているの」

母の眼が潤んでいた。


豪華なベッドルームが、あやしいムードをさそった。時間とホテルは有効に使った方がいいね、と慎太郎は母を裸にし、自分も全裸になった。

慎太郎は若き獅子だった。性にもっとも盛んな年頃である。一方母は、ようやくめぐり来た愛に貪欲だった。しかも、ダンスとヨガで鍛えた肉体は若く、湧き続ける泉のような自らの情熱に、充分対応できた。仰向けに寝た彼が母の裸身を上に乗せ、体を繋げる。ふくよかな肉体が、手から爪先までの重みをあずけた。

「さては、裕子さんとこんなスタイルで愛し合ったこと、あるわね」

「うん、あるよ」

「彼女とくらべて、わたし重い？」

「少し重いかな。お母さん、体重いくつ？」

「五十キロちょうど」

「お母さんの身長で四十八歳だったら、ちょうどいいんじゃないの」

「年のことは言わないの」

母がゆっくりと腰を回した。捕えられている部分を基点に、快感がうずきをともなって広がってくる。

「裕子は、ぼくとお母さんの関係を知っても、頭にはきても離婚は考えないと思う」

「そうなの」

「ぼくと彼女には、切ることのできない親子の絆があるんだから」

裕子がいいかげんなことを言う女ではない、と慎太郎は信じている。例の、母を共犯者にするとの提言である。そのことはしかし、まだ母に言う段階ではない。

母は両膝を慎太郎の腿の外側に移し、彼の肩に置いていた手を、ベッドについた。上体を起こし、真剣な目差しで彼を見下ろしながら言う。

「ね、赤ん坊の面倒わたしが見る。だから、わたしを見すてないって約束して」

「約束する」

「わたしが死ぬまで、わたしを離さないで」

「そのつもりだよ」

熱っぽい吐息をついた母の腰が、上下の動きをはじめた。動きながら彼女は言う。

「これからも、やさしく、してね」

「うん、するよ」

「この旅行のように、抱いて」

「いいよ」

動きが小きざみなリズムを作り、母の顔のせつなそうな表情が露になった。

「裕子さんと、同じように、愛して」

言葉の合間に、昴りのあえぎが入り混じる。

「そうする」

「激しくよ」

「もちろん」

母の喉が鳴り、乳房が揺れた。

「好きだって、言って」

「死ぬほど好きだよ」

「ああ……」

身を震わせて、母が覆いかぶさってきた。そして、激しく体を動かすのだった。


荒い呼吸が鎮まっても、母は裸身をあずけたままだった。その重みを感じたものの、ふくよかな肉体の圧迫感が、慎太郎には心地いい。彼のものは、まだ母の中で息づいていた。

一向に降りる気配を見せない彼女の背に、上掛けを引き寄せる。

「ありがとう。このままもうちょっといさせて」夢うつつの声で母が言う。

朝から続いた昂奮で、さすがに疲れたのか、それとも心身共に満足した充実感からか、母はかすかな寝息をたてはじめた。

慎太郎も満足した。半分眠りの中で耳にする川のせせらぎが、子守唄のようにやさしい。彼は一年前も、このせせらぎを聞いた。そして、初めて裕子と肉体《からだ》を交えたのだった。

母との関係を、妻に告白しなければならないと思う。一昨日、きのう、そして今朝、何度も母と愛を誓った。たとえそれが、熱に浮かされた睦言とはいえ、一度口にした約束は守らなければならない。しかしながら裕子は、果たして認めてくれるだろうか。たしかに、彼女は母を抱くことをすすめた。が、今回の旅行は、あきらかに彼女を騙したことになるのだ。簡単に事がすむとは思えなかった。

新幹線『のぞみ』が東京に近づくにつれ、慎太郎の不安は重い荷を引きずりはじめた。裕子のきびしい目差しと、さらに、母との冷たい対立の図がちらつく。ところが母は、それほど気にかけていないのか、それとも、彼を取りもどせた満足感からか、愉しげな笑みさえ浮かべて話しかけてくる。

「二人で、また旅行に行きたいね。今度は秋の東北もいいかな。ほら、十和田湖近くの奥入瀬《おいらせ》渓流の紅葉、すてきらしいわよ」

「秋にねぇ……」

母との関係を後悔していないとはいえ、彼の気持は、まるで弾まなかった。

「十月いっぱいは、裕子さんまだ会社に出ないわよね。彼女も一緒でかまわないんだけど、赤ちゃんには旅行は無理でしょうから、二人だけで出かけよう。たしか、土曜日を挟んで三連休の日があったと思うわ」

「土曜日は午前中、学校だよ」

「一日ぐらいサボリなさい。何か適当な口実を作って」

「裕子が許可してくれればね」

「裕子さんのお許しね。ま、事が事だから仕方がないか」

その前にさし迫った問題がある、と彼は思った。

大森駅からは母の家が近い。彼女は玄関に荷物を置くと、その足で、一緒に慎太郎の新居に行く。裕子は、勤めからまだもどってはいなかった。帰りの途中、駅近くのスーパーで買いそろえた材料で、母は夕食の仕度をはじめた。

　慎太郎は風呂の掃除にとりかかった。彼も母も、ホテルを出る前に内風呂に入っていたので、入浴の必要はなかった。裕子のために沸かすのである。

　リビングには、裕子が元のマンションで使っていた、食卓兼用のテーブルと、ソファーが置かれていた。それに座った慎太郎に、キッチンから母が声をかけた。この部屋は、狭いけど一応ＬＤＫになっていた。

「慎太郎、わたしと旅行したこと後悔してる？」

「後悔なんかしてないよ」

「奥さんが恐いんじゃない？」

「そりゃあ少しはね」

　母の手ぎわのよい包丁の音が、ことことと鳴った。料理を楽しんでいるようなリズミカルな音である。おおかた料理が出来上がった頃、裕子が帰ってきた。

「お母さん、おからだ、もうよろしいんですか？」彼女が母にたずねる。

「ほんとにご心配かけました。ごめんなさい」

　そう言って、母がぺこりと頭を下げた。

　慎太郎は、母が帰ったあとで、裕子に告白するつもりでいた。だから、母が面倒なことを言い出す前に、会話に割り込む。

「お袋さん、ぜんぜん心配ないんだ。それより、食事の前にお風呂入ったら？　ぼくらは今朝、向こうで入ってきたからいいんだ。風呂から上がったら、食事しながら旅行の話でもしよう」

「お風呂？　お母さんお疲れでしょう。食事の仕度、わたしいたします」

「いいのよ裕子さん、お風呂ごゆっくりお入りなさいな」

母は裕子に気をつかっていた。

「ぼくら遊んできた。きみは一日中仕事だったんだから、ほら着替えて、お風呂入って」

慎太郎も、裕子を必要以上に気づかう。

「じゃあお母さん、甘えさせていただきます」

「どうぞ、どうぞ。わたしにあまり気をつかわないでね」

部屋着に着替えた裕子が、浴室に行きながら、

「あなた、下着、ベッドの上に出しておいたわよ。着替えたら？」と彼に声をかけた。

彼の顔を見て、母は意味ありげな笑みを浮かべた。二日分の下着を、母が買ってくれていたのだ。

頃合を見はからって、慎太郎は浴室を覗いた。裕子は体を洗っている最中だった。

「湯かげんどう？」

「こら、覗くな」

「夫婦だもん、いいじゃないか」

「旅行、さぞ楽しかったことでしょうね」

「怒ってるみたいだね」

「いーだ。早くドア閉めてよ」

慎太郎はドアを閉めながら、さては感づいているな、それにかなり頭にきている、と思った。たしかに電話では、和倉温泉と下呂温泉に泊まるとは言っておいたのだが。

「慎太郎、今さら心配してもはじまらないわよ。男は度胸が肝心」

ソファーに腰を下ろした彼に、母が小声で言う。

このひと、少しのうしろめたさも感じていないのだろうか。まがりなりにも、慎太郎と裕子は夫婦なのだ。妻がいる彼と肉体関係を持ったことは、不倫以外の何ものでもなかった。

食事をしながら、母は旅行の話をした。金沢の風景や和倉温泉の様子、山翠館の立派さや、下呂温泉の泉質のすばらしさなどを話したものの、肝心な事にはふれなかった。裕子も、母の心の傷を思いやってか、自殺未遂の事件にはふれなかった。ところが食事を終え、裕子が淹れたコーヒーを飲んでいるとき、居住まいを正した母が、テーブルに両手をついた。

「裕子さんに、謝らなければならないことがあります」

「はい、なんでしょう」

慎太郎は、二人の女の会話を、かたずをのんで見守った。

「じつは……自殺未遂はお芝居だったんです。薬なんて飲んでないの」

母が真剣な表情で言う。

「え？　でも病院に救急車で」

「ごめんなさい」と母は頭を下げ、続いて狂言の詳細を、つつみ隠さず話した。そしてさらに、

「取りかえしのつかない、もっと大変なことをしてしまったのです。実は、慎太郎を愛してしまったんです。

ごめんなさい」と、深々と頭を下げたのだった。

ひとときの沈黙ができた。本来だったら、慎太郎も両手をついて謝らなければならないところだが、例の裕子の言葉がある。彼は緊張の面もちで、妻の出方を見守った。

裕子の頬に小さな痙攣が走った。彼にはそう見てとれた。深呼吸のあと、彼女はおもむろに口を開いた。

「ある程度の予想はしてました。たぶん、そういうことになるかもしれないと」

裕子は取り乱さなかった。平静をあえて装っているのか、口元は穏やかだった。

「裕子さん、怒らないの？」拍子抜けした表情で母がたずねる。

「怒っていますよ。お母さんがうそをついて、慎太郎を金沢に呼び寄せたことに対して。しかも、新婚旅行から帰ったばかりのところで」

「ほんとにごめんなさい。勝手なことばかりして。でもほかのことには？　つまり、わたしと慎太郎のからだの関係……」

「そのことなんですけど、今後のことも含めて、お二人の本音をおうかがいしたいんです。まず、お母さんのお気持をお聞かせください」

裕子は淡々と、だが毅然としたものを内に秘めた態度で言った。

「わたしは」と母は息を継ぎ、話しはじめた。

「慎太郎を心から、その肉体をも含めて、愛しています。この気持はこれからも変わらないでしょう。でも、裕子さんが、今後慎太郎とのからだの関係はやめろとおっしゃるのなら、そうする覚悟です」

裕子は深く息を吸い、慎太郎に顔を向けた。

「慎太郎、あなたは？」

「ぼくもお袋さんを愛してる。もちろん、きみを愛するぼくの気持は、一生変わらないけど、ぼくとしては、三人で仲よくやっていきたい」

「欲張りでちょっと調子がいいわね。でもそれが、あなたのいつわらざる本音でしょうね」

会話が途切れた。ふたたび重苦しい空気が漂う。慎太郎が例の裕子の提言を口にしようとしたとき、母が遠慮がちに、だが開き直りともとれる質問をぶつけた。

「あのう、盗人《ぬすびと》がこんなことたずねるのは失礼なんですけど、裕子さんのお気持はどうなの？」

裕子は、母とそして慎太郎の顔を見た。それからこう言った。

「お母さんと慎太郎の愛情は、お二人の問題です。わたしは彼と結婚はしても、独占契約までは結んでいませんから」

「それってどういうことかな」

慎太郎が割って入った。それを無視するかのように、さらに彼女は言う。

「コーヒー飲み終えたら、歯を磨きましょう。三人とも」

母が、え?という表情で裕子を見た。

「お母さんの歯ブラシ、今、新しいのをお出しします」

「わたしは慎太郎のでかまわないけど」

「そうですか。ではそれで」

慎太郎は、裕子の企てが何かしら分かりかけた気もするが、その真意は、まったくつかめなかった。

裕子の言うとおりに従った。慎太郎がまず歯を磨き終え、その歯ブラシを母に渡す。母に続いて、裕子も歯を磨いた。

リビングにもどった裕子が、ソファーに座っている慎太郎を立ち上がらせると、少し間を置いて、彼に言った。

「あなた、わたしにキスして。そのあとでお母さんにもね」

意外な展開に、彼は母を見る。彼女は驚きの表情をしたものの、異論は唱えなかった。

「ぼくはかまわないけど、裕子、きみはほんとに平気なの？」

「だいじょうぶよ。さあ、キスしてちょうだい」

肩身の狭い立場にある彼は、妻の演出に従わざるを得なかった。

慎太郎は彼女の唇に口をつけた。が、すぐに離した。

「だめ、もっと愛情豊かなキスをして」

ふたたび唇を重ねた慎太郎は、進入してきた裕子の舌を吸い、強くその体を抱いた。彼女も、彼の首に回した腕に、力を込めた。舌を交互に吸う濃厚なキスはしばらく続き、それを、母が唖然とした表情で見つめていた。

「ありがとう。じゃあ、次はお母さんとキスなさい。それからまたわたしとキスするのよ」

「うん、わかった」

腹を決めた慎太郎は、ソファーから母を立ち上がらせると、その腰を抱き寄せる。

「裕子さん、ほんとにいいんですね」

「わたしのこと気になさらないで、うーんと甘いキスをしてください」

とまどい気味だった母も、どうやら裕子のペースにはまったようだ。慎太郎に抱き寄せられた彼女は、素直に彼の肩に手を置き、眼を閉じた。

立ったまま、裕子が二人の行為を見守っている。唇が重なった。母の鼻からの呼吸音が、震えていた。二人は、しばらく唇を合わせたままだった。が、このまま口を離したらかえって不自然だと考えた慎太郎は、裕子の意を汲むことにした。

母の口中に舌を差し入れる。母が彼の首に腕を巻き、強く唇を押しつけてきた。ふくよかな胸の膨らみをこすりつけながら、母は、積極的に舌を絡ませる。そして吸った。裕子がそばにいるのを忘れたかのように、彼女は淫らなまでに彼の舌を貪るのだった。

まだ続けたい様子の母を離し、慎太郎は唾液に濡れた口で、ふたたび妻と口を合わせる。彼の股間のものは、母とのキスあたりから、痛いほどの漲りを示していた。

慎太郎の首に両腕を巻いているので、裕子は爪先立っているのだろう。硬直した彼のものが、ちょうど彼女の股間に当たっていた。

母はソファーに座り、昂奮の面もちで眼を閉じている。慎太郎は淫らな気分になった。キスを続けながら腰を下げ、屹立の頭部で妻の股間を刺激する。さらに、乳房の膨らみに手をかぶせ、揉みはじめると、その手を彼女は遮った。ようやく二人の口が離れた。

口直しのつもりか、裕子は玉露のお茶を出した。

慎太郎と母が並んでソファーに腰を掛け、裕子は向かい合わせでスツールに座る。

「お母さん、わたしたち三人は、いわば反道徳的な不倫家族。でも、これはわたしたちだけの問題であって、傷つく人間は、ほかに誰もいません」

「ええ……」と、母が曖昧な声で相づちをうつ。

「罪を犯した者同士、仲よくやっていきましょう。さきほどのキスは、そう言った意味を込めたものです」

ようやく裕子の意を解した母の緊張がほぐれ、とまどいの中にも安堵の色がうかがえた。

「裕子さんって型破りな考えの持ち主だわ。そして、とてもすてきなレディー」と母が言う。

裕子の私的な面においての常識は、母子の結婚を決意したときから、すでにその枠をはずれていたのだ。

彼女は、一度閉じた眼を開け、喋りはじめた。

「愛があれば、そしてそれが強ければ強いほど、嫉妬や反感も大きくなると思うんです。お二人が旅行されている間、わたし考えました。お母さんは、わたしが出現するずうっと以前から、慎太郎を愛していらっしゃった。わたしたちが結婚の承諾をお願いしたとき、わたしに対して、お母さんは強い反感をいだかれたと思うんです。わたしは、お母さんから彼を奪った女ですから。慎太郎を愛するがゆえに、わたしに思いやりの心が欠けていました。愛は、みにくい独占欲であってはならないと思いました。お母さんと慎太郎の間に、からだの関係ができたことで、わたしに嫉妬の気持がないとは言いません。でも考えてみると、愛は心の問題なのです。肉体はその表現手段。お母さんは、心の中で、いつも慎太郎を愛していらっしゃった。たまたまそれが、表現手段を通じて表に現れた、そう考えれば、嫉妬もほどよい刺激になるのです。それに、表現手段を中止しても、心の中の愛まで、消し去ることはできません。わたし、お母さんと慎太郎のからだの関係を……認めます。理解し合い、協力し合っていきましょう」

裕子は話し終わり、ほうっと息を吐いた。彼女の頬が紅潮していた。

「すごいんだね。ぼくは、裕子をますます尊敬する気持になった。心から感謝するよ」

「そう。なら、わたしたちを心から愛し、ほかの女とは絶対親密にならないと、あなた誓える？」

「もちろん誓うよ」

「お母さん、証人になってくださいね。工藤慎太郎は、妻と母を心から愛し、生涯、絶対浮気はしないと誓いましたから」

「生涯?」彼は、言葉が一つ多いと思った。

「そう、一生よ」

「はい、わかりました」

　慎太郎にとっては、裕子の条件を、すべてのまなければならない今の立場だった。

　意外な結末に内心感激したのだろうか、母は玄関口で、眼を潤ませながら、裕子の手を取った。

「裕子さん、ほんとにありがとう。なんて言ってお礼の言葉を述べていいのか……心からありがとうございますって言葉しか、出てこないわ」

「いいんですお母さん。わたし、お母さんを大好きなんですから」


　母が帰ったあと、本音をさらけ出す裕子との間に、ひと波乱あるだろうと慎太郎は覚悟していた。さきほどの肝を冷やすようなキスのやり方は、どう考えてもまともではなかった。だけれども、考えてみると、慎太郎のとった行動は、それ以上にまともではなかった。なにしろ、新婚旅行から帰った翌日、不倫に走ってしまったのだから。

　裕子はしいて装っているのか、思いのほか穏やかだった。母との問題が一段落したせいもあるだろう。が、次の矛先はおそらく自分。

　ダブルベッドのヘッドボードにクッションを立てかけ、それに背を当て、二人は並んで足を伸ばしていた。慎太郎はパジャマ姿で、裕子は胸元が広くカットされたネグリジェを着ていた。だから、乳房の膨らみが谷間を作り、乳暈近くまでの肌が露になっていた。

彼は裕子の反応をうかがうため、ネグリジェの胸元を押し下げた。彼女はすこしも拒む気配を見せない。二つの乳房がこぼれ出た。妊娠のため、乳暈と乳首がやや黒ずんではいるものの、相変わらず魅力に溢れた、豊かな膨らみだった。彼の手が、乳房の肌を遠慮がちに撫でる。

「お母さんって面白い方ね。あんな自殺のお芝居を思いつくなんて」

裕子の言葉に、そろそろはじまるかなと、慎太郎は身構える。

「あのひと、ときたま、思いがけない行動をとることがあるんだ」

「昔、あなたのオチンチンを、大人の姿にしたときのように？」

「そうだね」

「ね、あなた。お母さんの味どうだった？」

「ま、お袋の味ってところかな」

「よかった？」

「悪くなかった」

「あなたってエッチだから、三日間、お母さんの裸たっぷりと見て、味わったんでしょ」

「でも、やっぱりきみの方がいい。からだも味も」

「無理しなくてもいいわ」

「いや、それはもちろんきまってるだろう。そうでなきゃ、母子《おやこ》の結婚なんてだいそれたことはしないよ」

慎太郎はパジャマのズボンを脱いだ。ついで、妻のネグリジェの裾をたくし上げる。二人とも下着は着けていなかったから、下半身がむき出しになった。

「あなた、今朝お母さんとしてきた？」

「うん。でも、そのあと風呂に入ってきたから、からだ、きれいだよ」

「心は？」

「怒ってるの？」

「怒ってはいないわ。これが」と言って、彼女はトーテムポールの様相を呈しているものを握り、

「お母さんを悦ばせたかと思って、ちょっとやきもち焼いてるだけ。でもこの程度なら、嫁と姑の戦争が起こるより、ずうっとましかな」

慎太郎も妻の股間に手を差し延べ、指を中に入れた。そこはわずかな湿りを含んでいた。裕子が、トーテムポールを軽く握って言った。

「この所有権はわたしにあるの。で、ときたまお母さんにレンタルするわ。若くて元気だから、使いべりはしないでしょうから」

「レンタル料は？」

慎太郎は、にじみ出る潤みを集めて、指をすべらせる。

「十八年前、百万円いただいているわ、前払いとして。だからもういいの。でもお母さんのことだから、なんらかの形でお返しはあると思うけど、あなたはあくまで、愉しみながらのボランティア。いただく資格はないのよ」

「はい、じゅうぶん心得てます」

「そして、わたしに対してうそをつかないこと」

「約束します」

「お母さんとのこともよ。つつみ隠さずに」

「なに、ということは、二人が愛し合った状況も含めて?」

「そ。わたしがたずねたらね」

「でも、やきもち焼くだろ?」

「少しはね。きつね色程度だったら、あなた嬉しいんじゃない?」

「黒こげにならなきゃいいけど」

「だいじょうぶよ。今だってこうやって、やさしく撫でてあげてるでしょ?」

「うん」

慎太郎は、左手を妻の背に回して乳首を弄《いら》い、もう一方の手の指先に、微妙な動きを与えた。

「いいわね、隠しごとはいっさいしないこと」

「はい、承知しました」

「なら、まあ水に流してあげるか」

「やっぱりきみは、すてきなレディーだね」

「何言ってるの、ゴマすっちゃって」

潤みが増した。彼女の両腿がすぼまり、腰がもぞもぞと揺れた。

「ところで、二泊三日の旅行の間に、お母さんと何回エッチした?」

「え? ……全部で、五回、かな」

「そう。お母さんって元気なのね。そしてかなりスケベだわ」

裕子は含み笑いを浮かべ、彼にちらりと流し目をやった。それから体をずり下げ、いなないているものを握ると、点検でもするかのように顔を回した。

母と初めて愛し合ってから、半月以上がたっていた。逢いに行かなければならないと思いながらも、大学生活の新しい始まりで、平日はなにかと忙しく、土曜、日曜は裕子が家にいた。母との間に何もなければ、気軽に実家に行けるのだが、公認されているとは言え、目的が目的だけに妻に言い出しにくい。

そんなある日、それはたまたま偶然なのだが、慎太郎は、中年女性の裸身を眼にすることになった。

裕子は、仕事からまだ帰っていなかった。食事の仕度をあらかた終え、彼は寝室に入った。カーテンを閉めるだけだから、照明は点けない。何気なくガラス越しに外を眺めると、前の家の浴室の明かりが、眼にとまった。窓が半分開いていた。

前の家は木造の二階建てで、一階のその浴室は、慎太郎からは正面斜め下に見下ろす角度だった。家の造りや植え込みの関係で、ほかの部屋からは見えないようだ。慎太郎のところは、三階建ての三階の角部屋で、寝室はいちばん端になっていた。

浴室用のブラインドが掛けられてはいたが、閉じ方が甘く、上から見ると、薄い羽根の間隔がはっきりとあいていた。中年の女性が入浴中だった。小学生の子どもの兄妹《きょうだい》がいるようだから、母よりも若いにちがいない。何度か家の前で見かけたことがある。顔は賢そうで美人だった。体形も悪くはないと思っていたが、その裸は、慎太郎の昂奮を誘うほどではなかった。イカのような乳房が地球の引力をまともに受け、膨らんだ下腹は、何段かに分かれていた。

おなかが大きくなる前の、すばらしいプロポーションをした裕子や、張りと艶のある母の裸身を見ている慎太郎の眼には、お世辞にも美的とは映らなかった。カーテンを閉めた彼は、急に母に逢いたくなった。

四月二十九日はみどりの日、祝日である。それでも妻の躾よろしく、慎太郎は七時には起き、朝食をすませた。が、なんとなく落ち着かない。実家へ行くことを、一昨日電話で母と約束していたものの、裕子にはまだ言っていない。どのような口実にしようかと、彼はあれこれ考えていた。

「お袋のところに行ってもいいかな。庭の草取り頼まれていたもんで」

嘘ではなかった。ただし、今度草取りに来てよね、と頼まれたのは、旅行帰りの新幹線の中だった。

「いいわよ、ゆっくりしてらっしゃいな。お昼向こうで食べるんでしょ？」

「おそらく、そうなると思う」

「なんだったら泊まってきたら？」

「でも、それじゃあ……」

「わたしはかまわないわよ」

向こうで何が起きるか彼女は充分承知のはずだが、いやな顔は見せなかった。のみならず、こんなことまで口にした。

「月に二回ぐらいは泊まりがけで行ったら？　お母さん寂しがってると思うわ」

「ほんとにいいのかな、泊まっても」

「いやあね、わたしに気兼ねしてるの？　心配しないで行ってらっしゃい。あなたは大事な共有財産なんだから」

共有財産か、と彼は胸の内でつぶやく。ま、大事なという言葉が入っている分、良しとするか。

背中に妻を意識しながら、慎太郎は母の家に行った。歩いて三分足らずの距離なのに、新居で生活するようになって、彼が実家の敷居をまたぐのは、今までに二度しかない。裕子の同僚の送別会で彼女が遅くなった夜と、新婚旅行から帰った日、母が金沢に行っているときだ。母と愛し合うようになってからは、初めてである。その代わり、裕子と母は、よく往《い》き来《き》していた。

慎太郎の気持が通じたかのように、母は庭の草取りをしていた。もう半分以上すんでいる。

「へえー、偶然だね。草取りの手伝い頼まれていたからって、あのひとに言って出てきたんだけど」

「偶然じゃないわよ。たぶん、あなたはその程度の口実しか考えつかないだろうと思って、朝から草取りははじめたのよ」

「ぼくが来るまで、待ってればいいのに」

「そうも考えたけど、あなたとの時間を有意義に使うために、早めに終わらせようと思って」

「有意義にねえ……」

「あら、何考えてるの。つまり、お喋りする時間よ」

「うん、そうだね。お喋りする時間だよね。あとはぼくがやるからいいよ。あ、それから、今晩泊まるかもしれない」

「おや、どうしたの？　裕子さんと喧嘩でもした？」

「しないよ。ゆっくりしていらっしゃい、なんだったら泊まってきてもいいわよ、って彼女が言うものだから」

「へえー、そうなの。じゃあ残りを頼もうかしらね。わたし、蒲団干したり、掃除したりするから」

その日は、初夏を思わせる暖かさだった。慎太郎はジーンズの上着を脱ぎ、Tシャツ一枚で庭に立つ。

この時期、庭にはさまざまな草木が花を咲かせる。真紅の椿、白の小手毬《こでまり》、黄色のユリオプスデイジー、そして、桜色をした五鉢のアザレアが、地植えのつつじと、艶《えん》を競うかのように咲きほこっている。プランターのパンジーも、にぎやかだ。

二階の開け放された窓から、掃除機の音が聞こえてきた。母の姿が見え隠れする。一か月前まで自分が生活していた実家なのだが、そこに、母とのあらたな関係が加わったことで、彼の胸には、甘ずっぱいうずきが湧いてくるのだった。そして突然、豊満な乳房がクローズアップされた。

裕子も母も北海道育ちのせいか、その肌は白い。しかし質感に違いがあった。裕子の、特に乳房や腿の肌は薄く、さらりとしてなめらかなのに対して、母の肌はしっとりと艶っぽい。そして共に官能的だった。


昼で草取りは終了した。昼食のあと、慎太郎は三十分ほど、ソファーで昼寝をする。母は買い物に出かけているようだ。

眼を覚ました彼は、軽く柔軟体操をしたあとで、裕子に電話を入れた。

「あら、どうしたの？　わたしのご機嫌うかがい？」屈託のない妻の声が流れてきた。

「いや、そういうことではないんだけど、どうしてるかなって」

「わたしは本を読んでいますよ。ひとりで静かにね」

「明日一時限目休講だから、今晩こっちに泊まることにした。明日の朝食はここで食べてからそっちに寄って、学校に行こうと思ってる」

「えーえ、どうぞごゆっくり」

「怒ってない？」

「ばかね、あなたって意外と気が小さいのね」

「だって、きみ恐いんだもん」

「あら、そんなことないでしょ？　わたしはいたってやさしいのよ。それに寛容の精神だって持ち合わせているんだし」

「そうだね、きみは心が寛《ひろ》いよね」

「お母さんは？」

「買い物に行ったみたい」

「草取りは？」

「終わった。手入れが大変だけど、やっぱり庭のある家っていいよね」

「こっちに、帰りたくなくなるんじゃない？」

「そんなことないよ。庭があってもきみがいないもの」

「ふふ、ゴマすって」

「ゴマすりじゃないよ、本心だよ。今日はひとりぼっちにさせるけど、ごめんね」

「たまにはひとりぼっちもいいものよ。せいぜい、お母さんに甘えていらっしゃい」

「そう言われるから恐いんだよ」

「臆病者」

「そっちに帰ろうかな」

「おばかさん。両手に花を愉しみなさい。わたし、やきもちなんか焼かないからね」

慎太郎は、返す言葉が見つからなかった。裕子の声が流れてくる。

「あなた?」

「うん? なあに」

「なんでもない。じゃあね」

電話しない方がよかったかな、と慎太郎は思った。裕子が「あなた?」と呼びかけた言葉が耳に残った。それにしても、不倫先から電話をする男が、世の中にいるのだろうか。昨夜はしなかったから、明日は必ず裕子を抱く必要がある、と彼は思った。


母がビニール袋を手にしてもどってきた。自転車はあるのだが、彼女はあまり使わない。健康のためには歩くのがいちばん、というのが彼女の持論だった。

「今晩、天ぷらにするわね。生きのいい鱚《きす》やめごち、それに刺身用のイカがあったから」

母の表情が、弾んでいた。

慎太郎と裕子の結婚式までの数週間、母は明るい表情を作るものの、どこかに、寂しげな影のようなものがあった。だが、今日の彼女にはそれがない。心底嬉しそうである。気持に艶が感じられた。

「旅行、楽しかったわね」

さりげなく、だが慎太郎の下心をくすぐるかのように言うと、母は、買ってきた材料を冷蔵庫に入れる。それが終わるのを待って、彼は母の背後に歩み寄り、その体に腕を回した。ほのかな香水の匂いと、両手に伝わる膨らみの感触が、彼の官能を昂らせた。

彼女が香水をつけるようになったのは、おそらく旅行のときからだろう。両の乳房を揉みながら、耳朶に口をつける。

「感じる……」背を反らせ、つぶやくように母は言う。

しばらく、彼のなすがままに身を委ねていた彼女が、体の向きを変えた。久しぶりの抱擁は狂おしく、慎太郎はたちまち裕子を忘れた。交互に舌を吸い合うキスに陶酔したあと、慎太郎は腰を落とした。母のセーターをたくし上げながら、同時にブラジャーを押し上げる。母の手が布の束を支え持つ。

匂い立つような乳房の白さが、彼に、旅行の記憶を生々しく蘇らせた。膨らみの横顔に頬をつけ、その感触に陶然となりながら、彼は成熟の匂いを吸い込む。

母が身に着けているジーンズのセミロングのスカートは、前開きになっており、一番下のボタンだけがはずされていた。彼は一方の乳首に口を移すと、手さぐりでボタンを確認し、二つをはずした。六つある前ボタンのうち、下三つがはずれた状態となった。

開いた部分から手を忍ばせ、内腿の肌を撫でた。乳房を吸われる快感に酔っているのだろうか。彼女は「く、く」と喉を鳴らし、胸を押し出す。

慎太郎の両手は、太腿の肌を愛撫しながら裏側に回り、尻を撫でる。悩ましそうに母が身を揉んだ。頃合を見計らい、彼はパンティーストッキングの端に指を掛けると、一気に下着ごと押し下げた。

「こらっ、だめ」

母が身をかがめようとした。が、彼は顎で乳房を押しとどめ、邪魔をする。母はそれ以上逆らわなかった。彼女の両足から、パンストと、その下の薄い布を抜き取るのは、たやすい作業だった。

「もう、いたずらばかりして」

そう言う母の声は、甘い湿りを含んでいた。

内腿の肌にキスの跡を残し、彼はそこを離れた。次はどんないたずらをしようかと考えをめぐらし、床に目をやる。はがした白のショーツが、パンストと共に丸まっていた。手にした布のちょうど股間に当たる部分が、五百円玉ほどの広がりで、濡れていた。

「いやだあ、なに見てるの」

彼の手から布地を奪い取って母が、洗面所の方に逃げて行った。

「さ、リビングに行って。今、紅茶とケーキを出すから」

紅潮した顔でもどってきた母が、言った。だが、彼女のスカートのボタンは、下三つがはずれたままの恰好だった。歩くたびに、内腿の白い肌が、きわどく露出する。

「どう？　大学生活慣れた？」

二人は、テーブルをはさんで、向かい合わせに腰を下ろしていた。

「うん、慣れたけどなんとなく変な気分だね」

「なんで？」

「みんな純情そうに見えるんだよ。童貞もかなりいるだろうし、処女だって多いと思う。その中で、結婚していてもうすぐ父親になるなんて、ぼく一人だろうな。なんとなく、彼らとはちがうって感じがする」

慎太郎は話しながら、別のことを考えていた。さきほど洗面所に駆け込んだ母は、時間を置かずにもどってきた。ということは、スカートの下には、何も着けていないのだろう。足は揃えているものの、割れたスカートから、腿が露に肌を晒していた。母は、そんなことには気にもかけないで喋る。

「あなたが結婚してること、誰か知ってるの？」

「誰にも喋ってはいないよ。それこそ、とたんに噂が広がるじゃないか」

「ま、そうだけどね。でも、女子学生が近づいてきて、親しくなったらどうする？」

「黙ってごく普通のつき合いはすると思うけど、変なことには、絶対ならないよ」

「もしかしたら、それが危ないのかもしれないわね。ほら、独身ＯＬが、妻子持ちの上司と不倫の関係になるケースがよくあるじゃないの。あれは、チャンスあらばと眼の色を変えるくせに、臆病で頼りない独身男性とちがって、妻子持ちには、気持の余裕と奥の深さがあるのよ。女の方が一歩踏み込んでくると、初めは逃げ腰と見せかけておいて、その実、ちゃんと受け止めている。そんなところに、若い女《こ》は惹かれるのかもしれない」

「そんなものかね」

　慎太郎はケーキを口にしながら、視線を斜め下に向けた。ちょうど、母が足を組むところだった。動作の途中で足が開く。わずかの時間だが、奥のかげりのような部分を、見たような気がした。ふたたび母が喋りはじめる。

「あなたは、今までに二十代の女子大生、三十代のＯＬの裕子さん、そして四十代の未亡人のわたしと、関係を持った。でも十代の娘《こ》とはないみたいね」

「ないよ。ぼくが知ってる女性は、三人だけ」

「そのうちに、同じ大学の十代の女子学生と、ちゃっかり出来ちゃったりして」

「そんなこと絶対にない。ぼくは年上が好きだし、裕子とお母さんの共同所有物で、勝手な真似できないもの。やさしい顔してるけど裕子のやつ、あれでけっこう恐いんだから」

「恐妻家の方が、うまくいくよ」母がにやつく。

恐妻家も、共同所有物も、悪くないと慎太郎は思う。白百合と牡丹《ぼたん》を、両手に花なのだから。

そんな彼にも、気掛かりなことがあった。それは、母が女として、まだ充分に若いということだ。そのうえ、性的魅力に溢れている。四十代の独身男性はかなりいるから、その気になれば、再婚はいともたやすいことだろう。露出度を高めている腿の艶っぽい肌など、豊満な乳房とともに、男心をそそるには充分な要素だった。

「お母さん、再婚のこと考えたことない？」

単刀直入な彼の質問に、母が、とんでもないという表情をする。

「ないわよ。ま、わたしへの、あなたの気持が薄れたら、あるいは考えるかもしれないけど」

「ぼくの気持しだいってことか」

「そうよ、自信ある？」

「気持の上では自信あるけど、体力的にどうかな？」

「あなたの？　それともわたしの？」

「ぼくのだよ。二人の女性を常に満足させる体力……」

「あなたならだいじょうぶよ、若いんだから。あなたが三十歳になったとき、わたしは六十の還暦。そのころになると、わたしの性欲は、かなり落ちてきているでしょうし」

「そんなことはないと思う。もしかしたらお母さん、六十になっても女の現役だったりして」

「そうだったら嬉しいわね。生理なんてわずらわしいって女《ひと》もいるけど、わたしは、いつまでも生身の女でありたい」

「お母さん、ぼくの子ども産む？」

唐突な慎太郎の質問に、母はふふっと笑い、

「裕子さんがどう思うかしらね」と、まんざらでもなさそうな顔をした。

それにしても、なんとも不思議な会話だった。二人はごく自然体で、その実、慎太郎はひそかに昂奮を味わいながら、性を話題にした。彼が、婚約という名目で大人の仲間入りをするまでは、考えられないことだった。母は、今夜の愛の前戯のつもりで、わざと、きわどい話を仕掛けているのだろうか。それならばと、彼は考えた。夕食までは時間もあることだし、逆に、性を体で感じながら、普通の会話をするのもいい。

「お母さん、ちょっとこっちに来て」

彼は、ソファーの方に母を手まねきした。

「なによ」含み笑いをしながら、彼女は立ち上がる。

慎太郎は、母をうしろ向きで自分の前に立たせると、

「ちょっと眼をつぶってて」と言って、音を立てないよう、ズボンをパンツごと下ろした。そしてふたたび言う。

「眼をつぶったまま、ゆっくりとぼくに腰掛けてみて」

母の尻が、慎太郎の胸の位置を過ぎかけたとき、すかさず彼は、スカートをめくった。案の定、彼女は何も身につけていなかった。

「いやだあ、エッチ」

腰を上げようとした母を片手で抱きしめ、もう一方の手で、股間のものを固定する。

「ほら、腰を下ろして」

仕方なしに彼の無理に従うふりで、母が腰を落とす。目的を捕えた下腹部がさらに下がり、屹立は、潤沢な粘液の感触に呑み込まれた。

「あなたって、ほんとに好きなんだから」そう言って、彼女はめくれたスカートを直した。

「お母さんと、お母さんのからだが好きなんだよ。それと、時間を有意義に使うために、こうやってお喋りしよう」

「時間を有意義にね……」

「そうだよ。お喋りが目的なんだから、例のものはまだ着けなくてもいいんだ」

「ううん、今日はその必要ないわ。で？　どんなお喋りするの？」

「うん、実はね、おとといの夜、前の家の風呂場の窓が開けっぱなしになっていて」と、慎太郎は例の覗き見の話をした。

「上田さんとこの奥さんね。ご主人の会社が建築資材を扱っていて、お父さんの会社とも取引があるの。葬式には夫婦で見えたわよ。あの方、小学校のＰＴＡの役員やっていて、年はたしか四十一か二」

慎太郎は母の話を聞きながら、両手をセーターの下にもぐらせ、這い上がらせた。

「からだは、お母さんの方が若いね。それに、女としての魅力がぜんぜんちがう」

ブラジャーを押し上げ、重量感のある膨らみをすくい上げる。

「あまり覗き見しちゃだめよ」

「たまたまだよ。それにちっとも昂奮しなかった。その代わり、急にお母さんの裸思い出して、電話をかけたってわけ」

「あら、じゃあそれまで、わたしのこと忘れてたの？」

「そんなことないよ。大学のはじまりでいろいろ忙しかったし、裕子になんて言ってここに来ようかと、考えたりもしてたものだから」

慎太郎は時折、漲りの信号を母に送りながら、乳房を愛撫する。

「なんとなく目に浮かぶわね、あなたの裕子さんへの態度が。夕食の仕度、あなたがしてるんですって？」

「掃除、洗濯もやるよ。彼女の下着も洗う。だって、ぼくはあのひとより時間もあるし、それに、扶養されている身なんだから」

「それと、わたしのことよね」

背を反らせた母が、ほっとなまめいた吐息をついた。

「ま、それがいちばんの要素かな」

悪いことをするには、それなりの努力も必要なのだ、と慎太郎は思う。

「で？　あなたがここへ来ると言い出したとき、彼女不機嫌にならなかった？」

「いや、さらりとしてた。心配しないで行ってらっしゃいって」

「そう、裕子さんらしいわね。ますます彼女が好きになったわ。いい嫁と姑、じゃなくて、理解し合える、本妻と愛人になれそう」

公認の三角関係を享受できるのも、彼の出生の秘密がなせる業《わざ》かもしれない。彼は、妻である実母と養母の中間にあって、愛をもって、そのバランスをとっているのだった。

「上、裸になっちゃおうか」慎太郎が言う。

「いいけど、すこし涼しいかな」

母は体を離すと、和室の押入れから、ネルのシーツを持ってきた。二人は上半身のものを脱ぐ。彼はすでに、ズボンもパンツも脱いでいたので、全裸である。母の方は、腰のスカートだけが残っていた。

立ったまま母の背に身を寄せた彼は、二人の体に、シーツを横長の状態で巻く。彼女の首の前で両端を結び、その合わせめを、自分の背後に回した。シーツの中には、なにやら、密室めいた雰囲気が、かもし出されていた。

ソファーに腰を下ろすと、慎太郎の腿にふくよかな尻が乗り、ふたたび体が繋がった。スカートは、いつの間にか床に落ちていた。やはり、全裸の接触は気持がいい。乳房を揉みながら、彼はさきほどからためっていることを口にした。

「実はね、金沢に行く前に、裕子が、お母さんを抱くようすすめたことがあったんだ」

「ええ？　それどういうこと？」

「新居でぼくらが生活をはじめた最初の夜、彼女、言ったんだ」

と彼は、背徳の愛の共犯者の話をした。母は、話がより近くなるよう、顔を横向きにした。

「そうだったの。それならあなたと愛し合うことに、うしろめたさを感じなくていいんだ。堂々と胸を張って、とまではいかなくても、少なくとも、暗闇のどろぼう猫みたいには、しなくていいってことよね」

母の腰が、前後の動きをはじめた。

「でも、公認されると、逆に不気味な気もする」

「わたしは、裕子さんの気持を本音と受けとるわ。出生の真相を知っている者を背徳の共犯者に引き込む。その方が気が楽だもの」

それにしても、裕子には、芯のしたたかさがあると慎太郎は思う。彼の片手が乳房を離れ、母の下腹部にすべり下りた。そこは、彼のものできっちりと占領されていた。そのすぐ上に位置する性感のしこりを、指で愛玩する。母の前後の揺れが、上下の動きに変わった。背を反らせた彼女の吐息が、熱っぽい潤みを含む。慎太郎も昂揚した。だが、まだ本番の幕を上げるわけにはいかなかった。

五月三日の土曜日は祝日で、三連休の初日である。母と三人でドライブでもと慎太郎は考えたが、妻のおなかがだいぶふっくらとしてきて、車の渋滞や人込みの中を歩きまわるのは、体に悪いだろうからと、家でのんびり過ごすことにした。

「お母さん、この連休、どこにも出かける予定はないんですって。一人で退屈していらっしゃるんじゃないかしら」

浴槽で、裸身をお湯に沈めながら裕子が言った。二人は、伸ばした足を平行にして、向かい合わせで入っていた。お湯はぬるめである。

「そうかもしれない」

慎太郎は曖昧に返事する。太陽はやや西に傾いているとはいえ、まだ昼さがり。照明をつけないでも、浴室内は充分に明るい。

「ね、あなた。明日あたり、泊まりがけでお母さんのところに行ってらっしゃいな」

寛大な妻の、思いやりなのだろうか。

「うーん」と彼は嬉しさを隠し、気乗りしない素振りで、生返事をした。

「あら、どうしたの？　気が進まないの？」

「そんなことはないけど」

「だったら、もうちょっと素直に顔に出せば？　ほんとは行きたくてたまらないって」

「たまらない、はオーバーだけど、行きたいことはたしかだね」

「これも親孝行。そう考えれば、お互い気が楽じゃない」

「きみはやっぱり変わってるね」

「わたしたち、実の母子《おやこ》で夫婦になった間柄ですもの、いろいろ割りきりが必要なのよ」

「割りきりがね」

「なにかご不満でも？」

「いえ、ぼくにはいっさい不満はありません」

妻にすすめられる不倫では、ちょっぴりスリルに欠けるかな、と彼は内心思った。

裕子が正座した。お湯の面から胸が出て、これ見よがしに乳房が露出する。膨らみの半透明の肌は薄く、そのうえ張りつめているため、いくすじかの静脈が透けて見える。相変わらず魅惑的な乳房である。

「あなた、隠しごとをしないって約束したわよね」

さぐるように彼の眼を見つめながら、裕子が言った。

「うん、したよ。だから秘密にしていることはないと思うけど」

彼女がいたずらっぽい笑みを浮かべた。その表情に、嘘をついていること何かあったかな、と慎太郎は疑心をいだいた。

「そういうことじゃないの。わたしの質問に、つつみ隠さず答えてちょうだい」

「なんだか、女検事の取り調べみたい。あ、わかった。もしかしてお袋さんとのこと？」

「そ。では質問の第一。あなた、お母さんのからだのどこがいちばん好き？」

「胸、かな」

「まあそうでしょうね」

「ついでに言うと、ブラジャーのサイズはDの75」

「よくご存じだこと。質問その二。お母さんのこと本気で愛してる？」

「うん、本気で愛してる」

「わたしのことは？」

「本気の自乗で愛してる」

「？　……質問その三。はじめてお母さんと愛し合うようになったとき、つまり旅行の第一夜、どちらから言い寄ったの？」

「まあ、しいて言えばお袋さんの方」

「もっと具体的に」

微笑は絶やさないものの、乳房の奥に、情念の炎がぽっと立ちのぼる気配が感じられた。

「騙して金沢に呼び寄せたおわびに、背中流してあげるって、和倉の旅館の内風呂で」

「こうやって、一緒にお風呂入ったんだ」

「先にぼくが入っていた。お袋さん、浴衣のままで来ると思ってたけど、裸だった」

「その前にキスはしてたの？」

「いや、してない」

「お風呂では？」

「しなかった。その代わり、お袋さん、ぼくのからだ、うしろも前も洗ってくれた。あれを除いて」

裕子が深く息を吸い、ふうっと吐き出した。この取り調べ、ここら辺でやめてくれた方がいい、と彼は思った。しかし、妻の質問は核心に迫ってきた。

「あなたも同じように、お母さんのからだ、洗ってあげたんでしょ」

「うん、洗ったよ。でもそこではそれ以上のことは何も起こらなかった」

「ちょっとお湯にのぼせたみたい、わたし上がるわ。あなたも出なさい、からだ洗ってあげる」

そう言って彼女は浴槽を出る。慎太郎もあとに続いた。股間のものがあきれるほどに屹立していた。

母との件に関して、彼は妻にさからうことはできなかった。素直に尋問の続きを受けるべく、彼女に背を向け、洗い椅子に腰を掛ける。

「はじめてキスしたのはどのあたりで？」

浴用タオルで、いつもより強めに背中を洗いながら、裕子がたずねる。ちょっと深入りしすぎだと思ったものの、それならばと、彼は腹を決めた。

「先に風呂を上がって、ぼくは窓ぎわの椅子に腰掛け、ビールを飲んでいた。そこへお袋さんが来て、残りのビールを飲み、言ったんだ。キスがしたいって」

「キスしながら、二人とも裸になったんでしょ」

よく分かるな、と感心し、彼はうん、と答える。背中が終わり、慎太郎は立ち上がった。

尻を乱暴に洗いながら、なおも裕子は質問する。

「それからどうなったの？」

「裸でキスしてるんだもの、そりゃあ昂奮するよ。ぼくのものがお袋さんの股の間に……」

「入ってしまったのね、お母さんの中に」

「最初はそうじゃなかったけど……」

「けど、やっぱり入ってしまった。お母さんが求めた？　それともあなたの方？　そうしたいって」

「お袋の方。だけど、あのひとがそう言わなくても、自然の流れでそうなっただろうね。二人とも夢中なんだから」

足を洗い終わったので、彼は、体を妻の正面に反転させた。立ち上がった彼女が、無言で彼の首や胸を洗う。その表情はきびしい。やがて彼女は腰を落とし、床に膝をついた。おなかを洗いながら、ふたたび、検事裕子の尋問がはじまった。

「質問を続けます。質問その四。お母さん、生理はあるの？」

「あるようだね」

「じゃあ、妊娠の可能性はじゅうぶんあるんだ」

「そうだね」

「その夜、予防具使った？」

「うん、使った。危険日が近いからって」

「そうなの。で、それはあなたが買ったの？」

「いや、お袋が用意していた。ぼくが行く前に金沢で買ったらしい」

「なるほど。用意周到ね」

裕子の手は屹立に移っていた。ほかの場所の洗い方にくらべてやさしい。まるで愛撫を愉しんでいるかのようだ。慎太郎はほっとして、眼を閉じた。

そろそろ終わりに近づいたろうと思ったとき、彼は、股間になにやら殺気をおぼえた。偶然なのか、あるいは予感が的中したのか、殺気は気のせいではなかった。見下ろした裕子の手に、いつの間にか、T字型のカミソリが握られていた。

「おや、上を向いていたのが、正面まで力が落ちた。さてはおじけづいたな」

と、彼女はカミソリの刃を屹立の根元に当てると、冷ややかな微笑を浮かべて彼を見上げる。

「そのカミソリで、どうするつもりなんだよ」

「切っちゃおうかな。だけど使いはじめてまだ一年ちょっと、もったいない気もする。それにお母さんが悲しむものね。切るには切るけど、ヘアーの方にしましょう。だって、一年前よりだいぶ多くなったんだもの」

裕子はそこへボディーソープを塗りつけると、毛の手入れにとりかかった。

「これから夏に向かうでしょう、繁りすぎると暑苦しいから」

無造作に周囲の毛を剃り、中央部を短めにカットする。ふたたび周囲にカミソリをもどし、粗削《あらけず》りした毛を、きれいに剃り上げた。全体の範囲は半分くらいになり、屹立の根の部分も剃ってしまったから、いかにも夏向きになった。裕子がにやにやしながら眺めている。

「中学生って感じかな。でも毛が短くなった分、ますます長く見えるね」

手入れをされているときから、天を仰いでいた。咆哮するそれを、彼女はなだめるように撫でさする。

「あなたは一見誠実でやさしそうな雰囲気を持っているけど、その実、すごくオス的なところがあるのよね」

愛撫の手を休めずに彼女は言う。

「そいつのこと?」

「これだけじゃなくて、現代ではほら、環境ホルモンの影響とかで、オスがメス化、あるいはメス的になるケースがあるらしいじゃないの。家庭での親の育て方や、学校教育のあり方とも重なって、男の子が女の子的になってきている。そこへいくと、あなたには、男の機能がじゅうぶんすぎるほどあるわ」

彼女は立ち上がり、彼の体にシャワーをかける。彼のものは、相変わらず天を仰いでいる。

「精力絶倫ってこと?」

「それもあるし、オスとしての、フェロモンの分泌が多いんじゃない? 近くに寄ってきた女を、メス本来の姿にさせる、性的存在感がある。そう、そしてあなたには、麻薬に似たところもあるわ」

彼女は、シャワーを屹立に当てる。

「ぼくは、そんなに危険じゃないよ」

「危険だわ。つまり、あなたと一度寝た女は、中毒症状を起こすのよ。お母さんやわたしも同じようにね」

足にシャワーをかけ終わった裕子が、腰を落とした。手にしたものを、いとおしそうに見つめる。

「特にここからのフェロモンの発散は、相当なものだわ。まさしく麻薬そのもの」

慎太郎は額に汗をにじませ、裕子の行為を見つめた。


連休最後の日、慎太郎は昼食をすませてから、実家に行くことにした。遠慮がちに彼は妻に言った。

「今日は、十時までには帰るから」

「あら、泊まるんじゃなかったの?」

「きみと一緒のベッドでないと、よく眠れないんだ」

「無理しちゃって」

「無理してるわけじゃないよ。きのう、お袋さんに、泊まらないって電話で言ったたし」

「そ。お昼すんで出かけたとして、十時までだったら、時間はじゅうぶんにあるわね」

意味深なことを妻が言う。なんのための時間かは、言わずもがなであった。割りきりが必要と彼女は口にはするものの、やはり心安らかであろうはずはない。それなのに彼女はすすめる。彼にしても、うしろめたさを払拭できないまま、ひそかに、母の肉体への思いを募らせていた。

だからといって、裕子への気持が薄れたわけではない。身重とはいえ、彼女はまだ女として充分魅力的だし、愛してもいる。愛とうしろめたさから、慎太郎は昨日までの三日間、毎晩裕子と愛し合った。母と逢うと決めた日が近づくにつれて、彼の欲求は高まるのだ。


母が喜々として慎太郎を迎えた。その笑顔を見たとたん、彼は胸の底のうしろめたさを忘れた。うしろめたさは、新居にもどる道すがら、ふたたび蘇るにちがいないのだが。

母はTシャツ姿だった。ブラジャーはしているものの、薄手のようで、乳房は堂々と膨らみを誇示し、それぞれの頂には蕾が二つ、それとなく浮き出ていた。

リビングに入ると、ちょっと甘えた仕草で、母が体をすり寄せてきた。香水かオーデコロンか分からないが、甘い匂いが彼の官能をくすぐる。

胸や腕にふくよかさを感じながら、唇を合わせた。母の唇の隙間でちろちろと戯れていた舌と舌が、しだいに動きを露にした。激しく絡み、互いに啜り合うにつれて、母がやるせなさそうに身を揉む。立っているのがつらくなるほどのながい時間、抱擁と舌の戯れは続いた。やがて狂おしさから解放された母が深く息を吸い込み、ゆっくりと吐き出した。

「逢いたかった。二年前にあなたとこういう間柄になっていたら、毎日キスできたのに」

情感を込めて母は言う。前回愛し合ってから、まだ一週間もたっていなかった。

母の眼が潤み、周囲に紅が差していた。ソファーに腰を下ろした慎太郎の上に、母がしなだれかかる。

「だけど、そのときはまだ、ぼくらは実の親子だった」

彼の手が、Tシャツの下にもぐり込む。

「そうね、あなたと裕子さんみたいにはなれなかったでしょうね。たとえ死ぬほどあなたを好きでも、愛の目的のために真実を明かすことは、わたしにはできない」

「ぼくと裕子の場合、幸運にも、と言っていいのかわからないけど、親子関係があきらかになったのは、からだの関係が出来たあとだった」

慎太郎はブラジャーを押し上げ、裸の乳房を愛撫する。肌ざわりと量感が、ぞくっとするほど悩ましい。

「そして既成事実が、二人を離れられないものにしてしまった」そう言って母が溜息をつく。

「裕子が出現しなければ、ぼくとお母さんは、今でも普通の親子のままだろうね」

「いずれにせよ、あなたを、裕子さんに取られる運命だったのか」

母の言い方には、いつまでも、脇役に甘んじなければならない無念さが感じられた。

「でも、こそこそしないで、こうして抱き合えるじゃないか」

「いつも、これくらいの周期で来てくれればいいんだけど、三週間も待たされると、気が狂いそうになる。ね、ちょっと早いけど、あなたお風呂に入りなさい。わたしはさっき入ったから」

体を離し、先を急ぐかのように母は言った。

お湯に体を沈め、彼は考えた。裕子も母も、それなりの主体性を持って生活している。裕子は、おなかに子どもをかかえながら、夫である彼を扶養しているし、母は、土曜、日曜を除いて、午前中毎日パートに出て、夜、週二回の社交ダンスと、午後、週二回のヨガのサークルに通っている。もっとも、孫が生まれて裕子が職場に復帰したときには、赤ん坊の世話のため、パートやサークル活動をやめると言っていた。

それにくらべ、彼女らに甘えた生活をしている自分の存在価値は、どこにあるのだろうか。水泳で鍛えたオス的な若い肉体に、ものを言わせているだけではないのか。

けれども、今の彼にできることはそれしかないし、それで妻と母の間の平和が保てれば、自分の行為は、善なのである。とりあえずは家事の面で妻をたすけ、愛をもって母の欲求不満を解消しつつ、彼女らのご機嫌をとるしかないだろう。

洗面所に、新しい下着が用意されていた。鮮やかなブルーのパンツは、はいてみると、ふんどしかと思えるほど、両サイドがきわどくカットされている。これをはいて、新居に帰ったときの状況に不安をいだいたが、せっかく母が買ってくれたのだからと、彼は腹を決めた。もしかしたら、母から裕子へのメッセージかもしれないのだから。

小雨の降るむし暑い日だった。彼はジーパンをはくと、上半身裸でリビングに行った。母の姿はなかった。二階にでも行っているのだろうと、冷蔵庫から取り出した牛乳を、コップにそそぐ。風呂上がりのビールもいいが、冷えた牛乳もうまい。

ふたたびリビングに入ったとき、

「慎太郎、こっちに来て」と隣の和室の方から母の声がした。

四枚の襖のうち三枚が閉じられていたので、母が和室にいるのが分からなかったのだ。

部屋を覗いた彼は、思わず「おお」と声を上げた。午後の二時過ぎとはいえ、外は雨。窓の障子を閉めた室内は薄暗い。その中で、母が、蒲団の上にうつ伏せで寝ていた。

「マッサージしてほしいの」

枕に顎を乗せた恰好で母が言った。

慎太郎は襖を閉め、照明を点けた。笠付きの電球の明かりが、舞台照明のように、母の寝姿を浮かび上がらせる。悩ましい姿だった。彼女が身に着けている淡い藤色のネグリジェは、蝶の羽根のように優雅で、蝉の羽根のように薄い。赤紫色のパンティーも、同様の薄さだった。だから二枚の布地を隔てて、尻の山と谷が、春がすみの風景を見るかのような、透け方をしていた。

「この下着、このあいだ通信販売で買ったの。悪くないでしょ」

「うん、悪くない。かなりセクシーだね」

慎太郎は母の足をまたいで両膝をつくと、首すじからマッサージをはじめる。ふわっと漂う香水の甘さが、彼の官能をさらに刺激した。

首のうしろと肩を叩き、腕を揉みほぐす。続いて背中から腰へと指圧の手を移し、尻の肉をマッサージした。薄い布地をとおして伝わる悩ましい感触に、彼は、股間のものが痛いほど張りつめる昂奮を、抑えることができなかった。

かなりの時間をかけて、足の裏までのマッサージを終えた。さて次は、どうしようかと彼が考えていると、

「特別なマッサージをしてもらいたいの。押入れの襖を開けたところに、小さな瓶とビニールシートがあるわ、それを取って」

母が指差しながら言った。

慎太郎は言われるままに襖を開け、一二〇ミリリットルの清涼飲料の小瓶二本と、折りたたまれたシートを手にして、蒲団にもどる。

「悪いけど、それを蒲団の上に広げて」

彼が、シートで蒲団を覆っている間に、母はネグリジェを脱ぎ、ショーツを取り去った。

「その瓶の中のものを塗り、全身マッサージして欲しいの。塗る前に瓶をよく振ってね」

母はビニールシートの上に枕を引き寄せ、裸身をうつ伏せた。シートの色は濃いブルーだったから、夏をむかえる前の白い肌が、いっそう白く見え、成熟した女体のなまめかしさを、灯りが、舞台のスポット照明のように照らし出していた。

何かを塗るとなると、自分のズボンも濡れるだろうからと、慎太郎は母同様の裸になった。母の足をまたぐと、瓶を振り、中味をてのひらに垂らす。液体は、やや乳白色がかった黄緑色をしていた。

両手にまぶし、裸身の肩に塗る。乳液のようでもあったが、それよりもすべりやすく艶もあった。

「これ、なんだい？」

「特製のローション。午前中に作ったの」

「お母さんのオリジナルってわけか」

「そうよ、いろんなものが入ってるわよ。まず、卵白でしょ。それと、粉末にした抹茶が大さじ一杯。すりおろしたアロエ小さじ一杯。ロイヤルゼリー入り蜂蜜が少々。ほかに牛乳、マヨネーズ、オリーブオイル、そして日本酒」

「なんだか洋食のソースみたいだな」

「それをよく混ぜ合わせ、キッチンペーパーで濾過《ろか》したものに、ローションを足したもの」

そのころ、息子の裸身が乱れた。呼吸音に……


「ふうん、肌にいいわけだ」

それにしても、なんとも悩ましいぬめりである。背中や尻の全域に、すり込むようにしてマッサージをし、太腿に移る。内腿のマッサージのついでに、股間にも、ローションをすり込んだ。

慎太郎と同様、母も同じ昂奮を味わっているのだろう。背中が反り、肩がかすかに揺れて、呼吸音に乱れが生じた。

足首までのマッサージが終わると、裸身を反転させながら、母が言った。

「前も、同じようにやって」

あでやかな肉体が、あやしい光を散乱させていた。ふたたび彼は、はやる自分を、諌《いさ》めなければならなかった。マッサージはまだ終わっていないのだ。股間の漲りを露にして、母の首や肩、脇の下にローションを塗り込む。次いで、残りの液体を多めにてのひらに垂らすと、乳房にとりかかった。

ふくよかに盛り上がる二つの丘を、時間をかけて揉みほぐす。硬くなった乳首がてのひらで転がり、柔らかな肉のあくまで官能的な感触が、慎太郎を陶酔させた。母がほうっと吐息を震わせ、胸を迫《せ》り上げる。

彼の手は、ようやく乳房を離れた。二本目のローションを垂らし、おなかをマッサージする。

「この前見た上田さんの奥さんとくらべて、お母さんの下腹、ぜんぜん弛《たる》みがない」

「それなりの努力はしているもの。でも、妊娠前のあんたの奥さんとくらべたら、かなりちがうわよね」

「そりゃまあ、ちょっとばかしふっくらとはしてるけど、そこがまたいいんだよね」

二本の足のつけ根までの、入念なマッサージを終えた。が、彼は、仕事をやり残した気分だった。その気分は、母も同じようだ。眼を閉じた彼女の足の開きが、誘うかのようにゆるんだ。その両腿をさらに開き、慎太郎は腹這いになった。

初めて眼にする母の息吹に、顔の火照りをおぼえながら、彼は、合わせめをかたち作っている襞《ひだ》を開く。そこは、ローションをまったく必要としないほど、粘液の輝きに満ちていた。濡れた肉が複雑にせめぎ合うそこは、まさにエロスの小宇宙であり、息づく母の、女である証でもあった。

悩ましい光景に吸い寄せられるかのように、慎太郎は顔を寄せ、口をつけた。母が、小さく鼻腔を共鳴させるのを耳にしながら、犬の舌の動きで、愛撫をくりかえす。そして、時折潤沢な蜜をすくい取った。

真珠の輝きを見せる種子への、小きざみな愛撫を続け、繁茂の向こうに、母を窺う。顔をゆがめ、悩ましげに口を開けた表情には、あきらかな昂りが見られた。

母がうめいた。彼の頭を挟んだ腿が硬直し、下腹部が迫《せ》り上がる。

「だめ……だめ」

裸身が彼をふりほどいた。背を向けた母の肩が、あえぐように波を打つ。

「終わったの？」

慎太郎の問いかけに、母が顔を振る。彼は脈打つものを母の尻に押しつけると、彼はその肩を抱いた。いたわるように、ローションですべる腕を撫でる。

「もうちょっとで、いっちゃうところだった」呼吸の鎮まりを待って、母が言った。

「いってもよかったのに」

「あなたと一緒に。ローションまだ残ってる？」

「二本目の半分ぐらいは」

「今度は、あなたにマッサージしてあげる」

瓶を手にした母が、慎太郎の背中や尻、足のところどころに、中味を垂らす。次にそこを、手でマッサージするのかと思ったら、そうではなかった。彼の足をまたいだ彼女が、やおら、彼の背に覆いかぶさってきた。それから、ところどころに垂らした液体を、自分の体で塗り広げる。乳房やおなかの肉、腿が悩ましい感触を伝えた。

「おお、いい気持だ」

慎太郎はうめくように言った。それに気をよくした母は、なおもふくよかな肉体で奉仕を続ける。仰向けとなった彼に裸身をかぶせると、両の乳房を、彼の胸にすべらせ、屹立に太腿をこすりつける。二人の体やシーツが、ぬめりの海にまみれた。

やがて母は下降し、乳房が、ペニスとたわむれを演じはじめた。情景は刺激的だが、感触はあくまでもやさしい。咲きほこる花園に身を横たえる気分で、彼はうっとりと眼を閉じ、網膜のスクリーンに、母の奉仕の姿を映していた。両の乳房を使った秘戯が、濃厚になり、放射状に広がる快感に、思わず彼は、下腹部を迫《せ》り出す。すると裸身が、身悶えしながらすべり上がり、

「もう待てない」と、昂りの表情もあらわに、彼の腰をまたいだ。

性交の数をかぞえる正の字が、その線を増すにつれ、母の嬌態は高まるようだ。今日はアレいらないからと、もどかしそうに彼を迎え入れ、覆いかぶさってきた。そして狂おしげに動いた。身をくねらせるたびに、肌がローションですべる。あやしいその感触に、慎太郎は、爬虫類の交接を思い浮かべた。

上下が入れ替わり、彼は、母の尻の下に枕を当てがう。身を反らせた肉体が、ぬめりのあやうい光を放っていた。ふたたび母と繋がる。彼の足の間で、彼女の腿がきつく閉ざされた。そのため、内なる肉との摩擦は、より刺激的になった。

「ね、ね、ね……」うわごとのように、母が言う。

なまめく裸身を見下ろしながら、慎太郎は動きを速めた。すると、最後を迎えようとする母が、泣くような声を曳いて身を揉む。彼も上昇し、激情の、めくるめく時空に埋没するのだった。

数日後、おそるおそるという感じで、慎太郎は、妻にある提案を持ち出した。それは、かなり手前勝手なものだった。

「木曜日の一時限目の授業、とっていないので、これから毎週水曜日、お袋のところに、泊まろうかと考えている。いいかな」

裕子は眼を閉じ、ちょっと考える素振りをした。しかし、それほどながい時間ではなかった。ふっと吐息をつき、彼女は言った。

「そう。いいわよ。とうとう、〈お袋の味〉にはまったな」

「そんなんじゃないよ。お袋が寂しいだろうと思って」

「正直に言いなさい」彼女は、わざと厳しい調子で言う。

「うん、少しははまったかな。でも、ぼくは裕子を愛してるよ」

「どれくらい?」

「死ぬほど」

「死ぬほどなんて言葉、安易に使わないの」

「ほんとだよ。それに週に一回水曜日にしたのは、日曜日は、ゆっくりときみと過ごしたいから」

「ま、許可するとしようか」

虚勢ではなく、なぜか裕子の口元には、笑みがあった。

「でね、もう一つ提案があるんだけど。その日、裕子一人で食事をするのも、寂しいだろうから、お袋の家で、三人が夕食をとるってのは、どうだろう」

「わたしは一人ででも、いっこうにかまわないわよ。あなたたち、水入らずで食事をすれば」

「いや、これはぼくからのお願いなんだ」

「お願いねえ……」

「ぼくが毎日作る料理より、一週間に一度ぐらいは、お袋の手料理もいいんじゃない？」

慎太郎の調子のいいお願いに、裕子は、ふふっと含み笑いをして言う。

「食事のあと、亭主を愛人の家に残して、わたしは一人で帰る、か」

「そんなふうにとらないで、もっと普通に考えようよ。三人のコミュニケーションの場として、食卓を囲む」

何がコミュニケーションだ。結局は体と体のコミュニケーションじゃないか、と裕子は思ったものの、家事をきちんとやってくれる若い夫に、彼女は感謝もしていた。それに、実の子としての慎太郎への、寛容もある。裕子が、彼の調子のいい提案を受け入れた裏には、ほかにも理由があった。一週間に一度ぐらいは顔を合わせて、彼の愛人でもある母親の動向をうかがうのも悪くはない、と彼女は考えたのだ。


その次の水曜日、裕子は六時に退社すると、そのまま母の家に行った。にこやかに母は出迎え、早速風呂をすすめる。慎太郎が上がったところだった。

裕子は、下着の替えもないからと辞退したのだが、母の再度のすすめに、入ることにした。

夫の実家の風呂に入るのは、初めてだった。タイル造りの浴槽は自分のところより広く、洗い場もかなりのゆとりがあった。古いが手入れはよくされている。が、慎太郎と母が、一緒に入っている様子を想像すると、割り切っているつもりでも、やはり、青白い炎が、ちろちろと燃え立ってくる。

自分たちの結婚も異常ならば、育ての親との不倫を、公認することも異常である。だがその異常な関係も、三人の間では、正常となりつつあった。それでいいと裕子は思う。嫉妬の気持も、考えようによっては、夫婦の、愛情生活上のカンフル剤かもしれないのだ。それに、子どもが生まれ、ふたたび女の体にもどれば、未央との関係が復活するかもしれない。たぶんそうなるだろう。慎太郎だけがいい思いをするのは、どう考えても、間尺《ましゃく》に合わない。レスビアンのことを彼に告白したとしても、彼は咎めはしないだろうし、また、そうできる立場でもない。波風は多少あっても、とにかく夫婦が円満であればいい、と裕子は考える。

「裕子」と声をかけて、慎太郎が戸を開けた。

「どう?　この家の風呂は?」

「うん、広くていいわね」

くつろげるのは、やはり慣れた我が家の風呂だと、彼女は思う。

「下着、家から取ってきた。ここに置いとくよ」

「いやあね、いいのに」

「でもきみは、毎日入浴して、そのたびに着替えるじゃないか」

ドアを閉めながら慎太郎が言った。

彼は時間の許す限り、裕子の下着も洗濯してくれる。タンスに整理するのは彼女自身でやるが、おなかが大きくなった彼女が、最近どんな下着を着ているか、彼はよく知っていた。その点、夫としては申し分ないほどマメである。それに、彼女が好む若さがあった。

母の料理は、煮物を中心にしたものだった。ごぼう、人参、レンコン、竹の子、しいたけ、ふきなどを、別々に煮たと言う。ほかに子もちガレイの煮たもの、かつおのたたき、揚げ豆腐の甘酢あんかけ、あさりのむき身にわかめの酢のもの、となかなか手がこんでいた。

「おいしそうですね、お母さん。でもこれから毎週ごちそうに伺うんですから、あまり手のこんだものは、なさらないでください」

「いいのよ、自分で好きでやるんだから。ビール大丈夫でしょう？」

母はそう言って、瓶ビールを手にした。

「はい、では一杯だけいただきます」

母はまず裕子のグラスに注ぎ、それから慎太郎のに注いだ。裕子が母のグラスに瓶を傾ける。

「さあてと、じゃあ乾杯しようか」

慎太郎が差し出したグラスに、二人の女が合わせる。裕子は、半分ほど喉に流し込んだ。

「ああおいしい。これからビールの季節になるって言うのに、一杯しか飲めないなんて、残念だわ」

「出産するまでのがまんだよ。子どもが生まれたら、思うぞんぶん飲ませてやるから」

一気に飲み干した慎太郎が、言った。

「そうもいかないわよ。母乳をあげるんだから、あまり飲みすぎては」

「オッパイにアルコールが混じるかな」

「それはそうでしょうね、お乳だって血液の一種だから」母が言う。

「赤ん坊が大きくなって、のんべえになっちゃう？」慎太郎の言葉に、

「慎太郎にオッパイやっていたころ、裕子さんはお酒は飲まなかったわよね、高校一年ですもの」

「はい、そのころ、わたしはいたって真面目でした。どこかの高校一年生とちがって」

「もしかして、それぼくのこと?」彼が口を挟む。

「女は知ってるし、お酒もけっこう飲んだ」

裕子は、隣の慎太郎の顔を覗き込む。

「そんなことあったかな、記憶にございません」

三角関係の当事者たちは、なごやかに食事する。裕子の心は平穏だった。だが、もう少し、女同士の青白い火花が散るのも、刺激があっていいと、母に矛先を向ける。

「お母さん、最近若くなったたって言われません? からだだけではなく、心も生き生きとしていて、なんだかわたしの姉って感じです」

「まあ裕子さんったら、お口がうまい」

「いえ、ほんとです。女は、恋をするとホルモンが活性化して、ことに、肌はきれいになるんですって。いいことですよね」

「そう言われると、こまっちゃうわ」

慎太郎が苦笑いを浮かべ、二人の会話を聞いていた。裕子は母のグラスにビールを注ぐと、さらに言った。

「わたしの大事な旦那さまは、家のこと、とてもマメなんです。わたし、結婚して楽になりました。でもたぶん、女性にもマメだと思うわ、ね、あなた」

ちらりと、慎太郎に流し目を送る。

「一か月前に約束した通りだよ。ぼくは、きみとお袋さん以外の女性には、いっさいかかわり合いをもたないから」

「でもね、キャンパスには、あれやこれや、男子学生を物色している女の子も、多いんじゃない？」

「さあ、そこのところはよく知らない」

「ね、お母さん。当分の間、わたしの代わりに、彼の精力しぼり取って下さいね、浮気できないよう」

「いやだわ裕子さんたら。穴があったら入りたい心境よ」

母は、赤らんだ顔に両手を当てがった。

「いいえ、わたしのことあまり気にしないでください。それより、女同士力を合わせて、外敵から家庭の平和を守りましょう」

女闘士のような裕子の言い方に、母が、顔から手を退ける。

「あのう、うかがってもいいかしら」

「はい、なんでしょう」

「あなたたちの間には、今はないの？　つまり、夫婦として夜の営み」

「いいえ、まだ一週間に二回くらいはあります。そのうちに出来なくなるでしょうけど」

「そんなにはっきり言わなくても。新婚の奥さんって、そういうこと、もっと恥ずかしそうな態度をとるんじゃないのかな」と、慎太郎が割り込む。

「あら、そう？　でも事実ですもの、ちがう？」

「うん、まあそれはそうだけど」

「つい、あなたの誘いに乗っちゃうのよね」

母親の手前もあるだろう。もうやめてくれという彼の顔つきが、面白い。

「お茶でも入れましょうか」

母がテーブルを立った。ついこの間まで、裕子より母の方がざっくばらんだった。だが、慎太郎との体の関係ができたあとの母は、なんとなくひかえめである。性愛を匂わせる会話に恥じらう彼女を、裕子は、ついいたぶってみたくなる。

「お母さんの手、きれいですね。年をとるとしだいに筋ばってくるのが普通ですけど、まだふっくらとして、どう見ても二十代の手です」

お茶を注いでいる母の手を見つめながら、裕子が言った。

「いやだわ裕子さん、そんなに褒めないでよ」

あの手が慎太郎のものを、と裕子は淫らな場面を想像する。

「子どもが生まれて、お母さんにお世話していただいているとき、間違えられるかもしれませんね」

「何を?」

「あら、いつのまにお子さん出来たんですかって」

「それはありうるね」慎太郎が口を挟む。

「もう、あなたたちひとが悪い」

顔を赤らめた母の表情が、可愛い。

「お母さん、お風呂まだなんでしょ? 洗いもの、わたしがやっておきますから、入ってください」

母は辞退したが、裕子の再度のすすめで浴室に行く。

まだ食卓を前にしている慎太郎に背を向け、裕子は洗いものをはじめた。今夜の彼と母のなり行きが、ふと頭をかすめた。体が熱くなった。

「あなた、お母さんと一緒に入りたいんじゃない？」背を向けたまま裕子は言った。

「おれ、もう入ったよ。きみが来たとき、上がったばかりだったじゃないか」

「わたしがいなければ、あなた、もう一度入るでしょうね」

「そんなことないよ」

「洗いものすんだら、わたしすぐ帰るからね」

　慎太郎は何も言わなかった。ゆっくりしていけばいいじゃないか、との社交辞令も。だが裕子には、不思議と嫉妬の気持が湧いてこない。


　食器の数が多かった。ようやく洗いものを終え、調理台をふくと、裕子は浴室に足を向ける。

「じゃあ、お母さん失礼します」彼女は、ドアの外で声をかけた。

「あ、裕子さん」

　母が呼んだ。裕子はためらったものの、思いきってドアを開ける。

「なんでしょう」

　浴槽の中で向こうむきだった母が、こちらに上半身をよじった。腰から上がお湯から出ており、豊満な胸に、裕子は思わずつばを飲んだ。艶っぽくなめらかな肌が、美しい。

「煮物、多めに作ったから、残り全部持って行って。冷蔵庫に入れておけば一週間はもつから。タッパーは食器棚の下の開きの中」

　裕子は、母が喋っている間、夫の愛人の裸身を観察する。

「ええ、いただいて行きます。それにしてもお母さん、若々しくて色っぽいからだしていらっしゃる。さしずめ、肉体派タレントってところですね」

「もう、裕子さんたら……」

「お世辞抜きでほんとにきれいです。女のわたしでさえ、変な気分になってしまいます」

慎太郎が夢中になるのも、うなずけるような気が裕子にはした。


七月に入り、裕子は産休をとっていた。新婚旅行で使った分を差し引いても、有給休暇は去年の繰り越しを入れて、二十八日間残っていた。三田電気に入社して十五年余りになるが、彼女は有給休暇を、年に三、四日しかとっていない。

会社側の特別のはからいで、出産前一・五か月、産後二・五か月の休暇をとることになった。七月一日から十月末まで休みとなる。そのうち一か月は有給で、残り三か月は、社会保険から、給与の六〇%が支給される。それでも、有給休暇はまだ五日余る計算になるが、子どもの病気などを考えて、残すことにした。

時間の余裕ができた裕子は、勉強しようと考えた。高校出の彼女は、短大卒や大卒の肩書に、コンプレックスをいだいていた。だからせめて、実力で彼らを超えたいと思っている。家事をしているときは、常にラジオの英語放送を耳にしていたし、『武器よさらば』や『チャタレー夫人の恋人』など、教冊の原書を買い込み、読みはじめた。

「ふうん、すごいんだねきみは。たいしたもんだよ」

慎太郎がしきりに感心する。

「あなたの教科書も読んでいるわよ。経済学概論だとか、資本主義概要だとか」

「英語は、もちろん足元にも及ばない。大学の授業の方だって、ぼくより進んでるんじゃないの？」

「さあ、どうかしらね。でも、内容は把握できているつもり」

「きみの血を引いてるんだから、ぼくも、もうすこし出来ていいと思うんだけど」

「余分な方面に、エネルギー使いすぎじゃない？」

慎太郎が苦笑いを浮かべた。裕子の気持の中で、慎太郎との禁断の結婚に対して、これでいいのか、との思いと、これでいいのだ、との考えが交錯していた。しかし、これでいいのか、との思いは、十分の一ぐらいなものだろうか。健康な赤ん坊が無事産まれれば、これでいいのだ、との考えは、おそらく確信に変わるだろう。そして母を含めた三人の関係も、これでいいのだ、と。


妻が家に居るため、慎太郎は家事から解放された。水泳部に入ろうかとも考えたが、若い女《こ》の水着姿は、眼に毒だからとやめにする。授業はきちんと出席した。今まで帰宅部だった彼は、帰り、クラスの仲間と、学生食堂や駅前の喫茶店でしゃべる機会も増えた。その中には女子学生も混じっていた。けれども、彼は常に平常心でいられた。

水曜日は、妻公認で実家に泊まっていた。しかし、大学の授業が半日の土曜日も、午後、裕子には内緒で、夕方まで母と愛し合っていたのだ。週二回の母との逢瀬は、六月から続いている。そのせいだろうか、母はますます輝いて見えた。茶系のシルキータッチのシャツと尻にぴったりとしたパンツルックで、あるいは体にフィットしたノースリーブのサマーセーターにミニスカートといったいでたちで、さっそうと街中を歩く。そのうしろ姿は、三十代半ばぐらいには見えた。

外見ばかりではなかった。愛し合う回数が重なるにつれて、慎太郎は、母の年齢を感じなくなった。疲れを知らない彼女の肉体には、毎回新しい発見があり、感激があった。母がこんなことを言った。

——お父さんとは、なんとなく結婚してしまったって感じだし、その前の恋人とも、処女は与えたものの、そんなに激しいものではなかった。こんなに燃える恋って、初めてよ——

おなかがかなり大きくなった妻とのセックスは、それでも週一度は行っていた。しかしベッドで横向きになった彼女の背後から交わるため、穏やかな交歓になる。二人とも絶頂は迎えるものの、以前のようにめくるめく状態にはなりにくかった。それにくらべ母とは、その密度と激しさが、回を重ねるごとに増してくるのだった。


「お母さん、最近ほんとにきれいになった。小ジワが消えて肌は艶々としているし、お化粧や髪型もすてきよ。心身ともに満たされると、女って変わるものよね」

夜ベッドに入り、クッションを背に当てて裕子が言った。

「そんなに変わったかな」

慎太郎も同じ姿勢だった。彼は母の変化を嬉しい気持で見守っていたのだが、裕子の問いには、わざと気づいていないふりをする。

「変わったわよ、さしずめ、あなたが美と若さの栄養剤ってとこね」

「それはちょっとオーバーだな」

「ううん、あなたとのからだの関係ができてから、お母さん、顔もからだもひき締まって、三、四歳は若返った。可愛い熟女って感じね。ところであなた、うそつかないってわたしに誓ったわよね」

「うん、誓ったよ」

「お母さんとは、最近ひんぱんに？」

「何を？」

「とぼけちゃって。ラブよ」

慎太郎はまずいと思った。

「からだにさわるよ、なまなましい話は」

「そんなこと言って逃げないの。さあ白状なさい。あなたきのうの夕方、駅の方からじゃなくて、お母さんの家の方角から帰ってきたわよね」

昨日は土曜日だった。

「うん、実はそうなんだ」

「仲間とお喋りしてて遅くなった、って言ったのよね。うそついたな」

「ごめん。これからはうそつきません」

「そのせりふ、使いすぎると危険だからね」

裕子は、冷ややかな口調で言った。

「いや、隠すつもりはなかった。週二回はちょっと過ぎるかなって思ったものだから、つい言いそびれてしまったんだ」

「前から行ってるの？　毎週土曜日」

「六月になってからは……」

「あなたもやるわね」

「きみには悪いと思ってはいたんだけど、お袋が寂しいだろうからと、つい……」

「お母さんへのいたわりの気持だけ？」

「ううん、からだの魅力もあるかな」

「それが正直なところよね。そのうちにわたしのからだ忘れちゃうんじゃない？　脂の乗った旬《しゅん》のお母さんの味に、堪能してしまって」

「そんなことないよ。なんて言ったって裕子がいちばんいい」

「こんなからだになっても？」

「あそこは、まだ前と同じだもの」

「いやあねえ、そんなこと言ってごまかす」

「それはほんとなんだよ。許してくれる？」

「さあ、どうしようかな」

「これからは、必ずきみの許可をとるようにするから」

「もう、勝手なんだから」


　妻にバレたからではないが、期末試験前と試験中の二週間、慎太郎は母との禁欲生活を余儀なくされた。裕子とは、出産予定日の一か月前である七月十五日に「これから当分出来なくなるね」と言いながら体を交えた。三日前のことである。両手に花が、片手の花だけとなった若い慎太郎には、母に逢える試験の終わりが、待ち遠しかった。

　夏休みに入ったばかりの日曜日が海の日の祝日で、月曜日は振替えの休日となる。火曜日からはアルバイトをすることになっていた。彼の気持を見抜いたかのように、妻が助け船を出してくれる。

「しばらくお母さんと逢っていないんでしょ？　明日あたり、泊まりがけで行ってきたら？」

土曜日の夜のことである。

「いいの？　悪いね」

「いいえ、どういたしまして。わたしと当分出来ないんだもの、仕方がないわ。それに、あなたのからだ、そろそろ我慢の限界よね」

「ずいぶんはっきりと言うね」

「おなかの大きい妻の思いやりよ」

慎太郎は思はゆい気分だった。彼女は妻の思いやりと言ったが、その気持の中には、実の母親としての、慈悲にも似たものがあるような気がする。さらに彼女はこう言った。

「ま、当分の間は、お母さんが代理妻ってところかな」

突然慎太郎の胸に熱いものがこみ上げてきた。目頭に、潤むものが押し出されてくる。

「こんなこと言うとうそに聞こえるかもしれないけど、ぼくは、きみを一生大事にするよ」


——男って勝手な動物かもしれない——そう思いながら、慎太郎は母の家に出かける。

道すがら彼は考えた。工藤家には、やむをえないそれなりの事情がある。つまり自分は、妻であり生みの母親でもある裕子と、育ての親である母との、肉体関係を含んだ共有財産になっている。いわば、家庭平和の潤滑剤であり、二人の女の、若さと美の糧《かて》なのだから、と。

母の姿が見当たらなかった。買い物にでも出かけたのだろうと思っていると、洗面所で物音が聞こえた。浴室の掃除を終えたばかりの母が、バスマットで足の裏をふいていた。ワンピースの裾をからげて、その端を腰で結んでいるため、太腿の肌が、あからさまに露出していた。

「あら、来てたの」

「今来たばかりだよ」

「裕子さんに許可をもらってきた？」

「うん」慎太郎は、溜息まじりに答えた。

タオルで足首のあたりをふくため、母が前かがみになる。ゆったりと広がったワンピースの胸元から、二つの膨らみが、その全景を見せつける。二週間、母と肌を接していなかった慎太郎は、とたんに欲情した。

「いやみ言われなかった？」

腰を折ったまま彼女は問いかける。体の動きにつれて、量感のある乳房が揺れた。視線をそこにとどめたまま、彼は言った。

「いやみどころか、彼女、当分の間は、お母さんが代理妻だって言ってた」

母が体を起こした。

「たいしたものね。割りきりがいいと言うのか、大人って言うのか、とにかく並の女性ではないようね。もしかしたら、裕子さん、観世音菩薩の生まれ変わりかもね」

「観世音菩薩？」

「観音さまのことよ」

ようやく母が、ワンピースの裾を元にもどした。

明け方近く、裕子は夢を見た。悲しい夢である。昨日は月曜日で、慎太郎のアルバイト先が火曜日定休のため、仕事を終えた彼は、母の家に泊まっていた。だから、ベッドには、彼の姿はなかった。

裕子はいつの間にか出産し、一年の歳月が流れていた。我が子慎介は、病気一つしない元気な子なのに、残念なことには、左手と右足がなかった。もちろん今現在、本人はその異常を気にもかけていないだろうが、幼稚園に通う頃になれば、ほかの子との違いに気づくだろう。その結果が、裕子には悲しい。

お座りをして、熊の縫いぐるみと戯れていたその子が、裕子が座っているソファーの方に、いざってきた。片手片足がなくても、器用に進む。が、まだ立つことはできない。

裕子の足元まで来た彼が、母親を見上げる。彼女に抱き上げて欲しいのだ。だが裕子は、テーブルを押しやっただけで、手を差し延べることをしなかった。援護をあきらめた彼は、裕子の膝に、一本だけの手を掛けた。片足に力を込め、立ち上がろうとする。しかし、バランスをくずして尻もちをついた。

もう一度彼は挑戦する。裕子は心を鬼にして、手を貸さなかった。彼女の腿の上のワンピースをつかみ、懸命に立ち上がろうとする。体が半分ほど浮いた。が、今度は、足のない右側に倒れた。

それでもひるまず、彼は三度目に挑んだ。同じように右手で布地をつかみ、手のない左の肩口を、裕子の膝にこすりつけ、必死に立ち上がろうとする。途中でバランスを失いかけたものの、見事に、一本足で立った。母親を見上げ、にこりと笑みを浮かべた。

手をたたいて賞めたたえる裕子の頬を、とめどもなく、涙が伝わり落ちた。

そして月が変わり、八月十四日、裕子は予定より一日早く産気づき、昼前に出産を終えた。病院には、初めての出産ということになっていた。慎太郎を産んだのは、遠い昔のこと。おそらく産科医も、気づくことはなかったろう。

分娩はやはり苦しかった。経験があるとはいえ、慎太郎と初めて体を交えたとき、処女同然の肉体《からだ》にもどっていたのだ。いわば初産と同じである。それに、実の息子と生《な》した子であった。例の夢が裕子を不安にさせ、分娩室に向かう彼女の脳裏には、つかの間、悲しい結末が描き出された。

苦しみから解放され、赤ん坊の泣き声を耳にしたとき、彼女は思わず涙した。

分娩室のベッドに疲れた体を横たえながら、裕子は、責任を果たした安堵の気持と、まことの母親になれる悦びを、かみしめていた。

無事出産との知らせに、待合所のベンチで待っていた慎太郎と母は、ほっと胸を撫でおろした。裕子と同様、二人は同じ秘密を共有していたから、やはり、必要以上に心配していたのだ。体重、二七五〇グラムの女児だった。標準よりやや小さめだが、心配した異常はどこにもなく、泣き声も元気だとのこと。

分娩室から出て来た裕子は、疲労のためか、眼の下に青いくまができていた。頬も少しこけ、血色も悪かった。女にとって出産は、大変なものだと、慎太郎はつくづく思った。彼は妻の手を握り、言った。

「疲れたろう。ご苦労さま」

「とうとう、あなたの子どもを産んだわ」

弱々しい声だが、裕子の眼は輝いていた。

慎太郎のアルバイト先も、母がパート勤めをする会社も、夏休みになっていた。出産の翌日、朝食をすませると、母の運転する車で、病院に行く。病院横の道に入り、少し走ったところで、母は車を停めた。

裕子のベッドは、四人部屋の窓側だった。窓に面した部分だけカーテンが開いていた。ほかのベッドのカーテンは閉じられていたので、どんな女性が入院しているのか分からない。慎太郎たちが顔を出すと、裕子は横になっていた体を起こし、ベッドの縁に腰を掛ける。この世に生を受けて二日目の赤ん坊は、すやすやと眠っていた。

「可愛い顔して、よく眠っているね。裕子さん、夕べはよく眠れた?」母がたずねる。

「きのう、お二人が帰られたあと、少し眠って、夕食後また寝たりしたものですから、なかなか寝つかれなかったんです、この子が気になって。朝方、二時間ぐらい眠りましたかしら」

「赤ちゃんがいると、どうしてもながい時間眠れないものよ」

母は持参したスイカを皿に乗せ、裕子に手渡しながら言った。

「でも、きのうよりも顔色がよくなったね」

慎太郎には、裕子の眼の下の青いくまが、薄くなったように思えた。

「あら、このスイカ甘くておいしい」

一口食べたあと、嬉しそうな笑顔を見せて、裕子が言った。

「ちっちゃな手だね」

慎太郎は娘の手に指を触れながら言った。まだ正式には命名していない。が、男の子だったら慎介、女の子だったら麻美を第一候補に挙げていた。

「どう?　パパになったご感想は?」

「なんとなく、くすぐったいような感じだね」

「若いパパさんですものね。この子が小学校に上がるとき、あなたはやっと二十五」

裕子は、隣のベッドに聞こえないよう声を弱めて言った。慎太郎はにやにやと笑いながら、スイカを口に運ぶ。やがて婦長とおぼしき女性がやってきて、検温をしたあと、慎太郎たちの前で、裕子に胸を出すようながした。

「こんな立派な胸だと、きっとお乳の出もいいわよ」

と言って婦長は、裕子の張りつめた乳房にマッサージを加えた。

「ほら出てきた。赤ちゃんが眼を覚ましたら、乳首をガーゼでよくふいてオッパイあげてちょうだい」


裕子の入院は五日間だった。慎太郎のアルバイト先は、十三日から十七日まで夏休みだが、十三日に特別出勤した彼は、十八日まで休みをもらっていた。

朝食は自分で作り、昼と夕食は母の家でとる。裕子の入院中、彼は実家に泊まることもできたが、妻に余分な刺激を与えないよう、九時半には自宅にもどっていた。そんな配慮をしていても、母の成熟した肉体の魅力にうち克《か》つことは、一日としてできなかった。裕子が退院したら、その旨を報告しなければならないだろうか。病院には毎日顔を出した。行くたびに彼は、妻の額にキスをし、赤ん坊を抱いた。

明日は裕子が退院するという日だった。二日ほど肌寒い日が続き、今日も陽は差しているが、初秋を感じさせる涼しさである。裕子の体調は日増しによくなっていた。

「愛の結晶ってよく言ったものだね」

彼は赤ん坊を抱きながら言った。

「そうよ。この子はまさにわたしたちの愛の結晶」

「計算ちがいもあったけどね」

彼は含み笑いをして、声をひそめた。

「そんなこと言わないの。この子聞いてるわよ」裕子も小声で言う。

その愛の結晶である赤ん坊は、すでに麻美《あさみ》と名づけられていた。明日にでも、区の出張所に、出生届を出すつもりだ。


病院を出ると、そのまま母の家に行った。

「お昼はどうしたの、食べた？」

Tシャツに乳首の形を浮きたたせた姿で、母が言った。

「うん、外でラーメン食べた」

「病院は？」

「さっき顔出して、そのままここへ来たんだ」

「わたしは午前中に行ってきたわよ。麻美ちゃん、ほんとに可愛いね。将来きっと美人になるよ、あの子」

「孫が可愛いくて仕方がないんだろう。な、おばあちゃん」

「もうっ、まだおばあちゃんには、二十年早いの。今は輝ける中年なんだから」

「だって孫が出来たんだもん、仕方がないじゃないか」

「あーあ、三十八歳に見てくれるひともいるっていうのに、おばあちゃんか」

溜息をつきながらも、母は愉しそうだった。

工藤家にとっては明るい話である。がしかし、仮に、艶っぽい内情を知り得た他人の眼からすれば、あきらかに、人倫の道を踏みはずした、破廉恥な家族との烙印を押すだろう。でも世間に漏れなければ、それはすばらしい家族なのである。

母が、台所で夕飯の仕度をはじめた。彼は、リビングで新聞に眼を通す。お盆のUターンラッシュの写真が載っており、スポーツ欄では、相変わらず巨人が負けていた。

「お風呂、そろそろ沸くと思うけど、どうする？　ご飯のあとにする？」台所から母が声をかけた。

「そうだな、あとにするかな」

「一緒に入ろうか。今晩泊まっていきなさいよ」

台所にいる母の顔は見えない。

「うん、いいよ」と、彼は答えた。が、母にはよく聞こえなかったようだ。

「泊まっていってよね」リビングの入り口に顔をのぞかせて、ふたたび母が言う。

「うん泊まっていく」

「よかった。明日から始まる予定だから」

「何が始まるの？」

「男はそういうこと、あまり深く訊かないの」

母はそう言って顔を引っ込めた。ああそういうことかと納得したとたん、慎太郎は、にわかに欲情した。

裕子が退院して半月ほどたっていた。慎太郎のアルバイト先の空調機の取り付け工事は、シーズンを過ぎ、暇になった。で彼は、求人チラシ広告にあった、ビルメンテナンスの会社の仕事を、始めていた。経済的な理由からではなく、夫として、あるいは、生まれた子の父親としての姿勢が、必要と考えたからだ。その会社は夏場、高校や大学の休みの間の床掃除で忙しいらしく、体はきついが、アルバイト料はよかった。

八日ぶりに休みがとれ、慎太郎は家族との団欒の時を過ごす。産後二十日を経た妻の血色はよく、以前と変わらない、美しい姿を見せていた。変わったところといえば、髪をショートカットにしたことである。

朝食の後片づけをすませた後で、彼女が言った。

「ちょっと出かけてきます。麻美には今オッパイ飲ませたばかりだから、しばらくはだいじょうぶだと思うけど、お願いね」

「どこ行くの？」

「ちょっとね。家の中にばかり居ると、運動不足になるから」

二時間ほどで帰ってきた裕子を見て、慎太郎は思わず「かっわゆい」と言ってしまった。彼女は美容院に行ったのだった。長い髪をばっさりと切って、ショートヘアにしていた。

「オッパイあげるとき、髪が長いと面倒なの。それに暑苦しいでしょ」

小さめの顔立ちにマッチしたチャーミングな髪型は、女子大生かと思えるほど、新鮮な印象を受けた。

「どう？　似合うかしら」

「うん、すごくいい。そんな髪の、可愛い子がいたね、テレビに出てくる」

もうひとつ、彼女の変わったところがあった。乳房の大きさである。母乳をたっぷりと満たした膨らみは、はちきれそうに丸くなっていた。大きいメロンを半分に割って、それぞれの胸につけた膨らみ方である。

「裕子さんの胸、しっかりと張ってるよね。オッパイよく出るんですって。あなた飲みたいんじゃない？」

数日前の夜、帰りぎわに母が耳打ちした。その母は、裕子が退院してから、一日に一度は顔を出していた。

赤ん坊の入浴、洗濯、掃除、買い物と忙しそうだったが、孫を抱いている姿は、いかにも愉しそうである。

今日も、昼食をすませた母が、二時過ぎにやってきた。買い物をしてきたのか、手にビニール袋を下げている。

「あら裕子さん、髪切っちゃったのね、すてきなカット。やはり美人は得ね、どんな髪型でもそれなりに似合うんですもの」

「オッパイあげるとき、髪束ねないといけないので、思いきって切りました」

「そうね、その方がいいわ。それにしてもその超《ちょう》短いパンツ、ずいぶんと若い恰好じゃない？」

裕子は、古いジーパンの足を切り捨てた、ショートパンツをはいていた。それも若い女の子がするように、切り口をわざと糸のほつれが出るようにした、きわめて短いパンツである。陽に焼けていない白い肌の素足が、そのつけ根ぎわまで露出していた。

「はい、髪切ったついでに、ズボンも切っちゃったんです」

「気分転換ってとこね。でも、若い慎太郎には眼に毒じゃない？　大きな胸にセクシーな太腿」

母は、慎太郎を見てにやりとする。

「変なこと言うなよ」

「ま、もう少しのしんぼうね」

「何がだよ」

「さあなんでしょう」

それだけで意味は通じる。妻の前で図星をつかれた慎太郎は、狼狽し、腹だたしささえおぼえた。

裕子が退院してから、母との体の関係は一週間に一度程度になっていた。公認されているとはいえ、やはり妻への気がねはある。

　暗に、回数の減った欲求不満を、母は訴えているのだろう、と彼は思った。もちろん、もう六日も禁欲を余儀なくされている彼の若さも、限界に近づいていた。それを察知したかのように、裕子が切り出す。

「慎太郎？　あなた最近、親孝行してる？　もっとお母さんを大事にしてあげたら？」

「それって、どういう意味なんだよ」

「あさってもアルバイト休みだって言ってたわね。明日の夜にでも、お母さんにマッサージしてあげたらどうかしら、泊まりがけで」

　当然、体の関係を想定したうえでのことである。母の顔が赤らんだ。

「裕子さん、そんなに気をまわさなくても」

「いいえ、わたしたちの間では、遠慮は禁物です。それに、これからもいろいろお世話になるんですもの」

「なんだか悪いわ」

「わたしのことは気になさらないで、どうぞお好きにしてください」

「冗談じゃないよ、女二人で勝手に話を決めちゃって。おれの立場も、少しは考えてくれよな」

　慎太郎が話に割り込む。

「あら、あなたに立場なんかあったの？　内心嬉しいくせに」

　そう言われると、彼は返す言葉がなく、苦笑でごまかすより手はなかった。

「さてと、仕事にとりかかろうかな。裕子さんのからだには及びもつかないけど、わたしも実は、涼しい恰好してきたの」

　母が話をそらせる。

赤ん坊のためにと、湿気の多い蒸し暑い日を除いて、クーラーは使わなかった。だから、コンクリート造りの最上階の部屋は、午後になると、かなり暑くなる。母はやおらブラウスを脱ぎ、唖然として見ている二人の前で、巻きスカートまで取り去った。彼女の恰好は、ココア色のタンクトップに、アイボリーのショートパンツという、大胆ないでたちだった。パンツは裕子ほど短くはないが、タンクトップの裾は短く、おなかの肌がのぞいていた。

「まあ、お母さん若い。今流行《はやり》の、ヘソ出しルックですね」

「いえ、わたしはもう孫もいるおばあちゃん。でもこの方が動きやすいし、恰好だけ、ちょっと若ぶってみたの」

「けっこう、いい線いってるじゃないか」

慎太郎は、母の姿を見回しながら言った。

「あ、褒めてくれるの。年を考えろよな、って言うかと思ったら」

「年でも似合ってればいいんだよ」

二人の女の体に、つい目が行ってしまう。彼は、股間の変化を、女たちに悟られないよう、注意深い歩き方をしなければならなかった。

さらに彼の体に刺激を与えたのは、掃除を終えた母が、赤ん坊を入浴させていたときのことである。

「あなた、ちょっと来て」

テレビを見ていた慎太郎を、妻が呼んだ。彼女は、浴室の戸を大きく開けて中を覗いていた。お湯の中では、母に抱かれた娘が、ほほ笑んでいる。

「ね、気持よさそうでしょう」

赤ん坊は、ガーゼの布にくるまれていた。笑顔がなんとも可愛い。だが同時に、彼の視線は、母の体にも行ってしまう。

やがて「さあ出まちょうね」と、赤ん坊に話しかけた母が立ち上がった。

裕子がバスタオルを両手で広げ、それを受け取る。赤ん坊が離れ、母の全裸の姿が浴槽に残った。慎太郎と母の眼が合った。娘に眼を奪われている妻は、母の艶いた恥じらいの表情に、気がつかなかったようだ。

夕食を一緒にすませ、母は帰っていった。


「ねえ、わたしのこの恰好、あなた眼の毒？」

裕子が、にこにこしながらたずねる。笑顔の裏には、何かがありそうだ。

「うん、お袋の言う通り、眼の毒だね。そのカッコいい生足《なまあし》、そそられるなあ」

「お母さんにもそそられたみたいね、あのグラマーな裸のからだに」

「そんなことないよ」

「とぼけちゃって。ちゃんと証明してたわよ、あなたのからだ」

「いや、それはきみにそそられたうえに、またちょっと、刺激が増えたからだよ」

「着替えようかな、あなたには毒だから」

「いいんだよ。そのむっちりとした太腿、愉しませてくれよ」

「もうっ。わたしのよりお母さんの方が、もっとむっちりしてるわよ。触りたかったでしょう」

「きみのに触りたい」

「まだだめ。あと三週間ぐらいは無理かな」

「太腿に触るだけなのに？」

「あなたは、それだけではがまんできなくなるもの。いいじゃない、あしたの夜、お母さんのに触れるんだから」

五十嵐亜希や同級生の森谷由紀には、嫉妬した裕子なのに、母への嫉妬心は、表面上かなり薄いように感じられる。慎太郎を所有し、彼の子どもまで産んだとの優位性が、彼女の気持に、余裕を持たせているのだろうか。

麻美がぐずりはじめた。そろそろ授乳の時間のようだ。

裕子がガーゼのおしぼりをボウルに入れ、魔法瓶から熱湯をそそいだ。三分ぐらいして水を足し、おしぼりを取り出してしぼる。麻美を抱き起こし、ソファーに座ると、乳房を出した。さきほど熱湯で消毒したおしぼりで、乳首とその周辺をふいたあと、娘に乳房を含ませる。

「退院したばかりのころより、オッパイ、かなり大きくなったんじゃない？」

間近に移動したスツールに腰掛け、慎太郎は言った。

「そうね。だって、退院してから急に食欲が出てきて、それに仕事しないから、妊娠前より二キロ太っちゃったんですもの」

たしかに裕子の顔や腕は、以前より柔らかな丸みをおび、太腿は、それこそむっちりとした張りを見せている。健康的で、しかも悩ましかった。

「麻美にいっぱいお乳をあげなければいけないんだから、たくさん食べた方がいいよ」

「このところ、彼女の飲む量、ずいぶんと増えたのよ。吸い方も上手になって」

慎太郎は、乳房を指で押してみた。麻美が吸いはじめたばかりだったので、その膨らみは、しこりのように硬く張りつめている。

「気持よさそうに吸っているね」

「彼女にとって、この時間がいちばん幸せなんでしょうね」

「そうか、幸せな時間ね」

慎太郎は娘の手に、指を握らせた。麻美は小さな口を動かし、無心に乳を吸っている。

彼は奇妙な感慨に浸っていた。今、母乳を吸っている赤ん坊は、裕子の娘であるのだが、彼女にとっては、同時に孫でもあった。もし仮に、慎太郎がほかの女性との間に作った子であれば、正真正銘、裕子の孫となる。それを思うと、彼は不思議な気がしてくるのだ。外見もそうだが、その肉体は、二十代半ばを過ぎたくらいにしか思えない、若々しい彼女の生命力に、慎太郎は、尊敬の念すらいだくことがあった。

同時に、このところの裕子には、あきらかに母性の豊かさがにじみ出ていた。知的な顔立ちと対比して、一見ミスマッチにも思えるのだが、それが彼女の、不思議な魅力なのかもしれない。

麻美が、口をもぐもぐさせていた。裕子が乳房を指で押す。どうやら、中味が少なくなったらしい。彼女は麻美を抱き直すと、もう一方の乳首をふき、ふたたび含ませる。

慎太郎は、乳を飲んだあとの、麻美の匂いが好きだった。十八年前、自分も同じ母乳で育てられたかと思うと、無性にその乳が欲しくなった。妻裕子のではなく、母としてのオッパイが、飲みたくなったのだ。潜在的ノスタルジアとでも言うのだろうか、母乳を満たした乳房に、彼は強い憧れをいだくのだ。

やがて麻美は満足したのか、眼を閉じたままにやりと笑みを浮かべた。それから小さな口を開けて、可愛いあくびをした。慎太郎も裕子もつられて笑う。

麻美の口が離れた乳房を、慎太郎は指で押してみた。妊娠前の柔らかさと、同じくらいになっていた。

「もう少しあとだな」彼はひとりごとを言った。

「え？　何が？」

「いや、なんでもない。こっちの話」

「変なひと」

そう言って裕子は麻美を抱き直し、彼女の背中をさすりはじめた。げっぷを出させ、小さな体をソファーに寝かせる。

前開きのブラジャーに乳房が納められると、慎太郎は時計に眼をやった。二時間ちょっとは必要かな、と胸のうちで計算する。立ち上がった彼は、所在なげに部屋を見回した。

「あれ？　お袋さん鍋洗ってない。あのひと手ぎわはいいんだけど、ちょっとアバウトなところがあるんだよな」

「お母さんのこと、そんなふうに言うもんじゃないわ。とってもよくしてくださるのよ」

慎太郎は鍋を洗い、換気扇を掃除したあと、調理台を、ステンレス本来の輝きがもどるまでふき上げて、時計を見る。まだ、すこし早いようだ。彼はガラスクリーナーで、流し台の上のガラス、サッシをふき、ついでに、周辺のタイルも磨き上げた。

シャワーを浴びた彼は、裕子と麻美のそばに行った。妻はソファーで本を読み、その横で娘が安らかな寝顔を見せている。妻が、本から眼を上げて言った。

「ご苦労さま。ご褒美に、頬っぺたにチューしてあげる」

「いや、もっとほかの褒美がいいな」

「なあに」

裕子が、茶目っけな笑いを含んで、慎太郎を見つめた。

「オッパイ飲ませてくれない？」

「あらあ、麻美の食事を、横取りするつもり？」

「少しぐらいだったら、麻美は文句言わないと思うけど」

「わからないわよ。彼女欲ばりかもしれないから」

慎太郎はソファーの前にひざまずくと、眠っている娘に、小声で話しかける。

「ママのオッパイ、少しもらってもいいかな」と言ったあと、小さな口に耳を寄せた。

「うん、うん、そう。ありがとう」麻美に礼を言う。そして妻に顔を向けた。

「少しだったら、かまわないって」

裕子がくすりと笑った。慎太郎は赤ん坊を抱き上げると、寝室のベビーベッドに運んだ。

リビングの窓は開けたままで、カーテンだけを閉める。九月に入ったばかりだが、それでも、夜になると涼しい風が吹き、秋の気配がほんの少し漂う。昼間の蝉の喧騒がまばらになり、夜、まだ力強さには欠けるものの、虫たちの合唱が、聞かれるようになった。

慎太郎は天井の照明を消し、壁に取りつけてある二基の明かりを点けた。上向きに流れる光が、リビングを柔らかく包む。妻の横に腰を掛けた彼は、彼女のTシャツをめくった。ちょっと思案したあとで、それを頭から抜きとった。

「オッパイ、裸では飲ませないわよ」

裕子が小首をかしげ、いたずらっぽい眼をする。

「この方が飲みやすいんだ。それにスキンシップにもなるしね」

慎太郎はシャワーを浴びたあと、上半身裸のままだった。

「だめよ、変なスキンシップを考えては。オッパイだけなんだからね」

ブラジャーを取り除くと、見事に膨らんだ乳房が現れた。妊娠前の乳房は、膨らみの上辺が、ほぼ直線を描いて乳頭に向かっていたのだが、今は、上も、下側の膨らみに近い球形をしている。見るからに堂々とした房の先端に、艶やかなチョコレート色の乳首が、とがっていた。広めの乳暈もやはりチョコレート色をしているから、透きとおるような白い肌との対比で、かなり強烈な印象を受ける。

慎太郎は、磁器の壺を吸うような手つきでそっと愛撫したあと、膨らみの下に手を当てがった。軽く持ち上げ、目方をはかる仕草をする。

「重たい？」裕子がたずねる。

「うん、出産前より、一・五倍ぐらい、重量が増えた感じだね」

「そんなに？　うそでしょ。ああ、いやになっちゃうな。十一月から、こんな大きい胸して会社行くの、恥ずかしい。そのころ、まだ母乳は出ているから、先端にガーゼ当てるでしょ。ますます大きく見えちゃうのよ」

「いいじゃないか、大きい胸で堂々と出勤すれば。授乳中なんだもの」

「秘書課ではそれで通るけど、ほかの社員は、何も知らないんですもの」

静脈の条《すじ》を浮かせて張りつめているため、官能的な柔らかみはない。その代わり、豊かな生命力を感じさせる。

「この乳房を、毎日ひとり占めできる麻美が、うらやましい」

彼は、膨らみを、大切そうに撫でながら言った。

「今日は、特別にあなたにおすそ分け。さあどうぞ」

「いただきます」

合掌して乳房に一礼した慎太郎は、膨らみの深い谷に顔を埋めて、頬ずりをする。むせるような乳の匂いがした。一か月半ぶりの裕子の乳房の感触に、彼は陶然となった。唇を、膨らみの裾からその肌をなぞって、先端へ這わせる。唇に挟んだ乳首の感触は、以前より大きくなっていた。だが、吸うにはほどよい大きさである。口に含んだ。吸う力をわずかに加えただけで、馥郁とした甘さが口中に広がる。慎太郎は不思議な感動をおぼえた。生まれてから五か月余り、自分が飲み続けた同じ母乳を、今、こうして飲んでいる。早春の陽だまりにも似た母性の慈愛が、湧く泉のように彼の口にそそがれる。母乳は、栄養分を含んだ単なる食糧ではなかった。いうなれば裕子の血の変形であり、肉体の一部なのだ。そしてそれは、まもなく彼の肉体へと同化する。

喉を流れる芳淳なやさしさが、快い。いつの間にか彼は、もう一方の膨らみをまさぐり、指に挟んだ乳首を弄っていた。

「そんなことするから、ほら、こぼれてきちゃったじゃないの」

裕子に言われ、あ、もったいないと、慎太郎はそちらに口を移す。向こう側のため、体を反転させると、乳房の持ち主を見上げる恰好で、乳首を捕える。

「赤ちゃんがもうひとり増えちゃった」

そう言って裕子が、彼の頭と裸の背を抱きかかえた。

柔らかな笑顔で見下ろされると、彼は、自分が、幼い子どもに逆もどりしたような錯覚にとらわれた。同時に、母性の寛《ひろ》さと深さに、そしてその豊かさに、彼は言いしれぬ感銘を受けるのだった。

男が、数分間の快楽によって、子づくりの役目を果たすのに対して、女は大きなおなかをかかえて数か月を過ごし、出産の苦しみを味わわなければならない。さらにその後も、母乳という肉体を与え続け、我が子を成長させる。そこには、はかりしれない力の持続があった。だからその時点ですでに、子は、母という、女の掌中に存在する生きものになるのだ。

裕子はたしかに、慎太郎の妻となっている。けれども彼にとって、母裕子のしがらみから解き放されることは、おそらくないであろう。乳房は、まさに母の象徴だった。

「変なひとね、あなたって。わたしのお乳《ちち》、そんなにおいしい？」

裕子の問いかけに、吸いながら彼はうなずく。

「どんな味？」

慎太郎は乳首から口を離し、顔を上に向けた。乳首が耳の穴をくすぐる。

「牛乳よりちょっと甘くて、まろやかだね」

「そう。でもあんまり飲んじゃだめよ、麻美の分が足りなくなるから」

「うん、少し残しておく」

「少しではだめ」

「じゃあ、半分残しておく」

慎太郎は、ふたたび乳房を含む。無心に吸っている間に、彼は、麻美のことをすっかり忘れてしまった。

裕子が、彼の頬をちょんちょんと指で突く。

「片方ばかり飲むと、少なくなるよ。こっちを飲んで。さっき飲みかけで、まだかなり残っているから」

彼は抱かれたまま、手前に体をずらした。彼女が少し胸を捻ると、膨らみが顔の前に来た。舌の上に乳首を乗せ、刺激を与えるようにして吸う。出方がいい。

吸いながら裕子に眼をやった。彼の髪をやさしい仕草で撫で、彼女はほほ笑みを返す。

ふと、十八年前のことが、裕子の脳裏に蘇った。少女が乳を与えた慎太郎は、死産した自分の子の代わりだった。が、今は違う。

「わたし、あなたの母親だったのね」

恍惚とした表情で母乳を飲みつづける慎太郎に、彼女は話しかける。彼が小さくうなずく。

「昔、あなたにお乳を飲ませていたとき、これが最後という八月の末、あなたを連れて姿を消そうかと思ったわ。そんなことできるはずもないのに、どこか遠くに行って、二人で生活しようかって」

それが現実となった。そして十八年前を取りもどすかのように、ふたたび、その子に乳房を含ませている。

母乳が乳首を通過して流れ出るとき、彼女の全身を甘いうずきが取り巻く。それは、麻美に授乳しているときの感覚とは、あきらかな違いがあった。かと言って、セックスでの前戯のような官能的な感覚でもない。

広がりのある幸せの情感が、満ち潮のように寄せてくる快さに、裕子はうっとりと眼を閉じた。

――完――

著者プロフィール

工藤 麻美（くどう あさみ）

1940年　東京生まれ
1964年　学習院大学文学部卒
現在　会社経営

乳房と倫理

2002年 9 月15日　初版第 1 刷発行

著　者　工藤 麻美
発行者　瓜谷 綱延
発行所　株式会社 文芸社
〒160-0022　東京都新宿区新宿1-10-1
電話 03-5369-3060（編集）
03-5369-2299（販売）
振替 00190-8-728265

印刷所　株式会社 ユニックス

ISBN4-8355-4369-6　C0093